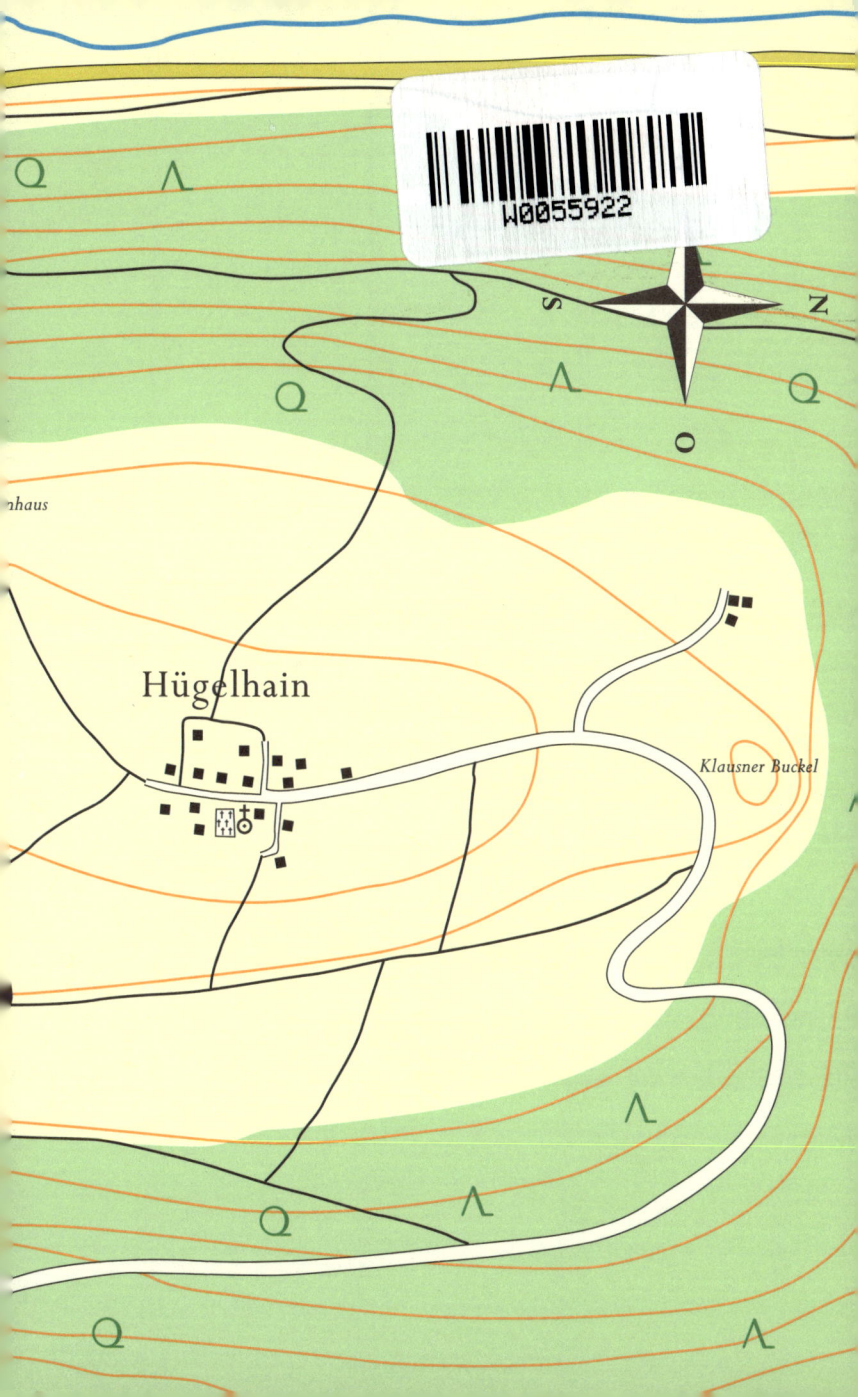

Hügelhain

Klausner Buckel

Der Herr des Fürsten
Alle Rechte liegen beim Autor
© 2016 Steffen Pfingstag

Pfingstag-Verlag
Sophienring 26
71560 Sulzbach/Murr
Telefon: 07193/930341
Email: Steffen@Pfingstag.net
http://www.pfingstag.net

Illustrationen und Titelbild: Ruedi Sorg, Entlebuch/Schweiz
Umschlaggestaltung: Anastasia Taioglou, Stuttgart
Satz: Marco Schmidt, Sulzbach
Hergestellt in der Grafischen Werkstätte der
BruderhausDiakonie, Reutlingen

Printed in Germany
ISBN 978-3-00-048667-8

Steffen Pfingstag

DER HERR DES FÜRSTEN

ROMAN

Für alle Unterstützer,
die durch ihren Beitrag den Druck
des Romans ermöglicht haben

Denn wir haben nicht mit Fleisch und Blut zu kämpfen,
sondern mit Mächtigen und Gewaltigen,
nämlich mit den Herren der Welt,
die in dieser Finsternis herrschen,
mit den bösen Geistern unter dem Himmel.

Die Bibel, Epheser 6,12

Inhaltsverzeichnis

1. Richard Dolmont

Seit der Kindheit hatten ihn die Ahnen in den Bann gezogen. Gebannt von der geheimen Kultur seines Heimatlandes saugte er alles in sich auf, was es darüber zu lesen und anzusehen gab. Gleich einem Nomaden der Geschichte reiste er durch ganz Frankreich, um heilige Haine, Tempelanlagen, Dörfer oder andere Ausgrabungsstätten zu besuchen. Fast jedes noch so unscheinbare Museum hatte er in den vergangenen Jahren von innen gesehen. Kaum ein Buch zum Thema, das er nicht kannte. Richard war zu einem Experten über das Volk der Kelten geworden. Vor keinem Professor brauchte er sich mit seinem Wissen verstecken.

Allerdings gab es da etwas, das ihn deutlich vom rein an Fakten interessierten Wissenschaftler abhob: Richard lebte und fühlte sich im Lauf der Jahre immer tiefer in das Wesen und Denken seiner Ahnen hinein, und eines Tages meinte er, wieder den Herzschlag dieser alten, längst untergegangenen Kultur in sich zu spüren.

Ein Feuer von zuvor unbekannter Kraft hatte in seinem Inneren zu lodern begonnen. Die Flammen erfüllten ihn mit wachsender Begeisterung. Es klang verrückt, aber Richard hatte den Eindruck, dass in ihm etwas zu neuem Leben erwacht war, was seit Jahrtausenden brach gelegen und scheinbar nur darauf gewartet hatte, endlich in geeigneter Weise wiederzukehren. Denken und Fühlen veränderten sich. Texte und Melodien stiegen in ihm auf, er fing zu musizieren an und sah sich mehr und mehr als Barde. Die Musik eröffnete ihm den Zugang zu einer bisher verschlossenen Welt. Manchmal brachte sie ihn in einen Zustand, wo sich die Grenzen von Zeit und Raum aufzuheben schienen. Plötzlich sah er Situationen und Bilder, die ihm gänzlich unbekannt und dennoch seltsam vertraut erschienen. Ganz besonders dann, wenn er sich an Stätten befand, die über Jahrtausende ihren eigenen Zauber bewahrt hatten und ihm als Brücke zwischen Vergangenheit und Gegenwart dienten.

Diese Erfahrungen verstärkten in Richard den Eindruck, dass er nicht nur den Geist der Barden, sondern auch den Geist der Druiden in sich trug. Ja, er fühlte sich in einer gewissen Art als Auserwählter, als Botschafter der Altvorderen, als Erster einer wiederauferstehenden Kultur, als ein zu den Wurzeln Heimgekehrter.

Nun war er 27 Jahre alt, hatte sich mit seinen Liedern in der Szene einen gewissen Namen gemacht und konnte von seiner Kunst auch schon ein wenig leben. Doch das reichte nicht aus. Richard war auf zusätzliche Jobs angewiesen.

Eines Tages elektrisierte ihn ein Bericht in einem archäologischen Journal: „Neueste Erkenntnisse über die Ausgrabungen beim Heiligtum von Ribemont sur Ancre."

Seit den ersten Grabungen in den 60er Jahren des vergangenen Jahrhunderts strahlte dieser Ort für Laien und Fachwelt eine morbide Faszination aus. Die Arbeiten dort waren noch lange nicht abgeschlossen.

„Grabungshelfer gesucht!", las Richard in einem grau unterlegten Kasten neben dem eigentlichen Artikel und fühlte sofort einen angenehmen Schauder über seine Haut ziehen. „Ribemont sur Ancre!", flüsterte er. Der Name zerging ihm wie eine köstliche Speise auf der Zunge. Dieses gallo-romanische Heiligtum in der Nähe von Amiens war seit Jahrzehnten ein Hotspot der keltischen Archäologie. An zahllosen Knochenfunden verschiedenster Opfertiere konnte hier über den Glauben der Kelten geforscht werden. Doch die eigentliche Besonderheit dieses Heiligtums hatte den Forschern bei der Entdeckung die Sprache verschlagen: eine ganze Armee enthaupteter Skelette! Die nachfolgenden Untersuchungen ergaben ein makabres Bild: In einem hölzernen Tempelgebäude hatten Priester die geköpften Leichen besiegter Feinde zu Ehren der Götter in voller Bewaffnung aufgestellt und dann der Verwesung preisgegeben. Der Gestank musste von dieser höchsten landschaftlichen Erhebung der näheren Gegend kilometerweit zu riechen gewesen sein! Was für ein Wohlgeruch für die Götter und gleichzeitig Ausdruck einer kaum zu verstehenden blutigen Glaubenspraxis.

Richard schlug das Herz höher! Wie lange hatte er davon geträumt! Nun bot sich diese einmalige Gelegenheit, und er verlor keine Zeit, sich bei der Grabungsleitung zu melden. Der angebotene Hungerlohn interessierte ihn nicht die Bohne – er kam ins Innerste des Heiligtums, an den Puls seiner Ahnen! Was wollte er mehr?

Ein paar Tage später stand er in der Ortsmitte von Ribemont vor dem Tor des Fachwerkgebäudes, das das Centre Archéologique beherbergte und bat um Einlass. Pièrre, ein Mitarbeiter des Zentrums, hieß ihn willkommen. Nach kurzer Zeit war er von Richards umfassendem Wissen begeistert. Mit diesem jungen, interessierten Mann hatten sie für die Grabungsarbeiten einen Glücksgriff getan!

„Hast du schon eine Bleibe?"

Richard schüttelte den Kopf.

„Ich weiß einen Bauernhof in der Nähe von Bresle, ziemlich abgelegen, aber da ist ein kleines Mansardenzimmer frei. Das könnte ich dir vermitteln."

„Perfekt!" Richard grinste. Besser konnte es nicht laufen! Er hatte den Job und gleichzeitig noch ein Dach über dem Kopf! Gemeinsam fuhren die beiden in Pièrres Kastenwagen zu dem Gehöft und machten dort mit der Familie Martinie die Unterkunft fest. Danach ging es zurück nach Ribemont zum Ausgrabungsgelände. Sie bogen beim Friedhof von der D 452 links auf einen Feldweg und holperten den Hang hinauf. Von weitem sah Richard eine Halle aus Blech, die sich über einen Teil des Geländes erhob. Als sie näher kamen, tauchte rechts davon eine weitere Halle auf. Bestimmt fanden dort gerade unter dem Schutz der Dächer Ausgrabungen statt. Als Pièrre schließlich vor dem umzäunten Gelände anhielt, fielen Richard sofort die Erdhaufen auf, die von langjährigen Grabungskampagnen zeugten. Sie stiegen aus.

„Hier sind wir also!", sagte Pièrre nicht ohne Stolz und machte mit dem Arm eine präsentierende Geste.

„Ja, hier sind wir!" Richard fühlte in sich tiefe Ehrfurcht.

„Wollen wir?" Pièrre öffnete das Tor, ließ Richard den Vortritt und zeigte ihm anschließend das gesamte Grabungsareal. Richard erhielt eine Privatführung, von der er jeden Moment genoss. Nebenbei wurde er mit seinen Aufgaben vertraut gemacht und bekam die Aussicht, tiefer in die eigentliche Ausgrabungsarbeit sowie in die Kunst der Konservierung von Artefakten eingeführt zu werden.

„Es gibt hier und unten im Zentrum noch auf Jahre hin Arbeit, sofern dafür die Gelder bereitgestellt werden. Wir bieten dir einen Vertrag für die laufende Kampagne, zunächst bis Jahresende, wenn du dich gut anstellst auch länger. Bist du damit einverstanden?"

„Natürlich! Zusammen mit meiner Kunst werde ich bestimmt über die Runden kommen. Bei euch mitmachen zu dürfen, ist die Erfüllung eines lang gehegten Traums."

„Gut, dann gehen wir ins Zentrum und unterschreiben den Vertrag. Morgen ist dein erster Tag. Herzlich willkommen im Team!" Sie schüttelten einander die Hände.

Ribemont sur Ancre lag in der Picardie. Das Flüsschen Ancre durchzog die Landschaft und war ein Nebenfluss zur Somme. Sie schlängelte sich nur wenige Kilometer entfernt in deutlichen Mäandern breit und gemächlich durch ihr Bett. Unweit befand sich eines der grausigen Schlachtfelder des Ersten Weltkriegs, woran auch der Soldatenfriedhof erinnerte, der sich direkt an den dörflichen Friedhof von Ribemont anschloss. Die sanften Hügel des weiten, landwirtschaftlich geprägten Landes waren arg geschändet worden. Richard wollte sich gar nicht ausmalen, wie viele kulturelle Geheimnisse dabei für immer verlorengegangen waren. Es bedeutete für ihn eine Fügung der Götter, dass das Heiligtum von Ribemont diese furchtbare Zeit der Zerstörung wie im Dornröschenschlaf überdauert und nichts von seiner magischen Kraft eingebüßt hatte.

Anfang Juni stieß er zum Grabungsteam und war gespannt auf die kommenden Monate. Seine Anwesenheit hier hatte einen Grund. Noch nie zuvor in seinem jungen Leben war ihm etwas derart bewusst gewesen. Richard fühlte in sich eine Bestimmung. Das bezog sich weniger auf die Grabungsarbeiten, als vielmehr auf das Heiligtum selbst. Die Archäologie verschaffte ihm einen Zugang, war sicherlich auch interessant und machte Freude, doch das Eigentliche seiner Berufung lag nicht darin. Das wusste er. Aber worin das Eigentliche dann lag, das konnte er auch noch nicht sagen. Er vertraute auf die Götter des

Heiligtums. Er würde früh genug den Grund für sein Hiersein erfahren. Egal, wie lange das dauern mochte.

So versah Richard mit Begeisterung seine Arbeit. Durch Zuverlässigkeit und Genauigkeit hatte er bald die Sympathien seiner Kollegen erobert und war ein fester Bestandteil des Teams geworden. Richard lebte für den Job. Er sah nie auf die Uhr, wenn es länger ging, und gehörte meistens zu denen, die das Heiligtum am Abend als Letzte verließen, um noch die Tagesergebnisse im Archäologischen Zentrum zu archivieren. Morgens war er der Erste, der vor dem Zaun des Grabungsgeländes auf den Arbeitsbeginn wartete – ganz gleich, wie das Wetter sein mochte. Seine engagierte Haltung trug dazu bei, dass er Anfang Oktober von Pièrre einen Schlüssel erhielt. Er verschaffte ihm freien Zugang zum Heiligtum und zum Centre Archéologique, was Richard mächtig stolz machte. Jetzt war er wirklich festes Mitglied des Forschungsteams, und mit dem Schlüssel hielt er quasi seinen unbefristeten Arbeitsvertrag schon vor Jahresende in der Hand. Richard wusste, wem er das alles zu verdanken hatte: seinem persönlichen Gott Ogmios, dem Gott der Barden und Poeten. Aus diesem Grund widmete Richard fast jede freie Minute dem Dichten von Lob- und Dankhymnen, mit denen er ab und zu abends seinen Kollegen bei einem Gläschen Wein die Zeit vertrieb. Das kam bei ihnen so gut an, dass sie ihm das eine oder andere Engagement in Amiens oder in anderen Städtchen der Region durch Empfehlung vermittelten. Die kleinen Gagen taten seiner klammen Haushaltskasse sehr gut. Daneben las er im Zentrum so viele Dokumentationen und Berichte, wie er nur konnte, und übte sich in den alten Sprachen Griechisch und Latein. Richard tauchte immer tiefer in die Welt der Ahnen ein. Manchmal hatte er sogar das Gefühl, dass da Verbindungen wuchsen, die mit Händen zu greifen waren. Das ging so weit, bis er eines Tages schattenhafte Gestalten auf dem Ausgrabungsgelände umher huschen sah. Anfänglich versetzte das Richard in Angst, aber mit der Zeit sah er darin eine Zuwendung aus der Anderwelt, einen Beweis, dass ihm die

Götter und Geister gewogen waren. Ganz praktischen Nutzen konnte er daraus auch ziehen, denn ab und zu zeigten sich die Erscheinungen mehrfach an denselben Stellen. Dort ließen sich dann besondere Entdeckungen machen, sehr zur Freude des gesamten Teams. Gegenüber den Kollegen verschwieg Richard seine neue Begabung. Er konnte prima damit leben, dass sie ihn als Glückskind bezeichneten, das immer für einen außergewöhnlichen Fund gut war.

Im Laufe des Herbstes wurde das Wetter ungemütlicher. Es gab viel Regen, und ein nasskalter Wind pfiff über die weiten, abgeernteten Felder. Die spärlichen Hecken und kleinen Wäldchen nahmen ihm nur wenig Schärfe. Ausgrabungen wurden jetzt auf die überdachten Hallen beschränkt. Das Ende der diesjährigen Kampagne zeichnete sich ab. Über den Winter ruhte die Arbeit im Grabungsfeld weitgehend. Es begann die Zeit intensiver Labor- und Dokumentationstätigkeiten vor Ort. Kurz vor Weihnachten war aber auch damit Schluss: Die Grabungsleitung stellte alle archäologischen Aktivitäten beim Heiligtum bis zum nächsten Frühjahr vollkommen ein. Es schien wieder in seinem Dornröschenschlaf zu versinken, sehr zu Richards Bedauern. Im Centre Archéologique gab es für ihn ebenfalls weniger zu tun. Das verschaffte ihm zwar mehr Zeit zum Lesen und Dichten, aber sein Kontostand rutschte dadurch bedenklich ab. Zum Glück waren die Martinies kulant. Sie stundeten Richard die ausbleibende Miete, und er konnte durch Mitarbeit auf dem Bauernhof das Fehlende abarbeiten. Allerdings gab es auch hier in dieser Jahreszeit weniger zu tun.

Zu den Feiertagen und dem Jahreswechsel hin verließen viele Mitarbeiter vom Centre Archéologique Ribemont. Jeden zog es fort in den Kreis der Familie. Richard konnte sich dieser Aufbruchsstimmung nicht entziehen. Gerne wäre er einfach in seinen alten Renault gestiegen und zu seinen Eltern und Geschwistern heim ins Elsass gefahren. Aber irgendetwas hielt ihn innerlich davon ab. Aus unbekanntem Grund sollte er bleiben.

Das Fest der Wintersonnenwende, Alban Arthuan, war im keltischen Jahreskreis ein Familienfest und fiel ungefähr auf den 21. Dezember. Die Göttin brachte in dieser längsten Nacht des Jahres ein neues Sonnenkind zur Welt, und das Licht begann wieder, über die Dunkelheit zu triumphieren. Die Auswirkungen dieser monumentalen Wende waren aber erst in der Nacht vom 24. auf 25. Dezember merklich: Die Tage wurden dann sichtbar länger. Seit Richard um diese Zusammenhänge wusste, musste er über die Schlauheit der römischen Kirche schmunzeln, die einfach den Geburtstag ihres Messias Jesus im Jahr 217 durch Papst Hippolytos vom Frühjahr auf diesen Termin vorverlegt hatte, damit die bekehrten Heiden an ihren gewohnten Festtagen trotzdem feiern konnten. Nach wie vor waren diese Nächte und Tage heilig.

Weil Richard diesmal ein besonderes Gewicht auf dem bevorstehenden Alban Arthuan fühlte, blieb er in Ribemont, um dem Heiligtum und den Göttern nahe zu sein. Zudem hatte er dieses Jahr so sehr wie nie zuvor das Verlangen, sich in einer Art innerer Reinigung auf das Fest vorzubereiten. Es war ihm ein Bedürfnis, den Fastenritus einzuhalten, und so aß er seit einigen Tagen nichts mehr. Trotzdem ging er einkaufen: Honig war ihm wichtig und ein ordentliches Stück Schweinebraten landete für die Feiertage auch in seinem Korb.

Ab dem 20. war der letzte seiner Kollegen in den Weihnachtsurlaub verschwunden. Richard blieb nun die meiste Zeit in seiner Mansarde, widmete sich der Dichtkunst und der Musik. Durch das Fasten fühlte er sich wacher und offener für die unsichtbare Welt. Manchmal wurde er urplötzlich von einer spontanen Freude überfallen und musste minutenlang ununterbrochen lachen, manchmal spürte er eine große Last auf dem Herzen und blieb dann stundenlang schweigend sitzen. Die Mittwinternacht wachte er komplett durch, verharrend im Gebet, teilweise schon mit einem Fuß in der Anderwelt. Als der nächste

Morgen schließlich dämmerte, war er vollkommen neben sich. Das Fasten und der wenige Schlaf hatten ihn in eine Art Rausch versetzt. Nur mit Mühe konnte Richard aufstehen, und wenn er ein paar Schritte ging, dann schwankte er, als ob er sich auf einem Schiff befand. Obwohl er die nächsten beiden Nächte schlief, änderte sich nichts an seinem Zustand. Er dämmerte vor sich hin und beschloss, höchstens noch einen weiteren Tag im Fasten zu verharren, egal ob bis dahin etwas geschehen wäre oder nicht. Richard befand sich schließlich nicht im Hungerstreik, sondern er wollte den Göttern dienen.

Matt legte er sich am Heiligabend früh zu Bett und freute sich darüber, dass das Fasten bald ein Ende hatte. Nur wenig später wurde er plötzlich geweckt, regelrecht aus dem Schlaf gerissen. Richard erinnerte sich an keinen Albtraum. Nein, bis zu diesem seltsamen Erwachen hatte er ausgesprochen gut geschlafen. Ihn erfasste Unruhe. Er kleidete sich an. Dann zog es ihn nach draußen. Außerdem sollte er das Schweinefleisch und den Honig in seinen Rucksack packen. Richard gehorchte dem inneren Drang. So leise wie möglich schlich er die Treppen hinab. Keinesfalls wollte der die Martinies stören. Das wäre ihm sehr peinlich gewesen, weil er nicht wusste, wie er ihnen diesen nächtlichen Aufbruch in der Heiligen Nacht hätte erklären sollen. Glücklicherweise blieb ihm diese Peinlichkeit erspart. Unbemerkt gelangte er ins Freie.

Um den Bauernhof pfiff wieder der unangenehm kalte Wind, aber immerhin war es trocken. Die Temperatur befand sich nahe dem Gefrierpunkt. Richard fröstelte. „Ist bei mir 'ne Sicherung durchgebrannt? Hat mir das Fasten das Hirn verdreht?", fragte er sich halblaut, zog seinen Anorak dichter zu, schulterte den Rucksack und blinzelte gegen den Wind in die Nacht hinaus. In direkter Luftlinie lag das Heiligtum etwa eineinhalb Kilometer entfernt. Plötzlich wusste er, was er zu tun hatte: „Ich muss ins Heiligtum und den Göttern opfern. Deshalb das Fleisch und der Honig!" Ihm wurde ganz anders zumute. Mit so einem massiven Hereinragen der Geisterwelt in sein Leben hatte er nicht gerechnet. „Außerdem muss ich zu Fuß gehen. Der Marsch zum Heiligtum gehört zum Ritual." Nun verblüffte ihn nur noch wenig, dass er den Schlüssel für das Tor schon in der Hosentasche hatte, obwohl er sich nicht daran erinnern konnte, ihn eingeschoben zu haben. Diese Nacht war wirklich heilig! Unheimlich heilig!

Gehorsam machte sich Richard querfeldein auf den Weg über Felder, Wiesen, Bäche und Zäune hinweg. Das Ganze war sehr beschwerlich. Saft- und kraftlos schleppte er sich mit schweren Dreckstollen an den Schuhen dahin, bis er schließlich das kleine Wäldchen erreichte. Dahinter war schräg links das Heiligtum zu finden. Zuvor lag ein etwas stärkerer Anstieg zwischen den Bäumen hindurch, für Richard heute eine beinahe unüberwindbare Herausforderung. Mühsam kämpfe er sich durch Unterholz und Gestrüpp bergan, bis er die Bäume hinter sich gelassen hatte und auf einen geschotterten Weg traf. Diesem folgte Richard, bis er im fahlen Licht der Nacht in einiger Entfernung die beiden Wellblechhallen ausmachen konnte. ‚Fast geschafft', dachte Richard und nahm die letzten 400 Meter bis zum Tor in Angriff.

Obwohl in dieser kalten und windigen Nacht hier oben niemand zu erwarten war, versuchte er, leise zu sein. Das Öffnen des Schlosses und das Quietschen des Tors erschienen ihm qualvoll laut. Endlich konnte er sich auf dem Ausgrabungsgelände matt gegen einen Pfosten lehnen. Nun war er also im Heiligtum. Nass geschwitzt, erschöpft und gleichzeitig frierend fragte er sich, was jetzt als Nächstes kommen würde. Das ließ nicht lange auf sich warten. Einem inneren Impuls folgend, griff sich Richard eine einsam an die Wand gelehnte Schaufel und begab sich in die Nähe des ehemaligen Tempels. Dort waren schon vor vielen Jahren die Ausgrabungen abgeschlossen worden. Hier hatten die Archäologen das Heer der kopflosen Krieger mit ihren verbogenen Waffen gefunden. An einer etwas verborgenen Stelle sollte Richard eine kleine Grube ausheben. Sofort begann er mit der Arbeit: „Eine Opfergrube, ganz im

Stile der Ahnen, nur viel kleiner. Gerade so tief, dass ein mit Honig übergossenes Stück Schweinefleisch darin Platz findet!", murmelte er.

Bald war die Kuhle fertig. Richard nahm den Rucksack vom Rücken und packte vorsichtig seine Gaben aus. Es hieß, dass die Götter einem die Zukunft in den Heiligen Nächten offenbaren konnten. Richard fühlte, dass heute so eine besondere Nacht war. Die länger werdenden Tage eröffneten einen neuen Lebenskreis. Richard konnte es fast mit Händen greifen: Dieser neue Lebenskreis sollte für ihn eine umwälzende Veränderung bringen.

Eine Kraft zog ihn vor der Kuhle auf die Knie. Er wurde von Ehrfurcht ergriffen, verbeugte sich und erhob die Hände zum Himmel: „O ihr heiligen Götter! Ehre sei Euch, ihr Herrscher über die Elemente! Ich liebe Euch und bringe dieses Opfer Euch zum Wohlgenuss! Nehmt es gnädig an und erweist mir Eure Gunst!" Richard hatte keine Ahnung, welche Gottheit ihn ins Heiligtum geführt hatte. Er vermied, einen speziellen Namen anzurufen, weil er fürchtete, dass er vielleicht nicht den richtigen Namen benannte. Das konnte den Gott oder die Göttin erzürnen. Nein, er ging lieber auf Nummer sicher und blieb im Allgemeinen.

Nach dem Gebet packte er das Fleisch aus und legte es feierlich in die kleine Grube. Anschließend nahm er den Honig. Zäh floss die Masse langsam über das Fleischopfer. Das Glas wurde nicht ganz leer. Richard hoffte, dass dies den Göttern nicht missfiel.

Anschließend stimmte er einen Lobgesang an, in dem er die Götter verherrlichte und für ihre großen Taten pries. Richard kannte keine alten Texte, ihm war die ursprüngliche Sprache fremd, so sang er eines seiner eigenen Lieder. Das klang sehr feierlich und lief in einem sanften Summen aus. Mit geschlossenen Augen fühlte Richard, wie das Summen seinen Körper in Schwingung brachte. Er konnte nicht mehr aufhören. Seinen Leib erfüllte ein Kribbeln, sehr angenehm, zu einem Beben auswachsend. Eine unglaubliche Kraft ergriff ihn. Er konnte sich gegen sie nicht wehren. Plötzlich verspürte er einen Sog, der ihn förmlich aus seinem Leib herausriss. Nur einen Moment später sah er sich selbst von oben auf den Knien. Er schwebte. Ein irres Gefühl!

Rasch näherte sich Lärm. Richard beobachtete, wie der zunehmende Wind seinem knienden Körper die Haare zerzauste und pfeifend um die Wellblechhallen strich. Rauschend fegten Böen über das Heiligtum: unvermittelt und stark. Lauter als der Wind wuchs Lärm an. Es klang wie das Trampeln vieler Hufe, durchsetzt mit schrillen Stimmen. Keine verständlichen Worte, aber ein ungeheurer Tumult. Richard meinte, eine Walze rolle auf ihn zu.

Er bekam Angst. Wenn er es vermocht hätte, wäre er geflohen. Aber er hatte keine Herrschaft mehr über seinen Körper, war von ihm auf unbekannte Weise getrennt worden. Richard sah das Heer über die Lüfte rasend heranstürmen. Ihm graute, als er die geisterhafte Schar besser erkennen konnte. Angeführt von einem kahlköpfigen Alten, er schwang eine Keule, ritten ihm enthauptete Reiter auf ausgemergelten Pferden laut lachend entgegen. Nur einen winzigen Augenblick später war er mitten unter ihnen, ihrem Treiben vollkommen ausgeliefert. Umringt von gespenstischen Kriegern, die ihn wie eine Beute mit sich schleiften. Das Land flog dahin. Schon lange war das Heiligtum von Ribemont verschwunden, hatte Richard seinen Körper aus Fleisch und Blut verloren. Er war Teil dieser wilden Jagd geworden, deren Ziel im Verborgenen lag. Richard wusste nicht, wie lange diese Reise dauerte, aber sie war weit. Unten wechselten die Landschaften: Städte, Dörfer, Berge, Täler, Wiesen, Wälder. Manchmal lag Schnee, meistens aber zeigte sich im schwachen Licht der Nacht nur der graue, karge, schneelose Winter.

Schließlich verlangsamte sich das wilde Treiben. Der alte Anführer ließ das Heer über einem kleinen Ort kreisen. Sie waren am Ziel der Reise angekommen. Doch wo war das? Am ehesten erinnerte Richard diese Gegend an seine Heimat, das Elsass. Aber hier war nicht das Elsass. Warum hatten ihn die Götter in diese Gegend geführt? Was sollte er hier?

Der unheimliche Trupp verschob sich vom Dörfchen weg und kam über dem Wald zum Stehen. Augenblicklich merkte Richard, dass dort eine außergewöhnliche Kraft herrschte. Das Heer geriet in Aufruhr. Unter sich sah Richard einen Grabhügel und in etwas Abstand davon eine Quelle. Sofort berührte ihn die Heiligkeit dieses Hains. Den enthaupteten Kriegern ging es ebenso, deshalb die Aufregung. Die Spannung steigerte sich, als eine Gestalt aus dem Innern des Hügels emporstieg und ihnen entgegen schwebte. Es war die Gestalt eines mächtigen Kriegers: prächtig gekleidet, mit edler Bewaffnung gerüstet.

Ehrfürchtig zog sich das Heer zurück. Der Weg des Kriegers zu Richard war frei. Dieser mächtige Krieger, er konnte nur ein Häuptling oder ein großer Priester sein, hielt eine Schale in seinen Händen, die es Richard sofort angetan hatte. Sie war wunderschön! Ein außergewöhnliches Werkstück keltischer Schmiedekunst. Aus reinem Gold getrieben, mit Edelsteinen und Ornamenten reich geschmückt. Was für ein Kleinod! Richard konnte den Blick nicht mehr von der Schale lassen. Das Heer, selbst der mächtige Krieger, interessierten ihn nicht mehr. Da war nur noch diese Schale und der alles beherrschende Wunsch, sie in Händen halten zu dürfen. Nicht ihr materieller Wert zog Richard an. Nein, es war die uralte Magie, die von ihr ausging.

Eine Stimme erfüllte die Luft wie Donnergrollen: „Fülle sie mit Wasser aus der Quelle, und du siehst!"

Nun verließ die Schale die Hände des Kriegers und zog mit ihrem überirdischen Glanz an Richard vorbei, zum Greifen nah. Hätte er sie doch nur berühren können! Dann kehrte sie zurück und der Krieger entfernte sich mit ihr. Er schwebte hinab zum Hügel. Gleich darauf war er vom Erdboden verschluckt.

Das Heer der Enthaupteten formierte sich um Richard, und der Alte führte sie zurück zum Dorf. Über einem Gehöft hielt der Zug an. Richard verstand, dass er sich dieses Gehöft genau ansehen und merken sollte. Danach stieg das Heer aus dem Himmel herab, blieb auf der Straße vor dem Dorf für einen Moment stehen, um sich anschließend wieder in Bewegung zu setzen. Gleich einem Triumphzug durchzogen die Geister mit Richard in ihrer Mitte das Dorf, als ob sie den Ort eben erobert hätten und auf diese Weise ihren Sieg auskosteten. Am anderen Ende des Dorfs stiegen sie wieder in die Lüfte. Richard konnte für den Bruchteil eines Moments ein gelbes Schild am Ortsausgang erkennen: ‚Hügelhain.‘

Der Alte an der Spitze beschleunigte. Die wilde Jagd begann erneut. Nur wenig später sah Richard seinen Körper im Heiligtum von Ribemont knien. Machtvoll wurde er von einer geheimen Kraft in diesen zurückgeschoben.

Als Erstes fielen ihm seine schmerzenden Knie auf, gefolgt von einem Taubheitsgefühl in beiden Beinen. Steif und ungelenk rappelte er sich mühsam auf, nur um gleich wieder einzuknicken. Ein ganzer Ameisenhaufen befand sich in seinen Beinen! Alles kribbelte furchtbar, dafür kehrte nach und nach das Gefühl zurück. Richard blieb einen Moment liegen. So lang, bis er sich gewiss war, dass er stehen konnte. Dann wagte er einen zweiten Versuch. Diesmal klappte es, aber er stützte sich zur Sicherheit noch eine Weile auf die Schaufel.

Das Heer mit seinem kauzigen Anführer war verschwunden. Richard stand in der Heiligen Nacht mitten auf dem Ausgrabungsgelände und starrte fröstelnd in die von ihm gegrabene Grube.

„Surreal! Komplett surreal!“, murmelte er, während er das Opfer mit Erde bedeckte, die abgestochene Grasnarbe wieder aufsetzte und alles festtrat. „So, bis zum Beginn der neuen Kampagne wird niemandem mehr dieser Opferplatz auffallen.“

Richard schulterte den Rucksack und ging zurück zum Ausgang. Sorgfältig stellte er die Schaufel an ihren ursprünglichen Ort zurück, auch sonst achtete er darauf, dass er keine unnötigen Spuren im Heiligtum zurückließ.

In den frühen Morgenstunden verschloss Richard das Tor zum Grabungsgelände. Erst jetzt wagte er eine kleine Pause. Hätte er nicht seine feuchte Kleidung am Körper gespürt und hinter sich das kalte Metall des Tors, er wäre überzeugt gewesen, dass er nur einen sehr realen Traum geträumt hatte. So real, dass ihm jedes Detail im Gedächtnis haften geblieben war.

Gern wäre Richard jetzt einfach den Straßen nach Hause gefolgt, aber trotz großer Müdigkeit und Erschöpfung wusste er, dass er denselben Weg zurück über die Felder nehmen sollte. Zu seltsam war die Nacht bisher verlaufen, als dass er gewagt hätte, dies in Zweifel zu stellen. Gehorsam ging er in Richtung des Wäldchens los, zum Glück bergab! Wieder hatte er sich durch Gestrüpp zu schlagen. Kurz bevor die Bäume vor den weiten, offenen Feldern aufhörten, blieb Richard plötzlich mit einem Fuß an etwas hängen und fiel der Länge nach hin.

„Scheiß Wurzeln!", fluchte er wütend, aber im selben Moment sagte eine Stimme in ihm, dass er nicht über eine Wurzel gestolpert war. Fast automatisch untersuchte Richard die Stelle und entdeckte den massiven, bronzenen Rand eines Gefäßes, das dem Anschein nach eine Art Krug war. Mit bloßen Händen wühlte sich Richard durch das Erdreich. Nach und nach zeigte die bauchige Form, dass es wirklich ein Krug aus Bronze war. Richard spürte seinen Herzschlag in den Schläfen, keuchend grub er wie ein Besessener. Schließlich konnte er den Krug aus dem Boden heben und war sofort über dessen Schwere erstaunt. Er musste sehr alt sein, bestimmt hatte sich in seinem Innern viel Erde angesammelt. Vorsichtig begann Richard den Krug auszuleeren, doch augenblicklich hörte er wieder damit auf, denn mit den ersten Krümeln Erde war auch eine kleine, glänzende Münze herausgepurzelt. Er machte sein Feuerzeug an und hielt die Flamme darüber: „Gold!", flüsterte Richard und wollte seinen Augen kaum trauen. Er hob die Münze auf und betrachtete sprachlos das wertvolle Edelmetall, dessen Prägung eindeutig auf römische Herkunft deutete. Sachte fuhr er nun mit einer Hand in das Innere des Bronzekrugs und fühlte neben weichem Erdreich weitere Münzen.

„Ein Schatz, ein kostbarer Schatz!" Richard konnte es nicht fassen. Das war das Letzte, mit dem er in dieser sonderbaren Nacht gerechnet hatte. Das Tüpfelchen auf dem i. „Wenn das die Kollegen sehen!" Er schmunzelte und konnte sein Fundglück kaum fassen. Eigentlich durfte er den Bodenhorizont des Fundorts nicht durch eigenständiges Graben zerstören – doch bei diesem wertvollen Schatz wollte Richard kein Risiko eingehen. Zu offensichtlich war er an der Oberfläche gelegen.

„Komisch, dass der Krug niemandem zuvor aufgefallen ist. Der liegt doch bestimmt schon seit 2000 Jahren hier. Und gerade *ich* finde ihn *heute*", murmelte er.

Neben aller archäologischen Freude stieg in Richard ein anderer Gedanke auf: „Was ist, wenn ich ihn finden *musste?*" Er rieb sich das Kinn. Die vergangenen Tage waren alles andere als gewöhnlich verlaufen, was insbesondere für diese Nacht galt. „Wenn der Krug auf *mich* gewartet hat?", fragte sich Richard leise weiter und dachte an die sonderbare Reise mit dem Alten und seinem enthaupteten Heer. Vor seinem inneren Auge tauchten die goldene Schale, der Krieger, das Gehöft und das Dorf auf. Nun begriff er: „Ich soll in das Dorf gehen und die Schale bergen, und der Schatz gibt mir das nötige Kleingeld dazu! Ich muss ihn nur noch zu Geld machen!" Wie ein Schlag traf es ihn: „Aber das ist doch Raubgräberei!" Richard sah auf den Krug. „Ich mach' mich strafbar! Ganz zu schweigen von der Enttäuschung meiner Kollegen!" Ihm war das Grabungsteam ans Herz gewachsen, und er war stolz darauf, ein Teil dieser Truppe zu sein. Diesen Fund für sich zu behalten, das war großer Verrat!

„Es gibt Wichtigeres als die Ausgrabungen von Ribemont! Ich möchte dich an einem anderen Ort haben!"

Erschrocken fuhr Richard herum. Woher war plötzlich diese Stimme gekommen? Hatte ihm der Winterwind mit seinen Geräuschen einen Streich gespielt? Oder lag im Wind dieser

Heiligen Nacht viel mehr als ihm gerade lieb war? Richard beschlich ein seltsames Gefühl. Lechzend nach dem ersten Licht des neuen Tages packte er ängstlich den Krug und hastete getrieben über die Felder nach Hause.

2. Kilian

Die Talgkerze verbreitete rußiges Licht in der kleinen Kammer und erhellte nur dürftig das Schreibpult. Mit der Nacht war der Regen gekommen. Nachdenklich stand Arnivlus starr wie eine Holzfigur am Pult und sah dem Flackern der Flamme zu. Seine Gedanken waren weit weg auf Iona, der kleinen sturmumtosten Insel vor Schottland, seiner Heimat. Dort stand sein Kloster, von dem aus er sich zusammen mit Kilian auf den weißen Weg gemacht hatte. Lieber wäre er den grünen Weg gegangen und auf der Insel geblieben. Aber der Herr hatte anderes vorgehabt.

Nun war er hier in Mogontiacum, die Einheimischen nannten die Stadt Mainz. Seit ihrer Abreise im Jahr des Herrn 685 waren bald zwei Jahre vergangen. Kilian hatte ihn damals zusammen mit zehn weiteren Gefährten für den weißen Weg berufen. Im Gehorsam auf den Herrn waren sie ihm in die stürmische See gefolgt und nach zweiwöchiger Fahrt aufs Festland getreten.

Seitdem war viel geschehen. Wo sie hinkamen, hatten sie das Evangelium gepredigt und den Menschen mit ihrem reichen Wissen so gut wie möglich geholfen.

Arnivlus wusste, dass der weiße Weg jederzeit zum roten werden konnte. Jeder von ihnen wusste das, aber der Herr hatte ihnen, trotz vieler Gefahren, das Leben bisher erhalten.

„Unser Auftrag ist noch nicht erfüllt", murmelte Arnivlus. Die Zeit der Zurückgezogenheit auf dem Albans-Berg bei dem freundlichen Abt Bertram würde nur eine kleine Weile der Erholung sein.

Kilian zog es nach Süden zu dem kaiserlichen Gutshof Villa Heilbrunna[1]. Irgendwie fühlte er sich dorthin berufen – Arnivlus hatte keine Ahnung warum. Er nahm dies gelassen hin. Sie waren im Namen des Herrn unterwegs, und der Herr wusste, wohin er sie führte. Egal, wo sie bisher hingekommen waren, ihre frohe Botschaft war immer auf unberührte Menschen getroffen, die noch in ihren heidnischen Kulten geknechtet gewesen waren.

Vor Kilian, Arnivlus und ihren Gefährten lagen weite, dunkle, undurchdringliche Wälder mit kriegerischen und misstrauischen Alemannen, die zuerst einmal zustachen, bevor sie nachfragten.

Die Tinte im Federkiel war eingetrocknet, Zeichen dafür, wie lang Arnivlus' Gedankenreise gedauert hatte. Er tauchte ihn nicht mehr ins Tintenfass ein. Bald war die Zeit der Mitternachtsmette, danach wollte er sich ein paar wenige Stunden Schlaf gönnen. Morgen würde er seinen Bericht fortsetzen.

---

1   Heilbronn

Arnivlus war hochgebildet und schrieb in klassischem Griechisch. Eine Eigenart von ihm, weil er irgendwie eine Abneigung gegen alles Römische in sich fühlte. Er hatte über diesen persönlichen Zug schon gerätselt, zu einem richtigen Ergebnis war er nicht gekommen, aber er spürte in sich eine Last von Jahrhunderten und den Schmerz vieler Schlachten zwischen seinem keltischen Volk und den römischen Invasoren. Auf unbekannte Weise hatte sich dies in den Herzen aller Inselkelten verankert und war bestimmt auch der Grund für ihre lange Abgeschiedenheit vom Festland.

Aber der Herr hatte dem Abt Columban vor etwa 100 Jahren eine Liebe für die Menschen des Festlands ins Herz gegeben. Seitdem waren immer wieder Mönche wie Kilian und er in Zwölfergruppen von den grünen Inseln abgereist, um dem finsteren Land jenseits des Meeres das Licht der Liebe Gottes zu bringen. Sein Herr, Jesus, hatte auch zwölf Jünger berufen, mit denen er durch das Heilige Land gezogen war. So bedeutete für Arnivlus die Zwölfzahl ein Zeichen, in den Fußstapfen der ersten Christen zu wandeln. Ihre Gemeinschaft bestand ebenfalls aus zwölf Brüdern, und jeder war bereit, Jesus bis zum letzten Schritt zu folgen: dem roten Weg, dem Weg in den Tod.

Arnivlus klappte seinen kostbaren Folianten zu. Auf bestem Pergament hielt er seit der Abreise die Stationen und Erlebnisse ihrer Mission fest. Das war ihm zu einem tiefen, inneren Anliegen geworden. So sehr, dass er meinte, in ferner Zukunft würden seine Aufzeichnungen noch von großer Bedeutung sein. Die Wege des Herrn waren unergründlich, aber Arnivlus wollte nur eines: Ihm gehorsam sein.

Die Tage unter ihren Brüdern im Kloster auf dem Albans-Berg taten der Gemeinschaft Kilians sehr gut. Als sie neue Kräfte geschöpft hatten, hielt es ihn aber nicht mehr in Mainz. Er wollte unbedingt vor Einbruch des Winters die Villa Heilbrunna erreichen und gedachte, zuvor noch vielen Heiden das Evangelium zu bringen.

Ausgerüstet mit einem Pferdegespann und einem überplanten Holzkarren machten sich die Gefährten an einem warmen Septembermorgen auf den Weg nach Südosten, verließen das Rheintal und folgten der inzwischen sehr vernachlässigten Römerstraße hinauf auf die dunkel bewaldeten Höhen des Odenwaldes. Ziel war die Mark Michelstadt. Kilian wusste um das Quellheiligtum in der großen Ansiedlung. Aus nah und fern zog es die Menschen an. Wenn dort das Evangelium Fuß fassen konnte, dann war die ganze Gegend für Jesus gewonnen.

Mehrere Tage nach ihrem Aufbruch vom Albans-Berg durchschritten sie das Tor von Michelstadt. Reges Treiben herrschte auf den Straßen, und die Gefährten spürten die misstrauischen Blicke hinter ihren Rücken. Meist war auch eine ordentliche Portion Feindschaft mit im Spiel. Ohne sich mit Nebensächlichkeiten aufzuhalten, steuerte Kilian direkt auf das Heiligtum zu. Es war durch seinen weiten Vorplatz leicht zu finden, und die Mönche begannen, wie Gaukler ihr Lager aufzuschlagen.

Rasch wurden diese sonderbaren Männer mit ihren einheitlichen Kutten und rasierten Köpfen zum Hauptgespräch. Von überall her kamen die Leute gelaufen und gafften die Reisegruppe unverhohlen an. Manchem von ihnen war schon früher einmal so ein seltsam aussehender Mann begegnet, doch alle waren bisher sofort weitergezogen oder lagen nun modernd in der Schelmenschlucht, wo jeder hinkam, der kein ordentliches Begräbnis verdient hatte.

Da die Fremden keine Waffen trugen, hielt niemand sie für eine Gefahr. Die Oberen ließen sie gewähren, immerhin brachten sie einen gewissen Unterhaltungswert in die Siedlung und auch ein bisschen Geld, das sie für Nahrungsmittel und Futter für die Pferde ausgaben.

Doch es dauerte nicht lang, da brachten sich die zwölf fremden Männer noch anderweitig ins Gespräch: Kilian war eine traurige Mutter aufgefallen. Sie hielt ihr krankes Kind auf dem Arm. Es schien mehr tot als lebendig zu sein. Er ging zu der verzweifelten Frau hin: „Gute Frau, darf ich mir dein Kind einmal ansehen?"

Argwöhnisch beäugte die Mutter den Fremden, war aber rasch von seiner liebevollen und zuwendenden Art berührt. Einen Moment später überreichte sie Kilian das annähernd leblose Bündel.

Sanft legte er dem todkranken Jungen die Hand auf die Stirn und verharrte so einige Zeit völlig in sich versunken. Anschließend griff er in seinen umgehängten Beutel und holte ein kleines Säckchen heraus. Kilian gab den Bub der Mutter zurück: „Es wird besser mit dem Kleinen werden! Koche Wasser auf und wirf danach diese Kräuter hinein. Das wird den kleinen Mann stärken!"

„Bist du ein Druide? Ein Meister versteckter Künste?", fragte sie als sie ihren Sohn zurücknahm.

„Ich bin ein Diener des lebendigen Gottes, der alles geschaffen hat, und der dich liebt." Kilian lächelte und schlug dem Jungen zum Abschluss mit den Fingern das Zeichen des Kreuzes auf die Stirn. „Gehe hin in Frieden!"

Die Frau verbeugte sich vor ihm.

„Nein, nein, ich bin nur ein Mensch und der Huldigung nicht würdig. Sei gesegnet!" Kilian wandte sich ab und kehrte zu seinen Brüdern zurück.

Keine zwei Tage später herrschte mächtige Aufregung in Michelstadt. Wie ein Lauffeuer verbreitete sich die Kunde von der wundersamen Heilung des kleinen Alemannen. Aus Dankbarkeit überhäufte die Sippe des Kleinen die Mönche mit Geschenken. Gerne wurden die von ihnen angenommen, um damit die Not noch Ärmerer zu lindern.

Das Eis war gebrochen. Von diesem Tag an hatten die zwölf Brüder alle Hände voll zu tun. Sei es durch Handauflegung oder durch ihr umfassendes Wissen in Kräuterkunde, sie ließen nichts unversucht, und vielen Kranken wurde geholfen.

Mehrere Wochen blieben die Gefährten in Michelstadt und taten Gutes, wo sie nur konnten. Darüber brach der Winter herein und verlängerte so ihren Aufenthalt. Nach und nach wurden die Mönche nicht nur wegen Krankheiten angefragt, sondern die Bevölkerung hatte auch deren Weisheit in allerlei anderer Hinsicht entdeckt: Die Brüder mit dem fremden Akzent wussten Rat, wenn es den Tieren nicht gut ging, und konnten helfen, wenn es sich um Fragen der Mathematik und Statik handelte. Doch am wertvollsten war ihre reiche Kunde im Hinblick auf die Verbesserung des Ackerbaus sowie der Lagerung und Verarbeitung von gewonnenen Feldfrüchten. An langen Winterabenden blieb viel Zeit, die Bauern in neuem Wissen zu lehren. Dadurch wuchs die Hoffnung auf eine bessere Ernte, wenn die Götter Gnade für das richtige Wetter schenkten.

Mit großer Freude hielt Arnivlus die vielversprechende Entwicklung in Michelstadt in seinem Reisetagebuch fest. Die Menschen wurden zunehmend offener für ihre Gemeinschaft. Die Brüder beteten täglich zur mitternächtlichen Stunde für Gelegenheiten, damit sie auch über ihren Herrn mit den Michelstädtern reden durften.

Ein paar Tage vor dem heiligen Fest der Wintersonnenwende war es dann so weit: Arminius, der Häuptling der Mark Michelstadt, stand eines Abends unvermittelt vor dem Lager der Mönche. Mit ihm war der ganze Rat gekommen. Kilian und Arnivlus merkten sofort, dass die Männer verlegen und ängstlich zugleich waren – jedoch in keiner feindlichen Stimmung.

„Was können wir für euch tun, liebe Freunde?", sprach Kilian die Gruppe von Männern freundlich an. Freimütig sah er in ihre Gesichter.

Arminius ergriff das Wort: „Bald beginnt der neue Sonnenkreis. Die Feier zu Ehren Belenos, dem Gott des Lichts und der Quellen steht bevor."

Die Mönche nickten.

„Wir wollen gnädige Götter haben. Viele von uns fragen sich, in wessen Namen ihr eure Taten vollbringt. Wir möchten eure Götter nicht erzürnen, deshalb wollen wir ihnen gerne wie Belenos zu Beginn des neuen Sonnenkreises Ehre erweisen."

„Eure Götter sind sehr mächtig!", raunte einer von hinten.

„Weiterhin verwirrt uns, dass ihr keine Angst vor euren Göttern habt und deren Zorn nicht fürchtet."

Kilian sah Arminius in die Augen: „Weil unser Herr voll Liebe ist und Freundschaft mit allen Menschen will."

„Ist er denn nicht mürrisch und unberechenbar? Will er denn keine Opfergaben, um gütig gestimmt zu werden?"

„Nein, vielmehr hat er sich selbst geopfert."

„Er hat sich selbst geopfert?" Die Verwunderung war Arminius ins Gesicht geschrieben. „Warum sollte sich ein Gott opfern, wo es doch Sache der Menschen ist, ihm Opfer zu bringen?"

„Was ist das Höchste, das ein Krieger für seinen Stamm geben kann?", antwortete Kilian mit einer Gegenfrage.

Rasch waren sich die Männer einig: „Das Leben! Ehrenvoll ist es, für die Seinen zu sterben!"

„Recht habt ihr, ihr Ältesten von Michelstadt. Unser Leben ist das Kostbarste, was wir zu geben haben."

„Unsere Ahnen haben Feinde zu Ehren der Götter geopfert und manchmal muss auch noch heute ein zum Tode Verurteilter als Gabe für die Götter sterben – aber ein Gott, der für die Menschen sein Leben gibt …"

„Aus Liebe." Kilian lächelte. „Weil er sah, dass kein Mensch in der Lage war, das zu erfüllen, was es brauchte, damit er seinen Zorn über die Bosheit und Untreue der Menschen loslassen konnte." Kilian machte eine kleine Pause und schob ein Frage hinterher: „Wie kann ein Gott Gott bleiben?"

„Indem er nicht wetterwendisch ist und sein Wort hält."

„Du hast recht geredet! Wenn sich nun ein Gott wahre Liebe zwischen sich und seinen Menschen wünscht, wenn er nicht vor Zorn über die Untreue seines Volkes, weil es anderen Göttern nachfolgt, blutige Rache nehmen will, dann muss er einen Weg finden, wie er die Untreue bestrafen und dennoch die Menschen vor seinem versprochenen Zorn über ihr Fremdgehen bewahren kann oder nicht? Wie gehst du, o Arminius, mit einem Verräter um?"

„Er muss für den Verrat sterben. So ist unser Gesetz."

„Was würde geschehen, wenn ihr als die Oberen die Verräter immer verschonen würdet?"

„Die Leute würden ihr Vertrauen in uns verlieren und damit auch in die Gesetze, die wir erlassen haben. Es würden Mord und Totschlag in Michelstadt Einzug halten."

„So hängt eure Glaubwürdigkeit daran, ob ihr eurem eigenen Gesetz treu bleibt? Ohne Ansehen der Person, selbst wenn euer eigener Bruder der Verräter wäre?"

Arminius nickte. „Auch wenn es mir unendlich schwer fallen würde, ja."

„Nun, der Gott, an den ich glaube, war es leid, seine geliebten Menschen dauernd für ihre Untreue zu bestrafen. Sie waren für ihn wie ungezogene Kinder, die nicht wussten, was sie anstellten. Trotzdem musste er seinem eigenen Gesetz treu bleiben, weil er sonst jeglichen Respekt für immer verloren hatte. Wie sah die Lösung dieser Not aus?"

Arminius blickte Kilian an. Er hatte den Mönch verstanden, aber er konnte sich keinen Ausweg denken. Auch die Räte waren ratlos.

Kilian setzte fort: „Es galt ein Opfer zu finden, das so groß und würdig war, seinen Zorn für immer zu stillen, ohne dass ständig neues Blut von Menschen und Tieren mehr fließen musste."

„Ja, so ist es." Arminius nickte. „Doch wie sieht dieses Opfer aus?"

„Er selbst, der ewige Gott, begab sich ins sterbliche Fleisch und wurde ein Mensch. In seinem Sohn Jesus, unserem Herrn, kam er auf die Erde und gab sein eigenes Leben hin. Ein Gott, der stirbt, ist wahrlich eine würdige Gabe, um den Zorn ein für alle Mal zu besänftigen. Nun braucht es keine weiteren Blutopfer mehr, nun ist das Tor zu Gott für alle Zeiten offen."

„Ein Gott, der aus Liebe zu seinem Volk stirbt? Ein Gott, der nicht mehr durch beständiges Opfern versöhnt und milde gestimmt werden muss? In seinem Namen vollbringt ihr all die Taten in Michelstadt?"

„Er ist es, der uns dazu befähigt. Er ist es, der wirkt. Wir sind Ihm nur gehorsam."

„Wann hat Belenos zum letzten Mal so gewirkt, wie der Gott der Fremden?", fragte einer aus dem Rat. „Wie viele Opfer müssen wir ihm bringen, damit er sich überhaupt einmal regt?"

„Aber er gehört zu den Göttern unserer Väter!", verteidigte ein anderer.

„Wir werden uns beraten!", entschied Arminius, weil er dieses Gespräch nicht vor allen auf der Straße führen wollte. „Wir ziehen uns zurück." Fast schon ehrfürchtig verbeugte er sich vor den Brüdern und wandte sich zum Gehen.

„Wir sind hier, um euch mit diesem Gott der Liebe bekannt zu machen. Seine Liebe gilt euch allen!", rief Kilian Arminius und den Ratsleuten hinterher.

Der Häuptling verharrte, drehte sich aber nicht um. Schließlich ging er weiter. Das versammelte Volk trat untertänig zurück und machte einen Weg für ihn und sein Gefolge frei.

Die Tage nach der Begegnung mit den Oberen verliefen im gewohnten Rhythmus: Wo sie konnten, kümmerten sich die Mönche um die Bedürftigen und wurden für ihre Hilfe mit dem Lebensnotwendigen gut versorgt.

Der Winter hatte das Land fest im Griff. Zur Kälte gesellte sich heftiges Schneetreiben. Beißend pfiff der Wind über die Höhen des Odenwaldes.

Die Herren von Michelstadt boten Kilian und seinen Gefährten an, unter dem Dach des Quellheiligtums Schutz vor der Witterung zu suchen.

Aber Kilian lehnte ab: „Wir begeben uns nicht unter die Obhut von Belenos. Christus ist unsere Wärme und unser Licht."

So trotzten die Mönche dem tobenden Winter in Gleichmut und Gelassenheit. Sie schienen niemals zu frieren und behielten immer ihr freundliches Lächeln und ihre Hilfsbereitschaft bei. Keiner von ihnen wurde krank.

Die Leute von Michelstadt kamen aus dem Staunen nicht mehr heraus und brachten ihnen noch mehr Ehrfurcht entgegen.

Wie Kilian merkte auch Arnivlus, dass die Menschen für das Evangelium offen wurden. Allerdings wagte niemand den ersten Schritt zum neuen Glauben, solange nicht der Häuptling und der Rat dazu bereit waren.

Zwei Tage vor dem heiligen Fest des Sonnengottes Belenos tauchte Arminius mit den Ratsherren wieder vor dem tiefverschneiten Karren der Brüder auf. Ohne Worte sank der Häuptling von Michelstadt vor Kilian in den weißen Schnee. Die Männer des Rats taten es ihm nach. Still und gebeugt verharrten sie einen Moment, dann ergriff Arminius das Wort: „Wir huldigen und anerkennen euren mächtigen Gott, in dessen Namen ihr uns schon so viel Gutes getan habt. Er soll auch unser Herr sein! Von nun an wollen wir Ihm dienen!"

Freude erfüllte die Mönche bei diesem Bekenntnis, ihre Mühen waren nicht vergeblich geblieben.

„Wisst, ihr Männer von Michelstadt, wer sich zum Herrn Jesus Christus bekennt, der kann keinen anderen Göttern mehr dienen und muss ihnen absagen! Wollt ihr das?", fragte Kilian trotz der Freude im Herzen ernst.

„Ja, das wollen wir!"

„Wollt ihr Belenos und die anderen Götter wirklich verlassen und nicht mehr zu ihnen zurückkehren?"

„Ja!", bekannten Arminius und der Rat.

„Ihr werdet als Zeichen eurer Abkehr den Tempel des Belenos niederreißen müssen. Wollt ihr das?"

„Wir sind bereit dazu." Arminius nickte.

„Dann lass dich und alle, die das auch wollen, auf den Namen des Dreieinigen Gottes taufen: auf den Vater, den Sohn und den Heiligen Geist."

„Ich möchte auf diese drei Götter getauft werden, was immer das auch heißen mag."

Kilian lächelte und richtete den Häuptling auf, indem er ihm die Hand reichte. „Vor der Taufe werden du und die anderen darin unterrichtet, was es bedeutet, Jesus Christus anzugehören. Du sollst wissen, wem du nachfolgen möchtest. Erst dann wird deine Lebensübergabe stattfinden. Nun lass uns gemeinsam in den Tempel gehen und Belenos von seinem Thron holen, so wird in Michelstadt eine neue Zeit anbrechen. Bist du bereit?" Arminius nickte, aber in seinen Augen sah Kilian Angst schimmern.

„Fürchtest du dich davor, Belenos von seinem Thron zu stürzen?", fragte er einfühlsam.

Der große Krieger und Häuptling bekam tatsächlich weiche Knie. Mit dem Mund zu bekennen war das eine, aber Hand an die Stele mit der goldenen Maske zu legen das andere: „Was ist, wenn uns Belenos' Zorn trifft und er Michelstadt wegen unserer Untreue bestraft?"

Kilian verstand Arminius' Sorge. Als Häuptling war er für das Wohl der Siedlung verantwortlich. Er hatte sich zusammen mit dem Rat lange mit dieser Frage auseinandergesetzt, aber so kurz vor diesem letzten Schritt kamen die alten Ängste mit aller Kraft hervor: „Du hast gesehen und erfahren, wie viel Gutes wir im Namen unseres Herrn in der Stadt gewirkt haben. Wir bringen einen Gott der Liebe. Meine Brüder und ich haben schon so oft erfahren, wie lebendig und mächtig Jesus Christus ist. Er ist der höchste aller Götter! Er wird euch vor dem Zorn des Belenos beschützen! Vertraue meinen Worten!" Kilian sah Arminius tief in die Augen. „Wir gehen gemeinsam in den Tempel und stürzen Belenos. Du bist nicht allein."

Arminius wandte sich zu seinen Ratsleuten um. In ihren Gesichtern spiegelte sich ebenfalls Sorge, aber sie hatten einen Beschluss gefasst. Jeder nickte noch einmal und bekräftigte so die Entscheidung. „Gut, Kilian, auf dein Wort hin will ich gehen und Belenos entmachten."

Er betrat mit Kilian, den Brüdern und den Ratsleuten den Tempel des Sonnengottes und der Quellen. Das Gebäude war alt und roch nach den Opfergaben unzähliger Generationen. Priester gab es hier schon lange nicht mehr. Einzig der betagte

Tempeldiener Ottokar unterhielt im Zentrum ein Feuer und kümmerte sich um den Erhalt des Heiligtums, so gut er es noch vermochte. Ein paar Schritte hinter dem Feuer war die Quelle des Belenos in kunstvoll behauenen Buntsandsteinen gefasst. In der Mitte des Quellbeckens stand eine marmorne Stele, bekrönt mit einer runden, goldenen Maske, die Belenos zeigte. Das Gesicht des Gottes war umrahmt von einem Kranz ins Gold getriebener Sonnenstrahlen. Trotz des etwas heruntergekommenen Gebäudes strahlte das Heiligtum Macht und Magie aus. Niemand konnte sich dieser Wirkung entziehen, selbst die Mönche fühlten einen Schauer auf ihrer Haut. Unweigerlich blieben alle stehen, als ob sie von einem unsichtbaren Bannkreis gestoppt worden waren.

„Kilian, was ist das?", raunte Arnivlus dem Führer ihrer Gemeinschaft zu.

„Es ist die Macht der fremden Gottheit, genährt durch die Opfer der Vielen. Jesus Christus, wir stellen uns unter Deinen Schutz!" Bewusst trat Kilian einen übertriebenen Schritt nach vorne und setzte sich so von der Gruppe ab. Nun stand er innerhalb des magischen Kreises. „Komm!", sprach er und reichte Arminius die Hand, als wollte er ihm über einen Graben helfen.

Der Häuptling zögerte, bevor er die ausgestreckte Hand ergriff. Er fühlte die Kraft von Belenos' Zorn auf seinen Schultern und die Last eines schweren Fluchs. Aber er fühlte auch die Wärme, die von Kilian ausging. Schließlich packte er kräftig zu und ließ sich an Kilians Seite ziehen. Augenblicklich wurde es ihm leichter.

Bewegung kam wieder in die anderen. Sie fassten neuen Mut. Zaghaft folgten sie dem Beispiel ihres Häuptlings.

„Was wollt ihr hier?", donnerte eine Stimme aus dem Halbdunkel.

Alle erschraken und blickten in die Richtung, aus der die Stimme gekommen war. Ottokar trat zwischen das Feuer und die Quelle, bewaffnet mit einem langen, geraden Stock, den er wie einen Speer in Händen hielt, und bedrohte die Eindringlinge.

40

„Seid ihr gekommen, um zu huldigen?", knurrte er zornig. Argwöhnisch musterte er Arminius und sein Gefolge. Für Kilian und seine Brüder hatte Ottokar nur Verachtung übrig: „Und ihr? Kahlgeschorenes, kraftloses Pack? Was habt ihr in diesem heiligen Tempel zu suchen? Schert euch davon und entweiht diese ehrfürchtige Stätte nicht länger! Verflucht seid ihr!" Der alte Tempeldiener spuckte auf den Boden zur Bestätigung seines Fluchs und trat wütend einen Schritt nach vorne.

„Geh aus dem Weg, Ottokar! Wir sind gekommen, um Belenos von seinem Thron zu stürzen. Er soll nicht länger Herr über Michelstadt sein." Arminius ging dem Tempeldiener entgegen.

„Nur über meine Leiche!", brüllte der Alte. „Seid ihr alle des Wahnes? Wollt ihr über euch den Zorn der Götter heraufbeschwören? Soll euch derselbe Fluch treffen wie diesen grauen Schmutz?" Er deutete auf die Mönche in ihren Kutten.

„Wir glauben, dass der Gott dieser Männer mächtiger ist als Belenos und die alten Götter. Wir wollen dir keine Gewalt antun. Du hast dem Tempel und der Stadt viele Jahre treu gedient, aber die Zeit des Belenos geht zu Ende. So hat es der Rat beschlossen, und nun weiche!" Arminius' Stimme hatte an Macht und Entschlossenheit gewonnen.

„Ihr werdet diesen Tempel nicht schänden!" Ottokars Stimme überschlug sich, weil er sah, wie sein Einfluss auf den Häuptling und den Rat gesunken war. „Wer soll euch dann eine gute Ernte bescheren oder wer für ausreichend Wasser sorgen? Ihr werdet augenblicklich sterben, wenn ihr Belenos anrührt! Ich scherze nicht!", keifte er atemlos und fuchtelte wild mit seinem Stock herum.

„Ergreift ihn und bringt ihn nach draußen. Er braucht nicht sehen, was geschieht", befahl Arminius vier Ratsleuten.

Rasch wurde der zeternde Alte in die Höhe gehoben und nach draußen befördert. Sein Tempeldienst war beendet.

Kilian und seine Brüder beobachteten mit Freude Arminius' Handeln und sahen darin ein Zeichen, wie ernsthaft es ihm und dem Rat war, mit den alten Göttern zu brechen. Kilian nickte dem Häuptling anerkennend zu. Nun war Arminius bereit, Belenos zu entthronen: „Es ist so weit. Nehmen wir im Namen Jesu Belenos seine Macht!"

Gemeinsam traten sie in das Quellbecken vor die Stele und drückten diese um. Polternd fiel sie ins Wasser. Dabei zerbrach das Gestein am Beckenrand in mehrere Teile, wirbelte Staub auf und gab die goldene Maske frei. Metallisch klirrend fiel Belenos auf sein Angesicht. Für die Männer von Michelstadt war dies ein unheimliches Geräusch. Es gab nicht einen, der nicht mit seinem sofortigem Ableben gerechnet hätte. Aber als sich der Staub legte und drückende Stille einkehrte, war niemand im Tempel eines grausamen Todes gestorben. Erleichterung machte sich breit und verwandelte sich in Freude. Der Gott der Mönche hatte tatsächlich über Belenos triumphiert! Ein sichtbareres Zeichen seiner Stärke konnte es nicht geben!

„Lasst uns diesen Ort reinigen!", befahl Kilian.

Ratsherren wie Mönche legten nun gemeinsam Hand an und warfen alles, was an den Belenos erinnerte, ins Feuer. Der Tempel wurde entleert.

„Was soll damit geschehen?", fragte Arminius und hielt Kilian die goldene Gottesmaske entgegen.

„Gibt es in Michelstadt einen Goldschmied?"

„Natürlich."

„Er soll die Maske einschmelzen. Wir werden aus dem Gold ein Kreuz für die neue Kirche gießen, zum Zeichen, dass Christus Sieger ist."

„So sei es." Arminius nickte und verwahrte bis dahin persönlich die Maske.

In den kommenden Wochen wurde vor den Augen aller Michelstädter der Tempel vollständig abgetragen. Kein Stein blieb auf dem anderen und nach Abschluss dieser Arbeiten zeugte nur noch die vereiste Quelle von dem ehemaligen Heiligtum.

Nicht jeder war mit diesen Maßnahmen einverstanden, aber die Entschlossenheit des Häuptlings und seines Rates beeindruckte derart, dass selbst das Gestichel des alten Ottokars niemanden mehr zum Aufstand gegen den neuen Weg führen konnte.

Arnivlus hielt die gesamte Entwicklung Wort für Wort in seinem Tagebuch fest und erstellte so ein kostbares Protokoll des Wirken Gottes in Michelstadt.

Trotz der Kälte des Winters und zeitweiser großer Schneemengen wurde mit dem Bau einer einfachen Holzkirche begonnen, in deren Altarbereich die heilige Quelle als Taufbecken gefasst wurde. Begleitend zu diesem Bau, der unter fachkundiger Anleitung der Mönche prächtig gedieh, erhielt jede und jeder Willige täglichen Unterricht über den neuen Glauben. Kilian hatte es sich zum Ziel gesetzt, dass an Beltane, dem Fest des Sonnengottes im Frühjahr, die Kirche geweiht und mit einer großen Tauffeier ihrer Bestimmung übergeben werden sollte. Arnivlus erhielt von ihm den Auftrag, die Gussform für das Kreuz zu fertigen und den festlichen Akt des Gießens vorzubereiten.

An einem Sonntag Mitte März war es so weit: Vor den Augen der Bevölkerung wurde die Maske des Belenos in einem Tiegel auf dem Vorplatz der neuen Kirche eingeschmolzen. Für Viele war dies ein letztes Zeichen, dass Belenos seine Macht verloren hatte. Das Gold wurde in die Form des Kreuzes gegossen. Nachdem es abgekühlt war, trugen es Kilian und Arminius hoch erhoben durch die Straßen. Dieser besondere Tag spornte Mönche und Bauleute an, die verbleibenden Bauarbeiten bis Beltane abzuschließen, auch wenn es noch einiges zu tun gab. Am 30. Ostarmanoth[2], dem Tag vor dem großen Fest, war es tatsächlich gelungen: Die Kirche stand weitgehend fertig über dem alten Heiligtum, bereit zur Weihe.

Im ganzen Umland hatte sich der Wandel von Michelstadt herumgesprochen. Zum ersten Winnemanoth[3] strömten unzählige Menschen in die Stadt. Keiner wollte dieses ungewöhnliche

---

2   April
3   Mai

Beltane verpassen. Nicht wenige befürchteten einen Aufruhr und hielten ihre Waffen bereit.

Der Platz vor der neuen Holzkirche war mit Schaulustigen übersät. Vor ihren Eingängen und Fenstern drängten sich die Neugierigen, und in ihrem Innern herrschte unvorstellbare Enge. Niemand wollte es verpassen, wenn der Häuptling Arminius und die Ratsherren der Stadt zum neuen Weg übertraten. Daneben gab es noch viele andere Michelstädter, die mit ihnen diesen Schritt vollziehen wollten.

Feierlich zogen Kilian und seine elf Brüder in die Kirche ein. Er ging voran, trug das goldene Kreuz und zeigte es nach allen Richtungen. Den Mönchen folgten Arminius und sein Rat. Es gab kaum ein Durchkommen für die Prozession, aber schließlich hatten es alle geschafft, sich im Altarraum um das Taufbecken zu versammeln.

„Im Namen Gottes, des Vaters und Gottes, des Sohnes und Gottes, des Heiligen Geistes weihe ich diese Kirche! Hier wohnt der Dreieinige Gott! Hier ist nun sein Haus in Michelstadt!", rief Kilian mit lauter Stimme und pries Gott anschließend mit einem Lied, in das seine Brüder einstimmten. Ihr Gesang erfüllte Holzkirche und Vorplatz und hinterließ bei allen Menschen ein besonderes Gefühl der Ergriffenheit. Solch eine Melodie hatte niemand zuvor vernommen. Ihr Klang strahlte eine unbekannte, aber angenehme Wärme aus. Als der letzte Ton gesungen war, wandte sich Kilian dem Häuptling zu: „Arminius, ich frage dich nun vor Gott und den Menschen: Willst du zu Jesus Christus gehören?"

Arminius nickte: „Ja."

Kilian lächelte. „So komm, auf dass ich dich im Namen des Dreieinigen Gottes taufe. Dein alter Mensch wird im Wasser ertränkt, und du wirst als neuer Mensch aus dem Wasser emporsteigen." Kilian trat an den Rand des Taufbeckens und reichte Arminius die Hand. Dieser ergriff sie und stellte sich neben den Mönch, der ihm aufmunternd zuzwinkerte. Arminius wusste, was folgte. Davor hatte er immer noch ein wenig Angst.

„Arminius, in der Heiligen Taufe bekennen wir uns vor der sichtbaren und der unsichtbaren Welt zu dem Dreieinigen Gott und sagen allen anderen Göttern und den Werken des Teufels ab. Sagst auch du ab dem Teufel und den alten Göttern, damit er und sie nicht mehr Macht über dich gewinnen?"[4]

Die ganze Zeit über war es schon ruhig gewesen, doch nun legte sich noch eine zusätzliche erwartungsvolle Spannung auf die Leute in der Kirche. Würde Arminius wirklich Belenos und den anderen Göttern die Gefolgschaft absagen?

Der Häuptling zögerte und schwankte hin und her. Es war, als ob etwas an ihm zerrte. Etwas wollte nicht zulassen, dass er den Glauben der Väter verließ. Mehrmals öffnete er den Mund, um Kilian Antwort auf dessen Frage zu geben, aber seine Zunge war seltsam gelähmt. Arminius stand am Rand des Taufbeckens und starrte auf das Wasser, als ob er eine Hinrichtung durch Ertränken erwartete.

Arnivlus betrachtete dieses Bild aus dem Hintergrund. Wie seine Brüder fühlte er, dass der Häuptling mit sich kämpfte. Er wusste: Dieser Kampf war nicht einem wankelmütigen Sinn geschuldet, sondern der Herrschaftswechsel wurde von den alten Mächten nicht widerspruchslos hingenommen. Im Stillen lenkte Arnivlus sein Gebt in diese Richtung. Arminius und alle anderen Täuflinge brauchten Mut und den Schutz Gottes. Im blinden Verständnis stimmten seine Brüder in dieses Gebet mit ein.

„Arminius! Arminius, die Rache des Belenos wird grausam sein! Ganz Michelstadt wird deinen Frevel und den Frevel aller Abtrünnigen zu spüren bekommen! Du wirst qualvoll sterben, wenn du in dieses verdammte Becken tauchst! Bedenke meine Worte!" Ottokar, der alte Tempeldiener, hatte es geschafft, sich durch die vielen Schaulustigen zu schieben und stand plötzlich in seinem feierlichsten Tempelgewand auf der anderen Seite des Taufbeckens. Sein knöcherner, rechter Zeigefinger richtete

---

4   Orientiert an der „Abrenuntiatio diaboli"

sich auf den Häuptling, mit der linken Hand stützte er sich auf seinen langen Holzstab. Ottokars Augen blitzten in heiligem Eifer. Klugerweise hatte er sich in den vergangenen Wochen zurückgehalten, doch heute war Beltane, die Stadt war voll von Menschen, die gekommen waren, um *Belenos* zu huldigen. Ottokar hoffte darauf, dass sein Ehrfurcht gebietender Auftritt den verblendeten Michelstädtern endlich die Augen öffnen würde. Belenos sollte triumphieren und die fremden Eindringlinge das bekommen, was sie verdienten. Selbst ein Aufruhr war dem Tempeldiener willkommen. Wenn dabei die Eindringlinge und die Frevler den Tod fanden: umso besser! Kampflos würde Belenos nicht das Feld räumen!

Tatsächlich waren die Anwesenden in der Holzkirche bei seinem unvermittelten und lauten Auftreten zusammengezuckt. Nicht wenige teilten Ottokars Meinung. Wo zuvor noch gespannte Stille geherrscht hatte, begann nun Gemurmel, in das sich mehr und mehr feindseliges Zischeln mischte.

Arminius und die anderen Krieger der Stadt merkten, dass etwas in der Luft lag. Noch hatte der Häuptling seine Waffen nicht abgelegt, und die Klinge seines Schwerts sang, als er es aus der Scheide zog. Augenblicklich waren überall in der Kirche ähnliche Geräusche zu hören. Misstrauen und Feindseligkeit übernahmen binnen eines Wimpernschlags die Herrschaft. Es fehlte nur noch ein kleiner Funken, und ein alles verzehrendes Feuer würde entfacht werden.

Die Mönche waren über diesen rasanten Wechsel der Stimmung erschüttert und spürten, dass ihr gesamtes Wirken und ihr Leben an seidenem Faden hingen.

„Herr, erbarme Dich!", flüsterte Arnivlus mit blutleeren Lippen.

„Haltet ein!" Kilians Stimme übertönte kraftvoll das Geraune. Gleichzeitig fiel er mit der Hand Arminius in den Arm und drückte ihn sanft nach unten. Das Schwert senkte sich. „Dieser Ort ist ein Ort des Friedens und nicht des Krieges! Kirchen werden nicht mit vergossenem Blut geweiht! Christus verlangt keine Blutopfer! Er hat sich selbst als Opfer gegeben! Sein Blut ist für uns geflossen! Also steckt die Waffen weg! Und du, Ottokar", er zeigte auf ihn, „weißt genau, dass Liebe, Heilung und Unterstützung diesen Tag heute herbeigeführt haben und nicht Drohung oder Gewalt! Die Bürger von Michelstadt haben durch unser demütiges Wirken erfahren, dass unser Gott ihnen in Barmherzigkeit begegnet und nicht durch das Schwert! All die Geheilten und Ermutigten sind unsere Zeugen! Hebt die Hände zur Ehre Gottes!", forderte Kilian die Leute in der Kirche auf, von denen sich etliche auch zur Taufe entschlossen hatten.

Ohne Zögern reckten sich zahlreiche Hände in die Höhe, und die dazugehörigen Gesichter zeigten keine Angst vor dem neuen Gott, aber durchaus Bedenken wegen der von Ottokar heraufbeschworenen feindseligen Stimmung.

„Wollt ihr zu Christus gehören, weil wir euch dazu gezwungen haben?"

„Niemals!", ertönte die vielstimmige Antwort aus den Männern und Frauen.

„Warum dann?", fragte Kilian weiter.

„Weil euer Gott mein Kind geheilt hat!", rief die Mutter, die als Erste die Hilfe der Mönche in Anspruch genommen hatte.

„Weil ihr mir im Namen eures Gottes beim Hausbau geholfen habt!", rief ein anderer.

„Weil ihr mir neues Saatgut gegeben habt, als das meinige nach dem Winter verschimmelt war! Ihr habt uns euer außergewöhnliches Wissen über den Ackerbau mitgeteilt!", meldete sich einer der Bauern. „Von nun an werde ich mein Feld dreiteilen und einen Teil im Frühjahr bestellen, einen im Herbst und einen für ein Jahr brachliegen lassen!" Der Mann holte Luft: „Was hat denn Belenos jemals für mich getan? Oder du, Ottokar? Wann hast du dich jemals um unsere Sorgen gekümmert? Dir war doch nur wichtig, dass du von den Tempelgaben genug für dich selbst abzweigen konntest!"

Das Gesicht des Angegriffenen lief rot an: „Ich habe für euch und zur Ehre des Belenos den Tempel nach meinen besten

Kräften gepflegt und manchen priesterlichen Dienst versehen! Ist das vielleicht nichts?" Ottokars Stimme klang schrill, er sah sich Hilfe suchend nach Verbündeten um und merkte, wie seine besondere Stellung vor den Menschen zerbrach.

Die Stimmung wechselte wieder. Die Worte der Zeugen und deren Wahrhaftigkeit waren anerkannt worden. Ja, die alten Götter hatten ihre Kraft verloren, da machte Belenos keine Ausnahme, und die Zeit der großen Druiden war lange schon vorbei. Das Volk fühlte sich verlassen und hatte das Wirken der Mönche im Namen ihres Gottes als sehr wohltuend empfunden.

„Wie sehr müssen diese hier ihren Gott lieben, dass sie ihre Heimat verlassen haben, damit wir ihn kennen lernen dürfen?", fragte Arminius die Anwesenden und deutete auf die Mönche. „Und wie sehr muss dieser Gott *uns* lieben, damit er sie zu uns sendet? Wer kann mir diese Fragen beantworten? Du, Ottokar? Oder ist sonst einer hier?"

Es kam keine Antwort. Der alte Tempeldiener bebte vor Zorn, aber selbst er konnte den Mut der Mönche und ihr Vertrauen auf ihren Gott nicht leugnen.

„Ihr werdet mit Blut bezahlen!", donnerte er, nahm seinen Holzstab in beide Hände und zerbrach ihn mit unglaublicher Wucht an seinem Schenkel in zwei Teile. Keiner hatte dem Alten diese Kraft zugetraut. Das Brechen des Holzes jagte den Menschen ein Schaudern über ihre Rücken. Ottokar schleuderte die Teile vor Arminius und Kilian auf den Boden: „Dafür wird euer Blut fließen! Verflucht seid ihr! Ihr und alle, die sich dem neuen Weg anschließen!" Er drehte sich um und verließ stolz aufgerichtet die Kirche. Diesmal musste er sich nicht hindurchzwängen. Verunsichert machten ihm die Leute Platz.

Mit seinem Verschwinden kehrten in die Kirche eine sonderbare Leere und Stille ein, in die nach einer kleinen Weile Kilians Stimme ertönte: „Arminius, in der Heiligen Taufe bekennen wir uns vor der sichtbaren und der unsichtbaren Welt zu dem Dreieinigen Gott, dem Vater, dem Sohn und dem Heiligen Geist und sagen allen anderen Göttern und dem Wirken des Teufels ab. Sagst auch du ab dem Teufel und den alten Göttern, damit er und sie nicht mehr Macht über dich gewinnen?"

Arminius sah Kilian tief in die Augen. Ein letztes Mal wollte er den Mönch prüfen. In diesen Augen entdeckte er nur Klarheit, Wahrhaftigkeit und Liebe, aber keinerlei Heuchelei, Lüge oder Falschheit. Kilians Augen waren so rein wie das Wasser des Beckens, an dessen Rand er noch immer stand. Fest antwortete er, nicht mehr wankend: „Ja, ich sage dem Teufel und unseren alten Göttern ab."

„So entledige dich deiner Waffen und Rüstung und steige mit mir in dieses Becken, damit dein alter Mensch sterbe!"

Arminius begann, sich zu entkleiden, bis er schließlich nur noch in seiner Hose neben Kilian stand. Der Mönch nickte: „Komm!" Er stieg als Erster in das hüfttiefe, klare und quellkalte Wasser, gefolgt von Arminius. Anschließend legte er dem Häuptling die flache Hand auf den Kopf und fragte: „Glaubst du an Gott, den allmächtigen Vater, Schöpfer des Himmels und der Erde?"

„Ich glaube."

Sogleich drückte Kilian den kräftigen Krieger mit einem leichten Ruck gänzlich unter Wasser und zog ihn nach einem kurzen Moment des Untertauchens wieder hoch.

„Glaubst du an Christus Jesus, den Sohn Gottes, unseren Retter? Gezeugt vom Heiligen Geist und geboren von der Jungfrau Maria? Unter Pontius Pilatus gekreuzigt, gestorben, am dritten Tage lebend von den Toten auferstanden? Zum Himmel aufgestiegen und dort zur Rechten des Vaters sitzend? Der kommen wird, zu richten die Lebenden und die Toten?"

„Ich glaube."

Ein weiteres Mal versenkte Kilian Arminius im Wasser. Als dieser prustend wieder aufrecht stand, folgte Kilians letzte Frage: „Glaubst du an den Heiligen Geist? Der in dir lebt und wirkt in der heiligen Kirche? Und an die Auferstehung des Fleisches?"

„Ich glaube."[5]

Zum letzten Mal verschwand der Häuptling unter Wasser und als er auftauchte, umarmte ihn Kilian mit Tränen in den Augen: „Willkommen in der Familie Gottes, mein Bruder! Sei gesegnet!"

Gespannt hatten die versammelten Menschen das Taufritual verfolgt und warteten nun atemlos darauf, ob Arminius beim Verlassen des Beckens vom Schlag getroffen wurde und tot niedersank. Doch zum allgemeinen Erstaunen verließ er das Wasser mit einem Lächeln auf den Lippen und hüllte sich glücklich in die bereitliegenden, trockenen Tücher.

„Nun kommt, ihr Täuflinge! Tretet ein in die Familie Gottes!", rief Kilian fröhlich auffordernd und gab damit das Signal für einen langen, mit Taufen angefüllten Tag. Alle, Männer und Frauen, die an der Taufunterweisung teilgenommen und sich für den neuen Weg entschieden hatten, wurden getauft. Zuerst die Ratsherren, danach die Städter.

Kilian blieb die ganze Zeit im kalten Wasser und vollzog jede einzelne Taufe. Nach der letzten Taufe stieg er eher erfrischt als durchgefroren aus dem Becken und nahm an dem begonnenen Freudenfest teil.

Der Wandel von Michelstadt erregte im ganzen Odenwald und darüber hinaus großes Aufsehen. Aber nicht jeder teilte die Freude, die an diesem letzten Beltane in die Stadt eingezogen war.

---

5   Orientiert an den Tauffragen des Hippolyt von Rom († 236 n.Chr.)

3. Leana Angelos

Musik. Wundervolle Musik. Leicht, unbeschwert, fröhlich. Von irgendwo Gesang. Rhythmisch, melodisch, zum Reigen auffordernd. Farben. Milchig, nebelig, dann immer kräftiger. Sattes Grün. Worte. Unverständlich, seltsam bekannt. Machtvoll, fordernd, süß wie Honig. Lockend, werbend. Und Musik, diese fröhlichen Melodien, unbeschreiblich leicht. Ohne Ende.

Verstört machte Leana das Licht an. So etwas Verrücktes hatte sie noch nie geträumt! Ihr Blick wanderte zum Wecker auf dem Nachttisch. 03:30 Uhr!

Träume gehören zum Schlaf, die meisten sind beim Aufstehen schon längst vergessen oder nur noch in undeutlichen Bruchstücken vorhanden. Aber dieser Traum war glasklar im Gedächtnis geblieben, gerade das macht ihn so rätselhaft.

Leana ging auf die Toilette und wünschte sich dabei, dass der Traum verblassen würde. Doch sie wurde das schlichte und klare Bild nicht mehr los. Diese Schlichtheit und Klarheit waren das Beeindruckende. Nein, bei Weitem kein Albtraum, trotzdem sehr aufwühlend. Nur dieser Mann: groß, kräftig, schön. Ruhig wie eine Säule hatte er in ihrem Traum gestanden und auf den Grund ihrer Seele geblickt. Durchdringend, dennoch voller Liebe. Noch immer fühlte Leana diese Wärme in sich – auch das hatte sie noch nie erlebt.

„Asarja", murmelte Leana während sie schlaftrunken in ihr Bett zurückging. „Asarja war sein Name, komisch." Sie zuckte mit den Schultern. So ein sonderbarer Name war ihr niemals begegnet. Sie kroch wieder unter ihre Decke. Bald begann ein harter Arbeitstag. Sie tat gut daran, noch eine Mütze voll Schlaf zu nehmen.

Das Außergewöhnliche hörte in dieser Nacht nicht auf. Kaum war Leana wieder eingeschlafen, setzte sich der Traum fort. Selbst im Schlaf kam ihr das seltsam vor. Welcher Traum geht nach dem Aufwachen schon weiter?

Wieder trat dieser Mann mit Namen Asarja vor ihr Inneres. Diesmal gab es für Leana aber einen Unterschied: Weil alles so besonders war, hatte sie sich trotz Schlaf entschlossen, aufmerksam zu sein. Ihr Inneres musste schmunzeln. Der Körper schlief, und der Geist war hellwach! Abgefahren!

„Leana, wenn heute über die neuen Stationen gesprochen wird, dann entscheide dich für die Intensivstation."

„Intensiv?"

„Intensiv."

Wenn Leanas Inneres eine Stirn zum Runzeln gehabt hätte, jetzt wäre ein Moment dazu gewesen.

„Wer bist du, dass du mir so etwas sagst? Was hast du überhaupt bei mir zu suchen?"

Der Mann schwieg, aber wieder durchflutete Leana diese unbeschreibliche Kraft. Sie war kaum auszuhalten, glühend wie ein Ofen.

„Wer bist du?", rief Leanas Inneres.

„Wir sehen uns wieder!" Asarja verschwand aus ihrem Traum, danach gab es nur noch Schlaf.

„Piep, piep, piep!"

„Was?" Leana fuhr aus dem Kissen hoch.

„Piep, piep, p…"

„Ruhe jetzt!" Sie schlug hart auf die Snooze-Taste, danach schaltete sie den Wecker zur Sicherheit ganz aus. „Uff!" Leana sank zurück ins Kissen. Schon im nächsten Moment war sie hellwach. Von wegen – langsam in den Tag finden, wie sonst. Ihre Gedanken purzelten durcheinander.

Sie machte eine Ausbildung zur Krankenschwester im Diakoniekrankenhaus Schwäbisch Hall, von allen nur Diak genannt, und befand sich auf der Zielgeraden. Wenige Stationen noch, dann war sie überall herumgekommen. Im kleinen Rahmen gab es dabei die Möglichkeit, als Schüler oder Schülerin eine Vorliebe für die nächste Lernstation zu nennen.

Rasch zog Leana sich an und warf sich ein viel zu schnelles Frühstück ein: ‚Heut' kann es gar keinen Stationswechsel geben! Ist doch erst auf Anfang des nächsten Monats geplant!' Sie versuchte, ein wenig Vernunft in ihren Kopf zu bringen. Aber die Unsicherheit blieb. Wenn heute so ein Wechsel aus irgendwelchen Gründen doch kam, und sie nach der nächsten Station gefragt wurde, hatte sie keinen Stuss geträumt. Sie mochte nicht daran denken. Lieber klammerte sich Leana an das bisschen Hoffnung, tatsächlich *nur* geträumt zu haben. Sie hatte keine Lust darauf, dass aus dem, was ihr diese Nacht widerfahren war, irgendwelche Verpflichtungen erwuchsen. Außerdem fürchtete sie sich davor, einen Knall zu haben: „Wer Träume ernst nimmt, ist ein Fall für die Psychiatrie aber nicht fürs Diak!", murmelte sie, als sie das Haus verließ und ins Auto stieg.

Während der etwa halbstündigen Fahrt wurde Leana regelrecht nervös und fahrig, wo sie sonst doch so cool und gelassen war. Leana hatte tatsächlich Angst davor, dass sich ihre nächtlichen Erlebnisse bewahrheiten konnten. Plötzlich ertappte sie sich bei etwas, das sie schon sehr lange hatte schleifen lassen: „Ähm, Jesus, da bin ich mal wieder ..." Es war ihr fast peinlich, dieses Gebet zu beginnen, aber irgendwie sehnte sie sich nach Beistand von oben. „Ich hab' Schiss. Bitte lass es nur stinknormale Träume gewesen sein, ja? Ich wär' Dir wirklich sehr dankbar dafür. Ja, ich weiß, wir haben schon eine ganze Weile nicht mehr miteinander gesprochen, aber Du kannst mir ja trotzdem diesen kleinen Gefallen tun."

Wirklich ruhiger wurde sie durch das Gebet nicht. Eher wuchsen ihre gemischten Gefühle unangenehm weiter. Als sie schließlich das Auto auf dem Mitarbeiterparkplatz abgestellt hatte, musste sie sich zuerst die schweißnassen Hände an der Jeans trockenreiben, bevor sie den Weg hinauf zum Klinikgelände nahm.

Das Kochertal hatte sich in Schwäbisch Hall tief in das Kalkgestein gegraben. Die Hänge stiegen rasch steil an. Etwa in der Mitte eines solchen Hangs war das Diak in den Fels gesetzt worden. Man konnte schon etwas außer Atem kommen, wenn man vom Flussniveau hinauf zum Hauptgebäude stieg. Normalerweise kümmerte Leana das wenig, aber heute fühlte sie sich getrieben und war deshalb viel zu schnell unterwegs. Als sie im Seminarraum der Krankenpflegeschule ankam, musste sie ungewöhnlich stark schnaufen.

„Alles klar?" Judith, eine Schülerin aus Leanas Jahrgang, sah sie besorgt an. „Bist du krank?"

Leana schüttelte den Kopf: „Nee, ich hatte nur eine komische Nacht. Wird schon wieder." Sie versuchte ein Lächeln, das einigermaßen misslang.

„Na dann …" Judith wirkte nicht überzeugt, ließ aber Leanas Erklärung stehen.

Der Unterricht begann und hielt für Leana gleich eine Überraschung bereit: „Wir haben kurzfristig unseren Plan geändert: Der auf Ende des Monats angekündigte Stationswechsel wird vorgezogen. So kommen wir im Hinblick auf die Prüfungen besser hin", verkündete Dozent Dr. Sieder überraschend.

Niemand hatte mit diesem Wechsel gerechnet. Gemurmel entstand unter den Schülerinnen und Schülern.

„Herrschaften, das ist nichts Dramatisches, kein Grund zur Aufregung!", beschwichtigte Dr. Sieder.

Doch für Leana war es dramatisch. Sämtliche Farbe wich aus ihrem Gesicht. In ihrem Kopf drehte sich alles. Das konnte nicht sein! Wie war es möglich, dass sie schon in der Nacht von diesem Stationswechsel geträumt hatte? Das ging nicht mit rechten Dingen zu!

„Leana, langsam machst du mir Sorgen! Du bist bleich wie die Wand! Leg' dich hin, wenn dir schlecht ist!", flüsterte ihr Judith durch den Mundwinkel zu.

„Hab' mich gleich wieder." Leana atmete stockend. Mit beiden Händen hielt sie sich am Tisch fest und war froh, dass sie saß.

„Wie üblich verbinden wir den Stationswechsel bei jedem von Ihnen mit einem kleinen Gespräch über den Verlauf der Ausbildung und die nächsten Schritte – wobei Sie ja schon die meisten Stationen besucht haben", fügte Dr. Sieder über das allgemeine Gemurmel hinzu und setzte fort: „Insofern ist für die nächste Stunde Selbststudium angesagt. Wir bitten in alphabetischer Reihenfolge zum Gespräch. Nach meiner Liste müsste Frau Angelos die Erste sein."

Leana zuckte zusammen. Sie war immer die Erste, wenn es nach dem Alphabet ging; aber heute war eben alles ein bisschen anders. Mit dem Gefühl zur Schlachtbank geführt zu werden, stand sie auf und folgte Dr. Sieder in das kleine Besprechungszimmer.

Kaum hatten sie Platz genommen, kam Dr. Sieder gleich zur Sache: „Nun, Frau Angelos, mit dem bisherigen Verlauf Ihrer

Ausbildung sind wir sehr zufrieden, wo würden Sie denn gerne Ihr nächstes Praktikum machen? Die Auswahl ist ja ohnehin nicht mehr groß."

Leana schluckte und überlegte, ob sie sich nicht einfach für die Gynäkologie entscheiden sollte, um allem aus dem Weg zu gehen. Aber sie hatte ernsthafte Bedenken vor der kommenden Nacht und fürchtete sich jetzt schon vor dem Einschlafen. Wie würde es erst sein, wenn sie sich gedrückt hätte?

Dr. Sieder unterbrach ihr Grübeln: „Das gehört jetzt zwar nicht hierher: Angelos ist ein sehr schöner Name. Griechisch. Liegen in Griechenland Ihre familiären Wurzeln?"

Leana sah ihren Dozenten etwas entgeistert an. Ja, die Frage gehörte wirklich nicht in diesen Rahmen und passte nun gar nicht zu ihrem Gemütszustand. Trotzdem antwortete sie: „Mein Vater kam in den 70er Jahren nach Deutschland. Ursprünglich stammt er aus der Gegend um Athen."

„Angelos bedeutet Engel."

„Ja." Mehr fiel ihr gerade nicht mehr ein.

„Ein Engel im Krankenhaus." Dr. Sieder schmunzelte. „Haben Sie sich entschieden?"

Das Gespräch über ihren Namen hatte Leana vom Grübeln abgelenkt. Spontan antwortete sie: „Intensiv."

„Ausgezeichnet! Auf dieser Station waren Sie noch nicht. Von meiner Seite gibt's dagegen keine Einwände. Das können wir so machen." Er lächelte aufmunternd: „Noch Fragen?"

Leana öffnete schon den Mund, um den Doktor zu fragen, was er von Träumen hielt, die sich am nächsten Tag bewahrheiteten. Doch dann stockte sie: „Nein, keine weiteren Fragen mehr", antwortete sie mit rotem Gesicht und sah zu, dass sie rasch aus dem Zimmer kam. Draußen lehnte sie sich gegen die Wand und atmete tief durch. Was jetzt der Sieder bloß von ihr dachte? Zum Glück hatte sie gerade noch die Klappe gehalten. Man musste ja an ihrem Verstand zweifeln – keine guten Voraussetzungen für die Karriere als Krankenschwester.

Die Tür vom Besprechungszimmer öffnete sich: „Frau Angelos, ich vergaß Ihnen zu sagen, dass Sie gleich auf Station gehen sollen, der restliche Unterricht fällt für heute aus."

„Da… Danke, Dr. Sieder", stammelte Leana und versuchte, zu lächeln. Mann, war sie froh, als er mit der Nächsten aus ihrem Kurs wieder im Beratungszimmer verschwunden war. „Ich muss hier weg, bevor mich der Sieder nochmal sieht. Vielleicht hilft ja ein wenig frische Luft?", flüsterte sie.

So wie es ihr gerade ging, konnte sie sich unmöglich auf der Station blicken lassen. Die Nacht und der bisherige Morgen brauchten dringend Verarbeitung. Das Schlimmste war, dass sie sich nicht traute, mit irgendjemandem darüber zu sprechen.

Die frische Luft tat gut. Der Buchenwald oberhalb der Klinik strahlte in den schönsten Herbstfarben, und als der Wind durch die Äste pfiff, hörte Leana das Rascheln der rieselnden Blätter. Für die letzte Novemberwoche war es erstaunlich mild. Ein Klima, das ihr im Augenblick sehr entgegenkam. Sie mochte es nicht, wenn es eiskalt wurde.

„Wer ist dieser Asarja? Wie kann es sein, dass ich schon in der Nacht von ihm gesagt bekomme, was heute ansteht?", murmelte Leana. Sie versuchte sich daran zu erinnern, ob in den vergangenen Tagen schon einmal eine Andeutung über den vorgezogenen Stationswechsel gemacht worden war. Aber ihr fiel beim besten Willen nichts ein. Irgendwie war das unheimlich.

‚Was erwartet mich auf der Intensiv? Warum will dieser seltsame Asarja, dass ich heut' dort anfange?'

Die Fragen türmten sich in Leanas Kopf zu Gebirgen auf. Sie musste kapitulieren und konnte nur abwarten. Hoffentlich war es nichts Schlimmes. Eines hatte dieser ominöse Asarja jedenfalls schon geschafft: Leana hatte wieder mit dem Beten begonnen, obwohl sie insbesondere deshalb damit aufgehört hatte, weil ihrer Meinung nach nichts von der Seite Gottes in ihrem Leben angekommen war.

‚Das ist alles so absonderlich, dass ich besser den Faden zu Jesus wieder aufnehme. Man weiß ja nie', dachte Leana und schickte ein stilles Stoßgebet in den Himmel, als sie sich auf den Weg zur Intensiv begab. Selbst wenn Beten nichts brachte – schaden konnte es auch nicht.

Mit mulmigem Gefühl trat sie aus dem Aufzug und meldete sich bei der Stationsleitung: „Guten Morgen, ich bin Schwesternschülerin Leana Angelos und habe als nächste Praktikumsstelle die Intensivstation."

Stationsleitung Schwester Hildegard sah von der Krankenakte auf. Um Leana besser sehen zu können, zog sie ihre Brille auf die Nasenspitze und blickte über die Brillenränder in ihr Gesicht. Sie machte auf Leana einen gütigen wie resoluten Eindruck: „Ah, Schülerin Leana Angelos! Ich habe dich bereits erwartet. Ich bin Schwester Hildegard, setz' dich!"

Leana kam der Aufforderung nach, nahm auf einem freien Stuhl Platz und wartete ab.

Zunächst passierte gar nichts, denn Schwester Hildegard las in aller Ruhe ihre begonnene Krankenakte fertig. Ab und zu kamen Leute vom Stationsteam herein, um etwas zu holen oder um etwas aufzuschreiben. Von allen wurde Leana freundlich begrüßt und mit einem Lächeln bedacht. Das änderte aber trotzdem nichts daran, dass sie sich auf ihrem Stuhl ein wenig verloren vorkam. Herumsitzen machte sie noch kribbeliger, als sie ohnehin schon war. Leana musste regelrecht kämpfen, um äußerlich ruhig zu wirken. Ständig wollte sie mit den Beinen wippen oder mit den Fingern auf der Armlehne des Stuhls herum trommeln.

„So!" Schwester Hildegard schloss die Akte und nickte zufrieden. „Das war jetzt wichtig!" Sie wandte sich an Leana: „Weißt du, ich hatte ein paar Tage frei und musste mich zuerst in die Veränderungen auf Station einlesen."

„Ah", gab Leana zurück, froh, dass sie von Schwester Hildegard endlich angesprochen worden war.

„Nun können wir beide einen Stationsrundgang machen. Ich werde dir zu jedem Patienten eine Kleinigkeit sagen, dann bist du am Ende gleich informiert. Nebenbei lernst du so auch die

Räumlichkeiten und Besonderheiten bei uns kennen. Das spart Zeit."

„Vielen Dank, Schwester Hildegard, dass Sie sich dafür persönlich die Zeit nehmen."

„Lass mal das Sie weg, Kindchen! Wir sind hier alle per Du! Also: einfach Schwester Hildegard oder nur Hildegard, das reicht!" Sie lächelte Leana an. „Wir werden uns schon verstehen, und nun komm!" Schwungvoll stand sie von ihrem Bürostuhl auf und wirbelte los. „Wir fangen hinten an!", rief sie Leana über die Schulter zu und zeigte auf das Ende des Gangs.

Leana hatte Mühe, mit ihr Schritt zu halten, so sehr war sie über Hildegards Tempo überrascht. Während die Stationsleiterin über den Gang eilte, deutete sie mal hierhin, mal dorthin und erklärte flugs im Vorbeigehen die verschiedenen Nebenräume. Als das Ende des Gangs erreicht war, grinste sie: „War ein bisschen schnell, nicht? Aber keine Sorge, das lernst du rasch! Viel wichtiger sind die Patienten! So, um die kümmern wir uns jetzt! Auf geht's!"

Leana blies die Backen auf und holte tief Luft: „Okay." Mit hochgezogenen Augenbrauen folgte sie Hildegard ins erste Patientenzimmer.

Wie der Name Intensivstation erwarten ließ, begegneten Leana in den Zimmern Patienten, die so krank oder verletzt waren, dass sie ständig überwacht werden mussten. Viele von ihnen hatten Operationen hinter sich. Leana konnte sich die Krankengeschichten nicht bis ins letzte Detail merken, aber sie gewann einen guten ersten Überblick.

Der Besuch eines Zimmers hinterließ jedoch bei Leana einen besonderen Eindruck: Das Erste, was sie beim Eintreten wahrnahm, war das Piepsen der Überwachungsgeräte. Im Zimmer gab es Platz für zwei Betten, doch nur eines stand im Raum. Darin lag ein junger Mann. Leana schätzte ihn auf ihr eigenes Alter oder etwas jünger. Sein Gesicht war fahl und eingefallen, die Augen geschlossen. Fragend blickte sie zu Hildegard.

„Tobias Schwarzer", antwortete sie gedämpft und warf einen sorgenvollen Blick auf den Jungen. „Sein Zustand ist seit drei Wochen unverändert. Ich hatte gehofft, ihn nach meinem Urlaub nicht mehr anzutreffen, weil er aufgewacht wäre. Leider ist dem nicht so."

„Was ist mit ihm?"

„Einen Mordanschlag nur knapp überlebt. Wir mussten ihn nach der OP ins künstliche Koma legen. Schon vor 14 Tagen haben wir das Medikament abgesetzt, aber es tut sich nichts. Ich mach' mir große Sorgen. Er ist so jung! Das ganze Leben liegt noch vor ihm!"

Leana warf einen Blick auf die Monitore: „Sämtliche Vitalwerte liegen im optimalen Bereich!", sagte sie verblüfft in Normallautstärke. „Oh." Leana legte sich die Fingerspitzen auf den Mund. „War zu laut, Entschuldigung!", flüsterte sie nun fast wieder zu leise.

Schwester Hildegard hatte den Anflug eines Lächelns auf den Lippen. „Ist schon gut. Du hast Recht! Hervorragend beobachtet!" Sie nickte anerkennend, wurde aber gleich wieder erst: „Das ist es ja, was uns Sorgen macht. Eigentlich müsste er schon längst zu Hause sein. Sein Körper hat alles sehr gut verkraftet, obwohl es mehr als knapp war! Aber sein Geist …" Hildegard machte eine Pause. „Sein Geist scheint ganz weit weg zu sein."

„Hirnfunktion?"

„Völlig normal. Der Junge ist ein Rätsel."

„Darf ich wissen, wie es zu dem Angriff auf ihn gekommen ist?"

„Eine düstere Geschichte! Unmöglich, dass du nichts davon erfahren hast. Presse, Funk und Fernsehen haben ausführlich über die schrecklichen Ereignisse in Hügelhain berichtet. Drei Wochen ist das jetzt her."

Leana wusste, wovon Schwester Hildegard sprach: „Ich wohn' in Spiegelbach. Hügelhain liegt quasi vor meiner Haustür. Noch immer streichen irgendwelche sonderbaren Reporter durch die Gegend und versuchen das Letzte, was es zu diesem Thema gibt, aus den Leuten heraus zu kitzeln."

„Er hat als einziger überlebt." Hildegard nickte mit dem Kopf in die Richtung des jungen Mannes. „Was weißt du über die Sache?" Sie hatte ihre Stimme noch mehr gedämpft und ging vom Krankenbett etwas weg.

„Außer Vermutungen und Gerüchten gibt's nicht viel. Die Insider sind ja bis auf ihn umgekommen. Eins ist jedenfalls klar: Droben auf dem Burgstall muss eine Art Geheimbund sein Unwesen getrieben haben. So was wie 'ne Religion – mit ziemlich blutigen Praktiken. Und die anderen Betroffenen haben mit der Polizei Stillschweigen vereinbart."

„Wer sind diese anderen?"

„Eine kleine Gruppe von Leuten, unser Pfarrersehepaar Friedreich gehört auch dazu."

„Hm."

„Weil sie eingegriffen haben, hat er überlebt!" Leana hielt kurz inne. „Hügelhain ist schlimm. Kaum auszuhalten dort. Bis auf ein paar Mal hab' ich das Kaff immer gemieden. Auf dem Burgstall war ich noch nie – zu gruselig. Eine alte Festung aus der Keltenzeit und einen Grabhügel soll es da geben. Kann schon sein. Der Burgstall überragt ja die ganze Gegend. Die haben sich damals bestimmt was gedacht, als sie ihn ausgesucht haben."

„Ja, darüber wurde im Fernsehen berichtet. Brrr." Hildegard rieb sich den Unterarm. „Sonderbar, dass nie jemand etwas von dem Treiben mitbekommen hat."

„Sieht so aus, als ob auch jetzt wieder möglichst schnell viel Gras über die ganze Geschichte wachsen soll. Offenbar spricht niemand in Hügelhain darüber. Ansonsten würden die Reporter wohl nicht nach Spiegelbach kommen."

„Und was haben die Leute getan? Sie sollen ja alle Christen sein …"

„Gegen den Geheimbund aufbegehrt. Etwas Unglaubliches muss in der Nacht von Allerheiligen auf dem Burgstall geschehen sein. Wie kannst du dir sonst erklären, dass sich alle Mitglieder des Geheimbundes gegenseitig morden?"

„Und er als einziger überlebt?", fragte Hildegard nachdenklich. Sie atmete tief durch und straffte sich. „Wie dem auch sei, wir lösen das Rätsel nicht. Hoffen wir, dass der Junge bald aufwacht und keine bleibenden Schäden davonträgt. Das tut übrigens auch die Polizei. Fast jeden Tag erkundigt sich einer aus der Untersuchungsgruppe nach ihm. Wir tun, was in unsern Möglichkeiten steht, aber aufwachen muss er alleine. Alle auf der Station fiebern mit. Aber es gibt auch andere Patienten, die unsere Hilfe brauchen. Gehen wir weiter!"

Leise verließen sie das Zimmer.

Leana hörte weiterhin aufmerksam Schwester Hildegards Ausführungen zu, aber innerlich stand sie noch immer am Krankenbett des Jungen. Etwas hielt sie dort fest. Dieses Gefühl begleitete sie den Tag über bis zur Schlafenszeit. Als sie dann im Bett lag, griff eine Unruhe nach ihr. Müde wälzte sie sich auf der Matratze hin und her. Die Zeit kroch nur so dahin. Ein unerträglicher Zustand zwischen wachen und schlafen. Ihre Gedanken gingen wild durcheinander: Bilder des Tages wechselten mit denen der vergangenen Nacht, das Bett schien sich zu drehen.

Plötzlich war er wieder da. Für den Bruchteil eines Augenblicks schien er leibhaftig im Zimmer zu stehen.

Wie von der Tarantel gestochen fuhr Leana auf und starrte in die Dunkelheit: „Da war doch … Nein, da ist keiner!" Mit einem Seufzer der Müdigkeit und Erschöpfung fiel sie zurück aufs Kissen. „Ich weiß nicht, ob ich jemals solche Nächte erlebt habe!", murmelte sie und rollte sich auf die Seite.

Das Spiel begann von neuem. Die innere Rastlosigkeit wollte nicht enden. Schließlich war ein Punkt erreicht, an dem Leana nicht mehr sagen konnte, was nun Traum oder Wirklichkeit sein mochte.

„Leana, da bin ich wieder!"

„Lass mich in Ruhe! Will schlafen!"

„Habe Acht auf den Jungen! Du bist ihm zur Seite gestellt, und ich stehe dir bei!"

„Verschwinde, du Nerventod! Ich hab' mit dir nichts zu schaffen! Wer bist du überhaupt?"

„Ich bin Asarja, meinen wahren Namen wirst du noch erfahren."

„Meine Güte, der Junge liegt im Koma, weiß der Himmel wie lang' noch!"

„So ist es."

„Wie kann ich auf ihn achten? Ich bin doch nur eine kleine Schülerin! Falls er jemals aufwacht, wird er entlassen – wohin auch immer! Also, lass mich in Frieden. Ich mag nicht!"

„Eure Wege werden sich auch in Zukunft kreuzen, und in deiner Gegenwart wird er bald erwachen. Behalte ihn im Herzen! Tritt für ihn ein! Es steht so viel auf dem Spiel! Mehr als ein Menschenleben! Es geht um Sieg oder Niederlage! Lasse dich nicht an der Nase herumführen und vertraue!"

„Wem soll ich denn in diesem verrückten Spiel vertrauen? Los, sag mir das!"

„Mir und dem, der mich gesandt hat!"

„Kümmert euch um den Kram selbst! Ich bin dafür die Falsche!"

„Du hast ein gehorsames Herz, deshalb wurdest du erwählt."

„Erwählt? Von wem erwählt?"

„Vom Herrn der Heerscharen, der ausgezogen ist, um zu siegen![6] Sei bereit!"

Diesmal blieb das Piepen des Weckers aus, weil Leana kurz davor die Augen aufschlug. Draußen herrschte noch Dunkelheit, aber im Haus gab es schon Betrieb. Leanas Familie war auf den Beinen, alle mussten früh raus. Sie schaltete das Foltergerät aus, bevor es doch noch Lärm schlagen konnte und starrte die Decke ihres Zimmers an. Leana fühlte sich, als sei sie unter eine Straßenwalze gekommen. „Kann ich mich überhaupt

---

6   Offenbarung 6,2

bewegen?", fragte sie sich und versuchte es zunächst einmal mit den Zehen.

Natürlich wusste Leana, dass sie über Nacht nicht plötzlich lahm geworden war, aber das Gefühl, erschlagen zu sein, war nicht zu leugnen. Die Knochen taten weh. Ihr sonst flinkes-aus-dem-Bett-hüpfen blieb heute aus. Diese Nacht hatte richtig Kraft gekostet. Dumpf hingen ihr noch die Gedanken im Kopf, und ihre Gefühle bäumten sich dagegen auf.

Gerne hätte Leana mal wieder alles ins Reich der Träume abgeschoben und dort belassen, aber das war unmöglich. Nicht nach den Ereignissen des vergangenen Tages, nicht nach dieser Nacht. Sie hatte gehofft, dass das ganze übernatürliche Zeug aus ihrem Leben verschwinden würde, wenn sie sich nicht mehr damit beschäftigte. Ein Trugschluss. Das wusste sie jetzt.

‚Ich werde die unsichtbare Welt nicht los‘, dachte Leana und machte sich ernsthafte Gedanken darüber, ob sie das alles seelisch verkraften konnte. Ihr Inneres krampfte sich zusammen. Angst kroch ihr den Rücken hoch. Sie erinnerte sich noch an jedes Wort, das sie in der Nacht mit diesem unheimlichen Asarja gewechselt hatte. Leana wurde dabei schlecht. War ihr tatsächlich im Schlaf ein Auftrag erteilt worden? Oder rutschte sie in eine Psychose?

Gerade weil sich Leana so offen für seltsame Dinge gefühlt hatte, hatte sie alles in dieser Richtung unterbunden. Gut war sie damit gefahren. Niemals hätte sie gedacht, dass die Tür auch von der anderen Seite geöffnet werden konnte.

„Ich mag nicht aufstehen!", stöhnte sie. „Und ich will in nichts hineingezogen werden! Ich will nur meine Ruhe!" Leana ahnte, dass ihr keine Wahl blieb.

Nach weiteren Augenblicken des Liegens gab sie sich schließlich einen Ruck: „Ich kann ja nicht für immer mit dem Kopf unter der Decke bleiben! Dann werde ich auf jeden Fall in die Klapsmühle eingeliefert!", seufzte sie und machte sich langsamer und deutlich widerstrebender als üblich für den Dienst fertig. Am liebsten wäre sie heute zu Hause geblieben, aber ihr

Pflichtbewusstsein siegte über die Angst. Sehr angespannt und bereit, das Gras wachsen zu hören, ging Leana in den Tag.

4. Arnivlus

Seit ein paar Wochen waren sie nun schon im fränkischen Gutshof Villa Heilbrunna zu Gast und verbreiteten das Evangelium unter der Bevölkerung des Umlands. Der Gutshof lag auf einer kleinen Anhöhe, die gleich einer Insel aus dem Sumpfland des breiten Flusstals herausragte. Es war Sommer, die Zeit feuchter Hitze und plagender Stechmücken. Neckar hieß der Fluss, der diese breite Sumpflandschaft geschaffen hatte und für üppiges Leben sorgte. Nicht nur für Myriaden von Schnaken, sondern auch im Hinblick auf einen reich gedeckten Tisch mit allerlei jagdbarem Wild, schmackhaften Fischen und reichhaltigen Gartenfrüchten. Für Kilian und seine Brüder bedeutete der Aufenthalt im Gutshof trotz ihrer umfangreichen missionarischen Arbeit eine Zeit der Erholung.

Arnivlus nutzte die Tage in der geschützten Umgebung, um seine Aufzeichnungen über die Erlebnisse in Michelstadt abzuschließen. Noch immer bekam er Gänsehaut, wenn er an das dachte, was der Herr dort durch sie bewirkt hatte. Bis nach Heilbrunna hatte sich der Wandel von Michelstadt herumgesprochen und war ihnen in der ganzen Gegend wie ein Lauffeuer vorausgegangen. Ihre Reise durch den Odenwald ins Neckartal war zu einem Siegeszug für das Evangelium geworden. Begeisterte und neugierige Menschen hatten ihren Weg gesäumt. An den Rastorten waren die Leute an ihren Lippen gehangen, um ihren Worten gespannt zu lauschen. Die Mönche galten als Boten des mächtigen Gottes, der Belenos vom Thron gestoßen hatte. Mit großer Ehrfurcht waren ihnen die Alemannen bis vor die Tore des Gutshofs gefolgt, und im ganzen Unterland wurde über die Wundertaten der Männer von den fernen Inseln in tobender See erzählt.

Arnivlus schmunzelte. Er fühlte sich außerordentlich bevorzugt, weil er das miterleben durfte. Die Freude überwog bei Weitem die Gefahren ihrer Mission. Doch das Blatt konnte sich rasch wenden. Arnivlus war nicht verborgen geblieben: Nicht alle freuten sich über die Entmachtung Belenos'. Die alten Götter waren im Land sehr mächtig. Mancher Alemanne hätte ihn und seine Brüder am liebsten tot gesehen. Arnivlus ahnte es: Der Tag, an dem er die schützenden Mauern des Gutshofs verlassen musste, rückte näher. Außerdem wuchs in ihm seit einer Weile der Eindruck, dass sich sein Weg von dem Kilians und der Brüder trennen würde. Dieser Gedanke gefiel Arnivlus überhaupt nicht, aber so sehr er sich auch mühte, er schaffte es nicht, ihn loszuwerden.

Er entschied sich, die anderen nicht mehr bei ihren Einsätzen zu begleiten. Die Zeit sollte der Stille gehören, damit er Klarheit über seinen Weg finden konnte. Natürlich schrieb er an der Chronik weiter, aber das geriet zur Nebensache.

Immer öfter stieg er auf den Turm und betrachtete von dort aus die Landschaft. Immer öfter blieb sein Blick in Richtung Osten hängen: Was verbarg sich hinter dem steilen Hang, der sich direkt an die Sumpfebene von Heilbrunna anschloss?

„Wildes, raues Land! Finstere Wälder und Barbaren, denen nichts heilig ist! Die Zeiten, in denen die aufgegebene Salzstraße sicher gewesen war, sind lang vorbei!", antwortete ein adliger Kämpfer, der zur Besatzung des Gutshofs gehörte, auf Arnivlus' Frage.

„Salzstraße?"

„Ja, sie führt von Hall herunter zu uns ins Unterland. Die Römer haben sie seinerzeit gebaut. Damals war sie noch gut befestigt, heute dagegen an vielen Stellen ausgewaschen und heruntergekommen. Niemand kümmert sich um ihren Erhalt, trotzdem ist sie noch immer der Hauptweg nach Osten."

„So, so, die aufgegebene Salzstraße", murmelte Arnivlus und spielte dabei mit Daumen und Zeigefinger an seiner Unterlippe herum. Schon das Wort übte auf ihn eine Anziehungskraft aus. „Ist sie schwer zu finden?"

Der Adlige winkte ab. „Sobald du den Gutshof in östlicher Richtung verlässt, bist du auf ihr! Du darfst sie halt nie verlassen. An manchen Stellen ist sie noch so gut erhalten, als ob die Römer erst gestern gegangen wären."

„Vielen Dank, mein Bruder, du warst mir eine große Hilfe!" Arnivlus verbeugte sich vor dem Adligen und stieg den Turm hinunter.

Er merkte auf! Das Land der Salzstraße hatte ihn in den Bann gezogen und der Herr ihm damit den Weg nach Osten gewiesen. Arnivlus fühlte das, weil er so aufgeregt war. Fast schon freudig, wenn er an den Aufbruch dachte. Kilian und die Brüder wollten wieder nach Norden ziehen, ihre Herzen schlugen für die dortige Region. Das rief in ihm eine tiefe Traurigkeit und einen Schmerz hervor. Eine innere Stimme sagte ihm, dass er ihnen nach ihrem Auseinandergehen in dieser Welt nicht mehr begegnen würde.

Am Abend, nach der Gebetszeit, ging er auf Kilian zu: „Bruder Kilian, mein Oberer, ich muss mit dir reden!"

„Was ist denn, Bruder Arnivlus? Was drückt dich?"

„Ich glaube, der Herr sendet mich nach Osten, wo ich doch weiß, dass du dich wieder gen Norden wenden möchtest. Wir wurden zu zwölft ausgesandt, weil auch der Herr zwölf Jünger hatte. Doch plötzlich verspüre ich in mir den Auftrag, die Gemeinschaft zu verlassen. Will uns Satan blenden, damit wir uns auflösen? Kann es recht sein, mich von dir und den Brüder zu trennen?"

Kilian dachte nach. War jetzt schon der Zeitpunkt gekommen, dass sich ihre Gemeinschaft teilte? Hatten sie schon genug gemeinsame Erfahrungen gesammelt? Bisher hatte sie der Herr vor Verlusten bewahrt. Aber Kilian wusste auch, dass der Rote Weg für etliche von ihnen bestimmt war. „Du wirst auf dich allein gestellt sein", gab er zu bedenken.

„Ich bin nicht allein, die Engel des Herrn werden mit mir sein, und der Geist Gottes wird mich leiten."

„Wahrlich, so ist es, aber die Alemannen dort sind allem Fränkischen gegenüber mehr als feindlich eingestellt!"

„Ich bin kein Franke, sondern Knecht Christi."

„Es kann gut sein, dass dein Kopf gerollt ist, bevor sie das begriffen haben. Bist du dazu bereit?"

„Meine irdische Hütte ist nicht von Dauer und wird abgerissen. Mag es früher oder später sein. Meine Heimat ist anderswo."[7]

„Ich sehe, du bist nicht wankelmütig, Bruder Arnivlus, und du bist dir der Gefahr bewusst. Wenn unser Herr ruft, wer sind wir, dass wir uns seinem Ruf widersetzen?"

„Ist es wirklich der Herr?"

---

7   2. Korinther 5,1

Kilian schwieg unerwartet lange auf Arnivlus' Frage. Schließlich antwortete er: „Weißt du, Bruder Arnivlus, dreierlei Stimmen reden in unserem Herzen, und es fällt schwer, sie immer ordentlich auseinander zu halten. Da ist zum einen unser lieber, himmlischer Herr, der mit den sanften Stimmen seines Heiligen Geistes und der Engel spricht und uns so seine Weisungen ins Herz gibt. Aber da ist auch unsere eigene Stimme. In ihr sprechen unsere Träume, unsere Sehnsüchte, unsere Ängste und unsere Selbstverliebtheit. Sie will das Eigene und nicht das, was Gottes ist. Und, du hast es schon angedeutet, Bruder Arnivlus, es gibt die Stimme des Versuchers! Es ist Satans Stimme, des Vaters der Lüge[8]. Er ist ein Meister darin, wenn es darum geht, uns Menschen zu verwirren. Er verkehrt das Gute ins Böse, er übertreibt und missbraucht das Wort Gottes! Zerstörung, Schmerz und Leid sind seine Ziele. Er lässt nichts aus, wenn es darum geht, die Diener Gottes in die Irre und in den Tod zu führen! Er und seine dunklen Engel sind unsere größten Feinde! Sie nisten sich mit ihren Lügen und Halbwahrheiten in uns ein. Leise, still und heimlich lassen sie ihre Bosheit in unsere Herzen sickern."

„Wie unterscheide ich diese Stimmen? Wie kann ich herausfinden, was Gottes Absichten sind?"

„Nun, was sagt der Herr selbst in seinem heiligen Wort?"

„Er spricht: Geht hin und macht zu Jüngern alle Völker[9], Bruder Kilian."

„Ja, und er spricht auch: Siehe, ich sende euch wie Schafe unter die Wölfe[10]. Und: Nehme dein Kreuz auf dich und folge mir nach[11]. Der Herr kündigt es dir an: Sein Auftrag kann dein Tod sein, weil Satan nicht will, dass die Menschen die Liebe Gottes entdecken. Er möchte sie in der Sklaverei der Götzen halten, damit sie auf ewig seine Beute bleiben."

---

8   Johannes 8,44
9   Matthäus 28,19
10   Matthäus 10,16
11   Markus 8,34

„Sollte ich deshalb nicht gehen? Den Heiden aus Angst vor Satan die frohe Botschaft vorenthalten?", fragte Arnivlus.

„Nein. Wir haben unsere Heimat verlassen und sind übers Meer gekommen, weil der Herr will, dass allen Menschen geholfen wird[12]. Ansonsten hätten wir uns für den Grünen Weg entschieden und wären auf unserer Insel geblieben. Nun, noch eine Frage, Bruder Arnivlus: Sind es eitle Gedanken, die dich nach Osten locken?"

„Bruder Kilian, was meinst du damit?"

„Strebst du nach Ruhm und Ehre? Möchtest du ein Held sein und Applaus für deinen Wagemut bekommen?"

Entgeistert sah Arnivlus seinen Oberen an: „Bruder Kilian, was denkst du von mir?", rief er mit aufgerissenen Augen.

Kilian schmunzelte: „Nun, wir sprachen von den inneren Stimmen, die auf uns Einfluss nehmen wollen. Stolz, Eitelkeit, Neid und Habgier sind zum Beispiel solche Regungen, die das, was der Herr an Gutem will, unter ein schlechtes Vorzeichen setzen. Auch hier hat Satan seine Finger im Spiel."

„Nein, Bruder Kilian, ich würde viel lieber mit dir und meinen Brüdern weiterreisen! Mich lockt das Abenteuer nicht, es ist ein Schritt des Gehorsams, der mich von euch weg nach Osten zieht." Ehrliches Bedauern lag in seinen Worten.

„Du hast meinen Segen für deine Absicht. Auch du wirst mir fehlen, nicht nur weil du unser Chronist bist!" Kilian legte seine Hand auf Arnivlus' Schulter und sah ihm tief in die Augen: „Wir werden uns in dieser Welt nicht mehr sehen. Diese Ahnung macht mir das Herz schwer, und ich wünsche mir, dass sie trügt. Sei vorsichtig und gieße kein Öl in ein Feuer, das schon lichterloh brennt! Die Weisheit des Herrn möge dich durchdringen und deine Schritte lenken![13]"

„Danke, Bruder Kilian, mein Oberer."

Dieser nickte und atmete tief durch. „Wir wollen deine Abreise vorbereiten und dich würdig in einem Gottesdienst aussenden.

---

12   1. Timotheus 2,4
13   1. Samuel 25,32f

Du kannst allen erdenklichen Segen brauchen! Dieses Land ist rau, und die Menschen stehen noch ganz unter der Herrschaft der finsteren Mächte. Bringe ihnen die frohe Botschaft der Freiheit und der Liebe, mein Sohn!" Kilian wischte sich eine Träne aus dem Augenwinkel und umarmte Arnivlus. „Wir teilen es den anderen mit, komm!"

Zusammen mit den Leuten vom Gutshof saßen die Brüder in der Versammlungshalle zum Abendessen. Die Stimmung der Gesellschaft war fröhlich, es herrschte das Gemurmel angeregter Gespräche, oft wurde gelacht. Kilian trat zum Gutsherrn Siegibert und wechselte mit ihm leise ein paar Worte. Nur einen Moment später erhob sich Siegibert und reckte beide Arme in die Höhe: „Ruhe, Ruhe! Meine lieben Freunde, Ruhe!", rief er mit kräftiger Stimme.

Die Gespräche erstarben und aller Aufmerksamkeit wandte sich dem Gutsherrn zu.

„Hört, was euch Kilian zu sagen hat!" Siegibert gab ihm freundlich ein Zeichen.

Kilian stand auf: „Meine lieben Brüder, Brüder und Schwestern vom Gutshof! Es gibt euch eine wichtige Neuigkeit kundzutun: Unser Bruder Arnivlus wird uns bald in östlicher Richtung verlassen! Der Herr hat mit ihm einen eigenen Weg vor. Sobald die Reisevorbereitungen getroffen sind, werden wir ihn unter dem Segen Gottes aussenden!"

Kilians Worte lösten unter den Brüdern Betroffenheit aus, keiner hatte mit solch einer Botschaft gerechnet. Die Bewohner des Gutshofs nahmen Kilians Ankündigung lediglich zur Kenntnis. Allenfalls quittierte der eine oder andere die Absicht mit einem Kopfschütteln, wobei die meisten die Mönche ohnehin für verrückt hielten. In ihren Augen trugen die Missionare ihr Fell viel zu leicht zu Markte.

„Die einzige Sprache, die diese ungehobelten Barbaren verstehen, ist die des Schwerts!", raunte ein Mann der Besatzung einem der Brüder über den Tisch zu und zeigte damit sein ehrliches Bedauern, dass er die Mission jetzt schon für gescheitert hielt. In seinen Augen war Arnivlus' Leben keinen Pfifferling mehr wert. „Wir werden ihn gebührend verabschieden, das hat er verdient!", sagte er abschließend und nahm einen kräftigen Schluck Wein aus seinem Becher.

Der Mönch schluckte trocken. Er verlor in Arnivlus einen Bruder und Freund und wurde daran erinnert, dass sie alle um Christi willen einen schweren und entbehrungsreichen Weg gewählt hatten.

Die Missionierung der Alemannen lag im Interesse der Franken. Sie erhofften sich, dadurch leichteres Spiel mit ihnen zu haben. Es kam den Franken entgegen, wenn sie ihren Machteinfluss ohne zu viel Blutzoll ausbreiten konnten. Daher unterstützten sie die Arbeit der Mönche, obwohl es ihnen nicht schmeckte, dass die gottesfürchtigen Männer ihren Glauben als verweltlicht und lau bezeichneten. Dieser Vorwurf kränkte sie in ihrer Ehre. Entkräften konnten sie ihn aber nicht, zu sehr entsprach er der Wahrheit.

Den Mönchen ging es nicht darum, sich zu Erfüllungsgehilfen fränkischer Politik zu machen. Ihnen lag es am Herzen, dem alemannischen Volk die Liebe Gottes zu predigen, die sich in seinem Sohn Jesus Christus auf Erden offenbart hatte. Deshalb nahmen sie die Unterstützung der Franken an. Doch wo es nur ging, traten sie ohne diese Herren auf und trachteten danach, das Vertrauen des Volkes durch Rat und Tat zu gewinnen, statt durch Drohung und Schwert die Menschen mit Gewalt zum Kreuz zu führen.

So ließ sich Arnivlus gerne vom Gutsherrn Siegibert für die Reise ins Hinterland ausstatten. Dankbar nahm er den Pferdekarren mit Plane an und bestückte ihn mit allerlei Hilfreichem, das ihm den Zugang zu den Menschen in der rauen Gegend erleichtern konnte.

Doch Arnivlus' größter Schatz war das Wissen, das er in seinem klösterlichen Leben erhalten hatte. Die Bibliotheken der keltischen Klöster hatten Weltruhm. Der Ruf ihrer Gelehrtheit eilte den Inselmönchen in ganz Europa voraus.

Schließlich waren sämtliche Vorbereitungen abgeschlossen und der Tag der Abreise gekommen. In aller Frühe rief die kleine Glocke des Gutshofs zum Aussendungsgottesdienst. Alle erwiesen Arnivlus an diesem Morgen die Ehre. Die kleine Kirche konnte die Zahl der Gekommenen nicht fassen.

Feierlich salbte Kilian dem Arnivlus das Haupt mit Öl und legte ihm segnend die Hände auf: „Bruder Arnivlus, geh im Segen und im Frieden unseres mächtigen Herrn Jesus Christus und vergiss nie: Er ist Herr über alles. Er ist gekommen, die Mächte der Finsternis vom Thron zu stoßen und sein ewiges Reich des Friedens aufzurichten! Du bist in seinem Namen unterwegs! Du bist Botschafter seiner Liebe! Fürchte dich nicht, egal was dir widerfahren mag! Es kann dir zwar dein irdisches Leben genommen werden, aber niemand wird dich aus der Hand dessen reißen, der sein Leben für dich gegeben hat und nun als vom Tod auferstandener Herr in Ewigkeit regiert.[14] Er wird mit seinen Engeln allezeit bei dir sein! Er wird dich leiten![15]“ Mit der rechten Hand schlug Kilian über dem knienden Arnivlus ein Kreuz: „Im Namen des Vaters und des Sohnes und des Heiligen Geistes!“

Seltsames geschah plötzlich: Die Anwesenden wurden von einem Schauder ergriffen und sahen sich gegenseitig fragend an. Unruhe erfasste die Menschen vom Gutshof. Etwas war in die kleine Kirche getreten, unsichtbar, doch fast mit Händen zu greifen. Unweigerlich mussten sich einige zum Mittelgang hin verbeugen, manchen zog es auf die Knie. Auch der stolze Gutsherr Siegibert war nicht mehr in der Lage, dieser ungeheuren Kraft zu widerstehen: „Herr, erbarme Dich!“, flüsterte er und sank zu Boden.

Wer in diesem Moment wagte, die Augen zu heben, berichtete hinterher von einem goldenen Licht. Es füllte den ganzen Altarraum mit strahlendem Glanz und umfloss leuchtend die beiden Mönche.

14 Johannes 10,28
15 Psalm 91,11f

Niemand konnte sich der unbändigen Kraft entziehen. Die Menschen fürchteten, sie müssten nun vergehen.

Arnivlus und Kilian verharrten wie erstarrt unter dem Licht. Erst als das Leuchten nachließ, kam wieder Leben in die beiden. Kilian zog Arnivlus zu sich hoch und umarmte ihn herzlich. Noch eine ganze Weile strahlten ihre Gesichter in dem Glanz.

Von nun an sahen die Leute des Gutshofs die Mönche mit anderen Augen. Durch eine kleine Berührung ihrer Kutten hofften sie ein wenig von dem himmlischen Glanz abzubekommen.

Als Arnivlus später mit dem Pferdekarren zum Tor des Gutshofs hinausfuhr, verbeugten sich vor ihm selbst die härtesten Kritiker einer friedlichen Mission und wussten, dass ihre Schwerter keine Kraft hatten im Vergleich zu der Macht, die ihnen in der Kirche begegnet war.

Auch Arnivlus zeigte sich vollkommen überwältigt von den Ereignissen dieses Morgens. Noch nie hatte er derart in der himmlischen Gegenwart gestanden. Deutlicher hätte der Herr seinen Weg nicht bestätigen können. Nun wusste sich Arnivlus wirklich ins Hinterland gesandt. Er war sich gewiss: Der Herr mit seinen Engeln würde ihn begleiten. Das gab ihm ein Gefühl der Sicherheit, aber überschwänglich war er deswegen nicht. Die Salzstraße führte ins Ungewisse, das Ziel kannte nur der Herr, und er, Arnivlus, hatte sich im Gehorsam hinein zu fügen.

Langsam holperte der Karren über die Straße. Je weiter er sich vom befestigten Gutshof entfernte, desto spärlicher wurde die Besiedelung. Nur noch wenige Gehöfte lagen am Wegesrand. Als das Ende des Schwemmlandes erreicht war, stieg die Salzstraße steil bergan. An den Hängen gab es Weinbau. Das erlaubte Arnivlus immer wieder einen Blick hinunter ins Tal, wo die Konturen des Gutshofs nach und nach im Dunst verblassten. Die Geräusche betriebsamer Geschäftigkeit verstummten, einzig das monotone Rumpeln des Karrens begleitete ihn.

Schließlich hatte er den Scheitelpunkt des Anstiegs erreicht. Hinter ihm lag die Ebene des Neckartals, eine weitgehend kultivierte Landschaft, vor ihm das unbekannte Hinterland, deutlich hügeliger. In der Ferne zeichnete sich eine Kette von mittelhohen Bergen ab. Arnivlus atmete tief durch. Trotz aller Bereitschaft, den aufgetragenen Weg zu gehen, verspürte er eine große Sehnsucht, in den Kreis der Brüder zurückzukehren. Dort unten irgendwo waren sie. Bestimmt hielt Kilian gerade eine bewegende Predigt, und die anderen kümmerten sich um die Armen und Kranken. Heute Abend würden sie gemeinsam beten und zusammen essen, auch das Lachen würde nicht zu kurz kommen. Mit einem Seufzen wandte Arnivlus seinen Blick nach vorn. Hier lag seine Zukunft.

„Auf!" Er schüttelte die Zügel.

Das Pferd schnaubte kurz, setzte sich in Bewegung und zog den Karren gemächlich bergab. Arnivlus sah nicht mehr zurück. Seine ganze Aufmerksamkeit sollte von nun an dem Neuen gehören. Selbst wenn außerhalb des Neckartals nur wilde Barbaren leben sollten, so waren sie dennoch Gottes geliebte Geschöpfe, die bloß noch keine Gelegenheit gehabt hatten, ihrem Schöpfer zu begegnen. Eben darin lag seine Berufung: Die Liebe Gottes an Orte zu tragen, wo sie bisher noch nicht verkündet worden war.

Arnivlus fühlte sich über diesen Auftrag geehrt und hielt im Herzen fest: Wenn ihm sein irdisches Leben genommen wurde, dann würde er von den liebenden Armen seines himmlischen Vaters aufgenommen werden. Aber das änderte nichts an seiner Angst. Er war Christ, ja, sogar Mönch, aber er war kein Narr. Jedes Stückchen Mut musste neu erbeten werden. Hinter jeder Wegbiegung konnte der Tod lauern.

Entlang der Salzstraße gab es kleine Weiler oder einsame Gehöfte. Menschen bekam Arnivlus nur selten zu Gesicht. Wenn ihm welche begegneten, so waren sie meistens misstrauisch und ängstlich. Allenfalls in den etwas größeren Siedlungen bot seine Durchreise Anlass für einen neugierigen Auflauf der Leute oder gar Anzeichen einer Art Gastfreundschaft, die sich in einer kleinen Erfrischung und etwas Futter für das Pferd zeigte.

Manchmal musste er an den Adligen denken, der ihm in der Villa Heilbrunna von der Salzstraße erzählt hatte. Ihr Zustand entsprach tatsächlich seiner Beschreibung, leider. Das Vorankommen auf der stark vernachlässigten Straße war sehr beschwerlich. Arnivlus wünschte sich mehr Stellen, an denen man noch etwas von der hohen Straßenbaukunst der Römer ahnen konnte.

Am Ende des zweiten Tages stieg das Gelände merklich an. Bisher war es ein sanftes Auf und Ab gewesen, doch nun hatte Arnivlus den Fuß der Bergkette erreicht, die er gestern von Ferne gesehen hatte.

„Ich will hier für die Nacht rasten, dann kann es morgen mit neuen Kräften weitergehen. Auch dem Pferd wird die Ruhe gut tun", beschloss Arnivlus und sah sich in der Nähe der Salzstraße um.

Nicht weit entfernt hörte er das Rauschen eines Bachs: „Dort will ich mein Nachtlager aufschlagen, bei frischem Wasser und saftigem Gras."

Er lenkte das Pferd nach rechts auf einen ausgefahrenen Karrenweg und suchte nach einem Lagerplatz. Ihm kam entgegen, dass er dazu die Salzstraße verlassen musste. Auf ihr konnte sich nachts Gesindel herumtreiben. Gestern war er in einem mit einer wehrhaften Dornenhecke umgebenen kleinen Weiler untergekommen. Zwischen den Häusern hatte er eine sichere und ruhige Nacht verbracht. Das würde heute anders werden. Arnivlus war auf sich allein gestellt und wollte kein unnötiges Aufsehen erregen.

Der Karrenweg brachte ihn an eine Furt. Er überquerte den Bach. Kurz darauf führte er sein Pferd an einer günstigen Stelle ins Unterholz. Knackend und polternd bahnte sich das Gespann seinen Weg durch Äste und über Steine. Die Mühe lohnte sich: Vor Arnivlus lag eine ausreichend große Sandbank, direkt am Bach, umgeben von schmackhaftem Grün für sein

Pferd. Rasch spannte er das Tier aus und gab es frei. Als Erstes löschte es seinen Durst mit klarem Wasser. Anschließend machte es sich über die frischen Kräuter her.

Arnivlus war mit dem Lagerplatz sehr zufrieden: abseits der Salzstraße, dennoch in ihrer Nähe. Bei dunkler Nacht würde niemand seine Spuren ins Unterholz entdecken. Um unnötigen Gefahren zu entgehen, verzichtete er auf ein Feuer, dessen Rauch ihn leicht verraten konnte. Weil die Jahreszeit viel Beute hergab, brauchte er zudem keine Wölfe oder andere wilden Tiere zu fürchten. Das erleichterte ihm seinen Entschluss noch mehr.

Als die Dämmerung in die Dunkelheit überging, hatte er alles erledigt und bereits sein Abendmahl aus Brot und gesalzenem Fleisch eingenommen. Müdigkeit kroch in seine Glieder. Aber bevor er sich zur Ruhe legte, nahm er sich noch Zeit für seinen Herrn. Bei Kerzenlicht las Arnivlus eine Weile in dem Codex, den er selbst vor der Abreise im heimatlichen Kloster abgeschrieben hatte. Der Codex umfasste das Neue Testament und die Psalmen. Neben dem sorgsam in dem goldbeschlagenen Kästchen verpackten goldenen Kreuz und dem in Silber gefassten Fläschchen mit Salböl sowie seinen priesterlichen Gewändern und den unbeschriebenen Pergamentblättern in der Truhe war er Arnivlus' größter Schatz. Die Quelle seines Muts und seiner Kraft. In ihm waren die Worte des Herrn gesammelt, Worte des Lebens in gefahrvoller Zeit.

Als ihm zum dritten Mal die Augen über den reich verzierten Buchstaben zugefallen und sein Kopf auf die Brust genickt war, klappte er den in Schweinsleder gebundenen Codex zu. Nach einem letzten kleinen Rundgang und der Prüfung, ob das Pferd auch richtig angepflockt war, kroch er unter die Decke. Einen Moment später war Arnivlus eingeschlafen.

Die üblichen Geräusche eines Waldes konnten Arnivlus nicht stören, doch ungewöhnliche Laute weckten ihn leicht auf. Genau solche rissen ihn mitten in der Nacht von seinem Lager hoch. Im ersten Augenblick war er völlig verwirrt und wunderte sich, warum er nicht in einem richtigen Bett schlief, geschützt durch dicke Mauern. Stattdessen lag er auf der Pritsche eines Karrens, neben Kupferkesseln und anderem Hausrat.

Am ganzen Gefährt zerrte der Wind, das Pferd draußen schnaubte ängstlich und trappelte aufgeregt mit den Hufen.

„Was ist denn?", fragte Arnivlus verschlafen.

Ein kalter Schauer lief ihm über die Haut, danach war sämtliche Müdigkeit verflogen. Er runzelte die Stirn. Da ging etwas nicht mit rechten Dingen zu.

Arnivlus schob die Plane zur Seite und spähte ins Freie. Finsterste Nacht umgab den Karren, das Wasser im Bach gluckerte. Nichts Besonderes, völlig normal, doch darüber hinweg rauschte dieser seltsame Wind, der den Karren zum Schaukeln brachte und das Pferd in Angst versetzte.

Arnivlus wusste, dass Tiere für manches viel feinere Sinne hatten und auch unsichtbare Gefahren viel eher wahrnehmen konnten als Menschen. Allerdings war auch er mit einem sehr feinen Gespür gesegnet. Augenblicklich merkte er: Diesen Wind machte mehr aus als nur bewegte Luft. *In* dem Wind befand sich etwas, und dieses Etwas war ihm gegenüber sehr feindselig gestimmt. Da braute sich was zusammen. Nichts aus Fleisch und Blut und dennoch lebendig, voll Wut und Hass.

„Herr Jesus, erbarm' Dich meiner!", rief er gegen das Tosen an und sprang vom Karren hinunter, um das geängstigte Pferd zu beruhigen.

Es zerrte am Seil, zitterte, scheute und wieherte. In seinen weit aufgerissenen, rollenden Augen zeigte sich furchtbarer Schrecken, als ob es sich von Feinden umringt sah, die ihm nach dem Leben trachteten.

Arnivlus konnte das Tier kaum halten und musste darauf Acht geben, dass ihn die Hufe nicht trafen: „Ruhig, ruhig! Ho, ho, ho!", befahl er mit kräftiger Stimme. Er legte sich mit seinem ganzen Gewicht in das Seil. Das Pferd durfte sich nicht vom Pflock losreißen. Gleichzeitig flehte er innerlich um Schutz und um einen klaren Gedanken, der ihm diesen Tumult erklären vermochte.

Die Wucht des Winds nahm zu. Die Bäume bogen sich unter seiner Kraft, Äste und Blätter wirbelten wild umher, der Karren schwankte bedenklich. Plötzlich riss ein großes Loch in die Plane. Nur einen Wimpernschlag später flatterte sie in Fetzen im Sturm. Ein Wirbel direkt über dem Lagerplatz saugte alles nach oben und zerrte an den festgebundenen Resten der Plane.

Arnivlus konnte sich selbst kaum noch auf den Beinen halten, geschweige denn das Pferd beruhigen. Er ließ das Seil los und klammerte sich stattdessen an der Deichsel des Karrens fest. „Im Namen Jesu Christi gebiete ich dir Einhalt!", brüllte er dem Sturm aus Leibeskräften entgegen. „Im Namen Jesu halte ein! Ihr Engel kommt und greift zum Schwert! Herr, hilf!"

Zornig brauste der Wind bei Arnivlus' Flehen auf. Er nahm an Kraft zu, anstatt schwächer zu werden. Sein Tosen glich dem Brüllen vieler Krieger, die in wilder Wut über den Lagerplatz dahin donnerten und alles niederreißen wollten.

Arnivlus wurde an seiner Deichsel hin und her gerissen. So gut er konnte, wich er Ästen aus, die ihm um die Ohren flogen. Aber seine Arme wurden lahm. Krampfhaft krallte er sich fest und hoffte, dass dieses Treiben bald ein Ende hätte. Die Kraft zum lauten Gebet war ihm geschwunden. Er klammerte sich an sein nacktes Leben. Das Wirbeln über ihm ließ nicht nach. Eine Schlacht tobte. Hoffentlich wurde er nicht als Beute des Winds davongetragen. Inständig flehte er im Herzen um Bewahrung.

Da hörte er ein Knacken und sah zu seinem Schrecken, wie ihm der Holzeimer mit rasanter Wucht entgegenschleuderte. Er war am Karren hinten eingehängt gewesen. Arnivlus versuchte auszuweichen, aber vergeblich. Der Eimer traf ihn am Kopf. Um ihn wurde es schwarz. Schlagartig war alles ruhig.

Er fand sich in einem langen, dunklen und mit Tüchern ausgekleideten Gang wieder. Irgendwie hatte er keinen Leib aus Fleisch und Blut mehr, dennoch fühlte er sich hellwach. Eine stickige Wärme umgab ihn, dumpfe Geräusche klangen von fern. Wo war er nur? Arnivlus wusste es nicht, aber friedvoll war sein Zustand nicht. Eher unangenehm, ungewiss. Weiter vorn trat diffuses Grau in das gleichmäßige Dunkel des Gangs ein. Er hoffte, vielleicht eine Antwort auf seinen sonderbaren Zustand zu finden und wollte dorthin. Allein sein Wollen reichte, um auf das Grau zuzufliegen.

‚Ich fliege!‘, hörte er sich selbst, ohne dass er ein Wort gesprochen hatte.

Der Gedankenflug brachte ihn im Nu zu der diffusen Lichtquelle. Arnivlus sah vor sich eine Art Fenster. Es gab den Blick auf ein schummriges Draußen frei. Ganz und gar nicht die Gegend seines Lagerplatzes, viel eher eine verdorrte, staubige Steppe. Unaussprechliche Enttäuschung bemächtigte sich seiner. Er begriff, dass er den Leib verlassen hatte und sich in einer anderen Welt befand. Aber das hier entsprach überhaupt nicht seiner Vorstellung vom Paradies, in das die Gläubigen nach ihrem Ableben gerufen werden sollten. Arnivlus bekam Angst. War er in der Verdammnis gelandet? Aber er hatte doch sein irdisches Leben ganz in den Dienst des Herrn gestellt!

Seine Enttäuschung wandelte sich in Verzweiflung. Alle Hoffnung löste sich in Staub auf. Derselbe Staub wie draußen auf der Steppe. War diese Wüste der *Himmel?* Dafür hatte er sein Leben hergegeben? Arnivlus kam sich vor wie ein Narr. Diese Ödnis war das Jenseits – das pure Nichts wäre besser gewesen! Er zog die Dunkelheit des Gangs diesem Anblick vor und wollte sich gerade abwenden, als mit einem Mal Bewegung in die Wüstenei kam.

Doch was für eine Bewegung! Plötzlich war die Steppe gefüllt mit zwei großen Heeren. Ohne Zögern stürzten sie sich in die Schlacht und schlugen unbarmherzig aufeinander ein.

Arnivlus erschauerte bei diesem Anblick. Starr vor Schreck konnte er sich nicht mehr abwenden, gebannt musste er dem Kampf folgen. Das war nicht irgendeine Schlacht, sondern diese Schlacht hatte mit ihm zu tun.

‚Um mich wird gekämpft! Ich bin die Beute, um die es geht!'
Sämtliche Lähmung war jetzt verflogen. Er nahm die Heere
genauer in Augenschein und wusste sogleich, für welche Seite
seine Hoffnungen schlugen: Mit dem von links gekommenen
Heer war Licht in die graue Ödnis eingekehrt. Dieses Heer
brachte so etwas wie Leben mit, wogegen das von rechts angrei-
fende Heer vollkommen zur Steppe passte. In ihm zeigten sich
die Herren dieses unwirtlichen Landes. Arnivlus graute beim
Gedanken, dass er in die staubige Steppe hineingezogen werden
sollte. Zum ersten Mal seit seiner Ankunft formten sich in ihm
wieder Worte. Flehend richteten sie sich an seinen Herrn. Ein
letzter Funke Hoffnung in ihm wollte nicht wahrhaben, dass
Gottes Welt die pure, dämmrige Wüste sein sollte.

Diese Sehnsucht und sein lippenloses Klammern an die Worte
der Heiligen Schrift wurden zu einem Fanfarenklang, der über
das Schlachtfeld posaunte. Das graue Heer wurde von dieser Musik erschüttert, während das andere Heer noch heller
erstrahlte. Es marschierte vorwärts. Die rechten Truppen wurden zurückgedrängt, ihre Kampfkraft schwand. Im selben Maß
wuchs in Arnivlus die Hoffnung weiter. Ganz war er bei der
Sache! Wollte nichts anderes, als den Sieg des linken Heers. Da
wurde er plötzlich vom Fenster weggerissen.

‚Nein!', hörte er seine Gedanken rufen und strebte mit ganzem
Willen zurück zum Fenster. Doch der Sog war zu mächtig.

Arnivlus fand sich halb im Bach liegend wieder. Sein Schädel
dröhnte vor Schmerz. Kalt und nass war es. Er rappelte sich
benommen auf und schleppte sich schlotternd auf die Sandbank. Der Sturm war zu Ende. Gerade wollte er aufstehen, um
sich eine trockene Kutte über zu ziehen, da kamen von der Furt
Geräusche herüber. Er verharrte: „Um diese Zeit sind keine
rechten Leute unterwegs!", murmelte er matt.

Waffengeklirr, zischende Flüsterlaute. Die draußen suchten
etwas.

‚Die suchen mich!', leuchtete Arnivlus trotz der Kopfschmerzen
ein.

Irgendwie hatten sie seine Spur verloren und irrten in der Nähe der Furt umher, ohne die Stelle zu finden, an der er den Karrenweg ins Unterholz verlassen hatte. Arnivlus wagte kaum zu atmen und hoffte inständig, dass sein Pferd nicht wieherte oder schnaubte. War es überhaupt noch da? Er sah sich um. Ja, da stand es. Es schien so erschöpft und benommen zu sein wie er selbst. Vermutlich blieb es deshalb so ruhig.

„Zurück!", hörte Arnivlus einen lauten Befehl. In ihm klangen Wut und Enttäuschung. Danach entfernten sich die Geräusche. Die Truppe zog ab.

Erst als nur noch der Bach und die üblichen Laute des Waldes zu hören waren, wagte er aufzustehen: „Um Haaresbreite!", flüsterte er und betastete vorsichtig die Beule am Kopf. Seine Finger fühlten eine dicke Blutkruste, die Blutung indes hatte aufgehört. Aus der Größe der Kruste schloss Arnivlus, dass der Schlag des Eimers heftig gewesen war. Außerdem musste er eine ganze Weile in der anderen Welt gewesen sein, die Vögel begannen schon ihr Morgenlied. Plötzlich kamen ihm wieder die Erinnerungen an den Gang, das Fenster und die Schlacht. Sehr unheimlich! Angefangen von dem monströsen Sturm bis hin zu der bewaffneten Truppe von eben. Und dieses seltsame Heer von links? Waren das Engel gewesen? Hatte ihn der Schlag ins Zwischenreich befördert? Was wäre geschehen, wenn die Verzweiflung ihm die Sehnsucht nach einer besseren Welt gänzlich geraubt hätte? Hätte dann das rechte Heer den Sieg davongetragen? Aber – hatte es überhaupt einen Sieg gegeben? Die Schlacht war in vollem Gang gewesen, als er zurück musste. Und zuletzt: Wie hatte der Trupp eben von ihm Wind bekommen? Warum hatten die Häscher kurz vor dem Ziel die Witterung verloren? All dies hing miteinander zusammen, dessen war er sich gewiss. Zu eng waren die Ereignisse verknüpft!

„Ich bin am Fuß des Gebirges, morgen werde ich ins wilde Hinterland vorstoßen. Meine Mission sollte schon hier zum Ende kommen. Offensichtlich werde ich kleiner Mönch als Gefahr wahrgenommen!", murmelte Arnivlus und begriff: „Ich habe Bewahrung erlebt! Andere haben für mich im Kampf gestanden, und mein Flehen hat sie in der Schlacht bestärkt. So wurde mein irdisches Leben gerettet! Auch wenn ich eine gewaltige Beule davongetragen habe!"

Dankbar sank er auf die Knie. Er hatte einen Vorgeschmack auf das Kommende erhalten.

Der Aufbruch fiel schwer. Pferd und Mönch saß die Nacht noch gewaltig in den Knochen. Arnivlus hatte es nicht eilig, in das wilde und bergige Waldland zu kommen.

„Heute steht mir viel bevor, heute muss ich viel beten!", sagte er sich und holte seinen Codex hervor. Nachdem er ein sonniges Plätzchen auf einem großen Stein nahe am Bach gefunden hatte, begann er zu lesen. Es ergab sich, dass er das Ende des Briefs an die Hebräer aufschlug: „Darum hat auch Jesus, damit er das Volk heilige durch sein eigen Blut, gelitten draußen vor dem Tor. So lasst uns nun zu ihm hinausgehen aus dem Lager und seine Schmach tragen[16]." Die Worte trafen ihn. Auch er musste sein Lager verlassen. Fort ins wilde Waldland. Dorthin, wo es üblich war, dass Blut floss. Er dachte an die längst vergangenen Tage auf der grünen Insel im Nordmeer. Damals war er dem Ruf aufs Festland gefolgt. „Der rote Weg", murmelte er. Arnivlus wusste, wohin es gehen konnte. Niemals hatte er seit dem Tag der Abreise so deutlich die Last *dieses* Pfads gespürt. Ja, er war bereit für den roten Weg, aber die Ungewissheit über das Wie und Wann zehrten an seiner Seele.

Er las weiter: „Denn wir haben hier keine bleibende Stadt, sondern die zukünftige suchen wir[17]." Arnivlus atmete durch. „Wie wahr doch die Worte der Schrift sind! Meine Heimat ist nicht auf der grünen Insel oder hier im finsteren Forst. Meine Heimat ist im Himmel bei meinem Herrn. Ihm folge ich bei Licht und Finsternis! Nur einen Wunsch habe ich: Bote seiner Liebe sein, auch wenn es mein Leben kosten mag!" Er wandte

16   Hebräer 13,12-13
17   Hebräer 13,14

sich wieder dem Codex zu: „So lasst uns nun durch ihn Gott allezeit das Lobopfer darbringen, das ist die Frucht der Lippen, die seinen Namen bekennen. Gutes zu tun und mit anderen zu teilen, vergesst nicht; denn solche Opfer gefallen Gott[18]." Für einem Moment hielt er inne: „Ja, das will ich! Das ist mein Amt!" Er stand auf, packte das Restliche zusammen und spannte das Pferd vor den Karren. Durchs Unterholz ging es zurück zur Furt und schließlich hinauf zur Salzstraße. Was auch kommen mochte, er war dazu bereit. Vor allem aber dazu, mit Leib und Leben von der Liebe seines Herrn zu zeugen. Eine tiefe Entschlossenheit begleitete ihn, seit er die heiligen Worte im Codex gelesen hatte.

Mit großer Gelassenheit nahm er den Anstieg ins bergige Waldland. Die dichter werdenden Wälder schreckten ihn nicht mehr. Trotzdem verließ er am Ende dieses Tages für das Nachtlager die unmittelbare Nähe zur Salzstraße und verzichtete wieder auf ein Feuer.

Nach diesmal ruhiger Nacht setzte er seine Reise fort. Kurz nach dem Aufbruch entdeckte er einen Seitenweg, der nach rechts von der Salzstraße abbog. Unwillkürlich hielt er an und sah für eine Weile diesem Weg nach.

„Warum fahre ich nicht weiter?", fragte er sich. Nachdenklich rieb er sein Kinn. „Soll ich hier die Salzstraße verlassen? Soll ich noch tiefer ins Waldland hinein?" Arnivlus war sich nicht schlüssig und hoffte auf irgendeinen Hinweis, der ihm die Entscheidung erleichtern konnte.

Während er grübelte, trat plötzlich ein gewaltiger Hirsch aus dem Gebüsch und zog in aller Ruhe an ihm vorbei. Das Pferd scheute ängstlich, doch das schien den Hirsch nicht zu stören. Er überquerte die Straße und ging gemächlich auf dem Seitenweg weiter.

Verblüfft sah ihm Arnivlus nach, bis er hinter einer Biegung verschwunden war: „Er hat den Weg nicht verlassen!", flüsterte

---

18 Hebräer 13,15-16

er mit trockenem Mund. Das war der Hinweis, auf den er gewartet hatte. „Komm, wir folgen dem Hirsch!", sagte er zu seinem Pferd und lenkte es auf den geheimnisvollen Seitenweg.

Schon nach kurzer Strecke zeigte sich dessen Unwegsamkeit. Er musste sehr alt sein. Niemand schien ihn jemals ausgebessert zu haben. Tiefe Fahrrinnen wechselten sich mit kesselgroßen Sandsteinen ab, die einfach in der Spur lagen. Langsam und ächzend rumpelte der Karren vorwärts, begleitet vom inständigen Gebet des Mönchs, dass Räder und Achsen der Tortur standhielten. Arnivlus mochte sich nicht ausmalen, was geschehen würde, wenn deren Holz in dieser einsamen Gegend brechen sollte. Diese Sorge trieb ihn schließlich vom Karren herunter. Er nahm das Pferd bei der Hand und leitete sein Gespann so sanft wie nur möglich über Stock und Stein.

Immer tiefer führte der Weg in die Wälder. Nach einer Weile folgte er einem jungen Bach, der mit der Zeit breiter wurde. Schwer lasteten Stille und Einsamkeit auf dem Tal. Rechts und links stiegen bewaldete Berge auf. Ab dem Nachmittag ließen sie keinen Sonnenstrahl mehr bis zum Boden, es wurde unangenehm frisch. Im Gegensatz zu diesem rauen Wald war das sumpfige Schwemmland um die Villa Heilbrunna eine liebliche und lebensfreundliche Gegend.

Arnivlus schlugen eine fast greifbare Ablehnung und Feindseligkeit entgegen. Dabei war er noch keiner Menschenseele begegnet! Wann kam wohl die erste Siedlung? Auch in dieser Nacht blieb er allein, irgendwo abseits des Wegs, der diesen Namen nicht verdiente. Die Erfahrung vor zwei Nächten ließ ihn nicht los. Je länger er darüber nachdachte, desto deutlicher wurde ihm die böse Absicht des Angriffs. Ihm blieb nur das Gebet als Schutz. Arnivlus bat um himmlischen Beistand, um Wächter, die sich unsichtbar um sein Lager aufstellten und ihn in der Nacht vor den Augen des Bösen verbergen sollten[19]. Waf-

---

19   Psalm 27,5

fen aus Eisen besaß er keine. Allenfalls eine Axt fürs Holz. Sie konnte bestimmt auch gute Dienste gegen wilde Tiere leisten, aber er würde sie niemals gegen Menschen erheben. Ohnehin war er des Kriegshandwerks unkundig. Nein, sein Schutz kam von oben, seine Waffenrüstung war eine geistliche, und wenn die Zeit gekommen war, dann würde es zu Ende sein – Axt hin oder her.

Arnivlus staunte am Morgen nicht schlecht, als er die Plane seines Karrens aufschlug und sah, wie über Nacht der Nebel ins Tal gekrochen war. Ein untrügliches Zeichen dafür, dass im bergigen Waldland der Sommer früher zu Ende ging als im warmen Unterland: „Ich muss eine Bleibe für den Winter finden und Vorräte sammeln!", murmelte er und vermisste an diesem Morgen besonders die Wärme eines Feuers.

Treu verrichtete er seine Morgenliturgie, nahm ein sparsames Mahl ein und zog weiter, als die ersten Sonnenstrahlen die Nebenschwaden in den Wipfeln der Bäume durchschnitten.

Der Weg war über Nacht nicht besser geworden. Arnivlus ging also wieder zu Fuß seinem Gespann voran. Das Tal schien menschenleer zu sein. Gegen Mittag aber traf er auf ein Zeichen von Menschen im Tal – wenn auch auf ein sehr altes. An der ersten Wegkreuzung seit der Salzstraße stand ein großer, aufgerichteter Sandstein. Einem massigen Finger gleich zeigte er zum Himmel und trug auf sich ein schwer erkennbares Bild. Arnivlus ließ das Gespann stehen und trat ganz nah an den Stein heran. Mit Augen und Fingern untersuchte er die eingekerbten Linien: Eine Figur mit Kampfkeule. Dahinter andere, kleinere Figuren wie an einer Kette aufgereiht. Sie schienen der ersten zu folgen.

Bei der Berührung des Steins war in Arnivlus ein seltsames Gefühl aufgestiegen. Er kannte solche Steine aus seiner Heimat jenseits des Meeres. Dort waren sie den Göttern geweiht und wiesen auf eine heilige Stätte hin. Der Stein war ziemlich verwittert, dennoch ahnte Arnivlus, dass das Bild eine Gottheit zeigte. Sie musste sehr wichtig sein, deshalb war der Stein an der

Kreuzung aufgerichtet worden. Arnivlus nahm den neuen Weg in den Blick. Er führte durch eine Furt, stieg dann bergan und verschwand im Wald. Während Arnivlus das alles betrachtete, trug der Wind einen sanften Geruch von Rauch in seine Nase. „Oh", murmelte er und sog noch mehr Luft ein. „Es wohnen tatsächlich Menschen in der Nähe! Vielleicht gibt es dort oben eine Siedlung? Oder gar ein Heiligtum?" Er legte eine Hand auf den Stein und fühlte dessen kühle und raue Oberfläche. Plötzlich zog er die Hand ruckartig zurück! Da war noch etwas anderes in sie hineingekrochen! Schaudernd rieb sich Arnivlus deren Innenseite und sah ernst auf den Stein: „Du bist mehr als ein bloßer Wegweiser, mein Freund! Nicht wahr, du Stein der Kraft? Ich hab deine Warnung wohl verstanden. Du weißt, in wessen Name ich komme. Das schmeckt dir nicht! Aber ich fürchte mich nicht vor dir, geschweige denn vor dem, den du trägst." Sein Entschluss stand fest: „Ich folge dem Weg hinauf, weil du dies nicht willst!" Er ging zurück zum Gespann und lenkte das Pferd Richtung Furt.

Das Tier scheute plötzlich, als es am Stein vorbei musste, schnaubend ging es rückwärts. Arnivlus trieb es an, aber es sträubte sich mit aller Macht gegen seinen Befehl. Schon griff er zur Peitsche, um den störrischen Gaul mit Gewalt durchs Wasser zu treiben, da fiel ihm ein: „Ich kämpfe hier nicht mit Fleisch und Blut![20] Tut mir leid, mein armes Tier! Ich bin zu grob gewesen!" Arnivlus legte die Peitsche weg und nahm sanft den Kopf des Pferds in den Arm und streichelte mit seinen Händen sachte über die erschreckten Augen. Er flüsterte in seiner Heimatsprache Worte voll Liebe und Zuversicht in dessen Ohr. Worte über den König des Himmels und der Erde: „Fürchte dich nicht! Er ist bei uns alle Tage! Auch wenn es dunkel wird!" Das Pferd beruhigte sich ein wenig und ließ sich am Stein vorbei durch die Furt führen.

---

20   Epheser 6,12

Kaum hatten sie das Flusstal verlassen, fiel der Anstieg Arnivlus mit jedem Schritt, den es hinaufging, ein Stückchen schwerer. Wachsende Bedrückung legte sich auf sein Gemüt: „Was in Jesu Namen geht hier vor?" Er musste eine Rast einlegen.

Das Pferd neben ihm blieb weiterhin voll Angst. Es zitterte in einem fort, schnaubte, trippelte und sein Fell war inzwischen schweißbedeckt. „Ruhig, ruhig!" Er tätschelte den Hals des Tiers und sah sich um. „Wir sind nicht willkommen!" Arnivlus nahm einen Schluck aus der Wasserflasche, gerne wäre er umgekehrt. „Wenn sie euch nicht wollen, schüttelt den Staub von euren Füßen und zieht in eine andere Stadt[21]", hörte er sich sagen und war geneigt, diesem Gedanken zu folgen.

Ein großer, innerer Drang wollte ihn den Berg hinunter schieben, bestätigt durch dieses Wort des Herrn. Er war drauf und dran, dem nachzugeben, da fiel ihm auf: ‚Ich habe noch niemanden aus Fleisch und Blut getroffen, der mich abgelehnt hat. Bisher sind mir nur die Mächte feindselig begegnet!', dachte er und erschauerte. ‚Ein Wort Christi haben diese unsichtbaren Herrscher missbraucht, um mich zu vertreiben!'

„Wie dämonisch ihr doch seid!", rief er der Stille entgegen. „So einfach werdet ihr mich nicht los!"

Arnivlus sank auf die Knie: „Danke, Du Geist des Herrn, weil Du mir diese Lüge offenbart hast!"

Voll grimmiger Entschlossenheit richtete sich Arnivlus wieder auf. „Nein, so leicht lasse ich mich nicht verscheuchen! Ihr feindlichen Mächte könnt aufbegehren, wie ihr wollt, ich weiche nicht! Auch wenn dies erst der Anfang sein mag – mutig voran!", knurrte Arnivlus und setzte trotzig einen Schritt vor den anderen. „Ich werde sehen, was mich oben erwartet! Der Herr ist mein Schutz und mein Schild! Vor wem sollte ich mich fürchten?"[22]

Mit beharrlicher Entschlossenheit griff er nach dem Zaumzeug des Pferdes. Zunächst sträubte sich das Tier widerspenstig, aber

---

21 Lukas 9,5
22 Psalm 119,114 und Psalm 27,1

Arnivlus' Festigkeit gab ihm wieder Mut, und nach ein paar Schritten trotte es willig seinem Herrn hinterher.

Gemeinsam mühten sich beide den Hohlweg hinauf, unterbrochen von kleinen Atempausen. Erfreulicherweise flachte die Steigung nach einer Stunde ab und in einiger Entfernung lichtete sich der Wald. Das gab Mönch und Pferd neue Kraft. Zügig marschierten sie dem Waldrand entgegen.

Als sie die letzten Bäume hinter sich gelassen hatten, eröffnete sich vor ihnen eine gerodete Ebene. Wie ein Becken war sie von hügeligen Wäldern umgeben. Etwa in ihrer Mitte entdeckte Arnivlus ein kleines Dorf. Durch die strohgedeckten Dächer drang der Rauch der Feuerstellen.

„Habe ich doch richtig gerochen!", bemerkte Arnivlus und wischte sich den Schweiß aus dem Gesicht. Er nahm einen Schluck Wasser und sah auf die Landschaft. Hier war der Ort, an den ihn der Herr hatte führen wollen. Er war angekommen.

„Ob ich ins Dorf ziehe? Ich brenne darauf, den Alemannen die Frohe Botschaft zu bringen! Oder suche ich mir hier oben am Rand zuerst einen Lagerplatz?" Er überlegte.

Etwas Sonderbares geschah. Etwas, das er bisher nur aus seinen Träumen kannte. Es erinnerte an jene Nacht beim Bach: Er sah plötzlich dunklen Nebel, wie schweren Rauch von links hinunter auf die Ebene kriechen. Arnivlus kniff die Augen zusammen und dachte an ein Trugbild, an eine Sinnestäuschung, aus welchen Gründen auch immer. Aber der Rauch blieb, füllte mit unheimlicher Kraft die ganze Ebene und verschluckte das kleine Dorf im Nu. Vor Arnivlus lag ein dunkelgrau wabernder See. Die Quelle des dunklen Nebels lag in einer Art Festung. Oben, auf dem höchsten Berg. Wie auf einem von Wald umgebenen, kahlen Kopf thronte diese mit einem Wall befestigte, quadratische Anlage über der ganzen Gegend.

Arnivlus graute, als er seinen Blick dorthin richtete. Nur kurz hielt er das aus, dann musste er sich abwenden. Nicht weit von sich entdeckte er dabei einen kleinen Buckel, der wie eine Insel aus dem dunklen See herausragte. Dort war es grün und freundlich. Arnivlus konnte die Wärme fühlen, die auf der kleinen Erhebung herrschte.

„Da ist mein Platz!", murmelte er aus tiefstem Herzen. „Hier werde ich meine Hütte bauen!" Kaum hatte Arnivlus seinen Entschluss ausgesprochen, verschwand der unheimliche Nebel innerhalb eines Wimpernschlags.

„Wie?" Verblüfft rieb er sich die Augen. Die Ebene und das Dorf lagen vor ihm, als sei gerade nichts gewesen. „Herr, erbarme Dich!" Entsetzt verstand Arnivlus, wie dunkel es hier oben in der unsichtbaren Welt zuging. Das hatte ihm der Herr eben gezeigt. „Ich vermisse Kilian und meine Brüder mehr denn je!", flüsterte er und ging zaghaft den sanften Abhang auf die Ebene hinunter. Der furchtbare Nebel war zwar nicht mehr zu sehen, dennoch drückte dessen Bosheit auf sein Gemüt. Das war viel schlimmer als die Bedrückung unten am Stein oder beim Aufstieg im Wald. Diese ganze Hochebene war Feindesland! *Er* war hier der Eindringling. Auf *ihn* richteten sich voller Empörung sämtliche Blicke und durchbohrten *ihn*.

Wieder bekam Arnivlus schwer Luft. Unwillkürlich fing er das Laufen an, als ob er gejagt würde. Seine Beine machten sich einfach selbstständig. Von unsichtbaren Jägern gehetzt flüchtete er auf den kleinen Buckel zu. Dort hoffte er, sicher zu sein. Voll Angst flehte er keuchend die Mächte des Himmels um Schutz an und rannte um sein Leben. Atemlos hastete er die kleine Anhöhe hinauf und brach erschöpft im Gras zusammen. Seine Lungen brannten. Lang lag er da. Nur ganz langsam kehrten seine Kräfte zurück.

Das Gespann hatte Arnivlus völlig vergessen. Erst als ihn sein Pferd schnaubend mit der Nase stupste, erinnerte er sich wieder an Tier und Karren. Erleichtert freute er sich: „Dem Herrn sei Dank! Du hast mich nicht verlassen!" Dankbar sah Arnivlus dem Tier in die braunen Augen und hatte das Gefühl, dass es seinen Dank verstand.

Nach einer Weile konnte er sich wieder aufrichten und sprach: „Tatsächlich, dieser kleine Hügel ist eine Zuflucht vor dem, was hier oben herrscht. Ich werde dieses Stückchen Land im Namen Jesu weihen! Hier ist heiliger Boden!" Ohne Zeit zu verlieren, kletterte er auf den Karren und öffnete die Truhe mit seinen größten Schätzen: Darin lagen der Codex und wertvolle Pergamente, die noch darauf warteten, beschrieben zu werden; in einer extra Schatulle sein Schreibgerät: Tintenfass und verschiedene Federn; sein Messgewand mit Stola sowie der mit Gold beschlagene Kasten mit dem goldenen Kreuz und, in Silber gefasst, dem Fläschchen aus Glas mit wertvollem, wohlriechenden Salböl.

Genau diesen Kasten holte er aus der Truhe und öffnete ihn. Vorsichtig nahm er Kreuz und Fläschchen heraus und kehrte damit nach draußen zurück.

„Ich nehme diesen Hügel im Namen des Vaters und des Sohnes und des Heiligen Geistes ein! Hier herrscht von nun an der Dreieinige Gott! Die Engel des Herrn sollen herbeikommen und ihn fortan bewachen! Die Mächte der Finsternis müssen im Namen Jesu weichen und haben keinen Zugang mehr! Ich salbe dieses Land und richte darüber das Kreuz Christi auf – als Zeichen seines Sieges für die sichtbare und die unsichtbare Welt! Amen!" Während des Gebets hatte Arnivlus am ausgestreckten Arm das Kreuz hoch über seinem Kopf gehalten und sich dabei um die eigene Achse im Kreis gedreht. Nun verließ er den Hügel und ging hinunter an dessen Basis. Dort, wo er sich sanft von der Ebene zu erheben begann, zeichnete Arnivlus ein Kreuz auf den Boden. Dazu träufelte er aus der Flasche etwas von dem kostbaren Öl auf die Fingerspitze, kniete sich nieder und fuhr mit dem Finger über die Erde.

Das erste Kreuz setzte er genau in die Richtung der unheimlichen Wallanlage gegenüber: „Dort ist die Quelle des Unheils! Ihr Engel Gottes kommt herbei! Ich rufe euch! Wächter, stellt euch auf! Ohne euren himmlischen Beistand bin ich noch vor Sonnenuntergang verloren! Herr, wenn mein Auftrag nicht zu

Ende sein soll, bevor er richtig begonnen hat, dann bewahre mich vor dem, was von dort oben kommt!"

Arnivlus bekreuzigte sich und fühlte einen kalten Schauer über seinen Rücken kriechen. Diesmal wandte er nicht aus Angst den Blick ab, sondern hielt der wortlosen Bedrohung stand. Es begann ein Kräftemessen. Arnivlus konnte nicht sagen, wie lange er so verharrt ausgehalten hatte. Aber als er sich abwandte, um auch in den anderen Himmelsrichtungen seine Kreuze auf den Boden zu malen, wusste er, dass der Kampf begonnen hatte.

Nachdenklich ging er zurück auf den Buckel zu seinem Gespann: „Ich habe zwar diesen kleinen Hügel für Christus eingenommen, aber er gehört bestimmt zum Besitz des Dorfes. Hoffentlich kann ich bleiben!", murmelte er und sah besorgt hinüber zu den Häusern.

Arnivlus rechnete damit, dass von dort jeden Moment eine wilde Meute auf ihn zustürmen würde. Es war heller Tag. Die Gebäude lagen in Sichtweite, bestimmt war seine Ankunft nicht verborgen geblieben.

Für lange Zeit geschah nichts. Erst am späten Nachmittag erspähte er eine einzelne Gestalt, die aus dem Dorf kam. Ihm wurde heiß. Wie würde diese erste Begegnung ablaufen? War das ein Kundschafter? Gespannt verfolgte er das Nahen der Person. „Das ist ja eine alte Frau!", rief er überrascht, als er die gebeugte Figur besser zu erkennen vermochte. Sie war ärmlich in Lumpen gekleidet, hatte lange, graue Haare und einen Weidenkorb auf den Rücken geschnallt.

‚Der Tag ist zu weit fortgeschritten, um einen längeren Marsch zu tun‘, dachte sich Arnivlus.

Die Alte schien ihn nicht zu bemerken, obwohl sie nur noch wenige Schritte vom Hügel entfernt war.

Arnivlus beschloss, sie zu grüßen: „Gott zum Gruß, ehrwürdige Frau!", rief er ihr freundlich zu und verbeugte sich.

Erschrocken hielt sie inne und blickte mit zusammengekniffenen Augen in seine Richtung: „Wer grüßt mich da?", schnarrte ihre Stimme misstrauisch unter dem Gewirr von Haaren hervor.

„Mein Name ist Arnivlus. Ich bin ein treuer Diener des Herrn!",
antwortete er lautstark und kam den Hügel herunter, damit er
nicht mehr so rufen musste.

„Welchem Herrn dienst du? Taranis? Belenos? Teutates? Oder
gar Ogmios, dem Herrn des Heiligtums?"

„Weder noch. Ich diene Jesus, dem Christus, dem Herrn des
Himmels und der Erde", widersprach Arnivlus freundlich und
fügte nach einer kleinen Pause noch hinzu: „Und dem Herrn
über das Reich der Toten."

So gut es ging, richtete sich die Alte auf und schob die strähnigen Haare aus dem Gesicht. Faltige, von Wetter und Leben
gegerbte Haut kam zum Vorschein. Aber auch ein Paar blitzblaue Augen, die wach und aufmerksam zu Arnivlus hinsahen.

„Du bist mutig, Fremder. Aber hier ist kein Ort für dich." Sie
schüttelte verneinend den Kopf. „Besser, du trollst dich, bevor
deine Ankunft recht bemerkt wird. Diener fremder Götter werden auf der Ebene des Ogmios nicht alt!", kicherte sie in einem
harten, bitteren, aber keineswegs feindseligen Ton. Ohnmacht
und Not schwangen darin mit.

Arnivlus nahm das sehr wohl wahr. „Ich bringe frohe Botschaft
ins Dorf und möchte euch beim Bestellen eurer Felder helfen,
wenn ihr mich lasst."

„Es gibt hier nur eine Botschaft. Die kommt vom heiligen Hain
dort drüben!" Sie drehte sich ein wenig und zeigte mit ausgestrecktem Arm auf die Wallanlage.

„Was ist da?"

„Das Tor zur Unterwelt, zu Ogmios. Diese Narren!"

Arnivlus staunte über die Offenheit der Alten. Er war es
gewohnt, dass ihm sonst mit zurückhaltendem Misstrauen
begegnet wurde. „Wen nennst du Narr? Das ist ein ungewöhnlich starkes Wort!"

„Alle sind sie Narren, weil sie blind sind! Sie huldigen Lugaid,
dem alten Fürsten aus der Vorzeit. Sein Grab ist beim Tor und
sein Geist herrscht über das Land!", kicherte sie wieder.

Arnivlus fragte sich, ob die Frau noch recht bei Sinnen war.

„Aber er ist nur ein Vasall! Und sie denken, er sei der Herr! Verblendete, hinters Licht geführte, verbohrte Narren! Doch so böse! Herzlos! Unbarmherzig!" Die Alte hielt inne, unter dem Vorhang ihrer grauen Haare kam ein Schniefen hervor. „Verflucht sind sie und denken, sie wären Herren! Schrecklich wird ihr Erwachen sein! Dann ist es zu spät! Viel zu spät!"

„Alte Frau, du sprichst immer von ihnen – wer sind sie?"

„Der Priester, der Häuptling und alle, die ihnen anhängen."

„Es gibt im Dorf einen Priester?" Arnivlus zog erstaunt die Augenbrauen hoch. „Einen Diener der Kirche Jesu Christi?"

„Nein, nein, Fremder", kicherte die Frau nun wieder, „ein Priester des Heiligen Hains und ein Hüter des Tors. Hart wie Stein!" Nach einer kleinen Pause fügte sie hinzu: „Er wird dich hinwegfegen und zerschmettern, wenn du bleibst. Vor allem dann, wenn er deine Begleiter sieht."

Arnivlus runzelte die Stirn: „Aber, Mütterchen, ich komme allein. Außer Pferd und Karren ist niemand bei mir."

„Du weißt ebenso gut wie ich, dass du nicht allein bist. Glaub' mir, der Priester kann sehen, was nicht vor Augen ist." Die Alte gab ein glucksendes Geräusch von sich. „Doch nicht nur er ist sehend. Auch ich bin es! Aber eine Närrin bin ich nicht! Oh nein, nein!" Sie schüttelte kichernd ihren Kopf.

Arnivlus wurde aus der Frau nicht schlau. Eines jedoch konnte er sagen: So sonderbar sie auch sein mochte, sie nahm wahr, dass er wirklich nicht allein war. Christus und seine Engel waren bei ihm. Sie umgaben ihn wie eine Leibwache.

„Du weißt, dass sie dich nicht unbegrenzt vor dem Schwert des Priesters bewahren werden!"

Arnivlus nickte.

„Aber sie werden dich vor allem danach schützen!", rief die Alte erstaunt und trat ehrfürchtig einen Schritt zurück. „Wer sind sie? Wer ist *er*?" Einem schützenden Vorhang gleich ließ die Frau ihre Haare wieder vors Gesicht gleiten und wagte nicht mehr in Arnivlus' Richtung zu sehen.

„Es ist der Herr mit seinen Engeln", antwortete Arnivlus ruhig.

„Stark und mächtig ist er!", flüsterte die Alte. Angst klang aus ihrer Stimme. „Gleich einem verzehrenden Feuer! Weh dem, der in seine Hände fällt![23] – Ich muss gehen!"

„Halt, gute Frau, geh nicht!" Arnivlus hob beide Hände. „Bleib', bitte!"

„Ich gehöre nicht zu ihm! Ich werde verbrennen! Unwiderstehlich ist sein Feuer!" Sie sank zitternd auf die Knie.

„Wie ist dein Name, Mütterchen?", fragte Arnivlus freundlich.

„Gu... Gundula."

„Fürchte dich nicht, liebe Gundula. Er will dich nicht töten! Er will dich lieben und dich in seine Familie aufnehmen!"

Die Alte hob abwehrend die Hände, drückte ihren Kopf gegen den Boden und wimmerte: „Ich brenne! Ich vergehe in diesem Licht! Erbarmen! Hilfe!"

Arnivlus ging auf sie zu, bückte sich und legte seine Hand auf ihre Schulter: „Fürchte dich nicht! Sein Feuer ist Liebe, sei getrost!", sprach er ihr dann leise ins Ohr und streichelte über ihren Kopf. „Du hast sehende Augen des Herzens! Nur deshalb kannst du ihn und seine Engel erkennen. Wenn er es nicht wollte, so würdest du nichts von ihm bemerken. Nimm es als Zeichen seiner Liebe, dass er sich dir offenbart."

„Aber was werden die Götter sagen?"

„Wie hell brennt ihr Licht?"

„Da ist kein Licht. Nur ein dunkler Schlund", bekannte sie offen.

„Ist dort deine Heimat?"

„Nein", sprach sie leise, „dort ist mein Schicksal. Der Ort, wo alle hin müssen, wenn sie diese Erde verlassen. Für mich gibt es da keine Freude, so wie der Priester glauben machen will. Es ist ein Reich des Schattens und der Lüge! Nichts mit ewiger Festtafel! Schon gar nicht für mich, die Ungläubige, wie sie mich nennen."

---

23   Psalm 97,3

„Komm auf deine Beine! Du sollst nicht im Staub liegen! Erhebe dich!" Arnivlus griff nach ihren Händen und zog sie sanft nach oben.

Nur widerstrebend ließ Gundula das zu.

„Die Ungläubige?", fragte er. „Hast du Zweifel an euren Göttern? Sind sie denn nicht mächtig?"

„Oh, sie sind sehr mächtig! Lass dir das gesagt sein!" Wieder schwang in ihrer Stimme der warnende Unterton mit. „Aber sie sind widerwärtige Tyrannen und lieben das Spiel mit der Lüge. Sie sind launisch und unersättlich. Götter eben. Herrscher, die zufriedengestellt sein wollen, und mehr an sich selbst als an die Menschen denken." Die Alte tat einen tiefen Atemzug. „Ich begreife nicht, warum sie das nicht sehen! Darum nennen sie mich ungläubig, weil ich die Güte und Großherzigkeit der Götter anzweifle. Sie nennen Lugaid den Fürsten über Land und Leute, verehren ihn als Meister über die Lebenden und die Toten. Aber sie sehen nicht, dass hinter Lugaid noch ein ganz anderer steckt. Er ist der eigentliche Herr des Heiligtums und der Hochebene! Mir werfen sie Untreue und Verrat an Lugaid vor, weil ich ihm nicht mehr so inbrünstig huldige, wie sie es erwarten, diese blinden Narren! Ich sehe noch etwas ganz anderes! Das vergällt mir jede Anbetung! Aber sie sehen nicht! Rauschende Feste und unbegrenzte Macht über das Reich der Lebenden und Toten werden ihnen vorgegaukelt! Wer von uns sieht die Wahrheit?"

Arnivlus wurde aus Gundulas Worten nicht schlau: „Deine Worte sind schwer", bekannte er. „Doch ich fühle, sie sind wahr. Deine Zweifel sind berechtigt, denn weder Lugaid noch der andere – wie nanntest du ihn?"

„Ogmios."

„Ogmios. Weder der eine noch der andere schenkt Frieden. Ihnen fehlt die Liebe. So höre ich es aus deinen Worten heraus."

Gundula nickte und hob nun wieder neugierig den Kopf, als ob sie erwartete, dass dieser Fremde noch etwas Weiteres zu sagen hätte.

Aber Arnivlus wandte sich von ihr ab und sah hinüber zur Wallanlage: „Nun weiß ich, weshalb Du mich hergeführt hast. – Aber Herr, die Aufgabe ist zu groß für mich! Alte Kräfte und Mächte sind hier am Werk. Land und Leben betrachten sie als Eigentum. Was kann ich kleiner Mönch gegen sie ausrichten?" „Du sollst ein Zeichen meiner Liebe aufrichten", hörte es Arnivlus laut und deutlich sagen.

„Ist noch jemand hinzugekommen?", fragte er und sah sich um.

„Wen suchst du?"

„Mütterchen, hast du nicht auch diese Stimme gehört?"

Gundula verneinte, sah sich aber auch um. Da bekam sie Angst: Was würden die Dörfler sagen, wenn sie sie so lange mit diesem Fremden zusammen sahen? In ihr mahnte etwas zum raschen Aufbruch, doch etwas anderes hielt sie mit Macht in der Gegenwart des Fremden. „Welche Worte hast du gehört?", fragte sie mit trockenem Mund und pochendem Herzen.

„Es war, als ob der Herr mit mir gesprochen hätte. Er will auf der Hochebene ein Zeichen seiner Liebe aufrichten. Durch mich."

„Du siehst nicht aus wie ein Krieger. Wie will dein Herr die Macht von Lugaid und Ogmios brechen? Sie sind herrschsüchtig und grausam. Längst wissen sie, dass du gekommen bist!"

„Mein Schwert ist nicht aus Metall, mein Schwert ist das Wort Gottes. Der Herr wird für mich streiten[24]."

„Du bist sehr überzeugt von der Kraft deines Herrn. Auch ich fühle seine Macht! Doch im Nu ist dein Leben verwirkt. Es ist wie ein Hauch, wie eine kleine Flamme, die vom giftigen Atem der Götter verschlungen wird. Ihre Waffe ist das Schwert des Priesters! Er weiß diese Klinge wie kein anderer zu führen und fragt nicht nach deinem Herrn. Wenn es ihm gefällt, dann rollt dein Haupt diesen Hügel hinunter, bevor die Sonne den neuen Tag begrüßt."

---

24 2. Mose 14,14

„Ja." Arnivlus nickte.

„Warum gehst du dann nicht fort und rettest deine Haut?"

„Weil die wahre Schlacht in der unsichtbaren Welt geschlagen wird. Dort reicht das Schwert des Priesters nicht hin. Mein Auftrag gilt den Lebenden. Mit jedem Atemzug will ich ihnen von der Liebe meines Herrn künden! Einladen will ich zum ewigen Leben mit ihm. Es gibt Hoffnung über die Macht der Götter hinaus. Ihr Arm kann die Kinder Gottes nicht mehr erreichen! Doch weiß mein Herr auch um die Gefangenen im Totenreich, den seit ewigen Zeiten Gebundenen, auch ihnen will er die Freiheit bringen[25]."

„Dein Herr will dem Ogmios seine Beute streitig machen?", fragte Gundula mit neuer Angst in ihrer Stimme.

„Er ist der wahre Eigentümer über die Lebenden und die Toten, denn er hält den Schlüssel über beide Reiche in seinen Händen[26]."

Gundula erstarrte und sah Arnivlus mit großen, fragenden Augen an. Seine Gewissheit beeindruckte sie. Noch immer nahm sie die unsichtbaren Begleiter an seiner Seite wahr. Sie ahnte etwas von der Macht des geheimnisvollen Herrn, in dessen Name der Fremde auftrat. Aber sie kannte auch die Herren der Hochebene und die Macht derer, die beim Grabhügel und an der Quelle, dem Tor zur Unterwelt, herrschten. Sie hatte schon manchen sterben sehen, der vor ihnen keine Gnade gefunden hatte. Gundula rang mit sich selbst. Die Angst gebot ihr, den Fremden möglichst rasch sich selbst zu überlassen. Je länger sie sich in seiner Gegenwart aufhielt, desto bestimmter war ihr eigenes Leben in Gefahr. Vielleicht war es jetzt schon zu spät.

„Fürchte dich nicht. Sie mögen dir dein Leben nehmen, aber wenn du dich an meinen Herrn Jesus Christus hältst, dann wirst du nicht in das Reich der Finsternis gestoßen, sondern das ewige Leben in Freude haben", erriet Arnivlus ihre Gedanken.

---

25 1. Petrus 3,18f
26 Offenbarung 1,17f

„Nicht in die grauenvolle Finsternis der anderen Welt? Nicht in die Gebundenheit des Ogmios? Er verführt alle mit seinen süßen Worten und setzt sie in einen Rausch. Aber der Preis für diese Tollheit ist gar furchtbar! Deine Worte hören sich gut an, Fremder, doch wer sagt mir, dass sie wahr sind? Warum sollte ich die eine Finsternis mit der anderen tauschen? Wenn deine Worte leer sind, wie grausam wird dann die Rache der Götter für meine Abtrünnigkeit sein?"

„Wer vertraut und getauft wird, wird nicht wandeln in der Finsternis, sondern das Licht des Lebens haben[27]."

Eine besondere Kraft ging für Gundula von diesen Worten aus. Wahrheit klang in ihnen. Sie trugen in sich eine Hoffnung, aus den Fesseln Ogmios' für alle Zeit entfliehen zu können. „Ich …"

Ein scharfer Pfiff kam aus dem Dorf. Die alte Gundula erstarrte augenblicklich.

„Ich muss gehen", flüsterte sie, ohne sich nach der Quelle des Pfiffs umzuwenden, „und dir, guter Mann, rate ich, dasselbe zu tun! Flieh, solange du noch kannst!" Sie schluckte und leckte sich die faltigen Lippen: „Ihr Götter steht mir bei! Ich war nicht ungehorsam! Nur ein wenig zu neugierig! Verzeiht!", flehte sie und raunte Arnivlus ein letztes Mal zu: „Verschwinde!" Dann eilte sie in Richtung des Waldes davon.

„Der Friede Christi sei mit dir, liebe Gundula!", rief ihr Arnivlus hinterher.

Anschließend wandte er sich dem Dorf zu. Dort stand bei den Häusern ein einsamer Mann in einem leuchtend roten Gewand, aufrecht wie eine Säule. Arnivlus fühlte bis in die Haarspitzen dessen Zorn und Hass. Das konnte nur einer sein: der Priester.

„Ich will weitere Vorkehrungen treffen und aufschreiben, was mir bisher zu Ohren gekommen ist", entschied Arnivlus und kehrte zu seinem Gespann auf dem Hügel zurück.

---

27 Johannes 8,12

„Der Tag ist weit fortgeschritten, der Abend bringt die Nacht. Wenn es nicht zu Ende sein soll, dann eilt herbei ihr Wächter aus den Heerscharen und haltet alles Übel von mir fern!"

Er stieg in den Karren und holte sein Schreibzeug hervor. Die Dämmerung brach an diesem Abend ungewöhnlich rasch herein, für die Jahreszeit zu früh. Nebelschwaden sammelten sich in den Senken der Wiesen und Felder, eine dumpfe Stimmung breitete sich über dem Land aus.

Bei Kerzenlicht schrieb Arnivlus hastig alles auf, was er von der alten Gundula erfahren hatte. Eine innere Stimme gebot ihm das. Irgendwann würden seine Aufzeichnungen von Bedeutung sein, wenn sie zuvor nicht verloren gingen.

„Herr, gib mir die Zeit, die ich brauche, um das Geheimnis der Götter hier oben zu lüften!" Er klappte sein Manuskript zu und blinzelte nach draußen. Es war so dunkel geworden, dass er die Sterne über sich funkeln sah, auch aus dem Dorf leuchtete das eine oder andere Licht zu ihm herüber. Stille herrschte. Arnivlus fühlte sich einsam und vermisste einmal mehr die Gesellschaft seiner Brüder und den Schutz des befestigten Gutshofs. Er schob sich zurück in den Karren. „Meine Burg ist der Herr, unter dem Schatten seiner Flügel finde ich Zuflucht[28]!", machte er sich Mut und erinnerte sich daran, dass seine einzige Hoffnung im Gebet und im Vertrauen auf dessen Kraft bestand. Gegen Schwerter und Spieße konnte er nichts ausrichten[29]. Entweder der Herr schenkte Bewahrung oder er war eine leichte Beute. Angst bemächtigte sich seiner. Sie trieb ihn ins Gebet. Schweigend, im Geist hellwach, versank er vor seinem Kreuz kniend in eine andere Welt: Vor ihm eröffnete sich ein ruhiger Raum der Geborgenheit. Um ihn herum war es leer, aber Arnivlus wusste, dass er nicht allein stand. Die Angst, die ihn gerade noch in ihren Krallen gehalten hatte, fiel von ihm ab. Eine unbeschreibliche Wärme des Trosts durchflutete ihn. Sie trug ihn davon. Im Geist wanderte er über Wiesen, dann

---

28   Psalm 31,4 und Psalm 57,2
29   1. Samuel 17,47

einem schmalen Pfad folgend im Wald bergan. Er erreichte eine Lichtung. Arnivlus fühlte, dass er an einem kraftvollen, magischen Ort angekommen war, aber auch an einem Ort voller Gefahr. Im nächsten Moment saß er wieder vor seinem Kreuz im Karren.

„Ich muss zu dieser Lichtung, auch wenn es mir nicht behagt. Jetzt." Er rappelte sich auf, packte sein Kostbarstes in die Pilgertasche und stieg vom Karren herunter.

Das Pferd schnaubte zur Begrüßung und kam zu ihm.

„Ich muss fort. So Gott will, sehen wir uns bald wieder. Sei gesegnet und beschützt! Nicht nur du, sondern alles, was hier auf dem Hügel ist."

Er trat in die Nacht hinaus und verschwand in der Dunkelheit. Nach wenigen Schritten hörte er vom Lagerplatz leise Geräusche. Sein Pferd wieherte plötzlich erschrocken laut auf.

„Der Bastard ist ausgeflogen!", zischte eine Stimme.

Arnivlus ging in die Hocke und machte sich ganz klein.

„Er wird nicht weit sein. Wir kriegen ihn ohnehin! Lasst alles, wie es ist! Es steht unter dem Bann der Götter. Folgt mir!", antwortete eine andere Stimme. Dann war es so still, als ob nichts geschehen wäre.

Arnivlus riss sich zusammen, damit ihn sein keuchender Atem nicht verriet. Ein weiteres Mal war er den Häschern um Haaresbreite entkommen. Langsam erhob er sich und sah sich um: Er stand allein auf weitem Feld, dankbar für die Bewahrung, doch ohne Ahnung, wohin er sich nun wenden sollte. Es galt den Pfad zu finden, der ihn zu dem geheimnisvollen Ort führen konnte.

‚Ich werde dorthin gehen, woher der Nebel gekommen ist', dachte sich Arnivlus und marschierte in die ungefähre Richtung dieser Stelle.

Unheimlich still war es in dieser fremden Gegend. Die Feindseligkeit hatte zugenommen. Arnivlus konnte sie schier mit Händen greifen. Einzig der Gehorsam ließ ihn weitergehen. Doch mit Erreichen des Waldes war auch dieser beinahe erschöpft.

Wie sollte sich Arnivlus da hineinwagen? Ohne Weg und Steg? „Ich werde mich verirren", flüsterte er.

Da erkannte er im schwachen Licht der Sterne einen Wildwechsel. Einem feinen Faden gleich schlängelte sich dieser Pfad durch den Wald.

„Dir werde ich folgen!", entschied Arnivlus und hielt sich fortan an diese sanfte Spur.

Zufrieden nickten seine unsichtbaren Begleiter und freuten sich über den Gehorsam, den dieser Mönch an den Tag legte, obwohl sie sich vor ihm verborgen gehalten hatten.

„Ein wahrer Knecht unseres Meisters!" Jalon lächelte zu Nathanael hinüber.

„Ja, er ist voller Hingabe. Wir wollen ihn auf allen seinen Wegen begleiten", antwortete dieser, „und ihn leiten."

„Seine Angst ist groß, dennoch vertraut er! Darin liegt seine Stärke." Jalon schob ein paar Farnwedel zur Seite, damit der Pfad für Arnivlus besser zu erkennen war.

Arnivlus bemerkte von dem Gespräch nichts. Dennoch fühlte er sich geführt und wunderte sich darüber, wie gut der schmale Wildwechsel trotz der nächtlichen Dunkelheit zu erkennen war. Es ging gemächlich bergan. Manchmal kreuzte ein anderer Wechsel den seinigen. Arnivlus entschied sich immer für denjenigen, der grob in der Richtung der Quelle des Nebels lag.

Nach einer Weile lichtete sich der Wald, und Arnivlus sah vor sich eine breite, baumlose Schneise. Er wusste augenblicklich, dass sich von hier der dunkle Nebel über die Ebene ergossen hatte. Arnivlus wandte sich nach links und folgte der Schneise. Sicherheitshalber hielt er sich im Schatten der Bäume. Arnivlus ahnte, dass er längst bemerkt worden war, allerdings von keinem aus Fleisch und Blut. Hier oben herrschten andere Mächte. Sie ließen sich von den Menschen dienen, warfen ihnen dafür ein paar Brocken zu, die Herrschaft aber behielten am Ende sie.

‚Ich bin ein Eindringling! Ich begehe einen Frevel, weil ich diesen Ort der Götter durch meine Anwesenheit entweihe', dachte

Arnivlus schaudernd. Je näher er dem vermuteten Heiligtum kam, desto schwerer schlug ihm die Ablehnung entgegen. Ein kalter Hauch des Todes, der ihm die Luft zum Atmen rauben wollte.

Der Korridor weitete sich zu einer kreisrunden Lichtung. Vom silbernen Sternenzelt beschienen erhob sich dort ein gewaltiger Hügel. Das Grab des Fürsten. Die Größe zeugte von der Macht des Bestatteten.

Arnivlus fror. Unwillkürlich bekreuzigte er sich und holte tief Luft. Sein Atem schien das einzige Geräusch in dieser drückenden Stille zu sein. Doch nein, es gab noch etwas anderes. Arnivlus spitzte die Ohren. Da, ja, er hörte ein leises Plätschern und Gluckern. Angestrengt spähte er in diese Richtung und trat ein paar Schritte vor. Nicht weit vom Grabhügel entfernt bemerkte er die Oberfläche eines kleinen Teichs. Vorsichtig ging er darauf zu. Der Boden schmatzte unter seinen Tritten. Kalt berührte schlammiges Wasser seine Haut. Arnivlus stoppte. Schlimmes Grauen kroch in seine Knochen. Er erkannte Stangen, die über den ganzen Teich verteilt im Wasser steckten, eine jede bekrönt mit einem Schädel. Ihm stockte der Atem. Manches Haupt war nur noch blanker Knochen. Aber es gab einige, die sich in unterschiedlichen Stadien der Verwesung befanden. Ein ekelerregender Gestank des Todes lag über dem dunklen Wasser. Arnivlus erstarrte. Ihm kam das bekannt vor. Auch in seiner Heimat wurden an manchen Orten ähnliche Riten gepflegt. Überall dort, wo das Evangelium noch keinen Fuß gefasst hatte, steckten oft solche mit Tier- und Menschenschädeln bestückten Stangen in den Quellheiligtümern. Er ließ seinen Blick über die Stangen wandern. Mit Grauen entdeckte Arnivlus neben den Schweine- und Rinderköpfen auch einige menschliche Häupter.

„Hier ist das Heiligtum, das Tor zur Unterwelt!", flüsterte er. „Wenn ich jetzt entdeckt werde, bin ich verloren." Leise zog er sich unter die Bäume zurück und brauchte Zeit, um sich zu sammeln. „Der Herr hat mich ins Zentrum der Macht geführt!", stöhnte er. „Wer hier oben regiert, dem gehören Leib und Leben aller. Welche Kraft an diesem Ort herrscht! Uralt ist die Magie! Die Anderwelt öffnet sich der unsrigen. Die Quelle ist das Tor! Geister und Götter gehen hier ein und aus!" Stockend und heißer flüsternd kamen diese Worte über seine Lippen. „Eine unterirdische Kraft drückt das Wasser empor! Keine gewöhnliche Quelle entspringt an der höchsten Stelle eines Berges!" Arnivlus schloss die Augen und schwieg für lange Zeit. Nach einer Weile sagte er leise: „Herr, wenn ich hier oben eine Kapelle bauen darf, dann hast Du für jeden sichtbar über die Götter triumphiert! – Doch wie soll das gehen, Herr? Hier bin ich, Jesus Christus, bereit, alles für Dich zu geben, damit eine einzige Seele gerettet wird." Arnivlus ging auf die Knie. „Herr, Deine Kraft erflehe ich! Gib mir Mut! Ich will ein treuer Diener und Zeuge sein! Aber ohne Dein Tun und das Wirken Deiner Engel wird das nichts! Nur in Deinem Namen werden die alten Götter weichen! Nur Du kannst die Menschen aus ihrer Versklavung befreien! Das erbete ich hier an dieser Quelle, dem Tor zur Anderwelt, zum Zwischenreich, wo die unerlösten Seelen sind, die Geister im finsteren Gefängnis[30]! Ich weiß, Du warst schon in diesem grauenvollen Dunkel. Dennoch müssen die Ketten dieser Gefangenen weiterhin gesprengt werden. Herr, löse zugleich die Lebenden! Ihnen ist der Ring bereits ins Ohr getrieben!" Er hielt inne. „Was bete ich?" Arnivlus verstummte und murmelte kurz darauf: „Dinge, von denen ich nichts wissen kann. Trotzdem fühle ich die Wahrheit der Worte. Ja, Lebenden und Toten sind Ringe durch die Ohren geschlagen, für jeden einen! Unsichtbare Ringe! Deshalb so gefährlich und mächtig! Sie binden auf ewig!" Entsetzt taumelte Arnivlus rückwärts und lehnte sich gegen den nächsten Baum. Unaussprechliche Ohnmacht überwältigte ihn. „Was habe ich hier im Zentrum einer widergöttlichen Macht verloren? Was will ich kleines Mönchlein dagegen ausrichten?", flüsterte er

---

30 1. Petrus 3,19

kraftlos und fühlte sich dabei von unheimlichen Blicken durchbohrt. „Ich stehe in grellem, feindlichem Licht! Herr, gib mir eine Höhle zum Verkriechen!" Arnivlus fühlte sich nackt und verletzlich; sprachlos vor der schrecklichen Macht, die über das Heiligtum herrschte.

Auch seine beiden unsichtbaren Begleiter waren von der mächtigen Magie dieses Ortes beeindruckt. Sie hatten alle Hände voll zu tun, Arnivlus vor Entdeckung zu schützen:

„Unsere Kraft geht zur Neige, Nathanael. Der Sog wird zu stark! Bald wird Arnivlus für sie sichtbar sein! Sie werden den Priester rufen, damit er ihn tötet! Wir müssen ihn wegbringen!" Jalon sah Gestalten um sie herumschleichen. Feindselige Totengeister, die fühlten, dass etwas faul war in ihrem Reich, aber noch nicht sahen, was.

„Er ist wie gelähmt! Erstarrt von der übermächtigen Bosheit dessen, der über das Tor herrscht! Er braucht Weisung! Ein Licht auf seinem Weg!", rief Nathanael besorgt.

„Dann soll er es bekommen, auch wenn wir dafür den bergenden Schutz lüften müssen!", antwortete Jalon entschlossen.

„Dieser Gott verlassene Ort!", stöhnte Arnivlus. Ein unheimliches Gewicht drückte ihn schwer. Seine Glieder schienen sich in Stein zu verwandeln, sein Wille erlahmte. Gleichgültigkeit befiel ihn. Er nahm die wachsende Hoffnungslosigkeit widerstandslos hin. Stück für Stück verschwand sein Lebensmut. Gleich einem schlaffen Sack lehnte Arnivlus regungslos an dem Baum und wartete darauf, entdeckt und getötet zu werden. Seine Augenlider wurden schwer, nur mit großer Mühe konnte er sie noch einen Spalt offenhalten. Arnivlus' Zustand schwankte zwischen Wachen und Wegdämmern. Er entfernte sich beständig weiter von der Herrschaft über seine Sinne. Bald würde alles vorbei sein.

„Wir dürfen nicht mehr länger warten", entschied Jalon und wollte sich Arnivlus offenbaren.

„Haltet ein! Es ist besser, wenn ihr im Verborgenen bleibt. Ich werde es tun!", kam es von hinten.

Erstaunt wandten sich Jalon und Nathanael zu der Stimme um. „Asarja!", riefen beide erstaunt und verbeugten sich tief. Mit vielem hatten sie gerechnet, doch nicht mit diesem überraschenden Besuch. „Was führt dich zu uns?", fragte Jalon voll Ehrfurcht.

„Der Meister selbst hat mich gesandt. Eure Zeit ist noch nicht gekommen. An diesem dunklen Ort soll keiner zu früh von euch erfahren. Zu alt und zu böse sind die herrschenden Mächte! Wir müssen uns in Geduld üben, bis genug Vertrauen gewachsen ist. Selbst ich darf meine volle Macht nicht zur Geltung bringen. Aber wenigstens so viel davon, damit unser Freund fürs Erste seinen Auftrag weiterführen kann."

Jalon und Nathanael verneigten sich ein weiteres Mal und drückten damit Asarja ihren Gehorsam aus. Anschließend zogen sie sich aus dem Heiligtum ein Stück zurück.

„Arnivlus ist nun in den besten Händen. Großes hat der Meister vor, wenn er uns Asarja zur Hilfe schickt!" Nathanael atmete erleichtert auf.

„Ja, Ihm sei Dank! Aber daran sehen wir auch, wie mächtig der Herrscher über das Tor ist und wie sehr die Menschen unter seiner Macht stehen. Arnivlus ist gesandt, einen Anfang zu machen. Durch ihn können wir einen Fuß auf dieses Land setzen, aber wir sind weit davon entfernt, es einzunehmen."

„Oh. Ich hatte gehofft, dass wir heute siegen."

„Es gibt kein Vertrauen zu unserem Meister – dort drunten im Dorf." Jalon machte eine deutende Kopfbewegung. „Wir sind zu schwach. Nur deshalb eilt uns der große Asarja zu Hilfe. Ohne ihn würden wir hinweggefegt werden. Es bräuchte ein Heer von Engeln, wenn wir heute siegen wollten. Doch wer sollte es rufen?"

„Arnivlus hat immerhin *uns* gerufen! Sein Vertrauen ist groß!"

„Er ist allein auf weiter Flur. Sieh, wie es ihm geht!"

Nathanael folgte Jalons Aufforderung und sah zu dem Baum hinüber. Arnivlus war inzwischen zu Boden gesunken. Traurig nickte er.

„Allein kann er hier oben gar nichts ausrichten. Deshalb sind unsere Hände so gut wie gebunden. Solange im Dorf kein Vertrauen zu unserem Meister wächst, werden die alten Götter die Herrschaft behalten. Lass uns wenigstens um den kleine Hügel unten auf der Ebene ringen! Wir wollen für Asarja und unseren geliebten Mönch beten! Wenn er jetzt fällt, dann müssen auch wir weichen!" Besorgt sah Jalon Arnivlus an. Ringsumher wogte ein Meer aus Bosheit und Zorn. Ihnen war das Eingreifen versagt. Jalon setzte das zu. Sein Schwert musste in der Scheide bleiben. So wollte es der Meister. „Beten wir!", knurrte er.

Im selben Moment fühlte Asarja, wie ihm Kraft zukam: „Meine guten Brüder!" Er lächelte und ging auf den zusammengesunkenen Mönch zu.

Unbeschreibliche Leere beherrschte Arnivlus. Unsichtbarer, dunkler, schwerer Samt hatte sich über ihm ausgebreitet. Ein Leichentuch. Bald würde es gar nichts mehr geben. Weder Hoffnung noch Verzweiflung, weder Mut noch Angst. Auf ihn wartete das Nichts. Ja, so war es. Das Nichts.

Plötzlich meinte er, jemand hätte seinen Kopf in die Hände genommen. Voll Liebe wurde sein auf die Brust gesunkenes Haupt angehoben. Über diese Hände strömte ihm Wärme ins Gesicht und breitete sich von dort über den Leib aus. Mühsam öffnete Arnivlus die Augen und blickte in ein anderes Augenpaar. Augen, wie er sie noch nie gesehen hatte: unendlich tief und blau, von überwältigender Schönheit. Augen, die zu einem Gesicht gehörten, das an Lieblichkeit und Ebenmäßigkeit nicht zu übertreffen war.

Überrascht von diesem Anblick riss Arnivlus die Lider auf. Mit einem Mal war er wieder hellwach. Sofort waren Hände und Gesicht verschwunden, aber die Wärme auf Arnivlus' Haut und der zurückgekehrte Lebensmut blieben.

„Steh' auf und geh! Deine Zeit ist noch nicht gekommen! Dein Weg noch nicht vollendet!", hörte es Arnivlus in sich sprechen. Im selben Moment sah er einige Schritte entfernt einen prachtvollen Krieger in golden glänzender Rüstung stehen. Aufmunternd winkte dieser ihm zu. Arnivlus erkannte die Augen wieder und erhob sich mit neuer Kraft. Vertrauensvoll wie ein Kind lief er dem Krieger entgegen.

Die Erscheinung blieb nicht und kehrte auch nicht wieder, aber Arnivlus war nun weit genug vom Heiligtum entfernt. Die dort herrschende Magie hatte keinen vollkommenen Einfluss mehr auf ihn. Noch einmal versuchte die Gleichgültigkeit nach ihm zu greifen. Doch nun wusste er sich mit der Waffe des Gebets dagegen zu wehren und entfernte sich so rasch, wie er konnte, von diesem unheimlichen Ort. Mit jedem Schritt kehrte seine alte Festigkeit zurück. Er gelangte zum Waldrand und sah hinunter auf das kleine Dorf.

„Dem Herr und seinem Engel sei Dank!" Er fiel auf die Knie. „Du hast mich dieser Hölle entrissen!" Lange verharrte er still. Worte konnten das Grauen nicht fassen. Aber sein Herz trug alle Ängste und Gefühle in den Himmel.

Als sich Arnivlus nach einiger Zeit erhob, fühlte er sich neu gestärkt. Sein menschliches Tun, jedes Wollen und Drängen seiner selbst waren nicht mehr von Bedeutung. Zu tief reichte der Abgrund, zu mächtig hatte sich die dunkle Kraft der anderen Seite gezeigt.

„Gehorsam bleibe ich in Deinem Auftrag!", sagte Arnivlus und machte sich auf den Rückweg zu dem kleinen Hügel, wo hoffentlich noch das Pferd und der Karren auf ihn warteten. Seit dem Eintritt in den Orden vor vielen Jahren hatte er keine solche Veränderung mehr erlebt wie eben. Er stieg als ein anderer von diesem heidnischen Heiligtum hinunter. Erschüttert und gleichzeitig von der Kraft des Herrn erfüllt. Arnivlus hatte noch einmal Abschied genommen. Viel tiefer und durchdringender als damals, als sich die Pforten des Klosters hinter ihm geschlossen hatten.

Nicht nur in Gedanken und Träumen war er gerade mit der unsichtbaren Welt in Berührung gekommen. Nein, er hatte sie mit einem Fuß betreten. Wie groß war der Unterschied zwischen Gottes Reich und der Anderwelt! Ihn drängte es in seine himmlische Heimat – keinesfalls wollte in der anderen Welt landen. Aber er stand auf einem Schlachtfeld. Arnivlus erinnerte sich an den Kampf der beiden Heere. Er hatte vollständig in der unsichtbaren Welt stattgefunden. Hier wurde an der Nahtstelle zur sichtbaren Welt gefochten, hier ging es um Menschenleben, um Heil oder Unheil. Es ging darum, ob die frohe Botschaft auf guten Boden fallen konnte.

„Ich bin dazu ausersehen, das Feld für die Aussaat zu bereiten, damit Frucht wachsen kann. Nichts wünsche ich mir mehr als Gelingen! Die Leute im Dorf brauchen endlich Freiheit! An mir soll's nicht liegen! Ich nehme den Kampf an!", sagte er.

Im ersten Licht des neuen Tages erreichte Arnivlus den kleinen Hügel. Ihn freute der Anblick des Pferds und seiner Sachen. Doch das war vorläufig und vergänglich. Der wahre Morgen war noch nicht angebrochen.

„Ich habe nicht mit Fleisch und Blut zu kämpfen[31]", murmelte er. „Diese fahren nur aus durch Fasten und Beten[32]!", setzte er in seinem Selbstgespräch fort und lief aufgeregt zwischen Pferd und Karren hin und her.

Unter menschlichen Gesichtspunkten musste er so rasch wie möglich verschwinden und am besten mit einem Heer von Waffenträgern wiederkommen. Dann könnte er vielleicht die Diener der alten Götter ausräuchern und vertreiben.

„Es soll nicht durch Heer und Kraft geschehen, sondern durch meinen Geist, spricht der Herr[33]!", hielt Arnivlus diesem Gedanken entgegen.

Die Angst um sein irdisches Leben drängte ihn dennoch, dem für ihn gefahrloseren Weg nachzugehen und mit der Schärfe des Schwerts zurückzukehren.

„Das Blut der Märtyrer ist der Same der Kirche![34]", zitierte er einen Satz, den er vor langer Zeit in einer alten Schrift gelesen

---

31   Epheser 6,12
32   Markus 9,29
33   Sacharja 4,6
34   Tertullian (Kirchenlehrer um 160-220 n. Chr.)

hatte. „Der Herr zog auf einem Esel in Jerusalem ein und nicht auf einem Streitwagen!"

Arnivlus atmete tief durch und zwang sich zur Ruhe. Zwei Seelen stritten in seiner Brust. Aber der Weg Jesu führte niemals über das Schwert: „Der Herr hat sich für den Weg der Demut entschieden! Für den Weg der Schwäche! Er trat nicht als der Führer der Himmelsheere auf! Jesus will geliebt und nicht aus Angst widerstrebend verehrt werden! Wie könnte ich da den Weg meines Herrn verlassen?"

Arnivlus dachte wieder klar: „Erneut wurde ich versucht!", stellte er grimmig fest. „Ja, ich werde das Schwert führen! Aber nicht aus Stahl! Ich werde mit dem Schwert des Geistes[35] kämpfen! Mächte aus der unsichtbaren Welt können nicht mit irdischen Waffen besiegt werden! Christus hat in seiner Schwachheit triumphiert!", rief er laut. „Seine größte Niederlage, sein Tod am Richtholz war sein Sieg. Wer seiner Peiniger hätte das gedacht, als er dort oben als Verurteilter hing? Aber so triumphierte er über die Mächte der Finsternis! Also werde ich auch nur mit geistlichen Waffen kämpfen!"

Entschlossen begann Arnivlus, sich auf dem Hügel häuslich einzurichten, anstatt in kopfloser Angst um sein Leben die Flucht zu ergreifen. Aus der Truhe baute er einen kleinen Altar und stellte dort seine heiligen Schätze auf. Von nun an wollte er fasten und im Gebet um die Seelen der Menschen im Dorf ringen. Er vertraute darauf, dass der Herr ihm im Beten die nächsten Schritte offenbarte, einen heiligen Schutz über den Hügel legte und die Angriffe der Bösen abwehrte. „So sei es, amen!", bestärkte sich Arnivlus.

Er ging vor dem Altar auf die Knie. „Ich bin im Kampf und stehe in der Schlacht!" Die Mächte des Heiligtums würden ihn nicht mehr ohne Weiteres übertölpeln können, er hatte sich gewappnet! Dabei galt sein erstes Augenmerk der vollkommenen Ausrichtung auf den Herrn. *Er* hielt sein Leben in der

---

35   Epheser 6,17

Hand. „Ich habe kein Verlangen mehr nach irdischer Speise. Alles, was ich brauche, bist Du!" So verharrte er den ganzen Tag im Gebet und machte sich auf den baldigen Tod gefasst. Erst nach Sonnenuntergang genehmigte er sich ein paar Schlucke Wasser, um dann die Nacht hindurch auf Knien weiter zu beten. Irgendwann in den frühen Morgenstunden übermannte ihn in dieser Haltung der Schlaf. Die Sonne schien warm vom Himmel herab, als er wieder erwachte. Ihm taten sämtliche Knochen weh. Nur mühsam konnte er sich aufrichten. ‚Ich lebe noch', dachte er und streckte seine steifen Arme und Beine.

Arnivlus war ein wenig darüber erstaunt, dass er seit der Bekanntschaft mit Gundula keinem Menschen mehr begegnet war. Nichts war zu sehen und zu hören. Nur die gleichbleibend feindselige Stimmung bestand spürbar fort.

„Ist das die Ruhe vor dem Sturm, Herr?", fragte Arnivlus laut, damit er wenigstens seine eigene Stimme hörte. Er erhielt keine unmittelbare Antwort, aber es drängte ihn wieder vor den Altar. In Stille verharrte er bis zur Mittagszeit.

Arnivlus wusste um das Fasten und hatte sich schon lange an karge Mahlzeiten gewöhnt, dennoch verspürte er nun unbändigen Hunger. Die Anstrengungen der Nacht beim Heiligtum forderten ihren Tribut. Ihm wurde schlecht. In seinem Kopf drehte es sich. Von früheren Fastenzeiten kannte er das, doch der Verlockung, nach seinem Proviant zu greifen, konnte er schier nicht widerstehen. Allein der Gedanke an den einfachen Vorrat Dinkelkörner ließ ihm das Wasser im Munde zusammenlaufen. Schlimmer noch: Die Phantasie malte ihm die köstlichsten Mahlzeiten aus! Üppig gedeckte Tische mit allerlei Gaumenfreuden: „Nur eine Kleinigkeit! Nur ganz wenig! Ich bin so schwach!", murmelte er und verließ seinen Platz vor dem Altar.

„Weiche von ihm, Satan!"

Arnivlus verharrte und sah sich nach allen Seiten um. Wer hatte da gesprochen? Niemand war zu sehen. „Ich habe doch laut und deutlich gehört?" Er sah zum Kreuz auf dem Altar. „Warst

113

Du das, Herr? Oder einer Deiner Engel?" Fragend starrte er das Kreuz für eine Weile an. „Wie dem auch sei, mein Verlangen nach Speise ist erloschen. Hab' Dank!" Arnivlus bekreuzigte sich. Er versank wieder in wortlose Andacht, in ihm wurde es ruhig und leer. Hin und wieder kam ihm etwas in den Sinn. Das nahm er auf und legte es in ein stilles Gebet. Meistens drehte es sich dabei um die Menschen des kleinen Dorfs. Immer klarer ermaß Arnivlus ihre unendliche Not. Wenn der Herr keine Befreiung schenkte, dann blieben sie für alle Zeiten unter der Herrschaft der alten Götter!

„Jesus Christus erbarme Dich! Lass Dich nicht mehr vertreiben! Besiege die Herren des Heiligtums! Löse alle Sklaven! Die Lebenden und die Toten!"

Kaum hatte er das Gebet gesprochen, ergriff ihn ein neuer Gedanke und setzte sich mit solcher Kraft fest, dass er nicht mehr davon loskam: „Herr, warum soll ich in den Wald? Bald neigt sich der Tag!", widersprach er, aber sein Geist fand keine Ruhe. Schließlich rappelte Arnivlus sich auf: „Herr, ich gehe. Wohin, weißt Du."

Zuvor gab er seinem Pferd Wasser und streichelte es ein wenig: „Pass' gut auf und fürchte dich nicht!" Dann wandte er sich dem Wald zu: „Wohlan, im Gehorsam."

Bald stand Arnivlus unter dem mächtigen Blätterdach großer Eichen, Buchen und Tannen. Ziellos wanderte er umher und erreichte einen steilen Abhang. Die Hochebene endete hier. Von unten drang das entfernte Rauschen des Wassers herauf.

‚Das ist der kleine Fluss, den ich bei meiner Ankunft überquert habe', überlegte Arnivlus und verspürte im selben Moment ein großes Verlangen nach frischem, klarem und kaltem Wasser. Da der Grund des Marsches bisher verborgen lag, entschied er sich, zum Fluss hinunter zu steigen, um von dem Wasser zu kosten. Kein Weg führte talwärts, der Boden war feucht und glitschig. Über den ganzen Abhang verstreut lagen Sandsteinfelsen, die aus schroffen Felswänden herausgebrochen waren. Der Abstieg war viel beschwerlicher, als Arnivlus erwartet hatte: „Ich werde den üblichen Steig zur Hochebene als Rückweg nehmen! Hoffentlich gleite ich nicht aus!", murmelte er. „Hier kann man sich ja den Hals brechen!"

Das Rauschen wurde lauter. Bald kam der Fluss in Sicht und als Arnivlus dessen Ufer erreicht hatte, fand er sogar eine Stelle, die noch von der Abendsonne erwärmt wurde. Er kniete nieder und schöpfte mit beiden Händen Wasser. Es schmeckte so, wie er es erwartet hatte: kalt, frisch und klar. Arnivlus tauchte den Kopf hinein und wusch sich das Gesicht. Eine Wohltat, die ihn dazu verleitete ganz im Fluss unterzutauchen. Nur wenige Schritte entfernt hatte die Strömung ein großes, tiefes Becken ausgespült. Rasch legte Arnivlus seine Kutte und Untergewänder ab. Dann stieg er im Adamskostüm ins Wasser.

„Brrr! Kalt!" Er atmete tief durch, bevor er sich ein Herz fasste und rasch ins Tiefere strebte. Mit Schwung tauchte er unter, um sogleich wieder prustend aufzutauchen. „Himmel, das ist wirklich sehr kalt! Schnell raus hier!" Er wollte sich zum Ufer wenden, da sah er nicht weit weg ein rotes Bündel. Es hatte sich an einer mächtigen, in den Fluss hineinragenden Wurzel verfangen und wurde von der Strömung umspült.

„Was ist das?" Arnivlus vergaß sämtliche Kälte. „Hat hier jemand etwas verloren? Ich werde nachsehen!" Eilig durchschwamm er das Becken und mühte sich danach watend flussaufwärts. Mehr als einmal rutschte er aus und fiel der Länge nach ins Wasser. Je näher er dem Bündel kam, desto mehr beschlich ihn eine dumpfe Ahnung. „Herr, erbarme Dich!", entfuhr es ihm rau, als er entdeckte, dass das Bündel Arme und Beine hatte.

Arnivlus rannte los. Das Wasser spritzte nach allen Seiten. Keuchend kam er bei der Wurzel an und sah, wie in ihren knorrigen Armen ein etwa zehnjähriger Junge hing.

„Kind, lebst du?", rief er, packte den schlaffen Körper und schleppte ihn auf dem kürzesten Weg an Land. Dort angekommen, untersuchte er ihn sofort. Vor Kälte war er blau im Gesicht. Arnivlus drückte den Kopf gegen seine Brust und hörte es zu seiner großen Freude darin auch noch schlagen. Schwach, dennoch spürbar.

„Er muss wieder zu Sinnen kommen und warm werden!" Erneut packte Arnivlus den Knaben und trug ihn zurück zu der sonnigen Stelle, wo seine Kleider lagen. Rasch breitete er seine Kutte als Lager aus, zog dem Jungen die nassen Kleider vom Leib und hüllte ihn in seine eigenen, trockenen Untergewänder. Arnivlus knetete und rieb ihn ohne Unterlass am ganzen Leib. Er hoffte, dass so die Lebensgeister wieder zurückkehrten. Durch das Kneten und Reiben wurde ihm selbst warm. Seine nasse Haut trocknete. Mit der Zeit sammelten sich gar kleine Schweißperlen auf seiner Stirn. Und wiederum etwas später merkte Arnivlus, wie seine Kräfte nachließen. Aber der Junge zeigte noch immer keine Lebensregungen.

„Herr, bin ich zu spät gekommen?", keuchte er. „Nun verstehe ich, warum Du mich zum Fluss geleitet hast. Aber hoffentlich nicht bloß, um ein totes Kind zu seinen Eltern zurückzubringen! Herr, ich flehe Dich an! Der Knabe soll leben! Er soll das Licht seiner Eltern bleiben! Lass die Mühe nicht vergeblich sein! Gib mir die Kraft, solange zu reiben, bis er wieder seine Augen auftut! Du bist meine Stärke! Ich bin vom Fasten geschwächt, verhindere dass ich müde werde!" Die Sorge, das Leben des Jungen zu verlieren, trieb ihn an. Aber irgendwann konnte er nicht mehr. Erschöpft brach Arnivlus zusammen und rollte sich zur Seite: „Herr, es war zu viel!", schnappte er nach Luft. Sonst konnte er nichts mehr tun. Tränen drückten aus seinen Augen. Sie liefen ihm übers Gesicht. Er hatte den Kampf verloren.

„Mutter…"

Arnivlus hielt den Atem an. Rasch richtete er sich auf.

„Mutter…", kam es leise aus des Jungen Mund. Anschließend musste er heftig husten und wurde am ganzen Leib durchgeschüttelt.

Arnivlus wusste: Dies war der Lebensgeist, der mit Macht in den Leib zurückkehrte. „Danke, Jesus, mein Herr und Gott! Du hast ihn nicht im Reich der Schatten gelassen!" Ein breites

Lächeln der Erleichterung zeigte sich auf Arnivlus' Gesicht. Er konnte nicht anders, als den fremden Jungen zu umarmen und ihn an sein Herz zu drücken: „Kind, du lebst! Du lebst!", lachte er. Wieder kullerten Tränen über seine Wangen. Doch solche Tränen mochte Arnivlus ganz besonders.

Das in den Jungen zurückgekehrte Leben wirkte auf Arnivlus wie ein stärkender Trank. Es gab keine bessere Erfrischung! Wieder begann er, ihn zu reiben und ihn immer wieder an sich zu drücken.

Der Junge zitterte heftig. Die starke Unterkühlung machte sich bemerkbar.

„Du bist noch lange nicht über den Berg!", murmelte Arnivlus. Bald würde die Nacht hereinbrechen. Spätestens dann musste das Kind in Decken gehüllt an einem wärmenden Feuer sitzen, sonst wäre sein Leben vor Anbruch des neuen Tages verwirkt.

Der Knabe war noch immer nicht richtig bei Bewusstsein, und die fortgeschrittene Tageszeit drängte zum Aufbruch. Arnivlus nahm die nassen Kleider des Jungen und band sich daraus einen Lendenschurz. Er wollte nicht völlig nackt sein. Anschließend hüllte er den Knaben in seine Kutte, nahm ihn huckepack und verknotete die Ärmel der Kutte vor der eigenen Brust. Der Leib des Jungen wurde gegen seinen Rücken gedrückt und gleichzeitig gewärmt. Schwer war der Knabe nicht, dennoch vermochte ihn der entkräftete Mönch kaum zu heben.

„Mit Deiner Kraft werde ich den Anstieg schaffen! Nur so!", presste Arnivlus ein Stoßgebet hervor. Nach wenigen Schritten merkte er, dass ihn wirklich nur noch das Vertrauen auf den Herrn vorwärtsbrachte.

Immer öfter wurde ihm schwarz vor Augen. Keuchend und taumelnd schlug er sich am Flussufer entlang vor bis zur Furt. Sein Blick fiel auf den magischen Stein. Er erinnerte sich daran, wie sein Pferd nicht mehr weiterwollte: „Ja", stöhnte er, „hier sind gewaltige Mächte am Werk! Sie verschlingen Menschenleben als wären sie nichts und machen selbst vor Kindern nicht Halt." Angewidert wandte sich Arnivlus von dem Stein ab.

Er begab sich auf den Weg, der steil zur Hochebene führte. Ihm war schleierhaft, wie er da mit dem Knaben hinaufkommen sollte. Mühsam schleppte er sich Schritt für Schritt bergan. Nach einer Weile glaubte er, schadenfrohes Gelächter zu hören: „Wer verspottet mich? Oder bin ich ein Narr?"

Das Gelächter blieb und schmerzte ihn bis ins Innerste. Boshaftes Gekicher zog ihm die letzten Kräfte aus dem Leib. Die Pausen, in denen er unter dem Spott der Lacher verharren musste, wurden von Mal zu Mal länger. Keinen Schritt mochte er mehr weiter. Matt legte er die Hand an den Knoten, der den Knaben auf seinem Rücken hielt, da entdeckte er unweit entfernt den Krieger mit der goldenen Rüstung.

„Habe Mut! Verzage nicht! Der Herr ist mit dir!" Es war dieselbe Stimme, die Arnivlus oben am Heiligtum gehört hatte. Er ließ den Knoten los und sah den schönen Krieger plötzlich zum Greifen nah neben sich stehen.

„Wer bist du?" hauchte er erschöpft und gleichzeitig überwältigt.

Der Krieger lächelte und legte den Zeigefinger auf den Mund. Danach trat er ganz dicht an den Mönch heran und hakte sich an einem Arm unter. Der Anstieg fiel Arnivlus von nun an viel leichter. In einem gefühlten Augenblick fand er sich oben auf der Hochebene am Waldrand wieder. Verwundert rieb er sich die Augen. Noch bevor er dem Krieger danken konnte, war dieser verschwunden.

Jetzt spürte Arnivlus auch wieder das Gewicht des Jungen und seinen erschöpften Leib. Aber in seinem Geist empfand er sich ungemein erfrischt und gestärkt.

Die Sonne war hinter den Wäldern verschwunden, die Kühle des Abends kroch in die Wiesen und Felder.

„Rasch ins Dorf! Der Knabe braucht Wärme!", spornte sich Arnivlus an. Selbst wenn er von dem Krieger keine Antwort bekommen hatte, so wusste er, dass dieser der Engel gewesen war. Große Freude erfüllte ihn. Ein weiteres Mal hatte sich der Herr ihm unmittelbar zugewandt. So beflügelt eilte er dem

Dorf entgegen und machte sich keine Gedanken darüber, wie der Empfang dort sein mochte. Das Leben des Jungen war ohnehin das Wichtigste.

Schwer atmend erreichte Arnivlus die Häuser und ging geradewegs auf den Dorfplatz, in dessen Mitte ein großer Sandsteinfindling stand. Umgeben war dieser mächtige Fels von in den Boden gesteckten hohen Stangen, die mit menschlichen und tierischen Schädeln bekrönt waren.

Arnivlus schluckte, als er das sah: „Herr, steh' mir bei!", flüsterte er, legte danach alle verbleibende Kraft in seine Stimme und rief: „Ich bringe euch einen verletzten Knaben! Ich fand ihn unten im Fluss!" Er löste den Knoten und legte den Jungen sanft auf den Boden.

Sofort gingen die Türen der Häuser auf. Aus dem größten Haus am Platz rannte eine verzweifelte Frau dem Dorfplatz entgegen. Als sie angekommen war, schenkte sie dem Mönch keinerlei Beachtung. Sie hatte nur Augen für den Knaben.

„Du bist es! Du bist es!", hauchte sie unter Tränen. Als sie sich von seiner Atmung überzeugt hatte, rief sie laut: „Er lebt! Unser Sohn lebt!"

Großer Jubel brach unter den herbeigeeilten Frauen, Alten und Kindern aus. Unbeschreiblich war die Freude.

„Rasch! Er braucht Wärme!", wandte sich Arnivlus der Mutter zu.

Erst jetzt zollte sie ihm Aufmerksamkeit.

Arnivlus sah ihrem Gesicht an, wie fremd für sie der Klang seiner Stimme mit dem Inselakzent war. Sie nickte stumm, nahm ihren Sohn auf die Arme und trug ihn ins Haus.

Die anderen folgten ihr.

Am Stein blieb Arnivlus allein zurück, halb nackt. Ihm kroch nach der Anstrengung die Erschöpfung eisig in die Glieder. Wie gerne hätte er den nassen Lendenschurz gegen seine eigenen Kleider getauscht. Schlotternd rieb er sich die Arme und murmelte: „Ich muss wohl noch eine Weile warten." Er begann, das Dorf genauer anzusehen. „Wo sind eigentlich die

Männer?" Arnivlus ließ seinen Blick weiter schweifen, da sah er eine grauhaarige, gebeugte Gestalt auf sich zukommen. ‚Gundula', durchfuhr es ihn freudig.

„Sie sind alle fort, um den Knaben zu suchen", sprach die Alte, als sie ihn erreicht hatte.

„Du hast meine Gedanken erraten." Arnivlus lächelte.

„Dir ist nicht bewusst, *wen* du gerettet hast."

„Ja, so ist es."

„Es ist Dietrich, Degenhards Sohn", sagte Gundula bedeutungsschwer. In ihrer Stimme klangen Angst und Ehrfurcht zugleich.

„Dietrich?"

„Degenhard ist Häuptling des Dorfs. Zusammen mit Wilmut, dem Priester des Heiligtums, herrscht er über die Hochebene."

„Oh." Arnivlus spitzte den Mund.

„Wo hast du ihn gefunden?"

„Unten, in den Fluten des Flusses, fast ertrunken."

„Warum gingst du zum Fluss?"

„Weil ich dorthin sollte."

„Wer hatte dir dies aufgetragen?"

„Mein Herr, dem das Leben der Kinder heilig ist."

Gundulas Augen verengten sich. Sie schob ihre grauen Haare zur Seite, damit sie Arnivlus besser sehen konnte. Wie vor ein paar Tagen draußen auf dem Feld fühlte sie die ganz besondere Kraft und Liebe, die von dem Mönch ausgingen und wusste, woher sie kamen: von dem unbekannten Herrn, der keine Menschenleben forderte, sondern rettete. Selbst vor dem Fleisch und Blut seiner Gegner hielt er seine Liebe nicht zurück. Wie anders hätte der Fremde den Knaben sonst finden können? Wieder erfasste Gundula dieselbe Sehnsucht, die sie schon einmal in der Gegenwart des Mönchs gefühlt hatte. Ihr Leben war reich an Tagen und neigte sich dem Ende zu. Nie war sie vom Dorf weggekommen, immer hatte sie im Schatten des Heiligtums gelebt. So viele brave Männer, Frauen und Kinder waren dort oben den Göttern zum Opfer gefallen. Unzählige Tiere auch. Sie wollte nicht ins Schattenreich: „Was muss ich tun, damit ich zu deinem Herrn gehören darf?", fragte sie unvermittelt, obwohl sie den Zorn der Götter im Nacken spürte. Noch mehr fürchtete sie jedoch Wilmuts grausames Opferritual, das den Weg in die Anderwelt bahnte. Glücklicherweise befand er sich eben mit den anderen auf der Suche nach Dietrich.

Arnivlus zog die Augenbrauen hoch. Mit dieser Frage hatte er noch nicht gerechnet – schon gar nicht inmitten des Dorfs, im Angesicht der mit Schädeln geschmückten Stangen und des Steins. „Du musst deine alten Götter verlassen." Er deutete auf die Stangen und den Stein. „Dich zum Herrn Jesus Christus bekennen und dich taufen lassen auf den Namen des Dreieinigen Gottes. Dann hat die Herrschaft über dein Leben gewechselt."

Gundula hatte von Arnivlus' Worten nicht viel verstanden, aber als sie hörte, dass die Herrschaft über ihr Leben wechseln konnte, leuchteten ihre Augen auf: „Ich möchte die Götter des Heiligtums verlassen! Dein Herr soll mein Gott sein! Ich weiß nichts über ihn. Aber eines fühle ich: Er trägt Liebe in sich. Das ist alles, was zählt."

Arnivlus lächelte und nahm die alte Gundula in den Arm: „Dann lass uns nicht zögern und dich im Fluss unten taufen! Du bist willkommen in der Familie Gottes! Ich freue mich darauf, dich meine Schwester zu nennen."

„So sei es!" Gundula nickte.

„Aber zuvor brauche ich meine Gewänder. Komm, wir wollen sie holen gehen!"

Vor dem Haus des Häuptlings war das halbe Dorf versammelt. Gundula blieb im Hintergrund zurück, während sich Arnivlus einen Weg durch die Leute bahnte. Erstaunt, neugierig und misstrauisch beäugten ihn die Dörfler, als er an die Tür klopfte. Einen Moment später wurde sie einen Spalt weit von einem jungen Mädchen geöffnet. Ihre Augen waren verweint. Sie erschrak, als sie den halbnackten Mönch vor sich stehen sah.

„Könnte ich meine Gewänder haben? Die Nacht ist da, mir ist kalt", fragte Arnivlus freundlich.

„Ist es der Fremde?", drang von drinnen eine Stimme hervor.

„Er soll rasch eintreten!"

Wortlos öffnete das Mädchen die Tür ganz.

Arnivlus trat ins Haus. Es roch nach Rauch. Einige Kerzen brannten und erhellten den Raum spärlich. In der Feuerstelle prasselten die Flammen. So nah wie möglich hatte die Mutter ein Lager am Feuer bereitet. Darauf lag schlotternd der Junge, noch immer ohne Besinnung.

„Er will nicht wach werden!", klagte sie und wusste sich nicht mehr zu helfen.

Arnivlus kniete bei dem Knaben nieder, fühlte dessen Stirn und strich ihm über die Haare. „Ja, sein Zustand ist sehr ernst! Er braucht Anregung und Kräftigung. Hast du Ackerschachtelhalm, Himbeerblätter und Sauerampfer im Haus?"

„Himbeerblätter sind da, das andere nicht."

„Sende Kräuterkundige aus, damit sie die anderen beiden Zutaten suchen. Wir wollen einen Trank für den Knaben brauen."

„Außer Wilmut kennt sich nur noch Gundula mit Kräutern aus, aber ..." Die Frau des Häuptlings machte einen hilflosen Eindruck.

„Aber?"

„Wilmut mag sie nicht und hat den Umgang mit ihr verboten."

„Willst du, dass dein Sohn in dieser Nacht stirbt?"

„Die Götter mögen uns bewahren! Nur das nicht!"

„Dann vertraue Gundula. Sie wird die Kräuter rasch herbeibringen."

Die Frau des Häuptlings nickte und eilte vor die Tür. Zu aller Erstaunen berief sie Gundula und zwei Begleiter mit Fackeln zur Suche nach den Heilkräutern: „Gundula, ich bitte dich nur dieses eine Mal, weil der Fremde es geboten hat. Eile! Du kennst alle Kräuterplätze! Bitte hilf, das Leben von Dietrich zu retten!"

Wortlos nickte die Alte und machte sich augenblicklich auf.

Voll Sorge kehrte die Mutter zurück und fand Arnivlus noch immer kniend neben ihrem Sohn. Er hatte die Hände auf sein Haupt gelegt und murmelte unverständliche Worte. Ganz versunken war er in diesen Vorgang. Erst nachdem er geendet hatte, wagte die Frau des Häuptlings, ihn anzusprechen: „Bist du ein Druide? Ein Priester der Götter?"

„Nein, ich bin kein Druide oder Priester der Götter. Ich bin ein Diener des Einen Gottes der Liebe und gekommen, um von seiner Liebe zu zeugen."

„Oh." Die Frau trat einen Schritt zurück. Es war ihr anzusehen, dass sie sich ernsthaft fragte, ob es richtig gewesen war, dem Fremden die Tür zu öffnen. Doch schon einen Moment später siegte ihr Mutterherz: „Werden deine magischen Formeln ihm helfen können?"

„Ich habe keine magischen Formeln. Aber ich habe für ihn gebetet und Heilung über ihm ausgerufen!"

„Wird er leben?"

„Sein Leben ruht in Gottes Hand. Ich vertraue auf Dietrichs Genesung durch Gottes Hilfe und das Wissen, das mir der Herr ermöglicht hat, zu lernen. Hoffen wir auf Gundulas baldige Rückkehr!" Er versank wieder in das Murmeln und ließ die Hand nicht mehr von des Knaben Stirn.

Voll Unruhe stand die Mutter daneben. Als es nach einiger Zeit gegen die Tür pochte, war es für sie wie eine Erlösung. Sie eilte zur Tür, nahm erleichtert von der alten Gundula die gefundenen Kräuter entgegen und brachte sie zu Arnivlus.

„Danke." Der Mönch ließ sich eine Schale und einen Mörser geben. Danach zupfte er die Kräuter und legte sie zusammen mit den Himbeerblättern in einem ganz bestimmten Verhältnis in die Schale. Er zerrieb alles zu einem grünen Brei und goss heißes Wasser darüber. „Nun müssen wir eine Weile warten", sprach er zu der besorgten Mutter und widmete sich wieder dem Gebet.

Endlos schien die Zeit, bis er endlich die Schale in die Hände nahm, um daran zu riechen. Zufrieden nickte er: „Es ist so weit. Wir können Dietrich den Trank geben. Komm und hilf mir!" Arnivlus nahm den Jungen in den Arm und richtete ihn auf. „Wir müssen Acht haben, damit er sich nicht verschluckt! Filtere den Trank durch ein sauberes Tuch in einen Krug. Dann geht es leichter."

Rasch tat die Frau, wonach Arnivlus verlangte.

„Nun flöße ihn deinem Sohn vorsichtig ein! Das Gebräu wird ihn laben."

Die Mutter setzte den Krug sachte an Dietrichs Lippen, während ihm Arnivlus mit seiner freien Hand den Mund ein wenig öffnete. Zu Arnivlus' großer Freude konnte er schlucken. Es ließ sich nicht ganz vermeiden, dass er hustete und prustete, aber das wurde als willkommenes Lebenszeichen dankbar aufgenommen. Nach einer Weile hatte Dietrich den ganzen Trank zu sich genommen und sogar wieder ein wenig Farbe im Gesicht. Zufrieden legte Arnivlus ihn zurück auf sein Lager.

„Da, er bewegt sich leicht!", bemerkte er lächelnd zur Mutter.

„Das ist gut! Das ist sehr gut! Dein Sohn hat das Schlimmste überstanden! Dessen bin ich mir gewiss. Der Herr hat Gnade geschenkt! Er wird leben!"

Tränen der Dankbarkeit sammelten sich in den Augen der Mutter: „Er ist unser einziges Kind. Wir würden für ihn sterben. Den Göttern sei Dank!"

Arnivlus verzog ein wenig das Gesicht.

„Ich meine, deinem mir unbekannten Gott sei Dank", berichtigte sie sich und wurde verlegen.

„Es ist schon gut." Arnivlus lächelte wieder. „Mein Herr liebt dich und weiß, dass du ihn noch nicht kennst. Er ist der Gott des Friedens und verspricht Leben über den Tod hinaus. Wer sich zu ihm bekennt wird nicht fahren in die Finsternis, sondern das Licht des ewigen Lebens haben[36]."

„Ich werde ihm ein Dankopfer oben im Heiligtum darbringen. Er soll seinen Dienst nicht umsonst getan haben. Wir stehen

---

36 Johannes 8,12

tief in seiner Schuld", antwortete die Mutter ehrfürchtig. „Gleich morgen soll er unsere beste Kuh bekommen!"

Arnivlus verstand die Größe des Opfers. Eine gute Kuh war sehr wertvoll. Aber er schüttelte den Kopf: „Mein Herr wünscht sich kein Blut von Tieren. Lass deine Kuh leben. Er selbst ist für euch in den Tod gegangen, um euch aus eurer Schuld ihm gegenüber zu befreien. Es braucht keine Opfer mehr, damit er euch gut ist. Er ist in das Schattenreich hinuntergestiegen, aber nicht dort unten geblieben, sondern nach drei Tagen von den Toten zurückgekehrt und hat sich seinen Freunden gezeigt."

Erschrocken wich die Frau zurück, spuckte dreimal auf den Boden und machte mit den Händen seltsame Zeichen in die Luft. „Er ist ein Wiedergänger!", hauchte sie. „Oh Graus!" Große Angst spiegelte sich in ihren Augen. Was für einen finsteren Zauberer hatte sie da in ihrer Not bloß ins Haus gelassen? „Geh weg von mir!", flüsterte sie mit bebender Stimme.

„Nein, nein, fürchte dich nicht! Mein Herr ist kein unheimlicher Wiedergänger. Er ist ein Gott, der aus Liebe für seine Kinder sein Leben gegeben und sie dadurch von den wirklich finsteren Mächten befreit hat! Wer ihm vertraut, wird in Ewigkeit leben, auch wenn er stirbt. Die Liebe meines Herrn Jesus ist größer als der Tod! Hab' keine Angst! Sagtest du gerade nicht selbst, dass du für deinen Sohn dein Leben geben würdest? Bei meinem Herrn Jesus Christus war es nicht anders!"

Die Frau entspannte ein wenig, doch die Furcht blieb in ihrem Gesicht, gepaart mit Misstrauen.

Arnivlus sah, dass weitere Erklärungen nichts mehr nützten. Seine Aufgabe in diesem Haus war erfüllt. „Gute Frau, reicht mir bitte meine Gewänder, dann werde ich dich und deinen Sohn verlassen. Morgen Früh wird er wieder auf den Beinen sein, du wirst sehen!"

Die Frau des Häuptlings nickte und sammelte Arnivlus' Kutte und Untergewänder vom Boden auf. „Hab' Dank für alles, was du für Dietrich getan hast. Wir stehen tief in deiner Schuld und in der deines Herrn", sprach sie leise, als sie die Wäsche übergab.

Arnivlus verbeugte sich leicht und lächelte sie an: „Sei gesegnet und Friede eurem Haus." Er zog sich seine Kutte über und löste darunter den Schurz aus Dietrichs Kleidern. „Hier, das gehört deinem Sohn." Er legte die Kleider auf einen Hocker nahe dem Feuer. „Gehab' dich wohl!", grüßte er zum Abschied, bevor er mit seinen restlichen Unterkleidern auf dem Arm zur Tür hinaustrat.

„Danke", flüsterte sie kaum hörbar ein weiteres Mal und blieb regungslos dort, wo sie war.

Die Leute standen noch immer vor dem Haus. Mit großen Augen starrten sie Arnivlus an, der in seiner braunen Kutte nun plötzlich ganz anders auf sie wirkte als zuvor halbnackt mit Lendenschurz.

„Bist du ein Magier?", wagte einer aus dem Halbdunkel zu fragen.

„Nein, ich bin nur ein Mönch, ein Diener des allmächtigen Gottes. Gute Nacht", gab Arnivlus zurück und verschwand.

Gundula erwartete ihn in einigem Abstand von den anderen: „Großes hast du heute vollbracht und an Achtung gewonnen!", begrüßte sie ihn.

„Ja, mag sein, aber der Weg ist weit", antwortete Arnivlus nachdenklich. „Es ist zwar Nacht, bist du dennoch bereit für den Weg zum Fluss?"

„Niemals ist es dafür zu dunkel. Reichst du einer alten Frau die Hand, damit sie nicht fällt?"

„Natürlich", sprach er freundlich und hakte sich bei ihr unter. „Bestimmt kennst du einen für diese Zeit angemessenen Weg ins Tal."

Die Sterne waren aufgegangen, und der Mond erhellte mit seiner schmalen Sichel die Nacht. Sie kamen gut voran. Kurz bevor sie den Wald erreichten, trat ihnen eine Schar bewaffneter Männer in den Weg:

„Halt! Wer da?", rief ein großer, kräftiger Krieger.

Gundula erkannte ihn gleich an der Stimme: „Ich bin es, die alte Gundula", sprach sie und versuchte, die Angst in ihrer Stimme zu verbergen.

„Und der da?", fragte der Mann barsch und deutete mit dem Schwert auf Arnivlus.

Gundula zögerte und blinzelte aus ihrer gebückten Haltung zu Arnivlus neben sich hinauf. „Er ist der Fremde, der vor dem Dorf sein Lager aufgeschlagen hat", antwortete sie schließlich.

„Was hast du mit dem Fremden zu dieser Stunde hier draußen auf dem Feld zu schaffen?" Der Ton des Kriegers wurde strenger.

Diesmal antwortete Gundula rasch mit einer Gegenfrage: „Habt ihr gefunden, wonach ihr sucht?"

„Nein." Sofort war sämtlicher Kampfesmut aus der Stimme des Kriegers gewichen. Er ließ das Schwert etwas sinken.

„Degenhard, Dietrich, dein Sohn, lebt. Er ist zu Hause. Der Fremde, gegen den du so argwöhnisch bist, hat ihn aus dem Fluss gerettet und nach Hause gebracht."

„Ist das wahr?", fragte Degenhard zu Arnivlus gewandt.

„Ja, Häuptling, so ist es", antwortete Arnivlus ruhig, ohne jegliche Furcht.

„Männer, habt ihr das gehört?"

Freudiges Gemurmel folgte auf Degenhards Frage.

„Den Göttern sei Dank, ich habe meinen Sohn wieder!" Sämtliches Glück eines zuvor verzweifelten Vaters lag in Degenhards Worten. „Wer bist du?", wollte er nun deutlich milder wissen.

„Wenn du rettest, kannst du nicht in böser Absicht gekommen sein. Bewaffnet bist du auch nicht. Also, was hat dich zu uns geführt?"

„Der Auftrag meines Herrn."

„In wessen Namen kommst du?"

„Im Namen Jesu Christi."

„Ich kenne diesen Fürst oder Grafen nicht. Sag', wo lebt er?"

„Sein Reich ist nicht von dieser Welt[37]", wehrte Arnivlus lächelnd ab.

„Nicht von dieser Welt?" Degenhard runzelte die Stirn.

„Er ist alles in allem, doch nicht sichtbar – gewöhnlich."

„Du sprichst in Rätseln, Fremder. Es scheint, du bist ein Zauberer."

„Nein, nein. Ich bin nur ein Mönch, ein demütiger Diener meines Herrn. Gekommen, um euch von seiner Liebe zu zeugen. Groß und mächtig ist er und hält die Schlüssel über das Reich der Lebenden und Toten in seiner Hand[38]. Sein Reich ist ein ewiges Reich."

„Du sprichst von einem Gott!", rief Degenhard aus.

„Ich spreche von *dem* Gott. An ihm vorbei gibt es kein Heil, nur er schafft ewigen Frieden."

„Dann weißt du gewiss auch, dass hier Lugaid die Geschicke der Lebenden und Toten bestimmt. Er ist der Fürst, dem wir im Heiligtum huldigen! Er duldet keine Nebenbuhler. Wenn Wilmut bei uns wäre, dann wärst du jetzt schon tot. Nimm es als Fügung der Götter, dass er die andere Schar in der Suche anführt. Weil du meinen Sohn gerettet hast, bin ich dir milde gestimmt. Ich schenke dir dein Leben und gebe dir einen guten Rat: Brich heute noch auf und verlass die Ebene, wenn du nicht willst, dass dich der Zorn Lugaids trifft. Er ist nicht so nachsichtig wie ich."

„Ich bin gekommen, euch die Liebe Gottes zu bringen. Nur meinem Herrn gehorche ich. Euren Lugaid fürchte ich nicht. Solange es mein Herr wünscht, bleibe ich."

„Selbst wenn es dich das Leben kostet?"

„Der Tod ist nur das Tor zur Ewigkeit. Er kann mir nicht schaden."

„Ja, der Tod ist das Tor." Degenhard nickte. „Nun denn, wenn du bleibst, dann erhält Lugaid einen neuen Sklaven für den

---

37   Johannes 18,36
38   Offenbarung 1,18

Dienst an der gedeckten Tafel für die Herren und Helden dort. Kann ja kein Fehler sein!". Er lachte laut und hart auf.

Die anderen Krieger stimmten in das Gelächter ein.

„Vorwärts, Männer, er wurde gewarnt. Soll geschehen, was die Götter wollen!" Ohne Arnivlus weitere Beachtung zu schenken, schritt er an ihm vorüber. Gundula allerdings nahm er scharf in den Blick: „Besser, du folgst uns, wenn du nicht sein Schicksal teilen willst. Wilmut bist du schon lange ein Dorn im Auge! Es wäre weise von dir, ihn nicht noch mehr zu reizen." Ohne auf eine Antwort zu warten, zog er weiter.

Einen Moment später waren Arnivlus und Gundula wieder allein.

„Nun, Gundula, willst du noch immer hinunter zum Fluss?"

„Mehr denn je!", schnarrte sie. „Mein Leben in dieser Welt ist verwirkt. Aber durch dich habe ich Hoffnung auf eine zukünftige bekommen. Niemand außer den Göttern weiß, wie viele Tage mir noch bleiben, bevor ich meine Augen für immer schließe oder Wilmut droben im Heiligtum zum Opfer falle. Was mich im Reich der Schatten unter der Herrschaft Ogmios' und Lugaids erwartet, fürchte ich. Schlimmer kann es nicht werden! Aber du hast mir etwas Besseres gezeigt! Lass uns nicht säumen! Wer weiß, was der Morgen bringt!" Trotz ihres Alters schritt Gundula voran und zog Arnivlus hinter sich her. Sie machte keine großen Umstände und wählte den üblichen Hohlweg ins Tal. Warum sollte sie sich auch noch verbergen? Ihr Tod war beschlossene Sache, dessen war sie sich gewiss. Einzig vor dem *Wie* hatte sie große Furcht.

‚Ich kann jede Hilfe brauchen, die sich mir beim Durchschreiten dieses finsteren Weges bietet', dachte sie und eilte mit Arnivlus an der Hand hinunter zum Fluss.

„Warte! Nicht so schnell, Gundula!", bremste Arnivlus. „Sollte nicht ich dich durch die Dunkelheit führen? Nun bist du es, die mich hinter sich herzieht!"

„Ich dulde keinen Aufschub! Zu groß ist das Aufsehen, das du im Dorf erregt hast. Zu groß ist der Hass auf mich! Ich möchte zu deinem Herrn gehören, bevor mich der Zorn der Götter durch Wilmuts Schwert trifft. Vielleicht suchen sie schon nach uns. Das Gute, das du getan hast, schwächt Wilmuts Macht. Alle haben Angst vor ihm und vor dem finsteren Geist Lugaids. Aber ich sehe mehr! Niemals will ich Teil der unheimlichen Geisterwelt werden! Wilmuts Lügen schenke ich schon lange keinen Glauben mehr! Deshalb bin ich dem Tod geweiht. Ich weiß nicht um die Zeit, die mir noch bleibt. Darum eile!"

In der dichten Dunkelheit des Waldes rutschten und stolperten sie den Hohlweg hinab. Arnivlus staunte über die Wendigkeit der alten Gundula. Selbst nach Stürzen rappelte sie sich augenblicklich auf und trieb ihn an. Erst als sie die Talsohle erreicht hatten und das Rauschen des Flusses in unmittelbarer Nähe zu hören war, verlangsamte sie ihren Schritt und gab keuchend Arnivlus' Hand frei: „Wir sind angekommen!", stieß sie stockend hervor. „Nun taufe mich!"

Arnivlus hatte der Weg zum Fluss ebenfalls Vieles abverlangt. Er merkte einmal mehr, dass er schon lange nichts gegessen hatte, ganz zu schweigen von den Anstrengungen der letzten Stunden. „So sei es!" Er sammelte seine Kräfte, nahm Gundula an die Hand und führte sie zur Furt.

Das Wasser glitzerte im Licht der Sterne und des Mondes. Gegenüber zeichnete sich dunkel drohend der Stein ab, der Wegweiser zum Heiligtum.

„Ein guter Ort, um ein Zeichen vor der sichtbaren und unsichtbaren Welt zu setzen!", murmelte er, als er mit Gundula ins Wasser stieg.

Nur wenige Schritte von der Furt entfernt wurde der Fluss rasch tiefer und reichte Arnivlus bis zur Hüfte. Der gebeugten Gundula ging er fast bis zur Brust.

Ohne Zögern begann Arnivlus mit dem Taufritual: „Gundula, willst du Jesus Christus als den Herrn über dein Leben annehmen?"

„Ja, ich will."

„Schwörst du allen anderen Göttern, Geistern und Dämonen in deinem Leben ab? Schwörst du ab dem Teufel?"

Ich schwö…" Gundula konnte den Satz nicht vollenden.

Unvermittelt brach ein Sturm los. So heftig, dass ringsum Äste und Bäume knackten und sich weit nach unten bogen. In Arnivlus und Gundula fuhr der Schrecken. Ängstlich schützten sie ihre Köpfe. Für einen Moment dachte Arnivlus, dass das Relief auf dem Stein golden aufglühte. Danach zuckte ein greller Blitz, gefolgt von einem brüllenden Donner. Die Erde bebte.

„Der Zorn der Götter!", schrie Gundula und sackte in sich zusammen.

Arnivlus musste sie halten, damit sie nicht mit dem Kopf unter Wasser kam. „Jesus Christus", stieß er stockend hervor, „dieser Sturm ist von dunkler Herkunft! Die Mächte toben, weil sie ihre Beute nicht hergeben wollen! Schütze uns! Sende Deine Engel! Stärke die arme Gundula, damit sie nicht zurückweicht! Hier können Fleisch und Blut nichts ausrichten! Führe Du Dein Schwert!" Im Flehen wurde Arnivlus wieder fester. Seine Angst wandelte sich in grimmige Entschlossenheit. Er war mit Gundula gekommen, um sie in die Familie Gottes aufzunehmen. Wollten die Mächte auch toben, nur über seine Leiche würde er diese Absicht aufgeben: „Im Namen Jesu Christi, ich fürchte mich nicht!", brüllte er dem Sturm entgegen. „Er ist der Herr! Er triumphiert auch über dich! Ich weiß, du bist kein Wettersturm! Du wütest, weil du in Christus deinen Meister gefunden hast! In seinem Namen gebiete ich dir: Schweig stille! Gib Gundula frei! Sie hat ihren wahren Schöpfer erkannt, alter Lügengeist! Lange genug hast du hier über Land und Leute geherrscht! Deine Tage sind gezählt! Ich weiche nicht vor deinem Spucken und Fauchen!"

Wie zur Antwort brach von einer Erle am Flussufer ein großer, knorriger Ast ab und schlug klatschend im Wasser auf. Krumme, holzige Ruten peitschten Arnivlus und Gundula um die Ohren und droschen unbarmherzig auf sie ein. Arnivlus wurde von den Füßen gefegt und tauchte im Fluss unter. Die Strömung riss ihn mit. Um ihn drehte sich alles. Noch immer hielt er Gundula mit einer Hand fest. Beide trieben im Fluss, während über ihnen der Sturm unvermindert weiter tobte. Prustend und keuchend kämpfte Arnivlus um Luft und Halt. Würde er Gundula im Wasser verlieren, könnte sie ertrunken sein, bevor er sie getauft hatte. So wollten es die Mächte. Just als ihm die Kräfte versagten, bekam er unter seinen Füßen eine Sandbank zu spüren. Sie gab ihm ein wenig Halt. Seit seinem Sturz konnte er nun erstmals wieder tief Luft holen. Mit letzter Anstrengung zog er Gundula neben sich ins seichtere Wasser. Wimmernd hatte sie den Kopf unter beiden Händen verborgen und mit dem Leben abgeschlossen.

„Gundula, wir haben noch etwas zu tun. Bist du bereit?", keuchte er.

Von ihr kam nur ein Nicken als Antwort. Es hätte genauso gut ein Zittern sein können.

Arnivlus wandte sich Gundula zu und fragte sie über das Toben des Sturms hinweg direkt ins Ohr: „Gundula, schwörst du ab allen Göttern, Geistern und Dämonen?"

Leise, kaum hörbar im allgemeinen Lärmen flüsterte sie: „Ich schwöre ab."

„So taufe ich dich." Arnivlus nahm von dem Wasser, in dem sie lagen und goss ihr dreimal über den Kopf: „Ich taufe dich auf den Namen Gottes, des Vaters und des Sohnes und des Heiligen Geistes! Dein alter Mensch, an dem die Götter des Heiligtums Anrecht hatten, ist im Wasser ersäuft. Im Namen Gottes: Du bist ein neuer Mensch, ein Kind des himmlischen Vaters. Er spricht zu dir: Fürchte dich nicht, ich habe dich erlöst! Ich habe dich bei deinem Namen gerufen, du bist mein[39]. Amen."

Erschöpft rollte Arnivlus auf den Rücken. Er sah über sich die Sterne funkeln. Wie der Sturm gekommen war, so war er gegangen. Nur noch das Rauschen des Flusses umgab ihn:

---

39   Jesaja 43,1

„Furchtbare Mächte!", stöhnte er, als er sich nach einer Weile aus dem kalten Wasser aufrappelte. „Aber diese Beute habt ihr verloren!", rief er nicht ohne grimmige Häme in die Richtung des heidnischen Steins. Er kümmerte sich um Gundula: „Du bist ein Kind Gottes! Freue dich! Nichts kann dich nun mehr aus seiner Hand reißen[40]!" Vorsichtig half er der Alten auf die Beine.

Gundula war über alle Maßen erschöpft, konnte kaum stehen, aber ihr Gesicht strahlte vor Glück: „Ja, ich bin befreit. Keine Kette ist mehr durch mein Ohr gezogen! Ich fühlte, wie sie sich auflöste, als das Wasser der Taufe dreimal über mein Haupt floss. Dein Herr ist wirklich ein guter Gott!"

Gundulas Worte bestätigten für Arnivlus das Geschehen im Heiligtum. Dort hatte er sich zuerst darüber gewundert, als er von mit Ringen durchzogenen und geketteten Ohren gebetet hatte. Aber so sah geistliche Wahrheit über die Lebenden und Toten dieser Gegend aus. „Er ist jetzt auch dein Herr, Gundula! Fürchte dich fortan nicht mehr vor denen, die dir nach dem Leben trachten. Auch nicht mehr vor den bösen Geistern und Göttern, die dich in der Anderwelt versklaven wollen. Sie haben ihren Besitz an dir verloren. Du bist wirklich frei! Bleibe nur treu bei Jesus Christus und verleugne ihn nicht mehr! Was auch kommen mag!"

„Ich weiß, was mich erwartet, wenn ich ins Dorf zurückkehre", antwortete sie. „Noch bevor der Morgen graut. Aber ich werde nicht weichen."

Arnivlus nickte: „Beide werden wir standhaft bleiben!" Er nahm Gundula in den Arm. „Lass uns gehen. Der Wille des Herrn geschehe."

Mühsam kämpften sie sich das Ufer hinauf und begaben sich zurück zum Hohlweg.

„Was bedeutet der Stein an der Furt?", fragte er Gundula.

---

40   Johannes 10,28

„Jenseits des Steins, auf unserer Seite der Furt, ist geweihtes Land. Die Hochebene erhebt sich wie eine Insel aus dem Tal und ganz oben thronen die Heilige Quelle und das Grab des Fürsten Lugaid."

„Das Bild im Stein, zeigt es diesen Lugaid?"

„Der Stein ist sehr alt. Die meisten wissen nicht mehr, was er zeigt. Nein, nicht Lugaid ist darauf verewigt, wie alle meinen. Diese Narren! Das Bild zeigt einen ganz anderen! Nur Wilmut und ich haben darüber Kenntnis. Ich bin ihm deshalb schon viele Jahre ein Dorn im Auge. Mein Wissen über die Kräuter und meine Gabe der Heilung haben mich bisher vor dem Tod bewahrt." Gundula hielt an. Beim Wandern erzählen war zu anstrengend für sie.

Arnivlus wartete, bevor er fragte: „Woher weißt du all die Dinge?"

„Ich war eine Priesterin, eine Dienerin der Götter und bin eingeweiht in viele Geheimnisse."

Arnivlus trat einen Schritt zurück. Von der ersten Begegnung an hatte er ihre Besonderheit gefühlt und geahnt, dass sie mehr war als eine alte, verwirrte Frau. Macht umgab sie und tiefe Weisheit. Deshalb hatte Gundula die Engel um ihn herum wahrgenommen. „Erzähl' mir alles, was dir über die Götter und das Heiligtum bekannt ist! Wenn die Herrschaft der Götter gebrochen werden soll, dann muss ihr Tun offenbar werden! Bevor wir aus dem Wald treten, muss das geschehen sein! Wir wissen nicht, ob wir sonst dazu noch einmal Gelegenheit bekommen. Jedes einzelne Wort aus deinem Mund werde ich aufschreiben, damit keines verloren geht!"

Gundula sah Arnivlus mit großen Augen an. Es war schon viele Jahre her, dass jemand so ihre Bedeutung erkannt hatte. Sie begriff, was Arnivlus meinte: „Setz dich!", sprach sie, ließ sich selbst auf dem Waldboden nieder und begann ohne Umschweife: „Vor langer, langer Zeit herrschte oben auf der Ebene ein Stamm unserer Vorfahren. Sie hatten die heilige Quelle entdeckt. Schon damals wurde es als Zeichen der Götter gesehen, dass an der höchsten Stelle der Gegend eine Quelle zu Tage trat. So entstand der heilige Hain. Zugleich bot sich der Ort auch als Fluchtburg vor feindlichen Angriffen an. Daher der festungsartige Ausbau. Der Graben ist noch sichtbar. Die Quelle ist ein Tor zur Anderwelt. Hier steigen die Götter auf, vor allem Ogmios. Opfergaben werden in ihrem Wasser versenkt: Schwerter, Tonwaren, Gold und manches Weitere. Daneben gibt es Opfergruben für Tiere. Hauptsächlich Rinder und Schweine werden dargebracht. Die Götter der Unterwelt ernähren sich von ihrem faulenden Fleisch. Aber auch Menschen finden dort oben zu Ehren der Götter ihr Ende …"

Arnivlus dachte an die aufgespießten Tier- und Menschenschädel: „Ein grauenvoller Ort!", murmelte er.

„Ein Ort der Götter", erwiderte Gundula trocken, bevor sie fortfuhr: „Eines Tages gab es einen Kampf mit einen Stamm aus der Nachbarschaft. Die Herren des Heiligtums konnten den Häuptling der Gegner gefangen nehmen. Zu Ehren der Götter sollte er geopfert werden. Doch dieser Krieger war mehr als ein Häuptling. Er war auch ein machtvoller Druide. Der Priester des Heiligtums wusste das und fürchtete seine Rückkehr aus dem Reich der Schatten. Es gibt nichts Schlimmeres als Wiedergänger!" Gundula schauderte und verlor sich plötzlich in ihren Gedanken. Ihr Atem stockte, sie schien zu schrumpfen.

„Gundula! Gundula, geht es dir nicht gut?" Arnivlus griff sie mit beiden Händen an den Schultern und schüttelte sie sanft. Ihm wurde es unheimlich. Bedrohlich war der Wald nahe gerückt, als hätte er Ohren bekommen. „Ihr Engel eilt herbei!", rief er in die Nacht hinein.

Gundula kam wieder zu sich: „Eine schlimme Erinnerung aus alter Zeit", entschuldigte sie sich. „Auch wenn ich nun zu deinem Herrn gehöre, so sind die Geister dennoch mächtig." Sie musste Mut aufbringen, um weiter zu erzählen.

Arnivlus wartete geduldig.

Schließlich setzte sie fort: „Mehrfach sollte der Druide und Häuptling sterben, damit er für immer im Reich der Schatten blieb: erstochen, enthauptet, Schädel und Brust zertrümmert. Leider gelang nur die erste Tötung, weil die Krieger seines Stammes das Heiligtum angriffen und es eroberten. Niemand konnte der Schärfe ihrer Schwerter entfliehen. So wechselte das Heiligtum den Besitzer. Fürstlich bestatteten die Siegreichen ihren Häuptling im Hügelgrab gleich neben der Quelle. Bis heute lebt er als Wiedergänger weiter."

„Lugaid?", fragte Arnivlus.

Gundula nickte und sah ihn mit einem Blick an, der mehr sagte als tausend Worte.

„Er ist der böse Geist, der sich als Gott aufführt?"

„Nur Wilmut und ich kennen den Herrn des Fürsten, weil wir Priester sind. Das gemeine Volk verehrt Lugaid als göttlichen Fürsten über das Heiligtum. Sie glauben, auf sie wartet in der Anderwelt eine reich gedeckte Tafel mit allen erdenklichen Freuden. Sie denken, ihre besiegten Feinde und die Geopferten müssen ihnen dort als Sklaven dienen. Diese Narren!" Gundula spuckte aus. „Wie Wilmut habe auch ich die Geisterwelt durchschritten. Dort gibt es keine Tafel, dort gibt es nur Verzweiflung, Unbarmherzigkeit und eine große Sehnsucht. Die Geister ernähren sich von den Lebenden und wollen nicht vergessen werden. In der Anderwelt hören Streit und Bosheit nicht auf! Die Hoffnung auf Fülle bleibt bestehen! Alle sind sie Gefangene!"

„Gefangene Lugaids?"

Gundula lachte über diese Frage hart auf: „Lugaid ist der Erste, durch dessen Ohr ein goldener Ring geschlagen ist, an dem eine goldene Kette hängt, die in der Zunge Ogmios' endet! Alle sind und waren seinen süßen Worten und Liedern verfallen. Sie freuen sich auf ein rauschendes Fest und müssen dann eine Ewigkeit lang an seiner Kette für ihn tanzen!"

„Wilmut weiß das?"

„Ja."

„Und er steht nicht dagegen auf?"

„Was sollen wir denn tun? Für uns gibt es keine Hoffnung! Wilmut klammert sich daran, dass Ogmios mit ihm anders verfährt

136

als mit denen zuvor. Daran halten sich *alle* Priester." Nach einer kleinen Pause fügte sie hinzu: „Und an die Macht, die Ogmios in dieser Welt gibt. Sie ist groß. Es gibt nichts, woran es Wilmut und seinem Klan mangelt."

Arnivlus schauderte. Die Menschen im Dorf wurden seit undenklich langer Zeit in die Irre geführt. Deshalb nannte sie Gundula Narren. Obwohl, Narren waren sie – vielleicht bis auf wenige Ausnahmen – nicht. Sie gingen ja nicht gegen besseres Wissen in die Dunkelheit, sondern weil sie durch Lügen und Gewalt unwissend gehalten wurden. Nein, sie waren viel eher Schlachtvieh, das nur deshalb lebte, um später Ogmios zum Opfer zu fallen. Arnivlus seufzte: „Herr, wie lange soll dieses Elend noch dauern? Mehr denn je hoffe ich auf Dein Versprechen: Du bist gekommen, das Verlorene zu suchen und es selig zu machen[41]. Schenke diesem armen Dorf endlich Befreiung. Mit Gundula hast Du begonnen! Hab' Dank dafür!" Er sah die Alte neben sich an und staunte, dass der Herr gerade eine Priesterin als Erste aus dem Verderben befreit hatte.

Gundula erriet seinen Gedanken: „Ogmios tobt. Die unsichtbare Welt ist in Aufruhr. Mein Frevel erschüttert den Herrn des Heiligtums. Er sinnt auf Rache. Dein Herr war sehr dreist, ihm in seinem eigenen Haus die Beute wegzunehmen!"

„Er ist nun auch dein Herr", berichtigte Arnivlus Gundula ein weiteres Mal.

„Ja." Sie lächelte. „Gewiss! Er hat mich aus Ogmios' Klauen gerettet! Nun endlich habe ich eine begründete Hoffnung und fürchte das Morgen nicht mehr."

„Du sprachst von Macht, die Ogmios seinen Priestern verleiht?"

„Alle Priester besitzen magische Kräfte und ein breites Wissen über Steine, Gifte, Heilkräuter und andere Lebewesen. Ein jedes ist beseelt und erfüllt vom Atem der Götter. Weil dem so ist, können die Priester alles verwenden, um dadurch ihre

---

41   Lukas 19,10

Macht zu stärken. So halten sie die Menschen im Gehorsam. Aber da gibt es noch etwas: *die Schale.*" Gundula fuhr sich mit beiden Händen über das Gesicht. „Sie ist wahrhaft ein Gerät der Götter! Vor Urzeiten aus purem Gold getrieben und mit Edelsteinen besetzt. Nur Eingeweihten offenbart sie ihre Macht. Für alle anderen bleibt sie unergründlich."

„Was vermag die Schale?"

„Wenn sie von einem Priester vorzugsweise mit Wasser der heiligen Quelle gefüllt wird und der Priester anschließend in die Geisterwelt eintaucht, dann zeigt sie ihm Bilder.[42]"

„Die Schale ist ein Orakel?"

„Sie ist ein Fenster. Manches kann gesehen werden."

„Bilder der Zukunft?"

„Vielleicht. Aber auch Dinge der Vergangenheit oder der Gegenwart oder solche, die nie waren und nie sein werden. Die Schale zeigt, was jenem nützt, dem sie geweiht ist."

„Lugaid?"

„Für die Narren schon. In Wirklichkeit ist Ogmios der Herr der Schale. Sie zeigt, was *er* will."

„Aber ihr Priester wisst, dass auch Trugbilder darunter sein können."

„Wir nehmen das in Kauf. Die von der Schale verliehene Macht ist zu verlockend. Am Ende ist bisher jeder Priester ihrem Zauber erlegen. Die Rechnung ist einfach: Reichtum, Ehre und Macht in der sichtbaren Welt, unsäglicher und böser Sklavendienst in der unsichtbaren Welt. Allerdings bleibt der zweite Teil des Geschäfts den Priestern verborgen. Ihnen zeigt die Schale eine gesteigerte Fortführung ihrer irdischen Privilegien. Sie müssten es besser wissen, aber sie vertrauen dem Trugbild mehr als dem, was ihnen über das Wesen Ogmios' bekannt ist."

„Du bist doch auch eine Priesterin, warum hat dich die Schale nicht täuschen können?"

---

42   Motivische Nähe zu Tolkiens „Herr der Ringe", Galadriels Spiegel

„Oh, ich war ihr genauso verfallen. Ich stamme aus einem sehr alten Priestergeschlecht. Mein Leben ist kinderlos geblieben. Aber das Gesetz des Heiligtums verlangt, dass die Linie Lugaids unbedingt weitergeführt werden muss."

„Du bist mit Lugaid verwandt?", rief Arnivlus erstaunt.

Gundula kicherte. „Ja, ja, der Frevel im Haus der Götter wird immer größer! Doch genug gescherzt: Alle Priester werden vom Volk wie Halbgötter verehrt. Auch ein Grund, warum ich noch am Leben bin. Niemand würde es wagen, mir etwas anzutun – gehöre ich doch zum Blute Lugaids."

„Warum fürchtest du dann um dein Leben?"

„Es gibt eine Ausnahme: Wilmut. Er ist der Sohn meiner Schwester. Ihm übertrug ich all mein Wissen, weil ihm ein Sohn geschenkt wurde: Waldemar. Als Wilmut in die Geheimnisse eingeweiht war, gab ich den Dienst im Heiligtum auf. Anfangs wurde ich von allen hochgeehrt. Das wäre so geblieben, wenn ich nicht begonnen hätte, nachzudenken. Dem Einfluss der Schale war ich nun entzogen, damit auch ihren Lügen." Gundula seufzte. „Qualvolle Entdeckungen machte ich dann." Sie tat einen weiteren, tiefen Seufzer. Alle Last der vergangenen Jahre lag darin. Leise fuhr sie fort: „Ein Aufwachen nach heftigem Rausch! Mir schossen Fragen wie Blitze durch den Kopf! Mein Vertrauen in die Götter und Geister bekam große Risse. Als ob mit einem scharfen Messer in ein dunkles Tuch geschnitten wurde und dahinter helles Licht zum Vorschein kam. Was ich mein Leben lang für wahr gehalten hatte, worin ich erzogen und geschult worden war, entpuppte sich als die großartigste Täuschung aller Zeiten! Zu Tage traten die ganze Grausamkeit und Verschlagenheit von Ogmios. Er schien sich sogar über meine Entdeckung zu freuen. Gierig sog er meine Verzweiflung wie Honig in sich auf. Ich war ja seine sichere Beute! Voller Not ging ich zu Wilmut, erklärte ihm, wie Ogmios wirklich ist. Doch er, ganz im Bann der Schale, lachte mich aus und wurde mir bitter feind. In seinen Augen hatte ich aufs Schlimmste gefrevelt. Seit diesem

Tag lässt er keine Gelegenheit aus, mich vor dem Dorf schlecht zu machen. Die Leute sollen mich für verrückt und gefährlich halten. Er sucht nach einem Grund, der es ihm erlaubt, mich endlich aus dem Weg zu räumen. Ogmios will es so. Ich bin für ihn zur Bedrohung geworden." Gundula verstummte und starrte für eine Weile vor sich hin. „Von dieser schrecklichen Erkenntnis an hing ich an jedem einzelnen Tag des irdischen Lebens. Mir graute vor dem Eintritt in die Anderwelt. Ich hielt mich zurück, vermied jedes Aufsehen im Dorf und sprach mit niemandem mehr über das, was sich mir weiterhin offenbarte." Gundulas Gesicht wurde weicher, sie lächelte sogar ein wenig. „Dann kamst du, und mit dir die Hoffnung, dass es einen Größeren und Stärkeren gibt als Ogmios. Ich sah deine Begleiter, Gestalten des Lichts, voller Liebe. Durch sie sah ich auch kurz deinen Meister, *unseren* Herrn. Seit heute klammere ich mich nicht mehr an meine Tage. Nun weiß ich, dass ich in eine wirkliche Heimat komme, wenn ich gehe. Ogmios und die Anderwelt haben mich verloren! Keine noch so furchtbare Folter wird mich von diesem Weg jemals wieder abbringen."

Bei Gundulas letzten Worten wurde es Arnivlus ganz warm. Ja, ihre Heimat war auch die seine. Der Herr hatte sie zu Geschwistern gemacht, über den Tod hinaus.

„Sie sind bei uns! Ganz nah!", flüsterte sie.

Arnivlus nickte: „Die Engel des Herrn freuen sich über jedes verlorene Schaf, das vom guten Hirten heimgeführt wird." Er legte seinen Arm auf ihre Schulter. „Du bist frei! Ogmios kann dich nicht mehr aus den Händen unseres Herrn Jesus Christus reißen! Lass uns aufbrechen und in den Morgen schreiten. Mitternacht ist vorüber, der neue Tag bricht an. Eine Stimme sagt mir, dass deine Worte vor dem ersten Sonnenstrahl aufgeschrieben sein müssen, und …" Er stockte.

„Die Stimme sagt dir auch, dass wir uns in dieser Welt nicht wiedersehen werden", vollendete die alte Gundula.

Arnivlus nickte stumm.

„Ich fürchte mich nicht mehr. Ich werde nicht allein sein." Sie lächelte und deutete mit dem Kopf nach links in die Dunkelheit des Waldes. „Ich habe nun auch Begleiter, weißt du?" Arnivlus schmunzelte.

„Danke, du bist zur rechten Zeit gekommen!"

„Danke nicht mir, sondern Ihm."

„Das hab' ich schon, das hab' ich schon!" Sie rappelte sich etwas auf und streckte Arnivlus die Hand hin: „So, Jungchen, nun hilf einem alten Weib auf die Beine!"

Er erhob sich, nahm ihre Hand und zog sie hoch. Untergehakt stiegen sie die verbleibende Strecke hinauf und erreichten nach kurzer Zeit die Hochebene. Bald darauf öffnete sich der Wald. Sie hielten an. Um sie herum war es völlig still. Eine laue Nacht mit funkelnden Sternen in der Mitte des Jahres.

„Hier trennen sich unsere Wege", sprach Arnivlus.

„Fürs Erste."

„Ich wünsche, ich habe mich getäuscht, und wir sehen uns wieder."

„Oh, wir sehen uns wieder! Wir sehen uns wieder!", schnarrte Gundula mit ihrer alten Stimme. „Ich freue mich darauf."

Arnivlus holte tief Luft: „So sei es." Er wandte sich Gundula zu und legte beide Hände auf ihren Kopf: „Der Herr segne dich und behüte dich; der Herr lasse sein Angesicht leuchten über dir und sei dir gnädig; der Herr hebe sein Angesicht über dich und gebe dir seinen Frieden[43]. Amen."

„Es ist recht so. Der Schutz des Herrn sei auch mit dir. Lebe wohl." Gundula umarmte Arnivlus.

„Gehe hin in Frieden, du bist nicht allein!", antwortete er und erwiderte die Umarmung mit festem Druck.

Danach gab er sie frei und wartete, bis sie in der Dunkelheit verschwunden war.

„Herr, stehe ihr mit allen Engeln bei."

---

43   4. Mose 6,24-26

Ihm war es schwer ums Herz, und gleichzeitig erfasste ihn Unruhe: „Ich habe etwas zu tun!", sagte er und eilte zu seinem Lager.

Dort war noch alles so, wie er es verlassen hatte. „Gut", murmelte Arnivlus, zündete eine Talgkerze an und bereitete sein Schreibzeug vor. Als Tisch diente ihm die große Truhe im Wagen.

„Nimm Griechisch!", hörte er es plötzlich in sich sagen.

Schmunzelnd tauchte Arnivlus, die Feder ins Tintenfass: „Herr, ich gebe zu, ich habe tatsächlich erwogen, entgegen meiner sonstigen Gewohnheit das von mir ungeliebte Latein zu nehmen, weil mehr dessen mächtig sind. Aber offensichtlich willst Du die Lesbarkeit meiner Aufschrift nicht zu leicht machen", murmelte er und begann mit der Niederschrift auf das kostbare Pergament. Natürlich blieb ihm keine Zeit für irgendwelche großartigen Verzierungen, wie es üblich war. Es ging darum, alles Wissen über das Heiligtum, Lugaid und Ogmios zu erhalten. Arnivlus ahnte, dass der Bericht ihm nicht mehr dienen konnte. Er schrieb ihn für andere. Es war Sache des Herrn, die wertvollen Zeilen über die Zeiten zu bringen. Pergament war sehr dauerhaft, wenn es einigermaßen trocken und dunkel gelagert wurde.

Das erste Licht des Morgens zeigte sich, als die letzten Worte aus der Feder flossen. Arnivlus rollte die Pergamentblätter vorsichtig zusammen und hüllte sie in ein trockenes Tuch. Dann steckte er die Rolle in einen zylindrischen Köcher aus Leder und verschloss diesen mit einer Kappe. Bevor er den Köcher verstaute, segnete er ihn und schlug über ihm das Kreuz: „Herr, schütze den Inhalt vor Fäulnis und Mottenfraß bis auf den Tag, an dem er gebraucht wird. Amen." Gleich einem kostbaren Schatz legte er das Wissen über das Heiligtum und seine Herren in die Truhe.

Die Erschöpfung übermannte ihn. Er streckte sich auf seinem Lager aus. Im selben Moment war er eingeschlafen. Tief und traumlos war dieser Schlaf, doch er währte nur kurz. Lärm schreckte ihn auf: „Gundula!", murmelte er schlaftrunken, mühte sich von seinem Lager auf und kroch auf allen Vieren zum Ende des Karrens. Arnivlus blinzelte hinaus: Es war heller Tag, die Sonne stieg gerade über die Wipfel des Waldes. Müde rieb er sich die Augen und erschrak, als er zum Dorf sah: Dunkler Rauch stand über den Häusern. Der Wind trug das Prasseln von Flammen zu ihm herüber. „Ein Haus brennt!", flüsterte er mit trockenem Mund.

Wildes Geschrei, schrill und überdreht, kam ihm zu Ohren. Es war nicht ängstlich, sondern voll Wut und Zorn: „Lugaid!" „Frevel!" „Tod!", hörte Arnivlus immer wieder heraus. Angst beschlich ihn. Er ahnte, wessen Haus da brannte und wessen Tod gefordert wurde.

Trommelschläge gesellten sich hinzu und ein tiefer, wummernder, endloser Ton. Schrecklich anzuhören. Luft und Erde erzitterten von ihm. Arnivlus ertrug diesen furchtbaren Klang nicht lange und hielt sich die Ohren zu. Bis in seinen Schädel hinein drangen die Schwingungen. „Was ist das? Herr, welche monströsen Hörner der Unterwelt werden hier geblasen?" Er fühlte sich bis ins Innerste angegriffen. „Ein Signal ruft die Mächte der Unterwelt hervor! – Ihr Engel eilt herbei!", schrie er, als er plötzlich bleiche Gestalten auf sich zustürmen sah: Magere, ausgezehrte Wesen voller Hunger und Hass. Sie wollten sich an seiner Angst laben und ihn in die Verzweiflung drängen. Doch das war nur die erste Welle. Über das Dröhnen der unheimlichen Hörner hinweg steigerte sich der Lärm der Leute im Dorf zu einem fürchterlichen Brüllen. Waren sie dort überhaupt noch menschliche Wesen? Oder hatte sie ein dunkler Geist in Bestien verwandelt?

Zu Eis gefroren starrte Arnivlus zu den Häusern. Sein Vertrauen in die Kraft seines Gottes löste sich binnen eines Wimpernschlags auf. Unter Arnivlus öffnete sich ein finsterer Schlund. Er fühlte sich in Fetzen gerissen. Zerschlagen, grenzenlos ohnmächtig, versteinert, unfähig zur Flucht.

Eine geifernde, rasende Meute stürmte aus dem Dorf auf seinen Lagerplatz zu. In vorderster Reihe Männer, die nach oben gebogene, Hörnern ähnliche Instrumente bliesen. Ihre Schalltrichter zeigten grässliche Fratzen. Golden glänzten sie im Sonnenlicht und raubten Arnivlus mit ihren Tönen fast den Verstand.

Doch am furchtbarsten war der Anblick des wohl ursprünglich weiß gekleideten Mannes mit rotem Umhang. Über und über war er mit Blut bedeckt und schien es zu genießen. Hoch erhoben präsentierte er eine Lanze, auf deren Spitze ein Kopf steckte. Je näher er heranstürmte, umso deutlicher erkannte Arnivlus, wessen Haupt die Lanzenspitze krönte: Gundulas.

Schwindel und Übelkeit übermannten ihn. Ihm wurde schwarz vor Augen, er brach zusammen. Doch statt in gnädige Dunkelheit getaucht zu sein, sah Arnivlus viel deutlicher als zuvor, wie die bleichen und ausgemergelten Gestalten ihn erbarmungslos angegriffen. Mit größtem Vergnügen und mit unaussprechlicher Gier versuchten sie, Stücke aus ihm herauszureißen und tiefe Wunden in ihn zu schlagen. Hilflos war Arnivlus ihren Attacken ausgesetzt. Er fühlte sich hin und her gewirbelt wie ein welkes Blatt in furchtbarem Wind.

Über all die Turbulenzen hinweg erhob sich ein schlurfendes Geräusch. Als ob einer näher kam, der ein Bein nachzog.

Obwohl Arnivlus niemanden sah, überrollte ihn vom ersten Moment an pure, tiefe Verzweiflung. Schlimmer als alle Todesangst, unmenschlich und unbeschreiblich. Ein schrecklicher Traum, aus dem es kein Aufwachen mehr gab. Er war gefangen. Jeder Augenblick eine nicht enden wollende Qual. Die Grenzen der Zeit: aufgelöst. Arnivlus war in einer anderen Welt angekommen. Doch in was für einer!

‚Ich bin ein Gefangener des Schattenreichs‘, dachte er. Es fühlte sich an wie ein langgezogener Schrei aus tiefster Not.

Das Schlurfen kam näher. Dazu mischte sich ein metallischer Ton, als ob viele Ketten über den Boden gezogen wurden.

‚Ogmios‘, durchfuhr es Arnivlus. ‚Er kommt, um mich zu holen! Gleich wird auch mir ein Ring durchs Ohr getrieben! Ich werde auf ewig sein!‘

Arnivlus wollte fliehen, doch wohin? Es gab keine Orte mehr, wo er sich hätte verbergen können. In dieser Welt war alles fürchterlich offensichtlich!

Unselige Geister umschwirrten ihn wie Fliegen und leckten begierig seine Angst und Verzweiflung.

‚Erbarmen!‘, schrie es in Arnivlus. ‚Herr, erbarme dich!‘

Das waren alte Worte aus einem früheren Leben. Worte, auf die er vertraut hatte, bevor er in diese grauenvolle Einöde gekommen war.

Erschreckend gleichgültig ging der Schlurfende darüber hinweg. Er wurde für Arnivlus immer deutlicher wahrnehmbar. Zum Schlurfen kam ein hölzern klingendes Plock-Plock hinzu. Als wenn ein Lahmer seine Krücke benutzte. Schließlich zeichnete sich im diffusen Grau dieser unsäglichen Umgebung eine gebeugte, kahlköpfige Figur ab. Sie ging ihm fröhlich entgegen, gestützt auf eine Keule und bewaffnet mit Pfeil und Bogen. Alt und runzelig war der Kahlköpfige, fast nackt und begleitet von lustiger Musik. Arnivlus wusste nicht, woher die Melodien rührten, aber sie klangen betörend schön und schrecklich zugleich. Im fröhlichen Nebeneinander von Musik und bodenloser Bosheit spiegelte sich die ganze Hoffnungslosigkeit dieses Schattenreiches wider.

‚Ich bin Teil dieser Welt geworden! Der König selbst heißt mich willkommen!‘, dachte Arnivlus

Er gab sich auf. Seine Erinnerungen an das irdische Leben verwandelten sich zu fernen, unwirklichen Geschichten. Nach und nach wurde jede einzelne Begebenheit von der Musik verschlungen. Der Rhythmus erfasste Arnivlus. Ihn widerte das an, trotzdem musste er tanzen. Ganz im Takt des runzeligen Alten.

‚Verdammt zum ewigen Tanz, ohne dabei Freude zu empfinden?‘, klagte er, aber das änderte nichts.

Arnivlus hüpfte und tanzte um den Kahlen herum. Sehr zu dessen Belustigung wie das breite Lachen seines zahnlosen Mauls zeigte. Er streckte Arnivlus immer wieder die Zunge entgegen. Unzählige Ringe waren durch sie geschlagen, an denen goldene Ketten hingen. Näher und näher tanzte Arnivlus auf den Alten zu. Er konnte nichts dagegen tun. Mit einem letzten, fürchterlichen Schrecken sah er, wie der Alte mit großem Vergnügen einen neuen Ring durch seine Zunge trieb und danach seine braunen Finger nach ihm ausstreckte.

‚Nur das nicht!', schrie es in Arnivlus auf, aber widersetzen konnte er sich nicht. Er war endgültig verloren.

„Er gehört dir nicht! Gib ihn frei!", donnerte eine Stimme und ließ alles erbeben.

Der kahlköpfige Alte hielt inne und sah sich nach dem Sprecher dieses dreisten Befehls um.

Auch Arnivlus fragte sich, wer den Besitzanspruch auf ihn geltend machte. Mächtig musste der Unbekannte jedenfalls sein, denn sein aberwitziges Hüpfen hatte mit Einsetzen der Stimme sofort aufgehört. Er bemerkte, wie das Grinsen des Alten einfror. Ogmios' Gesicht verzog sich zu einer unheimlichen Fratze. Zorn und Empörung zeigten sich darin. Er sah aus wie ein gefräßiger Hund, dem jemand den saftigen Knochen vor der Nase weggenommen hatte und ihm diese unerhörte Frechheit langsam dämmerte.

Sämtliche Musik war erstorben – dafür rauschte die machtvolle Stimme wie die Brandung des Meeres nach. Überall war sie, umfing und durchdrang alles. Gegen sie erschien die machtvolle Musik des Alten wie das Zirpen einer unbedeutenden Grille.

Arnivlus konnte sich kaum vorstellen, dass es einen Mächtigeren geben sollte als den Kahlköpfigen mit seiner Keule. Zu sehr war er schon in dessen Bann gezogen. Aber er war froh, dass der Unbekannte ihn aus der Verkettung herausholen wollte. Langsam kehrte die Erinnerung an die irdische Zeit zurück. Ihm wurde warm, und mit der Wärme zog angenehme Lebendigkeit sachte in ihn ein.

Ganz plötzlich war der andere da. Nicht nur die machtvolle Stimme, sondern eine strahlende Gestalt, hell wie das Licht.

146

Selbstverständlich trat er zwischen den Alten und Arnivlus. Sofort zerfiel die goldene Kette zu Staub, der Ring in Ogmios' Zunge löste sich auf.

In diesem Moment gingen Arnivlus die Augen auf. Er erkannte seinen Befreier: ‚Herr!', stammelte er in seinen Gedanken und wäre in Tränen ausgebrochen, wenn er noch in seinem Leib gewesen wäre.

„Komm!", hörte er ihn und sah, wie der Herr die Hand ausstreckte.

Ohne Zögern griff Arnivlus nach ihr. Im selben Moment war er sicher und vollkommen klar.

Sprachlos vor Erstaunen musste der Alte zusehen, wie das alles geschah. Nichts konnte er dagegen unternehmen. Niemals zuvor war ihm die Beute geraubt worden. Seit undenklichen Zeiten war er unangefochten. Nun das! Erschreckend unfähig! Verurteilt zum Stillhalten! Zuschauer! Schäumend vor Wut wuchs sein Zorn ins Maßlose! Nur mit großer Mühe besann er sich auf die andere Seele, die ihm heute schon dargebracht worden war. Eine Priesterin! Fleisch aus *seinem* Hause. Sie sollte ihn jetzt trösten. An ihrer Qual wollte er sich laben, ihre Angst und Verzweiflung solange in sich aufsaugen bis der Raub verschmerzt war. Anschließend hätte er in ihr auf ewig eine weitere Sklavin, die für ihn die Lebenden verführen musste. Ihr Ring hing schon lange in seiner Zunge. Von Kindesbeinen an war sie dem Zauber seiner Lieder und Worte erlegen gewesen! Sie gehörte ihm! Gierig zerrte er an der goldenen Kette, die aus seinem faltigen Maul herausführte. Doch statt auf eine verzweifelte Seele zu treffen, die plötzlich erkannt hatte, dass sie ihr ganzes Leben in die Irre geführt worden war, blieb das Ende der Kette leer. Fragend starrte der Alte auf die letzten, baumelnden Kettenglieder in seinen runzeligen, braunen Händen. Nur langsam dämmerte ihm, dass auch diese Beute abhandengekommen war. Dann aber erbebte das Schattenreich unter seinem Schrei. Alle Enttäuschung und Wut über diese unverfrorenen Diebstähle lag darin. Rasend vor Zorn wirbelte er herum und besah sich ganz genau die Reihe der unzähligen Gefangenen. Seit Jahrtausenden mussten sie nach seiner Musik tanzen. Ihr Entsetzen, ihm ganz nah in die Augen sehen zu müssen, vermochte es dennoch nicht, Ogmios über seinen Verlust zu beruhigen. Wie Feuer brannte es in ihm.

Dann sah er sie. Glücklich wie ein kleines Mädchen an der Hand dessen, der ihm schon zuvor diesen Fremdling streitig gemacht hatte. Unerreichbar standen sie jenseits einer tiefen Kluft[44]. Nie zuvor hatte er bemerkt, dass es noch ein anderes Reich als das seinige gab. Erstmals mischte sich in seinen grenzenlosen Zorn ein Gefühl von Zweifel. Plötzlich war er nicht mehr der unangefochtene Herrscher, in dessen Ketten alles Leben endete. Er hatte eine unheimliche und unbekannte Konkurrenz bekommen. Tatenlos musste er zusehen, wie beide Beutestücke dieser Nacht an den Händen des anderen davon gingen. Nach und nach entschwanden sie. Ohnmächtig war er! Völlig ohnmächtig! Auf keine Art war es ihm möglich, diesen Auszug zu verhindern! Sprachlos stand er an der Kluft und starrte auf die andere Seite. Aber dieses Reich entzog sich ebenfalls mehr und mehr seinem Blick. Nach einer Weile war er wieder ganz von seiner eigenen Welt umgeben. Das machte ihn noch wütender. Schnaubend gierte er nach Ersatz für die verlorene Beute. Noch heute! Boshaft wirbelte Ogmios herum, wandte sich der irdischen Welt zu und begann zu singen.

Augenblicklich zuckte das unübersehbare Heer der Angeketteten. Es nahm den Rhythmus der Melodie auf. Ein widerwärtiger Tanzreigen eröffnete sich. Ganz vorne, an erster Stelle, tanzte Lugaid. Von den Menschen des Dorfs als Gott verehrt und doch nur der Erste der Sklaven.

„Lugaid wird uns für dieses Opfer reich belohnen!", schrie Wilmut den Dörflern entgegen, als er ihnen vom Karren herab

---

44   Lukas 16,26

blutüberströmt das abgeschlagene Haupt des Arnivlus präsentierte.

Johlend applaudierten die Männer und Frauen in irrer Begeisterung.

„Bringt mir eine Lanze!", befahl Wilmut schrill.

Degenhard, der Häuptling, streckte ihm seine eigene entgegen. Wilmut spießte voller Triumph Arnivlus' Haupt darauf. Nun tanzten zwei Köpfe im Sonnenlicht des neuen Tages über die aufgebrachten Dörfler hinweg. Die Stimmung wurde noch ausgelassener.

„Dies alles gehört dem Heiligtum!", brüllte Wilmut über den Lärm hinweg. „Keiner von euch vergreife sich daran! Sonst ist er des Todes! Die Kadaver der Frevlerin und des Dieners fremder Götter werden zusammen mit dem Pferd für Lugaid ein Festmahl sein! Aber alles andere, der Karren samt Inhalt und der vom Feuer verschonte Hausrat der schändlichen Gundula, verbleibt in der Obhut der Priester! – Nun kommt! Wir wollen Lugaid seine Speise bringen!"

Das Pferd wurde vor den Karren gespannt. Dann kehrten sie zurück ins Dorf, um Gundulas enthaupteten Leib neben Arnivlus auf den Karren zu werfen. Anschließend zog ein irrwitzig fröhlicher Zug hinauf zum Heiligtum und betrat den Heiligen Hain über die Prozessionsschneise.

Verlassen lag Arnivlus' Lagerplatz vor dem Dorf. Einzig das niedergetretene Gras und das vergossene Blut zeugten von dem Geschehenen.

„Das Blut der Märtyrer ist geflossen", seufzte Nathanael traurig. „Wir konnten es nicht abwenden."

„Ihr Blut ist der Same der Kirche", antwortete Jalon und sah der Prozession nach. „Wir haben den Hügel eingenommen, und wir sind mehr geworden. Für alle Zeit wird uns niemand mehr von diesem geheiligten Fleckchen Erde vertreiben können. Zwar sind wir zu schwach für einen Kampf, aber wir haben Fuß gefasst."

„Zu welchem Preis!"

„Lieber Nathanael, die Finsternis ist stark hier oben. Wir werden noch manche Schlacht zu schlagen haben. Und, was den Preis angeht", er hielt inne und sah in die Ferne, „da haben wir heute mehr gewonnen als verloren."

„Arnivlus und Gundula wurden schrecklich niedergemetzelt! Ihre Leiber werden Lugaid zum Fraß vorgeworfen!", warf Nathanael aufgebracht ein. „Ihr irdisches, kostbares Leben ist dahin!"

„Deine Worte sind wahr. In Anbetracht der gebundenen Seelen hier oben ein unermesslich schmerzhafter Verlust. Viele werden noch verlorengehen. Aber Ogmios, der wahre Herrscher über Land und Leute, hat zum ersten Mal in seiner langen Geschichte sicher geglaubte Beute ziehen lassen müssen. Darunter war nicht irgendjemand, sondern Gundula, die alte Priesterin. Was unseren guten Arnivlus angeht, da hatte sich der Alte ohnehin getäuscht. Er durfte unserem Mönch zwar für eine Weile die Gewissheit seines Heils rauben, aber besitzen konnte er ihn nie. Das war mit Gundula anders. Ihr gewonnenes Vertrauen zu unserem Herrn hat sie tatsächlich aus der ewigen Verkettung mit Ogmios herausgelöst. Groß hat der Geist des Herrn in ihr gewirkt. Arnivlus ist nicht vergeblich hergeführt worden."

„Aber sie sind tot", beharrte Nathanael, der sich ein angenehmeres Ende für die beiden gewünscht hatte und den Preis für den kleinen Fortschritt immer noch für zu hoch hielt.

Jalon erriet seine Gedanken: „Noch ist nicht aller Tage Abend!" Er schmunzelte und wandte sich an die gewachsene Engelsschar um sie herum: „Kommt, wir wollen sehen, was oben am Heiligtum geschieht. Dass sich mir keiner unvorsichtigerweise den Geistern zeigt! Ist das klar? Das wäre das Ende unserer Mission! Sofort würden wir vertrieben werden! Wir sind noch zu schwach zur Gegenwehr!"

Die anderen Engel nickten und nahmen eine Gestalt an, die selbst für Unsichtbare unsichtbar war.

Als Jalon, Nathanael und die anderen Gefährten beim Heiligtum ankamen, war das Ritual zu Ehren Lugaids bereits in vollem Gang. Die Engel erschraken darüber, wie sehr sich das Wesen der Menschen weiter verändert hatte: Vollkommen außer sich, ein von Geisterhand bewegter Schwarm, der sich in gemeinsamer Harmonie bewegte. Der Klang der Trommeln und Hörner erfüllte das Heiligtum. Gleich einem Dirigenten hielt Wilmut sein unheimliches Orchester im Griff und regelte zugleich das Ausheben einer neuen Opfergrube für die Leiber von Arnivlus und Gundula. Anschließend ließ er sich die Lanzen mit den aufgespießten Köpfen geben. Würdevoll schritt er mit ihnen zur heiligen Quelle.

Unaufgefordert folgte ihm das ganze Dorf.

Die Musik verstummte. Sie wich einer feierlichen Stille.

Wilmut rammte die beiden Lanzen mit Wucht in den weichen Boden vor der Quelle. Dann hob er an zu einem Gesang in alter Sprache. Die aufgewühlten Dörfler verstanden kein Wort davon, aber sie konnten sich der Magie nicht entziehen.

„Weiß Wilmut eigentlich, was er da singt?" Nathanael stieß Jalon in die Seite.

„Das kann ich mir kaum vorstellen, ansonsten würde er besser schweigen, das Ritual rasch zu Ende bringen und schnell nach Hause gehen."

Im Gegensatz zu den Dörflern und wohl auch zu Wilmut verstanden die Engel die Botschaft des Gesangs.

„Wir ziehen uns ein Stückchen weiter zurück. Hier brennt gleich die Erde!", befahl Jalon und verließ mit seinen Gefährten den heiligen Bezirk.

Wilmut verstand im Grunde sehr gut, was er gerade sang: Er rief Lugaid herbei, den Herrn des Heiligtums. Durch die Quelle würde er aus der Anderwelt emporsteigen, um sich an den reichen Opfergaben zu laben. Im Gegenzug würde er dem Dorf und vor allem seinem Priester gnädig gewogen sein. So hatte es Wilmut Stunden zuvor in der mit heiligem Quellwasser gefüllten Schale gesehen. Die Zeit war reif gewesen, die alte

Frevlerin und den fremden Eindringling unter den Bann zu stellen, ihrem unsäglichen Treiben ein Ende zu bereiten. Penibel hatte er sich an die Wünsche Lugaids gehalten. Nun rief er ihn empor, um Vollzug zu melden und reichen Lohn dafür zu empfangen.

Die Schale hatte allerdings ihre Tücken. Wilmut war für diese weitgehend blind, viel zu sehr ihrer Magie erlegen. Ja, er beschwor in seinem Gesang Lugaid über das Tor der Quelle aus dem Untergrund herauf. Dieser kam auch – aber gebunden an der goldenen Kette eines anderen. Ihn hatte Wilmut tatsächlich gerufen. Die gewisse Angst in seinem Herzen bei jedem dieser Vorgänge zeugte von dem leisen Zweifel, den er in sich trug. Aber selbst wenn er es anders gewollt hätte, er wäre nicht in der Lage dazu gewesen, es zu ändern.

Vergnügt stieg Ogmios in die sichtbare Welt herauf. Fröhlich tönte sein Gesang und zog augenblicklich alle Dörfler in den Bann. Für Wilmut unmerklich hatte nun *er* die Führung über Tanz und Rhythmus in seine Hände genommen. *Er* bestimmte nun den Fortgang des Rituals.

Als scheinbarer Herr über die Opferfeier nahm Wilmut die Lanze, auf deren Spitze Arnivlus' Haupt steckte, und watete in die sprudelnde Quelle. Hüfttief sank er im Wasser ein, dann rammte er die Lanze in den Quellboden. Solange bis die Fäulnis das Holz der Lanze zerfressen hatte, würde der Schädel des Eindringlings über dem Wasser von der Macht Lugaids zeugen. Mit Gundulas Haupt verfuhr Wilmut gleich. Es war lange her, dass es zwei solche kostbaren Trophäen zum Schmuck des Tors in die Anderwelt gegeben hatte. Und er, Wilmut, war der Priester, der dies vollbracht hatte! Das sollte ihm erst einmal einer nachmachen! Er stimmte einen tiefen Lobpreis an, stellte sich dazu zwischen die neu aufgerichteten Lanzen und umfasste jeweils eine mit der Hand. Er kostete diesen Augenblick des Triumphs weidlich aus. Nie zuvor war er mächtiger gewesen als jetzt. Die Dörfler würden ihm in Zukunft noch mehr aus der Hand fressen. Mit tiefster, innerer Befriedigung beendete er diesen Teil des Rituals und watete stolz aus dem Wasser. Alle konnten mit ihm zufrieden sein, letzten Endes auch der große Ogmios, der göttliche Vater Lugaids, dem Fürsten, dem Gott des Heiligtums. Mit dieser priesterlichen Großtat war ihm der Ehrenplatz an der Tafel sicher. Genau diesen hatte ihm die Schale gezeigt, wenn er alles zum Wohlwollen der Götter vollzogen hatte. Das war geschehen. Alles war gut! Das Volk jubelte in Verzückung und tanzte ausgelassen um die heilige Quelle.

Aus diesem Reigen löste sich Waldemar, der zukünftige Priester, und kam auf seinen Vater zu.

„Nun, Sohn, hast du gesehen, wie das geht? So handelt ein wahrer Priester der Götter!", lachte Wilmut und wartete auf die Bewunderung seines Sohnes.

Aber Waldemar hatte keines der Worte verstanden. In ihm war nur Musik. Herrliche Musik, machtvoll und betörend. In ihrem Rhythmus wogte er mit, zog sein Schwert aus der Scheide und ließ die Klinge durch den Hals seines Vaters tanzen.

Als der Kopf des alten Priesters fiel, schoss in Waldemar der Geist Ogmios' ein, fein getarnt im Gewand Lugaids. Im nächsten Moment empfand sich Waldemar als der neue, von den Göttern selbst geweihte Priester. Drei Leiber konnten nun vom Fürsten verzehrt werden! Was für ein Fest!

Mehr als verwirrt kam Wilmut in der Anderwelt an. Er hatte nicht begriffen, dass er seinen Leib verlassen hatte. Noch immer war da der Rausch der Opferfeier, auch die Erinnerung, Herausragendes als Priester zu Ehren der Götter getan zu haben. Doch etwas war anders. Er spürte seinen Leib nicht mehr. Das Fleisch und Blut, in denen Macht und siegreiche Freude zum Ausdruck gekommen waren, waren ihm abhandengekommen. Wilmut fühlte sich wach und gegenwärtig – und dann doch wieder nicht. Alles in ihm wollte feiern und weiter tanzen! Aber Wald, Quelle und Dörfler waren verschwunden. Die Umgebung hatte sich vollkommen verändert: grau, konturlos und eintönig. Wilmut fühlte sich allein, ganz auf sich selbst gestellt.

Gleichzeitig wusste er sich von Gleichgestellten umgeben. Ja, ein unaussprechlich großes Heer von Gleichgestellten umgab ihn. Die meisten schon uralt – obwohl Zeit keine Bedeutung mehr hatte. Ein großer, grauer Tag ohne Anfang und Ende. Wilmut ahnte, dass dies das Schlimmste war. Es gab kein Ende. Würde hier die Halle einer Feier sein, wäre das nicht das Schlechteste. Aber hier gab es weit und breit keine ausgelassene Festtafel für besonders mutige Krieger und verdiente Priester. Stattdessen gab es *ihn*.

Als Wilmut das Schlurfen seiner Füße hörte, erstarrte er. Im selben Moment war aller Zauber der Schale verflogen. Wilmut leuchtete ein, was er schon zu Lebzeiten irgendwie gewusst hatte. Ein Ring wurde durch das Ohr seiner geisterhaften Gestalt getrieben. Sichtbares Zeichen dafür, dass er nun endgültig einem gehörte. Wie durch Zauberhand geführt, kam eine goldene Kette daher und klinkte sich von selbst in den Ring ein.

Sattes, zufriedenes Lachen erfüllte das Grau. Auf seine Kampfkeule gestützt schlurfte Ogmios vor Wilmut: „Herzlich willkommen, großer Wilmut!", kam es aus seinem zahnlosen und faltigen Maul. Er saugte Wilmuts Entsetzen gierig auf. Dies waren die köstlichsten Momente, wenn die Seelen merkten, wer sie da ein Leben lang an der Nase herumgeführt hatte.

‚Und die Feier? Das Festmahl? Die Tafel?', hörte sich Wilmut laut denken.

Der kahlköpfige Alte gluckste vor Vergnügen und antwortete: „Das Einzige, wovon du dich nähren kannst, sind die Gefühle und Ängste der Lebenden, wenn du in meinen Diensten unterwegs bist, Sklave! Komm, an meinen Worten bist du dein Leben lang gegangen, nun tanze auch im Tode für mich weiter!" Er griff nach der mit Wilmuts Ohr verbundenen, goldenen Kette, fuhr daran mit seiner alten, braunen Hand entlang, bis er zu seinem Maul kam. Dann streckte er Wilmut die Zunge heraus. Unzählig andere Ringe waren darin verankert, und mit anderen goldenen Ketten verbunden. Wieder weidete er sich an Wilmuts Angst. Anschließend erhob Ogmios seine Stimme zu einem fröhlichen Lied. Vom ersten Ton an musste Wilmut tanzen. Ihm war nicht danach, aber er konnte sich nicht widersetzen, er musste. Jetzt endlich sah er auch die vielen anderen. Gemeinsam hüpften sie Ogmios hinterher.

Dessen Zorn war fast verraucht und die Enttäuschung über den Raub der zwei anderen Seelen annähernd gestillt. So einen Priester holte er sich nicht alle Tage. Zu schön war Wilmuts entsetzte Überraschung gewesen! Waldemars Leben hielt er ebenfalls schon in seiner Hand. Recht so.

Am Ende der überschwänglichen Feier würden die Dörfler aus ihrem Rausch erwachen und sich nur an Weniges erinnern. Waldemar würden sie widerspruchslos als neuen Priester anerkennen und er selbstverständlich sein neues Amt antreten.

Ogmios' Herrschaft war durch seinen ersten Sklaven Lugaid einmal mehr befestigt worden. Trotz zweier schmerzlicher Verluste hatte es dennoch fette Beute gegeben.

Im Heiligtum gingen die Opferfeierlichkeiten weiter. Waldemar rammte nun auch Wilmuts Haupt auf einer Lanze in den Quellboden und beförderte feierlich die drei Leiber in die ausgehobene Opfergrube. Anschließend wurde Arnivlus' Pferd zum Opferplatz für Tiere gebracht. Waldemar durchschnitt ihm die Kehle.

Das spritzende Blut berauschte die Dörfler noch mehr und zog sie noch tiefer in Verzückung. Gleich seelenlosen Marionetten tanzten sie quer durch das Heiligtum und um den Grabhügel Lugaids herum, stundenlang.

Waldemar besann sich dagegen auf Arnivlus' Habseligkeiten. Er stieg auf den Karren und erkannte rasch, dass Wertvolles darunter war. Es sollte zum Schatz des Heiligtums hinzugefügt werden und seinen Ruhm in Nah und Fern mehren. Diese Aufgabe lag ganz allein in der Obhut des Priesters und lief ohne Mitwisser ab. Die Kammer war und blieb für die Dörfler geheim. Waldemar kümmerte sich nicht länger um die Fei-

ernden draußen. Der Inhalt der Truhe hatte es ihm besonders
angetan. Die Kultgegenstände des Eindringlings zogen ihn
magisch an. Vorsichtig, mit spitzen Fingern, fasste er den
kleinen, mit Gold beschlagenen Kasten an und öffnete ihn. In
strahlendem Gold glänzte ihm ein Kreuz entgegen. Daneben
lag ein in Silber gefasstes Fläschchen aus Glas. Ein seltsamer
Zauber ging von diesen beiden Gegenständen aus und ein
wunderbar wohlriechender Duft. Waldemar schnüffelte in
das Kästchen hinein. Der Duft kam aus der kleinen Flasche.
Rasch verschloss er das Kästchen wieder und legte es zur Seite.
Es war ihm unheimlich. Sollte er nicht besser alles vernichten? Andererseits hatte Lugaid grandios über den Diener der
fremden Götter triumphiert. Er war ihm überlegen! Niemand,
kein Gott, kein Nichts war dem Fremdling zu Hilfe geeilt.
Kraftlos waren diese Götter geblieben. Oder war es nur ein
Gott gewesen, den der Fremde verehrt hatte? Waldemar ahnte:
Das kleine, goldene Kreuz war ein Symbol für den Gott, den
er selbst nicht kannte. Aber er wusste, dass manche Verurteilte
schon durch Kreuzigung hingerichtet worden waren. Ein Ver-
brecher als Gott? Auch die Flasche mit dem wohlriechenden
Inhalt war ein heiliger Gegenstand, aber Waldemar konnte
nicht sagen wozu.
Wilmut, sein Vater, war aus irgendwelchen Gründen dem
Lugaid geopfert worden. Ihn konnte er nicht mehr fragen.
Mit einem sonderbaren Gefühl der Unsicherheit stöberte Waldemar weiter in der Truhe. Achtlos wühlte er das Messgewand
und die Stola beiseite und stieß am Boden der Truhe auf die
wertvollen Pergamente und das Schreibzeug. Er öffnete den
Codex. Des Lesens und Schreibens unkundig, gefielen ihm die
bunten Verzierungen und Bilder darin gut. Auch dieses Stück
war bestimmt sehr kostbar.
Ganz zum Schluss nahm er den ledernen Köcher zur Hand und
öffnete den Deckel. Etliche Pergamente waren darin zusam-
mengerollt. Arnivlus' Aufzeichnungen, insbesondere jene der
vergangenen Nacht, in klassischem Griechisch geschrieben. In

seinen Händen hielt Waldemar gerade die ersten und einzigen Aufzeichnungen über seinen eigenen Glauben. Ein Sakrileg! Er hätte die Blätter sofort zerstören müssen! Die Tradition musste mündlich weitergegeben werden! Aber er hatte keine Ahnung. So packte er alles wieder sorgfältig zusammen, um es später in die geheime Kammer der Priester zu bringen.

Schmerzlich wurde Waldemar ein weiteres Mal bewusst, dass sein Vater zu früh zur Tafel des Lugaid gerufen worden war. Mit ihm war manches Wissen verloren gegangen.

Der Fremde war des Lesens und Schreibens mächtig gewesen. Ein Vorteil, um den ihn Waldemar beneidete. Er fühlte sich noch nicht gänzlich reif, das Priesteramt vollkommen auszufüllen. Umso mehr war er von nun an auf die Weisungen der Schale angewiesen. Lugaid musste ihn selbst lehren. Er vertraute auf die Weisheit seines mächtigen Gottes. Was blieb ihm sonst übrig? Nachdenklich saß er im Karren, während draußen über den ganzen Tag hinweg das Fest weiterging.

„Wir können uns zurückziehen, wir haben genug gesehen", gab Jalon das Zeichen zum Aufbruch. „Der Alte hat sich wieder über die Quelle in die Unterwelt davongemacht. Bald werden die Leute aufwachen und nach Hause gehen. Wir treffen uns auf dem Hügel des Arnivlus." Damit entschwebte er, um nur einen Augenblick später dort auf seine Gefährten zu warten. Die trafen fast gleichzeitig unter der Führung Nathanaels ein.

„Du siehst zufrieden aus", sprach er bei seiner Ankunft.

„Ein Anfang ist gemacht!" Jalon nickte.

„Und? War der Preis jetzt nicht tatsächlich viel zu hoch?"

„Ja, es wurde ein hoher Preis an Leben bezahlt. Kostbares, unersetzliches Leben. Aber in seinem Zorn über die verlorenen Seelen hat sich Ogmios zu etwas hinreißen lassen, das ihm irgendwann noch einmal teuer zu stehen kommen kann."

„Wann wird das sein?"

„Das weiß nur der Herr."

„Und was tun wir derweil?"

„Wir wachen über Arnivlus' kostbare Aufzeichnungen, und wir beten für die Befreiung dieser verfluchten Hochebene."

Nathanael verzog den Mundwinkel.

„Was ist, mein guter Nathanael? Tausend Jahre sind vor ihm wie ein Tag[45]."

„Doch auch für Engel ist das eine lange Zeit."

„Das mag sein. Aber wir sind hier in einer Gegend, wo die Menschen ihrem Schöpfer und Retter noch nie begegnet sind. Andere Mächte behaupten sich an seiner Stelle. Sie wollen beharrlich nicht weichen! Ihr größtes Pfand sind die in Angst und Gier gebundenen Seelen der Menschenkinder. Für die Freiheit dieser Kinder kämpfen wir! Und wenn es noch einmal tausend Jahre dauern mag – von nun an bleiben wir!"

---

45 2. Petrus 3,8(-10)

5. Freunde

Michael Peters saß mit einer dampfenden Tasse Tee in der Sitzgruppe des Wohnwagens und starrte trübsinnig durch das Seitenfenster nach draußen in den alten Pfarrgarten. Novemberregen. Das Wetter in Hügelhain entsprach seiner Stimmung. Ganz zu schweigen von den vielen neuen Gräbern auf dem kleinen Dorffriedhof nebenan. Zusammen mit manchen Gesprächen bei der Polizei in den vergangenen drei Wochen zeugten sie gewichtig dafür, dass Micha keinen üblen Traum geträumt hatte. Gestern waren sie endlich alle bestattet worden. So lange war es gegangen, bis die Kripo ihre Leichen freigegeben hatte: Max Schröcker, Franz Trüb, Luise Otter, Hugo Beelzer und natürlich Heinrich Schwarzer. Wenn man Hannes Schindler noch dazu nahm, der schon vorher auf ungeklärte Weise vom Baum erschlagen worden war, dann lag nun die gesamte Gefolgschaft des Fürsten hinter der Mauer gegenüber. Micha schauderte, wenn er an seine neuen Nachbarn dachte.

Normalerweise sind Verstorbene eher ruhig. Ein Friedhof ist ein stiller, friedlicher Ort. Micha befürchtete, dass dies in Hügelhain anders sein konnte. Nach all dem Erlebten war ihm dieser Zweifel nicht zu verübeln.

Nein, er fühlte sich nicht als Sieger, hatte eher einen Kater. Tiefe Erschöpfung hing ihm seit dem 31. Oktober in den Knochen: Der Nacht von Samain, Höhepunkt einer grausamen Entwicklung. Micha nippte an seiner Tasse. Der Tee war inzwischen kalt.

Der Kampf um Sonjas und Ehepaar Widers Leben gegen den gewaltsamen Tod auf dem Scheiterhaufen, das Gemetzel oben auf dem Burgstall – Szenen wie aus einem Horrorfilm. Er würde sie wohl ein Leben lang nicht mehr los bekommen. Kein Wunder, dass bei den Befragungen durch die Polizei immer ein Psychologe mit am Tisch gesessen hatte. Zu unglaublich war die Geschichte gewesen, die er ihnen zusammen mit Paul erzählt hatte. Dabei hatten sie sich nur auf die sichtbaren Fakten beschränkt. Hätten sie auch von den Dingen berichtet, die in der unsichtbaren Welt vorgegangen waren, wären sie vermutlich in einer Klinik gelandet. Micha kam das selbst schier unglaublich vor.

Das war nun fast vier Wochen her. In wenigen Tagen begann der Dezember. Erleichterung wollte sich bei Micha nicht einstellen. Er empfand es als wohltuenden Segen, sich fast täglich mit den anderen zum Gespräch und zum Gebet treffen zu können. Ohne das würde es ihm bestimmt noch schlechter gehen. Eines war ihnen dabei gemein: Niemand verspürte in sich das tiefgreifende Gefühl, dass nun alles vorüber sei. Frederike Gottlieb wurde zwar gerade weniger von Unsichtbaren belästigt, aber sie litt wie er und Paul und Susanne Friedreich unter Erschöpfung.

Eine ganze Spur übler erging es Sonja. Sie hatte ein schlimmes Trauma erlitten und benötigte stabilisierende Medikamente. Ihr tat die Gemeinschaft besonders gut. Sie war auch sonst viel bei Micha. Fast den ganzen Tag über. Zusammen besuchten sie Tobias im Krankenhaus. Sein unveränderter Zustand bereitete ihnen große Sorgen. Sie brachten Stunden damit zu, die Ereignisse im Gespräch zu verarbeiten.

Gerade als Micha an Sonja dachte, klopfte es an der Tür.

„Es ist offen!", rief Micha.

„Hallo." Sonja trat in den Wohnwagen, schaltete den Wasserkocher an und setzte sich zu Micha.

„Wie geht's?", fragte er und stellte seine Tasse auf den Tisch.

Sonja verzog den Mund: „Besser." Sie nickte in Richtung Friedhof: „Scheiß Aussicht, jetzt."

„Tja, ich würde lieber auch auf einen Bergsee blicken als auf eine Reihe neuer Gräber."

„Wie war die Nacht?"

„Ruhig, was meinen Schlaf betrifft. Ich hab' nichts gemerkt."

„Meinst du, sie kommen wieder?"

Micha zuckte mit den Schultern. „Ich weiß nicht. Im Frieden gestorben ist jedenfalls keiner von ihnen. Aber ob sie wiederkehren …"

„Sie sollen dort bleiben, wo sie sind!", sagte Sonja bestimmt. „Nach all dem, was sie angerichtet haben, sollen sie in der Verdammnis schmoren! Jede Art von Menschlichkeit und Liebe haben ihnen gefehlt! Ganz zu schweigen davon, dass sie sich beinah' noch Tobias' Leben aufs Gewissen geladen haben! Von meinem, Stefans und Elkes rede ich erst gar nicht. Diese Bestien! Die schlimmste Hölle ist noch zu gut für sie!"

„Ich versteh' deinen Schmerz, aber werde nicht bitter darüber. Sonst hätte der alte Ogmios schon wieder ein neues Opfer produziert."

Sonja schwieg und wartete bis sich der Wasserkocher von selbst abschaltete. Dann goss sie eine Tasse Tee auf: „Das wärmt von innen heraus!" Sie versuchte ein Lächeln.

Es wurde still im Wohnwagen. Einzig das Rauschen des Regens auf dem Dach war zu hören.

„Gehst du nun wieder fort?"

Micha hob den Kopf und sah Sonja an. „Wie kommst du darauf?"

„Naja, irgendwie hast du doch dein Ziel erreicht. Die Gefolgschaft gibt's nicht mehr. Was bleibt sonst noch zu tun?"

Micha schwieg. Diesen Gedanken hatte er bisher nicht in Erwägung gezogen. Aber er hatte einen gewissen Charme: Dieses unselige Dorf hinter sich lassen und irgendwo ganz normal als Jugendreferent anfangen, vielleicht in einer Gemeinde, in der schon vieles lief und die Leute etwas wollten. Sicheres Gehalt. Eine richtige Wohnung mit Büro. Nein, nein, Micha war nicht unzufrieden mit Pauls und Susannes Wohnwagen. Auch der Bürgermeister von Spiegelbach kam ihm mit Strom und Wasser vom Friedhof sehr entgegen. Aber es war ein Provisorium. Wenn er hinüber zur notdürftig erhaltenen Johanniskirche mit ihrer angebauten Sakristei sah, fühlte er sich einigermaßen überfordert, wenn er daran dachte, in der Sakristei einen Jugend- und Gemeinschaftsraum einzurichten. Ursprünglich war er ja nicht nach Hügelhain gekommen, um einem uralten Kult den Garaus zu machen, sondern er wollte Friedreichs im Gemeindeaufbau unterstützen. Natürlich wäre es blauäugig gewesen, wenn er geglaubt hätte, das würde ohne Auseinandersetzung mit den lokalen Mächten abgehen. Dass es gleich *so* heftig gekommen war, damit hatte er nun wirklich nicht gerechnet.

„Ich bin nicht ins Dorf gezogen, weil ich die Gefolgschaft des Fürsten besiegen wollte", widersprach Micha. „Gut, der Bericht von Jeremias Bäumling hat mich hergelockt. Ist ja auch spannend, wenn ein Pfarrer aus dem Jahr 1830 berichtet, wie er aus dem Dorf gejagt wird, oder nicht? Mein Hauptziel ist nach wie vor, Jesus in Hügelhain bekannt zu machen. Das habe ich noch lange nicht erreicht."

„Nun ja, bei mir hat es gefruchtet und bei den Widers auch schon ein bisschen. Frederike nicht zu vergessen, die sich endlich traut, offen über ihren Glauben zu reden."

„Ja, es hat etwas begonnen." Micha nickte und schmunzelte kurz, bevor er fortsetzte: „Schon spannend, dass wir zusammengeführt worden sind. Findest du nicht auch? Eins ist sicher: Auf sich allein gestellt wäre jeder von uns sang- und klanglos untergegangen. Die Macht des Fürsten – besser gesagt – die von Ogmios, war zu groß. Ich hoffe, die Sache ist vorbei."

„Du klingst nicht überzeugt."

„Ogmios hat bekommen, was er wollte: Leben. Zufrieden ist er mit reicher Beute abgezogen." Micha deutete mit dem Daumen zum Friedhof. „Aber ich habe nicht gesehen, dass er besiegt worden wäre."

„Die Gefolgschaft gibt es nicht mehr. Alle die, die von alters her in der Kette standen, sind umgekommen. In Hügelhain kann es einen Neuanfang geben."

„Ich würde mich freuen, wenn dem so wäre. Deshalb bleibe ich auch. Erst wenn der Durchbruch tatsächlich geschafft ist, kann ich mir Gedanken über meine weitere Zukunft machen."

Sonja lehnte sich erleichtert zurück. Auch wenn sie es Micha gerade nicht sagen wollte: Ohne ihn würde sie sich noch einsamer fühlen als ohnehin schon.

„Was macht Tobias?"

„Nach den Telefonat mit der Station heute Morgen, unverändert", antwortete Sonja.

„Wir sollten ihn alle zusammen besuchen und für ihn beten."

„Wäre eine Idee. Die Ärzte sagen, dass er unter medizinischen Gesichtspunkten schon längst wieder auf den Beinen sein müsste. Aus irgendwelchen Gründen wird er im Koma gehalten. Ein Rätsel."

„Das hat keine medizinischen Gründe. Da steckt etwas anderes dahinter."

„Ich glaube nicht, dass die uns zu fünft auf die Intensiv lassen. Die haben doch ihre Vorschriften. Außerdem wird ihnen das seltsam vorkommen."

Micha schüttelte den Kopf: „Wenn du als einzige Verwandte dem Gebet zustimmst, wird sich das Diak offen für unsere Idee zeigen. Schließlich ist es ein kirchliches Krankenhaus."

„Was sollte ich gegen Gebet haben? Nachdem, was ich damit erlebt habe?" Sonja lächelte ein wenig. „Ich rufe nachher an und frage, ob wir kommen dürfen."

„Gut. Wenn das klappt, trommeln wir Frederike, Paul und Susanne zusammen und fahren los." In Micha kehrten die Lebensgeister zurück. Der nächste Schritt war, dass Tobias wieder gesund wurde.

Keiner konnte bisher sagen, wie sehr Sonjas jüngerer Bruder durch die Besprechungen des Vaters Schaden an seiner Seele genommen hatte. Micha sah im ungewöhnlich langen Koma einen engen Zusammenhang zur Magie, unter der Tobias so lange gestanden hatte. Jetzt schien der Zeitpunkt gekommen zu sein, diese seltsame Krankheit auf der geistlichen Ebene zu bekämpfen.

„Gibt's sonst etwas Neues?", fragte er.

„Du meinst die Nachforschungen der Kripo?"

„Mmh."

„Ganz zu Ende sind die Untersuchungen noch nicht, aber die Beamten wirken sehr enttäuscht über die magere Ausbeute. Außer ein paar, nach ihren Worten, esoterischen Gegenständen, Pülverchen und getrockneten Kräutern sind sie leer ausgegangen. Unser Bauernhof gibt nichts her. Gut, sie haben die Spuren der Vorbereitungen für das Ritual an Samain in der Scheune gefunden. Aber ganz und gar nichts, was Auskunft über die innere Struktur der Gefolgschaft geben könnte. Was ich wusste, habe ich ihnen erzählt. Nun setzen sie ihre ganze Hoffnung auf Tobias. Täglich rufen sie im Diak an und wollen wissen, ob er aufgewacht und vernehmungsfähig ist."

„Gar nichts gefunden?"

„So ist es."

„Hm. Und oben auf dem Burgstall?"

„Nur das, was es an oberflächlichen Spuren gab, wie du weißt. Bei Grabungen würde die Polizei in Konflikt mit den Archäologen kommen. Schließlich ist das eine historische Stätte – auch wenn keiner Ahnung davon hat, was es mit dem Hügelgrab und der Quelle auf sich hat."

„Noch immer keine verwertbaren Spuren", murmelte Micha. „Seltsam in Anbetracht des Grauens, das sich abgespielt hat."

„Tja." Sonja zuckte mit den Schultern.

„Du kannst dich wirklich an nichts mehr erinnern, obwohl du viele Stunden, länger als ein Tag, in der schrecklichen Gewalt deines Vaters gewesen warst?"

„Meine letzte Erinnerung ist, wie mich Vater und Max Schröcker zu Hause im Flur überwältigt haben. Auch an einen süßlichen Geruch aus der Wohnstube erinnere ich mich. Danach ist alles nur noch grau. Das Nächste, was es gibt, ist diese Art Flug durch einen langen Tunnel. Da waren noch andere dabei. Engel glaub' ich. Irgendwie haben sie mich befreit. Als Ersten sah ich dich. Ich wusste, dass Tobias noch am Leben war. Gemeinsam haben wir ihn gesucht und schließlich halbtot gefunden." Sonja schüttelte sich, um die schlimmen Gedanken schnell wieder loszuwerden. „Am ehesten wissen du und Frederike etwas über die Hintergründe der Gefolgschaft."

„Das mag sein. Aber wir haben Hemmungen, unser Wissen der Polizei zu erzählen."

„Weil sie euch nicht glauben würden?"

„Das wäre noch zu verkraften. Wer ist schon in der Lage, in die Geisterwelt zu sehen? Viel mehr fürchte ich, dass sie unseren Verstand anzweifeln und uns für verrückt erklären." Micha sagte dies in einem witzigen Unterton, dennoch war für ihn diese Sorge nicht ganz von der Hand zu weisen.

„Eure Geschichte ist ja auch zu abgefahren. So wie meine."

„Niemand wird uns Glauben schenken, der nicht eine Ahnung von der Existenz der unsichtbaren Welt hat. Es sei denn, es würden sich handfeste Beweise für unsere Erfahrungen finden lassen."

„Du hattest doch diesen Traum, der uns auf die Spur von Ogmios brachte."

„Ach, du denkst an die Übereinstimmung mit dem Text in dem Buch *‚Die Religion der Kelten'* [46]?"

„Ja."

„Und was soll ich dann der Polizei sagen? – Ich hatte da nachts einen Traum von dem keltischen Gott Ogmios – übrigens ein fast nackter, nur mit einem Löwenfell bekleideter, gebeugter und schlurfender Greis – bewaffnet mit einer Kampfkeule, die er wie eine Krücke einsetzt? An seiner Zunge hängen unzählige goldene Ringe, an denen goldene Ketten befestigt sind, und er zieht daran eine Unzahl von tanzenden Totengeistern hinter sich her? Liebe Leute von der Kripo, genau so wird er in einem Buch beschrieben, das der Pfarrer von Spiegelbach, Paul Friedreich, auf geheimnisvolle Weise, vermutlich von einem Engel Gottes, überreicht bekommen hat? – Sehr glaubwürdig, oder?"

Sonja lachte: „Ja, genau!"

„Herzlich willkommen in der Irrenanstalt!"

Sonja lachte noch immer: „Aber das ist die Wahrheit! So haben wir es erlebt!" Langsam beruhigte sie sich wieder. Micha hatte zu lustig erzählt.

Er selbst musste ebenfalls lachen. Das änderte nichts daran, dass diese Geschichte einfach unglaublich war. „Nee, nee, ohne handfeste Beweise brauchen wir erst gar nicht vor den Kriminalisten auftauchen. Irgendwo muss es ein Versteck, eine Kammer oder so was geben. Einen geheimen Ort, der uns vieles offenbaren kann. Anders ist die dünne Spurenlage nicht zu erklären. Das weiß auch die Polizei. Kein Wunder, wenn sie alle Hoffnung auf Tobias setzt. Er ist der einzige Überlebende der Gefolgschaft. Allerdings mache ich mir da wenig Hoffnungen."

---

46 Bernhard Maier, Die Religion der Kelten, C.H. Beck, München, S.137

„Warum?"

„Du hast selbst erzählt, wie sehr sich Tobias' Wesen verändert hat. Er stand unter dem Zauber eures Vaters. Ich befürchte, er kann sich – wie du – an kaum etwas erinnern. Wenn das so wäre, könnte dahinter Absicht liegen: Nur das, was dem Alten nützt, wird gesehen, ansonsten herrscht Dunkel."

„Dann soll uns eben Gott auf die richtige Spur setzen! Er kann Ogmios entlarven und alles zeigen, was notwendig ist, um ihn endgültig zu besiegen!"

„So sollte es eigentlich sein. Nur: Warum geschah das bisher nicht? Oder nur scheibchenweise? Warum ist hier in Hügelhain alles so zäh? Du hast einmal gesagt, das Dorf sei von Gottes Liste gepurzelt. Er habe es vergessen. Das glaub' ich zwar nicht, aber in einem bin ich mir inzwischen ziemlich sicher: Ogmios gibt sich nicht so einfach geschlagen. Schließlich war er schon da, bevor die ersten Christen ihren Fuß auf das Land setzten. Überleg' doch mal: Mehr als 2000 Jahre hat der Alte hier oben das Sagen. Jeder, der sich von ihm abwendet oder an ihm zweifelt, wird bekämpft. Es sieht so aus, als ob wir mit unserer kleinen Gemeinschaft die Ersten sind, die so etwas wie einen Sieg gegen ihn und seine Geister errungen haben. Doch reicht unser Vertrauen in die Kraft Gottes für die vollkommene Wende? Sind wir nicht zu wenige? Der Kampf hat uns alles abverlangt! Mein Bauch sagt mir, dass noch nicht Schluss ist! Zu groß ist Ogmios' Gier nach Leben. Zu sehr liebt er diese dunkle Freude, wenn Menschen ihren Irrtum erst nach dem Tod bemerken und an seine Kette wandern."

„Es geht weiter?"

„Ich fürchte … Wir müssen wachsam sein, um jedes Leben kämpfen! Als erstes um das von Tobias. Ruf' im Diak an! Schrecklich, wenn der Alte seine runzeligen Klauen erneut nach ihm ausstrecken würde."

„Bloß nicht!" Sonja zückte ihr Mobiltelefon und wählte die Nummer der Intensivstation. Sie musste eine Weile warten, bis auf der anderen Seite abgenommen wurde: „Intensivstation,

Lernschwester Leana Angelos", kam es schließlich aus dem Hörer.

„Hallo, hier spricht Sonja Schwarzer, die Schwester von Tobias Schwarzer. Er liegt auf Station. Wie geht es ihm?"

„Oh. Ich darf Ihnen darüber am Telefon keine Auskunft geben. Tut mir leid." Leana konnte Sonjas Enttäuschung durch den Hörer hindurch spüren. „Aber wir sind zuversichtlich", schob sie entgegen ihren Vorgaben schnell nach.

„Vielen Dank." Sonja lächelte etwas über den netten Versuch der Ermutigung. „Ich mache mir Sorgen über seinen Zustand. Deshalb rufe ich an. Ich würde gerne mit ein paar Freunden vorbeikommen, um es einmal mit Gebet zu probieren. Wäre das möglich?"

Leana stutzte. Mit dieser Absicht hatte sie nicht gerechnet. Doch der Gedanke freute sie. „Ich kann das leider nicht entscheiden. Einen Augenblick bitte, ich klär' das ab." Leana legte den Hörer zur Seite und besprach sich mit Schwester Hildegard, der Stationsleitung.

Für Sonja dauerte das Gespräch ungewöhnlich lang. Sie zuckte mit den Schultern und sah Micha an.

Leana nahm wieder den Hörer zur Hand: „Hallo?"

„Ja, ich bin noch dran."

„In Anbetracht der besonderen Umstände erlauben wir es, dass mehr als zwei Leute den Patienten besuchen. Und auch nur, weil er gerade alleine liegt. Kann sich rasch ändern. Also kommen Sie bald."

„Sehr freundlich, vielen Dank! Wir beeilen uns! Bis gleich!"

„Tschüss." Leana legte auf.

„Es klappt!" Sonja strahlte erleichtert.

„Klasse! Hol Frederike ab, während ich Paul und Susanne benachrichtige. Wir treffen uns vor der Johanniskirche. Bis dahin hab' ich herausgefunden, ob die beiden mitkommen."

„Gut." Sonja verließ den Wohnwagen in Richtung altes Armenhäuschen.

Micha nahm sein Mobiltelefon und rief im spiegelbacher Pfarrhaus an.

„Friedreich", meldete sich Susanne.

„Hier Micha!"

„Hallo Micha!", rief Susanne erfreut.

Er erklärte kurz den Grund des Anrufs.

„Sehr gut!", stimmte Susanne zu. „Wir haben uns schon ähnliche Gedanken gemacht. Da muss sich was ändern! In Pauls Terminkalender sieht es gut dafür aus. Wir warten auf euch."

„Prima! Bis gleich!" Micha legte auf und rieb sich zufrieden die Hände. Rasch schlüpfte er in die Regenjacke, stellte die Gasheizung auf kleine Flamme und verließ den Wohnwagen. Er eilte durch den alten Pfarrgarten hinaus auf die Dorfstraße und zur Johanniskirche. „Mistwetter!", grummelte er und suchte unter deren Portal mehr schlecht als recht Schutz vor dem unnachgiebigen Regen.

Das Dorf lag still und grau vor ihm. Obwohl die Herren der Gefolgschaft alle nebenan auf dem Friedhof lagen, wirkte es nicht befreit. Die Dorfbewohner hatten sich abwartend in ihren Löchern vergraben. Keiner traute dem Frieden, jeder zeigte sich äußerst ablehnend gegenüber neugierigen Fremden. Micha fühlte diese Abneigung auch gegen sich selbst. Zwar waren durch seine Mithilfe die Tyrannen des Dorfes unschädlich gemacht worden, aber dafür herrschte in Hügelhain seit Wochen große Unruhe. Aus nah und fern kamen andauernd neue Leute, um den Ort des grausamen Geschehens zu begaffen.

„Das ist das Gute daran", murmelte Micha und dachte an die Katastrophentouristen, die wegen des Schmuddelwetters nun zu Hause blieben.

Er blinzelte in den regennassen Himmel. Tropfen kribbelten auf seiner Haut.

„Die Dunkelheit hängt über Hügelhain noch immer wie eine Glocke. Da mach' ich mir nichts vor! Dicke Luft!", sagte Micha und zog die Kapuze enger. „Das nervt! Entweder alles ist in

Butter, und ich hab' 'ne Meise oder mein Gefühl hat Recht, und es geht bald wieder los. Wenn ich die Wahl hätte, lieber Herr Jesus, ich würde mich für die Meise entscheiden!" Lustlos kickte Micha ein Steinchen von der obersten Stufe der Kirchentreppe. Glücklicherweise brauchte er nicht lange warten. Von weitem erkannte er Sonjas Kleinwagen, als sie vom Feld ins Dorf gefahren kam.

„Brrr!" Fröstelnd nahm Micha auf dem Rücksitz Platz. „Sauwetter, heute!", grüßte er und streckte Frederike von hinten die Hand vor.

„Grüß Gott, Micha." Frederike, die alte Kinderpflegerin des Dorfs lächelte und schüttelte die angebotene Hand. „Ja, da jagt man keinen Hund vor die Tür. Es ist Ofen-Zeit! Am besten mit einer guten Tasse Kaffee oder Tee und Plätzchen!"

„Wohl wahr. Vielleicht kommen wir ja noch dazu." Micha lächelte zurück. „Schön, dass du dabei bist."

„Wie könnte ich ablehnen? Schließlich ist Tobias mir so nahe wie ein eigenes Kind. Nicht wahr, Sonja?"

Sonja nickte. Frederike hatte sich immer um Tobias und sie gekümmert. Insbesondere während der Zeit, als ihre Mutter unter mysteriösen Umständen tödlich verunglückt war. Heute wussten sie, dass hinter der Unfallstory eine Lüge des Vaters gesteckt hatte. Tatsächlich war Maria bei einem Ritual zu Ehren des Fürsten ums Leben gekommen. „Ist sie dir seit Samain noch einmal erschienen?"

„Nein, nein. Das wird sie auch nicht mehr. Endlich hat eure Mutter Frieden gefunden und ist bei ihrem Herrn angekommen. Samain hat nicht nur Leben gekostet, sondern auch gerettet. Selbst wenn das dem Alten nicht schmeckt."

„Ich bin so froh, dass Mutter aus den Klauen Ogmios' befreit wurde und ihre Seele nun Ruhe gefunden hat." Nach einem kurzen Zögern fragte Sonja: „Vater und die anderen? Haben sie dich belästigt?"

Frederike schüttelte den Kopf. „Seit Samain ist es sehr ruhig in der unsichtbaren Welt. Keine ruhelose Seele, kein Fänger des Fürsten auf der Jagd nach Beute, noch irgendeiner aus der Gefolgschaft haben sich blicken lassen."

„Woran mag das liegen?", wollte Micha vom Rücksitz her wissen.

„Ich weiß nicht. Aber ich schätze, den Unsichtbaren sind die Brücken in die sichtbare Welt abhandengekommen. Jetzt, wo alle aus der Gefolgschaft tot sind."

„Und du? Du bist doch auch so etwas wie eine Brücke."

„Aber ich gehöre nicht ihrer Welt an. Ich gehöre zum Licht."

„Gerade deswegen haben sie dich doch aufgesucht! Du solltest ihnen den Weg zu Christus zeigen. Glaubst du, alle haben schon den Weg dorthin gefunden?"

„Mit Sicherheit nicht."

„Warum kommt dann gerade keiner mehr?"

„Sie können nicht einfach bei mir vorbeischauen, um ein paar Worte aus der Bibel zu hören. Wenn sie das täten, würden sie sofort von Fängern in die Mangel genommen und gequält werden. Hügelhain war nur deshalb voll von Totengeistern, weil sich die Herren der Gefolgschaft ihrer bedient hatten. Die Wege zum Zwischenreich waren offener als heute. Ich habe von mir aus nie den Kontakt zu den Verstorbenen gesucht, während die Gefolgschaft sie geradezu heraufbeschworen hat. Ich denke, wenn die Suppe wieder zu kochen beginnt, dann wird die Aktivität der Totengeister auch wieder zunehmen."

„Du meinst, jemand möchte erneut die Zugänge zur unsichtbaren Welt öffnen? Zum Fürsten und seinen Sklaven?"

„Ich kenne da einen."

Micha presste die Lippen zusammen: „Immer der Alte! An ihm führt kein Weg vorbei! So viel wir über ihn wissen, so wenig ist es! Er bindet Menschen an sich und zieht sie in sein Reich. Wie tut er das?" Micha tat einen tiefen Atemzug. „Überhaupt jetzt, nachdem er die Gefolgschaft mehr oder weniger selbst zerstört hat? Ja, nochmal fette Beute für ihn. Aber seinen komfortablen Zugang zu den Lebenden hat er so gekappt. Blickt er das? Falls ja, möchte er dann über Tobias zurückkommen?"

„Bestimmt." Frederike nickte. „Tobias ist der Letzte der Gefolg-schaft. Durch die Magie Heinrichs drang der Fürst in seine Seele ein. In deine übrigens genauso, Kindchen."

Empört wandte sich Sonja Frederike zu: „Du meinst doch nicht etwa, dass ich …"

„Ihr seid die Erben des letzten Hochpriesters. Warum sollte der Alte sein Glück nicht bei euch beiden versuchen?"

„Frederike! Jetzt hör' aber auf!" Sonja konzentrierte sich wieder auf den Verkehr.

„Wenn du bei Jesus bleibst, können dir weder der Fürst noch der Alte etwas anhaben!", beruhigte Micha.

„Aber von Tobias weiß keiner, wo er steht!", gab Sonja zurück.

„Um ihn müssen wir uns wirklich Sorgen machen." Micha nickte. „Deshalb fahren wir ja ins Krankenhaus. Er soll keine leichte Beute für Ogmios werden."

„Vor allem sollte er endlich aufwachen!" Sonja bog in die Ein-fahrt zum spiegelbacher Pfarrhaus ein.

Sie stiegen aus. Micha klingelte. Nur einen Moment später kamen Paul und Susanne abfahrbereit zur Tür heraus.

„Nehmen wir unseren Wagen, der ist größer", schlug Paul vor und ging zur Garage.

Vor ihnen lag eine etwa halbstündige Fahrt. Zeit genug, um sich über den neuesten Stand auszutauschen.

„Was geschieht mit Tobias, wenn er nicht aufwacht?", wollte Susanne wissen.

„Trotz Koma ist er stabil. Ich glaube nicht, dass er noch lange auf der Intensiv bleibt. Ich fürchte, ich muss mich nach einem Pflegeplatz für ihn umsehen", antwortete Sonja traurig.

„Er ist so jung!", bedauerte Susanne.

„So weit kommt es nicht! Tobias wird bald erwachen!", sagte Paul mit Bestimmtheit. „Beten wir dafür, dass er keine Schäden davonträgt!" Für ihn war das Aufwachen von Tobias gar keine Frage, aber über das Wie machte er sich Sorgen. „Es wird Zeit! Wir hätten das schon viel früher tun sollen! Ihr habt Recht: Hinter diesem Koma steckt keine Krankheit mehr!" Paul war wütend darüber, dass die Gefolgschaft des Fürsten besiegt und dennoch nicht alles gut war.

„Wie geht es Widers?", stellte Susanne eine neue Frage.

„Stefan und Elke sind mit ihren Jungs für längere Zeit verreist. Sie wollten Abstand vom Dorf und den Ereignissen kriegen. Irgendwie läuft das unter einer Art Familienkur. Jedenfalls haben Jens und Marc Schulbefreiung und Stefan Sonderurlaub bekommen", erklärte Sonja.

„Ich wünsche ihnen sehr, dass sie die schlimmen Erfahrungen hinter sich lassen können."

„Das wünschen wir uns alle, liebe Susanne", stimmte Frederike ihr aus tiefstem Herzen zu. Sie dachte daran, wie Hugo Beelzer sie über Jahrzehnte gequält und ihre Begabung, Dinge aus der unsichtbaren Welt wahrzunehmen, aufs Übelste missbraucht hatte. „Hoffentlich lässt er mich jetzt endlich in Frieden!", murmelte sie mehr zu sich selbst.

„Hm? Hast du etwas gesagt?", fragte Micha, der neben ihr zusammen mit Sonja auf dem Rücksitz saß.

„Ach, nein, ich hab' nur mit mir selbst gesprochen. Wie Widers hoffe ich, dass endlich Ruhe einkehrt, und für mich persönlich wünsche ich mir, nicht mehr von Hugo belästigt zu werden."

„Der ist tot", kommentierte Paul trocken hinter dem Lenkrad vor. „Und ist an dem Platz, wo er hingehört."

„Ich wäre dankbar, wenn er auch dort bleiben würde. Die meiste Zeit meines Lebens hat er mich tyrannisiert. Ich verspüre keine Lust, ihm als unruhige Seele auch noch begegnen zu müssen."

„Im Augenblick ist es still. Nehmen wir es so, wie es ist, und freuen uns darüber! Jesus und seine Engel haben an Samain einen großen Sieg errungen. Nutzen wir die Gelegenheiten, die sich daraus ergeben, und machen uns keine Sorgen über Dinge, die wir nicht in der Hand haben."

„Recht hast du, Micha! Wenn wieder Zeit zum Kämpfen sein soll, dann wird es uns der Herr schon sagen!", unterstützte ihn Paul.

„Das geht manchmal viel schneller als du denkst! Oder was meint ihr, wohin wir gerade unterwegs sind?" Frederike sah sich nach rechts und links um.

„Niemand von uns ist leichtsinnig geworden", schloss Susanne das Gespräch ab. „Richten wir uns lieber auf das aus, was vor uns liegt! Ich denke, wir können allen Schutz und Segen gebrauchen, also beten wir!"

Die restliche Fahrtzeit gehörte dem Gebet: Sie baten um Bewahrung, um die richtigen Worte für Tobias und hofften auf Offenheit beim Personal sowie auf die nötige Ruhe am Krankenbett. Schließlich riefen sie ausdrücklich Wächter herbei, die auf ihre Gefühle und Gedanken Acht haben sollten. Niemand wollte in die Irre geführt werden oder aus eigener Kraft etwas auf Biegen und Brechen erzwingen.

„Tobias' Leben liegt in Deiner Hand, Gott!", beendete Paul das Gebet.

„Amen", antworteten alle gemeinsam.

Kurz darauf hatten sie das Klinikgelände erreicht. Paul fuhr ins Parkhaus.

„So, da wären wir!" Micha streckte sich nach dem Aussteigen. „Dein Wille geschehe!"

„Genau", bestätigte Sonja. Dennoch wünschte sie sich, dass Tobias sofort nach dem Gebet erwachte. Sie war sehr angespannt und übernahm die Führung der kleinen Gruppe.

Die Tür zur Intensivstation war verschlossen. Mit einer Klingel konnte um Einlass gebeten werden. Sonja drückte.

Nach einer Weile zeichnete sich hinter dem Milchglas der Umriss einer Person ab. Eine junge Schwester mit dunklen, langen, zu einem Pferdeschwanz zusammengebundenen Haaren öffnete: „Ich bin Lernschwester Leana. Was kann ich für Sie tun?"

„Oh." Sonja lächelte. „Wir haben vorhin miteinander telefoniert. Ich bin Sonja Schwarzer, die Schwester von Tobias, und das hier", sie deutete auf Micha und die anderen, „sind meine Freunde."

Leana lächelte zurück: „Ich hab's mir fast gedacht. Kommen Sie!" Sie trat zur Seite. Nachdem alle die Station betreten hatten, zog sie die Tür wieder zu. „Wenn Sie mir bitte folgen wollen?"

Kurz darauf standen die Gemeinschaft an Tobias' Bett. Für Frederike, Paul und Susanne war es das erste Mal. Sonja und Micha fiel auf, dass die meisten Überwachungsgeräte abgebaut worden waren. Ein Zeichen für das nahende Ende auf der Station.

„Wir wollen keine Zeit verlieren. Lasst uns gleich beginnen!", schlug Micha vor.

„Stört es Sie, wenn ich dabeibleibe?", fragte Leana unvermittelt.

Alle Augen richteten sich auf sie. Besonders Frederike sah sich die junge, hübsche Lernschwester genau an.

„Sie wissen, was wir vorhaben?" fragte Micha mit leichtem Stirnrunzeln.

„Keine Sorge. Ich weiß, worum es geht. Es ist mir nicht fremd. Ich möchte Sie dabei unterstützen. Ich halte Sie nicht für verrückt!" Leanas Lächeln breitete sich warm unter ihnen aus.

„Kindchen, du siehst viel. Nicht wahr?", gab Frederike in der gleichen Wärme zurück und sah ihr tief in die Augen.

„Öh ..." Leana wurde rot. „Wie meinen Sie das?"

„Möglicherweise in Träumen?" Frederike hatte ins Schwarze getroffen; Leanas Farbe verdunkelte sich noch etwas.

Micha sah ihre Verlegenheit: „Schön. Du betest mit. Ich heiß' Micha. Lassen wir das förmliche Sie."

Reihum stellte sich die Gemeinschaft mit ihrem Vornamen vor.

„Gut, dann los!" Micha holte tief Luft: „Jesus, wir wollen gemeinsam für Tobias eintreten. Du weißt, wo sein Geist ist, und was ihn am Aufwachen hindert."

„Alle Mächte und Kräfte der Finsternis sollen dieses Zimmer und seinen Leib verlassen! Herr, wir rufen Dich und Deine Engel herbei!", setzte Paul fort.

„Geister des Todes weicht! Ihr Engel, Wächter und Boten Gottes, vertreibt die Fänger des Fürsten und die bösen Sklaven des Ogmios! Gebt eure Beute frei, dunkle Gesellen! Wir gehören zum Herrn des Lebens und nicht zur Unterwelt der Totengeister!", befahl Frederike mit fester Stimme.

„Asarja, im Namen Jesu rufe ich dich. Du hast mich auf diese Station geschickt. Nun bin ich hier. Du bist groß und mächtig! Du tust den Willen deines Herrn! Wir bitten: Hol Tobias aus dem Koma! Schenk' ihm Erwachen!"

Beim Namen Asarja hatten die anderen fragende Blicke ausgetauscht, Micha gar mit den Schultern gezuckt. Selbst Paul konnte sich auf den Namen keinen Reim machen.

Allen war die Veränderung im Krankenzimmer aufgefallen: Kraft ging vom Träger dieses Namens aus.

Frederike fühlte, wie er, wenn auch unsichtbar, unter sie getreten war. Freude und Mut breiteten sich aus. Ihre Gebete wurden zuversichtlicher und kraftvoller. Die Zeit verging im Flug. Im Nu war eine halbe Stunde vorüber.

An Tobias' Zustand änderte sich nichts. Reglos lag er im Bett.

„Lassen wir es gut sein", sagte Sonja plötzlich. „Das wird nichts mehr." Sie saß traurig auf dem Bett und hielt die Hand ihres Bruders. „Wir können es nicht erzwingen. Leider." Sonja stand auf. „Ich komm' morgen wieder. Mach's gut." Sie verließ das Zimmer.

„Ja, erzwingen können wir es nicht, aber erbeten! Sonja soll bloß nicht denken, dass gerade nichts passiert ist!", sprach Paul trotzig.

„Lass sie. Sonja hatte viel Hoffnung auf das hier gesetzt." Susanne nahm ihren Mann in den Arm.

„Ja, ja, schon recht. Auch ich hab' mir mehr gewünscht", gab er zu.

„Wir alle." Micha sah zum Fenster hinaus. „Aber so ist es: Gott lässt sich nicht zwingen. Gehen wir."

Sie verabschiedeten sich von Tobias und Leana und verließen das Krankenzimmer.

Leana blieb allein bei Tobias. Sie sah ihn an. „Der Zeitpunkt war noch nicht reif. Aber er ist durch das Gebet näher gerückt. Dein Geist ist freier geworden. Wir werden sehen." Sie überprüfte den Puls, die Atmung und zupfte die Decke zurecht. Dann wandte sie sich wieder ihren anderen Aufgaben zu.

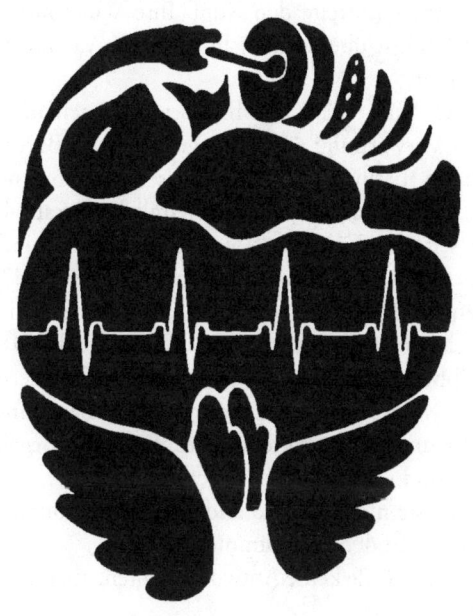

6. Nachtwache

„Was hab' ich da eigentlich gemacht?", schrie sich Leana selbst an und schlug mit der flachen Hand gegen das Lenkrad. „Bin ich denn des Wahnsinns fette Beute? Das geht gar nicht!" Sie schnaubte aufgebracht und zwang sich zur Aufmerksamkeit wegen des Verkehrs. Nach und nach war ihr gedämmert, wie sie sich heute ohne Not einen Schritt tiefer in die Geschichte hineinbegeben hatte.

„Und dann hab' ich auch noch diesen Asarja herbeigerufen! Ich muss völlig durchgeknallt sein! Leana, halt' dich da raus! Doch was mach' ich? Voll rein! Mit beiden Füßen gleichzeitig! Ach, Mann!" Leana schüttelte den Kopf. Ihre Wut sollte die Ohnmacht und Angst überdecken. Im Grunde war ihr das Ganze unheimlich.

Der Wunsch beim Gebet für Tobias mitzumachen, war plötzlich ohne Vorwarnung über sie gekommen. Bevor sie sich anders hatte besinnen können, war sie schon mittendrin gewesen. Genau das war das Unheimliche daran! Irgendwie sprangen seltsame Türen auf. Sie tappte einfach hindurch, als ob sie gezogen wurde. Es war ihr dabei alles bewusst! Sie fühlte sich sehenden Auges, sie war Herr ihrer Sinne und dennoch sah sie sich ohne Wollen in etwas hineingestellt. Das machte Leana kribbelig: Sie erlebte und tat Dinge, die sie eigentlich vermeiden wollte, weil sie um ihre lästige Begabung wusste. Aber mehr und mehr zeigte sich, es war diese Begabung, die von Asarja und seinem Herrn abgefordert wurde.

„Hättest Du sie nicht jemand anderem geben können?", fragte Leana laut gegen den Autohimmel.

Sie wusste, sie würde keine Antwort erhalten, aber es tat ihr gut, sich Luft zu machen.

Bis zum Dienstende hatte sie sich noch vor Kollegen und Patienten zusammenreißen können. Doch jetzt, auf der Heimfahrt, musste alles raus! Spätestens zu Hause wollte sie sich wieder im Griff haben. Nur so blieben ihr unangenehmen Fragen erspart. Ihre Familie war nämlich genauso feinfühlig wie sie. Was sollte sie dann sagen? Sie wusste doch selbst kaum, was mit ihr gerade geschah. Obwohl, eigentlich schon. Leana wollte das nicht hinnehmen und wehrte sich mit Händen und Füßen dagegen. Aber Asarja scherte das nicht die Bohne. Das regte sie besonders auf!

„Mann, die Welt ist kompliziert!", seufzte sie und versuchte, sich mit dem Gedanken anzufreunden, dass sie einen Auftrag aufgebrummt bekommen hatte, ohne auch nur mit einer Silbe ‚Hier!' geschrien zu haben. „Es wird wohl besser sein, wenn ich mich füge. Was kann ich schon ausrichten, wenn sich Gott etwas in den Kopf setzt und meint, mich dabei haben zu wollen? Nichts.

Aber darüber wütend darf man ja noch sein! Oder?" Wieder donnerte Leana mit Überlautstärke gegen den Autohimmel. Sie wollte sichergehen, dass sie oben deutlich genug gehört wurde. „So, jetzt ist mir wohler! Denk' bloß nicht, dass deswegen gleich Friede, Freude, Eierkuchen zwischen uns herrschen!"

Als Leana zu Hause ankam, hatte sie sich tatsächlich weitgehend abgekühlt. Gleichmütig wie immer trat sie in das Haus, hielt mit ihrer Mutter einen Smalltalk bei einem Kaffee und zog sich danach zum Büffeln auf ihr Zimmer zurück. Schließlich standen Prüfungen an.

Danach war sie zu erledigt, um auszugehen. Hätte ihr bestimmt gut getan. Stattdessen warf sie sich für eine Weile vor die Flimmerkiste. Nachdem sie zum dritten Mal eingenickt war, schaltete sie ab. Ohne einen weiteren Gedanken an das heutige Geschehen oder an Asarja zu verlieren, schlief sie wenige Momente später tief und fest.

Irgendwann in der Nacht kam der Engel. Das bekannte Gefühl, schlafend und dennoch hellwach zu sein, ergriff Leana. Der Engel ließ einen Traum beginnen, klar und deutlich wie das Sonnenlicht. Doch das Verrückteste war: Leana blieb bei seinem Erscheinen einfach cool. Als ob sie mit ihm gerechnet hätte. Und das alles im Schlaf!

„Ah, da bist du ja. Hätte mich gewundert, wenn du nicht gekommen wärst", begrüßte sie Asarja kumpelhaft.

Der Engel lächelte über Leanas trockene Art. „Es freut mich, wenn du mich nicht mehr leugnest."

„Sagen wir so: Ich habe zur Kenntnis genommen, dass du in mein Leben eingedrungen bist. Hab' ohnehin keine andere Wahl."

„Schön. Diese Einstellung hast du aber erst seit vorhin."

„Du meinst den Ausraster auf der Fahrt?"

Asarja nickte.

„Wenn du es so siehst, okay." Dafür, dass sie mit einem Engel sprach, war sie ganz schön vorlaut. Vielleicht bestand darin der einzige Weg, wie sie im Moment überhaupt mit Asarja umgehen konnte. Wer wusste schon, wie sie reagiert hätte, wenn er ihr zuerst im wachen Zustand begegnet wäre. Da war ein laxer Umgangston im Traum noch das kleinere Übel.

„Der Zeitpunkt ist nahe herangerückt. Tobias wird bald die Augen öffnen, noch vor dem zweiten Advent. Du wirst in dieser Nacht bei ihm sein. Bete für ihn! Seine Rückkehr ist umkämpft!"

„Moment mal!", legte Leana Widerspruch ein. „Wie soll ich nachts bei ihm sein? Ich bin zu keiner Nachtwache eingeteilt."

Asarja antwortete nicht. Stattdessen zog er lächelnd einen Mundwinkel und die Augenbrauen hoch. Im nächsten Augenblick war er verschwunden.

Leana blieb mit ihrer Frage zurück und schlief tief weiter: ohne Bilder, ohne Geräusche.

Nach und nach kam Musik daher. Als ob sich aus der Ferne langsam Musikanten näherten. Fröhliche, beschwingte Tanzmusik. Folk-artig. Leana liebte Folk. Am liebsten war ihr eine Mischung aus traditionellen Instrumenten wie Geige und Tin Whistle kombiniert mit E-Gitarre und Schlagzeug. Der moderne Sound fehlte zwar, dennoch war Leana sofort von der Musik hingerissen. Ihre ganze Aufmerksamkeit richtete sich darauf. Sie sehnte die Musikanten herbei, wollte endlich ihre Melodien klar und deutlich hören können.

„Piep, piep, piep!" Gnadenlos wurde die schöne Musik abgewürgt. Leana versuchte, sie zu halten. Sie sollte nicht enden!

„Piep, piep, piep!"

Wuchtig fiel Leanas Hand auf die Snooze-Taste. Mühsam öffnete sie die Augen und schaltete danach Mister Quälgeist ganz aus. So nannte sie neuerdings ihren Wecker. Er hatte seinem Namen wieder einmal volle Ehre gemacht.

Selten hatte Leana angenehmere Musik in ihrem Schlaf vernommen, und selten hatte sie das Aufwachen mehr bedauert als eben! Sie hasste Mister Quälgeist.

Langsam setzte sie sich auf die Bettkante. Die Musik war zwar verstummt, trotzdem war ihr ganzer Leib davon erfüllt. Im

Grunde wollte er einfach los tanzen, sich im beschwingten Rhythmus ohne Ende drehen.

Leana fühlte sich heute Morgen seltsam gespalten. Irgendwie widersprüchlich. Nach einer Weile kam ihr die Begegnung mit Asarja in den Sinn. Er passte nicht zur fröhlichen Musik, der alte Störenfried! Lustlos mühte sich Leana ins Bad. Dieser Tag schien verloren, bevor er überhaupt recht begonnen hatte.

Mies gelaunt erschien sie zum Dienst und musste darum ringen, dies für sich zu behalten. Erst im Laufe des Tages hob sich ihre Stimmung. Zum Abend hin verspürte sie endlich wieder bessere Laune. Das hielt auch über die kommenden Tage an. Asarja war kein Thema mehr. Das Leben spielte sich im grünen Bereich ab, wenn man so sagen durfte.

Freitags wurde sie von Schwester Hildegard ins Stationszimmer gerufen: „Leana, ich hätte da eine Bitte." Hildegard lächelte freundlich.

„Ja?" Leana nahm Platz.

„Du bist wirklich fit! Gut, du bist bald mit der Ausbildung fertig, aber trotzdem. Ich bin sehr zufrieden!"

„Danke."

„Darum frage ich auch – obwohl es mir nicht ganz recht ist. Wir haben einen kleinen Engpass auf Station. Insbesondere in der Nachtwache von Dienstag bis Freitag kommender Woche. Könntest du dir vorstellen, mit mir zusammen diese Nächte zu übernehmen?"

Leana schluckte. Damit hatte sie nun gar nicht gerechnet. Schlagartig kam ihr der grinsende Asarja ins Gedächtnis. Ihr wurde leicht schwindelig. Mit beiden Händen hielt sie sich an der Stuhllehne fest.

Hildegard merkte nichts davon und sah sie abwartend an.

„Oh, das kommt jetzt aber überraschend." Leana rang um Fassung. Sie erinnerte sich an ihre aufreizende Gelassenheit während des Traums – er schien eine Ewigkeit her zu sein – davon war jetzt nichts mehr zu spüren. „Wenn … Wenn du meinst, dass ich das packe", stotterte sie verlegen.

„Keine falsche Bescheidenheit!" Hildegard lachte. „Du weißt selbst, wie gut du bist!"

„Tja, dann kann ich wohl schlecht ablehnen."

„Nun, es könnte ja sein, dass du an den Abenden anderweitig ausgebucht bist. Zwingen kann und möchte ich dich nicht."

Leana zögerte. Das war die letzte Gelegenheit, den Kopf aus der Schlinge zu ziehen. Sie brauchte jetzt nur sagen, dass sie andere Termine hatte, die sich nicht verschieben ließen. Der Gedanke hatte etwas Reizvolles und beschwingte sie wie flotte Musik.

„Ich … Äh …", stammelte sie.

„Keine Hemmungen! Nur raus damit!"

Leana schluckte wieder. Irgendwo spielte eine Flöte. Eine Flöte?

„Hörst du auch Musik?", fragte sie unvermittelt.

„Musik?" Hildegard legte den Kopf schief und lauschte angestrengt. „Also für mich ist da nichts."

„Oh, dann muss ich mich wohl getäuscht haben!", antwortete Leana schnell und lief rot an. „Gerne mache ich mit dir die Nachtwache. Da kann ich nur lernen!", stieß sie hervor.

„Prima! Mir fällt ein Stein vom Herzen!" Erleichtert klappte Hildegard das Dienstplanbuch zu und übertrug die Änderung auf den großen Plan, der im Stationszimmer hing. „Ich freu' mich darauf! Wollen wir hoffen, dass die Nächte ruhig werden!"

„Ja, das hoffen wir." Leana lächelte Hildegard an und wünschte sich, dass es nicht zu gequält aussah. „Ich mach' dann mal weiter." Sie deutete mit dem Daumen über die Schulter und verschwand flugs aus dem Stationszimmer.

So rasch es ging, verdrückte sie sich in die Materialkammer und lehnte sich von innen gegen die Tür: „Tief durchatmen! Tief durchatmen!", keuchte sie, als ob ein 5000-Meter-Lauf hinter ihr lag.

Von draußen wurde gegen die Klinke gedrückt.

Mit einem Satz sprang Leana von der Tür weg.

Schwester Edith kam herein. Stirnrunzelnd musterte sie Leana: „Ist dir nicht gut? Brauchst du Hilfe?"

„Öh … Äh … Nein, alles bestens, danke. Ich muss mich nur kurz sortieren."

„Sortieren?"

„Tja, hi, hi." Leana zuckte mit den Schultern. „Bin gerade etwas verwirrt. Wird schon wieder."

„Was Schlimmes?"

„Nein, nein. Hildegard hat mich nur gefragt, ob ich mit ihr nächste Woche drei Nächte mache."

„Und das wirft dich aus der Bahn?"

„Komisch, nicht?" Leana grinste verlegen. „Hab' mich gleich wieder! Danke der Nachfrage!"

Schwester Edith schien nicht ganz zufrieden mit ihrer Erklärung. Aber sie ließ es so stehen, nahm ein paar Windelunterlagen aus dem Regal und ging zurück zur Arbeit.

„Jetzt krieg' dich wieder ein, aufgescheuchtes Huhn! Was soll Edith bloß von dir denken? Die meint bestimmt, ich habe eine Vollklatsche!" Zur Bestätigung schlug sich Leana mit der flachen Hand gegen die Stirn. So heftig, dass es wirklich klatschte.

„Au!" Leana rieb sich die getroffene Stelle. „Das tut ja richtig weh!"

Der Schlag hatte ein Gutes: Ihr war wieder klarer im Kopf.

„Respekt!", murmelte sie. „Du hast es tatsächlich hinbekommen! Aber was sollte die Musik? Die passt doch gar nicht zu dir!"

Nach einer kleinen Weile verließ Leana die Materialkammer. Sie hatte sich gefangen. Allerdings beschäftigte sie der letzte Gedanke weiterhin. Je mehr sie darüber nachdachte, umso größer wurde ihre Überzeugung, dass sich Asarja und die Musik im Grunde spinnefeind waren. Das wiederum machte ihr mindestens so viel Sorgen wie das Ganze überhaupt.

„Da bin ich in was hineingeraten! Es steht mehr auf dem Spiel als ein Menschenleben!" Sie erinnerte sich, dass Asarja im Traum dieselben Worte am Beginn der unsäglichen Geschichte gesprochen hatte. Schon allein die Häufigkeit seltsamer Träume genügte als Beweis: Sonderbare Dinge waren im Gang. „Hoffentlich stehe ich auf der richtigen Seite. Immerhin geht es Asarja um die Rettung von Leben. Zumindest in diesem Punkt stimme ich mit ihm überein." Sie wandte sich ihren Aufgaben zu und legte im Laufe des Tages besonderen Wert darauf, Edith zu zeigen, wie sehr bei ihr wieder alles in Ordnung war.

Das Wochenende und den Montag hatte Leana frei, insbesondere wegen der bevorstehenden Nachtschicht. Leana nutzte die Zeit, um sich auf die Prüfungen vorzubereiten und sich mit Freunden zu treffen. Niemand und nichts belästigte sie. Weder tagsüber noch nachts. Leana empfand ihr Leben fast wieder als normal, außer dass sie ab und zu ein spontanes Stoßgebet zum Himmel schickte. Der Inhalt war mehr oder weniger immer gleich: ,Himmel hilf!' Oder: ,Dein Wille geschehe!' Etwas in der Art. Die Gebete entstanden einfach, kosteten keine Mühe, gehörten dazu wie das Atmen. Es war lange her, als sie das so erlebt hatte. Aber es war echt und deshalb in Ordnung. Ins Grübeln, wozu sie reichlich Anlass gehabt hätte, kam sie darüber nicht. Die unbeschwerte Normalität war das Besondere in den drei freien Tagen. Ihre Gelassenheit wurde nicht erschüttert. Leana hatte es anders erwartet: ,Vielleicht nur die Ruhe vor dem Sturm?', überlegte sie Dienstag vormittags. Doch auch dieser Gedanke ließ sie nicht aufgeregter werden.

Am Abend trat Leana erholt ihre erste Intensiv-Nachtwache an. Zusammen mit den Leuten aus der Spätschicht fand die Übergabe im Stationszimmer statt, danach war Leana mit ihrer Chefin allein.

Zufrieden lehnte sich Hildegard auf dem Bürostuhl zurück: „Wenn nicht plötzlich das Chaos ausbricht, dann können die Nächte wirklich erträglich werden! Ein paar OPs, die üblichen Überwachungen – sieht gut aus!"

Beide waren sich natürlich im Klaren darüber, dass sich alles innerhalb von Minuten ändern konnte. Außerdem gab es auf der Station immer etwas zu tun. Langeweile kehrte nie ein.

So ruhig wie es eben auf einer Intensivstation möglich war, gingen die ersten beiden Nächte vorüber. Doch die Nacht von

Donnerstag auf Freitag hatte es in sich: Es fing schon damit an, dass es am Tag einen schweren Unfall auf der nahen Autobahn mit mehreren Schwerverletzten gegeben hatte. Auch waren die meisten anderen Patienten von einer unerklärlichen Unruhe befallen. Hildegard und Leana eilten bis Mitternacht ununterbrochen von Bett zu Bett. Da die Station voll belegt war, teilten sie sich die Patienten auf. Nur wenn Leana nicht mehr weiterwusste oder Dinge zu zweit getan werden mussten, gingen sie sich gegenseitig zur Hand.

Nach Mitternacht kehrte mehr Ruhe ein. Hildegard und Leana konnten eine Pause machen. Kaum hatten sie durchgeatmet, da meldete sich das Überwachungsgerät des Patienten, der neben Tobias lag. Leana stand auf, um nachzusehen.

Sie betrat das Zimmer, da hörte sie plötzlich wieder von irgendwoher ganz leise die bekannte Folkmusik. Wie vom Schlag getroffen erstarrte Leana. Ja, ganz deutlich war über dem Blubbern der Sauerstoffversorgung und dem Piepsen der Überwachungsgeräte diese Musik zu hören. Leana zog die Augenbrauen zusammen und ging vollends ins Zimmer. Sie überprüfte den Patienten, dessen Überwachung Alarm geschlagen hatte. Nichts Ernstes, nur ein Kontakt, der einen kleinen Fehler verursacht hatte. Mit wenigen Handgriffen war alles wieder in Ordnung. Wäre da nicht die Musik gewesen! Leana sah sich überall um. Nirgendwo spielte ein Radio. Doch sie hörte die Melodie so deutlich wie zuvor: rhythmisch, Folk, Partymusik. Ihr Fuß wippte einfach mit. Zufällig fiel ihr Blick auf Tobias. Leana erschrak: Er schlief tief und fest, doch sein rechter Fuß wippte auch.

Leana bekam Gänsehaut. Seit sie auf Station war, hatte er sich noch nie bewegt! Sie wollte gerade Hildegard rufen, da wurde ihr eiskalt. Mit Grauen entdeckte sie, dass sie im selben Rhythmus wippten. Das war zu viel! Leana taumelte rückwärts und stieß gegen die Wand: „Hildegard, Hildegard komm schnell!", keuchte sie mit einem leichten Anflug von Panik in der Stimme.

Sofort sprang Hildegard auf und stürmte zum Krankenzimmer. Sie fand Leana steif vor Schreck an der Wand, wie sie auf Tobias' Fuß starrte. Ihr Gesicht war bleich und wächsern, ihr Atem kam stoßweise.

„Leana!", rief Hildegard erschrocken und nahm sie in den Arm. „Leana, alles klar?" Sie fühlte ihren Puls. Er raste. Kalter Schweiß stand auf Leanas Stirn, sie zitterte wie im tiefsten Winter.

„Ich leg' dich hin! Beine hoch!"

Mit ein paar raschen Handgriffen lag Leana auf dem Boden und hatte unter ihren Waden die Sitzfläche eines Stuhls. Gegen die innere Kälte wurde sie von Hildegard in eine Decke eingemummelt.

„Siehst du das? Siehst du Tobias' Fuß? Hörst du die Musik? Folk!" Mit großen Augen sah Leana Hildegard an.

Schwester Hildegard blickte zum Krankenbett. Verblüfft zog sie eine Augenbraue hoch, stand auf und schlug die Decke zurück. Tatsächlich, sein rechter Fuß wippte, als ob er einen Rhythmus fühlte. „Nein, Leana, ich höre keine Musik", antwortete sie, ohne einen Blick von Tobias zu lassen.

„Aber das ganze Zimmer ist erfüllt davon! Hör' doch!"

„Ruhig, Kindchen, ruhig." Hildegard kniete wieder bei Leana nieder und nahm ihre Hand. „Hier sind nur die üblichen Stationsgeräusche. Nirgendwo spielt Folkmusik." Sie schüttelte den Kopf.

„Hildegard, werde ich gerade verrückt? Mein ganzer Körper spürt diese Musik! Sieh doch, wie ich wippe!" Leanas Panik steigerte sich.

„Ich bring' dir ein Beruhigungsmittel." Beim Aufstehen bemerkte Hildegard, dass sich Tobias' und Leanas rechte Füße im selben Takt bewegten.

„Da wird doch …" Sie schaute genau hin. Es bestand kein Zweifel. Beide waren völlig im Einklang. Hildegard spitzte die Ohren. Beim besten Willen, es war kein Ton zu hören. Außerdem konnte Leana von ihrer Lage aus unmöglich Tobias' Fuß sehen. Die Füße wurden unabhängig voneinander vom selben Takt erfüllt.

„Das ist mir ja noch nie untergekommen! Was geht hier vor?"
Hildegard war einiges gewöhnt und weit davon entfernt, Panik zu bekommen, aber das hier jagte selbst ihr einen Schauer über den Rücken.

„Nein, du wirst nicht verrückt!", sagte sie trocken zu Leana. „Irgendetwas ist im Gang."

„Uff!", seufzte Leana erleichtert.

„Willst du trotzdem etwas haben?"

„Nein, ich glaub', besser ist, wenn ich meine Sinne zusammenhalte. Es hilft mir, wenn du mir glaubst." Leana merkte, wie ihre Kräfte zurückkehrten und ein Groll gegen die Musik wuchs.

„Was soll das? Warum fühlt ihr denselben Rhythmus? Dafür gibt's keine logische Erklärung." Hildegard sah Leana an.

„Nee, mit Logik hat das nix zu tun", stimmte ihr Leana zu.

„Mit was dann?"

Leana druckste herum. „Ist mir etwas peinlich, die Sache. Ich fürchte, du hältst mich dann für durchgedreht. Kommt nicht gut, bei einer angehenden Krankenschwester."

„Ich sehe ja, dass hier Abstruses im Gang ist. Also erklär' es mir."

„Wenn nur dieser Fuß ruhig wäre!" Leana richtete sich auf, ging in die Hocke und lehnte sich mit dem Rücken gegen die Wand. Nachdem sie nun mit beiden Füßen auf dem Boden stand, hörte das Wippen auf, aber nicht die Musik in ihrem Inneren.

„Glaubst du an Engel?"

Hildegard hatte mit dieser Frage nicht gerechnet. „Engel?"

Leana nickte.

„Wenn du damit meinst, dass es zwischen Himmel und Erde mehr Dinge gibt, als die, von denen wir in unseren Schulbüchern lesen, ja."

Ein einfaches und klares Ja wäre Leana an dieser Stelle lieber gewesen. Sie seufzte. „Seit ein paar Wochen bekomm' ich ab

189

und zu im Schlaf Besuch von einem Engel. Er nennt sich Asarja."

„Oh."

„Bisher hat er mir alles vorhergesagt: Dass ich überraschend auf die Station komme, dass Tobias Schwarzer hier liegt, dass ich zur Nachtwache eingeteilt werde, und dass Tobias in diesen Nächten aufwachen wird. Nun, heut' ist die letzte Nacht, aber er ist noch nicht wach. Stattdessen geschehen seltsame Dinge."

„Und der gemeinsame Rhythmus, die Musik?"

Leana verzog den Mund: „Mit keiner Silbe sprach er davon."

„Hat der Engel Flügel?"

„Nein, ganz und gar nicht. Aber er ist wunderschön. Ich glaub', er ist sehr mächtig."

Hildegard ließ Leanas Worte sacken. „Du denkst, er ist ein Engel Gottes?", fragte sie dann.

Leana nickte.

„Hm." Hildegard war volkskirchlich aufgewachsen. Der Glaube an Gott gehörte irgendwie zum Leben, aber die Kirche blieb im Dorf. Was so viel hieß wie: Nur nicht übertreiben! Sie hatte noch nie eine Engelsbegegnung erlebt und war auch gar nicht erpicht darauf. Glaube und Kirche liefen so nebenher. Manchmal an Weihnachten oder zu Ostern verirrte sie sich in einen Gottesdienst. Natürlich auch, wenn in der Familie und im Freundeskreis Konfirmation, Firmung, Hochzeit oder sonst ein Fest anstand. Ab und an gab es eine Beerdigung. Doch das hier war anders. Leanas Geschichte klang mehr als unglaubwürdig, trotzdem bezweifelte sie keins ihrer Worte. Heute war eine besondere Nacht.

„Hast du Angst?"

„Jetzt nicht mehr. Allerdings macht mir diese Musik Bauchweh. Je länger, je mehr denke ich, dass sie nichts mit dem Engel zu tun hat."

„Bleib' bei Tobias. Ich kümmere mich um die Station. Vermutlich ist es nicht gut, ihn allein zu lassen. Wenn ich nicht mehr beikomme, ruf' ich dich. Einverstanden?"

Leana schluckte. Ihr wurde die Sache langsam zu heiß. Liebend gern hätte sie ganz gewöhnlichen Nachtdienst geschoben.

„Offensichtlich traut dir dieser Asarja den Job zu, sonst wäre es nicht so gekommen, wie es jetzt ist. Soweit es in meiner Kraft steht, halte ich dir den Rücken frei." Schwester Hildegard sah Leana in die Augen. Ihr kam die ganze Situation so spanisch vor wie Leana, aber sie mussten damit zurechtkommen.

„Was soll ich denn tun?", fragte Leana wieder mit wachsender Verzweiflung.

„Tu' das, was von dir verlangt wird." Hildegard zuckte ratlos mit den Schultern und verließ das Zimmer. „Wenn es schlimm wird, dann ruf' mich."

„In was bin ich da nur rein geraten?" Vorsichtig näherte sich Leana Tobias, sah eine Weile seinem unheimlich zuckenden Fuß zu und verspürte in sich noch immer denselben Rhythmus.

„Vielleicht solltest du es mit Gebet versuchen?"

Leana fuhr herum und sah am Kopfende des Betts Asarja stehen. In einer Klarheit, die ihr den Atem raubte.

„Du... Du bist hier?", stotterte sie. Ihr lief es eiskalt den Rücken hinunter. Das war kein Traum mehr!

Asarja nickte: „Schon die ganze Zeit. Nie bin ich von deiner Seite gewichen."

„Schön, dann stell' jetzt diese nervige Musik ab! Was zu viel ist, ist zu viel! Ich mag ja Folk, auch diese klassische Variante, aber es reicht!" Leana hatte etwas von ihrer Coolness aus dem Traum zurückgewonnen.

„Mit wem redest du?", rief Schwester Hildegard vom Nachbarzimmer.

„Asarja ist da!", gab Leana im selbstverständlichsten Ton, zu dem sie fähig war, zurück. „Alles in Ordnung!"

‚Surreal! Das ist doch alles surreal!', dachte sie und begann wieder, an ihrem Geisteszustand zu zweifeln.

„Zweifle nicht. Auch wenn mich nicht jeder sehen kann, so bin ich dennoch da."

„Dann können wir uns ja in Gedanken unterhalten! So denkt wenigstens keiner, dass ich ein Rad ab hab'. Und jetzt mach' bitte die Musik aus!"

„Du bist ganz schön vorlaut, junge Dame."

„Das ist im Moment die einzige Möglichkeit, nicht durchzudrehen!", gab Leana offen zu.

Asarja lächelte. Er konnte sie gut verstehen. Doch gleich darauf wurde sein Gesicht wieder ernst: „Die Musik kommt nicht von mir."

„Ja, und?"

Asarja schwieg.

„Du bist ein Engel Gottes! Ich glaub', ein mächtiger noch dazu! Also?" Leana wurde die Pause zu lang.

„Es gibt ältere Rechte."

„Soll das heißen, du kannst nichts gegen die Musik unternehmen?"

„Die Herrschaftsansprüche müssen gebrochen werden."

„Hm?"

„Jemand meint, er habe das uralte Recht, Tobias' Leben zu besitzen. Er mag ihn nicht hergeben, und er will seine Macht ausweiten. Er will auch dich."

„Mich?" Leana runzelte die Stirn. „Wohinein hast du mich eigentlich gezogen? Verdammt noch mal!"

„Nicht fluchen!"

„Das macht die Sache gerade wohl kaum schlimmer!"

„Da wäre ich mir an deiner Stelle nicht so sicher!"

„Ist ja Wurst. Wie werde ich diesen scheiß Rhythmus los?"

„Ich hab's dir vorhin schon gesagt."

„Beten?"

Asarja nickte.

Leana war nicht in Gebetsstimmung. Wütend war sie! Einem Engel Gottes hatte sie mehr zugetraut!

„Du begreifst noch zu wenig von den Verhältnissen in der unsichtbaren Welt. Alles steht und fällt mit dem Vertrauen und dem Bekenntnis zum lebendigen Gott."

„Wie soll ich denn vertrauen, wenn neben mir ein hilfloser Engel steht?"

„Siehst du?"

„Was sehe ich?"

„Dein Vertrauen hat einen Einfluss auf meine Möglichkeit zum Handeln."

Hildegard kam ins Zimmer. „Leana, langsam wird mir die Sache doch zu unheimlich. Mit wem sprichst du die ganze Zeit?"

Leana deutete mit ausgestreckter Hand zum Kopfende von Tobias' Bett: „Darf ich vorstellen: Asarja, ein Engel Gottes. Asarja, Schwester Hildegard, Stationsleitung."

„Leana, sie kann mich nicht hören und sehen."

„Dann mach' dich irgendwie bemerkbar oder zeig' dich kurz!", antwortete Leana genervt und fühlte, wie ihr Fuß wieder stärker den Takt der Musik aufnahm.

Hildegard runzelte die Stirn und sah angestrengt zum Ende des Betts. Nichts geschah. „Offensichtlich mag sich Asarja mir nicht zeigen. Schade."

„Du glaubst mir nicht, nicht wahr, Hildegard? Du denkst, die junge Schwesternschülerin hat einen an der Waffel!" Leana stiegen die Tränen in die Augen. „Ja, vielleicht ist es ja so! Ich sehe Dinge, die es gar nicht gibt! Am besten geh' ich zum psychiatrischen Dienst und lass mich untersuchen oder ich bleib' gleich dort!"

„Ist ja gut, Leana." Hildegard nahm sie in den Arm.

Leana weinte.

„Ist alles ein wenig viel, heute Nacht." Hildegard zeigte Verständnis. „Ruh' dich ein paar Minuten aus, dann geht es wieder."

„Nein!", schluchzte Leana. „Es geht nicht wieder! Das ist ja das Schlimme! Demnächst dreh' ich tatsächlich durch! Aber nicht wegen Asarja, sondern wegen dieser abartigen Musik! Sie raubt mir den Verstand! Immer mehr breitet sie sich in mir aus! Wie ein Krebsgeschwür! Bald kann ich an gar nichts anderes mehr denken!"

„Herr, unser Gott, ich bitte Dich: Befrei' Leana von dieser quälenden Musik!", sprach Hildegard plötzlich laut im Krankenzimmer. Ihr Gesicht zeigte einen überraschten Ausdruck, als ob sie selbst nicht mit ihren Worten gerechnet hatte.

Doch das Gebet zeigte augenblicklich Wirkung. Das verblüffte sie noch mehr. Im nächsten Moment wurde Leana ruhiger. Ihr Fuß hörte mit Wippen auf.

„Hoppla, was war das denn?"

„Du hast gebetet. Danke." Leana atmete tief durch.

„Ja, schon, aber das lag gar nicht in meiner Absicht! Es kam einfach über mich. Mit einem Mal wusste ich, was zu tun war!"

Leana sah zu Asarja. Er hatte ein Lächeln auf den Lippen.

„Da steckst du dahinter!"

„Tja. Jemand musste ja beten, damit der Alte endlich die Klappe hält."

„Wer?"

„Ogmios."

„Ogmios?" Leana sah sich im Zimmer um. „Da ist keiner außer uns."

„Die Musik stammt von ihm."

„Ich höre sie noch, aber ich muss nicht mehr mitmachen. Gott sei Dank!"

„Genau."

Leana verzog den Mund und wandte sich an Hildegard: „Danke, war genau richtig."

„Ist mir immer noch ein Rätsel."

„Er war's." Leana nickte in Asarjas Richtung. „Er hat dir das Gebet in den Sinn gegeben. Wenn du so willst, dann hat er sich auf diese Weise bemerkbar gemacht. Oder betest du sonst auch laut?"

Hildegard schüttelte den Kopf. „Im Grunde nur das Vaterunser, wenn ich mal in einem Gottesdienst bin. Ansonsten ist mir lautes Gebet eher unangenehm. Ich schäm' mich da ein bisschen."

„Kann ich verstehen. Geht mir eigentlich genauso. Aber gerade war's goldrichtig. Dieser Ogmios will mich wohl unter seine

Kontrolle bringen. Wird er bestimmt wieder versuchen! Dein Gebet hat die Macht seines Angriffs gebremst." Leana sah zu Tobias: „Bei ihm ist's noch ganz anders. Gut, ich weiß nun, was ich zu tun habe!"

„Du erwartest doch nicht …"

„Dass du mir im Gebet hilfst?"

Hildegard nickte.

„Wäre mir am liebsten. Aber du kannst ja nicht die anderen Patienten im Stich lassen. Vielleicht machst du im Stillen ein bisschen mit?"

Hildegard wirkte erleichtert. Sie leitete zwar mit großer Resolutheit die Station, aber in diesem Bereich sah sie sich als blutige Anfängerin. Noch nie war sie mit so einer Methode an Dinge herangegangen. „Wir rufen uns gegenseitig, wenn wir nicht mehr weiterkommen, okay?"

„Okay. Ich hoffe, die Nacht ist bald vorbei." Leana ging zu Tobias und legte die Hand auf seinen wippenden Fuß.

„Ich bin dann draußen", verabschiedete sich Hildegard.

Asarja folgte ihr.

„He, du willst doch jetzt nicht die Kurve kratzen!"

„Ich bin dort, wo ich gebraucht werde."

„Meinst du etwa, ich schaff' das hier alleine?", fragte Leana vorwurfsvoll.

„Schlimmer ist, wenn du Tobias verlassen musst, weil Hildegard nicht mehr ohne dich durchkommt. Das will der Alte nämlich!"

Kaum hatte Asarja gesprochen, gingen auf der Station drei Alarme gleichzeitig los.

„Wenn du verstehst, was ich meine. Ich halte euch die Rücken frei!" Schwupp, war Asarja weg.

„Wenn du verstehst, was ich meine", plapperte Leana nach.

„Klar versteh' ich! Aber Hilfe könnte ich trotzdem brauchen! Warum soll ich eigentlich den Helden spielen?" Sie atmete tief durch. „Mist, die Musik wird lauter! Und bei mir geht's auch schon wieder los!"

Das Zucken von Tobias' Fuß fuhr Leana durch den ganzen Körper. Rhythmisch, wie ein pulsierender Strom.

„Jesus, ich glaub', Du bist hier der Einzige, der wirklich durchblickt. Keine Ahnung, warum Du gerade mich dabei haben willst. Aber, in Ordnung. Hier bin ich: Herr, in Deinem Namen bitt' ich jetzt um Befreiung für Tobias! Dieser verdammte Rhythmus soll aus seinem Leib verschwinden! Ogmios, oder wie du auch immer heißen magst, gib Tobias frei und lass auch mich in Ruhe!"

Kaum hatte Leana den Mund geschlossen, fühlte sie sich richtig elend. Es war, als ob sie aus dem Versteck hinaus aufs Schlachtfeld gerannt war und sich plötzlich aller Feinde Augen auf sie richteten.

„Öh." Leana schluckte und wollte gerade sagen, dass alles nicht so gemeint gewesen sei, da hörte sie eine Stimme: „Wirf dein Vertrauen nicht weg. Glaube nur!"

Leana wirbelte herum. War Asarja zurückgekommen? Niemand. Aber ihre Verzagtheit war wie weggeblasen. Stattdessen wuchs ein Zorn gegen Ogmios und seine Musik. Sie durchschaute nun besser seine gemeine Absicht: „Mich kriegst du nicht! Selbst wenn du meine Lieblings-Folksongs rauf und runter dudelst!"

Im Hinblick auf Tobias hatte sich ebenfalls etwas in ihrer Entschlossenheit gewandelt. Sie kannte zwar die ganzen Zusammenhänge nicht, aber ihr war nun klar: Nachlassen durfte sie nicht. Gebet war gefordert! Ansonsten würde Tobias widerstandslos in Ogmios' Hände fallen. Das war wohl das Letzte, was Gott wollte. Warum hatte er sonst Asarja und sie auf den Plan gerufen? Erst jetzt, in diesem Augenblick, ließ sich Leana wirklich von Herzen auf den Auftrag ein. Bisher war sie nur widerstrebend unvermeidliche Schritte gegangen und hatte immer nach der nächstbesten Gelegenheit gesucht, um sich zu verabschieden. Jetzt erst war sie bereit, nicht nur halbherzig für Tobias einzutreten:

„Ich nehme den Kampf an!" Entschlossen begann Leana ihr Gebet.

Plötzlich steckte hinter ihren Worten Kraft. Wo sie zuvor zaghaft die Hand auf Tobias' Fuß gelegt hatte, als sei er eine heiße Kartoffel, da umgriff sie nun sein Fußgelenk mit der ganzen Hand und sprach mit fester Stimme: „Im Namen Jesu Christi: Diese unterirdische Musik weiche aus deinem Körper! Ogmios, gib deine Beute frei! Im Namen Gottes sollen deine Ansprüche an Tobias für immer gebrochen sein!"

Tatsächlich beruhigte sich der Fuß augenblicklich. Das mechanische Zucken hörte auf, und die Verkrampfungen im Bein lösten sich. Die Muskeln wurden weicher.

Leana merkte, wie sich auch aus ihr die Musik zurückzog und leiser wurde. Doch sie hörte nicht auf.

Ganz zur Ruhe kam Tobias' Fuß nicht. Immer wieder zuckte er. Leana fühlte durch ihre Hand hindurch eine Art Rauschen – ähnlich einem Radio, das den Sender verloren hat, aber ab und an kurz auf Empfang geht.

Sie runzelte die Stirn: „Das ist noch nicht durch. Viel besser geworden, aber nicht durch. Hm." Leana ließ den Fuß nicht los und verharrte weiter. Meistens schwieg sie. Manchmal sprach sie ein paar Worte. Immer Dinge, die ihr plötzlich für Tobias oder für die Station in den Sinn kamen. Dann blieb sie wieder minutenlang still. Stationsgeräusche und Zeit spielten keine Rolle mehr. Leana war ganz bei ihrer Aufgabe.

Irgendwann kehrte Leben in Tobias zurück. Ganz anders als das rhythmische Zucken. Natürliche Bewegungen. Es begann mit leichten Kopfdrehungen, dann regten sich Arme und Beine. Gerade so, als würde er nach langem Schlaf langsam erwachen.

Ein inneres Bild entwickelte sich in Leana: Sie sah sich neben Tobias auf einem Schlachtfeld knien. Er lag schwer verwundet am Boden. Ein Kreis von Kriegern hatte sich um sie gebildet. Sie wehrten die Angriffe der Feinde mit Schwertern ab. So konnte sie ungestört Worte der Heilung über Tobias aussprechen. Sie minderten die giftige Wirkung des Bösen, das ihn so schlimm verwundet hatte. Doch die Wunden waren tief und schwer, die Schlacht noch nicht gewonnen.

Ein Geräusch riss Leana aus diesen Gedanken. Tobias' Stimme hatte sich geregt. Ein leises Grummeln kam über seine Lippen. Sie ging zu seinem Kopf. Tatsächlich, sein Mund bewegte sich. Sie legte ihr Ohr an seine Lippen und lauschte: „Sonja … Mama … Vater …", konnte Leana neben anderen Lauten und Wortfetzen heraushören.

Es waren die ersten Worte, die Tobias seit dem Tag seiner Einlieferung sprach. Leanas Herz hüpfte vor Freude. Jeden Moment konnte er die Augen aufschlagen – Asarja hatte die Wahrheit gesprochen!

„Hildegard! Hildegard, komm!", rief Leana erleichtert. „Hildegard, sieh dir das an!"

Hildegard eilte ins Zimmer und blieb wie angewurzelt vor Tobias stehen: „Der Junge bewegt sich!" Staunend kam sie näher und legte ihm die Hand auf die Stirn.

Tränen sammelten sich in ihren Augen. Sie erlebte die ungewöhnlichste Nacht ihres Lebens. Seit sie Leana zurückgelassen hatte, waren ihr alle Handgriffe wie von selbst gelaufen. Die anderen Patienten, insbesondere die Schwerverletzten des Autobahnunfalls, hatten inzwischen eine sehr gute Nacht. Das war nicht zu erwarten gewesen.

„Ein Wunder!", flüsterte sie. „Diese Nacht ist ein Wunder!"

Auch in Leanas Augen standen dicke Tropfen. „Danke Jesus, danke! Hol ihn ganz zurück!"

Ein wenig verschwommen sah sie Asarja im Türrahmen lehnen. Zufrieden hatte er die Arme übereinandergeschlagen und nickte ihr zu.

„Gut gemacht!" Er lächelte.

Leana wurde rot und wandte sich rasch wieder Tobias zu.

Hildegard strahlte vor Freude. „Das wird noch!" Sie tätschelte Tobias auf die Schulter. Zu Leana meinte sie schmunzelnd: „Du kannst deinem unsichtbaren Freund sagen, dass er mir ruhig noch ein wenig zur Hand gehen darf, damit hier alles glatt geht. Außerdem kann er auf der Station jederzeit anfangen, falls sein Chef für ihn keine Verwendung mehr haben sollte."

Leana schmunzelte zurück: „Also erstens ist er nicht mein Freund, sondern ein Engel Gottes, zweitens hat er dich ohnehin gehört und drittens kannst du ihn ja direkt beim Chef abwerben – vielleicht erteilt er ihm ja eine Freigabe."

Sie lachten. Kopfschüttelnd verließ Hildegard das Zimmer.

„Ich muss dann auch mal wieder …" Asarja zwinkerte Leana zu, dann schloss er sich Hildegard an.

Leana hielt weiterhin Wache. Sie freute sich über jeden weiteren Schritt des Erwachens und blieb aufmerksam im Gebet.

Eine Stunde verstrich. Die Nachtwache neigte sich dem Ende zu. Leana rätselte, ob Tobias noch vor ihrem Dienstschluss die Augen öffnen würde. Die anderen Patienten wurden wieder unruhiger, und Schwester Hildegard hatte alle Hände voll zu tun. Leana bekam ein schlechtes Gewissen. Just in dem Moment als sie aufstehen wollte, war es so weit:

„Wo … Wo bin ich?"

Leana nahm Augenkontakt auf: „Im Diakoniekrankenhaus Schwäbisch Hall."

„Wo?"

„Im Diak, in Schwäbisch Hall."

„Im Diak?"

„Genau."

„Wer … Wer bist du?"

„Ich bin Leana Angelos, Schwesternschülerin. Wie geht's dir?" Leana vergaß völlig das förmliche Sie.

„Mir?" Tobias machte eine lange Pause. Er sah aus, als ob er überlegte, wer er sei. „Ich weiß nicht", antwortete er schließlich.

„Kennst du deinen Namen?"

„Jodok?"

Leana runzelte die Stirn: „Wie?"

„Jodok."

„Wie kommst du denn da drauf?"

„Keine Ahnung. War plötzlich da."

„Du heißt nicht Jodok. Dein Name ist Tobias. Tobias Schwarzer."

„Der Sohn vom Hochpriester."

„Von wem?"

„Vom Hochpriester. Die Linie muss bei Schwarzer bleiben!"

„Oh, Jesus!", stöhnte Leana auf Englisch und rollte die Augen.
Sie sah, wie Tobias angewidert das Gesicht verzog.

„Is' was?"

„Der Name ... Ekelt mich an. Weiß nicht weshalb."

„Jesus ekelt dich an?"

Wieder machte Tobias unwillkürlich eine Grimasse.

Leana sah, wie tief die Abscheu aus seinem Herzen kam. Sie
hoffte, dass das mit dem langen Koma zusammenhing und es
sich bald geben würde. Ein ungutes Gefühl schlich ihr in den
Bauch. Diese Abneigung gegenüber dem Namen des Gottes-
sohns bereitete ihr Sorgen. Sie schob die Bedenken beiseite und
prüfte Tobias' Beweglichkeit und Koordination. Auf Ansprache
konnte er Arme und Beine richtig benutzen. Das reichte fürs
Erste. Die Tagesschicht würde das Weitere übernehmen und
ihn vermutlich auf eine andere Station verlegen.

Leana sah auf die Uhr: kurz nach sechs. Die Übergabe rückte
näher. Sie wollte nicht einfach Dienstschluss machen. Trotz
der Freude über sein Erwachen waren sie irgendwie noch nicht
fertig miteinander. Ihr Weg hatte gerade erst begonnen. Leana
dachte daran, wie Asarja sie Schritt für Schritt in dieses Abenteuer geführt hatte. Ihr fiel wieder das Bild vom Schlachtfeld
ein – Tobias' tiefe Wunden. Und dann diese Musik. Leana
lauschte. Sie hatte ihr keine Beachtung mehr gegeben, aber
abgebrochen war sie nie. Unvermittelt fragte sie:

„Hörst du die Musik? Sie klingt wie Folk, irgendwie irisch,
keltisch."

Tobias sah sie mit großen Augen an, als ob er den Sinn der
Frage nicht verstand: „Sie erfüllt mich. Aus ihrer Welt komme
ich. Dort ist meine Heimat."

‚Bingo!', dachte Leana und war in ihrer Sorge bestätigt. Tobias
stand unter dem Einfluss dessen, den Asarja Ogmios oder den
Alten nannte.

„Wo ist deine Heimat?"

„In der Anderwelt. Dort ist alles leicht und grün. Es fehlt an nichts! Ein großes, unbeschwertes Fest! Braten, Met und Tanz! Hübsche Mädchen, genügend Diener und fröhliche Musik!" Tobias' Augen funkelten.

Leana wurde das immer unheimlicher. Schon allein die Tatsache, dass sie beide dieselbe Musik hörten, trieb ihr eine Gänsehaut über die Unterarme. Aber Tobias' selige Abgeschiedenheit verstärkte das noch. „Herr, lass ihn aufwachen! Befrei' ihn aus dieser Welt!", flüsterte sie und fragte Tobias: „Hast du eine Ahnung davon, warum du hier bist?"

Unwissen zeigte sich auf seinem Gesicht. Er schwieg und wandte den Blick von ihr ab.

‚Es ist nicht deine Aufgabe, ihm die Wahrheit zu sagen', durchfuhr es Leana. Sie verbot sich, weiter zu fragen.

Hildegard kam ins Zimmer: „Hallo, Herr Schwarzer! Schön, dass Sie wieder unter uns sind! Ab jetzt geht's aufwärts!" Sie untersuchte ihn kurz, nickte zufrieden und verabschiedete sich: „Bald kommt der Tagesdienst. Die Kollegen werden sich über Ihr Erwachen ebenso freuen wie wir. Einen schönen Tag noch! – Leana, kommst du mit zur Übergabe?" Hildegard machte sich auf den Weg.

„Wir sehen uns wieder! Gute Besserung!" Leana folgte Hildegard.

„Schön." Tobias lächelte.

Leana hatte zum ersten Mal das Gefühl, dass dieses Lächeln nicht unter dem Einfluss des Alten stand.

Als sie aus dem Zimmer kam, wartete Schwester Hildegard: „Und?"

„Ja, er ist wach. Asarja hatte Recht behalten. Aber er ist sehr verwirrt."

„Ich bin eher erstaunt darüber, wie klar er nach so langer Bewusstlosigkeit ist."

„Aber er steht unter einem ganz üblen Einfluss."

Hildegard runzelte die Stirn: „Was heißt das?"

„Er denkt, sein Name sei Jodok, und er hört dieselbe Musik wie ich. Offenbar umgab ihn die Musik während der gesamten Zeit des Komas. Tobias meint, seine Heimat ist die Anderwelt, und wenn er den Namen Jesus hört, wird ihm schlecht. So ist das." Leana sah Hildegard in die Augen.

„Oh." Sie schluckte, dann gab sie Leanas Blick ernst zurück: „Ich hab' in dieser Nacht was gelernt: Die unsichtbare Welt reicht viel weiter in die unsere hinein, als ich mir jemals hätte träumen lassen. Wenn du dir über den seelischen Gesundheitszustand von Tobias Sorgen machst, dann wird was dran sein. Doch das liegt für heute nicht mehr in unserer Hand. Wir müssen nun die Kollegen vom Tagesdienst informieren. Ich glaube, es ist besser, wenn wir uns dabei an die medizinischen Fakten halten." Hildegard senkte ihre Stimme: „Obwohl wir beide wissen, dass diese im Geschehen der heutigen Nacht die unwichtigsten waren." Sie zog die rechte Augenbraue vielsagend hoch.

Leana nickte und schwieg. Wie sollten sie auch die Dinge erklären können, ohne als überarbeitet eingestuft zu werden? Alles war zu frisch und musste sich erst einmal setzen. Sie war ja schon von Herzen dankbar, dass Hildegard sie ernst genommen hatte. Wie die Geschichte mit Tobias weiterging, welche Rolle sie darin spielen sollte, musste im Augenblick offen bleiben.

Leana merkte, wie kräftezehrend diese Nacht gewesen war. Es ging nur noch darum, die Stationsübergabe gut über die Bühne zu bringen, danach sicher Heim zu kommen und endlich ins Bett zu fallen.

Glücklicherweise klappte das. Zwei Stunden später konnte sich Leana ins Bett kuscheln. Im Nu war sie im Reich der Träume und sah sich auf einer Wiese sitzen. Sie blickte von einer Erhebung hinab auf ein Dorf. Die Sonne schien warm. Eigentlich ein schöner Tag, wäre da nicht die Kälte gewesen, die ihr ganz gemein von hinten über den Rücken kroch. Leana wollte sich nicht davon stören lassen. Zu sehr genoss sie die herrliche Aussicht.

„Schön, hier oben." Asarja gesellte sich zu ihr.

„Ach, du bist es." Leana behielt den Blick auf Land und Dorf bei. Das Erscheinen des Engels überraschte sie nicht sonderlich.

„Eine Ahnung, wo du bist?", fragte er.

„Die Gegend kommt mir bekannt vor, aber diese Aussicht hatte ich noch nie."

„Ich weiß." Asarja schwieg für eine Weile und sah sich zusammen mit Leana die Landschaft an. „Und sonst?"

„Was, und sonst?"

„Stört dich nichts?"

„Du meinst die Kälte?"

„Jepp."

„Doch, sie stört mich."

„Und?"

„Nichts, und. Ist halt so, nehme ich in Kauf. Hab' mich schon genug um Dinge gekümmert, die mich im Grunde nichts angehen."

„Du meinst also, deine Aufgabe ist erfüllt?"

„Ja, das wäre mein Plan gewesen. Aber nachdem du dich neben mir breit gemacht hast, gibt es wohl andere Absichten." Zum ersten Mal sah Leana Asarja an.

Er schmunzelte: „Nun …"

Sie wandte ihre Aufmerksamkeit wieder der Landschaft zu.

„Ich glaub' nicht, dass ich die Richtige für eine Fortführung des Auftrags bin."

„Warum? Das war doch bisher ganz gut."

„Für derlei Dinge bin ich nicht fromm genug. Da gibt es heiligere als mich."

„Meinst du nicht, dass dies der Herr selbst am besten einschätzen kann?"

„Meine Güte, da sind so viele andere! Warum gerade ich?"

„Er hat dich erwählt, berufen und begabt."

„Begabt?"

„Nicht jeder sieht Engel, hört unhörbare Musik und blickt ins Unsichtbare."

„Oh, bei meinem Praktikum in der Psychiatrie habe ich jede Menge davon getroffen!"

„Werde nicht zynisch über die geplagten Seelen!", antwortete Asarja ungewohnt scharf.

„Sorry, tut mir leid." Leana machte eine kleine Pause. „Ich mein' ja nur, dass die ganze Geschichte für mich nicht easy ist."

„Die Aufträge des Herrn sind selten *easy*."

„Danke, hab' ich auch schon gemerkt. – Gibt es eine Möglichkeit aus der Nummer rauszukommen?"

„Nun ja, du müsstest dich von ihm im Tiefsten deines Wesens abwenden und dich mit ganzem Herzen der Gegenseite zuwenden."

„Jesus verlassen?"

Asarja nickte. „Dann wärst du mich sofort los."

„Bei allem Theater, du weißt, ich würde das nie tun! Außerdem bin ich nicht so blöd und denke, dass dein Platz dann unbesetzt bliebe. Schließlich hab' ich die Musik gehört!"

„Ist das dein Grund, beim Herrn zu bleiben?"

„Mich hält nicht die Angst vor den Geistern beim Herrn."

„Sondern?"

„Ich lieb' ihn! Frag' nicht so blöd!" Diesmal sah Leana Asarja scharf an.

Er schmunzelte. „Ich wollte es einfach mal aus deinem Mund hören. Sei nicht böse."

„Ist schon okay." Sie sah wieder in die Ferne.

Für lange Zeit herrschte Stille.

„Wie du ja selbst schon bemerkt hast, ist die Sache nicht ganz durch", fing Asarja schließlich erneut an. „Tobias steht unter üblem Einfluss. Er denkt, er sei Jodok."

„Stimmt. Was der Name wohl bedeutet?"

„Ist keltisch und meint Kämpfer."

„Oh." Leana spitzte den Mund.

„Dir ist nicht verborgen geblieben, wie tief er in die Anderwelt verstrickt ist. Die Magie seines Vaters hat volle Arbeit geleistet. Tobias ist nicht frei."

„Aber, sag' mal, der Herr ist allmächtig und hat Engel wie dich – was braucht ihr da so ein kleines Mädchen wie mich, um die Sache in Ordnung zu bringen?"

„Das Schlachtfeld sind die Herzen der Menschen. Dem Herrn geht es um echte Liebe. Dieses Anliegen wiegt schwerer als alles andere. Darum hat er seine Kraft an diejenigen gebunden, die ihn aufrichtig und von ganzem Herzen lieben."

„Blödsinn. Er weiß doch selbst, wie schwach wir Menschen sind."

„Tja, dazu hat er sich in seiner Allmacht entschieden. Heil und Unheil auf dieser Welt hängen vom Vertrauen der Christen ab. Wenn sie nicht auf die Kraft des Herrn bauen und auf seine Stärke setzen, können wir, die Engel, nur sehr wenig tun. Es ist ein Geben und Nehmen auf beiden Seiten."

„Ich hatte mich zurückgezogen, bevor du in meinen Träumen aufgetaucht bist. Das war dir nicht unbekannt. Du hättest mich in Ruhe lassen können."

„Ich wusste um dein Herz und um deine Sehnsucht. Ganz tief drinnen war noch Vertrauen da. Doch ich gebe zu: Wenn ich nicht gekommen wäre, wäre deine Liebe erkaltet. Eines Tages wärst du so kalt gewesen, dass wir dich nur noch sehr schwer aus dieser Starre hätten wecken können. Auch so ein fieser Trick Satans!"

„Hm."

„Liebe, die nicht gepflegt wird, verliert sich. Du warst auf dem besten Weg, deine Liebe zu Jesus aus den Augen zu verlieren. Am Ende wäre nur noch ein schönes Gefühl übrig geblieben. Aber keine Beziehung mehr. Liebe lebt von gemeinsamen Erlebnissen. Nur so lernen sich zwei immer besser und tiefer kennen."

„Aber das geht doch auch, ohne gleich ein Ghostbuster werden zu müssen!", protestierte Leana.

„Du meinst, gemeinsam vor dem Fernseher sitzen und spannende Kochsendungen ansehen?"

„Jetzt bist du zynisch!"

„Willst du mit dem Menschen, den du brennend liebst, die Zeit im Nebeneinanderher verlieren? Oder willst du mit ihm die Welt entdecken?"

„Weiß nicht. Bin gerade Single!", antwortete Leana pampig.

„Ist mir bekannt, ist aber keine Antwort auf meine Frage."

Leana rollte die Augen: „Ja, ja, du hast ja Recht! Kochsendungen sind langweilig. Ich hab' den Wink mit dem Zaunpfahl verstanden! Trotzdem muss es noch etwas zwischen kochen und Geisterjagen geben, meinst du nicht?"

Asarja lächelte und schwieg.

„Der Herr hätte mich ja auch zur Mitarbeit in der Kinderkirche berufen können. Ich glaub', unser Dorfpfarrer Friedreich hätte sich sehr darüber gefreut. Verstehst du, was ich meine? Der Schuh ist mir zu groß!"

„Das mit der Kinderkirche kann ja noch werden …"

Leana schnaubte.

Davon unbeeindruckt setzte er fort: „Spaß bei Seite. Das Erkalten deiner Liebe schmerzte den Herrn. Er hat dir nicht ohne Grund deine Fähigkeiten gegeben. Vertrau' Ihm, und geh mit Ihm! So wächst die Liebe wieder. Keine Angst, du bist nicht allein. Es sind mehr da, als du denkst."

„Ich hab' trotzdem Angst. Das Ganze ist kein Spiel! Ich häng' an meinem Leben, verstehst du? Das sieht zu sehr nach einem Himmelfahrtskommando aus!"

„Vermutlich wird es das so oder so."

In Leana stieg Wut auf: „Hätt' nie gedacht, dass Engel so flapsig über diese Dinge reden! Danke!"

„Tut mir leid. Ich wollte dich nicht verletzen."

Sie atmete durch: „Okay. Was muss ich tun? Offenbar gibt es keine Light-Version."

Asarja sah Leana an und begann: „Auch wenn es Heinrich Schwarzer, Tobias' Vater, verdrängt und sehr an seiner finsteren Macht gehangen hat – Tobias steht in der Reihe der Hochpriester. Auch Sonja. Seit der Zeit des Fürsten ist diese Linie ununterbrochen. Er liegt übrigens hinter uns unter dem Hügel begraben."

„Nun weiß ich auch, warum es mir so kalt den Rücken hinaufkriecht", sagte Leana, ohne sich umzusehen.

„Wenn diese Linie nicht gebrochen wird, dann kann unten im Dorf nie echter Friede einkehren. Dann wird der Alte weiterhin sein süßes und verführerisches Gift vom Berg hinunterfließen lassen und irgendwann einmal mehr als Hügelhain in seine Herrschaft bringen. Wer weiß das schon?"

„Ich denke, du bist ein Engel?"

„Aber ich bin nicht allwissend. Das ist nur der Herr, aber er schweigt darüber."

„Wenn Tobias fällt, dann geht die Geschichte weiter?"

„So ist der Fluch. Und ehrlich gesagt: Bisher kann Tobias nicht fallen, weil er noch gar nicht auf unserer Seite steht. Er ist wie ein Stückchen Land, um das gekämpft wird. Ausgang offen." Echte Sorge klang in Asarjas Worten. „Vorteil auf der anderen Seite."

„Vorteil auf der anderen Seite", murmelte Leana. Nun sah sie Tobias' Worte nach seinem Aufwachen in anderem Licht. „Der Vorteil ist nicht gering."

Asarja nickte. „Micha und Sonja müssen das wissen. Sie ahnen es zwar, aber sie brauchen die Bestätigung aus deinem Mund, um sich der Größe der Gefahr wirklich bewusst zu werden. Alle in der Gemeinschaft sollen es erfahren!"

„Die, die beim Gebet dabei waren?"

„Ja."

„Und dann?"

Asarja zuckte mit den Schultern. „Ist mir verborgen", antwortete er entschuldigend. „Aber wenn sich Tobias nicht aus freien Stücken und in Liebe dem Herrn zuwendet, sieht es finster aus."

Leana wurde es noch kälter als zuvor. Ihr fiel wieder das Bild von der Schlacht ein, als sie den schwer verwundeten Tobias in den Armen hielt und Worte der Heilung über ihm aussprach. Sie erinnerte sich an den Kreis von Kriegern, der sich zum Schutz um sie gebildet hatte. „Wenn ich Tobias sich selbst überlasse, wird die Verteidigung fallen", sagte sie leise.

„So kann es kommen."

„Was ist mit Sonja? Schließlich gehört sie auch zum Geschlecht der Hochpriester."

„Gerade keine Gefahr. Sie hat den Herrn aufgenommen. Die Liebe in ihr ist groß geworden."

„Hm."

„Die Gemeinschaft um sie und Micha hat den größten Sieg aller Zeiten über den Fürsten und seinen Herrn im Hintergrund errungen. Eine wichtige Schlacht, die Lage hat sich für uns sehr verbessert! Aber geschlagen ist der Alte deswegen nicht. Er wird seine angestammten Rechte geltend machen und das Verlorene wieder zurück in seinen Besitz holen wollen."

„Und zur Verstärkung ruft der Herr *mich,* eine fast ausgelernte Schwesternschülerin? Na, dann kann ja nichts mehr schiefgehen!" Leana schüttelte den Kopf.

„Und mich."

„Oh, Entschuldigung, ich vergaß."

„Du hast keine Ahnung, wer ich bin!"

„Bisher hast du dich nur halb vorgestellt. Tut mir leid, wenn ich dich deswegen nicht würdevoll genug behandelt habe!" Das Ganze erschien Leana so absurd, sie wusste sich nicht mehr anders zu äußern als bissig.

„Ich bin Rafael."

Schlagartig saß Leana wach in ihrem Bett und hatte das Gefühl, als ob der Name wie ein Donner im Zimmer nachhallte. Selten in ihrem Leben war sie derart heftig aus dem Schlaf gerissen worden. Verwirrt sah sie sich um: Durch die Ritzen der geschlossenen Rollläden leuchten Sonnenstrahlen und tauchten den Raum in goldenes Halbdunkel. Sie fühlte Asarjas Präsenz noch ganz nah. Der Inhalt ihres Gesprächs war ihr so gegenwärtig, fast zweifelte sie daran, ob sie überhaupt geschlafen hatte.

‚Sein Name besaß die Wirkung einer Ohrfeige!', dachte sie und rieb sich die Wange, dabei tat sie gar nicht weh. ‚Ich glaub', ich hab' ihn verärgert.'

„Tut mir leid, Asarja."

Ihre Entschuldigung verhallte unbeantwortet im Zimmer.

„So spricht man auch nicht mit einem Engel!" Leana schämte sich. „Nein, nein, nein! Das geht gar nicht!"

Sie mochte gar nicht mehr an ihr Verhalten im Gespräch denken, so sehr rutschten ihr nach und nach die Peinlichkeiten hinunter. Doch der Gipfel wurde erreicht, als ihr langsam dämmerte, *wen* sie da am Schluss des Gesprächs verärgert hatte:

„Rafael", flüsterte Leana mit trockenem Mund und griff nach einem Lexikon.

„Rafael, Gott heilt, einer der sieben Erzengel …" Sie stockte und schlug das Lexikon augenblicklich zu. Ein Weiterlesen war unmöglich. Am liebsten wäre sie im Boden versunken. Sie hatte sich mit einem der höchsten Engel Gottes wie mit einem Kumpel unterhalten und ihn wie einen kleinen, dummen Jungen behandelt.

„Oh, Mann, hätte ich nur meine Klappe gehalten!" Leana raufte sich die Haare. Ohne Unterlass hätte sie sich ohrfeigen können.

Je mehr sie über die Begegnung nachdachte, desto deutlicher wurde ihr die Größe der Herausforderung bewusst. Sogar ein Erzengels musste dafür aufgeboten werden. Und was machte sie, Leana Angelos? Sie behandelte ihn wie einen Hanswurst!

„Oh, Jesus, mir ist das Ganze sooo peinlich! Ich war schrecklich hochnäsig zu Asarja – äh – Erzengel Rafael! Bitte verzeih' mir frechen Göre! Ich war wohl nicht ganz bei Verstand!" Leana schwieg kurz, dann sprach sie weiter: „Mein Vertrauen ist klein. Jesus, Du weißt das. Ich hätt' mich nicht für diese Aufgabe ausgewählt. Aber offensichtlich traust Du mir den Job zu. Es geht weiter, obwohl ich es mir anders gewünscht habe. Hoffentlich habe ich Asa… Erzengel Rafael nicht zu sehr gekränkt. Ich hab' seine Hilfe bestimmt noch bitter nötig." Leana blies die Backen auf und ließ zischend die Luft aus ihrem Mund entweichen.

„Ab jetzt kannst Du auf mich zählen, Herr. Angst habe ich trotzdem. Mein Mut ist klein. Ohne Dich und Rafael geht gar nichts! Und in einem kannst Du Dir sicher sein: Die Heldin spiel' ich nicht! Du musst mir schon sagen, was ich tun soll! Also red' bitte deutlich, damit ich es auch verstehe."

Nachdem Leana ihr Gespräch mit Jesus beendet hatte, blieb sie noch eine Weile still sitzen und hoffte auf eine Antwort in irgendeiner Form. Doch nicht einmal ein kleines, heiliges Gefühl stellte sich ein. Seufzend stand sie auf und fing an, sich um ihre Aufgaben zu kümmern.

Leana konnte das freie Wochenende nicht recht genießen. Ein dumpfes Gefühl der Verunsicherung begleitete sie, wenn sie an Asarja dachte. Aber sie begann wieder mit etwas, das sie lange nicht mehr getan hatte: Sie verbrachte Zeit mit Jesus. Leana hatte vergessen gehabt, wie gut die Ruhe in seiner Nähe tun konnte.

Als sie montags zum Dienst auf Station erschien, fühlte sie sich gefestigt und von einer kraftvollen Ausgeglichenheit erfüllt. Die Kränkung, die sie möglicherweise Asarja zugefügt hatte, spielte keine Rolle mehr. Das merkte sie daran, dass sie gedanklich beim Namen Asarja blieb und nicht auf das ehrfürchtigere Erzengel Rafael gewechselt war. In ihr herrschte Friede. Wie selbstverständlich, noch bevor sie mit ihren Kollegen ein Wort gewechselt hatte, ging sie als Erstes in Tobias' Zimmer. Leana erschrak fast, als sie sah, dass der Platz seines Betts leer war. Irgendwie hatte sie damit gerechnet und irgendwie auch wieder nicht. Einen kleinen Stich gab ihr diese Entdeckung schon.

„Er ist am Wochenende nach Hause gegangen", begrüßte Hildegard Leana, als sie ins Stationszimmer trat. In Hildegards Stimme schwang Bedauern mit. Gerne hätte sie sich persönlich von Tobias verabschiedet gehabt.

„Ja." Leana nickte.

In der Besprechung erfuhr Leana Näheres von Tobias' Entlassung: Im Laufe des Freitags wurden letzte Untersuchungen gemacht. Auch eine erste Befragung durch die Polizei fand statt, allerdings sehr zur Unzufriedenheit der Beamten. Als sich im Laufe des Tages sein körperlicher Zustand weiter stabilisierte, wurde auf Samstag die Entlassung angedacht. Nach guter Nacht konnte ihn seine Schwester Sonja samstagmittags abholen.

Für Leana klang das alles sachlich und trocken, aber die Geschichte war für sie an dieser Stelle nicht zu Ende. Eigentlich fing sie jetzt gerade erst richtig an.

Der übliche Alltag kehrte rasch ein. Die Arbeit auf der Intensivstation forderte die ganze Aufmerksamkeit. Einmal mehr merkte Leana, dass die Vorweihnachtszeit alles andere als beschaulich war. Im Gegenteil: In den zwei Wochen vor dem Fest war im ganzen Krankenhaus Hochbetrieb. Natürlich auch auf der Intensiv. Neben Arbeiten und Lernen blieb keine Luft mehr für andere Dinge.

Als Leana in der Woche vor Weihnachten ein wenig zur Ruhe kam, erschrak sie gewaltig: „Verrückt!", rief sie. „Ich habe weitergemacht, als ob nichts gewesen wäre! Dabei habe ich noch etwas zu erledigen!" Sie dachte an den letzten Auftrag Asarjas. „Er ist gar nicht mehr aufgetaucht", murmelte sie und fragte sich wieder, ob er vielleicht doch beleidigt war. „Können Engel beleidigt sein?" Leana erhielt auf diese Frage keine Antwort. Aber sie hatte nun wieder den Auftrag im Blick. Doch wann und wie sollte sie ihn anpacken? Sie fühlte nur, es musste bald sein.

Zum Glück hatte sie über das Fest und den Jahreswechsel frei. Wahrscheinlich zum letzten Mal. Im nächsten Jahr war ihre Ausbildung zu Ende, dann würde sie wohl an einem der beiden Termine arbeiten müssen.

„Vielleicht schaffe ich es noch vor dem Urlaub", tröstete sie sich, obwohl es bis dahin nur drei Tage waren.

Es klappte nicht. Leana wurde unruhiger und unruhiger. Die Geschichte war verhext.

7. Tobias

Sonja hatte unbezahlten Urlaub. Zuerst war sie drei Wochen krankgeschrieben gewesen. Jedenfalls hatte sie seit der unsäglichen Zeit vor dem 31. Oktober keinen Fuß mehr in den Supermarkt gesetzt, in dem sie angestellt war. Im Grunde wusste sie auch nicht, ob sie jemals dort wieder anfangen würde. Jetzt, da der Vater tot war, musste sich ja jemand um den Hof kümmern. Im Moment ging ihr noch ein Betriebshelfer zur Hand, aber das war keine Lösung auf Dauer. Ganz zu schweigen von ihrem inneren Chaos. Einem Gemisch aus Wut, Trauer, Trauma und völliger Verwirrung darüber, wie es mit ihr, Tobias und dem Hof überhaupt weitergehen sollte.

Der einzige Lichtblick war Tobias' Erwachen. Alle in der Gemeinschaft hatten sich aus tiefstem Herzen darüber gefreut. Micha war mitgefahren, als sie ihn samstags abholen durfte. Bis auf den Muskelabbau war Tobias von den Ärzten als körperlich gesund eingestuft worden. Ein Wunder! Doch im Augenblick des Wiedersehens gab es eine herbe Enttäuschung. Sonja hatte es die Tränen in die Augen getrieben: Tobias erkannte sie nicht, sprach wirres Zeug über Musik und nannte sich Jodok.

, Wie Sie hat auch Ihr Bruder ein schlimmes Trauma erlitten. Wir denken, dass mit der Zeit die Erinnerung zurückkehrt.' Sonja klangen die Worte des Arztes noch in den Ohren.

Tatsächlich saß Tobias ihr gerade gegenüber und durchbohrte sie mit einem starren, unbeweglichen Blick.

Im Kamin der Wohnstube prasselte Feuer. Draußen herrschte trübes Herbstwetter.

Seit seiner Entlassung waren mehrere Tage vergangen, aber sein geistiger Zustand hatte sich nicht verbessert. Wenigstens machte er das körperliche Aufbauprogramm gut mit.

Sonja fragte sich, wen er in ihr sah: ,Manchmal meine ich, er hält mich für eine Art Sklavin', dachte sie.

Über seinen Augen schien ein Schleier zu liegen.

„Wo warst du bloß so lange?" Sie rechnete mit keiner Antwort auf die Frage.

„In der Heimat", kam es gleichförmig aus seinem Mund.

Zum ersten Mal hatte er ihr auf eine Frage direkt geantwortet. Sonjas Herz hüpfte. Jede Antwort war besser als der starre, teilnahmslose Blick. Ermutigt hakte sie nach: „Deine Heimat? Wo ist sie?"

„Nicht hier. Anderswo."

„Und wo?"

„Bei den Ahnen und den Kriegern in der Anderwelt. Da ist's schön."

Sonja schluckte. „Wie kommt man da hin?"

„Übers Tor."

„Wo …"

An der Tür läutete es. Leicht verärgert über die Störung ging Sonja, um zu öffnen.

Auf der Treppe standen zwei Männer. Einer von ihnen mit einem kleinen, schwarzen Koffer.

„Ja, bitte?"

„Guten Tag Frau Schwarzer. Huber, mein Name. Kriminalpolizei. Das ist Dr. Jung, Polizeipsychologe. Wir würden gerne ihren Bruder befragen."

Sonja erinnerte sich an Dr. Jung. Er hatte auch sie schon befragt.

„Dürfen wir eintreten?"

Sonja verzog den Mund und nickte. Auf diese Art von Besuch konnte sie gerade gut und gerne verzichten.

Die Männer kamen in den Hausflur.

„Folgen Sie mir." Sonja mühte sich nicht um einen besonders freundlichen Ton.

Tobias hatte sich in der Zwischenzeit offenbar nicht bewegt und nahm keinerlei Notiz von den beiden Männern.

„Vielleicht haben Sie ja mehr Glück als ich", gab Sonja die Befragung frei.

Dr. Jung wandte sich Tobias zu: „Guten Tag Herr Schwarzer, wir sind von der Polizei und hoffen, Sie können zur Aufklärung der Geschehnisse oben auf dem Burgstall beitragen. Wir kennen uns ja bereits vom Diak, falls Sie sich erinnern."

Dr. Jung konnte es als Erfolg verbuchen, dass ihn Tobias auf seine Anrede hin zumindest ansah. Das blieb das Einzige. Kein Wort kam über seine Lippen.

Die Polizisten versuchten alles, um ihn zum Reden zu bewegen: Sie zeigten einen Film und Bilder über die Ermittlungen am Tatort und im Haus; erzählten, was sie bisher über die Gefolgschaft herausgefunden hatten, sogar Archäologen und Spezialisten über die Kelten waren einbezogen worden. Ein gewisses Bild zeichnete sich ab, doch über den Kult und die innere Struktur der Gefolgschaft blieb das Wissen bruchstückhaft. Einzig Stefan und Elke Wider hatten ein wenig über das Aufnahmeritual und den Psychoterror Heinrich Schwarzers berichtet. Zum Verhalten des Vaters hatte auch Sonja manches erzählt, aber all das war sehr unbefriedigend.

Schließlich gab Dr. Jung auf: „Die Traumatisierung ist zu groß. Im Augenblick kommen wir über Tobias Schwarzer nicht weiter. Wir müssen abwarten, bis sich die Erinnerung von selbst einstellt und er uns darüber berichten mag. Zu gerne hätte ich mehr über den Kult erfahren, der so vielen Menschen das Leben gekostet hat."

„Nicht zu vergessen sind auch die lebenden Opfer", ergänzte Kommissar Huber. Zu Sonja gewandt fragte er: „Ist Ihnen noch etwas in den Sinn gekommen?"

Sie zuckte mit den Schultern. „Nein, tut mir leid."

„Irgendwo muss es ein Geheimversteck geben! All die Kultgegenstände, die wir gefunden haben, wurden doch nicht im Wohnzimmerschrank aufbewahrt! Ich dachte, wir entdecken hier im Haus etwas – nichts! Und wir haben sauber gearbeitet!" Huber klang frustriert.

„Tja, am Ende können wohl nur archäologische Ausgrabungen weiteres Licht in dieses Dunkel bringen", meinte Dr. Jung.

„Dazu ist in nächster Zeit kein Geld da", brummte Huber. Er straffte sich: „Wie dem auch sei, Frau Schwarzer teilen Sie es uns bitte mit, wenn neue Aspekte auftauchen?"

„Sie können sich auf mich verlassen. Nichts liegt mir mehr am Herzen, als dass dieser furchtbare Kult niemals wieder auflebt. Das können Sie mir glauben! Er hat mir meine Kindheit und Jugend geraubt."

„Möchten Sie eine keine Therapie beginnen?"

„Ich werde sehen, wie sich meine Seele erholt. Tobias hat es schlimmer erwischt. Für ihn möchte ich jetzt da sein."

„Das ehrt Sie. Aber vergessen Sie sich selbst nicht!"

„Vielen Dank für Ihre Fürsorge. Ich werde achtsam sein."

„Nun denn." Kommissar Huber erhob sich. „Wir verabschieden uns. Passen Sie auf sich auf!" Er hielt Sonja die Hand hin. Sonja ergriff diese und schüttelte sie, ebenso die von Dr. Jung. Dann begleitete sie die Männer aus der Stube hinaus zum Ausgang.

„Auf Wiedersehen", sagte sie und schloss hinter ihnen die Tür. „Die werden den Fall bistimmt bald zu den Akten legen. Alle Täter sind tot. An Ermittlungen gibt's nichts mehr zu tun. Ich hoffe, es bleibt auch so!" Sonja kehrte zur Stube zurück und erstarrte.

Hämisches Grinsen zog sich über Tobias' Gesicht. Es kam tief aus seinem Innern und schien doch nicht von ihm zu sein. Ihr Blick fiel auf seine Augen: Dunkel wie zwei tiefe Brunnenschächte, hatten sie ihre natürliche Färbung verloren. Ein kalter Schauer lief Sonja über den Rücken. Sie trat zurück und versicherte sich, dass der Durchgang zur Tür frei war.

„Alles klar?", fragte sie mit bebender Stimme.

Das breite Grinsen blieb. Tobias verfolgte jede ihrer Bewegungen.

„Wer bist du?" Grauen lag in ihrer Stimme. Rasch wandte sie sich um und rannte nach draußen. Die Polizei war schon weg. Sonja hörte, wie Tobias drinnen von seinem Stuhl aufstand und sich anschickte, die Stube zu verlassen. Panik befiel sie. „Alles, bloß ihm jetzt nicht in die Hände fallen!", flüsterte sie und rannte davon. Es gab nur ein Ziel: Micha.

Ohne Jacke und in Hausschuhen hastete Sonja die Dorfstraße hinunter zum alten Pfarrgarten und stoppte erst, als sie vor dem Wohnwagen stand. Sie riss die Tür auf, stürmte nach innen und fiel Micha in die Arme.

„Holla, Sonja, was geht?" Er hielt sie fest und merkte, wie sehr sie am ganzen Leib zitterte.

Es brauchte einen Moment, bis Sonja erzählen konnte: „Tobias ... Tobias hat ... Tobias hat sich total verändert! Grauenhaft!" Ihr Atem ging stockend.

„Wo ist er?" fragte Micha ernst.

„Irgendwo zu Hause. Ich weiß nicht. Allein gehe ich nicht mehr zurück! Du hättest seinen Blick sehen sollen! Und dann dieses unnatürliche Grinsen!" Sonja schloss die Augen und schwieg.

„Wir müssen zurück! Er darf nicht alleine sein! Tobias ist nicht bei sich – da kann alles Mögliche passieren! Stell' dir bloß vor, er zündet etwas an!"

„Keine zehn Pferde bringen mich dazu, mit ihm weiter allein unter einem Dach zu bleiben! Das kannst du mir glauben!"

„Dann komm' ich eben zu euch!" Er raffte rasch Kleidung, Zahnbürste und Duschzeug zusammen und stopfte alles in eine Sporttasche. Danach gab er Sonja eine Jacke und warf sich selbst eine über. „Los jetzt!"

Sie rannten zurück zum Schwarzerhof und fanden die Haustür offen stehen, wie Sonja sie verlassen hatte. Vorsichtig traten sie ein.

„Tobias? Tobias, bist du da?", rief Sonja im Flur.

Keine Antwort. Sonja sah Micha an und zuckte mit den Schultern.

„Vielleicht ist er ja noch in der Stube?" Micha trat ein. Keiner von ihnen war sonderlich überrascht, als sie ihn dort nicht fanden. „Durchstöbern wir das Haus!"

Wieder im Flur stieß Sonja ihn an: „Micha – Micha, im Keller brennt Licht. Das war vorhin nicht."

Er atmete tief durch: „Gut, dann beginnen wir dort mit der Suche."

Vorsichtig schlichen beide zum Kellerabgang und schauten hinunter. Alte, ausgetretene Sandsteinstufen führten gerade nach unten in ein Gewölbe. Von oben war der Keller kaum einsehbar.

„Tobias?", rief Sonja hinab.

Sie lauschten, alles blieb still. Sonja warf Micha einen fragenden Blick zu.

„Gehen wir runter!"

Erdiger, feuchter Geruch stieg in ihre Nasen, und mit jeder Stufe abwärts wurde er intensiver. Es roch nicht unangenehm, aber der Geruch zeugte von einem Gewölbe, das schon viele Jahrhunderte in Benutzung war. Eine trübe Funzel bot gerade so viel Licht, dass die Zugänge zu den Nebengewölben und Nischen gesehen sowie die Schränke und Regale im großen Hauptgewölbe benutzt werden konnten.

„Sieh mal!" Micha deutete auf eine dunkle Ecke neben einem alten Küchenbuffet. Dort saß jemand zusammengekauert.

„Tobias!", rief Sonja. Sie ging vor ihm auf die Knie. Trotz des schlechten Lichts, konnte sie sein ausdrucksloses Gesicht gut erkennen. Grinsen und unheimliches Funkeln waren aus seinen Augen verschwunden. „Komm, steh' auf! Ich helf' dir!" Sanft zog Sonja ihren Bruder auf die Beine.

Er sperrte sich nicht, half sogar ein wenig mit. Sie führte ihn in die Mitte des Gewölbes, direkt unter die Lampe. Äußerlich schien er in Ordnung zu sein.

„Gehen wir hoch, mir gefällt's hier unten nicht!", schlug Micha vor.

„Ja, der Keller war schon immer gruselig. Es gibt keinen schlimmeren Ort im Haus als diesen." Sonja nickte, nahm Tobias an die Hand und ging voran.

Micha blieb hinter ihnen, damit er Tobias notfalls stützen konnte. Ohne Probleme erreichten sie die Stube.

Sonja legte rasch ein paar Scheite in den Ofen. Micha setzte sich derweil neben Tobias aufs Sofa und sah ihn an: Staubig war er. Sofort fielen Micha die Hände auf.

„Sieh dir mal seine Finger an!", sagte er, als Sonja vom Ofen zu ihnen kam.

„Ganz schwarz und aufgeschürft!" Sie zog die Augenbrauen hoch. „Da müssen wir Hände waschen!" Sie schob Tobias in die Küche nebenan zum Spülbecken.

„Da sind überall kleine, blutige Kratzer, als ob er irgendwie schwer mit Holz oder Stein gearbeitet hat. Seltsam!", berichtete Sonja, als sie mit Tobias wieder in die Stube kam.

„Was hat er im Keller gesucht? Was ist dort unten?" Micha rieb sich das Kinn.

„Naja, Keller eben. Kartoffeln, Äpfel, Eingemachtes, Mostfässer – leere und volle, Gerümpel. Keine Ahnung, was sonst noch. Die Kripo hat jedenfalls nichts Besonderes gefunden, und die haben genau geguckt, wenn du mich verstehst."

„Als ob er seine Finger in irgendwelche Ritzen gesteckt hat", murmelte Micha.

„Mir liegt viel mehr dieser Stimmungswechsel im Magen! Da grinste mich vorhin etwas Fremdes und Feindseliges mit dunklen, unnatürlichen Augen an. Nun ist alles weg, dafür ist er wieder so abwesend und unzugänglich wie zuvor." Sonja stockte. „Meinst du, Tobias ist besessen?"

Micha mochte den Gedanken nicht denken. Aber drückte er nicht aus, was ihm vom ersten Tag an in Hügelhain begegnet war? Der alte, keltische Gott Ogmios hatte seine Hand auf der Hochebene. Alles sah er als seinen Besitz an und herrschte seit mehr als 2000 Jahren. Im Grunde waren sie, Micha und seine Freunde, die Eindringlinge in eine gut funktionierende Gesellschaft. Warum? Weil sie sich zu einer anderen Herrschaft bekannten und sich erdreisteten, in den Machtbereich des Alten einzubrechen. In seinen Augen machten sie ihm seinen Besitz streitig.

„Besessen?", fragte Micha zurück. „Was heißt das schon?"

„Naja, dass irgendein böser Geist Tobias' Sinne vernebelt", gab Sonja mit gerunzelter Stirn zurück. Sie wurde aus Micha gerade nicht recht schlau.

„Sind es nicht wir, die hier oben alles durcheinanderbringen?"

„Öh, ja?" Sie runzelte noch mehr ihre Stirn: „Auf was willst du hinaus?"

„Ogmios war lange vor uns da. Er macht in Tobias nur das geltend, was ihm seiner Meinung nach ohnehin gehört. Er ist Herr über diese Gegend. Alles steht ihm zu."

„Aber nicht mein Bruder! Verdammt noch mal! Was soll dieses blöde Geschwätz?"

„Nur weil wir auf der anderen Seite stehen, kommt uns Tobias wie besessen vor. Nach den Gesetzen der Hügelhainer Ebene verhält er sich als angehender Hochpriester völlig normal."

„Normal? Angehender Hochpriester? Sag' mal, spinnst du jetzt auch?" Sonja wurde lauter und tippte sich mit dem Zeigefinger gegen die Schläfe.

Micha lächelte und machte eine abwehrende Handbewegung. „Ich versuche nur, mich in den Kult hineinzudenken. Vielleicht ein bisschen zu ticken wie der Alte, obwohl ich gar nicht weiß, ob das überhaupt geht."

„Hm."

„Sind wir doch mal ehrlich: Wer ist noch übrig? – Tobias und du."

„Moment mal: und die Widers!"

„Ja, vor allem Stefan, aber der gehört nicht in die Linie der Hochpriester."

„Die Reihe muss bei Schwarzer bleiben", murmelte Sonja. Sie erinnerte sich an die Nacht vor einigen Wochen, als Tobias, im Beisein des Vaters, diesen Satz lauthals gegrölt hatte. Damals wusste sie sich keinen Reim darauf zu machen, aber nun bekam der Satz einen unheimlichen Klang. Insbesondere im Zusammenhang mit seinem seltsamen Verhalten. „Und?"

Micha verzog den Mund: „Irgendwie müssen wir ihn erreichen. Nur wenn er freiwillig aus der Gebundenheit heraustritt, kann ihm der Alte nichts mehr anhaben."

„Du bist lustig! Guck' ihn dir doch an! Weggetreten ist er! Wie sollen wir ihn da erreichen?"

„Ich hoffe, wie die Polizei, dass er in den nächsten Tagen wieder zu sich kommt."

„Meinst du, das geht ohne fremde Hilfe?"

„Weiß nicht." Micha zuckte mit den Schultern. „Zum Arzt sollten wir auf jeden Fall nochmal mit ihm gehen. Am besten zu einem Trauma-Spezialisten."

Sonja nickte. „Ich werde versuchen, herauszufinden, wo einer ist. Und wie geht es jetzt weiter?"

„Tobias sollte fürs Erste nicht ohne Aufsicht sein. Ich schlag' vor, wir schlafen heut' alle in einem Zimmer. Ist wohl am sichersten."

„Mir ist alles recht! Hauptsache, nicht länger allein mit ihm in diesem schrecklichen Haus!" Sonja traute Tobias keine Handbreit mehr. Mindestens so lange, bis er wieder vernünftig ansprechbar war. Zudem meinte sie seit vorhin, dass etwas ins Haus zurückgekehrt war, das sich seit der Nacht zu Samain nicht mehr hatte blicken lassen. Etwas, das sie dauernd in der Gegenwart des Vaters gespürt, in den letzten Wochen aber wohltuend aus den Augen verloren hatte. Jetzt war es wieder da. Just zusammmen mit Tobias' seltsamer Veränderung. „Sollen wir überhaupt auf dem Hof bleiben?"

„Wo willst du denn hin?"

„Wir könnten zu Paul und Susanne ziehen. Das Pfarrhaus in Spiegelbach ist groß genug."

„Das wär' doch nur ein Davonlaufen."

„Ich habe keine große Lust, die Heldin zu spielen! Mein Bedarf an Unheimlichem ist für ein Leben lang gedeckt!"

„Sei nicht gleich eingeschnappt! Klar können wir bei Friedreichs unterkommen, aber so wird das Problem auf Dauer nicht gelöst. Ich glaub', Tobias kommt in seiner gewohnten Umgebung leichter zurecht und wird sich hier vielleicht schneller an Früher erinnern als anderswo."

„Genau darauf kann ich gut verzichten!", maulte Sonja, aber sah ein, dass Micha Recht hatte. „Ich hol' Matratzen. Schlafen wir in der Stube."

‚Wir hatten noch nie richtigen Kontakt miteinander', dachte Micha, als er mit Tobias allein war. ‚Vielleicht sollten wir uns mal ordentlich begrüßen? Sonderbar, nach allem, was wir schon miteinander erlebt haben. Na, was soll's': „Hallo Tobias! Jetzt mal offiziell: Ich bin Micha, und ich wünsch' dir, dass es dir bald besser geht!" Er hielt ihm die Hand hin.

„Danke." Tobias ergriff und schüttelte sie.

„Was …?" Micha staunte vor Verblüffung. Er beugte sich etwas vor und sah Tobias in die Augen. Sein Gesicht zeigte keine große Regung. Ein dämonisches Grinsen offenbarte er auch nicht – eigentlich sah er ganz normal aus. Die Augen wirkten etwas wacher als zuvor. Gerade hatte ihm wohl der echte Tobias geantwortet. Erleichterung und Freude kamen in Micha auf. Sofort ergriff er die Gelegenheit: „Bist du froh, wieder zu Haus zu sein?", fragte er vorsichtig.

„Zu Hause?"

„Na, auf dem Schwarzerhof. Hier bist du aufgewachsen. Hügelhain ist dein Heimatdorf."

„Meine Heimat ist nicht hier."

„Wo dann?"

„Ich weiß nicht."

„Hm", brummte Micha.

Sonja kam mit der ersten Matratze zurück. Augenblicklich veränderte sich Tobias. Seine Augen wurden plötzlich dunkel. Sein Gesicht zeigte zwar kein Grinsen, aber eine Art gierige Begehrlichkeit. Wie ein Stück Beute betrachtete er seine Schwester.

Micha fuhr es durch Mark und Bein. Einem Impuls folgend hielt er rasch die Hand vor Tobias' Gesicht und schnippte laut mit den Fingern: „He, sieh mich an!", befahl er.

Es klappte tatsächlich: Tobias wandte sich von Sonja ab, blickte zuerst auf Michas Finger und danach in sein Gesicht.

Micha erkannte, wie seine Augen wieder hell wurden: „Als ob einer aus dem Fenster schaut und dann weggeht." Michas Nackenhaare stellten sich auf. „Tobias, du bist wie eine Wohnung, in der ein ungebetener Gast haust und sich frech als Hausherr aufspielt!"

Tobias kapierte nicht, Sonja aber sofort. Sie hatte eben nichts mitbekommen, weil sie beschäftigt gewesen war. Michas Worte schlugen bei ihr ein wie eine Bombe: „Es war gerade wieder da, nicht?"

Micha nickte.

„Erst als ich in die Stube gekommen bin?"

Micha nickte wieder. „Du bist tatsächlich in Gefahr."

„Ich weiß", antwortete Sonja leise und wischte eine Träne ab.

„Eine Matratze fehlt noch. Ich geh' sie holen." Sie verließ die Stube.

„Wer wohnt in dir?", fragte sich Micha laut und sah dabei Tobias an.

„Weißt du das denn nicht?"

Micha erschrak. Tobias' Stimme hatte sich verändert. Sie klang hohler als normal. Ein bisschen so, als wenn jemand in einer großen und leeren Fabrikhalle sprach und ein ganzes Stück entfernt war.

„Ich kann mir denken, wer du bist", gab er zurück. Die Erschütterung war ihm anzumerken.

„Angst?" Nun entblößte Tobias auch vor Micha ein leicht boshaftes Grinsen.

„Kann nicht sagen, dass ich amüsiert bin." In Michas Kopf arbeitete es fieberhaft. In den letzten Wochen hatte er sich ja schon mit Totengeistern herumgeschlagen. Außerdem musste er Sonjas Verschwinden und ein blutiges Ritual verkraften. Zweimal wäre er beinahe ums Leben gekommen. Und nun das. Das hatte eine neue Qualität. Keineswegs harmloser. Im besten Fall aus Horrorfilmen und der Literatur bekannt. – Literatur? Ihm fiel ein kleines Büchlein ein. Er hatte es einmal antiquarisch erworben. Wie hieß es doch gleich? Micha grübelte. „Blumhardts Kampf[47]", sagte er laut und bekam Gänsehaut. Obwohl er es nicht recht wahrhaben wollte, ahnte er, dass bei Tobias Ähnliches vorlag, wie in dem Büchlein beschrieben. Micha konnte diesen Gedanken nicht weiter vertiefen. Sonja trat wieder ins Zimmer.

Diesmal fiel Tobias in den seit Tagen gewohnten, teilnahmslosen Gesichtsausdruck zurück. Der fremde Besucher hatte wohl wieder die Fabrikhalle verlassen.

„Grauenhaft!", murmelte Micha und half Sonja, Platz für die zweite Matratze zu schaffen.

„Find' ich auch", stimmte sie zu. „Was nun?"

„Ich möchte keinen Fehler machen, aber all das, was euer Vater mit ihm angerichtet hat, muss verschwinden. Wir brauchen

---

47   Blumhardts Kampf, Die Krankheits- und Heilungsgeschichte der Gottliebin Dittus in Möttlingen nach Blumhardts eigenen Aufzeichnungen, Verlag Goldene Worte, Stuttgart, Sillenbuch, 12. Auflage

224

jedenfalls sofort Unterstützung durch Gebet. Ich ruf' Paul und Susanne an. Für Frederike ist's heute zu spät." Micha ging ans Telefon und klärte Susanne über die Begebenheiten des Abends auf.

Sie erkannte augenblicklich die Schwere der Entwicklung und versprach zusammen mit Paul im Gebet an ihrer Seite zu stehen: „Passt auf! Ich hab' ein ganz übles Gefühl!" Mit diesen Worten verabschiedete sie sich und legte auf.

In der Zwischenzeit hatte Sonja ein wenig Abendessen zubereitet.

„Vielen Dank! Das kommt mir sehr gelegen. Ich hab' einen Bärenhunger!" Micha setzte sich an den Tisch.

„Tobias, kommst du?" fragte Sonja, ohne ihn gleich an die Hand zu nehmen.

„Ja." Er stand vom Sofa auf, ging zum Esstisch hinüber und setzte sich zum ersten Mal selbstständig auf seinen von Kindheit an gewohnten Stammplatz.

Sonja nickte und nahm kommentarlos Platz. Aber die Freude über diesen kleinen Fortschritt war ihr anzusehen.

Micha nutzte die Gelegenheit für ein erweitertes Tischgebet und war gespannt auf Tobias' Reaktion: „Herr Jesus Christus, wir danken Dir für unser Essen. Das gibt uns Kraft. Auch danken wir, dass Tobias aus dem Koma aufgewacht ist. Wir bitten, dass Du ihn unter Deinen Schutz nimmst, ebenso wie Sonja und mich. In Deinem Namen, Jesus Christus, soll sich das Böse hier nicht aufspielen dürfen! Herr, sende uns Deine Engel als Wächter. Amen."

Während des Gebets war Tobias gleichmütig geblieben. Einzig beim zweimaligen Aussprechen des Namens Jesu war ein kurzes Flackern über sein Gesicht gehuscht. Doch das konnten sich Sonja und Micha auch eingebildet haben.

„Amen", antwortete Sonja, „und guten Appetit."

Tobias schwieg und begann, sich vom gedeckten Tisch zu nehmen.

„Guten Appetit", erwiderte Micha.

Weder Micha noch Sonja wussten, worüber sie reden sollten. Am meisten beschäftigte sie Tobias, und der saß mit am Tisch. Also blieb es ruhig, was allerdings auch unnatürlich wirkte. Umso unerwarteter traf beide plötzlich die Frage:

„Wo ist Vater?"

Sonja blieb der Bissen im Hals stecken. Erstarrt sah sie Micha an. „Er … Öh … Er ist nicht hier", stotterte sie und hoffte, dass Tobias nicht mehr weiter fragte.

„Vielleicht erinnert er sich jetzt auch an dich?", regte Micha an.

Sonja nickte. Eine Gegenfrage könnte Tobias vielleicht vom Gedanken an den Vater ablenken. Sie fürchtete sich davor, ihm in dieser Situation die Wahrheit zu sagen: „Weißt du, wer ich bin? Kennst du meinen Namen?"

Gespannt warteten Sonja und Micha auf seine Antwort.

Er sah Sonja an. Es war ihm anzusehen, dass er in seinem Gedächtnis kramte. Das allein war schon merkwürdig. In seinen Augen und seinem Gesicht flackerte es wieder. Es schien, als ob der fremde Besucher versuchte, im Verborgenen zu bleiben, sich aber doch nicht ganz verstecken konnte. In Tobias kämpfte es.

Micha gewann den Eindruck, dass seine Bitte um Engelswächter nicht unbeantwortet geblieben war. Vielleicht machte deren Anwesenheit es Tobias' Besucher schwieriger, sich im Verborgenen zu halten. Jedenfalls war im Augenblick nichts von der frechen Überheblichkeit von vorhin zu spüren.

„Nun?", fragte Sonja, „Wer bin ich?"

Tobias' innerer Kampf wurde heftiger. Er wand sich, rollte mit den Augen und fuhr sich ständig durch die Haare. Schließlich konnte es nicht mehr zurückgehalten werden. Tobias spuckte förmlich aus: „Blut aus dem Hause des Meisters!" Hass und Gier sprachen gleichzeitig aus seiner Stimme.

„Was?", rief Sonja erstaunt. „Was bin ich?"

„Blut aus dem Hause des Meisters!", zischte Tobias zwischen den Zähnen hindurch.

Sonja wurde kalt. Sie fühlte sich wie ein Stück Beute, auf das begehrliche Blicke gerichtet waren.

„Das hab' ich schon mal gehört." Michas Mund war staubtrocken. In seiner Kehle fühlte er einen dicken Kloß. „Oben, auf dem Burgstall, an Samain, von Hugo Beelzer, als er euren Vater mit dem Dolch angegriffen hat. Damit begann das ganze Gemetzel: Blut aus dem Hause des Meisters. Aber das eigentliche Opfer warst du, Sonja. Von deinem Vater auserwählt! Blut aus dem Hause des Meisters! Von eurem Vater hat Tobias diese Worte aufgeschnappt!"

„Oder der Kollege in ihm giert nach entgangener Beute." Sonjas Gesicht verfinsterte sich.

„Pech und Schwefel!", schimpfte Micha. „Wo sind wir eigentlich? Mit welchem Recht führt sich der Alte in Tobias derart auf?"

„Warum denkst du, dass es Ogmios ist?"

„Mir fällt kein besserer ein."

„Und die Totengeister? Die *Fänger?*" Sonja hatte ihre Stimme gesenkt.

„Seit Samain habe ich keinen einzigen Geist mehr gesehen, nicht einen. Sie sind wie vom Erdboden verschluckt. Ich glaube, die tauchen erst wieder auf, wenn sie gerufen werden. Insbesondere die Fänger, diese unglücklichen und gefangenen Seelen. Im Leben meinten sie, der Pakt mit Lugaid würde ihnen in der Ewigkeit ihre endlose Gier stillen. Dabei wurden sie nur zu den schlimmsten aller Sklaven. Boshaft und grausam gegen Lebende und Tote. Ich glaub', mein Verdacht bestätigt sich: Ogmios, der alte, keltische Gott – oder was auch immer er ist – hat mit dem Verschwinden der Gefolgschaft seinen Zugriff auf unsere sichtbare Welt so gut wie verloren. Aber er hat ja noch euch: *Blut aus dem Hause des Meisters.* Zumindest versucht er, über das Haus des Hochpriesters wieder Fuß zu fassen. Hauptsächlich über Tobias. Und, da befürchte ich dasselbe wie du, er ist immer noch gierig auf seine an Samain entgangene Beute."

„Tobias muss raus aus den Klauen des Alten! Dieser furchtbare Kult braucht endlich den Garaus! Nie mehr soll er wieder aufleben!" Entschlossen wandte Sonja sich Tobias zu und fauchte ihm ins Gesicht: „Was glaubst du eigentlich, wer ich bin? Ich bin doch nicht dein Frühstück! Scher' dich zum Teufel! Mich kriegst du nicht!" Ihre Augen blitzten vor Wut.

Tobias war bei Sonjas unvermitteltem Angriff erschrocken zusammengezuckt und starrte sie an.

„Glotz' nicht so dumm, du Scheißkerl!"

„Sonja", beschwichtigte Micha.

„Lass mich! Du solltest ja nicht gegrillt werden, aber ich!"

„Bevor du weiter ausflippst, sieh dir mal Tobias an." Micha nickte in seine Richtung.

Völlig verstört saß er auf dem Stuhl, seine Augen füllten sich mit Wasser und drückten großes Unverständnis und tiefen Schmerz aus. „Aber … Aber was hab' ich dir denn getan?", kam es stockend über seine Lippen.

„Oh, Tobias!", rief Sonja. Sofort verschwand ihre Härte. Sie schloss ihren Bruder in die Arme. „Es tut mir so leid! Ich habe nicht dich gemeint! Das musst du mir glauben! Ich … Ich …" Sonja rang nach Worten. „Ich weiß auch nicht mehr." Sie verstummte und putzte sich die Nase.

„Tobias?", fragte Micha leise.

Sofort wandte Sonjas Bruder seinen Blick Micha zu und sah ihn fragend an. Es schien, als ob er ihn zum ersten Mal wahrnahm.

„Ich bin Micha", wiederholte er seine Begrüßung von vorhin.

„Welcher Micha?" Tobias wischte sich eine Träne aus dem Augenwinkel. „Was machst du hier? Wo ist Vater? Im Stall?"

Micha presste die Lippen zusammen und wechselte Blicke mit Sonja. Offensichtlich fehlten Tobias alle Erinnerungen an Samain und die Zeit davor. Aber seine angegriffene Seele war mit Händen zu greifen. Heute Abend würde er keinesfalls die Wahrheit ertragen. Das musste alles sehr behutsam gehen, sollte er nicht zerbrechen.

„Ich bin ein Freund von Sonja. Bisher hattest du noch keine Gelegenheit, mich kennen zu lernen. Aber das holen wir nach." Micha lächelte.

Das Lächeln entspannte Tobias. Er strahlte eine kindliche Unbedarftheit aus. *Dieser* Tobias war ein weißes, unbeschriebenes Blatt. Micha tat der Gedanke weh, dieses weiße Blatt mit einer schmerzvollen, blutigen Geschichte beschreiben zu müssen.

„Wo ist Vater?"

„Er ist nicht hier. Reden wir morgen darüber, dann ist's hell", antwortete Micha freundlich aber bestimmt.

„Ich freu' mich, dich wiederzuhaben!" Sonja umarmte ihren Bruder ein weiteres Mal und drückte ihn fest an sich. Sie konnte sich nicht mehr daran erinnern, wann es das letzte Mal gewesen war, als er ihre Umarmung erwidert hatte. Doch nun tat er es. Sonja fühlte, wie er weich wurde, entspannte und in ihren Armen ruhte. „Es wird alles gut werden", versprach sie ihm und wünschte sich nichts sehnlicher, als das Versprechen halten zu können.

„Wir werden alles dafür tun." Micha nickte und legte sanft seine Hand auf Tobias' Schulter.

Sie verharrten noch einen Moment, dann löste Sonja die Umarmung. Zusammen mit Micha räumte sie die Reste des Abendessens weg, während sich Tobias wieder auf das Sofa setzte und dort wartete.

„Am besten wir sehen uns noch einen Film an. Einen, den Tobias mag", schlug Micha vor. „Habt ihr DVDs im Haus?"

„Tobias hat welche bei sich oben."

„Gut, gehen wir hinauf und lassen ihn eine aussuchen."

Sie kamen zurück in die Stube.

„Tobias, wir wollen vor dem Schlafengehen noch eine DVD angucken. Du hast doch einige bei dir im Zimmer. Magst du einen Film für uns auswählen?", fragte Sonja.

„In meinem Zimmer? DVD?"

„Du weißt doch, wo dein Zimmer ist, oder?"

Nach kurzem Zögern antwortete er: „Oben?"

Wieder tauschten Sonja und Micha einen Blick aus. „Ja. Gehen wir zusammen?"

„Öh … Gut", antwortete Tobias zaghaft und stand etwas verunsichert auf.

„Geh schon mal vor, wir kommen gleich nach!", schaltete sich Micha ein und hielt Sonja sanft am Arm fest.

Tobias wusste mit der Situation nichts anzufangen.

„Keine Sorge, passt schon." Micha lächelte. „Wahrscheinlich sind wir fast gleichzeitig mit dir oben."

„Vielleicht geh' ich doch besser gleich mit?" Sonja versuchte, den seltsamen Moment aufzulösen.

„Nein, er schafft das", widersprach Micha. „Ich möcht' kurz mit dir allein sein. Geht das, Tobias?"

Er nickte und verließ ein wenig widerstrebend die Stube.

„Was ist denn?", zischte Sonja leise. Michas Verhalten nervte sie.

„Verstehst du nicht? Ich möchte wissen, wie weit er sich erinnern kann! Wenn er den Weg selbst findet, kehrt das Verlorene vielleicht leichter zurück."

„Mir gefällt das nicht! Du siehst doch, wie er durch den Wind ist!"

„Ja, aber nur ein Teil von ihm. Der andere nahm vorhin zielsicher den Weg in den Keller und hat dort etwas gesucht! Wir müssen vorsichtig sein. Je mehr der Tobias, den du liebst, zum Vorschein kommt, desto eher können wir vielleicht dem, der ihn besetzt hält, den Garaus machen."

„Mal sehen." Sonja war nicht überzeugt und ließ Micha in der Stube stehen. Sie wollte bei Tobias sein.

Micha atmete tief durch und folgte ihr.

Tobias war noch nicht weit gekommen. Etwa in der Mitte der Treppe stand er verloren herum. Unschlüssig, ob er weitergehen sollte oder nicht.

„Der weiß gar nichts!", knurrte Sonja über die Schulter zu Micha. „Er kann sein Gedächtnis auch wiederfinden, wenn ich ihm dabei helfe!" Sie schloss zu Tobias auf und nahm ihn an der Hand.

Erleichtert hielt er sich fest und ließ sich in sein Zimmer führen.

Sonja und Micha waren enttäuscht, wie orientierungslos Tobias in seinen eigenen vier Wänden wirkte. Als sei er noch nie da gewesen. Sie ließen ihm Zeit. Nach und nach begann er, herumzustöbern. Er öffnete den Schrank und schaute in die Schubladen der Kommode. Plötzlich verharrte er und griff nach einem alten Foto. Es lag zwischen Krimskrams in einer der Schubladen. Tobias entdeckte darauf eine Frau, die einen kleinen Jungen auf dem Schoß hatte, daneben war noch ein Mädchen zu sehen.

„Mama", murmelte Tobias. Er sah sich das Foto genau an. Sein Gesicht wurde traurig. „Sie ist schon lange tot."

Sonja kannte das Bild. Sie besaß ein ähnliches. Es gab nur wenige Fotografien ihrer Mutter Maria zusammen mit ihnen. „Du hast Recht, Tobias, das sind wir mit Mama. Ja, sie ist schon lange tot. Aber sie hat endlich ihren Frieden gefunden."

„Frieden? Welchen Frieden?"

Sonja schluckte. „Sie ist bei Jesus angekommen."

„Jesus? Welcher Jesus?" Tobias' Miene verfinsterte sich fast unmerklich.

„Bei ihm herrscht Freiheit und keine Bosheit. Er ist Liebe."

„Liebe? *Sie* hatte Liebe." Er deutete auf seine Mutter. Nach kurzer Pause fügte er hinzu: „Du auch. Aber Jesus kenn' ich nicht. Hab' nie von ihm gehört."

Sonja wandte sich zu Micha: „Das stimmt. Vater hat alles Christliche mit voller Gewalt unterbunden, und, wo es ging, Feindschaft dagegen gesät."

„Nicht ohne Erfolg", bemerkte Micha trocken. „Aber wir wollen doch einen Film ansehen! Worauf hast du Lust, Tobias?" Micha deutete auf ein Regal an der Wand mit einer ganzen Menge DVDs darauf.

Ohne Zögern ging Tobias hin und hatte auch schnell eine Komödie gefunden.

Sonja schmunzelte: „Er lacht gerne. Bei uns gab es nie viel zu lachen. Deshalb hat er fast nur lustige Filme im Regal. Gehen wir runter und legen den Film ein. Ich bin nämlich jetzt schon hundemüde. Hoffentlich halt' ich überhaupt ganz durch."

„Wenn du vorher einschläfst, auch nicht schlimm. Ich pass' auf." Micha lächelte Sonja an.

Sie machten es sich in der Stube gemütlich. Tatsächlich schlief Sonja kurz nach der Mitte des Films ein. Auch Tobias' Augen wurden schwer. Aber er hielt bis zum Ende durch.

Micha schaltete Fernseher aus: „Gute Nacht", wünschte er ihm und löschte das Licht. Danach machte er es sich auf dem Sofa bequem. Er hoffte auf ein paar erholsame und störungsfreie Stunden.

Erst als Tobias' Atem ruhig und gleichmäßig klang, wagte Micha, sich zu entspannen. Er nahm sich Zeit, um im Stillen für Bewahrung zu beten, aber seine Gedanken schweiften immer häufiger ins Reich der Träume ab. „Herr, stell' Deine Wächter auf!", betete er mit dem letzten Fünkchen Wachheit und meinte, dass sich um sie herum ein Kreis von Kriegern schloss. Sie hatten ihre Hände auf die gezogenen Schwerter gestützt und nickten ihm zu. Mit diesem Bild schlief Micha ein.

Tief und fest war dieser Schlaf. Wahrscheinlich wäre er bis zum Morgen gegangen, wenn Micha nicht irgendwann, weit nach Mitternacht, plötzlich im Schlaf das Gefühl bekommen hätte, ständig an der Schulter gestupst zu werden. Es brauchte eine Weile, bis dieses Gefühl bei ihm ankam. Nochmal dauerte es, bis er schließlich davon erwachte. Langsam öffnete Micha die Augen. Zuerst war alles dunkel, doch schnell erkannte er die Konturen der Stube: die Lampe an der Decke und die oberen Kanten der Schränke und Vitrinen. Im Erwachen hatte das Stupsen aufgehört. Micha fragte sich, was oder wer ihn da so unnachgiebig aus dem Schlaf geholt hatte. Mühsam rappelte er sich halb auf und stützte sich im Liegen auf die Ellbogen. Im selben Augenblick fuhr ihm der Schreck in alle Glieder: Tobias saß aufrecht auf der Matratze. Starr wie eine Steinsäule. Sein

Blick wich nicht von Micha. Obwohl Micha es nicht sehen konnte, wusste er, dass Tobias' Augen wieder den unheimlichen Glanz und die brunnentiefe Dunkelheit besaßen.

„Alles in Ordnung?", fragte Micha mit gedämpfter Stimme. Er bekam keine Antwort.

Für eine gefühlte Ewigkeit saßen sich die beiden so gegenüber. Micha wollte nichts unternehmen, solange er nicht angegriffen wurde.

Völlig unvermittelt klappte Tobias schließlich zurück und lag sofort wieder in tiefem, ruhigen Schlaf, als ob nichts gewesen wäre.

„Gruslig", murmelte Micha. Im Stillen dankte er den Wächtern, die ihn geweckt hatten. Nicht auszudenken, was hätte geschehen können, wenn er nicht wach geworden wäre.

Das Grauen blieb. An Schlaf war nicht mehr zu denken. Micha merkte, wie sehr ihn die vergangenen Wochen ausgelaugt hatten. Zwar hatte er befürchtet, dass mit Samain nicht alles zu Ende war, aber dass es im Grunde nahtlos weiterging, das schlauchte über die Maßen. Wie Sonja hatte er genug von den Kämpfen mit der Finsternis. Das Erleben gerade zeigte ihm deutlich, wie sehr er im Fadenkreuz stand. Nicht nur Sonja musste ums Leben fürchten, sondern auch er.

Wie sollte es mit Tobias weitergehen? Sein Wesen war gespalten, eine Hälfte von ihm war überaus bedrohlich – abgrundtief böse. Zumindest empfand Micha das so. Wäre der Weg in eine psychiatrische Klinik für Tobias doch der richtige? Die Gefahr wäre dann fürs Erste gebannt – doch was würde das mit dem anderen Teil von Tobias anstellen? Dem Teil, der langsam wieder zu sich fand und Vertrauen gewann? In Micha reifte eine Überzeugung: Nur dieser Teil konnte sich von den Mächten der Finsternis abkehren. Dort musste die Entscheidung für Christus fallen. Erst danach war es möglich das Dunkle endgültig hinauszuwerfen. Wirklich?

„Vielleicht gibt es ja gar keine Besessenheit?", fragte sich Micha leise. „Tobias hat durch das ganze Drama ein schlimmes

Trauma erlitten und vielleicht deswegen seine Persönlichkeit gespalten." In seinem Kopf drehten sich die Gedanken. Wo lag der richtige Weg? Wie konnte Tobias am schnellsten wieder gesund werden? Wie viel von ihrem Erleben in den vergangenen Wochen war wirklich echt gewesen und wie viel Ergebnis ihrer Phantasie? Gab es eine kollektive Verwirrung der Gefühle und Gedanken? Gab es die Engel oder waren sie Wunschdenken? Gab es Lugaid, den Geist des keltischen Fürsten? Gab es den Alten, Ogmios? Die Totengeister mit ihrer Sehnsucht nach Erlösung? Die Fänger, jene boshaften Geister, derer sich die Herren der Gefolgschaft bedient hatten? Waren sie nach ihrem Tod zu Handlangern und Sklaven des Fürsten geworden? Am Schluss blieben gar die Fragen: Gab es Gott? Gab es Jesus? Den Heiligen Geist? Was wäre, wenn alles ganz anders wäre? Micha konnte diese Gedankenspirale nicht mehr stoppen. Vor ihm tat sich in ein klaffendes, dunkles Loch auf. Nach seinem Herzen griff die Angst. Ein grausamer Sog erfasste ihn. Der feste Boden seines Vertrauens verwandelte sich in schlammigen Morast.

Micha hielt es nicht mehr im Liegen. Er musste aufstehen! Raus aus der Stube! Leise schlich er auf den Flur, schloss hinter sich die Tür und lehnte sich mit dem Rücken dagegen.

Konnte das, was in diesem Haus über Jahrhunderte geschehen war, bloße Einbildung sein? Die Menschen, die auf Grund des Treibens der Gefolgschaft ihr Leben verloren hatten, waren jedenfalls keine Täuschung, und die frischen Gräber auf dem Friedhof sprachen ebenfalls für sich.

„Ach, Herr!", seufzte Micha aus alter Gewohnheit – er wusste gerade wirklich nicht mehr, was er glauben sollte. Dieser Zustand war furchtbar! „Herr, gib mir meine Gewissheit zurück! Zeig' den Weg, den wir gehen sollen!", flüsterte er und fühlte eine tiefe Hoffnungslosigkeit und Ohnmacht. „Gib ein Zeichen, damit ich weiß, dass nicht alles Einbildung ist! Bitte, ich …"

In der Stube gab es ein Geräusch. Schritte näherten sich der Tür. Micha gefror innerlich und wich aus ins Dunkel des Flurs.

Die alte, eiserne Klinke wurde gedrückt. Die Tür öffnete sich für einen Spalt. Jemand lauschte. Dann wurde ganz geöffnet. Micha hielt den Atem an.

Eine Gestalt trat in den Flur. Sie machte kein Licht, aber Micha erkannte sofort, wer es war: Tobias. Er schlug den Weg zum Keller ein. Erstarrt folgte Micha ihm mit den Blicken und rechnete damit, dass Tobias wieder hinuntersteigen würde. Doch er ging am Kellerabgang vorbei und nahm die nächste Tür. Kurz darauf hörte Micha die Wasserspülung. Tobias kam zurück und verschwand wieder in der Stube.

‚Alles ganz natürlich', dachte er, doch sein Rücken war in der kurzen Zeit klatschnass geworden.

Micha setzte sich auf die Treppenstufen zum Obergeschoss. „Du hast Angst, Micha!", gab er offen zu. Kein Wunder, er hatte alle Unbedarftheit bezüglich der Geisterwelt in den letzten Wochen verloren. Ob es sie gab oder nicht – reichlich Blut war geflossen. „Fürchte dich nicht vor denen, die den Leib töten können, sondern fürchte dich vor dem, der in die Verdammnis führen kann!⁴⁸", sprach es plötzlich aus Micha heraus. Er war darüber verblüfft.

„Ach, Jesus, auch wenn ich gerade nicht mehr weiß, was oben und unten ist: Dich lass ich trotzdem nicht los! Wenn Du nur eine Phantasie einer besseren Welt wärst, dann möcht' ich trotzdem nicht mit einer anderen tauschen! An Dir halt' ich fest, selbst dann, wenn das Gebäude meines Vertrauens wankt. Eins ist sicher: Vor Dir fürchte ich mich nicht! Bei Dir gibt es Liebe! Alles, was ich bisher von der Gefolgschaft kennen gelernt habe, waren Angst, Gier und Hass. Diese Dinge sollen keinesfalls über mein Leben herrschen! Ich lieb' das Leben und die Freiheit. Weil das so ist, werde ich von dem anderen Teil in Tobias gehasst. Dem werde ich mich niemals beugen! Auch nicht, wenn alles nur Einbildung wäre und es gar keinen Kampf

---

48 Lukas 12,4f

235

zwischen Licht und Finsternis gäbe." Micha hatte halblaut vor sich hin gesprochen. Gebet wollte er das nicht nennen.

Doch gerade jetzt geschah etwas Unerwartetes: Ähnlich wie vor einigen Wochen, oben auf dem Burgstall, fühlte er sich plötzlich von einer Präsenz umgeben. Ungeheuer stark und trostvoll! Überrascht hob Micha den Kopf und sah Männer in weißen Gewändern, ausgerüstet mit Schwertern und goldenen Rüstungen. Sie hatten sich einfach zu ihm auf die Treppe gesetzt.

Micha schmunzelte: ,Und das ausgerechnet im Haus des Hochpriesters', dachte er. ,Gott hatte Humor!'

Er fühlte sich gestärkt, obwohl er sich in der Höhle des Löwen befand und fasste einen Entschluss: Nach dem Frühstück sollte Tobias alles erfahren. Halbwahrheiten nutzten nur dem Alten. Er verstand es nämlich hervorragend, Verwirrung zu stiften.

„Vielen Dank für euer Kommen!" Micha verneigte sich vor den Engeln des Herrn. „Wollen wir hoffen, dass sich Tobias für Jesus und nicht für den Alten entscheidet."

Er ging zurück in die Stube. Sonja und Tobias schliefen zu seiner Erleichterung tief und fest. Er legte sich wieder aufs Sofa und schloss die Augen. Micha rechnete nicht mehr mit Schlaf, döste dann doch nach einer Weile ein und erwachte erst, als es draußen schon hell war und Sonja in der Küche mit dem Geschirr klapperte. Tobias schlief noch. Rasch nutzte Micha die Gelegenheit, um Sonja in seine Absicht einzuweihen.

Sie war skeptisch und wollte ihren Bruder nicht mit zu viel Wahrheit auf einmal erschlagen. Sie einigten sich darauf, dass sie ihm die grundlegenden Geschehnisse anvertrauen wollten. Anschließend sollte es dem Verlauf des Gesprächs überlassen bleiben, was sonst noch auf den Tisch kam.

Nach dem Frühstück setzten sich alle drei an den Tisch in der Stube und Micha begann: „Du wolltest gestern wissen, wo eurer Vater Heinrich ist ... Nun ..."

„Er ist tot, nicht wahr?", fragte Tobias leise und sah Sonja in die Augen.

Sie schluckte. „Ja."

„So wie Mutter, damals? Ein Traktorunfall?"

„Nein. Davon abgesehen: Mutter starb nicht bei einem Traktorunfall."

„Aber Vater hat uns doch immer erzählt …"

„Vater war ein Lügner."

Tobias' Gesicht verfinsterte sich: „Du bist bloß eifersüchtig, weil er mich bevorzugt hat!"

„Du weißt, dass das nicht stimmt. Wenn Vater ein ganz gewöhnlicher Vater gewesen wäre, hätte ich mich nie in euer Verhältnis eingemischt! Das kannst du mir glauben!"

„Euer Vater ist einem magischen Ritual zum Opfer gefallen, genauso wie vor vielen Jahren eure Mutter", schaltete sich Micha dazwischen.

„Und ich beinahe auch", ergänzte Sonja.

Tobias' Gesicht war ein einziges, großes Fragezeichen. Aber übermäßige Trauer über den Tod des Vaters zeigte sich nicht darin.

„Kannst du dich an die vielen Jahre erinnern, in denen er uns kaum eines Blickes gewürdigt hatte? Erst seit etwa einem Jahr begann er, sich für dich zu interessieren."

Tobias schwieg und senkte den Blick.

„Ist dir das nie seltsam vorgekommen?" Sonja machte eine kurze Pause. „Stattdessen hast du zu mir und der alten Frederike jeden Kontakt praktisch abgebrochen. Obwohl wir beide zuvor so unzertrennlich wie Pech und Schwefel gewesen waren und Frederike in all den vielen Jahren der Einsamkeit wie eine Mutter und Großmutter für uns gewesen war?"

„Machst du mir daraus einen Vorwurf?"

„Nein, mach' ich nicht. Aber du musst zugeben, komisch ist das schon, oder?"

Micha befürchtete, dass Tobias gleich wieder diesen unheimlichen Glanz in die Augen bekommen würde. Zu seiner großen Erleichterung blieb er aus. „Wir sind der Meinung, dein Vater hat dich irgendwie magisch beeinflusst. Das macht uns Kopfzerbrechen."

Tobias sah Micha mit einer gewissen Abneigung an: „Du sprichst, als ob du voll die Ahnung von mir hättest! Wer bist du überhaupt? Bis gestern Abend sind wir uns nie begegnet! Also, was soll das?"

„Tobias, ohne ihn wären wir beide längst tot!" In Sonjas Augen zeigte sich Erschrecken über die Unfreundlichkeit ihres Bruders.

„Dann sag' mir warum!"

„Es gibt keinen Grund, mich anzugiften! Halt' dich ein wenig zurück!"

„Lass ihn", beschwichtigte Micha, „und erzähl' von Samain." Er selbst wollte nebenher still für das Gespräch beten.

Sonja holte tief Luft und nickte. „Tut mir leid, wenn ich dich angefahren habe. Steh' selbst noch halb unter Schock. Muss mich kurz sammeln."

Tobias wartete und ließ seine Augen zwischen ihr und Micha hin und her wandern.

Sonja empfand ihn als kalt. Das war nicht der Bruder, den sie vor einem Jahr an den unheimlichen Vater verloren hatte. Sie versuchte, sich an die erwiderte Umarmung von gestern Abend zu erinnern. Daran wollte sie sich festhalten: „Weißt du noch welche Stimmung früher immer an Samain geherrscht hat?"

Tobias nickte und schwieg.

„Wie war die?", hakte Sonja nach.

Widerwillig und genervt gab er zurück: „Angespannt? Unangenehm?" Es klang so, als ob er Sonja einfach nur zufriedenstellen wollte.

Sie merkte das, schluckte aber den erneut aufkommenden Ärger hinunter. ‚Denk' bloß nicht mehr, dass ich dich noch übermäßig schone', dachte sie trotzig und begann ihren Bericht: „Früher waren wir uns jedenfalls darin einig, in Vater ein unheimliches Scheusal zu sehen." Sie konnte sich den Seitenhieb nicht verkneifen. „Du hast ja im letzten Jahr eine große Begeisterung für ihn entwickelt. Ich hab' ihm trotzdem nie über den Weg getraut. Wie dem auch sei: Wir haben herausgefunden, dass

Vater Hochpriester einer dunklen Gefolgschaft war. Oben auf dem Burgstall bei der Quelle und dem Hügelgrab trieben sie ihr Unwesen. Die Wurzeln dieses fiesen Kults liegen wohl tief in der Vergangenheit, und unser *lieber* Vater war der Boss!"

Sonja wartete. Sie wollte Tobias die Möglichkeit zur Antwort geben. Aber er blieb schweigsam und unbeweglich wie eine Wachsfigur.

Sie schüttelte den Kopf und fuhr fort: „An Samain sollte es ein großes Opfer zu Ehren des im Hügelgrab liegenden Fürsten geben – mich: *Blut aus dem Hause des Meisters.* Zusätzlich hätten Stefan und Elke Wider die Plätze von Stefans Eltern einnehmen sollen. Eigentlich müsstest du wissen, dass die vor einiger Zeit auf ungeklärte Weise von einer Eiche erschlagen worden waren. Zum Glück platzte das ganze Ritual. Ich lebe noch. Aber die Mitglieder der Gefolgschaft gingen im Blutrausch auf sich los. Luise Otter rammte dir dabei eine messerscharfe Stricknadel in den Leib. Vater, Hugo Beelzer, Franz Trüb, Luise Otter, Max Schöcker, alle tot. Ein Wunder, dass du überlebt hast!"

Sie nickte Tobias zu. „Genauso wie Stefan und Elke. Wir sind davongekommen, weil Micha und Paul uns gerettet haben."

„Das waren nicht wir. Das war der Herr mit seinen Engeln", berichtigte Micha.

„Ihr seid doch mehr als bloß drei, oder? Und wer ist überhaupt dieser Paul?", fragte Tobias trocken.

„Wir, das sind Micha, Frederike, Paul und Susanne Friedreich und ich. So wurden wir zusammengestellt. Gemeinsam haben wir der Gefolgschaft die Stirn geboten."

„Friedreich?"

„Das Pfarrersehepaar aus Spiegelbach."

„Pfaffen." Das klang so hart und abwertend, dass es Sonja und Micha kalt die Rücken hinunterlief.

„Was hast du mit denen zu schaffen?" Er nickte Micha abschätzig zu.

Sonja klappte der Mund auf. Sie stellte den Kopf schräg. „Weil ich vielleicht noch Lust zu leben habe?"

„Ach."

„Die scheint dir wohl vergangen zu sein, hm? Hätten wir dich oben auf dem Burgstall sterben lassen sollen? Als weitere Beute für den Fürsten? Oder seinen Boss Ogmios?"

„Sonja."

Sie fuhr zu Micha herum, ihre Augen funkelten zornig.

„Das bringt nichts." Er schüttelte den Kopf.

„Wo ist Vater?"

„Auf dem Friedhof. Du kannst ihn nicht verfehlen. Die Reihe Gräber ist noch frisch", zischte Sonja und verließ die Stube.

Micha blieb mit Tobias zurück und hielt die Stille minutenlang aus. Als von Tobias überhaupt keine Regung ausging, fragte er schließlich: „Willst du hin?"

Er nickte.

„Allein?"

„Ich brauch' keine Hilfe. Die Straße vor, dann rechts."

„Okay. Wie sieht es mit deinen Kräften aus?"

„Mach' dir darüber keine Sorgen." Seine Stimme klang hohl und fern.

‚Fast wie gestern Abend', dachte Micha. „Dann geh, wenn du magst. Ich guck' mal nach Sonja." Er stand auf.

„Misch' dich nicht in mein Leben ein!", gab ihm Tobias auf den Weg.

Micha schluckte. Er hatte die Klinke der Stubentür schon in der Hand und wandte sich um: „Ich weiß nicht, ob du das schon begriffen hast: Das Ganze ist kein Spiel! Vielleicht wird dir das ja auf dem Friedhof klar. Dazu wünsch' ich dir von Herzen Gottes reichen Segen – und denk' nur nicht, das wäre eine Floskel." Micha ging hinaus und hörte hinter sich ein verächtliches Schnauben.

Sonja stand auf der großen Treppe vor dem Haus in der kalten Morgenluft.

Er gesellte sich zu ihr und sah mit zu, wie sich die Schwaden des Morgennebels über den Hof bewegten. „Frisch, heute Morgen", sagte er nach einer Weile.

240

„Immer noch warm, wenn ich an die eisige Stimmung in der Stube denke."

„Tja."

„Ich hab' damit gerechnet, dass er zusammenbricht, geschockt oder Ähnliches ist, aber nicht mit dieser Kälte."

„Wir haben uns beide getäuscht", gab Micha zu.

„Und nun?"

„Keine Ahnung. Du kannst keinen Hund zum Jagen tragen."

„Super Moment für schlaue Sprüche!"

Micha zuckte mit den Schultern.

„Er muss sich selbst für den neuen Weg entscheiden, nicht?"

„Jepp."

„Ich glaub' kaum, dass ich einfach nur zusehen kann, wie er in Vaters Fußstapfen tritt. Keinen Bock, meinen Bruder ein zweites Mal zu verlieren! Hügelhain wäre dann für mich abgehakt."

„Solang' er nicht aus der Gebundenheit heraus will, können wir ihn nicht zwingen. Nur wenn in einem Teil seines Wesens die Sehnsucht nach Freiheit wach wird, liegt Hoffnung in unserem Kampf."

„Einfach zusehen, wie er Beute des Fürsten wird?"

„Der Fürst ist nicht das eigentliche Problem, sondern der Alte."

„Das ändert für uns nichts."

„Doch, es wird schwerer."

„Na prima, tolle Aussichten!"

Tobias trat aus dem Haus. Er hatte sich eine warme Jacke angezogen und bahnte sich wortlos einen Weg zwischen ihnen durch.

„Wohin geh…"

Micha berührte Sonjas Arm, legte den Zeigefinger auf den Mund und schüttelte den Kopf.

Sonja schluckte den Rest der Frage hinunter.

Sie sahen Tobias nach, bis er im Nebel verschwunden war.

„Wir können nichts für ihn tun?"

„Doch: beten. Nur der Herr kann was erreichen."

Sonja verzog den Mund.

Micha erriet ihren Gedanken: „Nachdem, was du erfahren hast, müsstest du eigentlich wissen, was für eine scharfe Waffe das Gebet ist."

Sie atmete tief durch: „Ausgang offen", stellte sie schließlich fest und ging zurück ins Haus.

Micha folgte ihr in die Stube, wo sie sich am Ofen zu schaffen machte. „Wenn du willst, dann zieh' ich hier für 'ne Weile ein. Wenigstens so lange, bis wir sicher sein können, dass von ihm keine Gefahr mehr für dich ausgeht."

„Für uns. Dich hat er genauso angestarrt wie mich!"

„Für uns." Micha nickte. „Oder meinst du die Leute vom Dorf denken sich …"

„Die Leute im Dorf interessieren mich nicht! Sie haben sich vor der Gefolgschaft immer geduckt und mich gemieden, weil sie wussten, dass Vater keinen Deut auf mich gab."

„Und?"

Sonja richtete sich auf und sah Micha in die Augen: „Ich wär' sehr froh, wenn ich mit Tobias für die nächste Zeit nicht allein hier leben müsste. Egal, was die Leute darüber denken und sagen."

„Er wird nicht darüber begeistert sein. Dein Bruder hat mir vorhin deutlich zu verstehen gegeben, was er von mir hält."

„Soll er denken, was er will! Seit seinem Erwachen hab' ich nur wenig von dem *Bruder* gesehen, den ich liebe. Wenn deine Anwesenheit im Haus den Horror ein Stück in Zaum hält, ist es mehr, als ich erwarten kann."

„Gut. Wo soll ich einziehen?"

„Neben der Stube gibt's eine kleine Kammer. War früher das Bügelzimmer. Ein altes Bett steht drin. Irgendwie kriegen wir den Raum schon wohnlich."

„Da?" Micha ging auf die Tür zu, die von der Stube zur Kammer führte.

Sonja nickte und Micha öffnete. Vor ihm tat sich ein zugestelltes Räumchen auf. Es war kaum zu betreten.

242

„Wenigstens gibt es ein Fenster."

„Das wird schon!" Sonja grinste und gab Micha einen Knuff in die Seite.

„Dann wissen wir also, was wir heute tun werden. Ich hoffe, wir finden in dem ganzen Chaos bis zum Abend das Bett." Micha klang nicht überzeugt, aber er mimte nur den Zweifler. Im Gegenteil: Er freute sich auf das Aufräumen zusammen mit Sonja. „Wohin mit dem ganzen Zeug?"

„Fürs Erste in die Scheune. Ist ohnehin mal gut, den Trödel zu sichten. Wer weiß, vielleicht finden wir ja was Interessantes."

„Wahrscheinlich hätte dir das die Polizei schon gezeigt, wenn was da gewesen wäre."

„Eins ist sicher: Dieses Haus birgt mehr Geheimnisse, als die Polizei jemals hätte finden können! Denk' an Tobias schwarze Finger!"

„Aber gefunden hat er offensichtlich bisher wohl nichts." Micha zuckte mit den Schultern. „Fangen wir an!"

Es war kalt und feucht. Der Weg zum Friedhof schien ungewöhnlich lang zu sein. Sein Atem ging keuchend. Nach wenigen Schritten musste er kleine Pausen einlegen – die Wochen im Koma hatten ganze Arbeit geleistet. Tobias' war nur noch ein Schatten seiner selbst.

Er wusste nicht, was ihn aus dem Haus getrieben hatte. Er wusste auch nicht, ob er den Weg überhaupt schaffen würde. Im Grunde wusste er gar nichts. Es gab da nur dieses Gefühl in seinem Bauch. Besser gesagt, diesen Cocktail aus Gefühlen. In einem Moment hätte er schreien können vor Wut, im anderen heulen vor Trauer. Plötzlich fühlte er sich innerlich hart wie Stein und im nächsten Augenblick nackt und wund wie ein hilfloses Kind. Vielleicht war es diese Zerrissenheit, die ihn auf den Friedhof trieb. Vielleicht suchte er handfeste Fakten. Vielleicht war es aber auch völlig sinnlos. Vielleicht.

Tobias kam am alten Pfarrgarten vorbei und sah dort einen Wohnwagen stehen. Er war ihm zuvor nie aufgefallen. Wer wohnte da? Nach wenigen Schritten war diese Frage vergessen. Er erreichte die steinerne Friedhofsmauer und ließ den Pfarrgarten hinter sich.

Nach einer kleinen Pause, angelehnt an die Mauer, kam er zum Friedhofseingang und stand vor dem schmiedeeisernen Tor. Ein Flügel davon war leicht geöffnet.

Tobias zögerte. Ihm war kalt. Etwas zog ihn hinein, etwas stieß ihn ab. Die Zeit verstrich. Seine Gefühle kämpften miteinander, während sein Kopf seltsam leer schien. Mitten im Ringen entdeckte Tobias plötzlich, wie er schon jenseits des Tors stand. Er erschrak. Wann war er hindurch geschritten? Unsicher wagte er sich auf den Hauptweg. Der Nebel lichtete sich, dennoch herrschte eine gespenstische Stimmung: die Stille, die feuchten Gräber und das Gefühl, dass dieser Ort des Todes seltsam belebt wirkte.

Tobias blieb stehen, als er die Reihe neuer Gräber entdeckte. Nur mit Mühe konnte er weitergehen.

Auf keinem Grab stand ein Holzkreuz, das davon erzählte, wer hier lag. Stattdessen steckten am Fußende kleine ovale Täfelchen aus lackiertem Aluminium im blanken Erdreich. Nirgendwo gab es irgendwelchen Schmuck. Sechs Erdhügel in einer Reihe. Einer davon etwas älter, alle anderen deutlich frischer.

Langsam trat Tobias ans erste Grab – Hannes Schindler – das älteste.

Tobias fühlte einen Stich: „Ich hab' was mit seinem Tod zu tun", flüsterte er und bekam Angst. Ganz grau kamen ihm Bilder vom Holzfällen in den Sinn. Auch der Vater tauchte in diesen Gedanken auf. Ihm schnürte es die Kehle zu, aber klare Erinnerungen blieben aus. Dabei war das Ereignis doch nur wenige Wochen her. Ihn schauderte. Die Gedächtnislücke quälte. Aber in Anbetracht der Gräberreihe war dies nicht das einzige Fragezeichen, das sich in seinem Kopf bildete.

Tobias nahm den Mut zusammen und ging zu den nächsten Gräbern: Luise Otter, Franz Trüb, Max Schröcker, Hugo Beelzer.

Er blieb stehen. Ein Grab fehlte noch. Es lag nur wenige, kleine Schritte entfernt. Tobias wurde schwindelig und speiübel.

„Alle am gleichen Tag gestorben, alle am 31. Oktober, an Samain", flüsterte er wieder.

Plötzlich traf ihn ein brennender Schmerz – von hinten in den Rücken. Er durchbohrte die Lunge und ging knapp am Herzen vorbei. Sein Körper erinnerte sich an mehr als sein Gehirn.

„Eigentlich müsste ich auch hier in dieser Reihe liegen. Aus irgendeinem Grund hab' ich überlebt", stöhnte er gequält.

Zögernd tat Tobias die Schritte bis zum letzten Grab: „Heinrich Schwarzer", las er auf dem Täfelchen zu seinen Füßen. „Auch am 31. Oktober gestorben", hauchte er.

In ihm begann es zu brodeln. Im Nu waren seine Gefühle gleich einer kochenden Suppe auf dem Herd. Im raschen Wechsel wurde Brocken hochgewirbelt: Wut, Trauer, Erleichterung, Groll, Schmerz, Gier, Dankbarkeit, Unverständnis, Genugtuung, Schadenfreude, Niedergeschlagenheit, Verzweiflung.

Schwindel und Übelkeit verstärkten sich. Ihm war, als ob ihm mit einer Kette ein Mühlstein um den Hals gelegt worden sei. Er zog ihn vornüber auf das Grab des Vaters hinunter. Etwas in ihm wollte dem bereitwillig nachgeben, am liebsten in der feuchten Erde versinken. Doch eine andere Seite in ihm kehrte sich mit Grauen von diesem Sog ab. Tobias taumelte rückwärts und rutschte auf dem nassen Gras aus. Der Länge nach fiel er auf den Rücken. Noch im Fallen verspürte er ein Gefühl der Erleichterung. Jeder kleine Abstand vom Grab des Vaters tat gut. Er fiel ausgesprochen weich und meinte, ihn hätte jemand aufgefangen. Verwirrt sah er sich um und glaubte, im letzten Moment eine verblassende Gestalt wahrzunehmen. Dann überwog das unangenehme Gefühl der einziehenden Nässe. So rasch es ging, rappelte er sich vom feuchten Rasen auf und klopfte sich den Hosenboden ab. Während er damit beschäftigt war, umfing ihn neues Grauen. Tobias wandte sich den Gräbern zu – nur mit Mühe konnte er einen Schrei des Entsetzens unterdrücken. Dort, an den Kopfenden der Gräber, standen sie. Wie Statuen. Regungslos, aber mit hochmütig grinsenden Gesichtern. Auf sonderbare Weise schien ihr Grinsen eingefroren zu sein. Verkrampft. Geschockt stolperte Tobias rücklings von ihnen weg. Noch nie hatte er solch eine Erscheinung erlebt. Zumindest erinnerte er sich an keine – aber konnte er auf sein Gedächtnis noch etwas geben? Oder auf seine Wahrnehmungen? Immer deutlicher merkte er, dass etwas mit ihm nicht stimmte: Waren die Geister der Gefolgschaft an den Gräbern echt? War er im Koma verrückt geworden? Was war Traum, was Wirklichkeit?

Tobias kniff die Augen zu und rieb sie sich mit beiden Händen. Nach dem Öffnen waren die Gestalten nicht fort. Voll Angst rannte er davon. Als er keuchend das Friedhofstor erreichte, drehte er sich um. Noch immer meinte er, die geisterhaften Umrisse an den Gräbern zu sehen. Zum Glück waren sie ihm nicht gefolgt. Dafür begleitete ihn etwas anderes Grauenvolles. Tobias sehnte sich nach der Nähe dessen, der ihn vorhin aufgefangen hatte. Oder war er auch nur Einbildung gewesen?

Schrecklich matt und einsam fühlte sich Tobias. Nach Hause wollte er nicht. Sonja hatte sich so verändert, und diesen Typ, der bei ihr war, konnte er gar nicht einschätzen. Wo sollte er hin? Ihm fiel die alte Frederike Gottlieb ein. Tante Fredi, wie er immer gesagt hatte. Aber zu ihr wollte er auch nicht. An ihr klebte das Gleiche wie an Sonja und diesem Micha. Tobias tat einen tiefen Atemzug und entschied sich doch für den Heimweg. Immerhin konnte er sich zu Hause in seinem Zimmer verkriechen. Eile hatte er keine mehr. Tobias wunderte sich nur ein wenig darüber, wie rasch er sich an das ihn nun begleitende Grauen gewöhnt hatte. Irgendwie kam es ihm schrecklich vertraut vor.

„Ich bin wie ein Baum, den der Blitz von oben bis unten durchgespalten hat." Seltsam, wie er sich selbst reden hörte. Alles war seltsam.

Nach einer Weile erreichte Tobias den Hof und ging zurück ins Haus. Aus der Stube hörte er Geräusche. Er trat ein.

„Hallo Tobias!", begrüßte ihn Sonja.

„Was macht ihr?"

„Micha wird für eine Weile hier in der Kammer bleiben."

„Warum?"

„Wir denken, es ist besser so."

„Was ist besser?"

„Es ist besser, wenn wir beide nicht miteinander alleine sind."

Tobias runzelte die Stirn: „Weshalb?"

„Wenn ich ehrlich sein soll: Bei dir weiß ich gerade nicht, woran ich bin. Seit gestern Abend hast du mindestens zwei Gesichter. Das ist mir unheimlich."

‚Da ist er wieder, der Riss', dachte Tobias. Ohne weitere Worte überließ er Sonja und Micha ihrer Arbeit und ging durch den Flur zur Treppe nach oben.

Gerade setzte er den Fuß auf die erste Stufe, da sah er am anderen Ende des langen Hausflurs einen Schatten – vor dem Abgang zum Keller. Tobias verharrte und konnte den Blick nicht mehr davon lassen.

Eine schaurig schöne Gestalt begann sich vor seinen Augen zu formen. Ein Krieger. Kein Maskenbildner hätten diesen bärtigen und kräftigen Mann besser treffen können. Er strahlte ungeheure Stärke und Macht aus – anziehend und furchterregend. Mit einer lässigen Kopfbewegung rief er Tobias zu sich herüber.

Etwas hielt Tobias zurück. Es war das Gefühl einer tiefen, unaussprechlichen Angst.

Im nächsten Moment war der Krieger verschwunden.

8. Heilige Nacht

Leana sah auf die Uhr. Nicht dass der Job ihr keinen Spaß mehr machte, aber irgendwie war sie fröhlich ungeduldig. Bestimmt lag das am bevorstehenden Urlaub. Das Gefühl kam tief von innen heraus, ohne Nachdenken, einfach so. Ein bisschen wie „Schule aus". Jedenfalls fieberte sie aufs Dienstende zu. Alle anderen Gedanken waren ausgeblendet. Als es so weit war, verabschiedete sie sich von Kollegen und Ärzten auf der Station, wünschte ihnen frohe Weihnachten, ein gutes neues Jahr und hatte es eilig, das Diak hinter sich zu lassen. Wirklich, das war wie „Schule aus" vor den großen Ferien. Während Leana den Weg hinunter zu den Mitarbeiterparkplätzen ging, musste sie über sich selbst schmunzeln: ‚Du bist voll kindisch', dachte sie und freute sich trotzdem weiter.

Sie nahm sich noch etwas Zeit, um in der Stadt über den Weihnachtsmarkt zu schlendern und letzte Besorgungen zu machen. Erst im neuen Jahr würde sie wieder nach Schwäbisch Hall kommen. Da mischte sich doch tatsächlich ein wenig Wehmut in die vorweihnachtliche Freude. Leana schüttelte den Kopf. Auch darüber schmunzelte sie. Alles in allem ging dieser Tag unbeschwert zu Ende. Kein trüber Gedanke drückte sie – auch nicht die Erinnerung an einen Engel, der ihr noch etwas aufgetragen hatte, bevor er sich in die Unsichtbarkeit verabschiedet hatte.

Das war am folgenden Tag, dem Heiligen Abend, vollkommen anders! Leana wachte morgens schon mit einer Unruhe auf. Sie hatte so gar nichts mit der fröhlichen Stimmung von gestern zu tun. Getrieben, rastlos und leicht reizbar stolperte sie durch den Tag und war des Öfteren für den Rest ihrer Familie eine Herausforderung.

„Jetzt komm endlich mal runter!", beklagten sich ihre Eltern unabhängig voneinander.

Von ihren Geschwistern ganz zu schweigen. Sie machten maulend einen großen Bogen um Leana, bis schließlich ihr Bruder Dimitros ihr vorwurfsvoll an den Kopf warf: „Überleg' mal, welcher Tag heute ist!"

Das war eine Klatsche. Leana hielt tatsächlich inne: „Heute ist der Tag, an dem ich noch etwas erledigen muss!", antwortete sie ohne Zögern.

„Hä?" Dimitros verzog das Gesicht und legte seinen Kopf schief. „Sind bei dir ein paar Sicherungen durchgebrannt?"

„Öh." Leana war selbst überrascht, welchen Satz sie da gerade rausgehauen hatte. Sie wurde rot. „Nicht so wichtig!" Sie verdrückte sich nach draußen und sog tief die kalte Luft ein. Das änderte an der Unruhe nichts, aber sie verstand nun besser: „Ich hab's noch nicht gepackt! Asarjas Auftrag sitzt mir im Nacken! Ausgerechnet heut'! Ich Nudel hätt' ja auch schon früher nach Hügelhain können! Naja, sind wir mal ehrlich, wann wär' denn Zeit dafür gewesen?" Leana blies die Backen auf und dachte nach. „Wäre wohl schon gegangen", druckste sie herum, „aber zwischendurch darf ich ja mal an mich denken, oder?"

„Sag' mal, mit wem redest du da?", fragte Lisa, ihre Schwester. Sie hatte Leanas Stimme durch die geschlossene Haustür gehört.

Leana erschrak. „Äh. Mit mir selbst! Ich führ' ein Selbstgespräch. Hi, hi, komisch, nicht?"

Lisa runzelte mindestens so sehr die Stirn wie zuvor Dimitros: „Ja, komisch. Alles klar im Oberstübchen?" Sie tippte sich mit dem Zeigefinger an die Schläfe.

„Sieht wohl nicht so aus, hm?"

„Nicht wirklich."

„War ein bisschen viel zuletzt. Dann noch die Prüfungen und …" Leana brach ab.

„Und was?"

„Ach nichts."

„He, Leana, ich bin deine Schwester! Ich merk', wenn bei dir etwas faul ist!"

Leana lächelte. „Ich weiß. Aber ich mag nicht drüber reden."

„Warum nicht?"

„Vielleicht liegt es daran, dass ihr mich ohnehin für ein wenig durchgeknallt haltet."

„Meinst du das?"

„Naja, meistens gibt es wegen mir und meinen verrückten Ideen und Ansichten Stress."

Lisa schwieg für einen Moment. Ganz abwegig war das nicht. „Wenn du da auf deine Art zu glauben anspielst, schon. Aber das hat sich doch gebessert. Du bist lang' nicht mehr so krass drauf wie früher."

Leana verstand, was Lisa meinte. Bevor sie ihren Glauben mehr oder weniger an den Nagel gehängt hatte, war sie oft in

Gottesdiensten und auf Jugendseminaren gewesen, die stark auf das wunderbare Wirken Gottes setzten. Sie war davon überzeugt gewesen, dass Gott heute noch Menschen heilt und mit seinem Heiligen Geist oder durch Engel eindeutig redet. Damit war sie in der Familie ziemlich angeeckt. Für überchristlich und fanatisch wurde sie gehalten. Vielleicht hatte sie deswegen diese Art des Glaubens schleifen lassen. Sie hatte genug gehabt von Auseinandersetzungen und Diskussionen – vor allem mit ihren Geschwistern. Ist ja auch gut gegangen – bis Asarja kam.

Leana tat einen tiefen Atemzug, sah Lisa in die Augen und antwortete: „Aber genau mit diesem Glauben hat es zu tun. Ich hab' mir das nicht rausgesucht. Das kannst du mir glauben!"

Lisa sah, dass Leana es ernst meinte. Sie spürte die Not ihrer Schwester: „Was immer es ist, du musst das nicht tun."

„Würd' ich ja gern, aber ich fürchte, ich komm' aus der Nummer nicht raus."

„Sei doch nicht gleich immer so fana…" Lisa stockte.

„Fanatisch", vollendete Lena. „Das ist es doch, was ihr von mir haltet, nicht? Aber so einfach ist's nicht!"

„Versau' uns einfach nicht das Fest, okay? Auch wenn wir vielleicht nicht so intensiv glauben wie du, Weihnachten feiern wir alle gern!"

Leana nickte. „Okay. Tut mir leid." Sie umarmte Lisa.

„Kommst du wieder mit rein?"

„Ich brauch' noch kurz."

„Na gut." Lisa ließ Leana vor der Tür stehen.

„Ja, Weihnachten feiern wir alle gern", murmelte Leana. „Ich werd' uns das Fest schon nicht vermiesen, aber der Tag ist noch nicht zu Ende."

Sie blieb noch ein paar Minuten in der Kälte und trat anschließend gefasster ins Haus. An ihrer Unruhe hatte sich nichts geändert, aber sie wollte ihre Familie nicht mehr damit belasten. Das kostete Leana viel Mühe. Dafür merkte sie, wie sich ihre Eltern und Geschwister entspannten.

Zum Abend hin breitete sich sogar die ersehnte Heile-Welt-Stimmung aus. Während des Essens bei Kerzenlicht warf ihr Lisa einen dankbaren Blick zu. Leana quittierte ihn mit einem leichten Lächeln. Irgendwie wurde auch sie von der schönen Atmosphäre ergriffen. Es fühlte sich warm an. Leana konnte sich auf diesen Familienabend einlassen.

Dann gab es eine kleine Bescherung. Große Geschenke machten sie sich schon eine ganze Weile nicht mehr. Viel wichtiger war ihnen die gemeinsam verbrachte Zeit.

Zu Leanas Unbehagen wuchs die Unruhe nach der Bescherung weiter. Über die Maßen. Sie konnte kaum mehr ruhig sitzen und brauchte alle Kraft, gelassen zu wirken. Als es ihr zu schlimm wurde, verließ sie das Wohnzimmer.

Zielgerichtet steuerte Leana das Schränkchen an, in dem das Telefonbuch lag und schlug unter ‚Spiegelbach‘ auf. Es gab einige Schwarzer im Verzeichnis, aber nur einmal in Hügelhain.

„Dorfstraße 13", flüsterte Leana und blieb mit dem Zeigefinger auf dem Eintrag kleben. Sie konnte sich nicht mehr davon losreißen. Die Adresse brannte sich in ihr Gedächtnis. Schließlich klappte sie das Telefonbuch zu und kehrte etwas steif ins Wohnzimmer zurück. Leana versank in Schweigen.

Es dauerte nicht lange, bis den anderen das auffiel: „Ist dir schlecht?", fragte ihre Mutter besorgt.

„Nein, nein." Leana winkte ab. Der Familienabend war gelaufen. Nur wenige Augenblicke später stieß sie hervor: „Tut mir leid, ich muss noch mal los!" Blitzschnell stand sie auf und eilte zur Tür.

„Heute?", fragte ihr Vater erstaunt. Eigentlich war er von seiner griechisch-orthodoxen Prägung gewohnt, das Weihnachtsfest am sechsten Januar zu feiern, aber er hatte sich um der Liebe zu seiner deutschen Frau willen, auf den 24. Dezember eingelassen. Bisher war allen in der Familie dieser Abend heilig gewesen.

Leana verharrte. Besonders ihr war der Heilige Abend immer sehr am Herzen gelegen. Sie schnaufte tief durch: „Seid mir nicht böse, aber es muss sein. Keine Ahnung, warum. Schlimmer wäre, jetzt hier zu bleiben."

„Wohin willst du?" Sorge zeichnete sich in den Augen ihres Vaters ab.

„Nach Hügelhain."

„Nach Hügelhain?", fragten alle erstaunt.

„Was willst du dort oben in diesem unfreundlichen Kaff?" Dimitros konnte sich diese Bemerkung nicht verkneifen.

„Jemanden besuchen."

„Wen?"

Leana sah ihre Mutter an. „Tobias Schwarzer. Er lag auf unserer Station."

Jeder kannte die Geschichte von Samain. Das machte das Stirnrunzeln in der Runde noch größer. Aber jeder kannte auch Leanas Dickschädel.

„Hab' auf dich Acht", sagte ihr Vater leise.

„Werde ich. Bitte nicht böse sein!" Leana sah jeden kurz an. Bei Lisa blieb ihr Blick etwas länger hängen. Dann ging sie hinaus, zog sich warme Kleidung an und verließ das Haus.

Die Scheiben ihres Wagens waren mit Reif überzogen. Sie musste kratzen. Mehr als sonst fiel ihr die Stille in der Straße auf. Der Eiskratzer wirkte unangenehm laut und störend. Leana fühlte sich zur Eile gedrängt, hatte aber keinen Plan davon, was sie mit Tobias reden sollte. Falls ihr überhaupt die Tür geöffnet wurde. Sie kam sich reichlich bescheuert vor. Aber zu Hause bleiben wäre genauso unmöglich gewesen. Leana stieg ein und startete den Motor.

Langsam fuhr sie durchs Wohngebiet. „Du kannst dich ruhig zeigen! Schließlich hast du ja dein Ziel erreicht!", sagte sie unvermittelt und sah auf den Beifahrersitz. Dort vermutete sie Asarja.

Der Engel zeigte sich nicht.

„Na gut", flüsterte sie und konzentrierte sich auf die Fahrt.

Sämtliche Straßen waren wie leergefegt. Kein anderes Auto begegnete ihr. Sie fuhr über die Ginsterbrücke aus Spiegelbach hinaus und bog an der Kreuzung rechts auf die Landstraße ein. Nach etwa einem Kilometer zweigte eine kleine Straße links hinauf nach Hügelhain ab.

Leana hatte ein komisches Gefühl. Ihr kam das alles sehr unheimlich vor. Außerdem war die Nacht unter dem Dach des Waldes besonders dunkel. Bedenken wuchsen in ihr mit jedem Meter, Unruhe verwandelte sich in Nervosität. Angst mischte sich zunehmend darunter.

„Was soll ich überhaupt sagen? – Hallo, ich bin Leana und wünsche euch fröhliche Weihnachten? War die Bescherung schön? Hat das Essen geschmeckt? – Meine Güte, wie krass ist das denn? Die denken doch garantiert, dass ich 'ne Vollklatsche hab'!", stöhnte Leana. „Vielleicht hab' ich ja Glück, und sie machen gar nicht auf oder werfen mich im hohen Bogen wieder hinaus. Dann bin ich aus der Sache raus und brauch' mir darüber keinen Kopf mehr zu machen. Wär' mir am liebsten!"

Der Wald lichtete sich. Leana erreichte die Hügelhainer Hochebene. Hier oben wirkte die Nacht wieder heller. Die Landschaft war einigermaßen erkennbar. Wiesen zeigten sich rechts und links. Grau hatte sich der Reif auf ihnen abgesetzt. Leana hatte es nicht eilig, warum auch? So gut es bei der Dunkelheit ging, sah sie sich um. Ihr fiel ein kleiner Hügel auf, nicht weit von der Straße. Für den Bruchteil einer Sekunde meinte sie, dort Gestalten zu sehen. Leana verlangsamte ihre Geschwindigkeit so sehr, bis sie fast stand. Angestrengt sah sie zu der kleinen Erhebung hinüber, konnte aber nichts mehr erkennen.

Sie fühlte sich von dort angezogen. Es war ein guter Ort. Wohl der angenehmste überhaupt hier oben. Unerklärlicherweise wollte Leana viel lieber hier bleiben, als ins Dorf hinein. Mit etwas Wehmut rollte sie in ihrem Wagen an der Stelle vorbei.

Nach einer langgezogenen Kurve führte die Straße weitgehend gerade ins Dorf hinein. Spärliche Straßenbeleuchtung sorgte für ein wenig Licht. Eine große Schwere lag wie Blei auf Hügelhain. Leanas Kehle schnürte sich zu. Nur wenig nach den ersten Häusern konnte sie kaum noch atmen. Welcher

Unterschied zu draußen beim kleinen Hügel! Sie war nicht willkommen. Feindseligkeit schlug ihr hart entgegen. Links tauchte die Johanniskirche auf, ein Gefühl der Jämmerlichkeit umfing Leana. Kurz danach griff das kalte Grauen nach ihrem Herzen: Der Friedhof.

„Gott sei Dank, dass ich hier nicht aussteigen muss!", murmelte sie und wagte es kaum, auf die Friedhofsmauer zu blicken. Wieder meinte sie, irgendwelche Gestalten wahrzunehmen. Doch das waren ganz andere Kaliber als vorhin! Leana trat aufs Gas. Am Friedhof war es schlimmer als anderswo in diesem schlimmen Dorf.

Im Nu hatte sie die letzten Häuser erreicht: „Jetzt ist das Kaff zu Ende, und ich hab' keinen Schimmer, wo Tobias Schwarzer wohnt. Hausnummern gibt es hier oben wohl nicht!", beklagte sich Leana, parkte am Straßenrand und hatte überhaupt keine Lust, die Namensschilder an den Haustüren abzuklappern.

Das Grauen war ihr vom Friedhof gefolgt. „Ich stehe unter Beobachtung", flüsterte sie und sehnte sich nach Asarja oder denen, die sich Hügelhains angenommen hatten und deren Gegenwart sie draußen gefühlt hatte. Vielleicht waren sie ja da, aber ihre Angst überdeckte alles andere. So sehr sie sich das wünschte: Einfach wieder nach Hause fahren, konnte sie auch nicht. Sie musste hier oben sein, heute Nacht.

Leana stieß einen tiefen Seufzer aus, ein wortloses Gebet steckte in ihm. Dann stieg sie aus. Sofort pfiff ihr kalter Wind heftig um die Nase – als wollte er sie zurück ins Auto schieben. Schneidend war er und irgendwie klang Hohnlachen mit.

„Das ist ja ein starkes Stück!" Leana zog ihre Jacke fester zu. „Da lacht mich einer aus! Oder ich bin mal wieder kurz vorm Durchknallen und höre Dinge im Wind, die es gar nicht gibt! Egal, ich bring' das hier zu Ende!", sagte Leana und hielt auf den Hof zu, der ihr am nächsten lag.

Das Licht der letzten Straßenlaterne reichte nicht in die Einfahrt hinein. Dunkler und ein wenig matschig war es hier. Leana schritt mutig voran und entdeckte das Wohnhaus, vor dem eine große Treppe angebaut war. Weniger mutig stieg sie die Stufen hinauf und musste zu ihrer großen Enttäuschung feststellen, dass es zwar eine Klingel, aber kein Namensschild gab.

Drinnen brannte Licht. Da Leana keine weiteren Höfe abklappern wollte, nahm sie sich ein Herz und läutete. Die Bewohner würden bestimmt wissen, wo Schwarzers zu Hause waren.

Einen kleinen Moment später näherte sich jemand und öffnete: „Ja, bitte?"

„Sonja! Sonja Schwarzer!", rief Leana überrascht.

Sonja stutzte und trat verwirrt einen Schritt zurück. Ihr kam diese junge Frau bekannt vor – nur woher?

„Erinnerst du dich an mich?"

Sonja grübelte. „Le… Leana aus dem Krankenhaus?"

„Ja, ja, genau!", lachte Leana erleichtert.

„Was hast du am Heiligen Abend vor meiner Haustür verloren?", fragte Sonja erstaunt. „Hügelhain ist kein passender Ort für ‚Stille Nacht, heilige Nacht'."

„Tja, das frag' ich mich schon eine ganze Weile auch", gab Leana zu.

„Komm erst mal rein! Hier draußen ist es nicht gut!" Besorgt warf Sonja einen Blick in die Dunkelheit und zog Leana in den Flur. Nachdem die Tür geschlossen war, atmete Sonja durch: „Ich mag diesen Wind nicht. Schon gar nicht in den Heiligen Nächten. – Komm mit in die Stube, da ist es warm. Wir hatten noch nie Besuch an diesem Abend."

Leana folgte Sonja. Wie würde wohl die erste Begegnung mit Tobias seit seinem Erwachen verlaufen?

„Leana?", rief es ihr entgegen.

„Micha?"

„Ja, ich bin's! Das ist ja eine Überraschung!" Erfreut ging Micha auf sie zu und schüttelte ihre Hand.

„Äh, ich bin mindestens genauso überrascht!" Leana hatte sich keine Gedanken darüber gemacht, auf wen sie außer Sonja und Tobias noch treffen könnte, aber mit Micha hatte sie überhaupt nicht gerechnet. „Gehörst du zur Familie oder seid ihr zusammen?", fragte sie. Im nächsten Moment hätte sie sich dafür auf die Zunge beißen können, als sie sah, wie Sonja rot anlief und Micha verlegen dreinschaute.

„Ich bin für eine Weile eingezogen", antwortete er und nickte leicht in die Richtung, wo Tobias auf dem Sofa saß.

Leana begriff sofort, merkte aber auch, dass sie mit ihrer unbedarften Frage etwas in Micha und Sonja berührt hatte. Die Situation war ohnehin schon peinlich genug, deshalb wandte sie sich rasch Tobias zu: „Hallo Tobias, wie geht's?"

Bisher hatte Sonjas Bruder der Besucherin kaum Aufmerksamkeit entgegengebracht. Nun, da er von ihr angesprochen wurde, sah er Leana genauer an.

Sie erschrak ein wenig über seine Gleichgültigkeit, ließ sich aber nichts anmerken. Ohne große Umschweife ging sie auf ihn zu und streckte ihm die Hand entgegen.

Er ergriff und schüttelte sie. In seinem Gesicht ging etwas vor.

„Erinnerst du dich an mich?"

„Ich bin nicht sicher", gab er offen zu, „irgendwie kommst du mir bekannt vor."

„Ich bin Leana. Ich war bei dir, als du im Krankenhaus aufgewacht bist."

Tobias runzelte seine Stirn und versuchte, sich die Geschichte ins Gedächtnis zu rufen. „Ich … Äh … Tut mir leid." Er zuckte mit den Schultern.

„Du nanntest dich in jener Nacht Jodok und warst nicht schlecht durch den Wind." Leana grinste leicht.

Tobias war die Lücke in seinem Kopf sehr unangenehm: „Verdammt, ich weiß nichts mehr!", entschuldigte er sich.

„Jodok? So hast du dich noch ein, zwei Tage zu Hause genannt!", schaltete sich Sonja ein und dachte mit Grausen an diese Zeit.

Tobias wurde das Ganze noch peinlicher: „Ich hab' echt 'nen Filmriss!"

„Und die Musik? Kannst du dich an die Musik erinnern? Wir haben sie beide gehört!"

Tobias schob die Unterlippe vor: „Radio?"

„Nee. Wir hörten so keltische, irgendwie irische Folkmusik in unseren Köpfen."

„Hä?"

Leana konnte nicht anders. Plötzlich prustete sie lachend los: „Durchgeknallt, nicht? Du liebes Lieschen! Wie durchgedreht sind wir eigentlich?"

Ihr Lachen glich einem frischen Regen im Hause Schwarzer: Schwere, trübsinnige Stimmung wurde davon weggespült. Leichtigkeit kehrte ein. Ansteckend wirkte es! Niemand konnte sich der Fröhlichkeit entziehen. Doch das Überraschendste war: Das Lachen öffnete Tobias' Herz. Zum ersten Mal seit seinem Erwachen konnte er wieder lachen! Sein eingefrorenes Gesicht wurde weich und wie von einer unsichtbaren Salzkruste befreit. Seine Augen bekamen einen lebendigen Glanz, als ob vor ihnen ein Schleier gelüftet worden war. Ein ungreifbarer Ungeist war mit einem Mal aus dem Haus vertrieben.

„Endlich ist hier ein wenig Frieden auf Erden angekommen! Wurde auch Zeit. Danke!" Micha fühlte sich ein bisschen erleichtert.

„Besonders weihnachtlich ist ja die Stimmung bei euch nicht", bemerkte Leana. „Zumindest habt ihr einen Christbaum aufgestellt."

„Das ist kein Christbaum! Das ist der Lichterbaum des Alban Arthuan!", kam es von Tobias, dessen Gesicht schon wieder etwas grau geworden war.

„Alban was?" Leana wandte sich ihm zu.

„Alban Arthuan. In diesem Haus wird schon immer Alban Arthuan gefeiert. Das Fest der Wintersonnenwende. Die lange Zeit der Nacht ist vorbei. Ein neues Sonnenkind ist geboren und die Tage werden wieder länger."

„Oh."

„So hat es uns Vater beigebracht", erklärte Sonja. „Bei uns gibt es kein christliches Weihnachtsfest. Die Götter bestimmen unseren Jahreslauf."

Rasch war das vom Lachen vertriebene Dunkel in die Stube zurückgekrochen. Leana merkte, wie die Luft wieder zum Schneiden dick wurde.

„Sonja, vergiss nicht, du bist dem wahren Licht begegnet", erinnerte sie Micha. „Wir haben gesehen, wie der Herr dich und Tobias aus den Fängen der Dunkelheit gerettet hat."

„Ja, stimmt", antwortete sie, aber es klang schwach.

„Vater wurde nicht gerettet", warf Tobias trocken ein. „Drüben auf dem Friedhof liegt er. Zusammen mit den anderen." Er hielt inne und war plötzlich ganz in sich gekehrt. Abwesend sprach er weiter: „Nein, er liegt nicht, er steht. Er steht und grinst. Wie die anderen auch. Vaters Leib ist tot, er aber nicht. Er lebt."

Leana, Micha und Sonja bekamen eine Gänsehaut. Die Temperatur in der Stube schien von einem auf den anderen Augenblick um viele Grade gefallen zu sein.

„Wo ... Woher weißt du das?", stammelte Sonja entsetzt.

„Ich hab' ihn gesehen. Und die andern auch!"

Micha fiel das dunkle Funkeln in Tobias' Augen auf. Es war nur leicht erkennbar, aber für ihn unübersehbar.

„Ich hab' da auch was wahrgenommen", bestätigte Leana. „Wer sind die finsteren Gestalten, Tobias? Kommt dir bei denen nicht auch das kalte Grausen?" Glockenklar klang ihre Stimme.

Der Schatten wich aus Tobias' Augen. Er wirkte wieder wacher.

„Ja", antwortete er leise. „Schlimm war es auf dem Friedhof."

Sonja und Micha tauschten Blicke aus. An den vergangenen Tagen hatte nur scheinbarer Friede in Tobias geherrscht.

„Ein schlafender Vulkan", flüsterte Sonja.

„Keiner ahnt, wann er wieder ausbricht", vollendete Micha und fühlte sich matt. Am liebsten hätte er laut los gebetet. Aber er hatte Hemmungen. „Willst du davon frei werden?", fragte er vorsichtig.

Sonjas Bruder sah ihn an. Dieser Blick ließ Micha innerlich frieren und zeigte ihm, dass Tobias ihn noch immer nicht mochte.

„Und?", wollte Sonja wissen, als ihr sein Schweigen zu lang wurde.

„Lasst mich einfach, okay?" Tobias stand auf. „Ich muss hier raus!" Er ging zur Tür.

„Darf ich mitkommen?"

Erstaunt richteten sich sechs Augenpaare auf Leana.

Überrumpelt antwortete Tobias: „Wenn du magst." Dann war er draußen.

„Sei vorsichtig. Mit ihm stimmt was nicht. Ogmios hat seine Finger im Spiel!" Micha hielt Leana am Arm fest. „Wir sind gerade raus! Tobias misstraut uns. Sieht so aus, als ob es bei dir noch anders ist."

„Tobias kann sehr unheimlich sein! Pass' auf dich auf!" Sonja umarmte Leana. „Danke für deinen Besuch!"

„Passt schon. – Ogmios? Asarja hat auch von ihm gesprochen. Was wisst ihr über ihn?"

„Er ist in Hügelhain der eigentliche Boss. Ein keltischer Gott aus der Unterwelt. Hat Spaß daran, die Menschen, die sich ihm verschrieben haben, in sein Reich zu ziehen", erklärte Sonja.

„Der Alte", flüsterte Leana.

Verblüfft sahen Micha und Sonja sie an.

„So wird er auf einem alten Bild dargestellt: ein zahnloser Alter, der an goldenen Ketten eine tanzende Reihe von Menschen hinter sich her zieht. Die Ketten sind in seiner Zunge verankert und durch die Ohren der Tanzenden getrieben", bestätigte Micha.

„Die Musik! Der wippende Fuß!", murmelte Leana.

„Was meinst du?", fragte Sonja.

„Viel kann ich euch nicht sagen, aber ihr ..." Sie stockte und setzte neu an: „*Wir* sind auf der richtigen Fährte. Tobias steht unter dem Einfluss des Ogmios'. Wenn er sich nicht anders entscheidet, wird er der nächste Hochpriester und sich endgültig in die Reihe der Tanzenden einfügen."

„Vom wem weißt du das?" Micha sah Leana mit großen Augen an. Den eigenen Verdacht aus fremdem Mund zu hören, erschütterte ihn.

„Von Asarja."

„Den Namen hast du eben schon einmal genannt. Wer ist das?"

„Ein Erzengel. Rafael." Ein Schatten lief kurz über Leanas Gesicht. „Falls euch mal Engel begegnen sollten, dann geht nicht zu flapsig mit ihnen um. Sie sind würdevolle Gestalten."

„Hm?" Sonja und Micha sahen Leana fragend an.

„Ach, nur so", entschuldigte sie sich. „Betet für uns! Sagt den anderen Bescheid!" Leana verließ die Stube.

Der lange Hausflur war leer.

„Tobias?"

„Draußen."

Die Haustür stand einen Spalt offen. Kalte Luft wehte herein.

„Okay." Leana schloss ihre Jacke und trat vor die Tür.

Tobias hatte auf sie gewartet. „Gehen wir?"

Leana schluckte. „Äh, wohin?"

„Weg vom Hof – keine Ahnung. Einfach raus aufs Feld oder so. Hier ist's mir zu eng!"

„Glaubst du, das ist eine gute Idee, heute Nacht?" Leana fühlte sich bei dem Gedanken alles andere als wohl.

„Warum nicht? Es ist halt Nacht, na und?"

„Es ist die *Heilige Nacht.*"

Tobias sah Leana an. Sie konnte erkennen, dass etwas in ihm vorging. Ein wenig abwesend sprach er: „Ja, heute ist eine heilige Nacht. Ein neues Jahr beginnt, und es ist die erste der zwölf Raunächte."

„Wie?"

„Hab' ich was gesagt?"

Leana runzelte die Stirn. „Nee, nee, schon gut. Aber nicht zu weit, okay?" Ihr fiel ein, wie sie Asarja gegenüber von einem Himmelfahrtskommando gesprochen hatte. Damals, als er sie nicht aus dem Auftrag hatte entlassen wollen. Genau dieses Gefühl beschlich sie nun. Wozu Ogmios in der Lage war, konnte aussagekräftig auf dem Friedhof begutachtet werden. Dennoch wagte sie sich allein mit Tobias auf einen Nachtspaziergang – in einer außergewöhnlichen Nacht. Das war sie nämlich jetzt schon.

Schweigend gingen sie nebeneinander her. Aber in Leana war es nicht still. In Gedanken betete sie ohne Unterlass. Manchmal in einer Sprache, die sie selbst nicht verstand; manchmal auf Deutsch. Außerdem war sie angespannt wie eine Sprungfeder, nach allen Seiten hin hellwach. In der unsichtbaren Welt war einiges in Bewegung. Nicht nur Gutes, soviel stand fest.

„Warum bist du heute Abend zu uns gekommen?", fragte er, als sie genug Abstand zu den Häusern hatten.

„Pfff." Leana blies Luft durch die Lippen. Sie wusste nicht, was sie sagen sollte. „Nun – äh", fing sie schließlich an, „wir haben uns unter besonderen Umständen kennen gelernt. Da wollt' ich mal erfahren, wie es dir so geht."

„Aber warum gerade *heute?*"

„Keine Ahnung. Wär' auch schon früher möglich gewesen – aber keinesfalls später! Hab's halt nicht auf die Reihe gebracht. So blieb nur noch heute übrig. Zugegeben: der seltsamste Zeitpunkt. Aber vielleicht soll's so sein."

„Du hast etwas an dir … Es zieht mich an und gleichzeitig stößt es mich ab. Mit diesem Micha ist es ähnlich – sogar bei Sonja, meiner eigenen Schwester!"

„Hmja?" Leana wusste genau, was Tobias abstieß. Das machte sie irgendwie stolz. Aber hinter der Ablehnung verbarg sich auch die größte Gefahr.

„Wie auf dem Friedhof neulich: Es zog mich zu den Toten hin und im nächsten Augenblick sehnte ich mich nach Schutz vor ihnen."

„Das glaub' ich dir! Auf eurem Friedhof ist's alles andere als friedlich! Da gibt's unruhige Seelen! Die waren garantiert keine Engel!"

„Engel", wiederholte Tobias. Das Wort schmeckte ihm wie schimmeliges Brot. Er versuchte, es aus seinem Kopf zu schieben. Trotzdem war er erstaunt darüber, wie Leanas Wahrnehmungen zu den seinen passten. Es beschäftigte ihn, dass ihr dasselbe unheimlich und bedrohlich vorkam wie ihm. Außerdem verwirrte ihn, weshalb ihn ihr ‚Geruch' abstieß, obwohl Leana die Einzige war, zu der es ihn hinzog. Nur weil sie hübsch war? Nein, da gab es mehr. Das, was ihn bei ihr abstieß, das zog ihn auch an. Sie umgab dieses Gefühl der starken und sicheren Arme, die ihn auf dem Friedhof aufgefangen hatten.

„Alles in Ordnung?"

Ihre Frage riss ihn aus seinen Gedanken: „Hm?"

„Du warst eine ganze Weile so ruhig. Hast du nachgedacht?"

„Ja, ein wenig."

„Und?"

Leana hatte eine Art zu fragen, die es ihm schwer machte, sie schroff abzulehnen. Bei Sonja fiel das leichter. „Wer bist du?"

Tobias sah Leana an.

Sie wusste, dass sich ihre Augen gerade im Dunkel der Nacht trafen. Gerne wäre sie seinem Blick ausgewichen, aber sie tat es nicht. Was sollte sie antworten? Die Wahrheit über Asarja und ihren Auftrag? Oder besser noch ein wenig unklar bleiben, bis mehr Vertrauen zwischen ihnen gewachsen war? Aber warum sollte überhaupt Vertrauen wachsen?

‚Das ist doch komisch, wenn ein junges Mädchen einen jungen Mann aufsucht. Oder?', dachte sich Leana.

Im Grunde hatte sie den Auftrag erfüllt. Sie war hier. Asarja konnte zufrieden sein.

‚Leana, das ist eine Milchmädchenrechnung. Du weißt das', ging es in ihr weiter.

Sie blieb Tobias die Antwort schuldig. Wind kam auf. Von der ersten Brise an wusste sie: Dieser Wind hatte nichts mit dem üblichen Wetter zu tun. Der kalte Hauch traf Leana wie ein Kuss des Todes. Keine Jacke der Welt hätte sie vor diesem unheimlichen Frösteln bewahren können.

Im selben Moment wurde auch Tobias anders. Ein unsichtbarer Schleier war ihm über den Kopf geworfen worden. Sein eben noch fragendes und offenes Wesen wurde darunter abgedeckt und seine Augen funkelten nun in einem anderen Glanz. Bedrohlich.

Sie trat einige Schritte zurück. ‚Wäre ich nur zu Hause geblieben‘, wünschte sie sich.

Den Wind begleitete ein Rauschen. Leana glaubte, darin Lachen und Hufgetrappel zu hören. Als ob eine wilde Meute lärmend und tobend durch die Lüfte jagte.

„Das wilde Heer! Das wilde Heer!", rief Tobias plötzlich in den zunehmenden Wind. „Die Reiter der Raunacht!" Er reckte begeistert die Hände in die Höhe und winkte mit beiden Armen wie zur Begrüßung eines lang erwarteten Besuchs.

Seine Freude bereitete Leana Grauen. Immer weiter zog sie sich von ihm zurück. In dieser Freude schwang eine dunkle Bosheit mit!

„Ich gehör' nicht hierher! Ich muss weg!", flüsterte sie und wandte sich zur Flucht. Doch wie im Albtraum kam sie nicht vorwärts. Die Luft war zu einer zähen Masse geworden und umfloss sie lähmend. Leana wurde vor Angst schwindelig. Hier waren Mächte am Werk, denen sie so noch nie begegnet war. Klein, hilflos und schwach fühlte sie sich. Was, wenn Tobias plötzlich ausrastete? Trotz Krankenhaus war er ein kräftiger Bursche. Wenn er nun einen Befehl empfing? Leana mühte sich, Abstand zu gewinnen. Sie wühlte sich durch die puddingartige Luft.

„Asarja! Wo bist du?", stöhnte sie. „Wenn man mal einen Engel braucht, ist er nicht da!"

Ihr Flehen blieb unbeantwortet. Asarja zeigte sich nicht. Stattdessen wurde der Wind kräftiger, das Lärmen darin lauter. Es klang wie ein Zug, der von Ferne daher rauschte.

„Ich lieg' gefesselt auf den Gleisen!", keuchte sie und versuchte, wegzukommen.

Die Luft bebte.

Voll Erschrecken ging ihr Blick in die Höhe. „Das Wilde Heer!" Ihr stockte der Atem.

Wilde, geköpfte Reiter – ausgemergelte Gestalten – fegten über den Himmel. Angeführt von einem halbnackten, in ein Löwen-

265

fell gekleideten Alten. Wie Puppen hatte er sie im Schlepptau. Mitten im Heer war noch einer. Neben dem Alten der einzige mit Kopf. Ein Gefangener? Ein Mitgeschleifter?

„Das kann nicht sein! Das gibt's nicht!", stammelte Leana und gab alles Flüchten auf. Sie traute ihren Augen nicht. Schrecklicher hätte ein Filmregisseur das Bild am Nachthimmel nicht inszenieren können. Sie sah sich nach Tobias um und hoffte, dass er ihr lachend den Vogel zeigen würde. Im Sinne von: ‚Du spinnst ja!' Aber er blickte selig verklärt zum Himmel, als ob sich dort oben gerade die Erfüllung seiner sehnlichsten Wünsche ereignete.

Panik übermannte Leana vollkommen: Sie schrie, weinte, schlug um sich! Wollte nur noch raus aus diesem unsichtbaren Pudding! Wühlte und kam doch nicht vom Fleck!

„Welcher Teufel hat mich geritten? Warum hab' ich mich darauf bloß eingelassen?", heulte sie und bedauerte den Tag, an dem sie Asarja zum ersten Mal begegnet war.

Der Lärm wuchs zu unerträglichem Krach. Darunter plötzlich Musik. Oh, Leana kannte sie noch gut! Neues, schlimmes Grauen erfasste sie.

Furchtbar: Die Musik nahm Tobias in Besitz und reihte ihn in den Rhythmus der zuckenden und kopflosen Leiber am Himmel ein. Er wurde nicht emporgehoben, aber er geriet unter die Kontrolle dessen, der das Heer befehligte.

Böse, lebensverachtende Gestalten huschten aus dem Nichts herbei und berauschten sich an Leanas Angst.

Tobias wandte sich ihr zu. Er behielt seine volle Beweglichkeit und genoss diesen Vorteil mit dunkler Freude. Genüsslich schritt er Leana entgegen. Plötzlich blieb er stehen und verlor das Interesse an ihr. Stattdessen ging sein Blick wieder zum Himmel. Etwas geschah dort und zwar direkt über dem Wald. Auch Leana entging das nicht. Irgendwo da oben lag im Wald der Burgstall mit dem Grabhügel. Asarja hatte von ihm gesprochen. In unerwarteter Klarheit, angesichts der Entfernung eigentlich unmöglich, sah sie einen Krieger über den Wipfeln der Bäume aufsteigen. In seinen Händen hielt er eine golden schimmernde Platte oder Schale. Von ihr ging eine dunkle, verlockende Strahlkraft aus. Leana sah, wie Tobias nach dem Kleinod gierte und alles um sich herum vergaß. Er streckte die Hände aus und rannte hingerissen davon. Dem Krieger entgegen.

Die Aufmerksamkeit des Alten und seines Geisterheers war ebenfalls ganz auf das Schauspiel gerichtet. Auch der Mitgeschleifte konnte sich dem nicht entziehen.

Plötzlich fiel die Lähmung von Leana ab. Doch das juckte sie gerade nicht. Zu fesselnd war das Geschehen am Nachthimmel.

„Du hast genug gesehen! Verschwinde!", wurde ihr von einer bekannten Stimme ins Ohr geraunt.

„Asarja?" Leana fuhr herum. Niemand war zu sehen. „Ich hab' doch grade ...", murmelte sie und sah wieder auf zum Himmel.

„Junge Dame, die Gelegenheit kommt kein zweites Mal! Verdufte!", zischte die Stimme eindringlich.

Leana verspürte so etwas wie einen Knuff im Rücken.

„Und dreh' dich ja nicht um! Klar?"

Diesmal gehorchte Leana und rannte los: „Asarja? Bist du das? Asarja?"

„Schweig' und rette dein Leben!"

Hinter Leana wurde der Tumult wieder lauter. Nur auf Grund der eindringlichen Warnung hielt sie ihren Blick fest in der anderen Richtung. Sie floh, so sie schnell ihre Füße in der Dunkelheit trugen, zum Dorf. Das war mehr ein Stolpern und Straucheln. Immer wieder stürzte sie auf dem gefrorenen Boden, rappelte sich sofort wieder auf und traute sich erst langsamer zu werden, als sie die ersten Häuser erreichte. Die kalte Luft schmerzte in den Lungen. Gleichzeitig lief ihr der Schweiß Stirn und Rücken hinunter. Keuchend stand sie am Ortseingang auf der Hauptstraße. Leanas Kopf dröhnte von dem grässlichen Lachen, dem Getrappel der Hufe und der

Musik. Alles schien in Aufruhr zu sein; dabei lag das Dorf völlig ruhig in sternenklarer Nacht vor ihr.

„Bestimmt haben nur Tobias und ich das alles erlebt!"

Flucht und Angst hatten Leana erschöpft. Mehr als rasches Gehen war für sie jetzt nicht mehr drin. Sie eilte die Dorfstraße entlang, sah weder nach rechts noch links. Auf der Höhe des grauenvollen Friedhofs hielt sie den Blick besonders starr auf den Asphalt unter ihren Füßen gerichtet. Aber auch ohne aufzusehen, fühlte sie die toten Augen im Nacken. Boshaft starrten sie ihr nach. Kaum war Leana am Friedhof vorbei, merkte sie voll Schreck, wie sich das Geisterheer über dem Wald in Formation brachte und zum Dorf herüberschwebte. Alles Leben schien aus ihr zu weichen. Kraftlos, bleich und blutleer, voll lähmender Angst sah Leana das Geisterheer näher kommen. Nur ein paar Häuser entfernt, blieb es für einen quälend langen Moment über einem Hof stehen. Der kalte, unnatürliche Wind blies Leana immer wuchtiger ins Gesicht. Sie sah das Heer sich vom Hof lösen und am gegenüberliegenden Ende der Dorfstraße Aufstellung nehmen. Der Wind wuchs zum Sturm. Unbändig fegte er zwischen den Häusern hindurch. Leana konnte ihm nicht widerstehen. Sie wurde von den Füßen gerissen, gleich einem welken Blatt über die Straße gewirbelt und schlug sich irgendwo den Kopf an. Benommen landete sie an einer alten Mauer und musste hilflos mitansehen, wie das Heer in Bewegung kam und zu einem Triumphzug ansetzte. Tödliche Kälte griff nach Leana. Zunehmend entfernte sie sich von ihrem Leib. Stück für Stück floss das Leben aus ihm heraus und wurde von den vorbeimarschierenden, enthaupteten Kriegern gierig aufgesogen.

‚Bald ist es zu Ende', stellte sie erstaunlich nüchtern fest und wünschte sich nur, nicht länger diesem unerträglichen Anblick ausgeliefert zu sein. Aber das Heer zog bis zum letzten Mann vorüber. Danach blieb eine Leere, in die das Grauen unaufhörlich weiter einsickerte. Leana wurde in einen tiefen und endlos schrecklichen Schlaf gezogen.

Vom ersten Moment an, als Tobias und Leana das Haus verlassen hatten, erfasste Micha und Sonja eine rastlose Unruhe.

„Ich hol' Frederike!" Micha machte sich auf den Weg.

„Und ich versuch', Paul und Susanne an die Strippe zu kriegen. – Beeil' dich! Ich mag hier nicht alleine sein!" Sonja begleitete Micha vor die Tür.

„Ich gebe mein Bestes!" Micha lächelte Sonja aufmunternd zu und verschwand.

„Diese Nacht", murmelte Sonja. Sorgenvoll sah sie zum Himmel.

Jedes Jahr hatte ihnen der Vater an diesem Abend die Geschichte vom Wilden Heer erzählt. In den Raunächten, besonders aber in der Heiligen Nacht, war es am Himmel unterwegs. Immer wieder verschleppte es Menschen auf Nimmerwiedersehen.

Sonja schüttelte sich. Entsetzen kroch in ihr Herz.

Just in diesem Augenblick blies ihr eine Windböe ins Gesicht. Sonja empfand sie wie eine Ohrfeige. Rasch schloss sie die Tür und eilte zum Telefon. Sie nahm den Hörer ab und erstarrte: Die Leitung war tot. Kein Ton. Erschrocken legte Sonja auf und probierte es ein zweites und drittes Mal. Nichts änderte sich. Beklemmend. Die Wände des Hauses schienen näher zu rücken, als wollten sie Sonja zerquetschen.

„Sie sind unterwegs!", flüsterte sie und sank aufs Sofa. „Lieber Gott, schütze und hilf uns! Bitte, bitte, bitte!" Sie begann, vor und zurück zu wippen: „Bitte, bitte, bitte!" Tränen quollen aus ihren Augen. Lähmende Ohnmacht bemächtigte sich ihrer. „Bitte, bitte, bitte!"

Micha fuhr mit seinem alten Kombi über das schmale Sträßchen zum Armenhäuschen hinaus. Noch nie hatte er eine solche Abneigung gegen den Heiligen Abend empfunden wie heute. Er hasste ihn förmlich. Das hatte nichts mit dem Christfest zu tun. Er hasste das, was darunter lag und viel älter war. Diese Nacht hatte es in sich!

Zum Glück dauerte die Fahrt nur wenige Minuten. Rasch stieg er aus und rannte durch den Vorgarten: „Frederike! Frederike!" Micha pochte gegen die Tür.

Von drinnen kamen Geräusche, gleich darauf öffnete die alte Erzieherin: „Fröhliche Weihnachten, Micha! Der Herr ist geboren! Der Retter ist da!". Sie lächelte ihn an.

„Ich glaub', den können wir heut' gut gebrauchen!" Er umarmte sie und trat ein.

„So, das war die Botschaft der Hoffnung. Aber du bist wegen etwas anderem da, nicht?", fragte Frederike ernst. „Es ist das Wilde Heer", gab sie sich selbst die Antwort.

„Das Wilde Heer?" Micha stutzte.

„Hast du noch nie davon gehört?"

Er schüttelte den Kopf.

„Überall, zumindest ist es mir vom süddeutschen Raum und den Alpenländern bekannt, gibt es lokale Sagen von einem unheimlichen Geisterheer. Am Heiligen Abend und in den zwölf Raunächten jagen diese wilden Gesellen über den Himmel, treiben Schabernack, richten Unheil an. Je nach Region haben sich die Menschen bestimmte Schutzzauber oder Rituale ausgedacht, um sich vor diesen unheimlichen Unholden in Sicherheit zu bringen."

Micha schluckte: „Früher hätte ich das als Aberglauben abgetan. Aber seit ich Hügelhain kenne ..."

„Nun ja, von Schutzzauber oder Ähnlichem halte ich nicht viel. Es ist der Herr, der siegt." Frederike hielt inne. „Aber schrecklich und verstörend sind diese Vorgänge in der unsichtbaren Welt schon. Wer da nicht fest steht, knickt vor den Mächten ein. Angst und Grauen sind ihr Geschäft, gewürzt mit Versprechen auf Macht und Reichtum. Es kostet dich bloß deine Seele."

„Und dieses Heer zieht auch hier über den Himmel?"

„Ich habe keine Ahnung, wo es herkommt. Seit ich vor vielen Jahren in diesem Gott verlorenen Dorf gestrandet bin, hat es bisher keine Heilige Nacht ausgelassen. Sobald die Sonne sinkt, bleibe ich im Haus. Früher, bevor ich den Herrn gefunden hatte, war der Heiligabend besonders schlimm. Jetzt weiß ich: Engel wachen über mich. Aber man muss ja nicht unnötig mit dem Feuer spielen. Oder?"

„Frederike, wir benötigen deine Hilfe und zwar auf dem Schwarzerhof."

„Hu? Erzähl'!"

Micha fing an.

„Leana, die nette Schwester, hat euch *heute* besucht?" Erstaunen und Sorge klangen aus Frederike.

Micha nickte und fuhr fort.

„Dann sind sie gegangen", schloss er ab.

„Ihr habt das zugelassen?", rief Frederike.

„Was hätten wir denn tun sollen? Tobias auf den Stuhl binden?"

„Das wäre schlauer gewesen! Sind sie schon lange weg?"

„Ich bin gleich darauf losgefahren. Wir sollten beten."

„Oh ja, das sollten wir! – Und Sonja?"

„Die versucht, Paul und Susanne anzurufen."

„Dann schnell zurück! Wir dürfen sie nicht allein lassen!" So flink wie möglich zog sich Frederike warme Kleidung an. „Wir können", sagte sie kurz darauf. „Der Herr stehe uns bei!"

Sie verließen das Häuschen.

Frederike blinzelte in den Himmel und fühlte den kalten Wind auf ihrer alten Haut: „Sie kommen! Beeil' dich! Aber lande nicht im Graben!"

‚Hab' ich alles unterschätzt?' Micha überlegte. ‚Bin ich seit Samain zu leichtfertig gewesen?'

Die Entwicklungen dieses Abends verstörten ihn.

‚Eigentlich nicht', dachte er, ‚aber irgendwie fehlt mir gerade der Durchblick.'

Sie erreichten den Schwarzerhof. Kreideweiß und wippend fanden sie Sonja auf dem Sofa. Den Blick zum Fenster gerichtet.

„Sie kommen", sagte sie tonlos.

„Ich weiß!" Frederike nahm sie in den Arm. „Sind sie schon zurück?"

„Nein."

„Das ist nicht gut!", seufzte die Alte.

„Ich geh' sie suchen!", entschloss sich Micha.

„Nein. Wir verlassen das Haus jetzt nicht mehr!" Frederikes Bestimmtheit duldete keinen Widerspruch. „Später wieder", fügte sie weicher hinzu.

Micha nickte. „Wie sieht es mit Paul und Susanne aus?"

„Leitung tot."

„Leitung tot?" Er runzelte die Stirn.

„Probier's selbst!", zischte Sonja.

„Na, na, na!", beschwichtigte Frederike. „Geratet euch deswegen nicht in die Wolle! – Wir wollen beten. Das Gebet wird nicht wirkungslos bleiben. Der Herr soll uns schützen und seine Engel senden. Und …" Sie machte eine kleine Pause. „Uns einen kühlen Kopf schenken. Zwietracht nützt nur dem Feind."

Micha nahm sich einen Stuhl und setzte sich.

„Herr Jesus Christus, Du kennst diese Nacht, und Du weißt um ihre Bedeutung im Dorf und andernorts. Die Wilden Reiter sind unterwegs. Tobias und die junge Schwester …"

„Leana", ergänzte Micha für Frederike.

„Leana, danke. – Tobias und Leana sind draußen. Die Geister sind entfesselt! Schütze sie. Auch uns."

„Niemand soll zu Schaden kommen", murmelte Sonja leise.

„Ich glaube, besonders Leana braucht Deinen Schutz, Herr über Leben und Tod, unser Retter! Zeig', was wir tun können!"

Kaum hatte Micha geendet, drückte eine Windböe so stark gegen das Haus, dass die Fensterläden klapperten und die Fensterrahmen knackten. Allen versagte für einen Moment der Atem. Die Kerzen erloschen. Das elektrische Licht flackerte kurz und ging aus. Sie saßen im Dunkeln.

„Junge, Junge!" Micha pfiff durch die Lippen. „Geht ganz schön zur Sache!" Er trat ans Fenster und spähte hinaus. „Oi! Seht euch das an! Oben am Himmel!"

„Ich mag's nicht sehen!" Sonja verschloss die Augen und blieb sitzen.

Frederike dagegen kam zu Micha und sah prüfend nach oben: „Sie sind da. Gnade uns, Gott!" Müde kehrte sie zu Sonja zurück und faltete die Hände. „Warten und beten wir!"

Micha konnte sich nicht mehr setzen. Er fühlte die Gefahr für Leana. Gleichzeitig wusste er, wie sehr Frederike Recht hatte. Diese Spannung setzte ihm zu. Am liebsten wäre er nach draußen gestürmt. Aber es herrschten gerade andere Spielregeln. Die Untätigkeit zerrte an seinen Nerven.

Quälend langsam verstrich die Zeit. Minuten fühlten sich an wie Stunden.

Plötzlich ging die Tür. Erschrocken fuhren sie auf und sahen noch, wie die Klinke zurück schnappte.

„Wer da?", fragte Micha barsch und war mit zwei Schritten dort.

Knarrend öffnete sich die Tür weiter und gab den Blick in den Flur frei. Leer.

„Aber wir haben doch gesehen, wie die Klinke gedrückt wurde!" Sonja starrte Micha an.

„Es ist Zeit für euch", sagte Frederike.

„Das denk' ich auch". Micha nickte. „Sonja, kommst du?"

„Hm? Wohin?"

„Leana suchen."

„Und Tobias?"

„Ich glaub', seine Probleme sind gerade kleiner als ihre."

„Wie kommst du drauf?"

„Die Mächte betrachten *ihn* nicht als Feind. Wenn du weißt, was ich meine."

Sie nickte und stand widerstrebend auf: „Gehen wir."

Der Sturm blies unvermindert scharf und wirbelte allerhand durch die Luft.

„Vorsicht!", rief Sonja Micha zu. Sie wich einem alten Eimer aus, der zwischen ihren Beinen hindurchgetrieben wurde. „Und jetzt?"

Micha zuckte mit den Schultern. „Ehrlich gesagt: Weiß nicht! Vielleicht erst mal hinaus auf die Dorfstraße?"

„Okay."

Sie verließen das Hofgelände. Nur einen Moment später drückten sie wieder zurück in den Windschatten der Scheune.

„Da kann sich ja keiner auf den Beinen halten!", rief Micha und blinzelte auf die Straße hinaus.

Der Sturm fegte schrecklich zwischen den Häusern hindurch, obwohl in keinem Wetterbericht von einem Sturmtief die Rede gewesen war.

„Hörst du's?"

Sonja runzelte die Stirn. „Was? Den Wind?"

„Nein, Stimmen und Gelächter in der Luft! Und Hufgetrappel!"

„Hufgetrappel? Nein, außer dem Pfeifen und Rauschen hör' ich nichts!", rief Sonja.

„Seltsam." Prüfend sah Micha zum Himmel und erschrak. Rasch presste er Sonja mit seinem Körper gegen die Scheunenwand.

„Autsch!", protestierte sie und wollte schon einen schnippischen Kommentar ablassen, als sie sein Gesicht sah: „Alles klar?"

„Gleich nicht mehr! Halt' dich irgendwo fest, und riskier' einen Blick, wenn du dich traust."

Fragend schaute Sonja Micha an und griff nach einem rostigen Eisenring, der an der Wand befestigt war. Nur einen Augenblick später nahm der Sturm noch einmal gewaltig zu. Sonja vergrub ihre Nase in der Jacke, damit sie besser atmen konnte. Dass es am Heiligen Abend in Hügelhain unnatürlich stürmte, war für sie nichts Ungewöhnliches. Aber noch nie war sie dabei im Freien gewesen. Der Vater hatte sich immer draußen herumgetrieben und war von diesen nächtlichen Touren überdreht zurückgekommen. Nur wegen Leana brach sie die Regel heute. Lieber wäre sie zu Hause geblieben. In dieser Nacht lag nichts Gutes. Trotz Angst nahm sie Michas Vorschlag an und wagte den Blick auf die Dorfstraße. Sonja schob Micha zur Seite und kniff die Augen zusammen. Die Sturmböen rüttelten an ihr. Der Lärm war ohrenbetäubend. Manchmal schienen tatsächlich noch andere Geräusche unter das Toben gemischt zu sein. Vielleicht war es aber auch Einbildung. Ein Streich, den die Angst spielte. Plötzlich konnte sie etwas erkennen. Schemenhaft nur, aber die Grenzen der Phantasie weit übersteigend. „Ist es das, was du meinst?", rief sie Micha zu. „Diese schattenhaften Gestalten?"

Micha nickte. Aber er sah mehr als sie. Er erkannte die enthaupteten Reiter und ihren Anführer, den Alten, in schrecklicher Klarheit. Und er nahm diesen einen Menschen inmitten des Geisterheers wahr. Irgendwie gehörte er nicht dazu und war dennoch Teil dieses unheimlichen Zugs. Wahrlich! Sie hatten nicht mit Fleisch und Blut zu kämpfen!

Viel länger als eine Sinnestäuschung gedauert hätte, zogen die toten Krieger an ihnen vorbei. Sie sahen keltisch aus und schienen aus tiefer Vergangenheit zu kommen.

Wie sehr hatte sich Micha gewünscht, dass mit dem Erlöschen der Gefolgschaft in Hügelhain endlich Frieden herrschte. Aber nur wenige Wochen in trügerischer Ruhe waren ihnen geschenkt worden.

„Herr, erbarm' Dich!", flüsterte er und schloss die Augen.

Schlagartig war der Sturm vorbei. Absolute Stille.

Sonja wagte, den Eisenring loszulassen und zog ihre Jacke aus dem Gesicht. „Schreckliches Dorf!"

Sie fror innerlich und äußerlich. Vorsichtig trat sie auf die Straße. Klare, kalte Nacht umgab sie. Über ihnen leuchteten die Sterne.

„Sie sind fort", sagte sie erleichtert. „Darauf hätte ich gut und gerne verzichten können!"

„Nicht ohne Grund wurde uns das zugemutet." Micha suchte mit den Augen die Straße ab. „Wir müssen Leana finden. Die Nacht ist kalt. Wo beginnen wir?"

„Gehen wir durchs Dorf", schlug Sonja vor.

„Dachte ich mir auch. Komm!"

Sie eilten los und ließen suchend ihre Blicke in alle Richtungen schweifen.

Es dauerte nicht lange, bis Sonja über Leanas Beine stolperte: „Micha, hier liegt sie!", rief sie ihm halblaut zu und kniete sich bei ihr nieder.

Er war auf der anderen Straßenseite und kam rasch herüber: „Wie geht's ihr?" Micha ging in die Hocke.

„Leana! Leana!" Sonja schüttelte sie und rieb ihre Wangen.

„Hm?", murmelte Leana leise.

Erleichtert sahen sich Sonja und Micha an.

„Komm hoch, der Boden ist zu kalt", sagte Sonja und zog sie an den Armen.

Sie brachte Leana zum Sitzen. Langsam kehrte Leben in sie zurück. Leana öffnete die Augen und sah Sonja und Micha matt an.

„Du brauchst dringend Wärme!" Sonja half ihr zusammen mit Micha auf die Beine.

Sie nahmen Leana in die Mitte.

„Ist mir schlecht!", stöhnte Leana, „Und der Schädel brummt!" Vorsichtig tastete sie sich den Kopf ab: „Autsch, was für 'ne Beule!"

„Kannst du gehen?", fragte Micha.

„Mmh." Leana vermied ein Kopfnicken.

„Okay, wir sollten keine Zeit verlieren. Zurück ins Haus!" Sonja rieb ihr aufmunternd den Rücken.

„Das hätte auch ein bisschen sanfter sein können!", beklagte sich Leana.

„Hu? Entschuldigung!" Rasch zog Sonja ihre Hand zurück.

„Nein, ich mein' nicht dich, sondern *ihn!*" Leana deutete nach vorne.

„Aber da ist niemand!", rief Sonja und warf Micha einen sorgenvollen Blick zu.

Micha lächelte und wehrte beruhigend ab: „Nein, Leana spinnt nicht. Ich seh' ihn auch. Ist das Asarja?"

Leana nickte. „Autsch! Wäre wirklich nicht nötig gewesen!", grummelte sie.

„Trotzdem: Danke!" Micha verbeugte sich.

Asarja hob zum Gruß eine Hand, dann war er verschwunden.

„Habt ihr beide denselben Engel gesehen? Oder was?"

„Tja, zwischen Himmel und Erde geschehen mehr Dinge …"

„Ach hör' bloß auf!", schimpfte Sonja mit gespieltem Ernst.

Niemand von ihnen hatte schlimmen Schaden genommen. Darüber waren alle drei froh. Ganz egal wie der Engel seine Finger im Spiel gehabt hatte – sie waren bewahrt worden.

Erleichtert empfing Frederike die Rückkehrer. Die alte Erzieherin hatte das Feuer am Brennen gehalten sowie heißen Tee gekocht: „Gott sei Dank! Euch geht es gut!" Sie klatschte einmal in die Hände.

„Bis auf meinen Kopf." Leana lächelte die Alte an.

„Und Tobias", ergänzte Sonja.

„Oh, du brauchst dich nicht mehr sorgen. Er ist schon eine ganze Weile zu Hause. Nicht besonders freundlich und gesprächig, aber immerhin da."

„Wo?" Sonja fiel eine Last vom Herzen.

„Ich glaube, er hat sich in sein Zimmer verzogen."

Sonja ging in den Flur: „Tobias?", rief sie die Treppe hinauf und lauschte kurz.

Es kam keine Antwort, aber Sonja hörte ein Rumpeln aus seinem Zimmer. Das war Lebenszeichen genug.

Frederike und Micha untersuchten Leanas Kopf: nur eine Beule und eine kleinen Schramme.

„Ich habe im Eisfach ein Gelkissen, das wird gut tun!" Sonja ging in die Küche, wickelte das Kissen in ein frisches Geschirrtuch und brachte es Leana.

„Danke." Sie hielt es sich an den Kopf: „Ahhh!", seufzte sie und war froh, alles überstanden zu haben.

Für einen Moment wurde es still in der Stube. Jeder hing eigenen Gedanken nach.

„Frederike, da war jemanden im Geisterheer."

„Was sagst du da, Micha?" Die Augen der alten Erzieherin weiteten sich.

„Ich hab' ihn auch gesehen!", stimmte Leana verblüfft zu.
„Draußen auf dem Feld, droben am Himmel!"

„Ich hatte so gehofft, alles sei vorüber." Frederike seufzte.

„Das hat jeder von uns", antwortete Sonja. „Aber es hat nur eine neue Runde begonnen."

„Tobias ist die Beute. Um ihn geht es. Er ist auserwählt. – Die Reihe muss bei Schwarzer bleiben. – Aber draußen auf dem Feld gab es noch mehr: Ein Krieger stieg auf und trug dem Heer eine goldene Schale entgegen. Niemand konnte sich ihrer Magie entziehen. Nicht mal ich. Fast hätte ich das mit dem Leben bezahlt."

„Der Fürst. Du weißt viel, meine Kleine, und hast heute Grausiges erlebt!" Frederike strich Leana übers Haar.

„Ich bin nicht stolz darauf. Asarja hat mich in die Geschichte reingezogen. Zum Glück hat er mich diesmal auch rausgeholt. Ich hab' kapiert, warum ihr Tobias fürchtet." Leana schauderte.

„Der Herr tut nichts ohne Grund. Wenn er dich und einen zusätzlichen Engel beruft, dann wird das seinen Sinn haben."

„Aber Micha, durch Gottes Hilfe und die Engel wurde die Gefolgschaft des Fürsten entmachtet. Keiner ist mehr übrig! Jetzt muss doch endlich einmal Frieden in Hügelhain einkehren!"

„Offensichtlich ist es so, Sonja, dass Ogmios das Heiligtum samt Hügelhain und seinen Bewohnern nicht abgeschrieben hat. Und es sieht so aus, als ob wir ohne zusätzliche Hilfe nicht weiterkommen. Last but not least ist immer noch einer aus der Gefolgschaft übrig – leider."

Sonja verzog nach Michas Worten den Mund: „Und uns gegenüber ist er mehr als misstrauisch. Wer kann sagen, wohin sich sein Herz wendet?"

„Der Alte führt noch was im Schilde", meldete sich Leana. „Darum wurde uns das Geisterheer offenbart und mir der Krieger mit der Schale."

„Der Fürst." Micha kniff sich in die Unterlippe.

„Nicht zu vergessen: der Mitreisende", schloss Leana.

„Kann mir eigentlich jemand mal sagen, warum das alles so kompliziert ist?" Sonja hatte genug. „Kann mir einer erklären, warum sich der allmächtige Jesus Christus von ein paar Geisterkriegern auf der Nase herumtanzen lässt? Nachdem hier oben schon alles klar war, hm? Warum hat er Tobias und mich nicht längst aus der Nummer rausgeholt? Ganz zu schweigen von dem neuen Engel und der armen Leana, die in diese Geschichte hineingezogen wurden! Wo bleibt denn da die Allmacht? Könnte er doch alles mit *einem* Fingerschnippen in Ordnung bringen! Oder?"

„Das ist nicht nur irgendein Engel, das ist Rafael, einer der Höchsten, ein Erzengel. Auf keinen Fall ein Leichtgewicht im himmlischen Hofstaat; das ist sicher!", ergänzte Leana. „Ich kann dich so gut verstehen! Da gibt's einiges, was mir auch nicht ins Hirn rein will!" Sie nickte Sonja bestätigend zu. „Autsch! Ich darf das doch nicht! Denk' endlich dran, Leana!"

Die anderen schmunzelten. Leana hatte etwas Offenes und Erfrischendes. Ihre Art war wohltuend in dieser bedrückenden Lage.

Sonjas Lächeln verging rasch: „Wenn Gott einen aus seiner ersten Garde aufbieten muss, dann sehen wir, wie ohnmächtig er in Hügelhain ist. Das macht die Sache nur noch schlimmer!"

„Wie die Spielregeln in der unsichtbaren Welt sind, weiß keiner." Micha zuckte mit den Schultern. „Aber der Herr hat uns berufen, dem uralten Bösen hier die Stirn zu bieten. Zugegeben, diese Art von Kampf ist im christlich geprägten und aufgeklärten Deutschland eher fremd. Wir lassen die Kirche lieber im Dorf, wenn ihr mich versteht. Auch mit dem Eingreifen von Engeln können wir wenig anfangen. Wären wir in einem Land, wo Christenverfolgung herrscht, würden wir uns bestimmt nicht über die Macht der Geister wundern. Der Preis ist hoch, damit Gottes Liebe zu den Menschen gelangt. Schon immer haben Christen dafür mit dem Leben bezahlt. Hat sich nichts dran geändert. Warum sollte die Schlacht hier leichter sein?"

„Jetzt mal halblang, Micha!", protestierte Sonja. „Du hörst dich an wie ein durchgeknallter Gotteskrieger!"

Micha schüttelte den Kopf: „Die gibt es nur im Islam. Und da sind es auch nur ein paar Verwirrte, die glauben, die Macht Allahs herbeibomben zu können! Zeugen der Liebe Gottes leiden um der Liebe willen. Sie verlieren ihr Leben, weil sie Menschen vor der ewigen Finsternis retten wollen. Sie sterben, damit Befreiung von den Mächten des Bösen geschieht."

„In Ewigkeit, amen!", gab Sonja schnippisch zurück. „Ich hab' keinen Bock drauf! Ich will einfach in Ruhe leben, verdammt nochmal!"

„Und wenn das der Preis dafür ist?", fuhr Micha sie an.

„Jetzt lasst mal gut sein!" Frederike ging dazwischen.

„Nein, wir lassen es nicht gut sein! Immer dieses Beschwichtigen!"

Frederike ließ sich nicht von Sonjas Zorn einschüchtern: „So sind eben die geistlichen Gegebenheiten! Egal wie sehr du dagegen protestierst – du wirst es nicht ändern können!"

„Doch! Ich kann mit all dem aufhören und dieses Scheißspiel beenden! Du hinderst mich nicht dran!"

„Nein, das tue ich nicht. Aber was hättest du gewonnen? Ginge es dir und Tobias dann besser? Wäre im Dorf etwas anders?"

„Keine Ahnung!", fauchte Sonja und schwieg.

„Oi." Leana tat einen tiefen Atemzug. „Ganz schön dicke Luft hier, nicht? Der Alte mischt euch ordentlich auf!"

„Er versucht's immer wieder", antwortete Micha deutlich ruhiger. Er wirkte matt und abgekämpft.

„Sonja, keiner von uns ist der Geschichte gewachsen. Am Schluss kommt es auf unser Vertrauen an. Wirf das Wenige in dir nicht weg! Wir können jedes Krümelchen davon brauchen. Hm?" Leana nahm Sonja in den Arm. „Sieh es als Zeichen, dass Gott dich und Tobias nicht allein lässt, wenn er Asarja und mich dazu nimmt. Glaub' mir, ich hab' mich nicht um die Aufgabe gerissen und es ihm schwer gemacht, mich zu überzeugen."

Sonja nickte.

„Und nun?" Frederike sah in die Runde.

„Warten und beten. Wir werden sehen, was kommt", sagte Micha unzufrieden.

„Ob das für Tobias reicht?"

„Was meinst du, Sonja?", fragte er sanft.

Sie sah Micha an und überlegte: „Wir könnten ihn von Hügelhain wegbringen. So würde er vielleicht einen klaren Kopf bekommen und zu sich finden."

„Und wohin?"

„Irgendwohin. Zu einer Kur oder auf eine Therapie. Er hat genug Schlimmes erlebt."

„Das wär' wirklich ein Gedanke." Micha nickte. „Nur von heute auf morgen klappt das nicht. Solange er keinem was tut, braucht's sein Einverständnis. Ich glaub' kaum, dass er freiwillig das Dorf verlässt."

„Er ist hier zu Hause", stimmte Frederike Micha zu. „So unheimlich er seit seinem Erwachen wirkt, es wird schwer sein, jemand anderen von seiner Gefährlichkeit zu überzeugen."

„Dann muss wohl erst was passieren", seufzte Sonja.

„Wir sind auf uns selbst gestellt. Je enger wir im Kontakt bleiben, desto schwerer wird es für den Feind, uns aus dem Weg zu räumen. Warum treffen wir uns nicht regelmäßig zum Gebet? Bist du dabei, Leana?"

„Tja, wo ich nun schon mal da bin …"

„Gut." Micha nickte. „Wenn uns etwas auffällt oder einer in Not gerät, benachrichtigen wir einander. Ich halte eine tägliche Gebetszeit für wichtig. Wie wär's abends zwischen halb sieben und sieben?"

„Und da sollen wir alle gleichzeitig beten?" Sonja zog eine Augenbraue hoch.

„Möglichst gemeinsam, an einem Ort."

„Das soll klappen?"

„Vielleicht kann nicht jeder immer dabei sein, aber so oft wie's geht schon. Wer verhindert ist, betet eben in dieser Zeit allein."

Frederike und Leana begriffen Michas Absicht. Hügelhain stand noch immer unter Ogmios' Macht. Er hatte es auf Tobias abgesehen und bestimmt noch andere Schurkereien vor. Keinesfalls wollte er seine Vormachtstellung aufgeben. Wie sollten sie ohne Gebet Einsicht über die Vorgänge in der unsichtbaren Welt gewinnen?

„Wenn sie euch sagen: Ihr müsst die Totengeister und Beschwörer fragen, die da flüstern und murmeln, so sprecht: Soll ein Volk nicht seinen Gott befragen? Oder soll man für Lebendige die Toten befragen? Hin zur Weisung und hin zur Offenbarung![49]", zitierte Frederike ein Bibelwort. „Ihr könnt jeden Tag zu mir kommen, dann werden wir gemeinsam unseren Herrn fragen, was er uns über den Alten und seine Pläne sagen möchte."

„Bei dir ist gut!", stimmte Micha zu.

„Ich werde sehen, immer da zu sein. Wir können's uns nicht leisten, nachzulassen!" Leana nickte.

Sonja schluckte und nickte ebenfalls. Auf dem Hof wollte sie keinesfalls dieses Treffen haben. Zu sehr regierte hier noch der Ungeist des Vaters. Außerdem mochte sie Tobias nicht zusätzlich geistlich bedrängen: „Sein Herz muss sich verändern. Wir können ihm den Glauben an die Liebe nicht aufzwingen." Ihre Worte klangen wie ein Selbstgespräch. Sie sah die andern an: „Bitte glaubt für mich mit. Ich werde auch kommen, aber ich spür', wie fremd mir das noch immer ist. Nehmt mir meine Zweifel nicht übel."

„Kindchen, das wird nie geschehen!" Frederike strich ihr über die Haare.

„Beginnen wir morgen. Ich sag' es Paul und Susanne. Wir machen weiter, bis Ogmios vertrieben ist! Lasst uns das im Gebet besiegeln." Micha faltete die Hände.

Nun geschah etwas Besonderes: Jeder von ihnen sprach laut seine Teilnahme aus. Das klang wie ein Schwur. Sie meinten, zu spüren, dass in der unsichtbaren Welt sehr genau auf ihre

---

49 Jesaja 8,19f

Worte geachtet wurde. Während ihrer Gebete rückte diese Welt greifbar nahe an sie heran. Beides konnten sie fühlen: Die Freude der Engel und den Zorn der Geister. Gerade wurde ein feierlicher Vertrag im Angesicht Gottes geschlossen.

„Hilf uns allen, treu zu sein, amen", schloss Leana.

Stille breitete sich in der Stube aus.

„Tja, mit gefangen, mit gehangen!", witzelte sie. „Mit diesem Ausgang des Heiligen Abends hab' ich nun gar nicht gerechnet!"

„Wer sich mit Jesus einlässt, erlebt manche Überraschung!", schmunzelte Micha.

„Wohl wahr." Leana stand vorsichtig auf und betastete ihren Kopf. Die Schmerzen hatten etwas nachgelassen. Sie fühlte sich wieder sicher auf den Beinen. „Ich werd' dann mal. Wir sehen uns." Sie ging zu Sonja, Frederike und Micha und verabschiedete sich mit einer Umarmung. „Schließlich sind wir ja irgendwie miteinander verwandt oder so. Tschüss!"

„Tschüss", gab Frederike lächelnd zurück. Sie hatten eine mächtige Unterstützung erhalten.

Sonja half Leana in die Jacke und begleitete sie zur Tür: „Vielen Dank, dass du dabei bist. Das bedeutet mir viel! Ich fürchte, ich hab' momentan den Zugang zu Tobias verloren. Er ist so weit weg. Micha misstraut er ohnehin – würde ich vermutlich auch. Stell' dir vor, du kommst nach langer Zeit aus dem Krankenhaus und plötzlich ist da ein fremder Typ bei deiner Schwester."

Sonja lächelte matt. „Euch verbindet etwas. Das gibt mir ein wenig Hoffnung."

„Kann sein. Erwart' nicht zu viel. Gute Nacht."

Noch einmal umarmten sie einander, dann stieg Leana die Treppe hinunter und verschwand durch die Hofeinfahrt. In ihrem Kopf kreiste es. Das kam nicht nur vom Sturz. Nach wenigen Schritten zeichnete sich ihr Wagen im Dunkeln ab.

„Oh." Leana erkannte, dass jemand an der Tür lehnte und wartete. Ihr Bedarf an Unheimlichem war für heute reichlich gedeckt. Sie machte auf der Stelle kehrt und wollte zurück zum Haus.

„Lauf' nicht weg!"

„Tobias?" Verblüfft hielt Leana an. „Wir dachten, du wärst in deinem Zimmer." Sie wandte sich um und blieb in einem gewissen Abstand stehen.

„Hab' keine Angst."

„Vorsicht ist die Mutter der Porzellankiste. Das Abenteuer vorhin reicht fürs Erste."

„Es ... Es tut mir leid. Ich hätt' dich nicht allein lassen sollen. Weiß auch nicht, was da passiert ist."

Leana runzelte die Stirn. „Wenn du mich allein gelassen hättest, wäre das nicht so schlimm gewesen. Ich glaub' viel eher, du wolltest mir den Hals umdrehen."

„Was wollte ich?", rief er entsetzt. „Spinnst du? Das würde ich nie tun!"

„Du weißt es nicht mehr, hm?" Leana stellten sich die Nackenhaare auf. Sie ging noch ein, zwei Schritte zurück. „Wie war das mit dem Heer, dem Krieger und der Schale?"

Tobias' Gesicht zeigte ein einziges Fragezeichen.

„Oh, Mann!", stöhnte Leana und griff sich an den Kopf. „Herr, von Augenblick zu Augenblick wird es schwieriger!"

„Mit wem redest du?"

„Mit jemandem, der dich liebt. Geh zurück ins Haus, damit ich endlich heim kann!"

Nun runzelte Tobias die Stirn und trat einen Schritt auf Leana zu. „Wer liebt mich?"

„Bleib', wo du bist oder ich schrei'!"

Gekränkt hielt Tobias an. „Als ob ich ein wildes Tier wär'."

„So groß war der Unterschied nicht. Tut mir leid. Am besten du gehst jetzt und machst einen großen Bogen um mich rum", sagte Leana mit fester und klarer Stimme.

„Leana, was ist bloß los?"

„Darüber werde ich mit dir heute nicht mehr sprechen – schon gar nicht zu so 'ner Uhrzeit, wenn du mich verstehst."

„Ich weiß, weit nach Mitternacht ..."

„Also höchste Zeit für Heia-Kuschelblümchen!"

„Wann sprichst du mit mir darüber?"

„Wenn ich es verantworten kann und mir der Rahmen einigermaßen sicher erscheint."

„Bin ich gefährlich?"

„Im Moment jedenfalls unberechenbar. Hast du dir noch keine Gedanken darüber gemacht, warum Micha bei euch ist?"

„Dieser Halbpfaffe? Was interessiert's mich, welchen Typen sich meine Schwester ins Haus holt?"

„Sollt' dich aber, denn er gehört wie ich zu dem, der dich liebt. Frag' Micha doch mal, weshalb er bei Sonja ist. Dann erhältst du Antwort und findest dazu noch raus, warum ich jetzt möglichst schnell heim will." Leana fühlte Tobias' Verzweiflung. „Verzeih', wenn ich so hart bin. Ich wünsch' es mir auch anders."

„Ich begreif' das alles nicht."

„Gute Nacht, Tobias."

Widerwillig entfernte er sich in die andere Richtung. Erst als er im Dunkeln fast nicht mehr zu sehen war, huschte Leana mit ein paar schnellen Schritten zur Autotür, sperrte rasch auf und drückte sofort die Innenverriegelung. Ihr Herz schlug bis zum Hals. Hastig startete sie und wendete. Als sie auf der Höhe der Hofeinfahrt war, stand Tobias unglücklich am Straßenrand. Leana hielt an und öffnete das Fenster einen Finger breit.

„Erforsch' dich selbst. Es ist Jesus, der dich liebt!"

„Wie soll ich mich erforschen, wenn ich überhaupt nichts kapier'? Und was diesen Jesus angeht, da ..."

„Scht!" Leana legte den Finger auf die Lippen. „Verfluch' dich nicht! Erzähl' mir irgendwann, ob der Fürst Liebe für dich hat und was die Geister dir versprochen haben. Macht? Geh auf den Friedhof. Dort siehst du, wohin diese Lüge führt. Sei geschützt!" Leana gab Gas und fuhr davon.

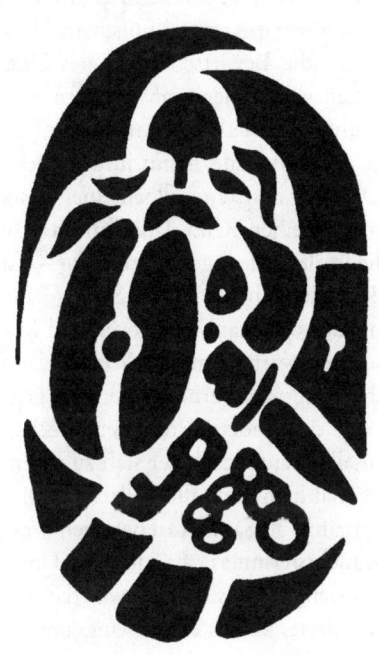

9. Imbolc

Die Treffen begannen am ersten Weihnachtsfeiertag und fanden tatsächlich täglich statt. Wie erwartet, fehlte ab und zu jemand, aber zu zweit oder dritt waren sie in Frederikes kleiner Stube immer. Sie brachten sich zuerst auf den neuesten Stand und gingen danach ins Gebet für Tobias und stellten sich gegen den Einfluss Ogmios'.

Doch alle Gebete schienen nutzlos zu sein: Tobias kapselte sich vollkommen von Sonja und Micha ab. Wo es möglich war, ging er ihnen aus dem Weg. Insbesondere Micha strafte er mit völliger

Missachtung. Es war zum Verzweifeln. Zumindest zeigte Tobias keine der absonderlichen Anwandlungen mehr und kümmerte sich mit Eifer um die Bewirtschaftung des Hofs. Als er vollständig zu Kräften gekommen war, konnten die Betriebshelfer ihre Unterstützung einstellen. Zusammen mit Sonja trieb er die Landwirtschaft allein um und nahm immer mehr die Rolle des Bauern ein. Darüber herrschte allgemeines Erstaunen. Keiner konnte sich so recht einen Reim darauf machen, wie er so rasch und fachkundig in alles hineingekommen war – fast schon wieder unheimlich. Begegnungen mit Leana fanden kaum statt. Allenfalls kurz, wenn sie vorbeikam, um Sonja und Micha abzuholen und einen Moment warten musste. Tobias war zurückhaltend aber freundlich. Zumindest verhielt er sich ihr gegenüber offener als zu Sonja oder den anderen, trotzdem wechselten sie kaum Worte. Alles in allem entwickelte er sich zu einem Eigenbrötler. Noch ein-, zweimal kam auch die Polizei vorbei und versuchte, ihn über die Vorgänge an Samain zu befragen. Vergeblich. Tobias konnte sich an nichts erinnern. Es gab diese Unwissenheit wirklich. Worüber er sich aber ausschwieg, war, dass sich der Vorhang nach und nach lüftete. Tobias erhielt langsam mehr Zugriff auf seine Erinnerung. Ganz besonders auch auf jene Momente, in denen er unter der Magie des Vaters gestanden war. Doch da hatte ihn die Polizei schon als Zeugen aufgegeben. Die unheimliche Rückkehr des Gedächtnisses beschleunigte seine Eigenbrötelei. Von Tag zu Tag wurde er abweisender.

„Wir verlieren ihn!", klagte Sonja bei einem Treffen Ende Januar. „Lang' kann ich das nicht mehr mitansehen! Vaters Züge an ihm wachsen täglich! Demnächst such' ich das Weite, das könnt ihr mir glauben! Auf den Hof ist manches zurückgekehrt, von dem ich gehofft hatte, dass es nie mehr wiederkommt."

„Vielleicht war es nie ganz fort." Micha fühlte ihre Not. „Der Abstand zu ihm wächst! Wir können beten, wie wir wollen."

„Kein Gebet geht verloren!", beharrte Frederike.

Paul und Susanne waren gleicher Meinung. Doch es klang eher nach einem hilflosen Versuch, sich selbst Mut zu machen.

Leana wurde im Laufe der letzten Treffen immer ruhiger. Wie die anderen empfand sie die Sackgasse. Es musste etwas geschehen. Ansonsten würde der Graben bald unüberbrückbar geworden sein: „Ich werde mich um ihn kümmern!"

Die anderen wandten sich ihr zu.

„Wie soll das aussehen?", fragte Susanne.

„Keine Ahnung." Leana zuckte mit den Schultern. „Ich geh' mal vorbei und sag' hallo. Mal sehen, was passiert."

„Dir gegenüber ist er noch am offensten. Er mag dich."

„Ich mag ihn auch, Sonja. Wäre schön gewesen, wenn er ein bisschen mehr auf mich zugegangen wäre. Tja …"

„Tobias ist schon immer zurückhaltend. Jetzt, da der Einfluss Ogmios' auf ihn wächst, wird das bestimmt nicht besser", sagte Sonja.

„Beten wir für eine gute Gelegenheit. Verkrampftes liegt mir nicht. Da lass ich's lieber bleiben! Es muss passen!"

„Dann tun wir das. Also los!" Paul faltete die Hände.

Auch jetzt blieb Leana still. Sie kam sich mal wieder bescheuert vor: ‚Warum, um alles in der Welt, soll ich das tun?', dachte sie. ‚Es widerspricht meinem Stolz und meiner Würde, dass ich 'nem Jungen hinterherlaufe!'

‚Der Weg ist vorherbestimmt', kam es ihr in den Kopf. Es war Asarja.

‚Ach, schön, dass *du* dich auch mal wieder meldest!', dachte Leana schnippisch. ‚Ich glaubte schon, du hättest dich vom Acker gemacht!'

‚Immer noch das lose Mundwerk?'

‚Sag' doch selbst: Ist das nicht bescheuert?'

‚Du brauchst dich ja nicht gleich in ihn verlieben.'

‚Genau so sieht's doch aus! Ein verrücktes Groupie steigt einem durchgeknallten Rockstar nach! Na Klasse!', schnaubte Leana innerlich und stampfte mit dem Fuß auf. „Öh, Entschuldigung. Wollt' das Gebet nicht stören." Sie wurde rot und grinste verlegen in die rundherum aufgeschreckten Gesichter. „Ich geh' dann mal raus und mach' draußen weiter. Tschüss, denn!"

Witsch war sie im Vorgarten und stapfte, während sie sich ihre Jacke anzog, zum Gartentürchen: „Euch kenn' ich ja noch gar nicht!", warf sie Jalon und Nathanael wütend entgegen. Sie hatten dort Posten bezogen. Leana rauschte an ihnen vorbei.

„Südländisches Temperament!", entschuldigte sich Asarja.

Jalon und Nathanael verbeugten sich lächelnd: „Wir sind nicht nachtragend. Sieh zu, wie du diesen Vulkan beruhigt kriegst!"

„Das wird nicht einfach werden, Jalon!" Asarja schloss zu Leana auf.

Sie kochte. Natürlich mochte sie Tobias, aber Anbiedern ging gar nicht!

„Ein guter Vorschlag, dich kümmern zu wollen", begann Asarja sanft.

„Kapierst du, was für mich daran schlimm ist?"

„Oh ja, das begreife ich sehr gut. Glaub' mir, wir bekommen das hin! Nichts wird beschämend sein. Du hast schließlich die Würde eines Kindes Gottes."

„Ich muss mich nicht zum Affen machen?"

„Keiner verlangt das. Aber für deine Schusseligkeit bist du selbst verantwortlich."

„Mmh, die gibt's auch noch", gab Leana zu und konnte sogar wieder ein wenig lächeln. „Du bist für die Gelegenheit zuständig und ich, mit Jesu Hilfe, für den Rest. Okay?"

Asarja schmunzelte: „Okay."

Wenige Tage später ergab sich diese Gelegenheit. Es war der erste Februar. Nach langen, trüben Tagen im Januar der erste Tag mit etwas Wärme und Sonne. Leana hatte frei, sie zog es nach draußen. Früher wäre sie nie auf den Gedanken gekommen, die Hügelhainer Ebene zum Ort ihrer Spaziergänge oder Wanderungen zu machen. Doch seit sie Freunde gefunden hatte, begann es ihr dort zu gefallen. Abgesehen vom Schatten, der unsichtbar über Dorf und Gegend lag, war es wirklich schön hier oben. Zu einem guten Stück wollte Leana gerade dieser Dunkelheit trotzen.

Sie stellte also den Wagen unweit des kleinen, ihr ohnehin angenehmen Hügels ab und schlenderte gemütlich über den Feldweg am Waldrand entlang. Den Klausnerbuckel im Rücken, so hatte sie sich den Namen des Hügels von Frederike erklären lassen, lag vor ihr in etwas Entfernung der alles überragende Burgstall. Selbst bei schönem Wetter floss von ihm dunkle Schwere auf die Hochebene hinab.

„Von dir lass ich mir nicht den Tag versauen!", zischte Leana der alten Kultstätte entgegen und strafte sie fortan mit Missachtung. Lieber wandte sie sich Licht und Sonne zu, schloss die Augen und sog tief die würzige Luft ein. Es roch nach Wald und feuchter Erde. „Gut!", seufzte sie und setzte ihren Weg fort. Nach einer Weile erreichte sie ein Feld. Ein Traktor pflügte. Leana schenkte dem keine Beachtung, war aber überrascht, als der Traktor neben ihr anhielt.

Die Türe ging auf und von der Kabine schallte ein freundliches „Hallo, Leana!" herab.

Sie sah zum Traktor: „Tobias?", rief sie erstaunt. „He, wie geht's?"

Tobias schaukelte mit einer Hand: „Geht so. Magst du 'ne Runde mit?"

Leana zuckte mit den Schultern: „Warum nicht?"

„Also komm hoch!" Er streckte ihr die Hand entgegen und zog sie in die Kabine. „Mach's dir bequem. Ein Sofa ist's aber nicht! Und festhalten!" Er grinste und fuhr an.

Leana kapierte rasch, was Tobias meinte: Der Traktor ruckelte und zuckelte über den Acker und leistete Schwerstarbeit. Dennoch war in der geschlossenen Kabine der Motorenlärm erträglich. So konnten sie sich mit lauter Stimme einigermaßen unterhalten.

„Respekt! Sieht richtig profimäßig aus!" Leana nickte anerkennend.

„Hat mir Vater letztes Jahr beigebracht!", rief Tobias stolz und behielt spielend die Übersicht über Maschine und Pflug. „Heut' ist ein idealer Tag für diese Arbeit!"

„Warum?"

„Weil heut' am ersten Februar das Frühjahr beginnt! So hat's Vater immer gesagt. Wenn das Wetter mitmachte, fuhr er da auch zum Pflügen aufs Feld hinaus! Das Fest des Lichts, sagte er immer und gab den Göttern besondere Ehre!"

Leana schwieg. Sie hatte mal gehört, dass am ersten Februar bei den Katholiken Mariä Lichtmess gefeiert wird. Eine dumpfe Ahnung beschlich sie: Die katholische Kirche hatte wohl auch diesem keltischen Feiertag einen christlichen Anstrich gegeben. ‚Grund genug wachsam zu sein', dachte sie und sah diesen ersten Februar von nun an mit anderen Augen.

„Alles klar? So nachdenklich, plötzlich?"

„Ach, hab' mich nur gefragt, was dein Vater am ersten Februar gefeiert hat!", gab Leana zu.

„Die Geburt des Lichts!", rief Tobias gut gelaunt und wendete am Ende des Felds. „Noch 'ne Runde?"

„Nichts dagegen! – Die Geburt des Lichts?"

„Keine Ahnung, was das heißt! Aber irgendwie hat's mich raus aufs Feld zum Pflügen gezogen. War einfach klar, dass das heute sein muss!"

Leana rieb sich das Kinn. „Aha, einfach nur so? Quasi eine innere Eingebung?"

„So könnte man sagen! Komisch, nicht?" Er sah Leana mit großen, fröhlichen Augen an.

„Ziemlich komisch", murmelte Leana.

„Was hast du gesagt?"

„Nichts von Bedeutung! Du hältst ziemlich viel von deinem Vater?"

Tobias machte dieselbe Handbewegung wie zu Beginn ihrer Begegnung: „Eigentlich schon, aber die wirklich gute Zeit mit ihm war viel zu kurz!"

„Hm? Kapier' ich nicht!"

„Wenn ich ehrlich bin, hat er sich praktisch nie für mich interessiert. Außer eben im letzten Jahr. Da hat er alles nachgeholt und wieder gutgemacht!"

„Aha, und wie?"

„Ich konnte den Führerschein machen, er hat mich in die Landwirtschaft und Waldarbeit eingeführt und so!"

„Und so?"

„Hat halt Zeit mit mir verbracht! Das gab's früher nie!"

„Zu schade, dass er schon verstorben ist!" Verstohlen sah Leana Tobias aus dem Augenwinkel an und war gespannt auf seine Antwort.

„Vielleicht. Weiß nicht!" Tobias zuckte mit den Schultern und bemerkte Leanas Verblüffung. „Überrascht?"

Sie nickte: „Ein wenig schon. Ich dachte du wärst trauriger!"

Tobias hielt an und stieg ab. Das Pflügen war beendet, und er verankerte den Pflug für die Fahrt auf der Straße. Danach stieg er wieder auf und sah Leana in die Augen: „Ich weiß nicht. Ein paar Tage nach dem Krankenhaus bin ich auf dem Friedhof gewesen. War nicht schön!", sagte er mit großem Ernst.

„Warum?"

Tobias schwieg und starrte über die Motorhaube in die Ferne. Nur das sanfte Dieseln des Motors war zu hören.

Leana wartete. Nach einer Weile griff sie Tobias an den Arm: „Du hast sie gesehen, nicht? Alle."

Er wandte sich ihr zu. Aus seinen Augen sprach das pure Grauen. „Mein Platz ist auch dort. Mich zieht's in die Unterwelt. Ich gehör' nicht hierher. Ich wollt' in den Gräbern versinken."

Leana war betroffen. „Und dann? Was geschah?"

„Ein anderer fing mich auf. Konnte fliehen."

„Wer war das?"

„Keinen Schimmer. Aber für einen Moment fühlte ich mich gut." Tobias hob den Pflug an. „Fährst du mit zurück?"

„Gern!" Leana lächelte und konnte sich denken, in wessen Armen Tobias gelandet war. Doch das behielt sie für sich.

Am Dorfeingang befand sich das Anwesen von Hannes Schindler. Er war einer der Herren der Gefolgschaft des Fürsten gewesen und als erster von ihnen auf mysteriöse Weise vor fast einem halben Jahr ums Leben gekommen. Seitdem war der Hof verlassen. Die Verwandten hatten Tiere und Maschinen verkauft, nun stand auch das gesamte Anwesen feil, aber Interessenten gab es bisher keine. Zumindest hatte niemand im Dorf etwas Derartiges gehört.

Tobias staunte nicht schlecht, als er beim Einfahren nach Hügelhain einen alten Renault mit französischem Kennzeichen vor dem Hof parken sah. Unwillkürlich hielt er an und machte den Motor aus.

„Was ist?", fragte Leana, als sie sah, dass sich Tobias zum Absteigen anschickte.

„Nur mal kurz gucken! Kommst du?"

Leana wusste nicht, dass dieser Hof Hannes Schindler gehört hatte, aber sie erinnerte sich sofort an das Geisterheer. Irgendwo hier war es für einen Moment in der Luft stehen geblieben. Mit gemischten Gefühlen stieg sie vom Traktor herunter und folgte Tobias.

Er betrat mit großer Selbstverständlichkeit das Hofgelände.

„Unheimlich, hier!" Vorsichtig sah sich Leana nach allen Seiten um. „Obwohl der Hof verlassen ist, ist er nicht unbewohnt!"

„Was meinst du?"

„Wir sind nicht allein!"

„Klar! Was denkst denn du? Hier gibt es einiges: Mäuse, Ratten, Marder, Siebenschläfer, Spinnen …"

„Ich bin nicht zu Scherzen aufgelegt, klar? Solche Bewohner mein' ich nicht! Ich glaub', du weißt das!"

„Schon gut, schon gut." Tobias zuckte mit den Schultern und trat durch die offene Haustür.

„Du willst da rein?"

„Warum nicht? Hannes war 'n guter Kumpel von Vater. Wir waren letztes Jahr öfters hier."

„Hannes Schindler ist tot!"

„Na und? Ich will doch nur wissen, wer sich für seinen Hof interessiert."

„Macht man das hier oben so, dass man einfach, mir nichts, dir nichts, ein Haus betritt?"

„Bei Hannes schon." Tobias grinste.

Leana meinte einen überlegenen Glanz in seinen Augen zu sehen.

„Hallo? Jemand zu Hause?", rief Tobias und trat in den langen Hausflur.

Leana schüttelte den Kopf über diese Unverfrorenheit. Sie blieb demonstrativ draußen.

„Bonjour! Moment, isch komme!", kam es aus einem der oberen Zimmer.

Triumphierend warf Tobias Leana einen Blick zu: „Na bitte!", raunte er, als er gelassen zu ihr zurückkam.

Sie zeigte ihm zur Antwort den Vogel: „Du spinnst!"

Zu mehr blieb keine Zeit. Im oberen Stock waren Schritte zu hören. Mit Schwung kamen sie die Treppe hinunter, um anschließend den Hausflur entlang zu eilen. Mit wehenden, dunkelblonden, lockigen Haaren kam ein junger Mann auf Leana und Tobias zu. Er war von hünenhafter Gestalt und hatte ein fröhliches Grinsen im Gesicht.

„Bonjour, isch bin Richard Dolmont, sehr erfreut!" Er streckte augenzwinkernd Leana die Hand entgegen.

„Leana Angelos", antwortete sie ein wenig verwirrt.

Anschließend schüttelte er Tobias die Hand.

„Tobias Schwarzer", grüßte er nicht weniger freundlich grinsend zurück und ging gleich zum Du über: „Was machst du in Hannes Schindlers Haus?"

„Du kanntest ihn?", fragte Richard in einem Deutsch mit stark alemannischem, kehligen Einschlag, wie es in Südbaden gesprochen wird.

„Er war ein Freund meines Vaters. Ich wohne am anderen Ende des Dorfs" Tobias deutete mit dem Daumen über die Schulter.

„Isch interessiere misch für dieses 'aus und besichtige es gerade." In Richards südbadischen Dialekt mischte sich auch ein französischer Klang.

„Und du darfst alles alleine ansehen? Niemand dabei?" Leana hob erstaunt eine Augenbraue.

„Isch 'abe es quasi schon gekauft und seh' mir an, was so zu tun ist, non? Aber der Vertrag ist noch nischt unterschrieben. Es ist sehr schön 'ier oben!" Er lachte freundlich und seine Augen funkelten dabei.

„Dann werden wir ja Nachbarn! Willkommen in Hügelhain!", rief Tobias. Er war vom ersten Moment an Richards Charme erlegen.

„Dem unheimlichsten Dorf im ganzen Schwäbisch-Fränkischen Wald", murmelte Leana. Ihr kam diese Begegnung überaus komisch vor, obwohl sie Richard als sehr angenehmen und gewinnenden Zeitgenossen wahrnahm.

„Was meinst du?" Richard sah sie mit seinen blauen Augen an.

„Ach, nichts." Leana winkte ab. „Was führt dich in dieses Dorf? Wenn das da dein Wagen ist, dann kommst du aus Frankreich. Wie erfährt man dort, dass dieses Anwesen zu haben ist?"

„Verrückt, nischt?" Die Frage machte Richard etwas verlegen. „Das ist eine besondere Geschichte. Vielleischt erzähle isch die eusch später einmal."

„Aber warum sprichst du so gut Deutsch?", wollte Tobias wissen.

„Isch komme aus dem Elsass. Wir haben zu 'ause nur Elsässisch gesprochen. Meinen Eltern war es wichtisch, die Sprache zu erhalten. Elsässisch klingt fast wie Südbadisch, und das verstehen auch die Schwaben. Aber natürlisch spreche isch auch Französisch, ha, ha, ha!" Er trat ein paar Schritte aus dem Schatten des Hauses heraus. „Gehen wir in die Sonne, 'ier ist es zu klamm! Ein perfekter Tag für Imbolc! Genießen wir das Lischt!"

Leana und Tobias folgten ihm.

„Imbolc? Was ist Imbolc?", fragte sie.

„Oh, pardon, isch 'abe nischt dran gedacht, dass ihr keine Kelten seid. Imbolc kommt aus dem Gälischen. Die Inselkelten aus Irland und Britannien 'aben dieses Wort geprägt. Aber auch die Festlandskelten feiern das Fest des Lischts. Isch 'abe schon einige Lieder darüber geschrieben. Isch bin auch Barde, müsst ihr wissen!" Richard drehte sich mit ausgebreiteten Armen im Sonnenlicht.

Tobias staunte mit offenem Mund.

„Abgefahren!" Leana schüttelte einmal mehr den Kopf. „Was geht bloß ab hier? Da werden wir heute Abend einiges zum Beten haben, das steht fest!", sagte sie leise zu sich selbst.

„Das Fest des Lichts? Das Fest des Lichts?" Tobias schien atemlos zu sein. „Das hat Vater auch immer gefeiert! Er wusste davon!", rief er ganz aufgeregt.

Richard unterbrach seinen Tanz: „Er wusste davon? Ist er tot? War er auch ein Kelte?" Er ging auf Tobias zu und sah ihm tief in die Augen.

Trotz aller Fröhlichkeit in Richards Wesen wurde Leana bei diesem Blick kalt. Sie hatte das Gefühl, als ob er auf den Grund von Tobias' Seele sehen konnte: „Im Namen Jesu gebiete ich Einhalt!", flüsterte sie unwillkürlich zu ihrer eigenen Überraschung.

Richards Blick über Tobias lockerte sich. Die plötzlich eingetretene Spannung verflog.

Tobias atmete durch. „Ja, leider ist er vor ein paar Monaten gestorben."

„Das tut mir leid!", antwortete Richard aufrichtig. „Er kannte die alten Bräuche?", fragte er voll Anteilnahme.

„Er war ein Meister darin." Tobias klang abwesend, seine Augen hatten einen glasigen Glanz bekommen.

Richard sah ihn prüfend an. Dann lächelte er: „Wir werden ein andermal darüber weiterreden. Isch denke, wir werden Freunde, nischt?" Er gab Tobias einen Klaps auf die Schulter. „Genießt das Lischt, 'eute! Isch muss weiter! Einiges möchte isch mir noch ansehen, bevor isch nachher wieder den Schlüssel abgebe! Wir sehen uns!" Er warf Tobias und Leana noch einmal einen freundlichen Blick zu, dann verschwand er im Haus.

„Boah, krasser Typ, oder?" Tobias war hin und weg.

„Krieg' dich mal wieder ein!" Leana runzelte die Stirn. „Ja, er ist wirklich ungewöhnlich. Aber auch nur ein Mensch. Zugegeben, ein sehr interessanter Mensch, und er wird sich wohl in Hügelhain niederlassen. Tja, ich muss weiter. Tschüss, war schön mit dir heut' Mittag." Sie hielt ihm die Hand hin.

Tobias ergriff und schüttelte sie: „Ja, das war sehr schön, vielen Dank!"

Leana lächelte. „Mach's gut und pass' auf dich auf!" Sie ließ Tobias stehen und wandte sich zur Kreisstraße, wo sie in etwas Entfernung ihr Auto stehen hatte. In ihr arbeitete es fieberhaft. Plötzlich kam ihr ein Gedanke: „War Richard der Mann im Geisterheer?", murmelte sie. Ein kalter Schauer glitt Leana über den Rücken.

Als Tobias den Traktor bestieg, fühlte er sich gut wie lange nicht mehr. Er konnte nicht sagen, was besser gewesen war: die Zeit mit Leana oder die neue Bekanntschaft mit Richard. Beschwingt kam er nach Hause und erledigte fröhlich pfeifend die restlichen Aufgaben des Nachmittags. Darüber brach der Abend an. Nach dem Füttern der Tiere ging er ins Haus. Weder Sonja noch Micha hatte er den Tag über gesehen. Nun war es knapp nach 18:00 Uhr.

„Wahrscheinlich sind sie wieder bei dem Treffen. Soll mir recht sein! Hab' ich meine Ruhe!" Er ging unter die Dusche und danach zum Kühlschrank. „Der war schon voller!", brummte er und knallte die Tür zu. „Mal gucken, was der Keller so hergibt." Tobias musste gähnen. Heute war es anstrengend gewesen, aber ihn erfüllte eine zufriedene Erschöpfung. Er stieg die Kellertreppe hinunter und stöberte in den Vorratsregalen. Hier war manches für einen hungrigen Magen zu finden. Tobias griff sich ein Glas mit eingemachtem Kürbis und eine Wurstbüchse: „Das reicht fürs Erste", entschied er und wandte sich zum Gehen. Als er den Fuß auf die erste Stufe der Treppe setzte, beschlich ihn ein seltsames Gefühl: Ein Kribbeln im Bauch und ein Frösteln. Er schauderte und drehte sich um: „Ist da jemand?", rief er und stellte das Essen auf den alten Tisch mitten im Vorratskeller. Tobias ließ seinen Blicken durchs Kellerdunkel wandern. Nichts Ungewöhnliches. Dennoch meinte er, nicht allein zu sein: „Zeig' dich, wer immer du bist!"

Nichts. Der Keller blieb wie eh und je.

Tobias ging nicht nach oben. Den Grund dafür wusste er nicht. Er wartete.

Die Zeit verstrich. Ohne Unterbrechung suchte er mit den Augen die dunklen Ecken des Kellers ab. Plötzlich glaubte er, ganz leise Musik zu hören. Von irgendwoher. Sie kam ihm vertraut vor: Irisch, mit Tin Whistle und Geige, Folk. Fröhlich und beschwingt. Im ersten Moment dachte Tobias, dass Sonja zurückgekommen war und sich eine CD eingelegt hatte. Doch die Musik kam nicht von oben aus der Stube, sie schwebte hier unten im Keller. Zunehmend nahm ihn die Melodie ein und brachte ihn in einen halbwachen Zustand. Ein Schleier legte sich über seine Augen. Misstrauen und Vorsicht erlahmten. Tobias fühlte sich leicht wie eine Feder, die vom Hauch der Musik davongetragen wurde.

So ging das eine ganze Weile, zusehends wurde er berauschter. Tisch und Regale begannen zu tanzen. Die ganze Welt drehte sich, ein witziger Schwindel brachte ihn zum Lachen. So etwas hatte er noch nie erlebt – zumindest konnte er sich an nichts Derartiges erinnern.

Auf dem Höhepunkt des Reigens trat plötzlich der Krieger in die Mitte. Derselbe, den Tobias schon einmal kurz im Haus und Heiligabend am Himmel über dem Burgstall gesehen hatte. Klar und ehrfurchtgebietend stand er vor ihm: in karierten Hosen, mit freiem Oberkörper, behelmt und mit Schild am linken Arm. Ein Schwert hing in einer Scheide am Gürtel. Sein langes Haar quoll unterm Helm hervor. Das Gesicht zierte ein langer Oberlippenbart.

Tobias konnte den Blick nicht mehr von ihm lassen und starrte ihn sprachlos an.

Es schien, als sei der Krieger von einem Heer umgeben. Nur schattenhafte Gestalten: Umrisse, vielleicht Einbildung. Der Krieger aber war zum Greifen klar. Schließlich bewege er sich und ging majestätisch auf das alte Küchenbuffet zu. Schon immer stand es an derselben Stelle hier unten. Er hielt an und winkte Tobias zu sich.

Tobias verspürte ein letztes, leichtes Ziehen, sich der Aufforderung zu widersetzen, doch das war rasch wie ein Hauch verflogen. Bereitwillig ging er auf den Krieger zu. Als er ihn fast erreicht hatte, schlüpfte der Krieger ins Buffet hinein. Fragend blieb Tobias vor dem vergammelten Möbel stehen. Zu sehr war er schon in der Welt des Kriegers angekommen, als dass ihn noch graute. Plötzlich wusste er, was zu tun sei: Mit einem kräftigen Ruck zog er das Buffet von der Kellerwand weg und entdeckte dahinter eine schwere Eichentür. Sie war mit einem großen und sehr alten Vorhängeschloss gesichert.

„Hier ist Ende", hörte er sich seltsam entfernt sprechen. Tobias wandte sich ab, da erschien der Krieger wieder im Keller – direkt neben dem Tisch. Mit einem Kopfnicken deutete er auf die Tischplatte.

Tobias trat näher und sah dort etwas liegen: Einen massiven Eisenschlüssel in derselben Schmiedekunst wie das Vorhängeschloss an der Eichentür. Er griff danach und fühlte die Kälte und das Gewicht des Metalls. Mit großen Augen sah er den geheimnisvollen Schlüssel an: „Das ist Zauberei!", murmelte er abwesend.

„Nein, die Magie der Götter!", kam von irgendwoher die prompte Antwort. „Du bist auserwählt. Komm ins Geheimnis!"

Tobias erschrak über die Deutlichkeit der Stimme und ihre Botschaft. Danach wurde er regelrecht von hinten zur Eichentür geschoben. Mit einem Mal erfüllte Ungeduld den Keller. Sie kam Tobias fremd vor.

Zögernd berührte er das Schloss und fror bis ins Mark. Beide, Schloss und Schlüssel, schienen aus dem Gefrierschrank zu kommen. Beißend war der Schmerz in den Handflächen.

„Öffne!", befahl eine Stimme. Sie ließ keinen Zweifel daran, dass Ungehorsam nicht geduldet wurde.

Tobias bebte. Diesen Ton kannte er vom Vater. Der war doch tot, oder? Kalter Schweiß drückte ihm aus allen Poren. Seine Hände zitterten, kaum brachte er den Schlüssel in das große Schlüsselloch.

Diese Unwiderstehlichkeit war furchtbar.

Tobias meinte, innerlich zu verbrennen. Ein Teil von ihm schrie und tobte vor Angst wie ein Tier, das zur Schlachtbank geführt wird und die Lage jetzt erst begreift. Nichts wollte er sehnlicher, als diesen grauenvollen Keller für immer zu verlassen. Der Schleier über seinem Wesen bekam aus unerfindlichen Gründen plötzlich Risse. So erkannte Tobias für einen kurzen Moment eine Unzahl aneinander geketteter Sklaven. Die für ihn bestimmte Kette lag schon bereit.

Der Eindruck verschwand und wurde überlagert vom unbeschreiblichen Stolz, auserwählt und zu Höherem berufen zu sein. Endlich wurden seine Qualitäten anerkannt. Er fühlte, wie der Vater mit ihm zufrieden sein wollte, wenn er nur endlich die Tür öffnete.

Doch da lag wieder die Kette zu seinen Füßen. – Tobias brannte in einem verzehrenden Feuer.

„Tu' es!" Schmerzhaft wurde er in den Rücken geschlagen.

,Erzähl' mir irgendwann, ob der Fürst Liebe für dich hat und was die Geister dir versprochen haben.'

Plötzlich schossen ihm diese Worte in den Sinn. Sie kamen aus einer anderen Zeit und einer anderen Welt. Gesprochen von einem Menschen mit angenehmer Wärme.

„Öffne!" Der Keller bebte unter der Gewalt der Stimme.

Tobias sah, wie seine Hand den Schlüssel ins Loch schob und zweimal herumdrehte.

Das Gewicht des Vorhängeschlosses zog nach unten, es sprang von selbst auf.

Mechanisch entfernte Tobias das Schloss und legte es auf den Boden. Danach blieben seine Arme schlaff hängen.

„Sieh, den Riegel! Schieb ihn zur Seite!"

Wieder sah Tobias, wie er den Befehl befolgte.

„Hinein!"

Mit etwas Mühe schob Tobias die Eichentür ein Stück nach innen: Absolute Finsternis und stickige Luft schlugen ihm entgegen. Für einen Augenblick stockte ihm der Atem. Er mochte nicht.

Erneut ein kräftiger Stoß.

Kopf voraus fiel Tobias ins Dunkel. Schmerzhaft stieß er sich die Schulter an. Der Schmerz weckte ihn wieder etwas. Gleichzeitig wuchs sein Grauen: „Wo bin ich?" Er setzte sich auf und rieb die Schulter.

Vom Vorratskeller fiel Licht herein. Zu wenig, doch gerade so viel, um neben der Tür das kleine Regal zu entdecken, auf dem eine Kerze stand. Er rappelte sich auf, griff die Kerze und tastete nach einem Feuerzeug. Seine Hand fand eine Streichholzschachtel – halbvoll. Überraschenderweise funktionierte gleich das erste Zündholz. Für einen Augenblick wurde er durch das Aufflammen leicht geblendet, dann steckte er die Kerze an und hielt sie über den Kopf. Ein Gewölbe offenbarte sich. Es wirkte sehr alt und war erstaunlich geräumig. Vorsichtig tat Tobias einige Schritte hinein.

„Wie konnte das nur verborgen bleiben?" Ein Teil von ihm erinnerte sich an eine Bemerkung seiner Schwester: „Die Polizei hat das ganze Haus untersucht.", wiederholte er laut ihre Worte.

„Was nicht offenbar werden soll, bleibt verborgen!"

Tobias zuckte zusammen und sah sich ängstlich im Gewölbe um: „Wer spricht mit mir?" Seine Stimme wurde vom Dunkel verschluckt. „Bist du es, der Krieger?" Tobias' Herz schlug bis zum Hals. Der Drang aus dem Gewölbe zu fliehen, überstieg langsam die Kraft, die ihn hier drin hielt.

Das merkte auch die andere Seite: „Sieh dich um in der geheimen Kammer und erweise dich ihrer würdig!"

Einmal mehr gefror Tobias beim Klang der Stimme das Blut in den Adern. Sie war so schrecklich nah!

„Sieh dich um!", fuhr ihm der barsche Befehlston wieder in die Glieder. Getrieben von Angst gehorchte er. Zögernd zündete er weitere Kerzen an. Sie standen verteilt im Gewölbe in Nischen. Nach und nach wurde die Kammer in ein goldenes Licht getaucht und offenbarte ihre ganze Pracht.

‚War ich schon einmal hier?', fragte er sich in Gedanken. ‚Vielleicht mit dem Vater?'

Eine Kraft umschloss ihn mehr und mehr. Ein erlahmendes Band legte sich unsichtbar um Tobias. Angst und Grauen verblassten. Die Kostbarkeiten und Geheimnisse der Kammer zogen ihn stattdessen in den Bann. Ein verborgenes Reich der Schätze! Nur er wusste davon! Unwillkürlich ging er zum Eingang und zog das Buffet davor. Danach schob er die Eichentür zu. Das brachte Erleichterung. Nun war er vor ungebetenem Besuch sicher. Jetzt konnte er sich in aller Ruhe in seiner Kammer umsehen: Ein großer, steinerner Tisch stand in deren Mitte. An ihm hatte er sich die Schulter angestoßen.

„Ein Altar!", murmelte Tobias voll Ehrfurcht und fuhr sanft mit den Fingern über die harte und kalte Oberfläche. Kribbeln überzog seine Haut. Etwas floss über den Stein in ihn hinein und breitete sich warm wie Alkohol aus. Schaurig angenehm. Noch offener wurde er für den hier herrschenden Geist. Die Dinge der Kammer wuchsen an Wert und strahlten in ganzer Kostbarkeit: Gold. Überall, wo das Auge hinblickte, fand es sich irgendwo. Tobias ahnte, der wahre Wert der Gegenstände lag nicht im kostbaren Metall, sondern in der Kraft, die ihnen seit undenklich langer Zeit innewohnte.

Ein letzter, leichter Anflug von Grauen griff nach Tobias, als er in einer Wandnische eine kleine, von Schädeln umgebene Opferstelle bemerkte. Eine Schale mit abgebranntem Räucherwerk stand dort. Zaghaft ging er hin und nahm einen der Schädel vorsichtig in die Hände. Insgeheim hoffte er, dass es sich um eine Nachbildung handelte. Aber als er ihn berührte, wusste er: Der Knochen war echt. Seine Hände begannen zu zittern. So sehr er sich wünschte, den Schädel loszulassen – die

Finger krampften sich daran fest. Ja, sie drehten und wendeten ihn sogar. So lange, bis Tobias eine grausige Entdeckung machte: An der Schädelbasis wies der Knochen einen klaren Schnitt auf. Sofort durchfuhr es Tobias mit Gewissheit: Das Haupt war mit Gewalt vom Leib getrennt worden.

„Ich habe einen Geköpften in den Händen!", flüsterte er. Ihm wurde schwarz vor Augen. Im letzten Moment, bevor er fiel, legte er den Schädel in die Nische zurück, dann sackte er in sich zusammen.

Tobias meinte, ringsum hämisches Gelächter zu hören, doch dieser Eindruck war rasch verflogen und wurde durch einen dumpfen, tauben Nebel abgelöst.

Als er wieder zu sich kam, konnte er nicht sagen, wie lange er ohnmächtig gewesen war. Ihm ging es übel. Er brauchte eine Weile, um sich zu erinnern, wo er sich gerade befand. Immerhin hatte ihn die Ohnmacht noch ein Stück misstrauischer gegenüber der Stimmung und den Gegenständen in der Kammer gemacht. Etwas Abstand war ihm lieber. Sein Kopf brummte. Tobias zog sich am Steintisch hoch und ließ den Blick durchs Gewölbe schweifen: „Wie im Museum!", murmelte er. „Aber alles hier hat seine Bedeutung und wartet darauf, eingesetzt zu werden. Ich soll der sein, der das tut?" Kalt lief es ihm den Rücken hinunter. Tobias rieb seine Hände, als ob er sie von Unrat befreien wollte und wandte sich zum Gehen. Da fiel ihm eine große, schwere Eichentruhe auf. Sie stand etwas abseits am Rand des Gewölbes. Plötzlich packte ihn unbändige Neugier. Er wollte nicht fort, ohne zuvor einen Blick hineingeworfen zu haben und griff sich eine der brennenden Kerzen. Oben auf dem Deckel war ein großes A eingeschnitzt und darunter die drei Buchstaben SDG. Tobias berührte die kunstvoll verschnörkelten Buchstaben mit den Fingerkuppen und fühlte augenblicklich, dass die Truhe nicht in die Kammer gehörte. Aber sie stand hier schon seit Jahrhunderten. Aus unerfindlichen Gründen wusste er das. Das verwirrte ihn einmal mehr. Die Buchstaben waren so alt wie die Truhe, sonderbarerweise ging von ihnen eine Wärme aus, die nicht zur kalten Stimmung des Gewölbes passen wollte. Der ganze Kasten war ein einziger großer Widerspruch. Vorsichtig, mit zittrigen Händen, öffnete Tobias die Beschläge und hob den schweren Deckel an. Die Scharniere quietschten und knarrten, Staub rieselte. Das Innere verströmte einen Geruch – alt, aber nicht widerlich. Aus dem Durcheinander war zu schließen, dass die Truhe irgendwann einmal achtlos durchwühlt worden war. Stoff, vermutlich ein Gewand und so etwas Ähnliches wie ein Schal lagen zerschlissen in einer Ecke. Beide schienen einmal kostbar gewesen zu sein, doch der Zahn der Zeit hatte arg an ihnen genagt. Noch andere Stoffreste fanden sich in der Truhe. Sachte durchstöberte Tobias das Ganze. Er stieß auf etwas Hartes. Es war in Tuch gewickelt. Langsam nahm er den Gegenstand heraus und betrachtete das schwere Bündel. Von außen ließ sich nicht erraten, was sich darin befand. Tobias beschlich ein komisches Gefühl, aber er wollte es wissen. Behutsam begann er mit Auspacken. Nach und nach zeigte sich eine Form. Sie kam einem Aufschrei in der Kammer gleich. Etwas in Tobias wollte nicht mehr weitermachen und etwas anderes verzehrte sich schier danach. Diese Seite behielt die Oberhand. Tobias wickelte das letzte Stück Tuch ab. Hervorkam ein Kreuz aus purem Gold, ungefähr 30 Zentimeter groß. Selbst im schwachen Licht der Kerzen war sein Glanz überwältigend.

„Oh!", entfuhr es ihm. Noch nie hatte er so etwas Kostbares in Händen gehalten. Das Kreuz stand in nichts den wundervoll gearbeiteten goldenen Schüsseln, Bändern oder Ringen der Kammer nach. Aber es fühlte sich in seinen Händen ungewöhnlich warm an und wirkte hier so fehl am Platz wir nur irgendwas. Plötzlich wurde seinem Empfinden nach das Kreuz wärmer. Fragend sah er es an, drehte und wendete es. Er konnte keine Ursache finden, dennoch schien es heißer zu werden. Einerseits tat Tobias das ausgesprochen gut, wurde doch so die Kälte vertrieben, die sich in sein Herz geschlichen hatte, andererseits lag in der wachsenden Hitze auch etwas Verzehrendes.

Dieses goldene Kreuz zeugte von einem gewaltigen Feuer. Machtvoll und unaufhaltsam brannte es. Plötzlich meinte Tobias, selbst in Flammen zu stehen. Voll Schreck ließ er das Kreuz in die Truhe fallen. Seine Hände schmerzten. Erschüttert suchte er nach Brandspuren. Es gab keine. Dennoch hatte Tobias das Gefühl, als ob sein Fleisch verkohlt in Fetzen von den Knochen hing. Erst mit der Zeit beruhigten sich seine Sinne. Tobias gewann den Eindruck, dass in diesem Feuer Liebe gewesen war. Konnte Liebe so verzehrend sein? Er betastete seinen Leib. Die Flammen hatten sich von ihm ernährt, das spürte er ganz deutlich. Er war weniger geworden. Aber das Verzehrte bedeutete keinen Verlust. Nein, ganz im Gegenteil, das Feuer hatte etwas Schlimmes ausgebrannt. Was immer das gewesen sein mag: Tobias weinte ihm keine Träne nach. Trotzdem war es unglaublich schmerzhaft gewesen. Er wagte nicht mehr, das Kreuz anzufassen. Zumindest heute nicht mehr. Mit einem Stück Stoff bedeckte er es und schob es sanft zur Seite.

Bevor er weitermachen konnte, musste er sich kurz erholen. Schließlich fuhr Tobias fort und ertastete am Boden der Truhe eine Art Buch, sehr groß und schwer. Daneben lag so etwas wie ein ledernes Rohr. Im Augenblick war ihm das Buch zu unhandlich, er wollte es nicht aus der Truhe ziehen. Aber dieses Teil aus Leder war gut zu greifen, so zog er es mit einem leichten Ruck aus dem Durcheinander heraus.

„Ein verschlossener Lederköcher!"

Kaum hatte er das gemurmelt, ging ein Rumpeln und Grollen durchs Gewölbe. Sand rieselte von der Decke. Tobias erschrak. Ein Erdbeben? Hals über Kopf stürzte er zur Eichentür, zog sie auf, warf sich gegen das Küchenbuffet, stürmte die Kellertreppe hinauf und rannte zur Haustür hinaus.

Die Kälte einer klaren Februarnacht und die Stille eines abgelegenen Dorfs umfingen ihn. Das elterliche Haus stand wie eh und je. Nichts zeugte von einem Erdbeben. Tobias runzelte die Stirn.

„Hm, war wohl nichts."

Ihn fröstelte. Zögernd ging er zurück ins Haus. Sein Blick fiel auf die offene Tür zum Keller. Mit einem Mal war er sich nicht mehr sicher, ob das, was er eben erlebt, sich so abgespielt hatte. Noch immer hielt seine Hand den alten Lederköcher, er legte ihn gedankenverloren auf die Schuhkommode. Dann näherte er sich dem Kellerabgang, spähte hinab und spürte, wie es ihn nach unten zog, als würde er von dort gerufen. Widerstrebend trat er auf die Stufen. Selbst im unbeheizten Hausflur war es wärmer als unten. Aber er konnte nicht anders. Die Aufforderung war zu mächtig. Tobias fühlte sich wie ein kleiner Junge, der etwas ausgefressen hatte und nun beim Vater oder Lehrer vorreiten musste, um den Kopf gewaschen zu bekommen.

„Ich mag nicht!", quengelte er halblaut, während er lustlos die letzten Stufen hinabstieg. „Ich möcht' gar nicht wissen, ob's das Gewölbe hinterm alten Buffet gibt!", maulte er weiter vor sich hin. Kurz darauf blieb er erschrocken stehen: „Herrje! Es ist wahr! Kein Traum! Das gibt's wirklich! Was soll dieser verdammte Mist nur? Macht doch euren Scheiß ohne mich! Ich steig' aus!"

Tobias drehte auf den Absätzen um und wollte das Weite suchen, aber seine Beine waren auf einmal wie festgeklebt. Im selben Moment wusste er auch: Jemand war mit ihm im Keller. Seine Nackenhaare stellten sich auf, ihm wurde eiskalt. Von hinten wurde er zurückgehalten und gezwungen, sich umzudrehen. Wieder erinnerte er sich an manch Unnachgiebigkeit des Vaters. Schrecklich, wie er niemals Widerstand geduldet und sich einen Dreck um Tobias' Seele geschert hatte.

„Lass mich!", schluchzte er wie ein Kind, dessen Aufbegehren bereits gebrochen war und dem nur noch Wimmern blieb.

Schließlich stand Tobias wieder mit dem Gesicht zur Kammer und sah vor sich im Innern die nicht ganz klare Figur des Kriegers. Doch zu allem Schreck gesellten sich noch andere dazu. Gestalten, die Tobias sehr gut kannte und die ihm schon vor Weihnachten auf dem Friedhof begegnet waren: Die Gefolgschaft des Fürsten. Nun waren sie also alle in der Kammer.

Am unerträglichsten war der Anblick des Vaters. Von Wiedersehensfreude keine Spur! All die Jahre, in denen Tobias um seine Zuneigung gebettelt hatte, erschienen ihm in diesem Moment als der größte Irrtum seines Lebens.

„Du siehst zerfressen und verzehrt aus!", entfuhr es ihm unwillkürlich.

Tobias erschrak über seine Offenheit. Noch mehr aber erschrak er über die völlige Reglosigkeit des Vaters und der anderen aus der Gefolgschaft. Wie starre Figuren standen sie um den Krieger. Als ob sie einfach her zitiert worden waren. Gerufen und gekommen. Keinerlei Freiheit lag in ihren Gesichtern – leb- und willenlose Statuen. Trotzdem ahnte Tobias, dass sie im nächsten Augenblick furchtbar lebendig sein konnten. So wie der Krieger.

„Lugaid?", fragte Tobias tonlos und begriff erst in diesem Moment, wen er da vor sich hatte.

Ein unheimlicher Schauer lief ihm über die Haut. Wenn er gekonnt hätte, wäre er davongelaufen. Aber er war gebunden. Auf furchtbare Weise gegen seinen Willen festgehalten.

„Du bist auserwählt!", hallte es aus der Kammer in den Keller. „Füge dich in diese Ehre! Erweise dich ihrer endlich würdig!"

Tobias bekam weiche Knie, so sehr drückte ihn die Forderung nieder. Er würde darunter zerbrechen und wusste nicht wie standhalten.

Aber er gierte auch nach der in Aussicht gestellten Macht.

„Wann endlich hört das auf? Gespalten wie ein Holzklotz mit einem tiefen Riss durchs Herz.", stöhnte Tobias erschöpft.

„Dann, wenn du endlich in den Armen deines Vaters angekommen bist! Mein Sohn!"

Tobias erstarrte. Er hatte die Stimme so deutlich gehört, als ob sein Vater direkt neben ihm stand. „Du liegst drüben auf dem Friedhof! Wie geht das?", fragte er matt.

„Daran erkennst du die Macht des Fürsten! Er schenkt Leben, auch im Tod! Ein Fest mit Wein, Weib und Gesang! Unaufhörlich! Macht auf Erden und in der Anderwelt! Komm zu mir und deine schlimme Not endet!" Er streckte die Hand aus und wollte ihn in die Kammer ziehen.

Mit jedem Wort des Vaters wuchs das Grauen in Tobias. Ja, noch immer sehnte er sich nach dessen Liebe, aber an diesem Gesäusel war etwas falsch.

Rückwärts versuchte er kleine Schritte. Aber er kam nicht weg. Wie in einem Albtraum. Tobias mochte nicht in die entgegengehaltene Geisterhand einschlagen. Er wurde davon abgehalten – wie auch immer.

Plötzlich veränderte sich der Ton: Das honigsüße Geschwätz des Vaters wurde wieder durch den herrischen Befehlston ersetzt: „Diese Kammer ist heilig! Sie wurde dir offenbart! Stirb, wenn du ihr Geheimnis lüftest!"

Wie mit einem Dolch fuhr es Tobias in der Höhe des Zwerchfells in die Brust. Schreckliche Schmerzen ließen ihn vornüber zu Boden kippen. Wimmernd krümmte er sich, die Luft blieb weg. Kurz bevor ihm schwarz vor Augen wurde, ließ der Schmerz so plötzlich nach, wie er gekommen war.

„Verschließe die Kammer und komme wieder, wenn du würdig bist!", donnerte die Stimme. „Geh! Und sei gewiss: Augen sehen dich, *Auserwählter!*"

Tobias spürte den Hohn. Doch das war einerlei. Er durfte gehen, durfte Keller und Kammer hinter sich lassen. Wenn der Preis dafür Verschwiegenheit war – nun gut. Nur weg! Das Band um seine Beine wurde gelöst. Der Vater und die Gefolgschaft verblassten. Aber die Gestalt des Kriegers blieb und ließ ihn nicht aus den Augen. Ängstlich trat Tobias einen Schritt vor und zog die Eichentür zu. Er hängte das Schloss ein und verriegelte es. Danach schob er das alte Küchenbuffet zurück an seinen angestammten Platz. Tobias wusste, dass der Krieger die Kammer verlassen hatte und nun hinter ihm im Keller stand. Erst als alles erledigt war, empfand Tobias Erleichterung. Lugaid hatte die Finger von ihm gelassen. Erschöpft brach er zusammen und blieb reglos auf dem alten, gestampften Lehmboden liegen.

Bis auf Frederike – sie war todmüde – wollte keiner zu Bett.

„Lassen wir Frederike ihre wohlverdiente Nachtruhe und gehen noch auf einen Sprung zu uns!", schlug Sonja vor. „Im Keller haben wir frischen Apfelmost. Er ist erst seit ein paar Wochen durchgegoren. Mit Mineralwasser oder Zitronenlimo schmeckt der super!"

„Mmh." Paul schnalzte mit der Zunge. „Den würde ich zu gern mal probieren. Was meinst du, Susanne?" Er sah seine Frau erwartungsfroh an.

Sie schmunzelte. Was sollte sie auch bei diesem Dackelblick sagen? Außerdem konnte ein wenig Fröhlichkeit in diesen schweren Zeiten nicht schaden: „Ich mag das Zeug zwar nicht, aber ich kann mich ja ans Mineralwasser halten."

„Und du, Leana?", fragte Sonja.

„Hab's noch nie probiert. Bin dabei."

Sie wünschten Frederike eine gute Nacht und machten sich auf zum Schwarzerhof. Sonja und Micha waren als Erste da und warteten auf der Treppe.

„Frisch, heut' Abend!" Leana fröstelte es.

„Vielleicht hat Tobias schon Feuer gemacht, Dann ist's in der Stube schön warm. Wenn nicht, das Anheizen geht rasch. Kommt rein!" Sonja öffnete.

Kaum war Leana über die Schwelle getreten, runzelte sie die Stirn: „Was ist hier?"

Sonja sah sich um. „Was soll sein?"

Auch Micha merkte etwas: „Leana hat Recht. Da ist was faul."

Paul und Susanne waren hereingekommen und schlossen die Tür. „Seltsame Schwingungen, hier", bemerkte Susanne. Paul zuckte mit den Schultern.

Verunsichert sah sich Sonja ein zweites Mal im Flur um. Ihr Blick fiel auf den alten, abgegriffenen Lederköcher. „Was haben wir denn da?", rief sie überrascht. „So was hab' ich ja noch nie gesehen!"

Sie sammelten sich um die Kommode.

Sachte nahm Sonja das walzenförmige, lederne Stück in die Finger: „Und?"

„Sieht jedenfalls sehr alt aus." Leana ging so nah heran, dass sie fast mit der Nase darauf stieß. „Riecht nicht arg muffig."

„Gib mal her. Vielleicht ist ja was drin."

Sonja überreichte Micha den Köcher. Mit ein wenig Mühe konnte er den Deckel von der Lederhülle ziehen. Tatsächlich, der Köcher war nicht leer. Ein in Tuch gewickeltes Bündel kam zum Vorschein. Vorsichtig zog Micha das Bündel heraus und entfernte das umhüllende Tuch. Eine Schriftrolle zeigte sich.

„Das ist kein Papier!", stellte Paul sofort fest. Ein kurzer Griff nach dem Material bestätigte ihn: „Pergamente. Feinste, gegerbte Tierhäute! Sehen wirklich sehr alt aus! Wo die bloß herkommen?"

„Als wir gegangen sind, lag da noch nichts. Ich bin mir sicher, weil ich den Autoschlüssel von hier weggenommen hab'."
Micha hielt mit einer gewissen Ehrfurcht die leicht aufgerollten Blätter in seinen Händen. „Sollen wir mal einen Blick reinwerfen?"

„Gehen wir zuerst in die Stube. Der Flur ist mir nicht geheuer", entschied Sonja. Sie war gehörig verunsichert worden.
Leider brannte kein Feuer im Ofen.

„Hm. Normalerweise schürt Tobias an, wenn er heimkommt", sagte Sonja nachdenklich. „Na, was soll's. Setzt euch! Ich mach' schnell warm!"

Am Ofen lag immer Holz bereit. In der Zwischenzeit versammelten sich die anderen um den Esstisch und untersuchten ihren Fund bei hellerem Licht. Bis auf die bedeutende Tatsache, dass die Pergamente sehr alt sein durften, blieb alles unauffällig.

„Ich schlag' vor, wie rollen das mal auf. Was meint ihr?"

„Aber nur mit Handschuhen anfassen, Micha! Die Blätter dürfen auf keinen Fall beschädigt werden!" In Paul brach der Antiquar durch. „Sonja, gibt's im Haus dünne Stoffhandschuhe?"

„Mmhja. Draußen in der Kommode müssten eigentlich welche sein. Sind halt Damenhandschuhe."

„Egal, könntest du sie bitte holen?"

Sonja nickte und unterbrach ihre Arbeit am Ofen. Kurz darauf kam sie mit den Handschuhen zurück und gab sie Paul.

Er zwängte sich hinein: „Bisschen eng, aber geht!" Sehr vorsichtig machte er sich nun am Pergament zu schaffen. Seine Befürchtung, dass die Blätter irgendwie zusammengebacken waren, bestätigte sich zum Glück kaum. Behutsam konnte er die aufgerollten Blätter voneinander lösen. „Die sind in einem ungewöhnlich guten Zustand! Entweder sind sie jünger als wir denken oder sie wurden derart gut gelagert, dass sie kaum gealtert sind." Paul nickte anerkennend. „Wollen mal sehen!" Er nahm ein Blatt in die Hände und rollte es langsam auf.

Paul gingen die Augen über. Sprachlos betrachtete er die wundervoll geschwungenen Buchstaben, die dennoch vor langer Zeit in großer Eile geschrieben worden sein mussten.

„Unglaublich!", rief er. „Und seht euch nur die Jahreszahl an!" Paul deutete auf eine Buchstabenreihe ganz am Anfang des Dokuments.

„Also, ich sehe nix", gab Leana zu.

„Oh, Entschuldigung, ich vergaß in meinem Eifer: Der Text ist in Altgriechisch geschrieben. Griechen wie Römer benutzten Buchstaben für Zahlen. Seht ihr dieses große A und das D? Das ist die Abkürzung für *Anno Domini* und bedeutet *Jahr des Herrn!* Seltsam, diese Wendung in einem griechischen Text zu finden! Danach kommt eine Buchstabenreihe, die keinen Sinn ergibt. Es sind Zahlzeichen! Hm, lasst mal sehen …"

Paul rechnete die Rs und Ns und Is und andere Großbuchstaben zusammen.

„686!", rief er aufgeregt. „686! Meine Güte, ein Manuskript aus dem frühen Mittelalter! Und dann noch in dieser hervorragenden Qualität! Ich bin begeistert! Unglaublich!" Pauls Stimme überschlug sich.

Seine Erregung ließ die anderen mit noch größerem Staunen auf die Pergamente und den Köcher blicken. Doch unweigerlich schloss sich daran eine Frage:

„Wie kommt das Ding plötzlich auf unsere Kommode im Flur?"

„Ja, Sonja, die Gretchenfrage." Susanne nickte.

Schweigen breitete sich aus, einzig das Knacken des Feuers unterbrach die Stille.

„Vielleicht kann uns Tobias eine Antwort geben?" Leana sah die anderen an.

„Ansonsten bleibt nur noch irgendein Geist übrig."

„Oder ein Engel, Micha", entgegnete Leana.

„Äh, natürlich." Micha wurde rot.

„Fragen wir Tobias. Aber zuvor hol' ich euch was zu trinken. Schließlich ist Paul ja aus einem bestimmten Grund gekommen. Obwohl es so aussieht, als habe er inzwischen etwas Besseres gefunden. Nicht, Paul?"

Es dauerte einen Augenblick, bis Paul die Anrede bemerkte. Zu sehr hatte er sich schon in das Manuskript vertieft. „Öh, ja, worum geht's?"

„Lass dich nicht stören!" Sonja lächelte und holte in der Küche einen Krug für den Most. „Bin gleich wieder da!"

Einen Moment später drang ihre Stimme in die Stube: „Hallo! Kommt schnell!" Trotz geschlossener Tür war ihre Aufregung zu spüren. Sofort stürmten Micha, Leana und Susanne in den Flur. Da rief Sonja schon wieder.

„Zum Keller!", raunte Micha.

Sie hasteten die Kellerstufen hinab. Auf halbem Weg sahen sie schon Sonja bei Tobias knien.

„Er ist bewusstlos! Puls ist da! Bringen wir ihn rasch nach oben!"

„Okay." Micha nickte.

„Moment!", bremste Leana. „Ich möcht' ihn auch noch ansehen. Vielleicht hat er eine Kopfverletzung oder etwas am Rücken. Dann brauchen wir eine spezielle Trage, wenn wir kein Risiko eingehen wollen." Vorsichtig untersuchte sie Tobias' Kopf und Körper nach Anzeichen einer Sturzverletzung. Dabei fiel ihr der mächtige Schlüssel auf: „Guckt euch mal dieses Teil an!", bemerkte sie beiläufig, während sie die Reflexe an den Beinen prüfte.

Sonja bückte sich. „Hab' ich noch nie gesehen! Kümmern wir uns später drum. Was meinst du? Können wir Tobias in die Stube tragen?"

„Ich denke." Leana nickte.

„Die Treppe ist ganz schön steil und eng. Das wird nicht leicht", gab Susanne zu bedenken.

Inzwischen war auch Paul in den Keller gekommen: „Wir probieren das! Micha mit dem Oberkörper voraus und ich mit den Beinen hinterher und ihr unterstützt uns, so gut es geht! Packen wir's!" Zusammen mit Susanne nahm er Tobias' Beine, während Sonja und Leana Micha halfen, Tobias' Oberkörper anzuheben.

Als Micha einigermaßen stand, wagte er sich rückwärts auf die erste Stufe. „Nicht leicht, der Junge!", schnaufte er und musste aufpassen, dass ihm Tobias nicht aus den Händen glitt.

Leana sah sich im Keller um. Ihr war dieser Raum nicht geheuer. „Hier nimmt alles seinen Anfang!", murmelte sie, konnte aber nichts Verdächtiges entdecken. „Oh, ein altes Küchenbuffet!"

Leana ging darauf zu und zog an einer der Schubladen. Rostige Nägel, Türbeschläge, Griffe und andere Eisenwaren zeigten sich darin.

„Vielleicht stammt der Schlüssel von hier?"

Sie schob die Schublade zu. Plötzlich meinte sie, leise eine schon lang nicht mehr vernommene Musik zu hören. Sie klang fast wie höhnisches Lachen. Leana fuhr herum, aber es gab nichts Besonderes. Der Eindruck der Musik war ebenso schnell verflogen, wie er gekommen war. Leanas Gänsehaut blieb und die Überzeugung, dass sie sich nicht getäuscht hatte. Bedrückung beschlich sie.

„Ich bin unerwünscht!"

Die anderen hatten Tobias nach oben gebracht. Leana war nun allein. Sie nahm ihren ganzen Mut zusammen und sagte mit fester Stimme: „Im Namen Jesu Christi! Sichtbare und unsichtbare Welt sollen wissen: Liebe, Frieden und ewiges Leben gibt es nur bei ihm! Die Mächte der Finsternis werden verlieren!"

Mit einem Mal spürte Leana in sich das Verlangen, dem Bösen im Keller die Stirn zu bieten. Sie wollte es vertreiben. Ja, Leana fühlte sich durch den Hohn und die entgegengebrachte Arroganz regelrecht herausgefordert.

„Ihr denkt, ihr seid so etwas von überlegen, nicht?" Durch den wachsenden Zorn wurde ihre Stimme lauter. „Ich bin nur ein junges Mädchen, aber denkt nicht, dass ich mich fürchte! Im Na…"

„Halte ein!"

Leana blieb das Wort im Hals stecken. Für den Bruchteil einer Sekunde glaubte sie, oben am Ende der Treppe Asarja zu erkennen. Sie trat einen Schritt vor. Doch da war keiner. Ihr Kampfesmut war wie weggeblasen.

„Leana, was tust du hier?", fragte sie sich. „Ich hab' die Liebe Gottes in diesem dunklen Kellerloch bekannt, das war wichtig. Niemand hat Kampf verlangt!" Ein übler Gedanke stieg in ihr auf: „Es sei denn, es wollte mich jemand voreilig in so was reinziehen."

Ihr lief es kalt den Rücken hinab. Dieser Keller war der Vorhof zur puren Bosheit – aus welchen Gründen auch immer.

„Ich hab' verstanden." Leana nickte und stieg die Stufen hinauf. In der Mitte der Treppe verharrte sie, drehte sich um und sagte laut: „Liebe und Rettung gibt es bei Jesus Christus, merkt euch das!"

Dann rannte sie die weiteren Stufen hinauf und schlug hinter sich die Tür zu. Ihr Herz pochte wie wild. Rätselhaft, aber die Warnung war deutlich gewesen! Ein mulmiges Gefühl begleitete Leana in die Stube.

Die Freunde mühten sich um Tobias. Er wurde gerade wieder wach, rollte die Augen und wirkte verwirrt. Fragend sah er die Leute um sich herum an.

„Was war unten im Keller?", wollte Sonja wissen, sobald sein Blick einigermaßen klar geworden war. „Warum bist du gestürzt? Wurdest du angegriffen?"

„Angegriffen? Von wem denn? Ist doch sonst keiner außer uns im Haus, oder?", antwortete Tobias gereizt.

Langsam stellte sich bei ihm die Erinnerung ein und damit kehrten auch Angst und Grauen zurück. Nur mit Mühe konnte er das verbergen. Nur nichts zugeben! Wer war das eigentlich? Das Pfaffenpaar aus Spiegelbach, Micha, an den er sich fast schon gewöhnt hatte; Sonja, seine überbesorgte Schwester und – Leana. Über ihren Anblick freute er sich sogar. Trotzdem fühlte er sich unter Druck wie bei einem Verhör.

„Wo gehört der hin?" Sonja hielt ihm den alten Schlüssel unter die Nase.

Sämtliche, gerade zart zurückgekommene Farbe wich wieder aus seinem Gesicht. Mit halboffenem Mund saß er auf dem Sofa und wusste nicht, wie er antworten sollte.

„Nun? Ich hab' das Ding nämlich noch nie gesehen!"

Tobias suchte nach Worten und schnappte nach Luft wie ein Fisch auf dem Trockenen.

In der Stube entstand unerträgliche Spannung. Leana sah, wie sich Tobias quälte. Sie ahnte, dass er leicht mit der Antwort herausgekommen wäre, wenn es eine belanglose Erklärung für den Schlüssel gegeben hätte. Dem war aber nicht so.

„Vielleicht stammt er ja aus dem alten Küchenbuffet im Keller. Da liegt jede Menge Zeugs drin, das zu alten Türen und Schlössern passt", warf sie plötzlich in die Runde.

Alle Augen richteten sich auf Leana. Im selben Moment verschwand die Spannung. Tobias sah sie dankbar an.

„Als ihr Tobias in die Stube gebracht habt, hab' ich mich ein wenig im Keller umgesehen und in den Schubladen des Buffets gestöbert."

„Ja, von dort stammt der Schlüssel. Ich wollte rausfinden, zu welcher Tür er passt", nahm Tobias den Ball rasch auf.

Nicht nur Sonja runzelte die Stirn. Leana hatte Tobias eine Brücke gebaut. Das war mit Händen zu greifen. Er war mit großen Schritten hinübergeeilt.

„Hm. Damit ist deine Ohnmacht noch nicht erklärt." Sonja ließ den Schlüssel aufs Sofa neben Tobias gleiten. „Du bist dort unten nämlich eine ganze Weile gelegen! Als wir gekommen sind, war es im Haus still, also warst du schon im Keller!",

„Meine Güte, ich hatte Bärenhunger und hab' nach was gesucht! Seht selbst nach! Unten auf dem Tisch steht alles! Dann mir ist eben schwindelig geworden!" Verstohlen schielte Tobias auf den Schlüssel neben sich.

„Worauf du dich verlassen kannst! Schließlich habe ich noch einen Krug zu füllen."

„Keine weiteren Umstände! Es ist ohnehin schon spät genug!", meinte Paul.

„Wir sind noch nicht fertig! Also können wir auch etwas dazu trinken!", antwortete Sonja in einem Ton, der keinen Widerspruch zuließ.

Während sie im Keller war, wollte in der Stube niemand sprechen.

„Tobias sagt die Wahrheit." Sonja kam zurück und trug in einer Hand einen gefüllten Krug mit Most. In den Armen hielt sie ein Glas mit eingelegtem Kürbis und eine Wurstbüchse. Sie stellte alles auf den Tisch. „Ich hab' dir das Essen mitgebracht – wegen dem Bärenhunger", sagte sie nicht unfreundlich zu Tobias.

„Nein, danke. Ist mir vergangen. Kann ich jetzt gehen?"

„Moment, da wär' noch was." Micha hielt ihn zurück.

Dunkel blitzte Tobias ihn an und wusste noch immer nicht, warum er ihn nicht leiden mochte. Im Grunde war er ja ganz nett.

Micha schluckte bei diesem Blick, ließ sich aber nicht einschüchtern. Er trat an den Tisch und griff nach dem ledernen Köcher: „Eine Ahnung davon, wie dieses Stück ins Haus gekommen ist?" Er hielt Tobias den Köcher unter die Nase.

„Der gehört mir!", stieß Tobias schnell hervor und grapschte danach.

Rasch zog ihn Micha weg. „Wenn's deiner ist, kannst du bestimmt sagen, was drin ist oder woher du ihn hast?"

Tobias' Schreck schlug in Zorn um: „Wer bist du eigentlich, dass du dich in unserem Haus so aufführst? Ihr alle, was habt ihr hier zu schaffen? Lasst mich in Ruhe und gebt mir mein Zeug zurück!", schrie er.

„Was ist drin?" Micha ließ nicht locker.

„Weiß nicht! Hab's in der Scheune gefunden!", knurrte Tobias mit gesenktem Kopf.

Plötzlich griff er den Schlüssel neben sich, sprang auf wie eine Raubkatze und entriss Micha den Köcher. Dann rempelte er zwischen Paul und Susanne den Weg frei und rannte aus der Stube. Zwei Stufen auf einmal nehmend stürmte er die Treppen hoch und verbarrikadierte sich in seinem Zimmer.

In der Stube waren alle erschrocken. Niemand folgte ihm. Betretenes Schweigen stellte sich ein.

„Ihr habt ihn zu sehr in die Ecke gedrängt." Leana schloss die offene Stubentür. „Habt ihr nicht gemerkt, wie verzweifelt er war?" Sie sah Sonja und Micha an.

„Er kann auch ganz anders sein." Micha zuckte entschuldigend mit den Schultern.

Leana verzog den Mund und wandte sich an Sonja: „Wie geht's eigentlich dir im Keller?"

Sonja überraschte die Frage: „Es gibt keinen schlimmeren Ort im Haus", antwortete sie frei heraus.

„So ist es!" Leana nickte. „Im Keller ist's grauenhaft. Seit wann spürst du das?"

„Schon immer. Weshalb fragst du?"

„Als ich mich unten umgesehen hab', hatte ich das Gefühl, als ob im Keller das Böse in einer unglaublichen Stärke vorhanden ist. Außerdem war da wieder die keltische Musik, von der ich euch mal auf einem unserer Treffen erzählt hab'. Tobias hört die übrigens auch."

„Die Polizei hat das ganze Haus auf den Kopf gestellt. Natürlich haben sie auch den Keller genau unter die Lupe genommen. Das Ergebnis kennt ihr ja", antwortete Sonja.

„Dort unten gibt's mehr als Regale mit Eingemachtem, das könnt ihr mir glauben!", beharrte Leana.

„Ich widerspreche ja gar nicht. Gern können wir selbst nochmal nachsehen. Alles, was diesem Spuk ein Ende bereitet, ist mir recht! Wann fangen wir an?" Sonja sah in die Runde.

„Heut' ist's dafür zu spät. Außerdem finde ich's besser, wenn Tobias nichts davon mitbekommt."

„Denk' ich auch, Micha", stimmte Paul zu. „Zudem sollten wir das gemeinsam tun. Je mehr wir sind desto besser!" Er machte eine kleine Pause. „Vielleicht hilft uns das hier weiter?" Er hielt die Pergamente hoch. „Ich werde sie übersetzen. So schnell es geht!"

„Gut, wenn die Handschrift nicht auf dem Hof bleibt. Tobias weiß bestimmt schon, dass er nur eine leere Hülle erbeutet hat." Micha atmete tief durch. Er machte sich Gedanken über den weiteren Verlauf der Nacht. „Der Junge braucht unsere Hilfe. Jemand knechtet und quält ihn."

„Wahrscheinlich der, der ihm den Namen Jodok verpasst hat, Ogmios. Was gäbe ich dafür, wenn wir den Alten ein für alle Mal loswerden könnten!", grummelte Leana.

„Das ist der Auftrag, meine Lieben." Susanne zog ihre Jacke an. „Paul, legen wir zu Hause die Handschrift in den Tresor. Sie ist das Kostbarste, was wir haben. Sie wurde uns nicht zufällig gegeben. Sie ist ein Schlüssel."

„Wie der aus Metall. Hinter der Tür, zu der er passt, liegt ein Geheimnis." Leana rieb sich den Nacken.

„Sollen wir ihn zurückholen?" Micha verspürte nicht die geringste Lust, in Tobias' Zimmer einzudringen.

„Lass gut sein!" Leana winkte ab. „Er hat genug mitgemacht. Allerdings glaub' ich, dass ihm unsere Fragen weit weniger zu schaffen gemacht haben, als das, was ihn im Keller in die Mangel genommen hat."

„Warum bist du dir da so sicher?"

„Wir haben gesehen, wie verstört dein Bruder war. Schlüssel und Köcher raubte er aus purer Panik. Da unten ist ihm was begegnet, das ihn zu dieser Verzweiflungstat getrieben hat. Heut' Mittag war Tobias ganz anders drauf! Gesprächig und fröhlich!" Sonja und Micha warfen sich Blicke zu.

„He, Moment! Nicht, was ihr denkt!" Leana wurde rot.

„Nö, nö, passt schon!" Micha grinste.

„Schön, wenn ihr diesem Abend noch eine vergnügliche Seite abgewinnen könnt, aber wir gehen jetzt trotzdem!" Susanne ging zur Tür. „Eins noch: Ihr tut gut daran, heute Nacht wachsam zu sein!"

„Wär's dann nicht besser, wenn sie bei uns schlafen würden? Da sind sie sicher", schlug Paul vor. „Was meint ihr?"

Micha und Sonja sahen sich an.

„Tobias allein zurücklassen?" Sonja biss sich auf die Lippen.

„Ihm droht gerade weniger Gefahr als euch", unterstützte Leana Pauls Vorschlag.

„Es widerstrebt mir, das Feld einfach so zu räumen", brummte Micha und sah dabei zur Decke. „Ich mag's nicht, vor dem Bösen zu kuschen! Das sieht so feige aus! Wir haben doch einen großen Gott, oder?"

„Und er ist ein Vater der Weisheit!"

„Hast du das gesagt, Paul?" Micha wandte sich ihm zu.

„Nein, ich war damit beschäftigt, die Pergamente zusammenzurollen.

„Aber ihr habt doch die Stimme auch gehört, nicht?"

Sie nickten.

„Wir alle haben sie gehört. Aber keiner von uns hat gesprochen. Es war Asarja", sagte Leana. „Er ist schon die ganze Zeit unter uns, aber er zeigt sich nicht. Sein Rat ist unmissverständlich. Lasst uns gehen." Sie stand auf und nahm ihre Jacke.

„Aber Tobias … Hier allein in diesem Horrorhaus?"

Micha nahm Sonja in den Arm. „Mir missfällt das genauso, wenn auch nicht aus Sorge. Doch vor allem steht der Gehorsam. Insbesondere bei göttlichen Dingen. Wenn ein Engel des Herrn, und dann noch *dieser* Engel, uns zur Weisheit anmahnt, dann wollen wir seinen Rat nicht in den Wind schlagen."

„Ich kann meinen Bruder nicht zurücklassen!"

„Ich glaub' kaum, dass er freiwillig mitkommt."

„Unversucht möcht' ich's nicht lassen." Sonja ging zur Stubentür. „Wartet." Sie stieg die Treppe hoch und klopfte an seine Zimmertür: „Tobias, wir wollen sicherheitshalber bei Friedreichs übernachten. Kommst du mit?"

Nach einem kurzen Moment kam durch die Tür: „Bei den Pfaffen? Hast du 'nen Knall? Schert euch zum Teufel!"

„Genau der ist hier los! Tobi, komm bitte mit! Tu's mir zuliebe!", flehte Sonja.

„Keine Sorge, mir geht's prächtig ohne euch! Jedenfalls ohne die meisten von euch!", schob er hinterher.

„Tobi, bitte!"

„Verpiss' dich! Lass dir ruhig Zeit, bis du wiederkommst!"

Sonja seufzte. „Sei vorsichtig! Mach' keinen Quatsch! Du weißt, wo wir sind. Unten auf dem Stubentisch liegt Pauls und Susannes Nummer, meine Mobilnummer hast du auch und …"

„Es reicht! Tschüss!"

Sonja verstand. Schweren Herzens ging sie die Treppe hinab und trat mit traurigem Schulterzucken in die Stube. Sie nahm ihre Jacke und verließ das Zimmer.

„Eindeutig. Gehen wir auch!" Micha wartete, bis jeder die Stube verlassen hatte, dann schaltete er das Licht aus. „Herr, Dein Friede in diesem Haus! Bewahre Tobias!", flüsterte er.

Leana stand im Flur. Bevor sie das Haus verließ, rief sie die Treppe hinauf: „Tschüss, Tobias! Wir sind dann fort! Der Herr schütze dich! Ich denk' an dich!"

„Mach's gut, Tobias!", rief auch Micha, dann zog er die Haustür zu. „Engel wacht über den Hof! Auch wenn's ein finsterer Ort ist, das Leben muss siegen!"

„Kommt!", drängelte Paul. „Micha, du hattest doch auch Altgriechisch während deiner Ausbildung, nicht?"

Micha hob abwehrend die Hände: „Nicht der Rede wert, echt!"

„Unsinn! Wir machen uns gleich an die Übersetzung des Manuskripts!"

„Ich bin dabei! Möcht' wissen, was drin steht! Auch wenn ich nur ein wenig Neugriechisch versteh'!", klinkte sich Leana ein.

„Hervorragend!" Paul schnalzte mit der Zunge.

„Und wir machen einen schönen Tee, Sonja!" Susanne hakte sich bei ihr unter. „Und wir beten!"

10. Entdeckungen

Tobias hörte, wie unten die Tür geschlossen wurde. Als Leana ihm ihren Abschiedsgruß zugerufen hatte, war ihm kurz heiß geworden. Selbst Michas guter Wunsch war nicht an ihm abgeprallt. Nun war es still im Haus. Unheimlich still. Mit einem Mal kam sich Tobias schrecklich einsam vor. Vollkommen verlassen. Er hätte sich ohrfeigen können!

„Sie wollen mir doch bloß helfen! Und ich jag' sie aus dem Haus!", murmelte er und öffnete die Zimmertür einen Spalt weit und horchte hinunter ins Treppenhaus.

Nur das Prasseln des Feuers war unten zu hören. Tobias griff sich den Schlüssel und warf einen Blick auf den leeren Lederköcher: „Seltsam. Einerseits bin ich froh, dass er leer ist, andererseits könnte ich pausenlos darüber toben!"

Sein Hunger meldete sich wieder und trieb ihn hinunter in die Stube: „Sonja hat mir ja meine Sachen aus dem Keller mitgebracht!"

Vorsichtshalber spähte er in den Hof. Alle fremden Fahrzeuge waren weg.

„Gut." Tobias nickte und ging in die Stube.

Das Feuer war am Erlöschen. Er legte nach und machte sich endlich über das Essen her. Auch dem Most sprach er ordentlich zu. Dieser stieg zu Kopf. Das leicht drehende Gefühl half, das Schlimme des Abends hinter sich zu lassen. Wohlige Gleichgültigkeit kehrte ein. Satt und zufrieden saß er auf seinem Stuhl und sah den tanzenden Flammen zu.

An der Tür klingelte es. Ohne sich Gedanken darüber zu machen, stand Tobias auf. Etwas unsicher auf den Beinen ging er durch den Flur und öffnete.

„Oh, bonjour, Richard!", kicherte er, als ob er einen alten Freund begrüßte. „Komm rein! Komm rein! Sturmfreie Bude, heute! Trink' einen Schluck mit!" Ohne eine Antwort abzuwarten, machte Tobias kehrt und ging voraus.

Richard hob erstaunt die Augenbrauen und folgte Tobias.

„Setz' dich! Most?"

Richard schnüffelte am Krug. „Cidre?"

„Hä?"

„Ach, nischts! Aber nur mit Wasser!", schränkte er ein, weil er ahnte, wie hochprozentig der Apfelwein sein musste.

Als sich Tobias ebenfalls reichlich nachgoss, fiel Richard ihm in den Arm: „Junge, isch glaube, du 'ast für 'eute genug, nischt?"

„Kann schon sein!", kicherte Tobias und ließ es sich gefallen, dass Richard ihm sein Glas wegnahm und es durch ein anderes mit Wasser ersetzte: „Du bist nischt gewohnt, zu trinken. Und bevor dir noch schlecht wird …"

Tobias gab Richard keine Antwort. Versonnen sah er weiter dem Spiel der Flammen zu. Seine Augenlider wurden schwer, bis er schließlich weg döste.

Richard sah sich in der Stube um. Er fühlte sich hier zu Hause, obwohl er noch nie dagewesen war. Er war schon auf dem langen Heimweg gewesen, als er plötzlich von dieser Unruhe erfasst wurde. Sie hatte ihn zurück nach Hügelhain gedrängt. Die Erfahrung von Alban Arthuan im Rücken ließ ihn ohne Zögern umkehren. Die Götter waren machtvoll und duldeten keinen Ungehorsam. Außerdem war sein Gehorsam schon mit dem Goldschatz belohnt worden. Gespannt hatte er sich der Leitung durch die Götter überlassen.

„Nun bin isch also 'ier!", sagte er zu sich selbst.

„Hm?", brummelte Tobias. Sein Kopf war auf die Brust gesunken.

„Schlaf' ruhig weiter!" Richard klopfte Tobias sanft auf die Schulter. Danach erhob er sich und ging in der Stube umher. Zielsicher war er zu diesem Hof geführt worden. Es musste einen Grund geben, warum er diesem Jungen heute schon zum zweiten Mal begegnete und jetzt sogar in dessen Zuhause stand.

„Die Kraft der Götter ist groß in diesem Haus!", sagte Richard und streckte seine Arme wie Antennen aus, um noch mehr zu spüren.

Ja, hier herrschte der Geist einer hohen Autorität, eines Priesters, eines Hochpriesters! Viel stärker als auf dem Schindlerhof war hier Macht konzentriert! Richard befand sich nach dem Heiligtum oben im Wald am zweitwichtigsten Ort in Hügelhain.

„Darum wurde isch 'ergeführt!" Er rieb sich das Kinn und sah auf den schlafenden Tobias. „Du bist der Sohn eines mächtigen Vaters!" Er sagte das nicht ohne Ehrfurcht. „Aber du bist dir deiner Bedeutung noch nischt richtig bewusst! Außerdem bist du der Träger eines Geheimnisses, ohne dass du davon recht weißt!"

All dies sprach aus Richard heraus. Er hörte sich selbst beim Reden zu.

„Wir werden Freunde! Vielleicht sogar Brüder! Ogmios will es so! Unser Gott! Der Gott der Dichter und Barden, der Wächter zur Anderwelt! Mächtig und würdevoll ist er! Er 'at uns auserwählt, seine 'errschaft zu erweitern! Die Zeit in der Verborgenheit ist vorüber! Mit uns wird er wieder sein Reich aufrichten!"

Richard redete sich in Trance. Von einem auf den nächsten Augenblick hatte er seinen Körper verlassen und sah auf sich und Tobias von oben herab. Wie ein Geist schwebte er in der Stube. Dann verließ er durch das Dach das Haus und blickte auf den Schwarzerhof nach unten. Obwohl es dunkle Nacht war, konnte er die ganze Gegend gut überblicken. Oben im Wald lag der Heilige Hain mit der Quelle, dem Tor zur Anderwelt, sowie der Grabhügel des großen Fürsten. Doch dann sah er noch etwas anderes! Wie an einer Linie gezogen entdeckte er den Gang unter der Erde. Er führte vom Hof hinauf zum Heiligtum. Plötzlich war alles vorbei. Richard fand sich in seinem Körper wieder. Eine große Aufregung erfasste ihn. Es gab vom Hof eine Verbindung zum Heiligtum! Nicht ohne Grund war ihm das eben gezeigt worden!

„Vielleicht weißt du sogar davon, ohne es zu wissen?" Er sah Tobias an und verspürte den Reiz, das Haus zu untersuchen. „Aber wenn nun jemand kommt? Er wird misch für einen Dieb 'alten!" Richard schüttelte den Kopf. „Isch bring' Tobias in sein Bett. Also muss isch zuvor sein Zimmer suchen."

Er schmunzelte. Auf diese Weise hatte er einen Grund, sich im Haus umzusehen und auch gleich eine Entschuldigung, falls überraschend jemand im Flur stand.

Richard ließ Tobias in der Stube vor dem Feuer sitzen. Bestimmt lag sein Zimmer irgendwo oben, aber Richard hielt es unten. Er ging den Flur entlang und blickte in die Zimmer. Eines sah aus wie eine Abstellkammer, das zweite enthielt ein Schlafzimmer. Schon beim Eintreten umfing Richard eine besondere Stimmung. Das Zimmer war wohl eine ganze Weile nicht mehr betreten worden. Große Unordnung herrschte darin. Als ob jemand nach etwas gesucht und hinterher nicht mehr aufgeräumt hatte. Es war nicht Tobias' Zimmer, dafür war es zu altmodisch. Kein junger Mann würde hier wohnen wollen. Plötzlich fühlte Richard eine innere Klarheit: Es war *sein* Zimmer! Hier herrschte noch der Atem des Hochpriesters. Richard bekam Gänsehaut. Ja, so war es!

Mit einem Mal kam ihm das Zimmer entweiht vor. Eindringlinge hatten hier frecher Weise gewühlt! Ein heiliger Zorn stieg in Richard auf, und er verfluchte die Unbekannten. Bevor er das Zimmer verließ, musste wieder das Gleichgewicht hergestellt werden! Er stimmte ein Weihelied zu Ehren der Götter und der hohen Druiden an. Ihm war es, als hätte er vor einiger Zeit das Lied genau für diesen Moment geschrieben. Richard kümmerte es nicht, dass er es in dem eigentlich fremden Haus anstimmte. Selbst wenn jetzt jemand kommen würde, so würde er das heilige Lied zu Ende singen: Es geschah mehr! Unrechtmäßig geschlagene Kerben wurden geglättet! Das erwarteten die Götter! Sein Gesang erfüllte das Haus, drang in alle Zimmer und kam einer Rückeroberung gleich.

Plötzlich kehrten jene zurück, die sich seit dem Tod Heinrichs nicht mehr hatten blicken lassen. Durch die ekelhafte neue Gemeinschaft mit ihren Gebeten angewidert, waren sie fort geblieben. Wie Motten vom Licht wurden sie nun von Richards Gesang angezogen und machten sich wieder breit. Ganz leer war das Haus ohnehin nie gewesen. Solche, die Sehnsucht nach Frieden gehabt hatten, waren durch die Gebete angezogen worden. Doch jetzt fand ein Austausch statt: Fänger, boshafte Geister verstorbener Mitglieder der Gefolgschaft des Fürsten, bittere Sklaven von Ogmios, nahmen sich zurück, was sie hatten verlassen müssen. Die anderen zogen sich verstört und ängstlich zurück.

Richard merkte nicht, wen er da beschwor. Er war schlicht glücklich, zu Ehren der Götter einen Dienst zu erfüllen. Ja, er fühlte die Bewegung in der unsichtbaren Welt. Kindlich naiv war er darüber begeistert, wie das Reich der Geister in die sichtbare Welt hineinragte. Nicht im Geringsten witterte er dahinter eine böse, machtgierige Absicht. So tauchten sie nacheinander auf, die alten Herren und Herrinnen des Schwarzerhofs, die über Jahrhunderte die Geschicke der Gefolgschaft des Fürsten im Sinne Ogmios' geleitet hatten. Dabei waren sie selbst nur Spielfiguren in seiner Hand gewesen – im Leben wie im Sterben – und nun, im Totenreich, seine willfährigen Sklaven auf ewig.

Richard beendete seinen Gesang. Erfüllt von tiefem Glück und Freude trat er aus dem Zimmer auf den Flur. Jetzt war der Ausgleich wieder hergestellt. Die durch fremde Eindringlinge geschlagenen Wunden wieder geheilt.

Da sah Richard *ihn*. Sofort erkannte er ihn. Voll Ehrfurcht sank Richard auf die Knie: „Großer, ehrwürdiger Krieger!", stammelte er.

Was für eine Ehre wurde ihm gerade zuteil!

„Isch 'offe, alles wurde zu deiner Zufriedenheit ausgeführt?" Er verneigte sich und schielte mit einem Auge zum Krieger hin.

Als Antwort erhielt Richard ein würdevolles Kopfnicken.

‚Ich bin am richtigen Ort!', dachte Richard mit Herzklopfen. Sofort brannte ihm eine Frage auf den Lippen. Doch durfte er sie stellen? War jetzt der Zeitpunkt dafür? Dieser gottgleiche Krieger war der Herr des Grabhügels, in seinen Händen hatte Richard sie gesehen. Wo war sie nur? Richards Verlangen wuchs.

„Großer, 'errlischer 'äuptling", wagte er einen Vorstoß, „du bist ohne das Kleinod gekommen, aber isch fühle ihre Nähe. Nennt mir bitte ihren Ort. Isch will ihr huldigen!" Richard wagte nicht, den Blick zu heben.

„Bist du der Hochpriester?", donnerte ihm eine kraftvolle Stimme entgegen. Sie raubte ihm für einen Moment die Luft zum Atmen. Richard wurde gepackt und mit dem Gesicht auf den Boden gedrückt.

Er rang nach Luft. Rasch presste er heraus: „Isch bin ein Barde, ein Druide! Ein Diener des großen Ogmios! Mächtiger Gott, Führer und Wächter in der Anderwelt!"

„Du bist noch gar nichts!", lachte der Krieger mit einem grausamen Lachen, das alles Leben aus ihm herauszusaugen schien.

Richard keuchte, hustete und würgte. Alle Würde, die er sich in den vergangenen Jahren als Barde und Druide angeeignet hatte, zerfiel zu Staub. Die machtvolle Stimme des Kriegers hatte sie in den Wind zerstreut. Vor Angst auf dem Flur kauernd, fühlte sich Richard klein und hilflos wie ein Kind, das der Willkür eines gestrengen Herrn ausgeliefert ist. Hier gab es nichts mehr zu wollen, hier galt es nur noch zu gehorchen. Elender hatte sich Richard noch nie gefühlt.

„Wenn du in ihre Nähe willst, dann halte dich an den Sohn des Hochpriesters und schütze ihn. Vielleicht wird sie dir dann zuteil. Vielleicht wirst du aber auch in Stücke gehauen! Erweise dich als würdig, dann wirst du vielleicht berufen. Aber erlaube dir nie mehr, etwas zu sein, wozu du dich selbst erhoben hast! *Barde! Druide!*"

Die beiden letzten Worte wurden mit solcher Verachtung gesprochen, dass Richard darunter furchtbare Schmerzen am ganzen Leib erlitt. Er fiel in Ohnmacht.

Durchgefroren erwachte er einige Zeit später auf den alten Steingutfliesen im Hausflur. Erfüllt von tiefer, innerer Qual richtete er sich mühsam auf und schob sich mit dem Rücken an der Wand in den Stand.

„Worauf 'abe isch misch eingelassen?", flüsterte er voller Entsetzen. „Aber Richard, du wusstest schon in Ribemont dass es in dieser Geschichte nischt mit rechten Dingen zugeht!", hielt er sich selbst entgegen. „Ja, aber das ist jetzt kein Spiel mehr! Isch 'abe das Tor zur Anderwelt weit aufgestoßen und fürchte, dass isch der Geister nischt 'err werde!"[50]

---

50 Vgl. Goethes „Zauberlehrling"

Von irgendwoher kam Lachen, dessen höhnischer Klang nicht zu überhören war.

Richard zuckte zusammen: „Merde!", fluchte er in Französisch und rannte zurück in die Stube.

Etwas hatte sich an seine Füße geheftet und er befürchtete, es nie mehr loszuwerden. Der Krieger war es nicht, etwas anderes Boshaftes.

„Verflucht!" Richard drehte sich ein paar Mal im Kreis, in der blauäugigen Hoffnung, so die unsichtbare Klette abstreifen zu können.

Ihm schlug dafür spöttische Erheiterung entgegen.

Entsetzt und entmutigt gab Richard auf. Alles drehte sich. Er ließ sich aufs Sofa sinken und blieb für lange Zeit sitzen.

Tobias hatte von all dem nichts mitbekommen. Tief und fest schlief er auf seinem Stuhl. Bequem war dies bestimmt nicht. Während Richard auf dem Sofa saß, rutschte Tobias immer weiter nach unten. Kurz bevor er vom Stuhl fiel, raffte sich Richard auf und zog ihn auf die Beine.

„Wo ist dein Zimmer?"

„Oben", nuschelte Tobias, ohne die Augen zu öffnen.

„Gut, isch bring' disch jetzt ins Bett!" Richard legte sich Tobias' Arm über den Nacken und umgriff seine Hüfte. „Los geht's!" Er schleppte ihn zur Stube hinaus und die Treppe hoch. Glücklicherweise half Tobias ein wenig mit. Trotzdem blieb es ein Kraftakt, den jungen Mann die Treppe hinaufzubringen und schließlich ins Bett zu legen.

Als dies erledigt war, setzte sich Richard auf die Bettkante. „Mon dieu!", stöhnte er und fühlte sich um Jahre gealtert.

Sein Blick fiel auf den Schreibtisch. Sofort erkannte er, dass der dort liegende Köcher besonders sein musste. Obwohl körperlich und geistig erschöpft konnte Richard der Faszination des Alten nicht widerstehen. Er gab sich einen Ruck und ging zum Schreibtisch.

„Er ist viele 'undert Jahre alt! Aber Deckel und Inhalt fehlen! Schade, das 'ätte misch sehr interessiert." Sein Blick fiel auf den

Schlüssel. „Du bist nischt weniger alt, mein Freund!" Richard nahm ihn in die Hände.

Größe und Form des Barts deuteten mindestens ins frühe Mittelalter zurück, wenn nicht sogar noch älter. Plötzlich sah Richard vor seinem geistigen Auge jenen Augenblick wieder, als der Krieger an Alban Arthuan mit der Schale aus dem Grabhügel emporgestiegen war. Wie Schuppen fiel es ihm von den Augen: Der Schlüssel und der Inhalt des Köchers würden ihn zu dem Kleinod mit den ungeheuren magischen Kräften führen können. Beides lag hier in Tobias' Zimmer. Der Junge könnte bestimmt manches zu ihnen sagen.

„Kümmere disch um den Sohn des 'ochpriesters!", murmelte er.

Nun begriff er die Worte des Kriegers besser. Offenbar wollten die Götter, dass sie beide gemeinsam die Ehre Ogmios' wieder aufrichteten. Darin lag die Botschaft dieses Abends!

„Nur deshalb wurde isch vom 'eimweg zurückgerufen!"

Richard wandte sich zur Zimmertür. Bevor er hinausging sah er noch einmal zum schlafenden Tobias hinüber.

„Isch mag disch, Kleiner! Und isch glaube, du magst misch! Ganz egal, was die Götter vorhaben – das kann es uns leichter machen!"

Leise zog er hinter sich die Tür zu und stieg die Treppe hinunter.

„Es bleibt nischt viel Zeit! Isch muss rasch ins Dorf kommen! Wir müssen schnell Freunde werden und unsere Geheimnisse austauschen!"

Unruhe befiel Richard. Auf eine sonderbare Weise hatte er das Gefühl, dass ein Wettlauf stattfand. Eine tiefgreifende Angst befiel ihn.

„Isch darf nischt verlieren!"

Richard wollte sich nicht ausmalen, welche Folge sein Versagen hätte.

„Das 'ier ist kein gewöhnliches Spiel mehr!" Er verließ das Haus und ging zu seinem Wagen.

„Der Preis ist das Leben! Isch habe keine Wahl, leider."
Tiefes Bedauern durchdrang ihn. Wenn er es noch ändern könnte, dann würde er es tun.
„Wäre isch nur niemals nach Ribemont gegangen!"
Richard fuhr davon, um seine wenigen Habseligkeiten nach Hügelhain zu holen. Er wusste, er durfte nicht säumen! Dafür sorgte schon sein unheimlicher Begleiter. Er würde ihm nie mehr von der Seite weichen.

Im Esszimmer des Pfarrhauses herrschte gespannte Stille, manchmal unterbrochen von unverständlichem Murmeln oder dem Rascheln der Buchseiten. Gemeinsam brüteten Paul, Leana und Micha über den Pergamenten. Sie kamen gut voran. Es war weit nach Mitternacht – Sonja und Susanne waren längst schlafen gegangen – doch die drei hatte ein Fieber gepackt. Angefeuert wurde es durch den brisanten Inhalt der Handschrift, die der Mönch Arnivlus im Jahr 686 nach Christus verfasst hatte.
„Er muss in großer Eile gewesen sein, ansonsten wäre er viel sorgfältiger mit dem Pergament umgegangen! Seht nur, wie oft er Buchstaben ausgestrichen oder manchmal einen vergessen hat!", rief Paul nicht zum ersten Mal.
Leana und Micha staunten über Pauls Begabung, sich in der alten Handschrift zurechtzufinden. Sie selbst waren vollauf damit beschäftigt, überhaupt etwas zu entziffern. Leana kannte sich ein wenig im modernen Griechisch aus, auch konnte sie die Buchstaben entziffern. Meistens schlug sie zusammen mit Micha Begriffe nach, die Paul nicht auf Anhieb benennen konnte.
Der Bericht des Arnivlus las sich wie ein Krimi und gab Antworten auf viele ungelöste Fragen, die sie seit letztem Samain mit sich herumtrugen.
„Diese Handschrift ist ein Dokument von unschätzbarem Wert!" Micha staunte. „Wie kam es nur auf die Kommode im Flur?"

„Wer sonst außer Tobias sollte dort den Köcher abgelegt haben? Ich glaub', er hat ihn irgendwo im Haus gefunden – um nicht zu sagen: im Keller!" Leana gähnte. „Ich mach' Kaffee. An Schlaf ist ohnehin nicht zu denken."

„Danke!", antworteten Paul und Micha gleichzeitig.

„Dieser Bericht gehört nicht uns. Wir müssen ihn abgeben!", murmelte Micha.

„Natürlich, aber erst wenn wir entschlüsselt haben, was er uns mitteilen will."

„Mehr als Tobias' Leben hängt daran!", rief Leana aus der Küche. „So viel ist jetzt schon sicher! Wo sind eigentlich die Filter? – Ach, hier."

„Die Polizei wird sich bestimmt auch für ihn interessieren."

„Und das Landesdenkmalamt mit all seinen Archäologen und die Presse und, und, und, Micha", nuschelte Paul. „Aber jetzt haben *wir* die Handschrift, und keiner weiß davon!"

„Außer Tobias und wer auch immer noch."

„Mag sein. Aber ich bin felsenfest davon überzeugt, es war der Herr, der uns diese Pergamente in die Hände gegeben hat. Endlich soll Licht auf das Dunkel von Hügelhain fallen!"

„Ja, schon, aber genau deswegen werden wir angegriffen! Wir müssen auf der Hut sein! Zu viele haben ihr Leben gelassen, und ich möchte nicht, dass einer von uns dazukommt."

Paul unterbrach das Übersetzen, ließ den Stift sinken und sah Micha an: „Du hast Recht." Er nickte nachdenklich. „Es geht um mehr als die Entzifferung einer spannenden Handschrift. Es geht um Heil und Unheil."

„Für die sichtbare und die unsichtbare Welt. Aber zuerst mal eine kleine Stärkung!" Leana brachte den Kaffee.

Nach einem kräftigen Schluck setzten die drei ihre Arbeit fort und ruhten nicht eher, bis das letzte Wort übersetzt war.

„Wir haben es!", atmete Paul erschöpft, aber hochzufrieden auf.

„Wer macht Frühstück?" Müde grinste er in die Runde.

Micha und Leana hatten für ihn nur ein schwaches Lächeln übrig. Abwechselnd fielen ihnen die Augen zu.

„Ich muss ins Bett!", stöhnte Leana. „Einen klaren Gedanken kann ich sowieso nicht mehr fassen. Aber eins ist sicher: Der Herr hat uns den Schlüssel in die Hand gegeben! Paul, verwahr' Handschrift und Übersetzung bloß gut! Nicht auszudenken, wenn sie gestohlen würden!"

„Natürlich, wozu haben wir denn einen Tresor? Aber zuvor mach' ich für jeden noch eine Kopie der Übersetzung."

Paul ging hinunter ins Pfarrbüro. Er schloss die Tür auf und machte Licht. Im selben Augenblick gab es einen Knall. Die Lampe hatte es in tausend Teile zerrissen. Verschmorter Gestank füllte die Luft und plötzlich stoben Funken aus der Leitung.

„Himmel!" Erschrocken drückte Paul sofort noch einmal auf den Schalter. Doch im ganzen Haus war es schon dunkel. Die Hauptsicherung hatte ausgelöst.

Oben saßen Leana und Micha im Finstern.

„Was war das?" Micha sah sich um.

Leana zuckte mit den Schultern und tastete sich ins Treppenhaus: „Paul? Alles in Ordnung bei dir da unten?"

„Geht so." Der Schreck saß ihm in den Gliedern. „Im Flur steht eine Kommode, da ist eine Taschenlampe in der Schublade. Bringt sie mir! Ich muss zum Sicherungskasten!"

„Hab' sie!", antwortete Leana und schaltete die Taschenlampe ein.

„Gut, gehen wir runter." Micha war ihr gefolgt und betrat zuerst die Treppe.

Etwa in deren Mitte geschah etwas Seltsames.

„Riechst du das?", fragte Leana.

Micha schnüffelte. „Riecht irgendwie nach Schmiersei…" Er rutschte aus. Voll Schreck suchte Micha im Fallen irgendwo Halt. Dennoch schlitterte er mehrere Stufen hinab und landete schließlich am Fuß der Treppe unsanft.

Erstarrt stand Leana oben und beobachtete den Sturz im Licht der Taschenlampe. Ihr stockte der Atem. Unwillkürlich krallte sie sich mit einer Hand am Geländer fest.

Für einen furchtbar langen Moment blieb es still, einzig Michas Keuchen war zu hören.

„Wie, um alles in der Welt, kommt die Schmierseife auf die Treppe?", fragte Leana tonlos, noch bevor sie sich nach Micha erkundigte.

„Mist!", stöhnte er und rang nach Luft.

Paul eilte ihm zu Hilfe: „Bist du verletzt?"

„Weiß nicht."

In Leana kam wieder Leben. Vorsichtig schlich sie die Stufen herunter: „Kannst du aufstehen?" Wie Paul beugte sie sich über Micha.

Er stand unter Schock und reagierte immer weniger. Sein Bewusstsein schien sich zu entfernen.

„Notarzt!", raunte Leana.

Paul nickte und tastete sich eilend ins Pfarrbüro. Wie oft hatte er sich schon über die alte Telefonanlage geärgert, doch nun war er dankbar, dass die Leitung unabhängig vom Stromnetz im Haus funktionierte. Rasch setzte er den Notruf ab. Danach nahm er sich von Leana die Taschenlampe und ging zum Sicherungskasten. Einen Moment später brannte wieder Licht.

„Wie geht's ihm?", fragte er Leana, als er zurückkam.

„Schwer zu sagen. Wir brauchen eine Spezialliege."

Susanne und Sonja waren durch den Lärm wach geworden und kamen die Treppe herunter.

„Stopp!", riefen Paul und Leana gemeinsam.

Wie vom Donner gerührt blieben sie stehen.

„Da ist's glatt!", erklärte Paul. „Haltet euch gut fest! Achtet auf eure Schritte!"

Nun erkannten Susanne und Sonja den Schmierfilm auf den Stufen.

„Der war gestern Abend noch nicht da!" Susanne runzelte die Stirn.

„Als ich vorhin die Treppe runter bin auch nicht. Hier geht's nicht mehr mit rechten Dingen zu!", erklärte Paul besorgt.

Sonja und Susanne knieten bei Micha nieder.

„Wie geht's dir?" Sonja strich ihm über den Kopf.

Micha antwortete nicht.

„Ziemlich übler Sturz." Leana fühlte Michas Puls. „Beten wir, dass es nichts Ernstes ist."

„Aber auf der Stelle!" Grimmig sah Susanne um sich. „Was bildet ihr Mächte euch eigentlich ein? Uns in unserem eigenen Haus so frech anzugreifen! – Jesus, Herr der Herren, das geht gar nicht! In Deinem Namen soll alles Böse weichen und das Haus verlassen! Herr, wie konntest Du das zulassen? Micha ist Dein Diener! Und nun ist er derart gefällt! Das schreit zum Himmel! Bring' ihn wieder in Ordnung! Heile ihn!" Das Treppenhaus hallte von Susannes kräftiger Stimme wider.

Paul und Leana lief es kalt über den Rücken. Aber auch in ihnen erwachte derselbe grimmige Trotz gegen das Böse.

„Und wenn ihr jeden von uns angreift", grollte Leana, „so werden wir nicht müde, im Namen der Liebe gegen euch zu kämpfen! Wir jagen euch die Beute ab! Christus ist Sieger über Hölle, Tod und Teufel! Dieser heimtückische Anschlag darf Micha nichts anhaben!"

Noch mehr als unter Susannes Stimme bebte das Treppenhaus nun unter Leanas Gebet. Wie ein eiserner Besen fegte es alles Finstere aus dem Pfarrhaus hinaus. Von da an war Micha wieder ansprechbar. Verwundert sah er sich um und wollte sich aufrappeln.

„Nichts da!" Leana drückte ihn sanft zurück. „Du bleibst liegen, bis wir sicher sind, dass alles gut ist!"

„Schmerzen?", fragte Sonja.

„Ja, aber zum Aushalten."

„Gar kein Gefühl wäre schlimmer!" Leana stand auf, streckte sich und ging zu den mit Schmierseife bestrichenen Stufen. Es waren drei. Sie strich mit dem Zeigefinger über den glibberigen Film und zerrieb die Masse schnüffelnd zwischen Zeigefinger und Daumen: „Tatsächlich: gewöhnliche, handelsübliche Schmierseife!" Sie schüttelte den Kopf. „So was hab' ich noch nie erlebt! Ihr?"

„Ich bin mit solchem Zeug aufgewachsen. Bei uns zu Hause spukt es ständig. Ich kenn' es nicht anders", gab Sonja trocken und traurig zurück.

„Uns ist das bisher fremd gewesen, obwohl wir von solchen Dingen wussten. Seit wir vergangenen Herbst in den Kampf eingestiegen sind, haben wir allerdings einiges erlebt, nicht Paul?" Susanne sah zu ihrem Mann.

„Ja, aber noch nie wurden wir in unseren eigenen vier Wänden attackiert. Wo doch hier ein Haus des Glaubens und Gebets ist! Das muss ich erst noch verdauen!", gab er nachdenklich zu. „Ich warte draußen auf den Krankenwagen."

„Hm." Leana setzte sich auf die unterste Stufe. „Der Bericht der Pergamente ist wahr. Dieser alte Mönch aus dem Mittelalter hat zu uns gesprochen."

„Vielleicht war er ja der Klausner vom Klausnerbuckel?", überlegte Sonja.

„Klausnerbuckel?" Leana runzelte die Stirn. „Du meinst er hängt mit dem kleinen Hügel an der Straße zusammen? Dem einzigen hellen Fleck auf der Hochebene?"

„Nun ja", stöhnte Micha, „Flurnamen existieren meist nicht ohne Grund."

„Das macht Sinn." Leana nickte. „Wir wissen nun alles Wichtige über den Kult um Ogmios. Wir wissen auch, dass der Fürst nur der Erste aller Sklaven ist, und alles deutet darauf hin, dass Ogmios jetzt seine schmutzigen Finger nach Tobias ausstreckt. Am wichtigsten ist die magische Schale. Die müssen wir finden und unschädlich machen!"

„Schale? Unschädlich? Ich glaub', uns fehlt da was!" Susanne tauschte mit Sonja fragende Blicke aus.

Gerade als Leana antworten wollte, kam Paul mit dem Notarzt und den Rettungsassistenten ins Pfarrhaus. Dieses Thema musste warten.

Nach einer eingehenden Untersuchung gab der Notarzt leichte Entwarnung. Doch Micha wurde ins Krankenhaus zu weiteren Untersuchungen mitgenommen. Zur Sicherheit legten sie ihn auf die Spezialliege für Rückenverletzungen und brachten ihn anschließend ins Diak nach Schwäbisch Hall.

„Da hab' ich dich gleich unter Kontrolle!", grinste Leana zum Abschied.

Sonja fuhr dem Krankenwagen hinterher. Sie wollte Micha begleiten.

„Ich mach' uns Frühstück und ihr erklärt mir alles!", schlug Susanne vor.

„Eine gute Idee! In der Zwischenzeit versuch' ich das nochmal mit dem Kopieren!"

„Und ich mach' die Treppe sauber! Solchen Querschüsse halten uns nicht auf! Frechheit!"

Susanne, Paul und Leana machten sich ans Werk.

11. Beltane

Es kamen Wochen augenscheinlicher Ruhe. Micha war zwei
Tage nach seiner Einlieferung mit ein paar schmerzhaften
Prellungen entlassen worden und ging wieder, wie alle anderen
auch, seinen üblichen Tagesgeschäften nach. Die Gemeinschaft
traf sich regelmäßig bei Frederike zum Gebet und zum Austausch über den Stand der Dinge. Keiner ließ sich durch die
ruhige und schöne Frühlingszeit täuschen. Sie waren wachsam
und studierten nach Kräften das Manuskript des Arnivlus.
Irgendwann konnten sie es auswendig.

Tobias verhielt sich unauffällig. Er bemühte sich sogar etwas um Entspannung zu Sonja und Micha. Zu Leana zog es ihn regelrecht hin. Er freute sich, wenn er ihr begegnete. Gerne hätte er mehr Zeit mit ihr verbracht, aber er scheute sich davor, sie daraufhin anzusprechen. Über seine sonderbaren Erlebnisse im Keller an Imbolc schwieg er. Trotz allem dort erlebten Grauen fühlte Tobias einen großen Sog nach mehr in sich.

‚Total widersprüchlich!', dachte er. ‚Noch nie hab' ich mich so gefürchtet und gleichzeitig so einen Kick gespürt!'

Die kostbare Schale rückte immer mehr in seine Gedanken. Was zunächst als einfaches Glimmen begonnen hatte, entfachte sich mehr und mehr zu einem gierig lodernden Feuer. Etwas in Tobias wollte verzehrend unnachgiebig zum Besitzer des Kleinodes werden, während der andere Teil seiner Seele nichts mehr als dieses unaussprechlich zu fürchten begann. Die Zerrissenheit wurde zur Qual. Er brauchte alle Mühe, den Gleichmütigen zu mimen.

Auch in den Gedanken und Gebeten der Gemeinschaft nahm die Schale zunehmend Raum ein. Der ganze Kult Ogmios' und alle Macht der Hochpriester hingen daran, dessen waren sie sich inzwischen sicher. Doch wie sollten sie ihrer habhaft werden?

In der letzten Aprilwoche geschah im Dorf etwas Außergewöhnliches: Auf dem verlassenen Gehöft Hannes Schindlers stand ein Lieferwagen mit französischem Kennzeichen. Zwei, drei Leute waren emsig damit beschäftigt, Hausrat und Möbel ins Gebäude zu bringen. Seit langer Zeit war es das erste Mal, dass ein Gehöft in Hügelhain von Fremden neu bezogen und nicht innerhalb der Familie weitergegeben wurde. Es sprach sich herum, dass dieser Franzose zurückgekehrt war und sich nun tatsächlich häuslich niederlassen wollte. Mehr oder minder misstrauisch beäugten die Dörfler den Einzug hinter vorgezogenen Gardinen.

Tobias dagegen, als er davon mitbekam, eilte sofort zu Richard und seinen Freunden. Er scherte sich nicht um den Tratsch im

Dorf. Er hielt die Leute ohnehin für ängstliche und mürrische Waschlappen. Sie begegneten ihm, dem Sohn des Hochpriesters, fast schon unterwürfig.

„Richard!", rief er freudig und umarmte ihn herzlich.

„Tobias! Schön, disch zu sehen! Geht es gut?"

„Ja, ja, geht schon irgendwie." Tobias machte eine relativierende Handbewegung und wandte sich Richards Helfern zu: „Bonjour, mehr kann ich leider nicht!"

Richards Freunde grüßten zurück, den Rest übersetzte Richard. Augenblicklich herrschte gute Stimmung, zumal Tobias gleich mit anpackte. Nach getaner Arbeit saßen alle bei einem Bier zusammen.

Richard nickte zufrieden: „Isch wollte unbedingt vor Beltane in 'ügelhain sein. Der Sommer beginnt, und die Pflanzen 'aben Kraft!"

„Beltane?" Tobias runzelte die Stirn. Seit der Vater verstorben war, hörte er nicht mehr die keltischen Worte, doch sein Inneres war noch auf den keltischen Jahreslauf geprägt. „Stimmt, in drei Tagen ist der erste Mai." Er lächelte, irgendwie hatten sie eine gemeinsame Ebene – von Anfang an.

„Isch möchte das feiern! Mit einem Essen und einem Feuer! Du bist eingeladen!" Richard lachte laut und klopfte Tobias auf die Schulter. „Und vergiss nischt, deine Freundin mitzubringen!"

„Meine Freundin?"

„Na, die hübsche junge Dame, die bei unserer ersten Begegnung an deiner Seite war, nischt?"

„Ach, Leana ..." Tobias wurde rot um die Nase. „Sie ist nicht meine Freundin", gab er verlegen zu.

„Bien, aber was nischt ist, kann ja noch werden, non? Sie ist jedenfalls eingeladen, rischte ihr das aus und bring' sie gefälligst mit!" Richard zwinkerte mit einem Auge und stupste Tobias mit dem Ellenbogen in die Seite.

Tobias' Farbe verstärkte sich noch etwas. Er senkte den Blick: „Mal sehen", murmelte er und stand auf.

„Merci beaucoup, vielen Dank!" Richard erhob sich ebenfalls. Er sah ihm in die Augen: „Isch schätze deine 'ilfe sehr! Eine 'and wäscht die andere! Wenn du 'ilfe brauchst, dann bin isch jederzeit für disch da! Du bist mein Freund!" Er hielt ihm die Hand hin.

Tobias durchfuhr ein warmer Schauer. Seine Knie wurden butterweich. Niemand hatte das bisher zu ihm gesagt. Freunde hatte es für ihn nie gegeben – in Hügelhain schon gar nicht – und während der Schulzeit war jeder Kontakt zu Jungen außerhalb des Dorfs vom Vater unterbunden worden.

„Da… Danke", stotterte er, ergriff die ihm angebotene Hand und schüttelte sie kräftig. „Vielen Dank!"

„Und vergiss die Mademoiselle nischt!"

„Vielleicht klappt's ja." Tobias lächelte. „Ich hab' ja jetzt einen Grund, sie zu fragen! Au revoir!" Er winkte Richards Freunden zum Abschied und ging.

Einige Tage später bot sich eine Gelegenheit. Tobias traf Leana bei ihrer Ankunft vor dem Hofgelände an. Es war Abend, und sie wollte Sonja und Micha zum Treffen bei Frederike abholen. Im ersten Moment erschrak er, als er sie beim Einparken entdeckte. Doch dann fasste er sich ein Herz, hielt den Traktor an und stieg aus dem Führerhaus: „Hi, Leana", grüßte er.

„Hi." Sie lächelte und verschloss die Wagentür.

„Geht's wieder zu Frederike?" Tobias nickte in die Richtung des alten Armenhauses.

„Ja, ich nehme ja immer Micha und Sonja mit."

„Erinnerst du dich an Richard?"

„Den Franzosen? Auf dem verlassenen Hof?"

„Ja, genau den!" Tobias nickte eifrig. „Der wohnt jetzt dort!"

Leana stutzte. „Das ging rascher als erwartet."

Tobias zuckte mit den Schultern: „Mich freut's! Jedenfalls ist er gestern eingezogen und macht zu Beltane ein Fest! Mit Essen und Feuer!" Seine Augen leuchteten. „Er hat mich und dich dazu eingeladen! Kommst du mit?"

Tobias' Frage fuhr Leana in die Magengrube. Sie schluckte.

„Aber, wenn du nicht magst …" Sofort deutete Tobias ihren Gesichtsausdruck abweisend.

Leana hob die Hände: „Moment, Moment! Ich bin nur ein wenig überrascht. Schließlich kenn' ich den Typen so gut wie gar nicht."

„Er ist total cool! Und durch unseren Besuch helfen wir ihm, ein wenig schneller heimisch zu werden. Es ist ohnehin schon schwer genug, in der Gegend Fuß zu fassen, vor allem in Hügelhain."

„Das ist wohl wahr." Leana nickte. Sie wusste, wie lange ihr Vater als Ausländer gebraucht hatte, bis er im Schwäbischen Wald akzeptiert worden war. Selbst ihr passierte das noch ab und zu, dass mancher Zeitgenosse sie wegen ihres Nachnamens mit einem Stirnrunzeln bedachte. Das änderte aber trotzdem nichts an dem mulmigen Gefühl. Es drückte sie in der Magengegend, wenn sie an Richard und sein unerklärliches Interesse an Hügelhain dachte. Leana erinnerte sich an den Eindruck nach der ersten Begegnung. Auch der grausige Heilige Abend stand ihr wieder vor Augen. Darin lagen die Vorbehalte gegenüber dem Elsässer. Es gab keinen einzigen Grund, mit diesem Menschen ein Fest zu feiern. Schon gar keines, das sich am keltischen Jahreskreis orientierte.

‚Ich bin Christin!', dachte sie. ‚Was habe ich mit diesem heidnischen Brauchtum zu schaffen?'

Leana öffnete den Mund zur Absage, da blieb ihr derselbe offen stehen. Zum ersten Mal seit jenem ominösen ersten Februar trat ihr wieder Asarja vor die Augen. Er tauchte schräg links hinter Tobias' Traktor auf und sah sie mit festem Blick an. Die Ablehnung der Einladung blieb Leana im Halse stecken. Stattdessen verlor ihr Gesicht an Farbe. Sie wurde stocksteif.

Tobias blieb dieser Wandel nicht verborgen. Unwillkürlich drehte er sich um und prüfte, was hinter seinem Rücken geschah. Es gab nichts Ungewöhnliches. Rasch wandte er sich wieder Leana zu: „Alles okay bei dir? Du siehst aus, als hättest du ein Gespenst gesehen."

Leana beachtete Tobias nicht. Sie sah auf Asarja. Er nickte zustimmend. Danach war er ebenso rasch verschwunden, wie er erschienen war.

„He, Leana, was ist?" Tobias schüttelte sie am Arm.

„Hm?" Sie sah ihn an.

„Wieder hier?" fragte er leicht genervt aus Verunsicherung.

„Ja, klar! Natürlich! Was denkst du denn?"

„Ich denk', du warst grade ganz schön woanders! Und?"

Leana schluckte. „Ich hatte eine plötzliche Erinnerung. Die hat mich beschäftigt."

„Die muss dich aber sehr beschäftigt haben!" Er blies die Backen auf.

„Kann schon sein", antwortete Leana gedehnt und kapierte nebenbei langsam, weshalb Asarja erschienen war und ihr zugenickt hatte.

„Erzähl'!"

„Was?"

„Woran hast du dich erinnert?"

„Privat."

Ein wenig gekränkt trat Tobias einen Schritt zurück.

„Dann erschreck' mich in Zukunft nicht mehr so!" Er wandte sich dem Führerhaus zu und machte sich ans Aufsteigen. Für ihn war die Sache abgehakt. Außerdem kam er sich ziemlich bescheuert vor.

„He, tut mir leid! Ich wollte dich nicht verletzen!" Leana ging auf den Traktor zu und hob entschuldigend ihre Hände.

„Schon gut", brummte Tobias, beugte sich vor und griff nach dem Zündschlüssel.

„Was ist nun mit der Einladung? Gilt die noch?"

Tobias zuckte mit den Schultern: „Sah nicht so aus, als ob du dich drüber gefreut hast."

„Mag sein. Ich wundere mich immer noch drüber, aber mitgehen würde ich trotzdem", antwortete Leana. „Wann?"

Es schmeckte Tobias nicht, dass Leana so wenig Freude über die Einladung zeigte. Er wollte kein Almosen! Schließlich war er kein Bettler! Er war der Sohn des Hochpriesters! Am Ende auf gar keinen angewiesen! Leana hätte sich geehrt fühlen müssen! Sein bisher gekränktes Gesicht verfinsterte sich.

Leana blieb das nicht verborgen: „Es scheint, nun hast du die Lust verloren."

Tobias' Züge wurden weicher. Natürlich hoffte er auf Leanas Begleitung! Sie ging ihm zuliebe mit. Was war daran schlecht? Genau das hatte er sich doch gewünscht!

„Klar, die Einladung steht. Gesagt ist gesagt!"

„Gut, wann?"

„Wie wär's um 18:00 Uhr? Wir können uns ja hier vor dem Hof treffen und gemeinsam zu Richard gehen."

Leana nickte. „Ist mir lieber so. Ich kenne den Franzosen so gut wie nicht und möcht' bei ihm nicht direkt auf den Hof fahren."

„Er ist Elsässer", berichtigte Tobias.

„Meinetwegen." Sie zuckte mit den Schultern und sah auf die Uhr.

Sonja und Micha kamen aus der Hofeinfahrt.

„Also, bis morgen!" Tobias startete den Traktor und fuhr an den beiden vorbei.

„Hi, Leana!", grüßte Micha fröhlich.

Sonja sah ihrem Bruder nach: „Der hatte es aber eilig", murmelte sie und wandte sich Leana fragend zu.

„Tja, wir haben morgen Abend ein Date und feiern Beltane. Drüben beim neuen Nachbarn."

„Beltane?" Sofort runzelte Micha die Stirn. „Morgen ist doch Walpurgisnacht!"

„Die Kelten feiern da Beltane, zu Ehren des Gottes Belenos und zum Beginn der Sommerzeit", erklärte Leana.

„Ich weiß, genau das macht mir Bauchweh."

„Gut, wenn du Tobias begleitest. Ich weiß nicht, was ich von diesem Richard Dolmont halten soll. Wer zieht schon freiwillig nach Hügelhain? Ich trau' ihm nicht!"

„Deshalb find' ich's gewagt, wenn sie mit ihm feiern, Sonja."
Micha hatte kein gutes Gefühl dabei.

„Ich kann jetzt nicht mehr zurück. Wir sind ja keine Kinder mehr! Er wird Richard auf jeden Fall besuchen, ob ich nun dabei bin oder nicht."

Für ein paar Augenblicke herrschte Schweigen, dann fügte Leana hinzu: „Glaubt mir, ich hatte innerlich schon abgelehnt. Da tauchte plötzlich Asarja auf. Er hat mir quasi den Auftrag erteilt."

„Der mächtige Engel?", riefen Sonja und Micha zusammen.

„Nach langer Zeit hat er sich mal wieder gezeigt."

„Na dann..." Micha atmete tief aus. „Kommt, wir gehen zum alten Armenhaus und erzählen den anderen die ganze Geschichte. Heute und morgen gibt es viel zu beten. Du brauchst ordentlich Rückendeckung, Leana! Das ist sicher!"

„Jepp. Mein Gefühl warnt mich ebenso wie das eure euch."

Es war wie vor einer Prüfung. Angespannt wartete Leana am nächsten Abend vor dem Schwarzerhof. Seit gestern wurde sie von Unruhe umgetrieben. Über Nacht war ihr immer deutlicher geworden, dass hinter der Grillparty mehr als eine Begrüßungsfeier stecken musste. Das Fest wurde zwar zu Ehren Belenos' gefeiert, aber mit Sicherheit hatte der Alte da seine schmutzigen Finger im Spiel.

„Leana, sei wachsam!", flüsterte sie. „Gut, dass die anderen wissen, wo ich bin und im alten Armenhaus für mich beten."

„Hi!", grüßte Tobias fröhlich. „Cooler Abend, heute, nicht? Wie gemacht für eine Fete!" Er hielt eine Flasche mit Wein in den Händen.

„Ja, das Wetter sieht ganz gut aus", antwortete Leana unverfänglich.

„Wollen wir? Ich kann's kaum erwarten!"

„Okay."

Sie gingen los, und Tobias eilte vorweg. Leana wunderte sich. Nicht, dass sie nicht hinterherkam, aber irgendwie hatte sie sich unter *gemeinsam ein Fest besuchen* etwas anderes vorgestellt. Er merkte nicht, wie sie darüber schmunzelte. Schweigend hielt sie Schritt. Nach wenigen hundert Schritten standen sie vor dem ehemaligen Schindlerhof. Nun fiel Tobias auch auf, wie sehr sie aus der Puste waren und unterwegs gar nichts gesprochen hatten. Er wurde rot und kratzte sich verlegen hinter dem Ohr.

„Öh, sorry. Ich wollt' eigentlich nicht zu Richard joggen."

„Sport soll ja gesund sein!" Leana grinste und gab ihm einen Knuff auf den Oberarm.

„Ja, sagt man." Er blies die Backen auf. Sein tölpelhaftes Verhalten ärgerte ihn.

„Jetzt mach' mal kein Drama draus und klingle!" Leana nickte zur Haustür.

„Okay. Sorry, nochmal"

Im selben Moment wurde die Tür von innen geöffnet. Richard erschien mit einem breiten Lächeln vor ihnen.

„Bonsoir, bonsoir!", grüßte er und verbeugte sich leicht. „'ereinspaziert! Isch freu' misch über euren Besuch! Ganz besonders über die Dame!" Er zwinkerte den beiden zu und trat mit einer einladenden Handbewegung zur Seite.

„Danke!" Tobias grinste und kam in den Flur.

„Danke", murmelte Leana ebenfalls, als sie an Richard vorbeiging.

„Gut! Schön, dass ihr gekommen seid, nischt?" Er zog die Tür ins Schloss. „Wollen wir einen kleinen Rundgang machen?"

Tobias zuckte mit den Schultern: „Also, ich kenn' die Bude. So viel wird sich wohl nicht verändert haben, oder?"

„Nein, nein! Isch habe vieles beim Alten gelassen, weil es mir so gefallen 'at. Isch liebe alte 'äuser und Möbel! Meine paar Sachen konnte isch noch gut unterbringen. Aber vielleicht möchte sisch Leana etwas umsehen?"

„Ich – äh – weiß nicht …" Fragend sah sie zu Tobias. Aber der war gerade dabei, Richard die Weinflasche zu überreichen und beachtete sie nicht.

„Vielen Dank! Isch liebe Wein! Bin gespannt, wie dieser ein'eimische Schwarzriesling schmeckt." Richard stellte die Flasche auf einer Kommode ab. „Und, Leana?"

„Nun, hm, könnte ja ganz interessant sein, Schindlers Haus mal von innen zu sehen."

„Wie meinst du das?" Richards Augen verengten sich ein wenig.

Zu spät bemerkte Leana, wie ihre beiläufig gemeinte Antwort sie aufs Glatteis geführt hatte. Aus Frederikes Erzählungen wusste sie, welch finsterer und unheimlicher Kerl Hannes Schindler gewesen war. Ganz zu schweigen von seinem mysteriösen Tod im Wald letzten Herbst. Aber das tat jetzt alles nichts zur Sache. Leana wollte sich nicht gleich um Kopf und Kragen reden.

„Ach, ich wollt' damit nur sagen, dass alte Bauernhäuser oft einen bestimmten Charme haben. Ich mag das." Leana lächelte verlegen.

Zu ihrer Erleichterung nahm Richard das Kompliment an.

„Ja, ja, mir geht's genauso! Isch lieb' das auch bei alten 'äusern! Also, folgt mir!"

Leana spitzte den Mund. Das war nochmal gut gegangen. Bestimmt hätte es Richard gekränkt, wenn der Rundgang ausgefallen wäre.

‚Tobias, du Bauer!', dachte sie, weil er so plump Richards Wunsch vom Tisch gewischt hatte.

Aber nur wenig später bedauerte Leana die freundlich gemeinte Zustimmung: Ihre Kehle schnürte sich zu. Mit jedem Schritt durch die Räume fiel ihr das Atmen schwerer.

„Meine Güte!", murmelte sie. „Was geht denn hier ab?"

Unsichtbare Augen bohrten sich ihr in den Rücken, die Wände schienen Ohren bekommen zu haben. Unheimliches Leben pulsierte auf dem Schindlerhof! Leana fühlte sich furchtbar bedrängt. Ob es Richard und Tobias genauso erging? Wenn ja, dann ließen sie es sich nicht anmerken. Leana sah vom einen zum andern. Sollte sie die Jungs fragen? Irgendetwas hielt sie

348

davon ab. Schweigend folgte sie Richard durch die Räume und hoffte inständig, die Tortur möge bald vorüber sein.

Aber sie befanden sich erst im ersten Stock, und der Schindlerhof war ein stattliches Anwesen mit einem repräsentativen Bauernhaus. Wahrscheinlich vor einigen hundert Jahren für eine Großfamilie mit entsprechendem Gesinde gebaut.

Das Haus atmete etwas von dem auf dunkle Machenschaften gegründeten Wohlstand aus. Bestimmt war es jene Schwere, die sich Leana aufs Gemüt legte.

Richard führte sie in ein weiteres Zimmer. Inzwischen war auch Tobias von der Größe des Gebäudes beeindruckt. Er musste zugeben, dass er sich bisher nur im Erdgeschoss aufgehalten hatte.

Kaum war Leana über die Schwelle des Zimmers getreten, wurde ihr schwindelig und speiübel. Mit der Hand suchte sie Halt an der Wand.

„'ier, nehme isch an, war Schindlers Schlafzimmer", erklärte Richard voll Ehrfurcht, als ob er einen sakralen Raum betreten hatte und die heilige Stimmung nicht stören wollte.

Mühsam hob Leana den Kopf, um das Zimmer zu betrachten. Ihr entfuhr ein leiser Schrei des Schreckens. Am Kopfende des durchwühlten Betts stand jemand. Die Gestalt machte einen boshaften, durchtriebenen Eindruck. Zugleich wirkte sie furchtbar gequält. Zorn, Bitterkeit, tiefe Angst und Pein erfüllten sie. Das Gemisch aus unterschiedlichsten Gefühlen saugte Leana aus.

„Seht ihr ihn?", presste sie hervor.

„Wen?", fragten Richard und Tobias zugleich.

„Den, der dort neben dem Bett an der Wand steht!" Leana verspürte einen ekligen Geschmack auf der Zunge.

Tobias sah zur Wand und danach zu Leana. „Nö, ich seh' nix. Aber du siehst aus, als ob du ein Gespenst siehst!", meinte er scherzhaft.

Leana gab ihm einen Blick, der ihm sofort seine gedankenlose Dummheit vor Augen führte.

„Tut mir leid", murmelte er kleinlaut und konnte sich keinen Reim darauf machen, weshalb ihm diese platten Worte über die Lippen gewitscht waren. So würden sie sich nie näherkommen!

Richard dagegen war hellwach und ließ seinen Blick immer wieder zwischen Leana und der Wand hin- und herwandern. Nein, er sah gerade nichts, aber er war sich sicher, dass Leana nicht fantasierte. Ihr wurde etwas offenbart, was sich vor ihm verbarg. Hochachtung und gleichzeitig Neid erfüllten ihn.

„Nein, isch sehe nischts, aber isch glaube deinen Augen."

Zu gern hätte er die Gestalt selbst gesehen. Auch wenn er aus eigener Erfahrung wusste, dass das nicht unbedingt schön sein musste. Aber die dunkle Faszination zog ihn magisch an: „Wie sieht er aus?", raunte er Leana zu, alle Vorsicht vergessen.

Sie zuckte zusammen. Was sie von Anfang an bei Richard geahnt hatte, bestätigte sich: Der Elsässer war nicht zufällig in Hügelhain gelandet. Er wusste sehr viel mehr, als er bisher gezeigt hatte. Leana spürte im Hals einen Kloß. In ihr sträubte sich alles dagegen, Richard auch nur eine Kleinigkeit über das Aussehen des Geistes zu sagen.

Die Gestalt nahm weder von ihr noch von Richard wirkliche Notiz. Starr war ihr Blick in hassvoller Begehrlichkeit auf Tobias gerichtet. Ein goldener Ring war durch eines der Ohren gezogen. Daran hing eine ebenso goldene Kette. Sie verlor sich irgendwo im Nichts.

Dank des Berichts von Arnivlus wusste Leana, was dies zu bedeuten hatte. Ihre Übelkeit wurde schlimmer.

„Ich muss raus hier! Brauche dringend frische Luft!" Sie verließ rasch das Zimmer.

„Aber die restlichen Räume?", rief ihr Richard hinterher.

„Tut mir leid!"

Leana floh regelrecht die Treppe hinab. Sie fühlte sich wie von einer wilden Horde gehetzt. Es war, als taten sich um sie herum Abgründe und Klüfte auf. Aus ihnen stiegen weitere unsichtbare und unheimliche Gestalten empor: Die eigentlichen Bewohner dieses Hauses. Lange schon tot und dennoch grausam lebendig. Sie nährten sich mit Gier an Leanas Angst und wünschten ihr den Tod. Doch damit nicht genug: Plötzlich flogen im Flur die Schranktüren auf. Krüge und Geschirr wurden nach der flüchtenden Leana geschleudert. Bilderrahmen lösten sich von den Wänden und schienen wie Frisbees nach ihr geworfen zu werden. Schützend hielt Leana ihre Arme vors Gesicht. Sie stolperte mehr, als dass sie lief. Irgendwie schaffte sie es ins Freie. Schockiert blieb sie in gebührendem Abstand vor dem Haus stehen und starrte auf die Türen und Fenster. Keine zwölf Pferde würden sie mehr auf Schindlers Anwesen bringen! Das war sicher!

„Der ganze Mist kann mir gestohlen bleiben!"

Asarja tauchte zwischen ihr und dem Haus auf.

„Du kommst auch immer dann, wenn die Sache gelaufen ist!", zischte Leana unfreundlich.

„Meinst du?"

„Wo warst du denn grade, als die Teller und Krüge geflogen sind?"

„Ich habe die Messer abgehalten", antwortete Asarja trocken.

Von selbst öffnete sich die Haustür, in deren Mitte ein großes Küchenmesser steckte. Mit unvorstellbarer Gewalt hatte es sich ins Holz gebohrt.

Leanas Gesichtsfarbe wurde noch fahler.

„Da… Danke", stammelte sie und ließ sich einfach zu Boden sinken. Matt saß sie im Gras.

„Asarja, es ist genug. Ich mach' da nicht mehr mit! Verstehst du das?"

Der Engel nickte und kam zu ihr. Er setzte sich neben ihr ins Gras und schwieg. Gemeinsam betrachteten sie für eine Weile das Haus.

„Die Welt ist ein Schlachtfeld", begann er dann. „Wo du hinsiehst – purer Kampf. Ich bin es leid, wie du."

„Dann sieh zu, dass die ganze Scheiße aufhört!"

„Wie du weißt, bin ich nicht der Boss."

„Okay." Leana wandte sich dem Himmel zu: „He, Jesus, mach'
Schluss mit der Scheiße!", rief sie nach oben und fühlte gleich
darauf eine Erschütterung, als bebte die Luft.
Sie erschrak.
„Was war das nun schon wieder?", flüsterte sie aus dem Mundwinkel Asarja zu.
„Der Name des Herrn hat große Wirkung in der unsichtbaren
Welt. Das solltest du eigentlich inzwischen wissen. Die Geister
waren es."
Erst jetzt merkte Leana, wie ihr leichter geworden war. Die Luft
konnte viel besser geatmet werden. Auch der eklige Geschmack
in ihrem Mund war verschwunden.
„Wenigstens etwas!", stöhnte sie erleichtert und sank rücklings
ins Gras. „Was soll ich kleines Licht denn gegen dieses Heer
von bösen Geistern und was auch immer noch ausrichten? Sag'
mir das, bitte!"
„Es geht um Rettung, um Widerstand gegen das Böse; es geht
darum, dass die Liebe siegt!"
„Wo ist in dieser Geschichte denn Liebe? – Gut, ich glaub',
Tobias ist ein wenig in mich verknallt – aber das kann doch
nicht gemeint sein! Oder?"
Asarja schmunzelte: „Da habt ihr Sterblichen etwas, das uns
gänzlich fehlt."
„Danke, auf diese Achterbahn der Gefühle können wir ab und
an ganz gut verzichten. Ist ohnehin nur ein flacher Abklatsch
dessen, was ihr seid … Aber wir schweifen ab. Ich hatte dir eine
Frage gestellt."
„Wir sind doch ganz beim Thema."
„Du meinst doch nicht etwa, dass mich der Herr mit Tobias
verkuppeln will?"
„Darüber möchte ich nichts sagen. Wir werden sehen."
Leana runzelte die Stirn und wartete, bis Asarja fortsetzte.
„Was meinst du, wer sind die Geister?"
Leana zuckte mit den Schultern: „Dämonen? Verstorbene? Was
weiß ich denn?"

„Und was fühlst du, wenn du ihnen begegnest?"

„Angst hab' ich. Sie dagegen strahlen Bosheit und Gier aus. Aber auch Not und Verzweiflung."

„Liebe?"

„Du machst wohl Scherze!"

„Eine Ahnung, wer dir oben in der Schlafkammer erschienen ist?"

„Du weißt davon?"

„Leana, ich bin ein Erzengel, schon wieder vergessen?"

Sie verzog den Mund. „Schon gut. Ich tipp' mal auf Hannes Schindler. Richtig?"

Asarja nickte. „Guter Tipp! Wie fandst du ihn?"

„Furchtbar. Schlimmer als viele andere, die sich sonst noch im Haus herumtreiben!"

„Irgendwo Liebe gespürt?"

„Vergiss es!"

„Seltsam, nicht? Dabei wäre er doch als Mensch in der Lage gewesen, sie zu empfinden und sie weiterzugeben. Doch nun ist es zu spät. Er gehört einem anderen. Ich denke, du hast den Ohrring und die goldene Kette bemerkt?"

„Wir wissen schon eine ganze Weile, dass Ogmios seine schmutzigen Finger auf diese Gegend gelegt hat."

„Nach eurer Zeitrechnung seit mehr als 2600 Jahren. Auch nicht besonders liebevoll, der Alte. Oder?"

„So sind sie eben, die alten Götter. Aber was geht's mich an?"

Asarja überging Leanas Einwurf und setzte fort: „Da kam plötzlich, im siebten Jahrhundert eurer Zeitrechnung, Arnivlus auf die Hochebene."

„Der Mönch, dessen Schrift in unsere Hände gefallen ist."

„Hmja. War nicht schlecht eingefädelt von mir. Da hab' ich dem Alten ein Schnippchen geschlagen!"

„Stimmt, der ist immer noch sauer!" Leana dachte an Michas Sturz die Treppe hinunter.

Nun verzog Asarja das Gesicht: „Ging fast schief. Gebe ich zu."

Er schien einen tiefen Atemzug zu nehmen und verstummte.

Daran sah Leana, *wie* knapp es gewesen war. Sie schluckte.

„Wie dem auch sei", setzte Asarja fort, „Arnivlus kam nicht nach Hügelhain, weil er musste, sondern weil er von der Liebe getrieben war. Er hatte Sehnsucht, die Menschen aus der Sklaverei der Götter zu befreien. Sie sollten die ewige Kraft der Liebe Gottes entdecken. Nur deshalb hat er seine Heimat verlassen und sein Leben aufs Spiel gesetzt."

„Und? Hat sich's gelohnt?"

„Wie meinst du das?"

„Ist er davongekommen? Der Bericht schweigt drüber."

„Er hat sein Leben gegeben, damit du und ich heute hier im Gras sitzen und uns über die Liebe unterhalten können."

„Er ist umgekommen?" In Leanas Stimme klang Entsetzen.

„Das war der Preis? Wofür?"

„Dafür, dass in deinen Tagen eine Gelegenheit besteht, die Macht des Alten über Hügelhain endgültig zu brechen."

„Ihr spinnt doch alle!" Leana tippte sich an die Stirn. „Du willst mir wohl nicht weismachen, dass Gott und seine Engel 1400 Jahre brauchen, damit vielleicht ein anderer alter Gott – oder was immer er auch ist – vom Platz gefegt wird? Mach' dich nicht lächerlich, Asarja!", rief sie empört und gleichzeitig erschüttert.

Ein weiteres Mal, seit sie in diese Geschichte geraten war, zeigte ihr Glaubens- und Weltbild tiefe Risse.

„Der Preis ist hoch. Zuvor gab es zu wenig Vertrauen zum Herrn und zu fest war der Griff Ogmios'." Asarja hielt inne. „Arnivlus gab sein Leben für die Liebe, und wir haben dafür gesorgt, dass sein Bericht über die Jahrhunderte nicht vergammelte und die Tür für die Liebe einen Spalt offen blieb. Zugegeben: Das war nicht einfach."

Leana schüttelte den Kopf. Wie grandios hatte sie bisher die Kämpfe in der unsichtbaren Welt unterschätzt!

„Jalon, Nathanael und die anderen konnten hier oben nur Fuß fassen und standhalten, weil Arnivlus auf dem Klausnerbuckel um der Liebe willen bereit gewesen war, zu sterben. Sein Blut hat das Land geheiligt."

„Wie archaisch ist das denn?" Leanas Sicht geriet immer weiter aus den Fugen.

„Mindestens so archaisch wie die Tatsache, dass sich der Glaube an Fürst Lugaid seit mehr als 2600 Jahren im Dorf gegen alle Widerstände hält", gab Asarja trocken zurück. „Und dabei ist er nur ein Strohmann Ogmios'. Durch diesen Trick hat der Alte unzählige Menschen verschlungen und wie eine fette, schwarze Spinne sein Netz über die ganze Gegend gespannt. Seine Gier hört nicht bei Hügelhain auf. Eine finstere Freude erfüllt ihn, wenn Menschen beginnen, ihn zu verehren. Schon längst wieder hat er seine schmutzigen Finger über Europa ausgestreckt. Das Heidentum und die alten Kulte stehen erneut auf."

Aus dem Haus kamen Geräusche. Sie kündigten Richard und Tobias an.

Asarja deutete mit dem Kopf zum Haus hinüber: „Du hast dich bestimmt schon gefragt, was ein Franzose in diesem gottverlorenen Kaff zu schaffen hat. Warum er sich so blendend mit Tobias versteht? Ohne Frage, er ist wirklich ein netter Kerl. Er spielt euch nicht viel vor. Aber glaube mir – auch wenn du ihn nicht siehst – sein Ohr trägt einen goldenen Ring. Tief in seinem Innern ahnt er manchmal, wie verloren er ist." Asarja hielt inne. „Noch besteht Hoffnung, aber die bestand nach Arnivlus für alle anderen auch. Inzwischen hast du ja erfahren, wie schwer es hier oben ist und wie fest der Alte im Sattel sitzt. Eure kleine Schar ist das Größte, das seit Arnivlus' Tagen jemals den Widerstand gewagt hat. Sieh, wie durch euch die unsichtbare Welt in Bewegung geraten ist."

„Und wie doll wir die Hucke vollkriegen", ergänzte Leana säuerlich.

„Ogmios gibt nicht kampflos auf."

„Werden wir siegen?"

„Ich hoffe es." Asarja fiel diese Antwort sichtlich schwer.

„Wie? Du weißt das nicht?"

„Es ist mir verborgen."

„Und der Herr? Weiß Jesus es?" Angst schwang in Leanas Frage mit.

„Kennst du die Geschichte, als Jesus wieder einmal zu Hause in Nazareth[51] war?"

Leana überlegte. „Meinst du die Story, als sich die Leute gefragt haben, welche Show der Zimmermann plötzlich abzieht? So nach dem Motto: Der hat ja 'ne Latte locker?"

„Für sie war er immer noch der älteste Sohn Marias. Niemand erkannte in ihm den Sohn Gottes. Manche hielten ihn für einen Scharlatan, andere für verrückt. Das ganze Dorf regte sich über ihn auf."

„Ziemlich harter Stand zu Hause. Nicht?"

„Du weißt auch, wie die Geschichte ausgegangen ist?"

Leana nickte: „Er konnte keine Wunder tun, außer ein paar wenigen Heilungen."

„Richtig. Der Herr hat sich vollkommen über das fehlende Vertrauen gewundert. Darum konnte er so wenig wirken."

„Und was hat das mit meiner Frage zu tun?"

Asarja sah Leana in die Augen: „Es ist mir verborgen, ob euer Glaube allein ausreicht, dieses Bollwerk des Bösen zu besiegen. Groß ist im Dorf und in der unsichtbaren Welt der Hass auf Gott. Ogmios ist alt und stark! Und ihr seid wenige."

„He, Moment mal, Jesus hat gesagt, selbst wenn unser Glaube klein ist wie ein Senfkorn, können wir dadurch Berge versetzen[52]. Gilt das nicht mehr?"

„Doch, doch. Aber Ogmios ist gerissen. Hier ist Feindesland, seit alters her. Er wird alles daransetzen, euch zu Fall zu bringen. Ihr bringt etwas nach Hügelhain, das Gottes Wollen freisetzt: Euer Vertrauen in die Kraft der Liebe ist stärker als die Gier nach Macht und Herrschaft! Aus diesem Grund seid ihr für den Alten besonders gefährlich. Ogmios mag seinen Besitz nicht aufgeben! Wenn die Finsternis groß ist, muss auch das Vertrauen zum Herrn groß sein. Das liegt nicht einzig an eurer Zahl,

51 Markus 6,1-5
52 Matthäus 17,20

auch an der Tiefe eures Vertrauens. Nur so verkehren sich die Machtverhältnisse. Eure Schar ist klein, und ihr seid arg angegriffen." Asarja wurde still und setzte danach leiser fort: „So ist es gesetzt. Darüber kannst du dich nun aufregen oder nicht. Du wirst diesen Beschluss nicht ändern. Aber du kannst wie Arnivlus dabei sein, der Liebe zum Sieg zu verhelfen. Gott hat sein Wollen an das entgegengebrachte Vertrauen gebunden."

„Arnivlus hat mit seinem Leben bezahlt."

„Der Preis der Liebe kann sehr hoch sein."

Leana antwortete nicht.

„Willst du Tobias der Verlorenheit preisgeben? Der Alte wartet nur darauf."

„Scheißfrage! Hättest du dir sparen können!"

„Gut."

Asarjas Erscheinung löste sich auf. Als er verschwunden war, kamen Richard und Tobias zum Haus heraus.

„Alles klar?", rief Tobias.

„Ja, ja, einigermaßen", gab Leana zurück und stand auf.

„Was war?", fragte Richard, als sie bei ihr angekommen waren. In seiner Stimme schwangen Neugier und Ehrfurcht mit.

„Ich mag deine Untermieter nicht." Leana sah ihm in die Augen. „Stören sie dich nicht?"

Richard wurde verlegen. Was sollte er antworten? Für ihn waren die Ereignisse anziehend und schrecklich zugleich.

„Isch weiß nischt. Isch ..."

Plötzlich sah er vor seinem inneren Auge die goldene Schale. Für einen Moment hatte er das Kleinod vollkommen vergessen gehabt. Sie war der Grund für seinen Aufenthalt in Hügelhain. Wegen ihr hatte ihn sein persönlicher Gott Ogmios, der Herr der Barden und der wohlklingenden Rede, in dieses Dorf geholt.

‚Ob ich nun manches sehe oder fühle, ist einerlei. Ich bin berufen, der Träger der Schale zu werden!', fuhr es Richard durch den Kopf. ‚Gib der Kleinen nicht zu viel preis!' Es schien als spräche eine fremde Stimme zu seinem Innern.

„Isch denke, wir sollten uns deswegen nischt den Abend verderben lassen. Im Garten 'abe isch ein großes Feuer zu Ehren Belenos' vorbereitet. Lasst uns Beltane und den Beginn des Sommers feiern. Wir wollen fröhlich sein! Kommt!" Er wandte sich um und ging voraus.

Leana runzelte die Stirn und sah Tobias an.

„Was soll's?" Er zuckte mit den Schultern und schickte sich an, Richard zu folgen. „Kommst du?"

„Sag' mal, hast du ihn nicht gesehen?"

„Wen?"

„Hannes Schindler."

„Ach, der ist doch tot." Tobias winkte unsicher ab.

„Kapierst du eigentlich nicht, was hier abgeht? Findest du das normal?"

„Was ist schon normal? Heute lebe ich! Du bist da, und wir feiern mit Richard. Das ist alles, was grade zählt."

„Verzapf' keinen Müll! Es geht um viel mehr als um dieses blöde Fest! Also weich' nicht aus!"

„Ich weich' nicht aus!"

Wie vor einiger Zeit im Keller zu Hause ergriff Tobias plötzlich das Grauen. Mit einem Mal war da wieder dieser stechende Schmerz oberhalb des Zwerchfells. Stöhnend beugte er sich nach vorn und hielt sich den Bauch. Rasch drehte er sich zur Seite.

„Was hast du?"

„Äh, nichts. Nur 'n bisschen Bauchweh – hab' ich manchmal."

Er grinste gequält und merkte sofort, dass seine Antwort alles andere als überzeugend rübergekommen war.

„Halt' mich nicht zum Narren! Hörst du?" Leanas Augen blitzten.

Tobias sagte nichts mehr. Der Schmerz verflog so rasch, wie er gekommen war. Erleichtert atmete er auf und warf Leana einen möglichst gleichmütigen Blick zu, konnte dem ihren aber nur für einen winzigen Moment standhalten.

„Behaupte nicht, du wüsstest von nichts! Okay? Du kannst schweigen – vielleicht musst du das sogar – aber spiel' hier nicht den Ahnungslosen!", sagte sie eindringlich und ließ ihn nicht aus den Augen. „Verstanden?"

Tobias nickte mit gesenktem Kopf.

Leana ließ ihn stehen und ging zum Garten. Von dort stieg bereits Rauch auf. Misstrauisch beäugte sie das Haus. Nein, reingehen würde sie da nicht mehr! Leana hoffte, dass es in Schindlers Garten erträglicher war, allerdings hatte sie keine großen Erwartungen. Sie befand sich auf bösem Land!

Tobias folgte ihr mit Abstand. Ihm ging es beschissen. Er saß bei offener Tür in der Falle und blieb drin. Dabei konnte die Flucht so leicht sein! Er wagte sie aber nicht und hatte furchtbare Angst, Leana die Wahrheit zu sagen. Bestimmt ahnte sie ohnehin schon viel. Würde sie ihn vor dem hereinbrechenden Zorn bewahren können? Zur Antwort erhielt er ein leichtes Ziehen genau an jener Stelle, wo eben der Schmerz so erbarmungslos zugestochen hatte.

„Ja, ja, ich hab' verstanden!", murmelte er gequält, doch seine Sehnsucht nach Erleichterung blieb.

Als Leana und Tobias das Haus umrundet hatten, sahen sie die hell lodernden Flammen im hinteren Teil des verwilderten Gartens. Hannes Schindler hatte sich zu seinen Lebzeiten nicht sonderlich im ihn gekümmert. Nun war er dazu über ein halbes Jahr völlig unbestellt geblieben. Zeit genug für Brennnesseln und Gras, fast mannshoch aufzuschießen. Richard hatte durch die Wildnis eine Gasse gemäht, auf ihr gelangten Leana und Tobias zur Feuerstelle. Leana hatte ein Lagerfeuer erwartet, stattdessen brannte ein zwei Meter hoher Holzkegel lichterloh. Die Flammen schlugen bald acht Meter in die Höhe. Die Hitze war unerträglich.

„Puh, heiß!" Leana wischte sich über die Stirn.

„'ier, isch 'ab' was zu trinken!" Richard deutete auf den gedeckten Tisch und reichte Leana eine Flasche.

„Danke."

Sie nahm einen Schluck. Sofort spürte sie, wie ihr der Rum in der Cola in den Kopf stieg. Leana mochte diese Kombination, wenn auch nicht gleich so stark.

„Lecker, aber gefährlich!"

„Pah! 'eute feiern wir! Kein Problem, nischt?" Richard lachte und reichte auch Tobias eine Flasche.

Sie prosteten sich zu, tranken, kicherten und versuchten, sich mit witzigen Bemerkungen zu übertreffen.

Leana war froh, dass sie gerade in Frieden gelassen wurde. So blieb ihr Zeit, sich mit der Umgebung zu befassen und wahrzunehmen, was ringsumher geschah. Rasch merkte sie, wie sich ihre Befürchtung bewahrheitete: Der Garten stand dem Haus in nichts nach. Ihrem Empfinden nach versammelten sich boshafte, unruhige Seelen beim Feuer. Wie Motten beim Licht. Je mehr ihrer wurden, desto aufgekratzter führten Richard und Tobias sich auf.

„Ich hoff', das liegt nur am Alkohol", murmelte Leana. Sie nahm einen kleinen Schluck. Anschließend stellte sie die Flasche halbvoll weg: „Besser, wenn ich meine Sinne beisammen halte."

Leana zog sich ein paar Schritte vom Feuer zurück, aber nicht zu weit. Sie mochte die wachsende Dunkelheit noch weniger als die Hitze. Zur Ablenkung wandte sie sich dem Tisch zu und fand ein paar leckere Knabbereien und Mineralwasser.

„Du wirst doch nicht Wasser trinken wollen?", lachte ihr Richard plötzlich ins Ohr.

Leana zuckte erschrocken, konterte jedoch schlagfertig: „Und wer soll euch ins Bett bringen, wenn ihr blau seid?"

Richard und Tobias brachen in lautes Gelächter aus, schnappten sich zwei neue Flaschen und leerten diese auf einen Zug.

„Lasst uns tanzen!", brüllte Richard. „Zu Ehren Belenos' und zur Begrüßung des Sommers!"

Er stellte einen CD-Spieler, der bisher unbemerkt im Schatten gestanden hatte, auf den Tisch.

„Auf geht's!"

Richard schaltete die Musik an.

„Isch habe das selbst geschrieben!", übertönte er die Klänge.

„Schön, nischt?"

Er wandte sich von Leana ab und fing an, wie Rumpelstilzchen wild ums Feuer zu hüpfen.

„Kommt! Macht mit! Das ist wundervoll!", rief er.

Tobias ließ sich nicht lange bitten und reihte sich gleich einem wild gewordenen Derwisch in Richards irren Tanz ein.

Leana sah den beiden zu und konnte sich ein Grinsen nicht verkneifen. Es sah wirklich komisch aus, wie die zwei erwachsenen Männer, kleinen Kindern ähnlich, ums Feuer hüpften. Sie selbst wurde ebenfalls vom Rhythmus erfasst. Ihr Fuß begann, fröhlich zu wippen. Auf sonderbare Weise fühlte sie sich geschoben. Sie sollte endlich auch am lustigen Reigen teilnehmen. Richards und Tobias' Ausgelassenheit wirkte total ansteckend. Unvermittelt hüpfte Leana auf der Stelle mit. Es kam einfach über sie. Und es machte Spaß! Unheimlichen Spaß! Sämtliche Anspannung, die Sorge wegen den finsteren Gesellen im Hintergrund – alles war weggeblasen. Heitere Leichtigkeit beflügelte Leana. Genau das, was sie an irischer Folkmusik liebte! Pure Lebensfreude! Richard hatte wirklich Talent. Er konnte mit Noten zaubern!

Nur mühsam widerstand Leana dem verlockenden Sog, völlig in den wilden Reigen einzusteigen. Angestrengt rief sie sich den Grund ihres Hierseins ins Gedächtnis: Asarja hatte sie mehr oder weniger zum Bleiben genötigt. Ganz seltsam war das gerade: Ihre Wachheit trübte sich mehr und mehr ein. Sie hatte die ständige Anspannung so was von satt. Immer in Alarmbereitschaft sein, verursachte eine so tiefe innere Müdigkeit.

Dagegen war diese fröhliche Musik wie eine erfrischende Quelle! Außerdem hatte Richard sie geschrieben. Sie kam nicht vom Alten. Somit bestand auch keine Gefahr. Oder?

Leana wurde dem Treiben gegenüber kritischer und gewann wieder ein wenig inneren Abstand dazu. Die finsteren Gesellen, sie hatten sich fürs Auge unsichtbar ums Feuer geschart, verloren ihre scheinbare Belanglosigkeit. Nach wie vor waren sie schrecklich. Gefangene, gequälte und unmenschlich gierige Seelen. Trotzdem war Leanas Körper fröhlich beschwingt. Total widersprüchlich!

Tobias und Richard wurden immer ausgelassener, tanzten immer wilder und schienen plötzlich außer sich zu sein. Ihre Gesichter veränderten sich.

„Tobias?", rief Leana, als er an ihr vorüberkam.

Er zeigte keine Reaktion.

„Richard!"

Er war ebenso unzugänglich. Stattdessen wurden beide in ihren Bewegungen noch heftiger.

„Besessen!", murmelte Leana.

Alle Fröhlichkeit und Freude am Hüpfen erstarrte. Sie sah wieder klar: Das Fest stand vor einem unheimlichen Höhepunkt.

Kaum hatte Leana das begriffen, tobte Tobias irr an ihr vorbei und versuchte, sie mit wilden Armbewegungen zu grapschen. Um ein Haar hätte er sie in den verrückten Tanz hineingezogen. Nur ein rascher Sprung zur Seite bewahrte sie davor.

„Spinnst du?", wehrte sich Leana laut, doch Tobias war längst weiter.

Da kam Richard mit geschlossenen Augen laut lachend vorbei. Er riss seine Arme auseinander.

‚Gebiete!', schoss es ihr durch den Kopf.

„Im Namen Jesu, weiche!", schleuderte sie ihm entgegen und kroch blitzschnell unter den Tisch.

„Zeit, zu gehen!", raunte ihr eine bekannte Stimme zu.

„Keine schlechte Idee!", antwortete Leana, ohne die zwei Verrückten aus den Augen zu lassen. „Hier wird's langsam zu brenzlig! Wer weiß, auf welche durchgeknallte Idee sie noch kommen!"

Kaum hatte Leana den Mund geschlossen, lösten sich Richard und Tobias vom Feuer und kamen auf den Tisch zu.

„Lass uns den Sommer feiern! Die Zeit der Fruchtbarkeit!", kreischte Richard erregt. „Lass uns Gott und Göttin sein!"

Leana lief es kalt den Rücken hinunter.

„Darauf soll's also raus!", flüsterte sie und überlegte, wie sie am besten verschwinden konnte.

Es ging rasend schnell: Mit der Geschmeidigkeit einer Katze schoss Leana unter dem Tisch hervor und rammte den Kopf in Tobias' Bauch. Ihm blieb die Luft weg. Sie purzelten übereinander. Mit einem Satz war Richard da, warf sich über Leana und umschlang sie mit seinen kräftigen Armen. Sie strampelte, stauchte und biss. Unter Schmerzgeheul lockerte er seinen Griff. Diesen Moment nutzte Leana, sprang auf und floh, so schnell ihre Beine trugen. Sie hastete durch die gemähte Gasse. Nur fort von diesem schrecklichen Anwesen! Das Grauen folgte ihr. Es hatte sich wie eine Klette an ihre Fersen geheftet und ließ nicht ab.

„Warum bin ich nur geblieben? Hoffentlich komm' ich heil raus!", keuchte sie. Es hatte den Charakter eines Stoßgebets.

Nur einen Moment später befand sie sich auf der Dorfstraße. Schindlers Haus und Garten lagen hinter ihr. Leana hielt an. Weder Richard noch Tobias waren ihr gefolgt. Trotzdem meinte sie, dass das ganze Anwesen gleich einem Bienenkorb schwirrte. Die Geisterwelt war in Aufruhr.

„Wie an Heiligabend! Es ist wie an Heiligabend!"

Voll Entsetzen rannte sie weiter. Erschöpft erreichte sie das Auto, schloss panisch auf, stürzte hinein und verriegelte die Türen. Als ob eine verschlossene Wagentür das Grauen aufhalten konnte, lächerlich! Noch immer war es da! Saß mitten im Wagen und umringte sie innen wie außen.

„Asarja!", schrie Leana aus Leibeskräften. „Jesus! Helft mir!"

Sie startete den Motor, presste den Gang ein und stob davon.

„Zum Armenhaus! Nur noch zum Armenhaus!"

Leana fegte mit halsbrecherischer Geschwindigkeit über den Feldweg. Ihre sonst so gut gepflegte Gelassenheit – zu Staub zerfallen. Gleich einem Reh von einem Rudel Wölfe wurde sie von einer wilden Meute gehetzt. Beim alten Armenhaus angekommen ließ Leana den Wagen mitten auf der Straße stehen, rannte durch den Garten zur Tür und stürzte in die kleine Stube.

Erschrocken sprangen ihre Freunde auf. Ins Gebet vertieft hatten sie nicht mit ihrer überstürzten Ankunft gerechnet.

„Kindchen! Dem Herrn sei Dank, du bist hier!", fand Frederike als Erste die Worte wieder.

So rasch ihre alten Beine trugen, eilte sie zu Leana und schloss sie in ihre Arme.

„Du zitterst ja wie Espenlaub! Komm, setz' dich!"

Sie führte Leana zum Sofa und drückte sie in die Polster.

Das Grauen war Leana ins Gesicht geschrieben. Betroffene Stille legte sich über das Alte Armenhaus.

Leana durchbrach es schließlich selbst: „Jetzt wird's besser!", stöhnte sie erleichtert und konnte den anderen wieder ins Gesicht sehen. „Uff, das möcht' ich nicht nochmal erleben! Das könnt ihr mir glauben!"

Sie erzählte, was geschehen war.

„Wie gut, dass wir für dich gebetet haben!" Leanas Bericht hatte Susanne mitgenommen.

„Das ist gewisslich wahr!", pflichtete Paul ihr bei.

„Tobias ist noch immer bei diesem Richard?" Micha zeigte Sorgenfalten auf der Stirn.

Leana zuckte mit den Schultern. „Ich geh' davon aus."

„Wir müssen hin! Ich hab' gar kein gutes Gefühl! Wer weiß, was noch passiert?" Sonja schlüpfte in ihre Jacke. „Notfalls geh' ich allein!"

„Niemand geht irgendwohin allein!", sagte Micha ernst. „Nicht mehr."

„Es ist wie an Samain", pflichtete Paul ihm bei. „Wir dürfen uns nicht mehr aus den Augen lassen!"

Leana stand auf. „Auch wenn ich's hasse, nochmal dorthin zu müssen – schlimmer ist, Tobias dem Treiben dieser Nacht zu überlassen!"

„Worauf warten wir dann noch?", drängte Sonja. „Ich hab' keine Ruhe mehr!"

„Geht alle, ich bleibe hier und bete für euch!"

„Niemand sollte allein bleiben, Frederike. Du hast es doch gehört."

„Mach' dir keine Sorgen, Susanne. Ich bin alt und fürchte mich nicht vor den Geistern. Außerdem sind sie ja auch noch da!" Frederike nickte nach draußen und meinte damit die Engel, die sie schon viele Jahre beschützten. „Abgesehen davon: Der Herr ist und bleibt der Sieger! Ich mag wohl sterben, aber nichts kann mich aus seiner Hand reißen! Da bin ich ganz gelassen. Aber ihr", sie sah jeden reihum an, „ihr solltet jetzt aufbrechen! Nur der Herr weiß, was heute Nacht noch geschieht. Aber es liegt etwas in der Luft."

„Also los!" Micha ging zur Tür.

„Ihr könnt mit mir fahren!", wandte sich Leana an Micha und Sonja. „Wir treffen uns vor dem Schindlerhof", sagte sie zu Paul und Susanne.

„In Ordnung." Paul nickte. „Der Herr sei mit uns!"

Sie verließen das Armenhaus.

Frederike setzte sich wieder an den Tisch und faltete die Hände. Ein tiefer Seufzer trat über ihre Lippen. In ihm lag all das, was ihr Herz bewegte, sich aber nicht in Worte fassen ließ. Der Herr verstand sie dennoch. Das wusste sie. Im Häuschen wurde es still. Wie eine Figur aus Stein verharrte Frederike auf dem Stuhl. Innerlich war sie hellwach, auf die unsichtbare Welt ausgerichtet. In ihrer Vorstellung befand sie sich in einem weiten, leeren Raum. Wann immer ein Gedanke diesen Raum betrat, nahm sie ihn wahr und betrachtete ihn. Je nach seiner Art bewegte sie ihn dann vor dem Herrn: Manchmal flehte sie, manchmal gebot sie, manchmal pries sie Gottes Macht.

Frederike war ganz in diesem Raum zwischen sichtbarer und unsichtbarer Welt. Ihre Leiblichkeit und das Leben im alten Armenhäuschen bedeuteten nichts mehr. Immer wieder sah sie sich in Gedanken vor dem himmlischen Thron knien. Dort, zu Füßen Gottes, lag sie dem Herrn um ihrer Freunde willen in den Ohren. Er sollte sie schützen. In solchen Momenten gesellten sich andere zu ihr. Gleich einer Wolke wurde sie von denen umgeben, die um der Liebe willen seit Jahrtausenden ihr Leben gelassen hatten.[53] Einer davon schien Frederike besonders nahe zu kommen.

„Arnivlus?"

Leise kam der Name über ihre Lippen. Im selben Moment wusste sie, wie sehr der Mönch ihre Gebete mittrug. Die Erfahrung war sehr seltsam, tröstend und Mut machend zugleich.

„Wie dem auch sei. Danke, Herr, für die Unterstützung deiner Zeugen. Die Liebe der Heiligen gibt uns Kraft. Amen."

---

53   Hebräer 11,35-12,2

12. Feuer

Leana, Micha und Sonja warteten ungeduldig beim Schindlerhof auf Paul und Susanne.

„Tut uns leid. Ging nicht rascher", entschuldigte sich Susanne beim Aussteigen.

„Macht nichts. Stellen wir uns nochmal unter Gottes Schutz, bevor wir da reingehen!", schlug Micha vor.

„Kann kein Fehler sein." Leana nickte. „Jeder soll wissen, in wessen Namen wir kommen!" Sie deutete mit dem Daumen über die Schulter zum Schindlerhof.

„Vor allem kommen wir nicht in unserem eigenen Namen![54] Keiner von uns ist hier, weil er sich so gerne gruselt. Wir sind hier, weil wir uns um Tobias sorgen und vom Herrn gesandt sind!" Paul sprach dies wie ein Bekenntnis aus.

Die anderen stimmten ihm mit einem klaren Ja zu.

„Wir sind hier im Namen Jesu Christi! Wir wollen nicht, dass mein Bruder Tobias in die Hände Ogmios' fällt. Er soll frei sein!" Sonjas Stimme klang trotz Angst fest und bestimmt.

„So ist es!", fügte Leana grimmig hinzu. „Nehmt euch in Acht! Amen!" Lauernd beobachtete sie Hannes Schindlers Haus. Es zeichnete sich wie ein großer, dunkler Kasten vom Nachthimmel ab.

„Da lang!" Sie deutete in Richtung des Gartens.

„Ich werde Tobias in die Handschrift des Arnivlus einweihen! Danach wird er anders über Ogmios, den sklavenhaften Vasall Lugaid, die Gefolgschaft und unseren Vater denken!"

„Hoffentlich lässt er sich davon überzeugen." Leana klang zweifelnd.

„Warum nicht? Deutlicher kann gar nicht beschrieben werden, wie der Hase in Hügelhain läuft! Oder?"

„Ogmios argumentiert nicht. Seine süßen Worte zielen aufs Gemüt! Genau dorthin, wo sein Opfer besonders weich für sein Säuseln ist. Glaub' mir, er weiß, wo bei Tobias der Hebel anzusetzen ist! Wenn ich an vorhin denke, wird mir auf unheimliche Weise klar, wie unglaublich wirkungsvoll der Alte sämtliche Sinne und allen Verstand vernebeln kann."

„Dann müssen wir Tobias eben vor sich selbst schützen."

„Ganz zu schweigen von denen, auf die er es unter Ogmios' Einfluss abgesehen hat. Wir brauchen alle Schutz! Nicht auszudenken, wenn er und Richard mich erwischt hätten! Kommt!" Leana ging voraus.

Feindselige Stimmung schlug ihnen beim Betreten des Grundstücks entgegen.

---

54 Apostelgeschichte 19,13-16

‚Ich glaub' nicht, dass sich Tobias so einfach mitnehmen lässt', dachte Leana. Sie wollte nicht darüber grübeln, wie er gegen seinen Willen nach Hause gebracht werden konnte.

„Dicke Luft, hier!", murmelte Micha für alle hörbar.

„Schrecklich!", bestätigte Susanne. Auch sie besaß wie Leana und Micha einen Draht zur unsichtbaren Welt. Nichts worauf sie stolz war. Sie hätte gut darauf verzichten können.

„Dennoch anders als vorhin. Wie wenn noch ein übler Geruch in der Luft hängt, obwohl der Stinker gegangen ist." Leana spähte um die Hausecke in den Garten. In einiger Entfernung flackerte das Feuer und erzeugte einen goldenen Schein.

„Dort!", raunte sie. „Hoffen wir, dass sich die beiden von unserer zahlenmäßigen Überlegenheit beeindrucken lassen."

„Wir sind nicht nur zahlenmäßig überlegen. Wir kommen im Namen des Herrn der Heerscharen!", antwortete Micha bestimmt.

„Tja, von denen würde ich gerne mindestens einen jetzt sehen wollen!", gab Leana zurück und sehnte sich nach der sichtbaren Gegenwart Asarjas.

„Aber immer wenn man ihn braucht, lässt er sich kaum blicken. Bringen wir's hinter uns!"

Leana betrat als Erste den Garten und eilte über den ins hohe Gras gemähten Pfad. Zielstrebig hielt sie auf die Feuerstelle zu.

Auf dem Festplatz befand sich niemand mehr aus Fleisch und Blut.

Leana verlangsamte ihren Schritt: „Die Vögelchen sind ausgeflogen! Mist! Und nun?"

„Shit!" Sonja sah sich um. „Gefällt mir nicht! Eine Keilerei wäre mir lieber gewesen, wenn wir dadurch Tobias rausgebracht hätten."

„Kann ja noch werden." Micha rieb sich das Kinn. „Suchen wir weiter, oder lassen wir's für heute gut sein?"

Die anderen sahen ihn mit großen Augen an.

„Ist das jetzt dein Ernst?", fragte Paul.

„Ich will nur wissen, ob wir uns noch einig sind. Unsere Absichten reichten bis hierher. Nun ist eine neue Lage entstanden. Außerdem haben wir keinen Schimmer, wohin die beiden verschwunden sind."

Schweigen breitete sich unter ihnen aus.

Unterbrochen vom Knacken des herunterbrennenden Feuers, und gestört vom unheimlichen Grauen, das wie eine Glocke über dem Garten lag.

„Uns bleibt keine Wahl. Wir müssen Richard und Tobias finden! Keiner von ihnen darf Ogmios' Treiben länger ausgesetzt bleiben! Wo auch immer sie sind!", brach Leana das Schweigen als Erste.

„Vielleicht sind sie im Haus?", überlegte Susanne.

„Vielleicht." Leana seufzte. „Wir werden sehen." Wieder ging sie voran.

‚Herr, hatte ich vorhin nicht deutlich gesagt, dass ich nicht mehr hierher und schon gar nicht mehr in Schindlers Haus rein möchte? Was soll das?', dachte sie und wunderte sich nicht, als sie keine Antwort erhielt.

„Jedenfalls muss ich nicht alleine rein wie vorhin. Immerhin das, danke", flüsterte sie zu sich selbst.

Leana hatte Angst vor dem, was in dieser Nacht noch alles auf sie lauern mochte. Sie ließ es sich aber nicht anmerken. Als sie an der Haustür ankamen, drückte sie mutig die Klinke und trat als Erste in den Flur.

„Tobias?", rief sie laut in die Dunkelheit. „Tobias, bist du da? Richard? Wo seid ihr?"

Keine Antwort.

„Meine Güte, was für eine Luft haben wir denn hier?" Susanne fächelte mit der Hand vor dem Gesicht. „Da verklebt dir ja die Nase! Auf dem Schwarzerhof riecht es dagegen nach Veilchen!" Sie blies die Backen auf und sah zu Sonja.

„Bei uns wird ja auch schon seit 'ner Weile gebetet!" Ein kleines Lächeln glitt über Sonjas Lippen.

„Was hat Richard bloß geritten, dieses Haus zu kaufen?", fragte Micha.

Plötzlich schlug sich Leana mit der flachen Hand gegen die Stirn:

„An Heiligabend wurde Richard von enthaupteten Kriegern nach Hügelhain geschleppt! Ogmios hat ihn aus Frankreich geholt! Richard und Tobias sollten sich begegnen!", rief sie und zeigte im nächsten Moment eine weitere Überraschung auf ihrem Gesicht.

„Was ist?", fragte Paul.

„Die Schale! Es geht um die Schale! Die zwei suchen sie! Beiden wurde sie an Heiligabend durch Lugaid gezeigt! Seitdem ist jeder ihrem Zauber erlegen!" Leanas Stimme war laut vor Aufregung.

„Laut Arnivlus' Manuskript ist die Schale das wichtigste Werkzeug Ogmios'! Wir sollten sie unbrauchbar machen!"

„Das ist nichts Neues mehr, Micha! Wir wissen, welche Gefahr von ihr ausgeht", bemerkte Paul. „Wo ist sie zu finden? Das ist die entscheidende Frage!" Nach einen kurzen Moment fügte er hinzu: „Wir können ja nicht einfach so den Burgstall umgraben! Da würden wir richtigen Ärger mit der Polizei bekommen!"

„Ohne einen handfesten Hinweis über ihr Versteck, können wir gar nichts machen." Susanne zuckte unglücklich die Schultern.

„Wir können auf jeden Fall Tobias suchen! Ich mag nicht länger rumstehen! Wer weiß, was geschieht, wenn sie die Schale finden und darüber in Streit geraten!", drängte Sonja. „Überprüfen wir dieses verfluchte Haus und hoffen, dass wir Tobias nicht allein drin finden."

Der Gedanke machte ihnen Gänsehaut. Sie wussten, was dies heißen würde.

Zimmer für Zimmer nahmen sie in Augenschein. Nirgends gab es Anzeichen von Leben. Dafür herrschte eine Atmosphäre des Todes. Sie wurde immer unerträglicher. Selbst Paul und Sonja, die nicht so sensibel für die Vorgänge in der unsichtbaren Welt waren, konnten sie spüren. In allen schwoll ein gemeines Gefühl der Panik an.

„Schindlers Schlafkammer", hauchte Leana als sie im Türrahmen standen und hineinblickten. „Dort drüben, neben dem Bett, hat er gestanden und seine gierigen Blicke auf Tobias geworfen!" Grauen lag in ihrer Stimme. „Aber nun ist er weg. So wie Richard und Tobias auch."

„Als ob alle Totengeister das Haus verlassen hätten", ergänzte Micha. „Gefällt mir nicht!"

„Trotzdem ist es nicht leer. Etwas viel Schlimmeres als die Verstorbenen hält es besetzt!", flüsterte Susanne.

„Es ist die Gegenwart des Alten!", antwortete Leana mit trockenem Mund. „Wie Gott und seine Engel ist er ein überzeitliches Wesen und kann an verschiedenen Orten gleichzeitig sein. Er verschafft uns hier in Schindlers Haus Angst und Grauen, und im selben Moment treibt er seine üblen Pläne mit Tobias und Richard voran. Mit unseren menschlichen Möglichkeiten sind wir ihm niemals gewachsen!"

„Wir brauchen beides: Beten und Handeln!", antwortete Micha. „Vor allem müssen wir bekennen, wer in Wirklichkeit der Herr über die sichtbare und unsichtbare Welt ist."

„So ist es." Paul nickte und rief: „Also dann: Alle Mächte über, auf und unter der Erde müssen sich vor Jesus Christus beugen! Er ist der Herr der Herren! Er hält die Schlüssel des Lebens und des Todes in seinen Händen![55] Er ist mächtiger als du, alter Dämon, der du dich Ogmios nennst und dich seit undenklich langer Zeit als Gott aufspielst! Du bist ein Blender, ein zahnloser Tiger, ein Nichts im Angesicht unseres starken Gottes!"

Spannungsvolle Stille kehrte ein. Sie lauschten und warteten auf eine mögliche Antwort. Nichts dergleichen geschah. Gerne hätten sie eine Erschütterung Ogmios' gespürt, doch die Stimmung veränderte sich um keinen Deut.

„Die Sache ist ober faul! Durchsuchen wir rasch die restlichen Zimmer, und dann nichts wie raus!" In Leana herrschte ein mulmiges Gefühl. Sie glaubte nicht, dass sich der Alte einfach

---

55   Offenbarung 1,18

durch Pauls Bekenntnis geschlagen gegeben hatte. Andernfalls wäre schon zu Arnivlus' Zeiten Ogmios erledigt gewesen. Die Geschichte erzählte etwas anderes.

Eilig durchkämmten sie die Ecken und Winkel. Unaufgeräumt und verdreckt war das Haus. Richard hatte bisher nur wenig daran geändert. Als sie schließlich im Keller hinter das letzte, alte Fass geblickt hatten, verließen sie sich darauf, dass keiner der Gesuchten mehr im Haus war. Hoffentlich hatte Richard Tobias in keinem geheimen Versteck verschwinden lassen.

„Schnell raus hier, bevor ich durchdreh'!", keuchte Leana. Sie rechnete jeden Augenblick damit, dass wieder aus dem Nichts irgendwelche Sachen auf sie geschleudert wurden. „Reden können wir draußen!"

Schweigend verließen sie den Keller und strebten rasch ins Freie. In gebührendem Abstand zu Schindlers Anwesen hielten sie an. Frische Abendluft und die Kühle der Nacht wirkten wie Muntermacher. Der Nebel über ihrem Geist wurde vertrieben. Erst jetzt merkten sie in vollem Umfang, wie ungut verseucht es in Schindlers Haus gewesen war. Beklemmungen fielen ab. Sie konnten wieder klarer denken. Das Gefühl, im nächsten Moment den Hals herumgedreht zu bekommen, verflüchtigte sich.

„Uff!" Sonja stöhnte und fuhr sich durchs Haar. „Keine Spur von Tobias. Ich weiß nicht, ob ich mich darüber freuen soll oder nicht."

„Immerhin gibt es in dieser Unsicherheit auch noch Hoffnung! Suchen wir bei euch weiter! Vielleicht sind sie auf dem Schwarzerhof? Kommt!" Micha trieb zur Eile.

Im Haus brannte Licht.

„Wir sind nach Tobias gegangen. Ich hab' das Licht gelöscht, da bin ich mir sicher!"

„Stimmt, Sonja", bestätigte Micha.

„Tobias und ich sind später auch nicht zurück gekommen", ergänzte Leana.

Sie stiegen die Außentreppen nach oben und traten in den Hausflur.

„Seht mal!", rief Paul und deutete an das Ende des Flurs. „Die Tür zum Keller steht offen!"

„Dieser elende Keller!", zischte Leana.

Sie gingen hin und spähten hinab. Unten brannte ebenfalls Licht.

„Also ...", Micha stieg als Erster hinunter.

Mit gemischten Gefühlen betraten sie den Keller. Unten war niemand. Es sah aus wie eh und je: in der Mitte der große Tisch, die Regale mit Vorräten, auf der anderen Seite das alte Küchenbuffet, weiter hinten Fässer für Apfelmost.

„Wieder nichts!", stöhnte Sonja und warf sich auf einen schäbigen Holzstuhl nahe beim Tisch.

Die anderen sahen sich mehr oder weniger ziellos um. Durch seine Unterteilungen schien der Keller mehrräumig zu sein.

„Dieses Gewölbe ist einfach nur schrecklich!", murmelte Leana.

„Der Vorhof zur Bosheit! Weshalb auch immer! Wie haltet ihr das aus? Immer wieder hier herunter zu müssen?"

„Wir haben sonst keinen anderen!", gab Sonja ein wenig schnippisch zurück. „Du darfst uns gern einen neuen graben!"

„Tut mir leid, war nicht böse gemeint. – Hoppla! Was ist denn das?"

Eine Flasche stand neben dem Küchenbuffet auf dem Boden. Leana roch daran: „Cola-Rum!"

Ihr Blick fiel auf das alte Buffet: „Schon wieder du!"

Sie ging zu Sonja.

„Was ist, Leana?", wollte Susanne wissen.

„Trinkt ihr so was?" Leana zeigte Sonja die Flasche.

„Nö, haben wir nicht im Haus."

Leana hielt die Flasche gegen das Licht: „Seht ihr? Da ist noch was drin! Heut' Abend hab' ich schon mal aus so 'ner Flasche getrunken. Drüben bei Richard. Außerdem ist sie überhaupt nicht verstaubt. Die steht noch nicht lange. Zumindest einer der Jungs war vor kurzem hier." Leana sah sich um: „Geht's etwas heller?"

„Nein, leider nicht. Mehr als diese Funzel kann ich nicht bieten." Sonja war aufgestanden und betrachtete sorgenvoll die Flasche.

„Das Küchenbuffet – wie lange steht es schon im Keller?"

„Schon immer. Seit Jahr und Tag."

„Sollen wir mal dahinter sehen?"

„Können wir." Sonja zuckte mit den Schultern. „Ist zwar sakrisch schwer, aber gemeinsam schaffen wir das. Was soll schon dahinter sein? Glaubt ihr, die Polizei hat nicht auch den Keller unter die Lupe genommen? Die haben hier jedes Glas umgedreht!"

„Hm." Leana schob die Unterlippe nach vorn. „Dieser Keller ist ein spiritueller Ort. Findet ihr nicht?" Sie sah insbesondere Micha und Susanne an. „Für mich gibt's in Hügelhain keinen schlimmeren. Das Böse scheint sich hier zu konzentrieren – ganz egal, wie viel oben in der Stube gebetet wird!"

„Oh, du warst noch nicht auf dem Burgstall! Da ist's auch sehr nett!", antwortete Micha. „Aber stimmt, ich find' dieses dunkle Loch ebenso abstoßend wie du."

„Dito." Susanne nickte. „Das Gewölbe ist ein Ort alter Magie."

„Was haben die Polizisten Interessantes gefunden?", wollte Leana wissen.

„Nichts Brauchbares. Eine Enttäuschung. Sie hätten gerne mehr über die Hintergründe der Gefolgschaft erfahren." Sonja sah Leana an. „Am Ende blieben nur die Spuren des Massakers auf dem Burgstall. Bei keinem Mitglied der Gefolgschaft fanden sie zuhause großartige Hinweise. Kleinigkeiten, ja, aber im Grunde nichts Erhellendes."

„Dank des Manuskripts wissen wir nun mehr als alle anderen, wie gefährlich der Kult in Wirklichkeit ist", bemerkte Paul.

„Hier im Keller pulsiert Macht. Wahrscheinlich erlaubte Ogmios der Polizei nicht, etwas zu finden. Hoffentlich sind wir am

Ende seiner Macht überhaupt gewachsen", überlegte Leana laut.

„Der Herr lässt uns nicht hängen, die Engel sind unsere Mitstreiter." Susanne lehnte sich an den Tisch.

„Mag sein. Aber wenn wir ehrlich sind, tappen wir ganz schön im Dunkeln. Gott spricht eben nicht einfach so aus seinem Himmel. Bisher habe ich ehrlich gesagt noch nicht begriffen, warum sich Asarja manchmal zeigt und mich andererseits wieder hängen lässt." Leana hielt inne und sprach dann etwas lauter: „So wie jetzt gerade auch!"

„Immerhin hat er dich vorhin vor Schlimmerem bewahrt. Von Tobias allerdings fehlt jede Spur, leider." Micha sah Leana an.

„Los, wir sehen nach, was hinter dem Buffet steckt!" Sie wandte sich dem Möbel zu.

Gemeinsam legten sie Hand an.

Oben gab einen lauten Knall, gefolgt von einem seltsamen Zischen.

„Feuer!", raunte Susanne. Alle Farbe wich aus ihrem Gesicht. „Schnell raus hier!"

Sie eilten die Treppe hinauf und kamen in den Flur.

„Kein Feuer." Leana sah sich um.

Sonja legte den Finger auf die Lippen und lauschte. Mit ein paar raschen Schritten war sie an der Stubentür und öffnete. Gleich wilden Tigern schlugen ihr fauchend Flammen entgegen. Monströse Hitze warf sie zu Boden. Geschockt krabbelte sie schnell zu den anderen zurück.

In mörderischer Rasanz – als ob von einem unheimlichen Wind angefacht – griff das Feuer auf den Flur über.

„Zum Hinterausgang!", schrie Sonja und befreite damit die anderen aus ihrer Erstarrung. „Das Haus brennt wie Zunder!" Sie rannte voraus und wollte die Tür aufreißen. „Zu! Diese verdammte Tür ist zu!", kreischte sie und rüttelte wild an der Klinke.

Schon machte sich die Hitze des Feuers bemerkbar.

„Geh zur Seite!", rief Micha und trat mit aller Wucht gegen das Holz.

„Sie öffnet sich nur nach innen!", heulte Sonja.

„Aber sie ist alt!", brüllte Micha und bearbeitete die Tür mit der Kraft der Angst, bis das erste Brett splitterte.

„Jetzt ich!", rief Paul und schob Micha zur Seite.

„Schneller, schneller!", drängte Leana.

In wenigen Augenblicken würden die Flammen sie erreicht haben. Wie durch einen Kamin wurde die frische Luft vom Feuer durch das geborstene Brett angesogen. Gierig fraß es sich weiter.

Paul gelang es, ein weiteres zu zertrümmern: „Los, Frauen zuerst! Rasch!"

Er schob Susanne durch die Lücke. Auf allen Vieren kroch sie ins Freie. Dann Sonja und Leana. Mit einem verzweifelten Tritt sprengte Paul ein letztes Brett. Nun konnten auch er und Micha nach draußen gelangen. Die Flammen schlugen aus der Tür. Nur um Haaresbreite, dann hätten die feurigen Zungen die beiden am Wickel gehabt.

Erschüttert starrten alle aus sicherem Abstand auf den sich unnatürlich schnell ausbreitenden Brand.

„Die Tiere!", stieß Sonja hervor und rannte zum Stall.

Susanne und Leana folgten ihr.

„Paul, ruf' die Feuerwehr! Wir wollen retten, was geht! Kann mir nicht vorstellen, dass sich der teuflische Brand nur aufs Haus beschränken möchte!" Micha eilte ebenfalls zum Stall.

„Ich bind' die Kühe los! Treibt ihr sie auf die Wiese! Haltet Abstand! Vermeidet zwischen sie zu treten, sonst seid ihr Mus!", rief Sonja und eilte zuerst zur Leitkuh.

Leana öffnete in der Zwischenzeit die hintere Stalltür zur Weide hin.

„Susanne, kümmere dich um die Schweine! Micha, hilf ihr!", befahl Sonja mit kräftiger Stimme, ohne das Losbinden zu unterbrechen. „Los, Liese! Raus mit dir und nimm deine Freundinnen mit!" Mit Rufen und Schlägen trieb sie die Tiere an.

Paul stürmte in den Stall.

Er kam Sonja gerade recht: „Scheuch' mit Leana die Liese auf die Weide! Die anderen kommen dann schon irgendwie nach!"

Pauls Gesicht zeigte deutlich, dass er noch nie mit Kühen umgegangen war.

„Du schaffst das! Und jetzt vorwärts!", rief Sonja ihm in einem Ton zu, der keinen Widerspruch duldete.

Paul blies die Backen auf und gab sein Bestes. Dabei musste er aufpassen, nicht von den nachfolgenden Kühen einfach niedergetrampelt zu werden.

Mit vereinten Kräften gelang es ihnen, sämtliche Tiere, sogar die Kaninchen und Hühner aus dem Stall auf die Wiese zu bringen.

„Jetzt die Fahrzeuge und Maschinen!", rief Micha. Paul und Susanne befahl er: „Schnappt euch den Wasserschlauch und kühlt Scheune und Stall! Vielleicht können wir so ein Übergreifen der Flammen verhindern."

„Mit Gottes Hilfe!" Paul nickte.

Die Hitze zwischen den Gebäuden war schier unerträglich geworden, aber er wagte sich tapfer voran, während Susanne „Wasser marsch" gab.

„Hörst du?", rief Susanne Paul zu. „Die Feuerwehr kommt!"

Der Klang des Martinshorns aus der Ferne schenkte neuen Mut.

Während sich Sonja und Micha um die Maschinen kümmerten, suchte Leana nach einem weiteren Wasseranschluss mit Schlauch. Da sie keinen fand, fing sie an, Werkzeuge und Kleinmaschinen vor den Flammen zu retten.

„Hier gibt es gerade nichts mehr für dich zu tun. Komm mit!", hörte sie es plötzlich neben sich. „Es gibt Wichtigeres!"

Leana wandte sich der Stimme zu: „Hättest du das nicht verhindern können?"

„In der Schlacht passieren oft Dinge, die sich keiner zuvor gewünscht hat. Wir wissen beide, wer für dieses Flammenmeer verantwortlich ist. Nur damit vom Eigentlichen abgelenkt wird! Jetzt komm!"

„Für ein Ablenkungsmanöver ist das aber 'ne ziemlich große Nummer!", schnaubte Leana.

„Leg' deinen Zorn nieder. Hier kannst du nichts mehr tun. Woanders wirst du noch gebraucht! – Hörst du? Die Feuerwehr ist da. Sie werden Stall und Scheune retten können."

„Mit dir allein in die Nacht hinaus? Weiß der Himmel wohin?"

„Genau."

„Und meine Freunde? Wir wollten uns nicht mehr trennen!"

„Sie sind beschäftigt. Vertrau' mir und dem Herrn!"

„Und wenn's brenzlig wird, löst du dich mal kurz in Luft auf? Kann ich gut drauf verzichten!"

„Du weißt, um wen und was es geht. Also?"

Leana tat einen tiefen Atemzug. In diesem Moment traf sich Susannes und ihr Blick. Unwillkürlich hob Leana die Hand und winkte zum Abschied. Susanne nickte und ballte die Faust. Dann winkte sie auch.

„In Ordnung. Ich vertrau' dir."

„Dann rasch zum Auto! Wir müssen ein Stück fahren!"

Leana rannte durch den Stall über die Weide zu ihrem Wagen. Sie kam gerade noch weg, bevor das Gelände vollständig von Feuerwehrfahrzeugen zugestellt war.

„Ich war da oben noch nie", sagte sie, weil sie ahnte, wohin die Fahrt führte.

Leana erhielt keine Antwort und fuhr in die Richtung des alten Armenhäuschens davon. Es war ihr unmöglich, dort nicht kurz anzuhalten. Sie hastete durch den Garten und stürmte ins Häuschen.

„Frederike, der Schwarzerhof brennt!"

Die alte Erzieherin zuckte bei Leanas hastigem Auftritt zusammen: „Warum müsst ihr jungen Leute mich ständig schier zu Tode erschrecken?" Sie legte sich die Hand auf die Brust.

„Tut mir leid. Furchtbares geschieht!"

Frederike erhob sich und sah zum Fenster hinaus: „Er führt dich."

„Wer?"

„Na der große Engel, der sich gerade mit den Wächtern am Gartentor unterhält. Ihr seid wirklich auf einer wichtigen Mission, wenn der Herr Rafael schickt. Warum seid ihr nicht gleich weitergefahren?"

„Weiß nicht. Ich musste einfach bei dir halten und dir Nachricht geben."

„Du weißt, wo es hingeht?"

„Ich fürchte …"

„Kindchen, sei vorsichtig! Dort oben ist's nicht geheuer!"

Leana nickte.

„Nun brennt der Schwarzerhof. Damit ist dieser Weg also versperrt." Nachdenklich wandte sich Frederike vom Fenster ab. „Ich hab' schon lang' vermutet, dass es dort irgendwo einen Geheimgang gibt. Ich glaube, ihr wart kurz davor, ihn zu entdecken."

„Warum hast du uns nie von deiner Vermutung erzählt?"

Frederike zuckte mit den Schultern. „Ich weiß nicht. Niemand hat mich danach gefragt."

Leana wurde unruhig. „Ich muss los. Sollte ich dich noch was fragen, bevor ich weg bin?"

Frederike schmunzelte. „Kann sein. Jedenfalls kam mir im Gebet ständig das alte Wasserreservoir in den Sinn. Ist ja nicht weit weg vom Burgstall. Vielleicht bedeutet das etwas."

„Gut, danke. Ich bin dann mal weg." Leana ging zur Tür.

„Ich werde ohne Unterlass für dich beten! Bis du wieder da bist."

„Danke, kann kein Fehler sein. Tschau!" Leana eilte durch den Garten. Im Gegensatz zu Frederike sah sie die Wächter und Asarja im Moment nicht. Aber als sie auf der Höhe des Gartentors war, sagte sie laut und deutlich: „Einsteigen! Wir haben noch etwas zu erledigen!" Bevor sie in den Wagen stieg, winkte sie ein letztes Mal Frederike.

Sie stand am Fenster und erwiderte ihren Gruß.

13. Wasserreservoir

Der asphaltierte Feldweg führte in einem weiten Linksbogen leicht und stetig bergauf.

„Das alte Wasserreservoir", murmelte Leana und fragte sich, wie sie bei Dunkelheit einen Ort finden sollte, wo sie zuvor noch nie gewesen war.

„Asarja? Bist du da?"

Natürlich erhielt sie keine Antwort.

Sie hielt den Wagen mitten auf der Straße an: „Was mach' ich eigentlich? Eine Frau hat nichts bei finstrer Nacht im Wald zu suchen! Und dann ständig dieses Warten auf das Reden eines Engels! Ich hab' doch 'nen Knall!"

Ihr Blick fiel auf die Hochebene hinab. Der Schwarzerhof brannte lichterloh.

„Dort sollt' ich sein und meinen Freunden helfen! Welcher Teufel hat mich geritten, damit ich mich mutterseelenallein hier rauf wage?"

„Das war kein Teufel, und ich bin geneigt, das persönlich zu nehmen!", kam es trocken vom Beifahrersitz.

„Asarja!" Erfreut fuhr Leana herum. „Manchmal zweifle ich wirklich, ob es dich gibt!"

„Ich weiß." Er verzog den Mundwinkel. „Können wir jetzt aussteigen?"

„Was? hier?" Leana blickte den Hang hinauf.

„Für dein Auto gibt es keinen geeigneten Weg zum Burgstall. Es sei denn, es liegt dir nichts mehr an ihm."

„Bist du von Sinnen? Der ist grade mal bezahlt!"

„Also aussteigen. Leuchtet ein. Oder?"

„Die Scherze kannst du dir sparen!", zischte Leana. „Mir ist nicht zum Lachen!" Sie fummelte im Handschuhfach nach der Taschenlampe, stieg aus und verschloss den Wagen.

Asarja war wieder nicht mehr zu sehen.

Leana begann, sich damit abzufinden. Dieses ‚Versteckspiel' gehörte wohl zur Eigenart von Engeln. Liebend gern hätte sie Asarja sichtbar an ihrer Seite gehabt. Aber sie verließ sich nun darauf, dass er in ihrer Nähe blieb und bei Gefahr rechtzeitig eingriff.

„Du bist deinem Chef ziemlich ähnlich!"

Sie machte sich bergan auf den Weg. Ihrem Bauchgefühl folgend ließ Leana die Taschenlampe aus. Sie wollte von keinem gesehen werden, den sie nicht sah.

Die Angst kroch wieder zurück. Leanas Schritte wurden schwerer. Dabei war es nicht sehr steil. Nach erstaunlich kurzer Strecke war schon der Waldrand erreicht. Sie fand sich vor einer Lücke, die wie eine Straße in den Wald einschnitt.

„Das wird die Prozessionsschneise sein, von der die anderen gesprochen haben."

Leana erinnerte sich, dass Micha und Sonja die Schneise als sehr gepflegt beschrieben hatten. Nun, das konnte Leana auch bei Nacht erkennen, stand das Gras hoch. Die Winterstürme hatten manchen Baum und größeren Ast auf die Freifläche geworfen. Leana befand sich zum ersten Mal auf dem Burgstall und spürte augenblicklich die schwere, gedrückte Stimmung. Wie eine Glocke hatte sie sich über die Kuppe gelegt.

„Die Gefolgschaft des Fürsten ist vergangen, das Alte und Böse ist geblieben!", murmelte sie und sah sich um.

„Wohin jetzt?" Leana flüsterte, weil es ihr mehr Mut gab, wenn sie wenigstens ihre eigene Stimme hörte.

„Dieses alte Wasserreservoir ... Hm, keine Ahnung ..."

Leana drehte sich im Kreis.

„Vielleicht dort hinüber?"

Einer Eingebung folgend schritt sie links am Waldrand entlang von der Prozessionsschneise weg und versuchte, irgendwas zwischen den Bäumen zu entdecken.

Unten brannte das Feuer unbarmherzig. Das Knacken der Balken war bis zum Burgstall hinauf zu hören. Feuerschein erleuchtete gespenstisch den Nachthimmel. Sonjas und Tobias' Heim war nicht mehr zu retten. Hoffentlich wurde ein weiteres Ausbreiten der Flammen verhindert. Leana lief es kalt den Rücken hinunter. Eins war klar: Das war kein gewöhnlicher Brand! Selbst wenn jemand später eine plausible Erklärung dafür finden mochte.

„Wenn Frederike richtig vermutet, beginnt der Geheimgang hinterm Küchenbuffet. Genau als wir das Teil zur Seite schieben wollten, ist Feuer ausgebrochen. Als ob jemand verhindern wollte, dass wir den Gang finden." Leana rieb sich den Nacken und überlegte weiter: „Wenn es ihn tatsächlich gibt, wo endet er? – Im alten Wasserreservoir!", hörte sie es aus sich heraus sprechen. Im Augenblick als die Worte ihren Mund verließen, war Leana klar: Von ihr selbst war dieser Gedanke nicht gekommen. „Danke!"

Sie suchte weiter. Außerhalb des Waldes ließ sich das Wasserreservoir nicht finden. „Dann muss ich wohl rein! Bleibt nichts anderes übrig."

Leana sammelte nochmal Mut und trat unters Blätterdach. Neben den großen Traufbäumen war der Waldrand mit Büschen, Brombeeren und sonstigen stacheligen Pflanzen bewachsen. Leana wurde der Zugang schwer gemacht. Schützend hob sie die Arme vors Gesicht und marschierte stracks voran.

„Autsch!"

Ein besonders großer Dorn hatte es geschafft, ihre Jeans zu durchdringen. Das darauffolgende Ratschen zeigte, dass er weit mehr angerichtet hatte, als bloß zu piksen.

„Mist!"

Ein ordentlicher Dreiangel klaffte in der Hose.

„Die war fast noch neu!", maulte Leana leise und kämpfte sich weiter.

Nach ein paar Schritten ließ der dichte Bewuchs nach. Zerkratzt hielt Leana an: „Puh!"

Sie sah sich um.

„Stockfinster, hier!"

Es war die Nacht zum ersten Mai, und das Blätterdach hatte sich dieses Jahr schon ziemlich geschlossen.

„He, Asarja, wie wär's mit 'nem kleinen Tipp?", flüsterte sie, ohne wirklich mit Antwort zu rechnen.

Langsam ging Leana tiefer in den Wald hinein. Nach wenigen Schritten fiel ihr rechter Hand ein etwa drei Meter hoher Hügel auf. Er war kaum zu sehen und lag zwischen ihr und der Prozessionsschneise.

„Na bitte!"

Vorsichtig schlich sich Leana an. Sie achtete besonders darauf, leise zu sein und hatte rasch das alte Wasserreservoir erreicht. Und jetzt?

Bedrückung lag in der Luft. Behutsam tastete sie sich voran, umrundete den kleinen Hügel und stieß auf einen steinernen Vorbau. Sachte erkundete sie ihn mit den Händen. Leana fühlte das kalte Metall einer angerosteten Tür: der Zugang. Die Tür war nur angelehnt. Leana schauderte. Ihre Beklemmung wuchs. Ein dicker Kloß formte sich in ihrem Hals. Ihr Puls raste. Leana presste den Rücken gegen die steinerne Wand. Es kostete sie die größte Mühe, ruhig zu bleiben. Am liebsten hätte sie sich aus dem Staub gemacht. Bestimmt wäre das in dieser Lage nach allen Regeln des gesunden Menschenverstandes das Sinnvollste gewesen. Knapp davor, dem inneren Drängen nachzugeben, hörte sie plötzlich ein leises Geräusch aus dem Wasserreservoir. Leana erbebte. Stocksteif verharrte sie und lauschte mit angehaltenem Atem: Nichts mehr zu hören – für eine ganze Weile. Langsam ließ sie die Atemluft entweichen. Da! Wieder! Diesmal konnte sie das Geräusch ein wenig identifizieren. Es klang wie leises Grunzen. Vielleicht Röcheln. Leana kannte das aus dem Krankenhaus.

„Ich muss wissen, ob jemand in Not ist", flüsterte sie und gab sich einen Ruck.

Mit aller gebotenen Vorsicht öffnete sie die Stahltür und schlüpfte hinein. Zu ihrer Überraschung quietschte nichts. Die Tür war wirklich gut geschmiert. Einen Schritt davon entfernt verharrte Leana: Vollkommene Finsternis. Sie sah die Hand nicht vor Augen.

‚Wenn ich rausfinden will, was hier abgeht, werde ich etwas Licht wagen müssen', dachte sie und zog zögernd die Taschenlampe aus der Jackentasche. Nach leisem Klick des Schalters flammte die Birne auf. Leana empfand das Licht als sehr grell und kniff ihre Augen zusammen. Noch nie war sie im Innern eines Wasserreservoirs gewesen. Außer dass die Dinger auch Hochbehälter genannt wurden, wusste sie darüber nichts. Der Lichtstrahl fiel auf eine brusthohe Mauer direkt vor ihr. Leana leuchtete hinein. Eine Art Becken.

‚Für das Wasser', dachte Leana.

Allerdings war kein Wasser drin, sondern allerlei Zeug, mit dem sie nichts anfangen konnte. Ein Schauer kroch ihr den Rücken hinunter.

‚Vielleicht irgendwelche Kultgegenstände‘, kam es ihr in den Sinn. ‚Dieses alte Wasserreservoir umfängt das pure Grauen!‘

Leana rechnete damit, dass jeden Moment boshafte Dinge geschehen konnten. Sie fühlte sich beobachtet – von jemandem, der nicht aus Fleisch und Blut war.

„Herr steh' mir bei!", flüsterte sie, als sie sich vom Becken abwandte.

Während sie sich weiter umsah, kam ihr ein Verdacht: „Vielleicht hat dieses Wasserreservoir noch nie Wasser gesehen? Und hat nur als Tarnung für das Treiben des Hochpriesters gedient? Frederike sprach vorhin von dem Geheimgang", murmelte sie. „Wenn nun der hier endet? So konnte Schwarzer ungesehen zum Burgstall gelangen! Deshalb quietscht die Tür nicht! Alles ist auf Verborgenheit und Überraschung ausgerichtet!"

Ein neuer Schauer jagte kalt über Leanas Rücken. Dieser Ort hatte etwas Dämonisches!

„Mmmh! Mmmh!"

Leana zuckte zusammen. Das war aus unmittelbarer Nähe gekommen – vermutlich aus dem Spalt zwischen Becken und Wand.

‚Gut, sehen wir nach!‘, entschied Leana im Stillen und ging auf die Stelle zu.

Als Erstes tauchten ein Paar Füße auf. Wieder wurde ihr eiskalt, dennoch zögerte sie nicht mehr. Da lag jemand, und sie wusste sofort wer. Aber wo war der andere?

Panisch wirbelte Leana herum und leuchtete im zuckenden Strahl der Taschenlampe jeden Winkel aus: eine weitere Stahltür, ebenfalls einen Spalt weit offen. Rasch huschte Leana hinüber und stieß sie auf. Alte, abgestandene Luft schlug ihr feucht entgegen. Das Licht der Lampe verlor sich in einem endlosen Gang. Niemand war zu entdecken, *leer* aber war dieser Gang keinesfalls!

Allerhand trieb sich herum. Leana konnte die Geister nicht sehen, doch sie fühlte ihre Anwesenheit. Keine harmlosen Seelen, die aus verschiedenen Gründen keine Ruhe fanden, sondern solche, die wie boshafte Wächter abgestellt waren, Unbefugten den Zugang zu vergällen. Pures Grauen waberte hier! Zudem hatte etwas mit Leana zusammen den Gang betreten, das von den Geistern als höchste Bedrohung empfunden wurde. Zwei Welten prallten aufeinander.

Leana wandte sich von dem Grauen im Gang ab. Das Wichtigste war, dass sich der andere nicht in der Nähe befand. Allerdings konnte er jeden Moment wieder auftauchen. Es galt keine Zeit zu verlieren. Leana huschte zurück zum Gefangenen, zog ihn aus dem Versteck und löste in Windeseile Knebel und Fesseln.

„Er hat's gewagt! Dieser Frevler hat's tatsächlich gewagt! Der Fluch des Fürsten soll ihn treffen! Wie kann er sich erdreisten, derart Hand an den zukünftigen Hochpriester zu legen? Brennen wird er! Ja, qualvoll brennen, wie alle, die jemals zuvor solch einen Frevel begingen! Blut und Fluch über den, der den Augapfel des Fürsten so schändlich gebunden hat! Den Sohn des Hochpriesters und künftigen Bewahrer aller Geheimnisse!"

Tobias schimpfte noch eine ganze Weile weiter, während Leana staunend mit offenem Mund zu seinen Füßen kniete und ab und zu verwundert ihren Kopf schüttelte. Irgendwann begriff Tobias, dass er nicht durch Geisterhand befreit worden war. Erst jetzt fiel ihm Leana auf.

„Ah, die Auserwählte des Fruchtbarkeitsrituals! Lass uns die Zeremonie fortsetzen! Sie wurde jäh gestört! Noch ist Zeit, und die Nacht ist heilig!"

Er versuchte, sich aufzurichten, was aber gründlich misslang. Zu taub waren seine Glieder noch.

„Sag' mal, hast du 'nen Knall?" Leana hatte genug von dem Gefasel.

„Dieser Ton ziemt sich nicht! Selbst wenn dir das Privileg einer Auserwählten zuteil geworden ist!"

„He, Kollege, halt' mal die Luft an und komm' endlich wieder runter! Wir haben keine Zeit, in Versen zu sprechen! Richard kann jeden Moment zurück sein! Wenn der genauso drauf ist wie du, dann gute Nacht! Mit zwei solchen Kalibern werde ich nicht fertig!" Leana stand auf und spähte zur Stahltür hinaus. Augenscheinlich war alles ruhig, doch darauf gab sie keinen Pfifferling. Genervt wandte sie sich vom Eingang ab: „Geht's jetzt?"

„Dein Ton lässt zu wünschen übrig, Tochter der Fruchtbarkeitsgöttin."

„Verdammt nochmal! Lass diese scheiß Götzen aus dem Spiel und komm' endlich zur Vernunft! Siehst du denn nicht, wohin dich dieser Dreckskult bringen möchte? Und die doofe Schale haben wir immer noch nicht!"

Beim Stichwort *Schale* wurde Tobias plötzlich in einer anderen Art aufmerksam: „Du weißt von ihr? Du kennst das Kleinod der Druiden und Hochpriester?" Seine Augen verengten sich zu schmalen Schlitzen. Wenn er schon in der Lage dazu gewesen wäre, wäre er aufgesprungen. „Nur den Würdigen wird das Wissen über sie zuteil!" Er schüttelte den Kopf: „Du bist keine Druidin!"

„Na, Gott sei Dank!", entgegnete Leana aus tiefstem Herzen. Die Lage begann einmal mehr, aus dem Ruder zu laufen. „Wach' endlich auf!", zischte sie.

„Aber wenn du keine Druidin bist, dann bist du auch nicht würdig! Dann hast du einen Frevel begangen! So wie der andere, der etwas zu sein meint, was er nicht ist! Dieser unwürdige Scharlatan, dieser Schwächling!"

„Immerhin hat er es geschafft, dich zum Paket zu verschnüren."

„Durch eine scheinheilige, hinterhältige Attacke!", brauste Tobias in einer Weise auf, die Leana stark an die Erzählungen Sonjas über ihren Vater erinnerte.

Erneut wollte sich Tobias aufrappeln – es gelang ihm ein Stückchen besser.

Leanas Unruhe wuchs: „Ich halt' das bald nicht mehr aus! Wenn du nicht gleich wieder normal wirst, dann hau' ich ohne dich ab! Und wenn Asarja deshalb Purzelbäume schlägt, ist mir das auch egal!", fügte sie übertrieben laut hinzu. Schon wieder fühlte sie sich im Stich gelassen. Dabei bemerkte sie aus dem Augenwinkel, wie Tobias zusammenzuckte: „War was? Hast du etwas gehört? Kommt Richard?"

Er schwieg, aber verdoppelte seine Anstrengungen, endlich wieder beweglich zu werden. Währenddessen musterte er Leana mit einem Blick, der nichts Gutes für jenen Moment verhieß, da er wieder im Besitz seiner Kräfte war.

Ihr kam eine Idee: „Kann es sein, dass dir der Name *Asarja* nicht schmeckt?"

Tobias verzog angewidert das Gesicht.

„Weißt du, Asarja ist gar nicht der Boss. Er ist nur ein Bote, der die Aufträge seines Herrn ausführt. Kennst du den Boss von Asarja?" Sie sah, wie ihm ihre Worte unangenehm waren und hatte begriffen: „Sein Boss ist Jesus Christus! Dem gehör' ich an. Ich bin nicht die Tochter irgendeiner Fruchtbarkeitsgöttin! Damit das ein für alle Mal klar ist! Klar?"

Kaum hatte sie dieses Bekenntnis gesprochen, meinte Leana eine bekannte Musik zu hören: Die fröhlichen, beschwingten Weisen, die so sehr an irische Pubs erinnerten. Alle Farbe wich aus ihrem Gesicht. Das konnte nur eines bedeuten: Der Alte schaltete sich direkt ein.

‚Bestimmt, weil ich Jesus beim Namen genannt habe', kam ihr in den Sinn. ‚Wenn ich jetzt nicht aufs Ganze geh', dann werde ich wohl nicht mehr so schnell dazu in der Lage sein!'

Tobias' Gesicht verfinsterte sich grimmig. Er konnte sich inzwischen halb aufrichten.

‚Worauf wartest du?', mahnte es in ihr. ‚Ergreife endlich deine Vollmacht! Du bist nicht ohne Grund hier! Erinnerst du dich nicht? Seine Kinder werden noch größere Werke tun als er selbst, hat er gesagt![56]'

Trotz der durch ihren Kopf dröhnenden Musik hatte Leana die Stimme erkannt. Sie begriff, welcher Moment nun gekommen

---

56   Johannes 14,12

war: Das Versteckspiel war zu Ende. Die Dinge mussten beim Namen genannt werden!

Sie wandte sich Tobias zu und ging außerhalb der Reichweite seiner Arme vor ihm in die Hocke. Leana sah ihm in die Augen. Etwas völliges Neues geschah: Wie von selbst öffnete sich ihr Mund und sie fing an, den Melodien Ogmios' ein anderes Lied entgegen zu halten. Einen Song, schon oft hatte sie ihn gehört oder mit anderen gesungen:

> *„The greatest day in history, death is beaten, You have rescued me. Sing it out: Jesus is alive.*
> *The empty cross, the empty grave.*
> *Life eternal, You have won the day.*
> *Shout it out: Jesus is alive! He's alive![57]"*

Nach den ersten, etwas verzagten Worten gewann Leanas Stimme an Kraft und Volumen. Die Passage, die von Niederlage des Todes sang, hallte dann mit Macht von den steinernen Wänden des alten Wasserreservoirs wider. Es klang, als wenn ein vielstimmiger Chor Leana in ihrem Gesang kraftvoll unterstützte:

> *„Oh happy day, happy day,*
> *You washed my sin away!*
> *Oh happy day, happy day,*
> *I'll never be the same!*
> *Forever I am changed!"*

Die zweite Strophe fiel Leana nicht ein. Egal, entscheidend war, die Niederlage des Todes zu besingen. Leana wiederholte mehrmals die erste Strophe und den Refrain. Der Song zeigte eine eigenartige Wirkung auf Tobias: Voll Ekel schüttelte er sich und wand sich wie ein Wurm: „Geh zum Teufel, verdammtes Biest! Elende Schlange! Verpiss' dich!", geiferte er. „Behalt' deine Lügen für dich! Wir wissen genau, welchen Dreck du uns da vorsingst! Ausgeburt der finstersten Klüfte! Ich werde dir eigenhändig den Schmähgesang im Hals abdrehen, alte Hexe!"

---

57 „Oh, happy day", Text und Musik: Jesus Culture

Leana erschrak über die Bosheit, die ihr aus Tobias' Mund entgegengeschleudert wurde. Fast verschlug es ihr deswegen die Sprache. Doch genau das durfte nicht passieren. Es waren zwar nur ihre beider Stimmen zu hören, dennoch kam es Leana vor, als ob unbeschreiblicher Lärm im alten Wasserreservoir herrschte. Es war so laut! Leana hielt sich die Ohren zu, während sie mutig weitersang.

Musik aus zwei unterschiedlichen Reichen prallte aufeinander und focht einen unirdischen Kampf aus. Wie im Sturm brauste und bebte es. Unsichtbare Heere standen in heftiger Schlacht. Leana hatte nur einen einzigen Gedanken: ‚Sing'! Sing'! Auch wenn's dich das Leben kostet! Sing' bis zum letzten Atemzug! Sing' das Lied des Lebens! Schleudere dem Tod die Liebe entgegen und verzag' nicht! Die Musik des Alten darf nicht den Sieg behalten!'

Asarja blieb unsichtbar, aber es waren seine Worte, die Leana in ihrem Innern fühlte. Sie nahm ihren ganzen Mut zusammen und bekannte in dieser feindlichen Umgebung die Macht der Liebe und deren Sieg über den Tod. So stärkte sie Asarja und sein Heer im Kampf um Tobias. Ein wunderbares Zusammenwirken von sichtbarer und unsichtbarer Welt fand statt. Einzig gedämpft von Leanas Sorge um ihre Stimme. Konnte sie dem jahrtausendealten, vom Tod vieler Menschenleben gesättigten und voll gewordenen Gesang Ogmios' lange genug standhalten? Reichte die Kraft bis Asarja Tobias' Geist endgültig aus seinen schmutzigen Klauen befreit hatte?

Leana sang nicht nur zur Stärkung der Engelsheere, sondern auch für sich selbst. Die bösen Geister warteten nur darauf bis ihr der Ton im Hals stecken blieb.

Tatsächlich: Die Angst, die bedrohliche Stimmung im Wasserreservoir, der Anblick des sich vor Wut und Schmerz aufbäumenden Tobias machten den Kloß in Leanas Kehle immer dicker.

‚Meine Stimmbänder!', durchfuhr es Leana. ‚Meine Stimmbänder machen schlapp! Ich werd' heiser!'

Voll Triumph schlug ihr die Schadenfreude Ogmios' entgegen. Er befeuerte seinen Gesang. Sofort wurde Tobias wieder härter und sein Blick eine Spur dunkler und entschlossener.

Leana geriet in Panik, als sie merkte, wie ihr Gesang zu einem Krächzen verkam und Tobias im selben Maß immer deutlichere Anstalten machte, sie bald wie eine Raubkatze anzuspringen. Sie brach ab und rief verzweifelt:

„Jesus, Herr der Herren! Wenn Du willst, dass dieser Kampf für Dich ausgeht, dann gib mir Kraft, Dein Lied zu singen! So lang', bis die Schlacht geschlagen ist! Weiter jetzt!"

Neu ergrimmt holte Leana tief Luft und setzte ihr Lied fort. Beim ersten Ton spürte sie, wie sämtliche Verkrampfungen aus ihrer Kehle verschwanden. Entschlossen bis zum letzten Atemzug zu singen, vergaß Leana, dass jemand sie hören konnte und in unguter Absicht zum alten Wasserreservoir gelockt wurde. Kraftvoll hielt sie Ogmios das Bekenntnis zum Leben entgegen.

Noch einmal tobte der Kampf um Tobias brutal: Er spuckte Gift und Galle, brüllte, tobte und fluchte in den schlimmsten Verwünschungen. Leana schenkte dem keine Beachtung mehr. Plötzlich, ohne Vorankündigung, brach das Wüten ab. Einem Häuflein Elend gleich kauerte Tobias wimmernd auf dem Boden und heulte wie ein kleines Kind. Herzzerreißend schluchzte er unter dicken Tränen:

„Bitte, bitte, hör auf! Es ist alles gut! Lass mich in Ruh'! Es ist vorbei! Du hast gewonnen! Wir geben auf! Du kannst gehen. Wir sind geschlagen!"

Kalter Schweiß stand auf seiner Stirn. Ausgepumpt krümmte er sich zu Leanas Füßen. Schließlich verstummte er und blieb leise weinend und zitternd liegen. Auch die Musik Ogmios' war ausgeklungen. Nur Leana sang noch, aber ihre Stirn kräuselte sich nachdenklich. Nach einer letzten Strophe hielt sie inne und sah sich Tobias genauer an.

„He, alles klar?"

Tobias schwieg.

Sie trat einen Schritt näher und kniete vorsichtig nieder, um sein Gesicht zu studieren: Die Augen waren halb geschlossen, tränennass, seine Wimpern zuckten. Zittern schüttelte den ganzen Leib, als ob er im Eis steckte. Sachte streckte Leana ihre Hand aus und berührte die seine. Erschrocken zog sie rasch zurück. Tobias wirkte tatsächlich wie gefroren.

Nach und nach verebbte das Zittern. Sein Körper erstarrte. Alles Leben schien aus ihm zu weichen. Sein Gesicht lief blau an.

„He, Tobias, mach' keinen Scheiß!", rief Leana und schüttelte ihn. „Lass den Käse!"

Sie packte kräftiger zu, rieb ihm Arme und Beine, verpasste ihm einige Ohrfeigen. Aber er entglitt ihr mehr und mehr. Sie konnte nichts dagegen tun.

„So ein Mist! Asarja! Was geht ab? Der wird mir doch jetzt nicht unter den Händen sterben?"

Sie zog ihre Jacke aus und hüllte Tobias darin ein. Gerade als sie sich über ihn beugte, um die Jacke unter den Rücken zu stopfen, kam plötzlich unerwartetes Leben in Tobias zurück. Wie die Eisen einer Falle schnappten seine Arme über Leana zusammen. Mit der Kraft eines Schraubstocks presste er sie gegen seine Brust. Augenblicklich blieb Leana die Luft weg. Vor Schreck wurde sie stocksteif. Flink wie ein Wiesel nutzte Tobias diese Erstarrung und schlang seine Beine um Leana. Leana meinte, eine Boa hätte sich um sie gewunden und wollte alles Leben aus ihr herauspressen. Aus der Erstarrung erwachte die Todesangst, gepaart mit einem unbändigen Willen zum Überleben.

‚Mir bleibt nicht mehr viel Zeit!', durchfuhr es sie.

Leana begann, sich zu winden, zu treten und zu schlagen. Irgendwie gelang es ihr, sich etwas zu befreien. Ausreichend für einen neuen Atemzug und eine Kopfbewegung. Ohne Hemmungen hieb sie die Zähne in Tobias' Oberarm. Ein Gefühl, als ob ihr alle ausgerissen wurden! Trotz Jacke schrie Tobias vor Schmerz laut auf und lockerte die Umklammerung weiter.

Sofort verdoppelte Leana ihre Anstrengung. Wild drosch sie auf Tobias ein, egal wohin. Sie bekam ein Knie frei und rammte es ihm zwischen die Beine. Stöhnend wurde er schlaff und fiel in eine kurze Ohnmacht. Endlich kam Leana ganz von Tobias los und krabbelte auf allen Vieren ein paar Schritte in Sicherheit. Keuchend krümmte er sich vor Schmerzen und rang wie sie nach Luft. Aber er kam erstaunlich rasch wieder zu Kräften und setzte Leana nach.

Voll Angst sprang sie auf und tastete nach dem Nächsten, was ihr in die Hände kam: ein etwa ein Meter langer Stock von der Stärke einer Bohnenstange. Er lehnte an der Wand. Im diffusen Licht der Taschenlampe – sie war irgendwohin gerollt – sah Leana so gut wie nichts. Aber sie hörte deutlich Tobias' näher robben. Sie holte mit dem Stock aus und donnerte ihn mit der Kraft der Verzweiflung auf den heran kriechenden Tobias. Das Holz zerbarst unter der Wucht des Schlags. Leana hatte keine Ahnung, wo sie ihn getroffen hatte, aber unter Stöhnen brach er zusammen und rührte sich nicht mehr.

Schwer keuchend umkrallte Leana den Rest des Stocks mit den Händen und starrte auf den Boden, wo Tobias lag. Ihr Körper bebte, ihre Knie waren wie Gummi. Jeder Knochen tat weh. Nur knapp war sie dem Tod entronnen. Sie ließ sich mit dem Rücken gegen die Wand fallen und musste sich erst einmal sammeln.

Bis auf das Pfeifen ihres Atems blieb es still. Nach einer Weile machte sie sich auf, die Taschenlampe zu suchen. Mit zittrigen Schritten tastete sich Leana dem Lichtstrahl entlang und fand die Lampe in der Lücke zwischen Becken und Wand. Mechanisch kehrte Leana zu Tobias zurück und strahlte ihn mit Licht aus sicherem Abstand an. Er lag da wie tot. Auf dem Boden, neben seinem Kopf, sammelte sich etwas Flüssigkeit. Blut. Leana zuckte zusammen.

„Hab' ich das getan?", flüsterte sie erschrocken.

Sofort wollte sie bei Tobias niederknien und ihn verarzten. Doch die Erfahrung von eben hielt sie zurück. Nur ganz vorsichtig näherte sie sich Schritt für Schritt und stupste ihn zuerst mit der Fußspitze an. Er reagierte nicht. Leana hörte kein Atmen. Hatte sie Tobias erschlagen? Diese Angst, größer als die Sorge vor einem neuen Angriff, brachte Leana neben seinem Kopf auf die Knie.

„Jesus Christus! Bitte lass ihn nicht tot sein!"
Tränen drängten in ihre Augen. Nach und nach wurde Leana bewusst, was geschehen war.
Tobias lag mit dem Gesicht nach unten.
Zögernd berührte Leana ihn am Rücken und ließ dort ihre Hände zitternd ruhen. Nach einer gefühlten Ewigkeit wagte sie, Tobias umzudrehen und sein Gesicht mit der Lampe anzuleuchten. Leana entdeckte die Platzwunde oberhalb des linken Ohrs. Sie war nur klein und blutete fast nicht mehr. Offenbar hatte ihn der Schlag am Kopf nur gestreift. Der Stock war wohl hauptsächlich auf Schulter und Rücken gekracht. Zum Glück. Leana nahm ihren letzten Mut zusammen und hielt das Ohr an seine Lippen. Mit einem Anflug von Erleichterung meinte sie, leichte Atemzüge zu hören. Rasch ergriff Leana sein Handgelenk und suchte den Puls.

„Ja, ja! Du bist da! Schwach zwar, aber du bist da!", flüsterte sie. Zentnerlasten fielen von ihr ab. „Danke, Jesus! Danke!" Dicke Tränen flossen ihr aus den Augen. „Danke!" Sie strich Tobias über den Kopf und weinte.

Nach einer Weile kam mehr Leben in Tobias. Er begann, seine Beine zu bewegen und seinen Kopf leicht zu drehen.
In Leana kroch wieder die Angst hoch. Sie zog ihre Hand zurück und rutschte ein wenig von ihm weg.

„Herr, wenn er nun aufwacht, bitte lass ihn klar sein! Nimm diesen dämonischen Schleier ab! Öffne sein Herz für Dich! Ich kann nicht mehr! Wenn Tobias noch immer wegen Ogmios spinnt, dann bin ich weg! Das ist amtlich!"
In sicherer Entfernung kauerte Leana und begleitete Tobias' Aufwachen mit Gebeten. Sie sprach über ihm die Kraft der Liebe aus. Sie stellte ihn unter Gottes Schutz. Sie befahl den bösen

Geistern, ihre Finger von ihm zu lassen. Leana nahm kein Blatt mehr vor den Mund und äußerte in aller Klarheit die Gedanken, die ihr in den Sinn kamen. Sie kannte deren Ursprung. Es waren Worte, von denen Gott wollte, dass sie an diesem Ort des Bösen laut bekannt wurden. Leana war gehorsam.

„Hm? Wo bin ich?"

Leana unterbrach ihr Beten.

„Wo bin ich?", fragte Tobias ein weiteres Mal und drehte den Kopf. „Autsch, meine Birne!" Er stockte in der Bewegung und griff sich an die Wunde. „Was für 'ne Beule! Kann mal einer Licht machen?"

„Mehr gibt's nicht." Leana richtete die Taschenlampe zur Decke.

„Leana? Bist du das, Leana?"

„Ich gehe davon aus, dass ich nach dem, was geschehen ist, es immer noch bin."

„Wieso? Was ist geschehen? Wo bist du überhaupt?"

„Hier drüben, da fühl' ich mich grade sicherer."

„Sicherer?" Er versuchte, sich aufzurichten. „Aah!" Tobias sank zurück. „Wer hat mir bloß das Ding verpasst?"

„Ich, wenn du's genau wissen willst."

„Du?"

„Tja."

„Wie kommst du denn auf die Scheißidee?" Empörung lag in seiner Stimme.

„Erinnerst du dich an gar nichts?"

„Wir sind zu Richard gegangen. Zum Feiern. Er hat uns das Haus gezeigt, anschließend waren wir im Garten beim Feuer."

„Und weiter?"

„Wie und weiter? – Nichts weiter!"

„Mehr nicht? Das war alles?" Leana zog eine Augenbraue hoch.

„Ja. Wo ist eigentlich Richard? Sein Garten ist das hier aber nicht!"

„Bei Weitem nicht!"

„Jetzt lass mal die Geheimnistuerei und sag', was Sache ist! – Autsch!"

„Keine Ahnung, wo wir hier sind?"

„Nöpp."

„Schon mal hier gewesen?"

„Nicht, dass ich wüsste."

Leana schüttelte den Kopf: „Entweder hat dir mein Schlag die Erinnerung geklaut oder der alte Ogmios hat richtig viel Macht."

„Ogmios? Wer ist das schon wieder?"

Leana wurde von einer neuen Unruhe ergriffen: „Darüber können wir später reden. Ich möcht' jetzt sofort raus diesem Bau!" Sie stand auf.

„Los, hoch mit dir! Gib mir deine Hände!"

Tobias gehorchte.

„Bereit? Mach' ein wenig mit!"

Leana zog Tobias an den Händen. Er gab sich Mühe und kam auf die Beine, musste aber sofort von ihr gehalten werden. Ein starker Schwindel hätte ihn sonst wieder umgeworfen.

„Mir platzt der Schädel!", stöhnte er. „Zum Glück hast du mich nicht voll am Kopf getroffen, aber die Schulter zwiebelt ganz schön."

„Ich glaub', der Stock war morsch, sonst wär' er nicht so leicht gebrochen."

„Morsch? Für mich war er hart genug!"

„Mag sein. Jetzt komm!"

Irgendwie schleppte Leana ihn aus dem alten Wasserreservoir. Einer inneren Stimme folgend, zog es sie ins Unterholz. Möglichst weit weg. Tobias ächzte und stöhnte. Nach wenigen Schritten mochte er nicht mehr weiter.

„Noch nicht! Wir sind zu dicht! Ein bisschen noch!"

Sie ließ nicht locker. Aber nach drei, vier weiteren Schritten sackte Tobias zusammen.

„Naja, besser als drin." Leana konnte den Hügel des Wasserreservoirs noch erkennen – trotz Dunkelheit.

Sie schob die Taschenlampe in die Jacke und ging neben Tobias in die Hocke. Gerade als sie ihn nach seinem Befinden fragen wollte, hörte sie plötzlich das Knacken eines dürren Ästchens. Ihr gab es einen Stich.

„Pssst!", zischte sie und starrte gebannt zum Wasserreservoir hinüber.

Wieder war Knacken zu hören. Hinzu kam das Rascheln, wenn jemand eilig durchs Gebüsch huscht.

‚Egal, wer da kommt, große Mühe, leise zu sein, gibt er sich nicht', dachte Leana und duckte sich noch mehr.

Sie versuchte, etwas zu entdecken und erschrak, als sie die schattenhafte Gestalt für einen Moment beim Eingang zum Wasserreservoir ausmachte. Wie gesehen, so war sie im Inneren verschwunden. Leise Geräusche drangen herüber. Schließlich Stille.

„Was passiert da bloß?", flüsterte Leana.

Doch Tobias zeigte wenig Interesse für ihre Anspannung. Zu sehr war er mit sich selbst beschäftigt. Sein Schädel brummte wie ein ganzer Bienenstock, und er bemühte sich, die Ereignisse des Abends irgendwie darin unterzubekommen.

Endlos kroch die Zeit. Das ging so lang, dass Leana sich ernsthaft fragte, ob sie den Schatten überhaupt gesehen hatte.

„Vielleicht hab' ich mir das nur eingebildet?", murmelte sie.

Aber hingehen und nachsehen wollte sie auch nicht.

Tobias wurde das Warten langsam zu lang: „Können wir jetzt mal nach Hause? Ich hab' nämlich die Schnauze gestrichen voll! Könnt' mein Bett vertragen!", maulte er leise.

„Zu Hause is' nich' mehr!", antwortete Leana und ließ das Wasserreservoir nicht aus den Augen.

„Wie, is' nich' mehr?"

„Siehst du den roten Nachthimmel? Man kann ihn sogar durchs Blätterdach erkennen!"

Mit leichtem Schmerzstöhnen hob Tobias den Kopf und richtete seine Augen nach oben: „Ja, leicht orange. Na und?"

„Sag' mal, so 'ne lange Leitung? Da unten brennt's lichterloh! Einmal darfst du raten, wo!" Leana zügelte ihre Stimme, damit sie nicht noch lauter wurde. Sie hielt kurz die Luft an und sprach dann wieder leiser und gemäßigter: „Tut mir leid. Ich hab' heut' den gleichen Scheißabend wie du. Meine Nerven sind ziemlich am Ende. – Euer Hof brennt. Nur durch Hilfe von oben sind wir noch lebend rausgekommen."

Trotz Dunkelheit wusste Leana, dass Tobias' Gesicht ein großes, schockiertes Fragezeichen abgab.

„Aber, aber …"

„Scht! Da ist er wieder!" Leana legte den Finger auf den Mund.

Gleich einem dunklen Geist hob sich die Gestalt neben dem Hügel des Wasserreservoirs ab. Sie schien zu lauschen.

Leana schnürte es die Kehle zu. Waren sie gehört worden? Im fahlen Licht der Nacht sah sie, wie die Gestalt den Hügel bestieg. Unvermittelt flammte plötzlich das Licht einer starken Lampe auf.

„Runter!", zischte Leana und warf sich ganz auf den Waldboden. Mit einem Auge erkannte sie, wie das Licht der Lampe über ihre Köpfe strich und das Buschwerk anleuchtete.

Ganz leise begann Leana wieder jene Musik zu hören, die sie inzwischen abgrundtief hasste.

„Shit! Das hat mir noch gefehlt!", knurrte sie und robbte, so schnell und leise wie möglich an Tobias' Seite. Ohne ihn zu fragen, legte sie die Hand auf seine Schulter und fing an im Stillen zu beten.

„Hä?" Er runzelte die Stirn. „Was soll das?"

Leana beachtete ihn nicht und setzte ihr Werk fort.

Mit etwas Verzögerung kam die Melodie auch bei Tobias an. Sofort schwindelte ihn. Zum Glück lag er schon, denn der Boden unter ihm schien sich gleich einer Töpferscheibe immer rascher zu drehen. Tobias schloss die Lider, Übelkeit stieg auf, grelle Farben explodierten hinter den geschlossenen Augen. Wie im schlimmsten Albtraum warf er seinen Kopf hin und her. Schmerzen durch die Verletzung fühlte er nicht mehr. Ein seltsam körperloser Zustand stellte sich ein.

Mit Schrecken sah Leana diese Veränderungen. Über die Schulter spähte sie zum alten Wasserreservoir. Die Gestalt stand unverändert und suchte mit dem Lichtstrahl den Wald ab. Ihre Aufmerksamkeit war aber gerade in die andere Richtung gerichtet. Das nutzte Leana: Sie nahm ihren Mut zusammen und gab ihr stilles Beten auf. Gedämpft sprach sie nahe an Tobias' Ohr: „Ogmios, ich weiß, du bist es! Du hast Tobias nicht aufgegeben! Er hängt immer noch an dir. Aber du musst ihn freigeben! Er gehört dir nicht! Verschwind' im Namen Gottes und all seiner Engel!"

Tobias wurde hin und her gerissen. Seine Augen öffneten sich halb, nur das Weiße kam zum Vorschein. Sein Mund bewegte sich. Leise zischende Geräusche kamen ihm über die Lippen. Plötzlich bäumte er sich wie ein Bogen auf und ging ins Hohlkreuz. Er stieß einen lauten, markerschütternden Schrei aus. Danach sackte er in sich zusammen und wurde völlig schlaff. Sein heftiger Atem beruhigte sich rasch. Verwundert öffnete er die Augen: „Wa…?"

Er kam nicht weiter. Leana hielt ihm den Mund zu.

„Pssst!", zischte sie leise und eindringlich. Ihr war bei Tobias' Schrei das Blut in den Adern gefroren.

Der Lichtkegel schwenkte in ihre Richtung. Alles wurde nun besonders genau abgeleuchtet. Leana hielt die Luft an und machte sich so klein wie nur möglich. Hoffentlich blieben sie unentdeckt! Die Gestalt verließ den Hügel und schaltete das Licht aus. Nur noch leises Rascheln war vernehmbar.

Leana setzte ein Stoßgebet nach dem anderen ab: ‚Wir sind zu nah'! Tobias war zu laut!', bibberte sie im Stillen. ‚Herr, lenk' ihn ab und führ' ihn weg!'

Aber ihr Flehen wurde wohl nicht erhört. Langsam und leise kamen die Schritte auf sie zu. Innerlich zu Eis erstarrt beobachtete Leana das Näherkommen der schattenhaften Gestalt. Nur noch ein Katzensprung! Wenn nun die Lampe aufflammte, wäre alles vorbei! Die Gestalt nestelte an ihrer Jacke. Leana wurde es schlecht. Was konnte sie jetzt noch tun?

Tobias fühlte ihre Angst und blieb still liegen. Ihm kam das alles spanisch vor, aber er begriff, dass Leana seinetwillen hier war.

„Merde!", fluchte eine leise Stimme.

Wild wurde der Schalter der Lampe hin und her geschoben, und das Gehäuse ein paar Mal gegen die flache Hand geschlagen. Sie wollte nicht mehr. Wütend schlich die Gestalt im Dunkeln weiter und hielt durch Geisterhand geführt direkt auf Leanas und Tobias' Versteck zu.

‚Er wird noch über uns purzeln!', dachte Leana.

Schließlich lag nur noch eine Armlänge zwischen ihnen. Gleich hatte die Gestalt sie erreicht. Und dann? Leana machte sich auf alles gefasst. Wehrlos würde sie sich jedenfalls nicht ergeben. Das war sicher! Mit Zähnen und Klauen wollte sie sich verteidigen. Leana spannte ihre Muskeln an und machte sich bereit. Die Gestalt tat einen weiteren Schritt. Noch verbarg Leana und Tobias das Gestrüpp, aber das Zusammentreffen stand kurz bevor. Plötzlich ertönte nicht weit entfernt ein Martinshorn. Polizei? Auf dem Feldweg draußen?

„Hallo! Ist da wer?", kam es halblaut zu ihren Ohren.

Die Gestalt gefror. Nur einen Moment später machte sie auf dem Absatz kehrt und rannte in Richtung Prozessionsschneise davon.

14. Schale

„Pfff! Verdammt knapp!", flüsterte Leana erleichtert.

Tobias richtete sich mühsam auf und fragte leise: „Kannst du mal erklären, was Sache ist?"

Leana gab ihm keine Antwort. Zuerst richtete sie ihren Blick zum Himmel: „Danke!"

„Keine Ursache, aber ich glaub', du meinst nicht mich. Richtig?"

„Richtig." Leana lächelte. „Ich meine den Herrn und seine Engel, allen voran Asarja."

„Hä?"

Leana lauschte noch einmal in die Dunkelheit. Im Augenblick war die Luft rein.

„Hör' mal zu, mein Guter", wandte sie sich an Tobias. „Heut' Abend ist einiges passiert, seit wir auf Richards vermaledeiten Fest aufgekreuzt sind."

„Das hab' ich inzwischen auch kapiert!", maulte Tobias gereizt. „Vielleicht können wir uns nun ein wenig normaler unterhalten. Mir geht's nämlich auch mies!"

Leana holte Luft und nickte: „Ich probier's."

„Okay." Tobias setzte sich unter leichtem Stöhnen auf seinen Hosenboden, zog die Knie an und umschlang sie mit den Armen „Was ist zu Hause?"

„Das Haus brennt. Vielleicht können Scheune und Stall gerettet werden."

Es brachte nichts mehr, Tobias noch aus irgendwelchen Gründen schonen zu wollen. Die sanfte, abwartende Tour hatte versagt.

„Und die Tiere?" Tobias versuchte, auf die Beine zu springen, aber es misslang. „Verdammt!" Er ließ sich wieder auf seinen Hintern fallen.

„Wir haben sie befreit. Kühe und Hühner sind auf der Weide, auch die Kaninchen hoppeln dort rum."

„Sonja?"

„Als ich los bin, ging's noch allen gut. Die Feuerwehr rückte grade an."

Unruhe befiel Tobias: „Ich muss zum Hof! Und zwar schnell!"

„Du kannst nur noch Hoffen und Beten, damit nichts Schlimmeres mehr geschieht."

„Wer ist alles da?"

„Sonja, Micha, Paul und Susanne."

Tobias verzog das Gesicht und giftete: „Was haben die drei Fremden in meinem Haus verloren?"

„Das sind keine Fremden! Du kennst sie! Außerdem bin ich dann die Fremdeste von allen!", schoss Leana zurück.

404

„Hm", brummte Tobias abschätzig, aber er bemühte sich, die nächste Frage freundlicher zu stellen: „Ihr seid im Haus gewesen, als das Feuer ausbrach?"

„Wir haben dich gesucht. Auf dem Schindlerhof warst du nicht mehr."

Tobias zuckte mit den Schulter: „Hab' keine Ahnung! Totaler Filmriss."

„Im Keller brannte Licht. Wir sind runter."

„Im Keller?" Tobias klang erschreckt. „Ihr habt euch im Keller umgesehen? Und? Was gefunden außer Most und Eingemachtem?"

Angst bemächtigte sich seiner. Er dachte an das Verhör durch den Krieger und an den Verlust des Köchers. Gleich einem scharfen Dolch fuhr Tobias der Zorn des Fürsten in die Eingeweide.

„Ah." Er krümmte sich nach vorn und hielt sich den Bauch.

„Unangenehm, wenn das Böse Anrechte hat. Nicht?"

„Was weiß *du* schon?"

„Och, 'ne ganze Menge! Zum Beispiel, dass es hinter dem alten Buffet wohl etwas gab, das manches Rätsel um die Gefolgschaft des Fürsten hätte lösen können."

„Du weißt gar nichts!", brauste Tobias auf.

Ganz kurz bekamen seine Augen wieder den dunklen Glanz. Das bedeutete nichts Gutes.

„Im Namen Jesu schweige!", sagte Leana scharf. „Gib ihn endlich frei!"

Tobias entspannte.

„Was ist bloß los mit mir?"

„Du bist unter der Fuchtel Ogmios'."

Tobias seufzte. Alle innere Müdigkeit lag darin.

„Du hast schon eben mal von diesem Ogmios gesprochen. Ich kenn' ihn nicht. Wer soll das sein?"

„Ogmios ist der Herr des Fürsten. Lugaid ist nichts anderes als eine seiner Marionetten. Ein Strohmann oder – wenn es das gibt – ein *Strohgeist.*" Leana zuckte mit den Schultern.

Tobias war bei der Nennung des Fürsten ganz klein geworden: „Sprich nicht so von ihm! Wir befinden uns auf seinem Land. Hier oben ist seine Kraft besonders stark!", flüsterte er und sah sich nach allen Richtungen um. „Fürchtest du ihn denn nicht? Er kann so grausam sein!"

Leana schob die Unterlippe vor: „Die ganze Sache ist unheimlich. Zugegeben, ich hab' Angst. Mit Geistern, Göttern, Engeln und so hatte ich bisher nicht viel zu tun. Aber ich weiß, wer Jesus ist. Und ich weiß, dass er stärker als alles Böse dieser Welt ist. Das gibt mir einigen Mut, auch wenn's mir das Leben kosten kann. Allein heute schon ..." Sie brach ab und setzte neu an: „Zum Glück gibt's Asarja und seine Engel. Irgendwie hab' ich gelernt, zu vertrauen. Jesus und er werden schon eingreifen, wenn's hart auf hart kommt. Darauf verlass' ich mich und versuch', gehorsam zu sein. Ich bin nicht aus Abenteuerlust auf den Burgstall gekommen. Das kannst du mir glauben!"

Leana machte ihm nichts vor, das merkte Tobias. Er kannte nur die Herrschaft des Fürsten und hatte sich außerdem das ganze Leben nach der Liebe des Vaters gesehnt. Erst im Jahr vor Vaters Tod war da ein bisschen was entstanden. Alle Zuwendung hatte es hingegen nur im Wohlwollen Lugaids gegeben. Trotzdem hatte sich Tobias nach jedem kleinen Krümel davon dankbar und ausgehungert ausgestreckt. Ja, sogar über den Tod hinaus hatte ihm sein Vater, Hochpriester der Gefolgschaft, durch die Kraft des Fürsten seine Liebe dann bekannt.

„Ich vermisse Vater."

Leana wusste, wie Sonja über ihren Vater Heinrich dachte. Sie hatte die grauenvollen Vorgänge letztes Samain am eigenen Leib erleben müssen. Ihr Bild war ein ganz anderes als jenes, das sich Tobias zurechtgeträumt hatte.

„Mach' dir nichts vor. Dein Vater war alles andere als liebevoll. Er hat dich für seine Zwecke benutzt und hätte bestimmt auch keine Skrupel gehabt, dir irgendwann das Messer zwischen die Rippen zu stoßen."

„Sprich nicht so von Vater!" Tobias sprang auf die Beine und stand Leana plötzlich Auge in Auge gegenüber. Sein Atem schnaubte ihr ins Gesicht.

„Du willst die Wahrheit nicht sehen, obwohl dir Sonja, als du vom Krankenhaus kamst, alles über ihn erzählt hat."

„Welche Wahrheit?"

„Muss ich jetzt alles nochmal erzählen?"

„Ein kleines Update wär' nicht schlecht", gab er offen zu, aber er verschwieg, dass er bei weitem nicht so ahnungslos war, wie alle dachten und er sich darstellte.

Es gab schönere Orte als diesen für ein Gespräch. Leana wäre lieber bei einer Tasse Tee im Warmen gesessen als im nächtlichen Wald gestanden, jedoch Tobias war gerade offen. Außerdem fühlte sie, wie die Macht des Fürsten und seines Herrn ein wenig bei ihm geschwunden war.

„Ich kann mir den richtigen Zeitpunkt nicht raussuchen", murmelte sie. „Offensichtlich ist er jetzt gekommen. Danke fürs tolle Timing, Asarja!"

„Was meinst du? Ich hab' dich nicht verstanden."

„Das macht nichts. War nicht für dich bestimmt."

„Okay." Tobias zuckte mit den Schultern.

„Mit dir ist was geschehen. Bist irgendwie nicht mehr so vernagelt. Gut, ich erzähl'. Aber eins kannst du mir glauben: Ich riech' sofort, wenn dir der Alte wieder das Hirn vernebelt! Der kleinste Blödsinn, und ich bin weg! Verstanden?"

Tobias nickte: „Das ist doch selbstverständlich."

„Wir haben's mit dir schon anders erlebt. Ich bin auf der Hut."

Leana begann. Zuerst erzählte sie, was ihr Sonja und Micha über Samain berichtet hatten. Dabei ließ sie Tobias nicht aus den Augen. Er hörte ihr schweigsam und aufmerksam zu. Manchmal nickte er leicht oder warf ihr einen Blick zu, in dem mehr als pure Ahnungslosigkeit lag. Dazwischen gab es Erzählphasen, in denen er blankes Entsetzen offenbarte. Als Leana auf die keltische Musik zu sprechen kam, erschütterte ihn das besonders. Er schien zu begreifen, wie die ihr innewohnende Macht nach Belieben mit ihm verfahren konnte.

„Ogmios ist in der Nähe, wenn diese Musik erklingt. Sie verleiht seinen Lügen mehr dunkle Kraft. Weißt du noch, vorhin?" Leana sah Tobias in die Augen. „Im alten Wasserreservoir? Da spielte sie auch wieder. Mir war's gegeben, sie einen Moment früher zu hören. Deshalb konnte ich rechtzeitig für dich beten. Trotzdem haben dich die Klänge augenblicklich platt gemacht. So wie du dann hin und her geworfen wurdest, hast du wohl Schlimmes durchlitten."

Tobias wich ihrem Blick aus.

„Auch im Krankenhaus, während deines Komas, war diese Musik da. Du hast den Namen Jodok empfangen. Ogmios will dich zu einem der Seinen machen! Verstehst du?"

Er antwortete nicht.

„Erinnerst du dich an Heiligabend?"

Seine Lippen behielten die Form eines Strichs. Tobias sah auf den Waldboden.

„An eins erinnerst du dich auf jeden Fall: An unser kurzes Gespräch bei meinem Wagen. Du hast dich damals gewundert, warum ich Angst vor dir hatte. Du hättest dich sehen sollen, wie du davor draußen auf dem Feld auf mich zugegangen bist! Es fehlte nicht viel, dann wär' ich dir zum Opfer gefallen – so wie heut' Abend auch fast."

„Heute Abend?"

„Mag sein, dass du Erinnerungslücken hast. Vielleicht behältst du nur das, was Ogmios gestattet, aber du weißt mehr als du vorgibst!" In Leanas Stimme klang die Wut durch, obwohl sie um Gleichmut bemüht war. „Na gut, dann werde ich deinem Gedächtnis weiter auf die Sprünge helfen: Du fragtest mich Heiligabend, was auf dem Feld unterhalb des Burgstalls geschehen war. Ich erzählte es dir damals nicht. Aber nun, hör' gut zu: Wir haben's beide gesehen, das Wilde Heer! Diese unheimlichen, ausgemergelten und enthaupteten Geisterreiter! Allen voran Ogmios, der Alte. Inzwischen glaub' ich übrigens tatsächlich, dass er sich vor dir verborgen hält. Lieber schickt er seine oberste Marionette: Den eindrucksvollen Krieger, den Fürsten, Lugaid."

Tobias zuckte zusammen und wurde irgendwie kleiner.

„Gib zu! Du sahst ihn auch! Und du sahst, was er in seinen Händen hielt! Nicht? – Die goldene Schale!"

Tobias schrumpfte noch mehr und atmete tief aus.

„Dieses Teil ist viel mehr als ein kostbarer, archäologischer Schatz aus der Keltenzeit. Sie bedeutet Macht! In ihr liegt eine unheimliche Kraft! Sie erlaubt ihrem Besitzer, in die Zukunft zu blicken! Darin liegt ihr eigentlicher Wert! Nicht im Gold!"

Leana holte Luft. „Tja", setzte sie dann fort, „nur leider hast du keinen Schimmer davon, dass Ogmios die Nutzer der Schale betrügt. Am Ende geschieht das, was er will! Nämlich nichts anderes, als seine Opfer in die Dunkelheit der Sklaverei zu führen. Dazu dient die Schale! – Sag' mir: Was ist schon ein bisschen Macht auf Erden gegen diese ewige Gebundenheit? Und ..."

„Du lügst!", brach es laut aus Tobias hervor. „Du alte Schlampe lügst! Wie kannst du's wagen, solch' dreckige Lügen in unmittelbarer Nähe zum Heiligtum in die Welt zu setzen?"

„Halt' den Mund!", brüllte Leana zurück. „Es wird Zeit, endlich mal die Wahrheit über diesen verfluchten Kult auszusprechen! Grade hier oben, im Zentrum aller Falschheit! Eins kannst du mir glauben: Entweder du wendest dich heut' von dem ganzen Scheiß ab oder du bist für mich erledigt! Nochmal bring' ich mich wegen dir nicht mehr in Gefahr! Dann bleib' halt in diesem Kult und verrecke! Es gibt ein zu spät für die Tür der Liebe! Nicht weil sie sich vor deiner Nase schließt, sondern weil du wegen deiner unsäglichen Gebundenheit nicht mehr durch sie hindurchgehen kannst!"

„Du ... Was fällt dir ein, so mit mir zu reden?" Tobias drängte näher.

„Halt' dich fern!", zischte Leana. „Noch ein Schritt und du siehst mich nie wieder!"

Ihre Worte hatten Nachdruck. Tobias hielt inne und ging sogar etwas zurück. Aus unerfindlichem Grund wirkte Leanas Drohung. Ein Teil von ihm wollte unter keinen Umständen, dass sie ihn auf dem Burgstall allein ließ.

„Ich … Ich …" Tobias rang nach Worten. Einmal mehr fühlte er sich in der Mitte auseinandergerissen.

„Ja, ich hab' größere Ahnung, als ich bisher zugegeben hab'. Es ist nur …" Tobias brach ab und wurde stocksteif.

„Was ist?"

Er gab keine Antwort mehr. Zittern übermannte ihn. Starr war sein Blick in die Richtung des Grabhügels gerichtet.

Leana wandte sich um und erschrak.

Aus dem Wald kam eine Gruppe Menschen. Völlig geräuschlos, aber von eiskaltem Luftzug begleitet. Einen kleinen Steinwurf entfernt stoppte der Zug. Eine Person trat vor und ging allein auf Tobias zu: Eine große, hagere Gestalt, umgeben von blassem, bläulichem Licht.

‚Das gleiche Gefühl wie an Heiligabend am Friedhof!', dachte Leana.

„Tobias?", flüsterte sie in seine Richtung, aber er reagierte nicht.

Sie fasste sich ein Herz, trat zu ihm und nahm seine Hand. Er war wie gefroren. Sein Gesicht zeigte keine Regung.

„Tobias!" Leana wurde lauter. Nichts.

„Mist!", zischte sie, ließ ihn los und ging wieder ein wenig auf Abstand. Sie wandte sich der Gestalt zu:

„Heinrich Schwarzer, gib deinen Sohn frei!"

Leana wurde keines Blickes gewürdigt. Stattdessen streckte die Erscheinung einen Arm aus. So wie ein Vater, der sein Kind an die Hand nehmen möchte, um es sicher über die Straße zu führen.

Zu Leanas großem Erschrecken löste sich Tobias' Erstarrung. Er schickte sich an, die angebotene Hand zu ergreifen.

„Hast du 'nen Knall?", rief sie entsetzt und fiel ihm in den Arm. Leana glaubte, um sich herum Lachen zu hören und wieder die altbekannte Musik. Heinrich Schwarzer begann, im Rhythmus zu zucken, ebenso die anderen Gestalten. Doch zu ihrem größten Entsetzen fühlte sie, wie Tobias' Arm ebenfalls den Takt aufnahm und die Musik sich über seinen ganzen Leib ausbreiten wollte.

„Der Totentanz hat begonnen!", murmelte Leana.

Angst und grimmiger Trotz erfüllten sie gleichzeitig.

„Okay, ein letzter Versuch! Zum Glück betet Frederike mit! Hoffentlich denken die anderen auch an mich! Geist Gottes, erinnere sie! Ich brauch' Unterstützung!"

Leana stellte sich Heinrich und der Musik entgegen. Ihre Macht bestand allein im Vertrauen auf Jesus. Er war stärker als Ogmios, darauf baute sie. Zeitgleich versuchten die grausige Musik und die schaurige Szene, ihr das Vertrauen zu rauben. In Verzweiflung sollte Leana davongetragen werden. Wer behielt den Sieg?

„Asarja! Bitte zeig' dich! Steh' mir bei!"

Doch sie blieb allein. Jedenfalls sah sie keinen einzigen Engel zu Hilfe eilen. Dagegen wurden die Fratzen der Gefolgschaft immer deutlicher. Zu allem Überfluss stieg der Krieger mit der goldenen Schale in seinen Händen aus dem Grabhügel herauf und schwebte ihnen majestätisch und verlockend entgegen.

Tobias' Zittern übertrug sich auf Leanas Arm. Jeden Moment rechnete sie damit, vor Angst verrückt zu werden. Aber genau das Gegenteil davon geschah. Statt von schrecklicher Panik überrollt zu werden, formte sich in ihrem Herzen ein Lachen. Leana begriff nicht, was mit ihr geschah. Das ganze Schauspiel kam ihr plötzlich so lächerlich vor! Aus ihr prustete es heraus:

„Meine Güte, Ogmios! Wie groß muss deine Angst vor einem kleinen Mädchen sein, damit du all diese Register ziehst?", lachte sie spottend aus tiefstem Herzen. „Jetzt weiß ich, dass du verloren hast! Christus ist der Sieger! Mich schreckst du nicht mehr! Spar' dir deine Musik und schick' deine Geister nach Hause! Dieser schlechte Film ist zu Ende!"

Sie ergriff Tobias' zweite, zitternde Hand, stellte sich bewusst zwischen ihn und seinen Vater und blickte tief in seine starren, glasigen Augen.

„Tobias, haben dir der Fürst und dein Vater jemals Liebe erwiesen? Und wenn, was ist das für eine Liebe, die dich mit magischer Kraft und solch einem Brimborium der Angst zu halten versucht? Schenk' dem keinen Glauben mehr! Ich bin da, weil die echte Liebe dich nicht aufgegeben hat! Sie will dich nach Hause bringen!"

Tobias' starrer Blick löste sich etwas. Seine Augen wanderten leicht und richteten sich auf Leana. Das Zittern ließ nach.

„Dein wahrer Vater kommt nicht aus der Anderwelt und seine Liebe ist nicht falsch! Er will dich nicht wie der Alte durch Verlockung und Lüge an sich binden. Und zwingen wird er dich auch nicht. Aber er wartet auf dein Ja. Du hast die Wahl!"

Tobias' Augen wurden feucht. „Echt?", fragte er leise.

Leanas Herz hüpfte. Tobias war wieder da! Triumphierend drehte sie sich um, fest davon überzeugt, dass die Geister verschwunden waren. Doch sie erschrak.

Weder der Krieger noch Heinrich Schwarzer oder die anderen Mitglieder der Gefolgschaft waren gewichen. Auch die Musik fiedelte munter weiter.

„Ihr schüchtert mich nicht mehr ein!" Leana wandte sich wieder Tobias zu: „Du musst all dem Treiben von Ogmios, dem Fürsten und der Gefolgschaft abschwören! Verzichte auf die Magie der Schale! Wenn du dich nicht eindeutig auf die Seite der Liebe Gottes stellst, wird das nicht aufhören. Ogmios hat dein Ohr bereits mit einem Ring durchstoßen! Die goldene Kette, die dich auf ewig an seine Worte bindet, liegt bereit! Der Alte hat seine schmutzigen, runzeligen Finger nach dir ausgestreckt! Viel fehlt nicht mehr, dann gehörst du ihm ganz!" Leana war immer eindringlicher geworden, fast flehend. „Willst du das?"

Der kleine Augenblick, als sie sich den Geistern zugewandt hatte, war schon zu lang gewesen. Erneut lag ein Schleier über Tobias' Bewusstsein.

‚Ich bin mir nicht sicher, wie viel er grade mitgekriegt hat‘,
dachte Leana und schüttelte Tobias an beiden Oberarmen.

„Hm?“, brummte er abwesend.

„Wär’ ja auch zu easy, wenn ich ihn durch ein bisschen Rütteln
zurückholen könnte!“

Wütend warf sie den Geistern entgegen: „Denkt bloß nicht,
dass ich um Tobias auf eure Art kämpfe! Ich werde ihn nicht
anbetteln oder anbrüllen, damit ihr euch an meiner Verzweiflung laben könnt! Vergesst es! Hier kämpft ein ganz anderer!
Er bestimmt, ob ihr Tobias als Beute davontragen dürft oder
nicht! – Ich weiß, wem ich gehöre und habe euer Lügenspiel
durchschaut. Hier steh’ ich und werde erst weichen, wenn die
Schlacht geschlagen ist. *ER* führt sein Schwert, *IHN* bekenn’
ich! Euch mag ich nicht mehr sehen!“

Leana schloss die Augen, doch zuvor legte sie ihre rechte
Hand auf Tobias’ Schulter. Dann begann sie all die Gedanken
laut auszusprechen, die ihr in den Sinn kamen. Wie aus einer
Quelle sprudelten sie aus ihr hervor: Worte der Liebe. Leana
bezeugte die Größe und Herrlichkeit ihres Gottes. Ihm vertraute sie. Sie pries die Kraft seiner Engel und die Mächtigkeit
seiner Heere. Sie bekannte seine großartige Schöpfermacht und
sein großes Herz für die Schwachen und Verzweifelten. Leanas
Worte waren nicht salbungsvoll und wohlklingend, sondern
ungeschliffen. Aber jede Silbe kam aus tiefstem Herzen. Von
dort, wo ihre Gefühle und ihre Liebe saßen.

Nachdem sie eine ganze Weile die Herrlichkeit ihres Herrn
in den verschiedensten Bildern bekannt hatte, wurde ihr ein
Gedanke immer wichtiger:

„Jesus Christus, Du bist der Weg, die Wahrheit und das Leben!
Niemand kommt zum Vater, nur durch Dich![58] Alle Deine
Worte sind Wahrheit, weil Du die Wahrheit bist! Du erzählst
keine Lügen! Du bindest keinen durch falsche Versprechen!

---

58   Johannes 14,6

Dein Wesen ist Liebe! Jedes Deiner Worte atmet Wahrheit und Treue!"

Je deutlicher Leana von der Wahrheit sprach, desto lauter wurde die Musik, als ob sie mit ihren fröhlichen Weisen ihre Stimme übertönen wollte. Sie merkte das, ließ sich aber nicht davon beirren. Leana sprach laut und deutlich, aber sie stieg nicht auf die Versuchung ein, lauter zu werden. Die Heiserkeit als Falle und Quelle der Verzweiflung kannte sie inzwischen.

Zur Musik kam nun noch ein Wind hinzu. Unheimlich pfiff er durchs Geäst, begleitet vom Rauschen der Bäume. Bald konnte sie ihr eigenes Wort nicht mehr verstehen, geschweige denn, dass sie Tobias' Gehör erreichte, dessen Ohr eine Armlänge von ihrem Mund entfernt war. Nach menschlichem Ermessen machten Wind und Musik Leana mundtot. Aber eins war klar: Ihre Stimme und ihr Bekenntnis zum Vater im Himmel und zu seinem Sohn Jesus Christus wurden in der unsichtbaren Welt mehr als deutlich gehört. Zudem fühlte sie sich geborgen und in kräftigen Händen gehalten. Gottes Gegenwart umgab sie. Der Heilige Geist stattete sie mit Sicherheit aus. Leana fühlte die Nähe der Engel, auch wenn sie keinen sah.

Nachdem sie die Hand auf Tobias' Schulter gelegt hatte, nahmen sein Zittern und Beben zu. Angst und die dunkle Kraft Ogmios' durchfluteten ihn. Leana flocht in ihr Bekenntnis Schutzgebete für Tobias ein. In Gedanken hüllte sie ihn in eine wärmende Decke der Liebe, damit ihn die Kälte des Windes und die Worte des Alten nicht innerlich zum Erfrieren brachten. Doch das blieb alles nur Stückwerk, wenn sich Tobias nicht aus tiefstem Willen mit seinen eigenen Worten vom Kult des Ogmios lossagte. Daran hing alles. Sieg oder ewiger Verlust.

‚Es liegt nicht in meiner Hand', dachte Leana. ‚Aber ich werde treu sein, bis offenbar geworden ist, wie der Hase läuft. Herr, gib mir die Kraft dazu!'

All dies geschah zugleich: Musik, Wind, Tobias' Zittern, Leanas Beten, ihre Überlegungen. Sie musste sich immer wieder ihre

Aufgabe ins Gedächtnis rufen, wollte sie sich nicht in Verwirrung verlieren.

„Ich hab' nur einen Job: Die Liebe Gottes bekennen und Tobias unter seinen Schutz befehlen!", flüsterte sie zwischendurch.

Ob dieses Ringen nun wenige Minuten oder Stunden dauerte, konnte Leana nicht sagen. Aber es kam ein Zeitpunkt, da wurde Tobias ruhiger, selbst wenn sich nichts an der Lautstärke der Musik und dem Toben des Windes verändert hatte.

Leana öffnete die Augen und sah ihn an. Leichtes Zittern durchzog ihn noch, aber der Schleier über seinem Wesen war gelüftet. Sie ging dicht an sein Ohr und rief: „Willst du das hinter dir lassen?" Sie zeigte auf die Geister und das ganze Treiben umher.

Mehr als leicht nicken, konnte Tobias nicht.

„Gut, dann sprich mir nach! Trenn' dich von Ogmios und seinen Sklaven, trenn' dich von allen Verlockungen dunkler Magie, dann wirst du frei sein! Willst du das?"

Ein weiteres Mal nickte Tobias. Seine Lippen formten ein lautloses Ja.

„Gut. Beginnen wir! Ich will dich hören! Jedes einzelne Wort! Klar?"

Er wandte sich Leana zu: „Ja."

Sie lächelte. „So muss das sein! Gern' noch eine Spur lauter!"

Leana legte auch ihre andere Hand auf seine Schulter und rückte noch etwas näher mit dem Mund an sein Ohr.

„Sprich mir nach: Im Namen Gottes, des Vaters, der mein Schöpfer ist; im Namen Jesu Christi, der mein Retter ist und im Namen des Heiligen Geistes, der jetzt hier ist, bekenne ich mich zum Dreieinigen Gott."

Tobias wiederholte die Worte, als Leana zwischen ihnen kleine Pausen machte.

Nachdem er fertig war, fragte er: „Aber ich kenn' ihn doch gar nicht. Glaubt er mir? Er mir fremd und ich ihm!"

Leana legte den Zeigefinger auf den Mund: „Später. Du willst raus aus diesem Fluch! Wir lassen uns jetzt nicht ablenken! Fragen klären wir hinterher, falls es noch nötig ist. Nun vollziehen wir die Ablösung. Vertrau' mir!"

Er nickte und wartete auf den nächsten Schritt. Vor ihm stand noch immer die Gestalt seines Vaters. Bittend die Hand ausgestreckt, mit flehendem Gesicht. Tobias kannte diesen Zug von früher nicht. Da hatte es nur Härte, Unnachgiebigkeit und Jähzorn gegeben. Erinnerungen an seine schlimme und lieblose Kindheit schwappten hoch. Plötzlich verlor auch der Krieger seine Strahlkraft und schrumpfte zu einer verzweifelten, einsamen und gequälten Seele. Alt und vertrocknet. Erfüllt mit einer verzehrenden Sehnsucht nach Freiheit und Frieden. Tobias erschrak. So etwas wollte er auf keinen Fall!

„Tobias, jetzt kommt dein Teil! Du musst Ogmios und allen seinen finsteren Machenschaften abschwören! Du bist bereit?"

„Ja, schnell! Hab' die Schnauze voll!"

„Okay. Sprich mir wieder nach: Im Namen Jesu Christi sage ich Ogmios und allen seinen Werken ab. Von nun an gehöre ich Jesus Christus. Er ist mein Herr!"

Tobias holte Luft: „Im Namen Jesu Christi sage ich O…" Er stockte. Die Worte blieben ihm im Hals stecken. Mit offenem Mund sah er Leana an und deutete auf seine Kehle. Hilflos zuckte er mit den Schultern. Es hatte ihm die Sprache verschlagen.

Die Musik wurde noch lauter und zu beider Erschrecken kam plötzlich aus Richtung der heiligen Quelle der zahnlose Alte. In ein Löwenfell gekleidet, gestützt auf seine Kampfkeule, bewaffnet mit einem Bogen. Von ihm ging der Wind aus, nun geschwängert mit dem Geruch des Todes. Halb zornig, halb spottend streckte er die Zunge heraus und hielt in der freien Hand das Ende einer goldenen Kette. Er spielte mit ihr und ließ Tobias nicht aus den Augen. Gelassen hielt er auf ihn zu. Er kam, seine Beute abzuholen.

Unwillkürlich fasste sich Tobias ans rechte Ohr.

Ogmios grinste breit, als er das sah und nickte in einer Gewissheit, die Tobias das Blut in den Adern gefrieren ließ.

416

„Lass dich nicht beirren! Sag' dem alten Zausel ab!", rief Leana und zu Ogmios gewandt knurrte sie: „Wir haben dich durchschaut, Lügengeist! Deine Macht ist gebrochen, weil wir Christus angerufen haben! Ihm vertrauen wir! Er ist der Herr aller Herren! Vor Ihm musst auch du dich beugen! Du hast deine Beute verloren, und du wirst auch die Herrschaft über den Burgstall aus deinen schmutzigen Fingern geben müssen! Mir jagst du keine Angst mehr ein! Du hast verspielt! Im Namen Jesu Christi!"

Entschlossen trat Leana dem Alten zwei Schritte entgegen. Tobias staunte über ihren Mut. Gleichzeitig wurde er zornig über die widerwärtige Blockade seiner Stimme. Trotzdem konnte er nichts gegen den unsichtbaren Knebel tun – so sehr er sich auch bemühte, einen Ton herauszubringen.

Dann war er da. Ohne Vorankündigung. Er gesellte sich einfach neben Leana, als ob es das Selbstverständlichste der Welt wäre. Sie und Tobias erschraken darüber mindestens so sehr wie beim Erscheinen Ogmios'. Doch, zumindest was Leana anbelangte, wandelte sich der Schrecken rasch in Freude.

„Asarja!"

Sein Gesicht glänzte und seine Augen strahlten Stolz auf Leana aus: „Dein Vertrauen ist groß geworden! Du wankst nicht mehr! Darum müssen die Finsteren weichen, auch wenn der Verstand des Alten nicht reicht, es zu begreifen. Dein Glaube hat ihn hinweggefegt, obwohl er sich noch als Herr aufführt!"

Asarja lächelte. Dann trat er einen Schritt vor: „Du hast dein Anrecht verloren!", hielt er dem Alten entgegen.

Im selben Moment glitt die goldene Kette aus Ogmios' Händen.

Tobias spürte, wie seine Stimme frei wurde: „Im Namen Jesu Christi sage ich dir, Ogmios, und allen deinen finsteren Machenschaften ab! Auch deine dreckige Schale kann mir gestohlen bleiben! Sobald sie mir in die Hände fällt, werde ich sie vernichten! Von nun an gehöre ich Jesus Christus! Er ist mein Herr!", rief er aus tiefstem Herzen, erfüllt von Gewissheit und Freude.

„Boah!" Leana staunte. Tobias hatte viel mehr gesagt, als sie ihm vorgegeben hatte.

„Der Geist Gottes hat ihm das gegeben. Wo der Geist des Herrn ist, da ist keine Furcht, sondern Kraft![59]". Asarja lachte. Der Wind brach in sich zusammen. Die Geister verblassten ins Nichts. Nur der Alte blieb. Er wollte nicht begreifen, dass es einen Stärkeren gab. Grimmig schlurfte er auf Asarja, Leana und Tobias zu.

„Geh!", donnerte Asarja in Macht und Lautstärke.

Die Erde bebte. Ogmios wurde von einem Orkan erfasst und umhergewirbelt, bis er nicht mehr zu sehen war.

„Du bist wahrlich Rafael, der Erzengel Gottes!" Ehrfurcht lag in Leanas Stimme.

„Rafael?", stammelte Tobias. Scheu ging er ein Stück zurück.

„Fürchte dich nicht!" Asarja lächelte ihn an. „Du gehörst jetzt zur Familie! Im Himmel herrscht Freude[60] über deine Heimkehr ins Vaterhaus des Schöpfers."

„Hm?"

„Engel haben manchmal eine gewählte Sprache. Ich werde es dir bei Gelegenheit erklären." Leana grinste. „Jedenfalls: Herzlich willkommen in der Familie Gottes! Mit der Zeit wirst du verstehen, wie's da läuft. Aber es gibt nichts Besseres! Und jetzt komm wieder her!" Sie winkte ihn heran.

Zögernd traute sich Tobias näher.

„Ich bin noch nie einem Engel begegnet", entschuldigte er sich.

„Mag sein, aber du bist schon in Seinen starken Armen gelegen." Asarja deutete mit dem Zeigefinger zum Himmel. „Weißt du noch?"

Tobias sah ihn fragend an.

„Er hat dich aufgefangen, als du bei den Gräbern vor Schreck rückwärts gefallen bist.

„*ER* war das?"

---

59 2. Timotheus 1,7
60 Lukas 15,10

Asarja nickte. „Er hatte dich immer im Blick, aber Er hat sich dir nie aufgedrängt. Stattdessen hat Er mich beauftragt. Um deinetwillen habe ich Leana ins Boot geholt. Ganz zu schweigen von deiner Schwester, Micha und den anderen."

„Alle haben um mich gekämpft?"

„War nicht einfach, aber hat sich gelohnt!" Leana schmunzelte. „Allerdings ist die Sache noch nicht ganz durch. Oder?" Sie warf Asarja einen Blick zu und spähte danach prüfend in den Wald.

„Wieso? Meinst du, ich bekomm' einen Rückfall?"

„Ich hoff' nicht. Es geht um die Schale. Irgendwo muss sie stecken. Jeder Hochpriester konnte sich ihrer magischen Kräfte bedienen."

„Woher weißt du das alles?"

„Aus dem Manuskript des Arnivlus."

„Was für 'n Ding?"

„Wir fanden es in dem ledernen Köcher, den du aus irgendwelchen Gründen auf der Kommode im Hausflur hast stehen lassen."

„Ist mir heut' noch ein Rätsel, warum", gab Tobias zu.

„Da hatte ich meine Finger ein klein wenig im Spiel." Asarja räusperte sich und zwinkerte mit dem Auge.

„Ich hab' ihn in der geheimen Kammer gefunden."

„Die hinter dem alten Küchenbuffet. Nicht?", führte Leana weiter.

Tobias nickte: „Die Kammer des Hochpriesters. Allerlei unheimliches und magisches Zeug hat's da drin. Hätt' ich nie gefunden, wenn mich nicht Lugaid rein gezwungen hätte." Er schüttelte sich, als ob er sich von Unrat befreien wollte. „Aber da gab's auch diese alte Truhe. In ihrem Deckel waren ein altertümliches großes A und darunter die Buchstaben SDG eingeschnitzt."

„A für Arnivlus und SDG für soli deo gloria – allein Gott die Ehre!" Leana staunte. „Ich frag' mich, wie die Truhe in die Höhle des Löwen gekommen ist."

„Da war noch mehr drin. Besonders dieses beeindruckende goldene Kreuz. Sein Feuer hat mich fast verbrannt! Jedenfalls fühlte es sich so an."

„Die Liebe passt nicht zum Bösen", antwortete Asarja.

„Es zog mich an und gleichzeitig konnte ich's nicht lang in Händen halten. Der Schmerz war riesig!"

„Der schädliche Einfluss von Ogmios. Leider musstest du am eigenen Leib die Unverträglichkeit von Licht und Finsternis erfahren." Wieder sah Leana prüfend in den Wald. „Wir standen kurz davor, die Kammer zu entdecken, als das Feuer ausbrach. – Apropos Kammer: Gab's dort auch rein zufällig die Schale?"

„Nein. Irgendwie waren Richard und ich vorhin völlig aus dem Häuschen. Nicht?"

„Das kannst du wohl sagen!"

„Tut mir leid, Leana. Es kam einfach über uns", entschuldigte sich Tobias. „Der Fürst, besser Ogmios, wollte, dass wir uns als Götter der Fruchtbarkeit vereinigten." Er wurde rot.

„Entschuldigung angenommen, und das Weitere vergessen wir fürs Erste."

„Ich bekam einen Filmriss und plötzlich standen wir in der Kammer. Richard entdeckte den geheimen Gang hinter der großen Steinscheibe. Beide wollten wir die Schale. Aber in der Kammer fanden wir sie nicht. Also folgten wir dem Gang hier hoch."

„Nicht ohne vorher fein säuberlich das Buffet vor den Zugang zu ziehen. Aber das Licht im Keller habt ihr brennen lassen."

Tobias blies die Backen auf: „Keine Ahnung. Bei mir mischen sich Erinnerungen mit Gedächtnislücken."

„Magie", bemerkte Asarja trocken und fügte hinzu: „Werft euer Vertrauen nicht weg! Egal, was noch kommt."

Leana runzelte die Stirn: „Ich mag's nicht, wenn du das sagst. Willst du dich etwa, wie so oft …"

Da war er schon entschwunden und die Nacht von einem auf den anderen Augenblick dunkler geworden.

„Du hättest uns wenigstens noch einen Tipp geben können, wo wir nach dieser elenden Schüssel suchen müssen!", rief Leana ihm angesäuert ins Unsichtbare hinterher.

„Wo … Wo ist er hin?" Tobias sah sich um.

„Oh, er ist noch hier. Genauso wie Jesus in der Gestalt des Heiligen Geistes oder die anderen Engel und Heiligen. Aber eben nicht mehr sichtbar."

„Warum? Es wär' doch alles so viel einfacher, dann."

„Tja. Ist halt so. Jesus meinte mal: Selig sind die, die vertrauen, ohne zu sehen."[61]

„Wann sagte er das?"

„Damals als sein Jünger Thomas den anderen nicht abnahm, dass er von den Toten auferstanden war. Thomas wollte es erst glauben, wenn er selbst die Finger in die Kreuzeswunden seines Herrn legen durfte."

„Und?"

„Der Herr trat einfach so, wie Asarja eben, mitten unter die Jünger und führte Thomas' Hand in seine Wunden. Im Anschluss fiel dieser Satz."

„Hm."

„Asarja zeigte sich uns erst, als du dich zum Dreieinigen Gott bekannt hattest. Du gabst dein Leben in Jesu Hände, bevor du ihn oder einen seiner Engel gesehen hattest. Aus Vertrauen."

„Aber erfahren hatte ich ihn zuvor schon."

„Stimmt. Dennoch konntest du Ogmios nicht verlassen. Er hielt dich an sich gebunden."

„Bis zum Schluss, als er mir die Stimme nahm."

„Menschen können in den Fängen der Finsternis sein, obwohl sie sich zu Jesus bekannt haben. Solang' von früher dunkle Anrechte bestehen, bleiben sie gebunden. Asarja hat dir geholfen, Ogmios' Anrecht an deinem Leben zu brechen. Erst als dieser Knoten gelöst war, musste der Alte verschwinden." Leana behielt ständig den Wald im Blick. Ihre Unruhe wuchs.

---

61   Johannes 20,29

„Lassen wir das jetzt. Wir sollten versuchen, das verdammte Ding zu finden! Was geschah im Gang?"

„Pfff. Irgendwie haben wir uns da durchgequält – niedrig und glitschig wie es dort ist. Aber über die Schale sind wir nicht gepurzelt, wenn es das ist, was du meinst. Am Ende sind wir im alten Wasserreservoir rausgekommen. Aber das hab' ich erst geschnallt, als du mich rausgebracht hast."

„Ihr seid doch beste Freunde. Warum hab' ich dich so hübsch verschnürt gefunden?"

„Keine Ahnung, ehrlich gesagt. Plötzlich hat er mich überfallen. Ich war wie gelähmt. Leichtes Spiel für ihn. Dann ist er zur Tür hinaus. Sie war offen."

„Offen?", rief Leana erstaunt. „Sie war die ganze Zeit offen?"

„Jetzt reg' dich nicht auf. Was soll's?"

„He, hier oben auf dem Burgstall sind vor gar nicht langer Zeit 'ne ganze Reihe Leute auf grausame Art umgekommen. Die Polizei hat bestimmt den ganzen Wald abgesucht und da diese offene Tür übersehen?"

„Die Kammer des Hochpriesters bei uns zu Hause auch."

„Magie", raunte Leana. „Dunkle Magie, wie Asarja sagte. Wir haben nicht mehr viel Zeit! Komm!" Sie machte sich auf den Rückweg zum alten Wasserreservoir.

„Du willst in den ätzenden Bau wieder rein? Ich bin froh, dass ich draußen bin!" Nur widerwillig folgte er Leana.

„Es ist die einzige Spur, die wir haben! Das Haus über der Kammer brennt ja! Und ich weiß nicht, ob wir morgen nochmal Gelegenheit dazu bekommen."

„Das Teil steht schon ewig. Glaubst du, es verschwindet über Nacht? Ich werde bestimmt unten beim Hof gebraucht, und …"

Leana drehte sich zu Tobias um: „Magie ist im Spiel! Verstehst du nicht? Ogmios hat dich verloren. Aber glaub' bloß nicht, er habe seine Gier nach Macht und Sklaven aufgegeben! Niemals wird er zulassen, dass sein Kleinod, das ihm über Jahrtausende ein Garant für die Lieferung von Seelen war, in die Hände seiner Feinde fällt! Er möchte diesen Zugang schließen. So wie er es mit der Kammer schon gemacht hat! Ich fürchte, die Schale wird zuvor weg sein."

„Aber wir wissen doch gar nicht, ob das Ding da drin ist!"

„Wir müssen es wenigstens probiert haben! Zu viele verloren schon ihr Leben und ihre Ewigkeit! Wenn wir die Macht des Alten nicht endgültig brechen, wird sich die Kette fortsetzen! Andere werden seinen verlockenden Worten verfallen und der Versuchung nach Macht und Reichtum nicht widerstehen können. Die alten Kulte sollen wieder erstarken! Dieses Spiel wir hier gespielt! Und alle folgen der Musik tanzend in den Abgrund!"

„Okay, okay, ich komm' ja mit! Aber viel Hoffnung hab' ich nicht!"

„Wir werden sehen. Los jetzt! Genug getrödelt!" Leana zog ihre Taschenlampe aus der Jacke und ging voran.

Als sie die Stahltür erreichten, zögerten sie kurz, dann gingen sie hinein.

„Hattet ihr keine Taschenlampe?"

„In der Kammer gab's Laternen, da haben wir zwei genommen."

„Und? Wo sind sie? Eine könnten wir gut gebrauchen."

„Richard hat beide mitgenommen."

„Okay, dann muss die Taschenlampe eben reichen!" Während ihres Gesprächs suchte Leana noch einmal das Innere des Wasserreservoirs mit dem Lichtkegel ihrer Lampe ab.

„Ich war schon früher hier." In Tobias kamen Erinnerungen hoch, von denen er zuvor nie einen Schimmer gehabt hatte. „Vater schleppte mich her. Durch den Gang. Wenn ich's mir recht überlege, hielt er mich wie einen Sklaven."

„Warum sollte der Hochpriester anders handeln als sein Herr?"

„Ich dachte, er hatte seine Liebe zu mir entdeckt", antwortete Tobias. „Dabei war ich nur eine Figur in seinem Spiel."

„Was willst du von einem erwarten, der bereit ist, seine eigene Tochter für die Götter durchs Feuer gehen zu lassen?", fragte Leana fast beiläufig, während sie weitersuchte.

„Was? Sag' das noch mal!" Tobias blieb stehen.

„Oh, davon erzählte ich dir vorhin nicht. Offensichtlich haben dir der Fürst und der Geist deines Vaters diesen Teil der Geschichte vorenthalten. Naja, dabei kommen sie auch nicht besonders gut weg. Sorry, wenn ich's nicht erwähnt hab'. Aber es ist wahr: Sonja sollte an Samain auf dem Burgstall lebendig verbrannt werden. Micha und Paul haben das mit Hilfe der Engel grade noch verhindern können."

Tobias schnappte nach Luft: „Du machst Witze! Nicht?" Er starrte Sie an.

„Ich glaub' kaum, dass ich im Moment zu schlechten Scherzen aufgelegt bin."

Ihre Worte hallten von den Wänden wider und blieben irgendwie in der Luft hängen. Das war bisher der größte Schock für Tobias. In das Begreifen des Gehörten mischten sich Bilder, in denen er sich selbst beim Holz aufschichten sah. Im Hintergrund stand der Grabhügel des Fürsten.

„Ich hab' mitgeholfen!", flüsterte er nach einer Weile. „Ich hab' zusammen mit Vater den Scheiterhaufen aufgebaut!"

Leana unterbrach die Suche: „Du warst verführt. Nein, du warst mehr: durch Magie versklavt."

„Aber warum fällt mir das erst jetzt ein?"

„Du wurdest befreit. In der Gegenwart Gottes kommt die Wahrheit ans Licht. Furchtbar, wie du gefangen warst! Aber das ist nun vorbei. Das Böse wird entlarvt! Die ganze Hinterhältigkeit tritt hervor!"

„Und wie!" In seine Traurigkeit und Enttäuschung mischte sich zunehmend Wut auf den ganzen Kult. Es wurde Zeit, der ganzen Bosheit den Garaus zu machen. Das Zögerliche und Wehleidige verschwand, seine Muskeln strafften sich. Immer besser unterstützte er Leana in der Suche.

Rasch stellten sie das Wasserreservoir auf den Kopf, durchforschten alle Winkel nach verborgenen Verstecken.

„Hier ist wirklich keine Spur von der Schale. Mist!" Leana biss sich auf die Lippen.

„Wär' auch zu einfach gewesen. So ein kostbares Teil liegt nicht achtlos zwischen Stangen, Pecheimern oder sonstigem groben Zeug. Uns blieb der Gang wohl nicht erspart."

„Also, los! Ich will hier so schnell wie möglich wieder raus!"

„Moment noch!" Tobias griff nach einer der Holzstangen und donnerte sie gegen die Wand. Das Holz knackte. Danach war es für ihn ein Leichtes, daraus einen handlichen Prügel zu herzustellen: „Für alle Fälle!"

Leana schluckte. „Für alle Fälle", wiederholte sie und hoffte, dass dieser Fall nie eintreten mochte.

Die Stahltür zum Gang hatte sich halb geschlossen. Tobias zog sie auf und ließ Leana als Erste durch.

„Igitt! Was für ein feuchtes Loch!" Alte und abgestandene Luft schlug Leana entgegen. Sie leuchtete den Gang hinunter, das Licht der Lampe verlor sich. „Der Tunnel ist eklig, lang und unheimlich! Wie sollen wir da nur die Schale finden? Ist dir eine Nische oder so etwas aufgefallen?"

Er zuckte mit den Schultern: „Weiß nicht mehr."

„Puh!", stöhnte Leana. Nur widerstrebend wagte sie sich ein paar Schritte weiter. „Wir sind nicht allein! Das hab' ich vorhin schon gefühlt. Hier sind unruhige Seelen! Aber keine ängstlichen oder suchenden – die hier sind böse! Sie tragen das Gewölbe. Wie sonst, außer durch dunkle Magie, hätte dieser Gang über so lange Zeit bestehen können? Spürst du ihren Hass?"

„Hm, hm." Tobias folgte mit den Augen dem Licht der Lampe.

„Der Gang kann zu einem finsteren Verlies und Grab werden. Glaubst du, Gott würde das zulassen?"

„Ich hoff' nicht. Aber was wissen wir schon über die Vorgänge in der unsichtbaren Welt?"

„Ist Asarja jetzt bei uns?"

„Ich gehe davon aus. Vertrauen wir darauf, dass Gottes Geist uns gut durch diese Welt der Geister leitet. Herr, bewahre uns und zeig' uns die Schale!" Leana ging langsam vorwärts.

„Der Typ mit der Handschrift …"

„Arnivlus?"

„Ja, der. Gibt er einen Tipp?"

„Zu seiner Zeit gab's den Tunnel noch nicht, zumindest schreibt er nichts darüber. Schade!"

Schritt für Schritt entfernten sie sich vom Wasserreservoir. Beide mussten sich leicht nach vorn beugen, der Gang war recht niedrig. Sie kamen an eine Kante, danach ging es deutlich bergab. Leana leuchtete hinunter. Hinter sich wussten sie den Ausgang in erreichbarer Nähe.

„Kehren wir um! Hier ist alles faul! Wir sitzen in einer Falle! Es gibt nur noch einen Weg nach draußen! Pfeif' auf die Schale, falls sie irgendwo da unten ist!" Noch größere Unruhe erfasste Leana. Sie drängte zurück.

„Du warst doch so entschlossen?"

„Etwas hat sich verändert. Ich fühl' es! Schnell raus aus dem Gang!"

Sie hasteten zurück. Plötzlich hörten sie die Stahltür quietschen. Mit einem Knirschen fiel sie zu und wurde sofort darauf von der Gegenseite verbarrikadiert. Tobias stürzte auf die Tür zu und warf sich mit aller Kraft dagegen. Ein kleiner Spalt öffnete sich. Doch im nächsten Moment wurde er mit Gewalt geschlossen und die Tür weiter verbarrikadiert. Dumpfe Schläge dröhnten durchs Gewölbe, als wenn Balken festgeklopft wurden. Mit all ihrer Kraft drückten Tobias und Leana gegen die Tür, sie tat keinen Ruck mehr. Nach mehreren Versuchen gaben sie auf. Keuchend lehnten sie sich dagegen.

„Mist!", stöhnte Tobias. „Du hattest Recht!" Er schluckte, holte tief Luft und rief: „Richard! Richard, lass uns raus! Wir haben die Schale nicht!"

Sie lauschten. Von der anderen Seite war kein Mucks zu hören.

„Richard! Richard?" Tobias rief lauter, erntete aber keine Antwort.

Leana legte ihr Ohr gegen die Stahltür und lauschte: „Totenstille. Nichts, rein gar nichts!"

„Ri…"

„Kannst du dir sparen!" Sie winkte ab, zog ihr Mobiltelefon hervor und warf einen Blick aufs Display. „War zu erwarten – kein Netz." Es verschwand wieder in ihrer Hose. Leana schaltete die Taschenlampe aus. „Energie sparen."

Für einen Moment schwiegen beide.

„Hab' befürchtet, dass das geschieht. Hätte geklappt, wenn die Schale im Wasserreservoir oder hier am Ende des Tunnels gewesen wär'. Verzockt."

„Und nun?", fragte Tobias.

„Eigentlich müssen wir nur warten. Frederike weiß, wo ich bin. Die anderen werden sofort mit der Suche beginnen, wenn sie davon erfahren.

„Hm. Also warten wir."

„Andererseits könnten wir tatsächlich die Zeit nutzen und nach der Schale suchen."

„Was machen wir mit Richard? Er hat sich noch nicht in Luft aufgelöst."

„Vielleicht ist er schon über alle Berge, weil ihm der Boden zu heiß geworden ist."

„Ich glaub', auf so etwas hattest du schon vorhin gehofft. Nicht?"

„Tja. Wie gesagt: verzockt."

„Du willst den Fehler ein zweites Mal machen?"

„In der Falle sitzen wir ohnehin schon."

„Und die Geister? Der unheimliche Gang?"

„Vielleicht werden wir zur richtigen Stelle geführt."

„Dann wollen wir mal hoffen, dass die Batterien halten oder Vater irgendwo auf der Strecke ein Kerzendepot angelegt hat." Tobias stieß sich von der Tür ab. „Gehen wir auf Schatzsuche!"

Leana knipste ihre Lampe an. Rasch kamen sie an die Stelle, wo sie zuvor umgekehrt waren.

„Hier endet das Hochplateau des heiligen Hains. Ab jetzt geht's bergab zur Hügelhainer Ebene", bemerkte Tobias.

„Okay, achten wir verstärkt auf Ungewöhnliches." Leana bemerkte Tobias' Blick und fügte hinzu: „Ja, hier ist alles ungewöhnlich, ich weiß." Sie konnte sich ein Schmunzeln nicht verkneifen.

„Dann is' ja gut." Tobias schmunzelte ebenfalls.

Das bisschen Quatsch tat gut. Es half ein wenig, die Anspannung zu lösen. Auch das Vertrauen auf die unsichtbare Gegenwart Gottes und seiner Engel gab ihnen Sicherheit. Außerdem waren Ogmios und Konsorten in ihrer Bosheit und Gefährlichkeit durchschaut. Leana und Tobias hatten genug von ihnen. Das ließ die Angst zusätzlich nach hinten treten. Sie wollten das Ganze zu Ende bringen. Ogmios durfte nicht länger Menschen verführen!

Vorsichtig gingen sie voran. Schritt für Schritt. Leana achtete auf die linke Seite des Gangs, Tobias auf die rechte. Zahllose Sandsteinquader waren vor langer Zeit zu einem Bogengang vermauert worden. Damals mussten die Hochpriester noch unumschränkt über das Dorf geherrscht und die Bewohner nach Belieben gesteuert haben. Wie sonst hätte dieses gewaltige Bauwerk entstehen und vor allem von der Allgemeinheit wieder vergessen werden können? Einmal mehr wurde deutlich, wie sehr Magie im Spiel gewesen war. Leana betete im Stillen um einen klaren, ungetrübten Blick, dem auch das Verborgene auffiel.

Nach geschätzten 20 oder 30 Metern bergab hielt Leana plötzlich an. Beim Übergang des Gewölbes zur senkrechten Seitenwand war ihr ein außergewöhnlich langer Stein aufgefallen. Mehr als doppelt so groß als alle übrigen.

„Guck' mal! Komisch, nicht?" Leana ließ den Strahl ihrer Lampe auf dem Stein ruhen. „Wer achtlos durch den Gang eilt und nichts von dem Stein weiß, der geht an ihm vorüber."

„Naja, ist halt ein etwas größerer Stein."

„Nachdem fast alle anderen penibel nur eine Größe haben? Nee!" Sie trat näher an den Stein. „Da ist was eingeritzt!", rief sie erstaunt und betastete die seltsamen Zeichen. „Runen. Sie sehen aus wie Runen!"

„Zeig' mal!" Tobias fuhr die Linien mit den Fingern nach. „Ich kenn' sie", sagte er unvermittelt.

„Was?" Leana war verblüfft.

„Natürlich kann ich sie nicht lesen, aber mein Körper erinnert sich, wie mir Vater mit seinen Fingern solche Zeichen auf die Stirn gestrichen hat." Er schüttelte sich. „Schauderhaft!"

Leana leuchtete die Stelle genauer aus. Danach ließ sie den Lichtstrahl über die Steine darunter gleiten: „Sieh mal, der in der Mitte schaut irgendwie locker aus!"

„Welcher? Der da?" Tobias drückte dagegen. „Holla!" Der Stein ließ sich tatsächlich nach hinten schieben. „Mal sehen, wie weit!"

Mit etwas Kraftaufwand gab der Stein weiter nach, bis er plötzlich knirschend im Dunkeln verschwand und hinter der Mauer dumpf am Boden ankam.

„Hoi!", riefen Leana und Tobias überrascht, als sie das Loch sahen.

Sofort leuchtete Leana mit der Lampe hinein: „Da ist ein weiterer Gang, glaub' ich! Los, räumen wir noch mehr Steine weg!"

Durch das Loch konnte Tobias die Blöcke rechts und links anpacken und mit ein wenig Ruckeln aus der Wand lösen. Einer nach dem anderen purzelte auf den Boden. Schließlich war die Öffnung groß genug.

„Puh, ganz schön anstrengend!", schnaufte Tobias und richtete sich so weit auf, wie es die niedrige Decke des Gangs zuließ. Er klopfte gegen den großen Stein, den sie zuerst entdeckt hatten: „Der ist ein Türsturz! Schlau gemacht! Rein?" Fragend sah er Leana an.

„Deshalb sind wir hier! Mich wundert nur, dass bisher alles so ruhig geblieben ist!"

„Vielleicht halten uns ja deine Engel den Rücken frei?", scherzte Tobias.

„Falls du es schon vergessen haben solltest: Sie sind inzwischen auch deine Engel!", feixte Leana ein wenig schnippisch, während sie sich durch das Loch schob.

„Sieh mal an!", bemerkte sie als sie auf der anderen Seite waren. Der Gang ist in den puren Sandstein getrieben!"

„Ein Stollen, leider noch etwas niedriger!" Tobias stöhnte.

Im Gegensatz zum Gang führte der Stollen leicht bergan und fast in die Richtung, aus der sie gekommen waren.

„Wenn ich mich nicht irre, könnte er zum Burgstall führen." Tobias deutete ins Dunkel des Stollens.

„Ich hab's befürchtet." Leana schluckte. „Also, auf in die Höhle des Löwen! Wir haben keine Zeit zu verlieren. Hoffen wir, dass der Fels trägt! Ich mag hier nicht begraben sein! Vorwärts!"

Beide eilten gebeugt weiter. Es war eng, sie mussten hintereinander bleiben. Auch der Stollen schien Jahrhunderte alt zu sein und war ebenso feucht wie der Gang. Auf dem Boden hatte sich ein glitschiger Film aus feinem Lehm gebildet. Nach einer Weile vollzog der Stollen eine leichte Kurve nach links und verlor seine Steigung.

„Ganz schön lang! Wir sind doch bestimmt schon hunderte Schritte gegangen. Nicht?" Leana kam der Stollen endlos vor.

Tobias nickte. „Bald müsste Schluss sein."

„Der Krieger ist an Heiligabend mit der Schale über dem Burgstall aufgestiegen. Hoffentlich ist das unsere heiße Spur!"

„Die Schale scheint wirklich das kostbarste Kleinod der Priester zu sein. Vater hat sie mir gegenüber niemals erwähnt."

„Offensichtlich hast du ohnehin nur unbewusste Erinnerungen an das, wozu dich dein Vater benutzt hat."

„Jedenfalls kenn' ich diesen Stollen nicht. Anders ist es mit dem gemauerten Gang."

Während sie miteinander redeten, hörte der Stollen unvermittelt auf. Plötzlich standen sie vor nacktem Fels.

„Hä? War's das?" Leana tastete den Fels ab. „Der ganze, lange Weg für nichts?"

„Lass mich mal!" Tobias schob sich an ihr vorbei und untersuchte das Gestein. „Haben wir unterwegs was übersehen?"

Leana zuckte mit den Schultern. „Ich denk' nicht."

„Es muss doch irgendeine Spur geben! Kein Mensch treibt einen so langen Gang nur zum Spaß durchs Gestein! Vater hat nie etwas ‚einfach nur so' getan! Ich gehe davon aus, seine Vorgänger auch nicht!"

„Vielleicht wollten sie hier ihrem geliebten Fürsten besonders nah' sein?" Leana suchte den Boden ab. „Als ob sie einfach mit Graben aufgehört hätten ..."

Am Fuß des Stollenendes lag noch ein kleiner Haufen Sand, der in eine größere, schlammige Pfütze mündete.

„Nein, wirklich nichts!" Tobias schüttelte den Kopf. „Wir können umkehren und woanders weitersuchen! Hier ist null Komma null zu holen!"

„Scheinbar, leider." Leana wandte sich zum Gehen.

Nach ein paar Schritten schoss ihr plötzlich ein Gedanke durch den Kopf. So klar und deutlich, als wenn eine Stimme zu ihr gesprochen hätte. Verblüfft hielt sie an: „Der Sand! Wir haben den Sand bloß angeguckt! Wir haben ihn nicht durchsucht!", stieß sie hervor.

Kaum war der Gedanke über ihre Lippen gekommen, blieb Leana die Luft weg, als sei der Stollen mit einem Atemzug leergesaugt worden. Sie hustete heftig und griff sich an den Hals. Die Lampe glitt ihr aus der Hand. Leana musste sich gegen den Fels lehnen.

Erschrocken rief Tobias: „Was ist los?"

Röchelnd riss Leana den Reißverschluss ihrer Jacke auf und verschaffte sich am Hals Platz. Sie sackte zusammen. Keinen Ton brachte sie mehr heraus.

„Erstick' mir nicht!", rief Tobias und nahm Leana in die Arme, damit sie nicht auf den feuchten, lehmigen Felsboden rutschte. „Es ist alles okay! Im Stollen gibt's genug Luft! Ich krieg' welche! Komm, das wird wieder!"

Rasend wachsende Angst schnürte Tobias wie in einen Schraubstock ein. Hatte er einen groben Fehler begangen? Hatte er sich auf die falsche Seite begeben? Ihm wurde auch eng. Der Stollen füllte sich mit Geistern. Von überall her drängten sie heran!

Obwohl er nichts sehen konnte, fühlte er ihre boshafte Gegenwart. Gleich unsichtbaren Fledermäusen umschwirrten sie ihn. Die konstante Kühle im Stollen veränderte sich schlagartig zu Eiseskälte. Tobias' Lebensmut fror ein. Leanas Zusammenbruch traf ihn wie ein Schlag. Völlig auf sich gestellt, hielt er das fast bewusstlose Mädchen in den Armen. Dieser dunkle, unheimliche Stollen hatte sich als direkter Weg in die Anderwelt erwiesen. Fehlte nur noch, dass sich ein Schlund unter den Füßen auftat und sie von der bodenlosen Finsternis auf Nimmerwiedersehen verschluckt wurden. Unbarmherzig bestürmte Tobias die Überzeugung, zur falschen Seite gewechselt zu sein. Gleich Blitzen schossen ihm Floskeln der Unterwürfigkeit ins Hirn. Vor seinem inneren Auge sah er sich jammernd und kauernd vor dem Fürsten knien und um Gnade winseln. Je mächtiger die Bilder wurden, umso deutlicher meinte er, die Geister nicht nur zu spüren, sondern auch zu sehen.

„Neiiiin!", schrie Tobias aus Leibeskräften. „Weicht von mir! Geht zum Teufel! Verpisst euch! Lasst mich in Ruhe!"

„Kehre um, und es wird Stille sein!"

„Was? Wer hat da gesprochen?" Tobias sah zum Ende des Stollens.

Plötzlich war er wieder da. Majestätisch wie die Male zuvor.

„Lu… Lugaid?"

„Ich bin geneigt, über deine Verirrung hinwegzusehen! Stoße dieses Biest von dir und falle auf die Knie! Ich weiß, wonach dir ist. Empfange, wenn du dich beugst!"

„Biest? Welches Biest?" Dann dämmerte es Tobias: „Leana. Du meinst Leana?"

Der Krieger zeigte keine Regung. Wie eine Statue stand er vor der Felswand auf dem Sand und hatte beide Hände vor sich auf das Schwert gestützt. Es schien mit der Spitze leicht in den Sand eingesunken zu sein.

Tobias wandte den Blick vom Krieger ab. Er sah Leana an. Ihre Augen waren geschlossen, sie atmete stoßweise. Trotz Bewusstlosigkeit bewegten sich ihre Lippen. Sie formten leise

Worte. Er konnte sie nicht verstehen und neigte sein Ohr an ihren Mund:

„Beuge dich nicht! Beuge dich nicht!" Wie eine alte Langspielplatte mit Sprung in der Rille flüsterte sie ständig denselben Satz.

Im diffusen Licht der Taschenlampe fiel Tobias eine glänzende Spur auf Leanas Wangen auf.

„Tränen? Wie kannst du weinen, wenn du nicht wach bist?", rief er völlig überrascht.

Wind kam auf.

„Scheiße!" Tobias wusste sofort, woran ihn das unnatürliche Sausen in dieser Sackgasse weit unter der Erde erinnerte. Er kannte es von Heiligabend oder vom letzten Herbst, als die Bäume im Wald Hannes Schindler erschlugen.

Stark und kalt fegte der Wind durch den Stollen, gefüllt mit kleinen unsichtbaren Nadeln, die wie Ohrfeigen in Tobias' Gesicht knallten. Grinsende Fratzen klatschten ihm entgegen, höhnisches Gelächter schwang im Pfeifen des Windes mit. Gleich einer Lawine wurde Tobias davon überrollt. Dazwischen tauchten immer deutlicher der Klang durch den Gang eilender Schritte auf.

„Ich dreh' durch! Ich werde verrückt!", schrie Tobias dem Tosen entgegen. Er wusste nicht, wo er noch hinsehen sollte: Leanas Lippen formten Worte, Tränen flossen über ihr Gesicht. Gleichzeitig meinte Tobias, er würde hinter einem startenden Düsenflugzeug stehen, unfähig seine eigenen Worte zu hören. Alles schwankte, das Oberste kehrte sich nach unten, ein unheimliches Karussell wirbelte ihn umher. Unbarmherzig, mit wachsender, schriller Freude an seiner Hilflosigkeit. Ein Wirbelsturm, in dessen ruhendem Auge der Krieger gelassen stand und in scheinbar unendlicher Geduld auf Tobias' Heimkehr wartete.

Erzähl' mir irgendwann, ob der Fürst Liebe für dich hat oder was die Geister dir versprochen haben. Macht? Geh auf den Friedhof und sieh, wohin diese Lüge sie gebracht hat. Sei geschützt!

433

Zum zweiten Mal erinnerte sich Tobias an Leanas Worte. Sie hatte sie Heiligabend zum Abschied gesprochen. Nun lag sie in seinen Armen, bewusstlos, vom Fürsten achtlos als wertloses *Biest* bezeichnet. Um ihn tobte ein Sturm, der ihn mit Gewalt zurück in Lugaids Arme treiben wollte.

‚Es ist Jesus, der dich liebt!‘

Das hatte Leana damals auch gesagt. Schon die Erinnerung an diesen Satz ließ es in Tobias warm werden. Plötzlich brach aus ihm heraus:

„Es ist Jesus, der mich liebt!“, brüllte er dem Auge des Sturms entgegen. „Lieber sterb’ ich in diesem Stollen, als mich nur noch einmal auf euch Geister einzulassen! Lugaid, in deinem Land gibt’s keine Liebe! Nur Lüge und Sklaverei! Ich hab’ mich für die Liebe und gegen deine Macht entschieden! Ich gehör’ jetzt jemand anderem, und bei ihm bleib’ ich auch! Egal, wie sehr du tobst! Egal, ob der ganze scheiß Stollen einbricht! Du hast nichts mehr, was mich locken könnte! Jesus ist der Herr! Auch wenn ich ihn kaum kenne, so weiß ich eins: Er ist Liebe! Ganz im Gegensatz zu dir! Verschwind’ für immer aus meinem Leben! Dein Anspruch auf mich ist verraucht!“ Mit jedem Wort, fühlte sich Tobias freier und stärker.

Der Sturm verlor zusehends seine Wucht. Das Bild des Kriegers verblasste.

„Ich beug’ mich nur noch einem!“, warf Tobias ihm trotzig hinterher. „Du verdienst keine Anbetung! Ein jämmerlicher, bedauernswerter Sklave Ogmios’ bist du! Eine Marionette an den Fäden seiner Hand! Friedlos verdammt zum Mitspielen! Ein freudlos gebundener Totengeist, der Erste von allen anderen!“ Tobias wirbelte den Kopf herum und rief ins Dunkel des Stollens: „So wie ihr anderen auch! Gekettet an Ogmios seid ihr! Weil ihr zu Lebzeiten seinen süßen Worten verfallen wart! Weil ihr euch durch seine Lügen habt verführen lassen! Geil nach Macht! So wie Vater und die anderen der Gefolgschaft! Geht und sucht Frieden, wenn ihr noch könnt! Mich bekommt ihr nicht mehr! Heut’, an Beltane, habt ihr mich endgültig verloren! Gott sei Dank!“

Zum ersten Mal in seinem Leben hatte Tobias die letzten drei Worte nicht mehr als Floskel der Erleichterung gesprochen. Die Dankbarkeit aus den Fängen Ogmios' und seiner Sklaven entronnen zu sein, stand kraftvoll und unwiderruflich im Stollen. Alles Finstere wurde von ihr zweifelsfrei hinweggespült. Nur noch Tobias und Leana waren da.

„Das hast du nicht aus dir selbst heraus gesagt! Das hat dir Gottes Geist gegeben![62]", flüsterte Leana beeindruckt.

„Hä? Du bist ja wach!" Tobias ließ sie fast auf den Boden fallen.

„Grade noch rechtzeitig, um dein starkes Bekenntnis zu hören!" Leana lächelte und rappelte sich auf die Beine. „Danke fürs Halten!"

„Öh. Keine Ursache. Hab' ich gern gemacht!" Er war froh, dass das Licht der Taschenlampe nicht stark war. So blieb sein roter Kopf verborgen. „Aber ich weiß nicht, ob ich's ohne deine Hilfe geschafft hätte."

„Hm? Ich war doch k.o.!"

„Trotzdem hast du gesprochen und geweint!"

„Oh. Und was kam da?"

„Beuge dich nicht! Dauernd: Beuge dich nicht! Unter Tränen!"

„Ich hatte einen seltsamen Traum: Ich stand zusammen mit Asarja in einem Sterbezimmer. Ich glaub', es war irgendwann um 1800. Da lag einer sterbend im Bett und schärfte einem Pfarrer, der ihn besuchte, pausenlos dieselben Worte ein. Das war schrecklich, weil der Sterbende solche Angst hatte. Ich musste im Traum weinen. Sogar Asarja konnte sich nicht gegen die Tränen wehren. Durch ihn wusste ich plötzlich, dass der Sterbende selbst Pfarrer war. Trotzdem hatte er sich auf den Fürsten eingelassen. Du kannst dir nicht vorstellen, wie furchtbar die letzten Momente für ihn aussahen." Leana hielt inne.

---

62   Matthäus 16,17

Dann setzte sie fort: „Asarja schärfte mir die Worte – beuge dich nicht – ebenfalls ein. So sehr, bis ich sie mitsprach."

Tobias schluckte. „Ogmios war der Übertäter. Wegen deiner Idee mit dem Sand. Nicht? Er hat dich umgehauen."

„Mmh. Mir wurde der Boden unter den Füßen weggezogen. Ich stürzte in die Finsternis. Plötzlich kamen Asarjas starke Arme. Er fing mich auf und trug mich zum Sterbezimmer."

Leana holte Luft. „Niemand kann dich aus der Hand Gottes reißen! Wirklich wahr! Du darfst bloß nie seine Liebe verlassen und dich vor den Mächten beugen!"

„Und der Pfarrer?"

„Er hatte sich wohl bis in die tiefsten Tiefen seines Herzens von der Liebe abgewandt …" Leana graute es. „Sein Kollege am Sterbebett bestürmte ihn, umzukehren. Doch der Sterbende brachte nur noch diese Worte über die Lippen. Sie klangen wie eine Beschwörung. Der andere sollte nicht denselben Fehler machen, wie er."

„Puh! Wenn das mir passiert wäre …" Tobias rieb sich fröstelnd die Arme.

„Ist es nicht!" Leana wischte die schlimme Szene zur Seite. „Alles geschah nur, weil ich diese Idee hatte. Bevor wir diesen schrecklichen Stollen verlassen, sollten wir mal nachsehen, ob mir das Richtige eingegeben wurde!" Noch etwas wackelig bückte sich Leana und hob die Taschenlampe auf. „Mach' du, ich leuchte dir!"

Tobias nickte und begab sich zum Sandhaufen. Er fing mit bloßen Händen an, zu graben. Nach der obersten, etwas festeren Schicht wurde der Sand locker und konnte gut weggeräumt werden. Rasch merkte Tobias, dass hier etwas ungewöhnlich war.

„Leana! Es geht tiefer als der Stollenboden. Da hat jemand eine Grube in den Fels gehauen und dann mit Sand aufgefüllt!", rief er aufgeregt und verstärkte seine Anstrengungen: „Jetzt führt es Richtung Stollenende! Oh! Ein Hohlraum!" Tobias musste sich auf den Bauch legen, damit er besser vorwärtskam und räumte den verbleibenden Sand heraus.

„Du wirst nass!", bemerkte Leana.

„Egal! Ich hab' was! In Leder eingepackt! Daneben ist noch was! Rundlich! Das hol' ich zuerst raus! Dann komm' ich besser ans andere ran!"

Seine Hände waren vom Graben und dem kalten, feuchten Sand klamm und wund geworden. Er hatte Mühe, das runde Ding festzuhalten. Irgendwie fand er eine Vertiefung, in die er mit dem Daumen fuhr. Nun hatte er einen Griff! Er stützte sich mit der freien Hand ab und zog seinen Fund heraus.

„Hier! – Ahhh!"

Im selben Moment, als Licht auf den Fund fiel, ließ ihn Tobias erschrocken fallen.

„Ein Schädel! Ein Totenschädel!", rief er angeekelt. „Ich hab' an 'nem Schädel herum gepopelt!"

„Beruhig' dich! Der tut dir nichts! Aber wir sind auf einer heißen Spur! Unwichtiges wird nicht in die Obhut der Toten gegeben! Soll ich mal?"

Tobias nickte dankbar. Für den Augenblick hatte er genug.

„Halt' mal!"

Leana reichte ihm die Lampe und legte sich auf den Bauch. Sofort kroch Nässe in ihre Kleidung. Möglichst weit robbte sie in die Grube hinein und konnte den in Leder eingewickelten Gegenstand berühren. Aber sie ertastete auch, dass die hintere Wand mit behauenen Steinen abgeschlossen war.

„Da ist 'ne Mauer!", rief sie erstaunt. Ein kalter Schauer überfiel sie. „Wir sind wohl tatsächlich direkt neben der Grabkammer des Fürsten!"

Tobias dachte an den Krieger, wie er beeindruckend an Heiligabend mit der Schale in der Hand über dem Grabhügel aufgestiegen war.

„Vielleicht sind wir am Ziel! Ich versuch' mal, ob ich das Lederbündel raus bekomme." Leana gab sich Mühe. „Puh! Ist das schwer! Regt sich kaum!"

Nach einer gefühlten Ewigkeit rutschte das Paket in die Grube. Nun konnte Leana es mit beiden Händen greifen.

Mit einer letzten, großen Anstrengung wuchtete sie den Fund auf den Grubenrand.

Tobias legte die Lampe zur Seite, stieg über Leana hinweg und half ihr, den schweren Gegenstand zu stabilisieren. Gemeinsam schoben sie ihn von der Grube weg.

„Geschafft!", stöhnte Leana und sah zu, dass sie mit ihrem Bauch vom nassen Boden wegkam.

Sie nahm die Taschenlampe und leuchtete auf das feuchte Lederpaket.

„Mal sehen, was drin ist!" Tobias zog sein Taschenmesser aus der Hose.

Mit zwei Schnitten war die Verschnürung gelöst. Vorsichtig wickelte er das schwere Etwas aus. Als die letzte Lage umgeschlagen war, fiel das Licht auf pures Gold. Der Stollen wurde in die Farben des goldgelben Sonnenuntergangs getaucht.

„Mein lieber Scholli!" Mehr brachte Tobias in diesem Moment nicht heraus.

Leana schluckte. Noch nie hatte sie eine solche Kostbarkeit außerhalb mit Panzerglas gesicherter Vitrinen zu Augen bekommen, geschweige denn, dass sie sie je in Händen gehalten hätte. Die Ränder der Schale waren mit Edelsteinen besetzt, das Innere spiegelglatt poliert.

„Das Stück ist unschätzbar wertvoll!", flüsterte sie, als sie sachte mit den Fingern über die Oberfläche fuhr.

Sie zog ihr Mobiltelefon aus der Tasche und schoss ein paar Fotos. Bisher war es nur darum gegangen, die Schale zu finden und zu zerstören. Das war ein abstrakter Gedanke gewesen. Nun lag sie in atemberaubender Schönheit vor ihnen. Schon allein der Materialwert durfte in die Hunderttausende gehen. Von der archäologischen und kunsthistorischen Bedeutung ganz zu schweigen.

„Und nun?", fragte Tobias als Leana fertig war.

„Reizt sie dich?", fragte sie zurück.

Er winkte ab: „Da bin ich durch! Dem Himmel sei Dank! Klar, das Teil ist schweinewertvoll, aber nicht unseres. Ehrlich gesagt, zerstören mag ich die Schale auch nicht. Sie gehört ins Museum."

„So wie das Manuskript des Arnivlus auch!" Leana nickte.

„Gehen wir zum Ausgang und warten, bis uns jemand abholt. Mann, die werden Augen machen! Ich hoff', das dauert nicht zu lang'."

Tobias packte die Schale wieder ein dann machten sie sich auf den Rückweg.

„Das geht ganz schön ins Kreuz!", schnaufte er, während er gebeugt die Schale hinter Leana durch den Stollen schleppte.

„Im Gang draußen ist's ein wenig höher, außerdem können wir da nebeneinander gehen und ich dir helfen", ermutigte Leana.

Sie traten aus dem Stollen und folgten dem Gang bergan.

„Verräter!"

Erschrocken zuckten sie zusammen.

„Frevler! Isch dachte, unser 'erzschlag wär' derselbe! Gut, dass isch dir misstraut 'abe!"

Irgendwo vor ihnen wurde ausgespuckt. Leana leuchtete in Richtung der Stimme. Wo die Steigung ins Gerade überging, stand Richard.

„Wie konntest du deine Bestimmung nur so verleugnen? Extra bin isch von Ribemont gekommen, um dem neuen 'ochpriester zu dienen! Und nun? Isch verachte disch! Du bist zum Feind übergelaufen! Der Fluch soll disch treffen!"

„Richard, nimm Vernunft an! Und lass uns durch! Das hier ist kein fröhlicher Ringelreihen zu Beltane!", rief Leana.

„Schlange! Isch hoffte, du wärst eine würdige Vertreterin der Fruchtbarkeitsgöttin! Mir dir wollten wir die Vereinigung von Himmel und Erde feiern! Wie konnte isch nur so blind sein und die Brut des Feindes auf mein Land lassen?"

Tobias hatte den Schreck etwas verdaut: „Richard, wach' auf, solang es noch geht! Du sitzt der größten Lüge deines Lebens auf! Druide und Barde spielen mag ja ganz nett sein! Aber hier geht's um Leben oder Tod! Um Frieden oder ewige Sklaverei! Glaub' mir! Meine Augen wurden geöffnet!"

„Isch sehe es! Du weißt, was Frevler erwartet! Du kennst den Lohn für Verrat!"

Richard hatte das Gesicht des fröhlichen und freundlichen Elsässers völlig verloren. Alle Wertschätzung für Tobias, den Augapfel des Fürsten, war dahin. Einzig Abscheu und Hass zeigten sich darin.

„Isch werde mir nun 'olen, was eure schmutzigen 'ände nischt länger berühren dürfen! Isch werde deinen Platz einnehmen! So hat es mir Ogmios, mein Gott, versprochen. Nun geht die Kraft der Schale auf misch über! Dank dir, Verräter!" Langsam kam er auf Leana und Tobias zu. „Natürlisch könnt' isch euer armseliges Leben verschonen, wenn ihr mir das Kleinod kampflos gebt! Es ist mehr wert als euer schmutziges Blut. Seine Unversehrtheit wiegt eusch Würmer auf! Also gebt sie mir!"

Tobias hatte den Stock im Stollen zurückgelassen, um die schwere Schale tragen zu können. Nun legte er das kostbare Lederbündel hinter sich auf den Boden: „Niemandem von uns gehört sie! Sie muss ins Museum!"

„Ins Museum?" Richard lachte lauthals. „Das ist alles, was dir einfällt? Ins Museum?"

„Denk' nicht, wir wüssten nichts von ihrer magischen Bedeutung! Im Grunde muss sie zerstört werden! Nur so sind die Menschen vor ihrem fiesen Einfluss sicher! Tobias und ich sehen in ihr einen wundervoll gearbeiteten, wertvollen Kunstschatz – für dich ist sie Macht!", rief Leana.

„Gut gesprochen, Schlange! Sie ge'ört in würdige 'ände und nischt 'inter Glas! Wozu sonst 'ätte misch Ogmios aus Frankreisch rufen sollen? Die Zeit der 'erren von 'ügelhain ist passé! Die Zeit des Fürsten auch! Weil du Frevler ungehorsam warst, verlässt Ogmios den 'eiligen 'ain! Verflucht in alle Ewigkeit seid ihr darum! Grausam wird euer Ende sein! Die Vögel werden euer Aas fressen!"

„Wir können ihn nicht überzeugen!", raunte Leana. „Zu sehr hat ihm Ogmios den Kopf verdreht! Ja, Ogmios muss den Burgstall und Hügelhain verlassen! Aber nicht wegen deines

Verrats, sondern weil er auf einen Stärkeren getroffen ist. Bloß das darf der arme Richard nicht wissen! Ein letzter Versuch …" Sie erhob ihre Stimme: „Im Namen Jesu Christi bitten wir Dich, Heiliger Geist, öffne Richard die Augen! Erbarm' Dich über ihn! Lass nicht zu, dass er wie die andern in die Finsternis fährt! Er ist ein Verführter! Ein Opfer dessen, der verloren hat! Herr, schenk' ihm Deine Gnade!"

Der Gang war von Leanas kräftiger Stimme erfüllt. Die Vollmacht darin war mit Händen zu greifen und wirkte in einem Grollen nach. Danach blieb es still. Reglos standen Leana, Tobias und Richard gegenüber. Die Luft zwischen ihnen knisterte.

„Lächerlischer Versuch!" Richard brach zuerst das Schweigen. Seine Stimme klang bellend hart. „Ihr streut mir keinen Sand in die Augen! Lügner!" Seine Stimme brach und hörte sich an wie Schluchzen. „Einen Druiden und Barden bekommt ihr so nischt in die 'ände! Treue wird belohnt!"

Obwohl Leana und Tobias ein ganzes Stück von Richard entfernt standen, sahen sie im Licht der Lampe Tränen über seine Wangen rinnen. Richards ganze Erscheinung widersprach den harten Worten, die er ihnen entgegenschleuderte.

„Herr, berühr' den echten Richard! Öffne ihm das Herz!", legte Leana beim Anblick der Tränen nach.

Doch Richard zog einen langen Dolch aus seinem Gürtel, hob ihn in die Höhe und ging weinend und schniefend auf sie zu.

„Richard, lass das! Du stürzt dich ins Verderben!", rief Tobias erschrocken.

„Du 'ast mir den Weg in die Kammer gewiesen, weil unser gemeinsamer 'err das so wollte!", rief Richard mit tränenerstickter Stimme. „Dort ließ er misch diesen Dolch der Priester finden! Dort 'at er mir versprochen, dass er seine 'and von dir abzieht, wenn du die Probe nischt bestehst! Zur Vorsicht hat er misch gemahnt! Da 'ab isch disch gebunden. Es war richtisch, elender Verräter!" Er spukte aus. „Du 'ast gewählt. Das 'aus der Priester brennt! Aus, vorbei!"

Wie ferngesteuert ging Richard auf Leana und Tobias zu.

„Du warst das mit dem Feuer? Woher wusstest du, dass wir kurz davor standen, die Kammer zu finden?", rief Leana.

„Groß ist die Macht der Druiden, wenn sie gehorsam sind! Und nun sterbt, unwürdiges Gewürm!"

Unvermittelt rannte Richard los.

„Die Schale ist euer Blut nicht wert! Kämpft nicht um sie!"

Aus dem Nichts war Asarja zwischen Leana und Tobias getreten.

„Geht zurück und löscht das Licht!"

Die beiden taten, was ihnen geboten wurde und flüchteten ein Stückchen den Gang hinunter, dann schaltete Leana die Lampe aus. Undurchdringliches Dunkel umfing sie. Sie hörten ihr eigenes Keuchen und Richards Geräusche. Trotz Dunkelheit schien er in schlafwandlerischer Sicherheit die Schale gefunden zu haben. Geifernd warf er ihnen auf Französisch böse Flüche zu. Aus irgendeinem Grund verfolgte er sie nicht weiter. Immer wieder schluchzte er wie ein gequältes Kind. Schließlich machte er kehrt. Nach und nach entfernten sich sein Fluchen und Schluchzen.

„Rasch, hinterher!", flüsterte Leana. „Wenn wir zu ihm aufschließen, können wir vielleicht verhindern, nochmal einsperrt zu werden!"

„Der legt die Schale nicht mehr aus der Hand! Der wird sich so schnell wie möglich aus dem Staub machen!"

Trotz Tobias' einleuchtendem Gedanken huschten sie im Finstern den Gang hinauf und erreichten schließlich die Tür zum alten Wasserreservoir. Richard hatte sie tatsächlich offen gelassen. Ungehindert gelangten Leana und Tobias ins Freie.

„Zum Glück draußen!" Tobias war erleichtert.

„Kannst du laut sagen!" Leana atmete auf und zog gleichzeitig das Smartphone aus der Tasche: „Vielleicht können wir ihn noch aufhalten!" Sie sah aufs Display. „Mist! Hier oben gibt's einfach kein Netz! Schnell runter zum Feldweg! Da steht mein Auto!"

Leana rannte los. Tobias hatte Mühe, ihr zu folgen. Wenig später saßen sie im Wagen.

Tobias starrte aufs Dorf: „Da unten brennt mein Zuhause!" Er klang merkwürdig abwesend.

„Sorry. Niemand wollte das." Leana wendete den Wagen und fuhr so schnell, wie sie sich traute, hinab ins Dorf.

Nirgends gab es eine Spur von Richard.

„Es ist besser so."

„Hm?"

„Wie hätt' ich in diesem schrecklichen Haus weiterleben können? Jetzt, wo ich weiß, dass dort über Generationen hinweg die Hochpriester des Fürsten ihr Unwesen getrieben haben? Gut, wenn diese dunkle Vergangenheit in Rauch aufgeht."

„Manchmal muss Altes verbrennen, damit Neues entsteht."

„Mmh. Mein altes Leben ist verbrannt. Puh!"

Sie erreichten den Schwarzerhof, mussten aber in einigem Abstand den Wagen abstellen. Die Löscharbeiten waren noch in vollem Gang.

„Sie haben die Scheune und den Stall tatsächlich gehalten. Asarja hat nicht gelogen", sagte Leana beim Aussteigen.

„Gut für die Tiere." Tobias war erleichtert. In der Scheune hatte er sich schon immer tausend Mal wohler gefühlt als im Haus.

Sie eilten zur Brandstelle. Überall lagen prall gefüllte Wasserschläuche. Vorsichtig suchten sie sich einen Weg durch das Gewirr. Von dem ehemals stattlichen Wohnhaus stand nicht mehr viel. Aber der Brand war unter Kontrolle. Noch herrschte schlimme Hitze, die ein Näherkommen ohne entsprechende Ausrüstung nicht zuließ.

„Wir brauchen die Polizei!" Leana sah sich um.

„Dort, ein Streifenwagen!" Tobias zeigte auf die Dorfstraße.

„Da sind auch die andern!", rief Leana. „Alle da!" Erleichtert rannte sie los.

„Leana!" Susanne lief ihr entgegen und schloss sie in die Arme. „Du bist wieder da! Dir ist nichts passiert! Preist den Herrn! Er tut Wunder!⁶³" Sie gab Leana einen dicken Kuss. „Wer in der

---

63 Jesaja 25,1

Obhut eines so mächtigen Engels ist, der braucht sich nicht zu fürchten!"

„Du hast Asarja gesehen?"

Susanne nickte.

Nun stürmten auch Micha, Sonja und Paul herbei und drückten sie herzlich.

„Danke, danke! Gern' mehr davon, aber später! Jetzt muss ich zur Polizei." Sie ließ ihre Freunde stehen.

Dem nächstbesten Polizisten erklärte Leana rasch, was sich auf dem Burgstall zugetragen hatte. Danach wurde sofort die Fahndung nach Richard eingeleitet.

Zögernd hatte sich inzwischen Tobias genähert.

„Tobias!" Als Sonja ihren Bruder entdeckte, rannte sie auf ihn zu. „Tobias! Dem Herrn sei Dank!" Sie drückte ihn fest, Tränen schossen ihr in die Augen.

„Es tut mir leid. Alles tut mir leid!", begann er stockend. „Ich hab' dir das Leben ganz schön schwer gemacht!"

„Das warst nicht du. Es war Vaters Magie und der Fluch des Fürsten."

„Weder noch. Es war Ogmios. Er hat sich seiner Marionetten bedient, und beinahe wäre ich selbst zu einer geworden."

„Du bist im Bilde?"

„Noch mehr. Ich gehör' jetzt dazu."

„Zur Familie Gottes?", fragte Micha. Er war zu ihnen getreten.

Tobias nickte und konnte seine Tränen nicht zurückhalten.

„Willkommen!" Micha umschloss Tobias und Sonja mit seinen Armen. Sein Herz hüpfte vor Freude. Er rief Susanne und Paul: „Unsere Gebete sind erhört worden! Tobias ist frei! Kommt!"

„Ogmios hat den Kürzeren gezogen!" Paul drückte Tobias und reichte ihn an Susanne weiter.

Auch sie herzte ihn glücklich.

Leana gesellte sich wieder zu ihnen. Fürs Erste war sie bei der Polizei mit ihrer Aussage fertig. „Es ist noch viel mehr geschehen! Ogmios hat Hügelhain und den Burgstall aufgegeben. Der Spuk ist vorbei."

„Gehen wir zu Frederike. Dann könnt ihr uns die ganze Geschichte erzählen", schlug Micha vor.

Sonja nickte: „Guter Vorschlag. Hier können wir gerade ohnehin nichts mehr tun. Wenn's hell ist, können wir mit dem Aufräumen beginnen. Ich sag' Bescheid, wo wir sind." Sie gab ihrem Bruder noch einen dicken Kuss, bevor sie sich zum Einsatzleiter aufmachte.

Müde und abgekämpft, aber auch sehr erleichtert suchte die Gemeinschaft ihre Fahrzeuge auf. Micha, Sonja und Tobias gingen mit Leana.

Gerade als sie die Wagentür öffnete, trat ein Polizist auf sie zu. „Ihr Wagen?"

Leana nickte. „Stimmt was nicht?"

„Er stand vorhin oben beim Burgstall?"

„Ja, dort hatte ich ihn neben dem Feldweg geparkt. Warum?"

„Als wir zur Verstärkung kamen, bog ich aus unerfindlichen Gründen in diesen Feldweg ein. Mein Kollege fragte mich noch, was das sollte, aber ich konnte nicht anders. Intuition spielt bei uns eine große Rolle, wissen Sie. So entdeckten wir Ihren Wagen. Beim Aussteigen löste ich irgendwie Signal aus. Uns beiden kam das alles sehr seltsam vor. Ich hab' gerufen, aber keine Antwort erhalten. Nach der Überprüfung ihres Kennzeichens sind wir weitergefahren."

Leana schmunzelte. „Glauben Sie an Engel?"

Der Beamte hatte mit dieser Frage nicht gerechnet. „Wie meinen Sie das?"

„Wissen Sie, das Martinshorn und Ihr Ruf haben uns im letzten Moment gerettet. Mit Sicherheit wäre die Geschichte oben auf dem Burgstall anders verlaufen, wenn Sie nicht zur rechten Zeit am rechten Platz gewesen wären."

„Was hat das mit Engeln zu tun?"

„Gott weiß, wo Hilfe gebraucht wird."

„Sie meinen, dass …"

„Sie und Ihr Kollege sind für Tobias und mich zu Rettungsengeln geworden! Ich glaub' fest dran: Ihnen hat sich auf der Straße ein

445

Engel in den Weg gestellt und Sie umgeleitet. Danke, dass Sie sich drauf eingelassen haben und Ihrer Intuition gefolgt sind!"

„Öh, keine Ursache." Der Polizist griff sich an die Mütze. „Manchmal passieren ja seltsame Dinge. Jedenfalls ist's mir immer noch ein Rätsel." Er wandte sich wieder dem Geschehen am Schwarzerhof zu.

Sonja und Micha hatten das Gespräch mitgehört. Sie waren beeindruckt.

„Wir rechnen mit Gott Handeln. Vielleicht bewirkt dieses Erlebnis etwas im Leben des Polizisten." Micha lächelte. „Ich kann's kaum erwarten, eure Geschichte zu hören!"

Es war schon weit nach Mitternacht, als sie am Alten Armenhaus ankamen. Sonja klopfte. Drinnen rührte sich nichts, obwohl Licht brannte. Zwei weitere Male pochte sie gegen die Holztür. Nichts.

„Ich guck' mal, ob abgeschlossen ist." Sie drückte die Klinke, die Tür ließ sich öffnen.

Sie traten ein und sahen, wie Frederike mit dem Rücken zur Tür in ihrem Sessel saß. Allen fuhr der Schreck in die Glieder. Doch die Sorge löste sich in Erleichterung auf, als sie bemerkten, dass Frederike nur in ihrem Sessel eingeschlafen war.

„Uff! Ich dacht' schon ... Das hätte uns grade noch gefehlt!" Matt setzte sich Sonja auf einen Stuhl und streckte alle Viere von sich.

Auch Paul und Susanne nahmen Platz. Normalerweise waren sie um diese Zeit längst im Bett.

Das Rücken der Stühle und die sechs zusätzlichen Personen in der Stube verursachten Unruhe. Frederike erwachte: „Hoppla, ich muss wohl eingenickt sein. Und jetzt ist das Häuschen voll! Ist die junge Dame auch da?"

„Klar, Frederike, hier bin ich!" Leana ging vor ihr in die Hocke.

„Leana, mein Kindchen! Bin ich froh, dich lebend zu sehen! Das Beten war ein rechter Kampf! Wie ist es gelaufen?"

„Im Grunde sehr gut, Tante Frederike", sagte Tobias aus dem Hintergrund.

446

„Tante Frederike? So hat mich immer nur einer genannt! Doch das ist lange her! Tobias? Bist du das?"

Tobias trat vor Frederike: „Ja, ich bin's."

„Dem Herrn sei Dank! Ein Wunder! Du bist endlich frei! Wie sehr haben wir darum gerungen! Lass dich drücken!" Sie rappelte sich aus ihrem Stuhl hoch.

„Bleib' sitzen! Ich bin ja schon da!" Er beugte sich zu ihr herunter.

Aber die alte Frau ließ es sich nicht nehmen, den Jungen, den sie wie ihren eigenen liebte, stehend zu umarmen. „Willkommen zu Hause! Seit dem Todestag eurer Mutter Maria hattest du immer einen ganz besonderen Platz in meinem Herzen! Gerade auch in der vergangenen schweren Zeit!"

„Ich stand unter dunkler Magie. Das ist mir seit heut' klar. Dank Leana."

Die Genannte winkte ab: „Wir alle haben um dich gekämpft. Zuerst um dein Leben im Krankenhaus und dann um dein Herz. Der größte Dank gebührt Jesus. Er hat sogar Asarja, den Erzengel Rafael, aufgeboten, um dich aus den Händen von Ogmios zu reißen. Er liebt dich sehr!"

„Glaubt mir, nachdem, was mir heut' klar geworden ist, bin ich Gott so was von dankbar! Ohne euren Glauben und euren Kampf, wäre ich in Gefangenschaft geblieben!"

„Die Kraft der Engel hängt am Vertrauen in die Macht des himmlischen Vaters."

Dieser Satz stand unvermittelt im Raum. Zum ersten und einzigen Mal sahen alle Asarja mitten unter sich stehen. Insbesondere Sonja und Paul klappte vor Erstaunen der Kiefer runter.

„Haltet daran fest. Auch in den Tagen, die noch kommen werden! Und vergesst nie: Der Herr ist bei euch allezeit, bis an das Ende der Welt!"[64] Danach war Asarja ebenso überraschend verschwunden, wie er gekommen war.

„Junge, Junge, hier geht's ab!" Tobias pfiff anerkennend.

---

64   Matthäus 28,20

Sie brauchten ein paar Augenblicke, Asarjas Erscheinen zu verkraften. Erst danach waren sie bereit, Leanas und Tobias' Bericht zu hören. Dieser dauerte bis zum Morgengrauen und kostete einige Tassen Kaffee und manches Gebäck. Einer der Höhepunkte waren die Fotos der Schale und ihr Raub durch Richard.

„Wir hätten sie gleich nach der Entdeckung zerstören sollen! Vielleicht wäre Richard dann nicht so ausgetickt." Leana schüttelte den Kopf. „Aber, wisst ihr, für uns war die Schale nur noch ein wundervoll gearbeitetes Kunstwerk. Ein bedeutsames Stück Kultur unserer Vorfahren." Ihre Worte klangen wie eine Entschuldigung. „Bestimmt gibt es noch andere Schätze im Hügelgrab des Fürsten. Hätten wir uns nur nicht vom Gold und ihrer Schönheit blenden lassen!"

Paul hob abwehrend die Hand. „Ihr seid nicht geblendet worden, sondern ihr habt Respekt vor der Kunstfertigkeit der Kelten gezeigt. Was soll daran schlecht sein? Euer Vertrauen auf den Herrn wurde durch die Magie der Schale nicht mehr in Frage gestellt. Das ist das Entscheidende! So konntet ihr sie als das betrachten, was sie ist: ein Schatz der Vorfahren."

„Aber Richard sieht das anders und ist zum Brandstifter und Räuber geworden!", klagte Leana.

„Ganz zu schweigen von dem, was Ogmios durch ihn nun neu aufrichten will", fügte Micha hinzu.

„Im Stollen gab's für uns überhaupt nicht die Möglichkeit, die Schale zu zerstören. Ihr ein paar Dellen schlagen oder ein paar Edelsteine rausbrechen hätt' vielleicht geklappt, aber ich glaub' nicht, dass deshalb ihre Macht auf Richard kleiner geworden wär'. Wenn, dann muss sie eingeschmolzen werden. – Hoffentlich bekommen sie ihn! Dann brauchen wir uns darüber keine Gedanken mehr machen, und die Archäologen haben etwas zum Forschen!" Tobias gähnte.

Draußen fielen die ersten Sonnenstrahlen auf die feuchten Wiesen und ließen den Burgstall in goldenem Licht erscheinen.

„Bevor ich mich irgendwo zum Schlafen hinhaue, sehe ich nach den Tieren." Tobias stand auf.

„Wir helfen!" Micha und Sonja folgten ihm.

Tobias öffnete die Tür. Kühle Luft zog ins alte Armenhäuschen. In ihr lag der Geruch von kaltem Rauch.

„Riecht, als ob der Brand gelöscht wär'. Ich fahr' euch, danach muss ich aber ins Bett! Tut mir leid, mir fallen die Augen zu!"

Sonja nahm Leana in den Arm: „Du hast Riesiges getan! Dich hat wirklich der Himmel geschickt! Danke!"

Leana lächelte und zuckte mit den Schultern. „Schlaf' gut Frederike! Ich denk', wir sehen uns gegen später."

Paul und Susanne schlossen sich dem Aufbruch an.

„Hoffen wir, dass für Hügelhain tatsächlich alles vorbei ist und endlich Frieden einkehrt." Paul streckte sich.

„Die Zeit des Fürsten ist Vergangenheit. Die Luft schmeckt nicht mehr faulig", antworte Susanne überzeugt.

„Ja, im Dorf kann's nun leichter werden. Die Gefolgschaft des Fürsten hat keine Nachfolger mehr." Frederike begleitete ihre Freunde zum Gartentürchen. „Auf jeden Fall muss das alte Wasserreservoir auf Dauer geschlossen und so die letzten Spuren des Kults beseitigt werden. Dann ist dieses Kapitel zu Ende."

„So bald wie möglich werden wir das in Angriff nehmen. Nicht wahr, Tobias?", versprach Micha.

„Das ist sicher! Wir machen das Teil platt, und der Gang wird so verschlossen, dass keiner mehr rein kann!" Tobias nickte Frederike zu.

„Gut." Die alte Erzieherin lächelte und wandte sich abwechselnd den Pfosten zu, die das Gartentürchen einschlossen: „Lieber Jalon, lieber Nathanael, ich glaube, ihr könnt euch neuen Aufgaben widmen. Fürs Erste brauche ich euren direkten Schutz nicht mehr. Vielen Dank!" Sie verbeugte sich.

Die anderen konnten nicht anders, als es ihr nachzutun. Hier standen die Wächter, auch wenn sie gerade nicht sichtbar waren. Die Engel hatten die Gebetstreffen vor dem Feind geschützt – ganz zu schweigen von ihrem Dienst am letzten Samain. Dieses geheimnisvolle Zusammenspiel von Himmel und Erde erfüllte sie mit Ehrfurcht. Für einen Moment verharrten alle in Stille. Danach bestiegen sie die Autos und fuhren zurück nach Hügelhain.

Als Leana, Micha, Sonja und Tobias das Dorf erreichten, war ein Teil der Feuerwehren bereits abgezogen. Der Hektik der Nacht war die Gelassenheit nach getaner Arbeit gefolgt. Sie gingen zum Schwarzerhof. Von dem imposanten, jahrhundertealten Wohnhaus standen nur noch rauchende Trümmer. Einige Feuerwehrleute bekämpften noch Glutnester. Erste Untersuchungen zur Brandursache begannen. Nach den Aussagen von Sonja und ihren Freunden lag der Verdacht der Brandstiftung auf der Hand. Leanas Hinweis auf Richard deutete schon auf den vermeintlichen Täter.

Sonja und Tobias suchten den Kommandanten auf und bedankten sich für die Hilfe. Fragen von Reportern blockten sie ab und zogen sich zusammen mit Micha und Leana auf das Hofgelände zurück.

„Das war unser Zuhause", sagte Tobias nach einer Weile. „Ich bin gar nicht traurig. Seltsam, nicht?"

Sonja nahm ihren Bruder in den Arm: „Manches tut mir weh. Gern hätt' ich noch ein Bild von Mutter. Aber vielleicht finden wir ja noch was. Tief in meinem Herzen bin ich erleichtert, dass das Alte verbrannt ist! Wir können neu anfangen."

„Und die Tiere haben ein Dach über dem Kopf. Alle Maschinen wurden gerettet. Wir stehen nicht völlig vor dem Nichts."

Tobias sah zum Himmel: „Danke."

„Das Feuer hat den Hof befreit! Ich hab' große Hoffnung! Das packen wir!" Micha war trotz Müdigkeit voller Energie.

„Kommt, wir treiben die Tiere in den Stall und versorgen sie. Danach gönnen wir uns eine Mütze Schlaf in Pauls Wohnwagen. Der ist groß genug für uns drei!" Er nickte Tobias und Sonja zu. „Auf geht's!"

Sonja schloss sich ihm an. Als sie neben Micha war, legte er kurz seinen Arm um ihre Schulter.

„Leana?" Tobias ging einen Schritt auf sie zu.

„Hm?"

„Danke, dass du mich nicht aufgegeben hast."

„Bedank' dich bei Jesus und Asarja. Ohne den Herrn und seinen Engel wäre ich nie in diese Geschichte gekommen – geschweige denn in ihr geblieben." Sie lächelte müde.

„Und nun? Gehst du nach erfülltem Auftrag wieder raus?"

„Dummerle!" Leana gab Tobias einen Kuss auf die Wange. „Guten Tag, ich muss jetzt schlafen!" Sie ließ ihn stehen und kehrte zurück zum Wagen.

Er sah ihr nach, bis sie aus seinem Blickfeld verschwunden war. Dann eilte er Micha und Sonja auf die Weide hinterher.

Leana musste wirklich aufpassen, damit ihr nicht die Augen zufielen. Im Schritttempo schlängelte sie sich am Schwarzerhof vorbei. Schließlich wurde die Dorfstraße freier. Leana erreichte den Schindlerhof. Richards Auto fehlte, stattdessen war die Polizei vorgefahren und suchte nach Hinweisen. Sie nahm das nur zur Kenntnis, Gedanken darüber machte sie sich keine mehr. Die Straße führte aus Hügelhain hinaus, hinunter nach Spiegelbach. Wärmende Sonnenstrahlen fielen auf das Land. Licht und Wärme taten gut nach dieser langen Nacht. Leana gähnte und sah aus dem Seitenfenster. Neben ihr erhob sich der Klausnerbuckel.

„Herr, vielen Dank für Arnivlus! Durch ihn hast Du hier oben alles vorbereitet! Wir durften nach vielen hundert Jahren die Früchte seiner Treue ernten! Danke!"

Unwillkürlich hob sie die Hand und winkte dem Hügelchen zu. Erstaunt sah sie dort kurz drei Gestalten stehen. Sie winkten zurück. Leana meinte, in einer davon Asarja zu erkennen – aber vielleicht hatte ihr auch die Müdigkeit einen Streich gespielt. Sie wollte nur noch ins Bett.

„Schlaf' gut, Leana! Wir sind stolz auf dich!" Asarja wandte sich Jalon und Nathanael zu. „Bis hierher ist es gut gegangen. Hat auch lange genug gedauert. Nicht?"

„Unser guter Arnivlus brachte uns auf die Hügelhainer Ebene!",
antwortete Nathanael. „Heute freut er sich mit!"

„Ich denke, ich kann euch nun Leana und Tobias anvertrauen.
Sie sind bei eurer Schar in guten Händen, so wie Arnivlus
damals auch." Asarja sah Jalon an.

„Ehrwürdiger Rafael, wir werden sie nicht aus den Augen lassen!" Jalon verbeugte sich vor dem Erzengel. „Und werden bei
ihnen sein alle Tage."

„Der Weg liegt in den Händen des Herrn, aber seine Gedanken
sind die des Heils. Wir werden sehen! Friede mit euch!"

„Wir werden sehen! Friede mit dir, Rafael!" Die Engel umarmten sich, danach war Asarja verschwunden.

„So schön wie heute war es hier oben noch nie!", seufzte Nathanael.

„Genießen wir den Morgen und loben den Herrn! Er weiß,
wohin es geht!" Jalon lächelte Nathanael vielsagend an und
legte ihm die Hand auf die Schulter.

„Du hast eine Ahnung. Nicht?"

„Vielleicht." Jalon sah in die Ferne. „Kosten wir den Moment
aus, lieber Bruder."

Der Künstler Ruedi Sorg zu den Miniaturen

Titelbild

Als Grundlage des Titelbilds fungierte das Foto einer alten gallischen Münze (Seite 453). Sie zeigt Ogmios, wie er Menschen durch Ketten an seine Lippen bindet. Die Szene inspirierte mich, die Zeichnungen der einzelnen Kapitel in diesem Stil zu fertigen. Dabei entdeckte ich, wie sich bei der Reduzierung des Darzustellenden tiefere Dimensionen heraus kristallisierten. Auch war es spannend, kleinen Münzprägestempeln gleich, die wesentlichen Details des Kapitels in Zusammenhang zu bringen.

Im Titelbild lässt sich nun in der Mitte Ogmios entdecken. Um den Hals trägt er den für die Kelten typischen Schmuckring der Herrschenden (Torques). Aus seinem Mund entspringt eine Kette, an der rechts drei Köpfe hängen. Ein weiterer, umgedrehter Kopf befindet sich auf der anderen Seite. Links über Ogmios ist eine Harfe dargestellt, die ihn als Gott der Barden und der schönen Worte kennzeichnet. In der Mitte oben erhebt sich ein ausgehöhlter Hügel. Er deutet auf das Fürstengrab und die heilige Quelle hin. Ihr entspringt Wasser, rechts über dem dritten Kopf zu sehen. Darüber befindet sich ein Flügel, dessen Pendant auch auf der gegenüber liegenden Seite erscheint. Sie stehen für Engel, die in der Geschichte eine wesentliche Rolle einnehmen. Zu guter Letzt zeigen sich oben links die Sonne und rechts der Mond. Sie weisen zum Einen darauf hin, dass die Kelten, wie viele andere Völker, in dem Glauben lebten, die Himmelskörper seien Symbole für die Götter. So wurden rituelle Feste im Jahreslauf auf die Himmelserscheinungen hin abgestimmt. Sonne und Mond weisen zum Anderen aber auch darauf hin, dass es ein Leben im Licht und eines im Dunkel gibt und dass es vom Menschen eine Entscheidung braucht, zu welchem er gehören will.

1. Richard Dolmont (Seite 11): Beherrscht wird die Szene von einem der Reiter des Wilden Heers. Er nimmt Richard Dolmont in einer Vision gefangen (Kette mit Kopf auf der linken Seite) und führt ihn nach Hügelhain (ausgehöhlter Hügel mit Quellfluss unter dem Reiter) Ihm wird eine kostbare Schale gezeigt (oben rechts). Vor der Vision vergräbt Richard eine Opfergabe (unten rechts, daneben eine Schaufel). Links davon befindet sich der Münzschatz, den Richard im Anschluss an die Vision erhält.

2. Kilian (Seite 29): Von links oben nach rechts unten ziehen Mönche in Michelstadt ein (Häusergruppe). Sie bilden eine Trennlinie durch die Stadt, die bisher unter der Herrschaft des Sonnengottes Belenos gestanden hat, vertreten durch Ottokar, den Tempeldiener der heiligen Quelle (Kopf links unten). Aus seinem Mund tritt eine Kette und bindet die Menschen. Sie geht über in die Pflastersteine des Heiligtums, darunter die Quelle. Die Feder verweist auf Arnivlus, den Chronisten der Mönche. Das Kreuz symbolisiert den Sieg Christi über Belenos. Die Sonne ist nur noch ein Gestirn, der Sonnengott ist entmachtet.

3. Leana Angelos (Seite 51): Tobias ist im Krankenhaus (Kopf mit geschlossenen Augen rechts unterhalb der Mitte, links die Bettdecke). Über ihm ist der Burgstall (ausgehöhlter Hügel). Das Geschehen dort hat ihn ins Koma fallen lassen und lastet auf ihm (Band eins „Der Fluch des Fürsten"). Leana tritt auf (Kopf links, ebenfalls mit geschlossenen Augen). Im Traum erhält sie durch den Engel Asarja (Flügel rechts oben) ihren Auftrag. Unten die Harfe, rechts die Flöte deuten auf die Bedeutung der Musik in der Begegnung zwischen Leana und Tobias hin.

4. Arnivlus (Seite 67): Ein großer Monolith beherrscht das Bild. Arnivlus berührt den Stein mit der Hand (unten) und entdeckt ein Relief: Ogmios zieht mehrere Köpfe an Ketten hinter sich her. Zwei Welten treffen aufeinander: Arnivlus, der Schreiber (rechts Feder und Pergamentrolle), in seiner Mission von Engeln begleitet (Flügel oben rechts). Links die Macht der Götter und Geister (Kopf auf einer Stange, darüber der Burgstall mit Hügelgrab und heiliger Quelle).

5. Freunde (Seite 159): In der Mitte liegt Tobias. Über ihm sind drei Köpfe. Sie stehen für die Freunde, die zum Gebet gekommen sind (zwei Hände oben). Das ganze Geschehen wird durch den Engel Asarja begleitet (zwei Flügel unten).

6. Nachtwache (Seite 179): Leana steht in Tobias' Krankenzimmer vor ihrer ersten großen Herausforderung. Die Herzfrequenzkurve in der Mitte deutet darauf hin. Darüber liegt Tobias. Er wird durch keltische Musik (Flöte, Trommel, Hand mit Schlägel) in Bewegung versetzt. Engelsflügel und betende Hände tragen die Szene und versuchen das Geschehen zu durchbrechen.

7. Tobias (Seite 213): Tobias kehrt nach Hause zurück. Sein Vater war auf schlimme Art umgekommen. Auf der Suche nach Erinnerung begibt sich Tobias auf den Friedhof (links ein Stück Friedhofsmauer, schmiedeeisernes Tor). Rechts finden sich frische Gräber (dunkle Flächen). Am Ende des Kapitels erscheint ihm ein keltischer Krieger (behelmter Kopf, Kette, Lanze in der Hand).

8. Heilige Nacht (Seite 249): Leana und Tobias erscheint das Heer Ogmios' (oben: links enthaupteter Reiter mit Lanze, mittig ein Reiter mit Hut). An einer Kette hängt ein Gefangener (links). Das Heer schwebt über den Bäumen beim Grabhügel (unten Mitte). Eine kostbare Schale wird hochgehoben. Leana ergreift die Flucht, fällt hin und bleibt bewusstlos liegen (rechts, über ihr geisterhafte Hand).

9. Imbolc (Seite 287): Steinerne Stufen führen in den Keller hinab (leicht versetzte Flächen unten). Dort erscheint Tobias ein keltischer Krieger (Helm, wilde Haarpracht, Schild, Arm, Hand mit Schwert) und weist auf einen eisernen Schlüssel hin. Er passt zum Schloss einer geheimen Tür (Mitte rechts und darüber). Unten liegt die für Tobias bestimmte Kette.

10. Entdeckungen (Seite 323): Richard vollzieht ein Ritual und begegnet einem Krieger (ganz oben mit Helm, Nase, wilde Haarpracht). Von ihm wird er nieder gedrückt (links: Kopf mit Hand dahinter). Währenddessen beginnen Micha und Pfarrer Friedreich Arnivlus' Handschrift (Blatt unter dem Krieger) zu entziffern. Auf einer Treppe (links unten: versetzte Flächen) rutscht Micha aus (Kopf, Körper, nach oben gehaltener Arm, zwei Beine rechts). Er verletzt sich und benötigt ärztliche Hilfe (Kreuz).

11. Beltane (Seite 339): Auf dem ehemaligen Schindlerhof (großes Dach links) lädt Richard Tobias und Leana an Beltane zum Fest ein. Leana sieht im Haus eine dunkle Gestalt mit goldener Kette im Ohr (Kopf über dem Dach). Sie flüchtet. Auf unheimliche Art wird ihr ein Messer (Mitte rechts) hinterher geschleudert. Nur dank Asarja (Flügel rechts oben) entgeht sie dem Angriff. Im Zentrum sind Holzscheite und Flammen. Neben dem Feuers tanzen zwei Figuren mit herum wirbelnden Gliedern einen wilden Tanz: Richard und Tobias.

12. Feuer (Seite 367): Der Schwarzerhof brennt (Mitte), die Kühe können gerettet werden (links). Unten sind der geheime Gang und die Kammer erkennbar.

13. Wasserreservoir (Seite 381): Leana wagt sich durch dorniges Gestrüpp (Blattwerk) zum Wasserreservoir (Rechter Bildrand oberhalb der Mitte) beim Burgstall (Hügel oben). Im Licht der Taschenlampe (Strahlen in der Mitte) sucht sie Tobias. Er ist noch unter einem Bann und will Leana ergreifen. Mit Hilfe eines Stockes (unten) kann sie sich seiner erwehren.

14. Schale (Seite 403): Mit dem Bogen in der Hand und einer Kette an seinen Lippen (oben) will Ogmios seine Beute (Kopf links unten) abholen. Asarja erscheint (Flügel schiebt sich vor Ogmios) und weist den „Alten" zurück. Die Schale wird von Tobias und Leana gefunden (unten).

Nachwort

„Der Fluch des Fürsten" neigte sich dem Ende, und ich verspürte in mir ein Ziehen, dass es damit noch nicht gewesen sein konnte. Nach der Veröffentlichung des Romans durch positive Gespräche und Rückmeldungen von Lesern ermutigt, begann ich im Herbst 2011 mit der Erstellung einer Mindmap. Auf ihr skizzierte ich in groben Zügen die neue Geschichte und fing am 17.04.2012 mit dem handschriftlichen Manuskript an. Es wurde am 09.11.2014 abgeschlossen.

Fasziniert von dem keltischen Heiligtum in Ribemont sur Ancre in Frankreich war schnell klar, dass sich die Geschichte für einen weiteren, europäischen Rahmen öffnen sollte. Auch galt es noch eine Brücke von den Kelten hin zum Mittelalter zu schlagen. Schließlich spielte der „Klausnerbuckel" im ersten Roman eine wichtige Rolle. So kam die iroschottische Mission Deutschlands im siebten Jahrhundert nach Christus zum Tragen. In großer Freiheit flocht ich das Wirken des heiligen Kilians (um 640-689) und seiner Gefährten ein, wovon einer der Legende nach den Namen Arnivlus getragen haben soll. Ihn erkor ich zu einer der Hauptfiguren des vorliegenden Romans. Regionaler Bezug konnte ebenfalls hergestellt werden, da Kilian in Michelstadt im Odenwald wahrscheinlich Station gemacht hatte. Dies kombinierte ich mit seiner Weiterreise ins spätere Heilbronn, dessen Wahrzeichen die Kilianskirche ist. Ihre Anfänge könnten schon im achten Jahrhundert liegen, im 13. Jahrhundert wurde sie urkundlich belegt dem Heiligen geweiht. Ob Kilian Heilbronn jemals besuchte, ist nicht verbürgt, aber für den Roman wurde so die Nähe zum Schwäbisch-Fränkischen Wald geschaffen und gleichzeitig eine Verbindung über die Salzstraße zur Salzstadt Schwäbisch Hall hergestellt.

Das dortige Diakoniekrankenhaus spielt im gegenwartsbezogenen Teil der Geschichte eine wichtige Rolle. Hier begegnen sich die beiden Hauptcharaktere zum ersten Mal. Am Ende laufen allen Fäden wieder im kleinen Hügelhain zusammen, dem Bauerndorf irgendwo auf den Höhen des Schwäbisch-Fränkischen Waldes. Weltgeschichte, die Geschichte der christlichen Mission und des Glaubens werden brennglasartig in diesem finsteren Örtchen konzentriert – ein elektrisierender Gedanke, insbesondere in Kombination mit dem, was über die Welt der Engel und Geister in biblischer und außerbiblischer Literatur berichtet wird. Längst Vergangenes zieht seine Fäden in das Heute und beeinflusst das Handeln der Akteure im Guten wie im Bösen. Kein Mensch kann sich diesem Strom entziehen und jeder muss darin seine Position finden. Ich unternehme in dem Roman den Versuch, in spannender Form über das christliche Weltbild zu erzählen und dem Leser Impulse zum Weiterdenken zu geben. Aus diesem Grund sind auch diesmal Literaturangaben und Bibelstellen angeführt. Bleibt noch zu erwähnen, dass Ähnlichkeiten mit lebenden Personen rein zufällig sind und das Örtchen Hügelhain nach wie vor meiner Phantasie entsprungen ist. Ich möchte keinem Menschen zumuten, dort leben zu müssen.

Mein besonderer Dank gilt an dieser Stelle wieder meinem schweizerischen Freund Ruedi Sorg, der mit seinem künstlerischen Miniaturen jedes Kapitel in Szene gesetzt und auch das Titelbild gestaltet hat. Für das ansprechende Cover möchte ich der jungen Graphikerin Anastasia Taioglou danken sowie meinem Freund Marco Schmidt für das Erstellen der Druckversion. Danken möchte ich auch Melanie Jost und Margit Mirtschin für die Durchsicht des Manuskripts sowie Horst König für die Begleitung des Drucks.
„Der Herr des Fürsten" liegt nur deshalb als Printversion vor, weil mich viele Menschen bei der Finanzierung durch Crowdfunding über die Plattform www.startnext.com oder

anderweitig unterstützt haben. Diesen Unterstützern soll dieses Buch gewidmet sein, als Ausdruck meiner Dankbarkeit für ihr Vertrauen in meine schriftstellerische Arbeit.

Steffen Pfingstag
Der Fluch des Fürsten

Der erste Band der Reihe ist im Buchhandel erhältlich unter
der ISBN 978-3-00-033501-3.